해방 후 8년간의 북한문학의 형성과 전개

새 국가 건설을 위한 문화통일전선의 형성과 소멸을 중심으로, 1945.8.15.~1953.8.6.

해방 후 8년간의 북한문학의 형성과 전개

새 국가 건설을 위한
문화통일전선의 형성과
소멸을 중심으로,
1945.8.15.~1953.8.6.

배개화

역락

머리말

필자의 박사학위논문은 「1930년대 후반 전통담론의 탈식민(지)성 연구」이다. 이 논문의 주요 연구대상은 임화와 이태준이다. 임화는 1929년 「우리 옵바와 화로」, 「네거리의 순이」 등을 발표하여 조선프롤레타리아예술가동맹을 대표하는 시인이 되었고, 1932년에는 카프 서기장을 하였다. 이태준은 1933년 서울에서 모더니스트 써클인 구인회를 결성하였고, 1939년부터 1941년까지 순문예잡지인 『문장』의 편집주간을 하였다. '리얼리즘'과 '모더니즘'을 서로 대립되는 세계관의 산물로 보는 시각에서는 이런 조합은 의아하게 보일 수 있다.

하지만 당시 이 논문을 기획할 때 필자의 관점은 일제 말에 임화와 이태준이 공통된 목표를 갖고 서로 협력했다는 점이다. 즉, 1937년 7월 7일 중일전쟁 발발 이후 일본제국이 조선어 사용과 조선어 문학 창작을 억압하고 금지하자, 이들은 '조선문학'의 종언이라는 사태에 대응하기 위해서 협력하였다. 두 작가는 중일전쟁 이후의 일본제국을 파시즘이라고 규정하고 좌파와 중간파가 협력하는 문화적 인민전선을 형성하려고 하였다. 이애숙의 연구에 의하면 조선어학회도 조선공산당과 접촉하였지만, 경성콤그룹 사건의 발발로 실질적인 인민전선으로 발전하지는 못했다고 한다. 필자는 이런 접촉에 조선어학회 쪽의 이태준과 조선공산당 쪽의 임화가 중계 역할을 하지 않았을까 생각해본다.

문제는 필자의 연구대상이었던 임화와 이태준이 해방 이후 북한으로 갔으며, 1952년 12월 15일 김일성으로부터 '종파주의자,' '부르주아문학자'라고 비판받고, 1953년 8월 6일에는 임화가 북한의 최고재판소에서 사형선고를 받고 사형당했다는 점이다. 필자는 왜 이태준이 북한으로 갔는지, 그리고 왜 임화는 정치적인 숙청을 당했을 뿐만 아니라 심지어 사형을 당했는지에 대한 의문이 들었다. 그래서 2010년즈음부터 필자는 해방 이후부터 한국전쟁 정전 직후(1945.8.15~1953.8.6)까지의 임화 및 이태준의 행적과 문학작품들에 대해서 연구하기 시작했다. 이후 지금까지 필자는 해방 후 8년간 북한에서 생산된 문학 작품들뿐만 아니라 조선로동당 중앙위원회의 결정서, 김일성 선집과 전집 자료, 소련 자료 등을 읽어왔다.

이런 연구의 결과로 필자는 10여 편의 논문을 출판하였다. 이 중에서 필자는 다음 논문들을 수정, 재편집하여 이 책에 재수록하였다.「조선문학가동맹과 문화통일전선의 형성: 해방기 임화의 행적을 중심으로」(2011),「당·수령·애국주의: 이태준의 경우」(2012),「북한문학자들의 소련기행과 전후 소련의 이식」(2012),「조선문학가동맹과 북조선문학예술총동맹의 대립과 그 원인, 1945~1953」(2014),「한국전쟁 동안의 현덕과 그의 소설」(2020),「한국전쟁기 북한문학의 애국주의 형상화 논쟁」(2020),「한국전쟁기 유항림의 <진두평>의 장르에 관한 논쟁」(2021),「해방 후 8년간 최명익과 그의 문학, 1945.8~1953－중간파적 경향과 애국주의 선전을 중심으로」(2022),「북한의 전쟁문학 속 '공화국 영웅'－군사적 이상형의 기원과 문화적 진화에 관한 연구」(2023),「문화통일전선의 관점에서 본 국가 건설기 북한문학의 형성과 전개, 1945.8.15~1950.6.24」(2024).

필자의 관심이 임화와 이태준에 있다 보니, 국가건설기와 한국전쟁기 문학은 이들의 활동과 문학작품을 중심으로 기술되었다. 즉, 이 논문들에서 필자는 북한문학을 이들의 활동과 문학작품 그리고 숙청 등을 설명하는 컨텍스트로 사용했다. 이 과정에서 이태준, 이기영, 한설야 그리고 이찬 등의 소련기행문에 대한 연구가 추가되었다. 10년 전부터 국립도서관에서 미국의 국립문서보관소(NARA)의 한국전쟁기 북한노획문서가 전자자료 형태로 열람 서비스를 하고 있다. 필자는 이 서비스를 통해서 국가건설기와 한국전쟁 동안 출판된 '애국주의' 관련 문헌들을 많이 읽었다. 관련 문학작품들은 대체로 '공화국 영웅'나 '영웅들의 전투기'와 같은 제목을 달고 있다. 이 자료를 검토하면서, 필자는 1951년 9월부터 1952년 말까지 조선문학예술총동맹 내에서 '공화국 영웅' 훈장을 받은 군인과 빨치산을 형상화하는 방법을 둘러싼 논쟁이 있었음도 확인하였다. 이것은 이 책에서 '영웅형상화' 논쟁이라고 부르는 것이다.

이것들을 정리해서 필자는 '애국주의' 관련 논문들을 몇 편 발표하였다. 그 첫 논문은 2012년에 발표한 '당, 수령, 그리고 애국주의: 이태준의 경우'이다. 이 논문은 이태준이 국가건설기 및 한국전쟁 동안 출판한 문학 작품은 당의 노선을 따랐지만, 애국심의 원천을 묘사하는 문제에서는 남로당 계열 문학자들과 협력하였다는 내용이다. 이후 평양 출신 모더니스트이자 중간파인 최명익과 영웅형상화 논쟁에서 '자연주의 작품'이라고 비판 받은 현덕과 유항림에 대한 연구를 추가하였다. 처음부터 기획을 한 것은 아니지만 자료를 따라가며 연구한 결과, 한국전쟁 동안 식민지 시기 '모더니즘 경향'의 문학작품을 창작했던 최명익, 유항림 등도 해방 직후 서울에서 조선문학가동맹을 건설했던 남로당 계열 문학자들과 협력했음을 알게 되었다.

'조선문학가동맹' 출신 작가들과 해방 직후 중간파를 자처했던 '단층파' 작가들의 공통된 특징은 자신의 작품에서 영웅의 애국심과 영웅성을 사실에 충실하게 묘사한 것이다. 한설야로 대표되는 김일성 계열 작가들은 이들이 사실을 충실하게 묘사한 것을 기록주의 혹은 자연주의라고 비판하였다. 하지만 필자는 한설야가 강조하는 사회주의리얼리즘이 사실의 재구성을 넘어 사실을 왜곡하는 것을 허용한다면 이것을 '리얼리즘'이라고 부를 수 있는 것일까? 하는 의문이 든다.

이렇게 연구를 하면서 필자는 다음과 결론을 내렸다. 즉, 중일전쟁 발발 이후 식민지 조선에서 좌파와 중간파가 협력하여 문학분야에서의 '인민전선'이 형성하려고 시도하였다. 그리고 해방 직후 이들은 조선공산당의 「조선민족문화건설의 노선」을 지지하며 새로운 국가의 토대가 되는 '인민전선'을 건설하고자 하였으며 이를 지원하기 위해서 '문화 분야의 인민전선'(혹은 '문화통일전선')을 형성하려고 하였다. 하지만 구카프 문학자들이 분열하고 1947년 11월 이후 '조선문학가동맹'을 건설했던 남로당 계열의 문학자들이 미군정의 탄압을 피해 북한의 해주 지역으로 이동하면서, 남한에서의 문화통일전선은 소강상태에 빠졌다. 한국전쟁 도중 '북조선문학예술총동맹'과 '남조선문화단체총연맹'이 합동하여 '조선문학예술총동맹'이 결성되고, 임화, 이원조가 이태준과 협력하고 최명익이 이에 동조하면서 남로당 계열의 주도의 '문화통일전선'이 다시 복원되었다. 그러나 1952년 12월 김일성의 비판과 1953년초부터 시작된 숙청, 그리고 1953년 8월의 재판으로 이들이 문학적, 정치적 숙청을 당하면서 '문화통일전선'은 소멸되었다는 것이다.

마지막으로 필자는 북한문학에 관한 김일성의 역할을 강조하고 싶다. 1947년 김일성이 직접 관여한 『백두산』 사건은 북한문학이 '정치화'되는 계기였다. 1947년 초 북조선문학예술총동맹의 합평회와 비평가(안함광)가 김일성이 직접 창작을 지도한 조기천의 『백두산』을 혹평하는 일이 발생하였다. 김일성은 『백두산』에 대한 비판을 정치문제 즉 '자신의 항일무장투쟁을 당의 혁명 역사로 인정하지 않는 종파주의자들의 배후 조종'에 의해서 일어난 것으로 보았다. 그 결과 문예총에 대한 검열이 행해지고, 당 중앙위원회 '문화인부'에 문예총을 직접 감독하는 부부장 직위가 신설됐다. 그런데 우리는 이것의 데자뷔를 1952년 12월 15일에 있었던 남로당 지도자 박헌영에 대한 숙청에서 발견할 수 있다. 한국전쟁의 휴전 협상이 무기한 연기된 직후인 1952년 10월 25일 박헌영은 10월 혁명 기념식에서 1925년에 창건된 조선공산당이 조선로동당의 역사라고 말하였다. 이 발언은 김일성의 항일무장투쟁이 당의 역사임을 부정하는 '종파주의자'의 존재를 확인해주는 것이었다. 김일성은 박헌영을 숙청하기 위해서 문예총 내의 문학 논쟁을 이용했고, 임화가 사형 당하는 일이 발생했다.

　필자는 이 책에 수록된 논문들을 구상하고 책으로 엮일 수 있도록 도움을 준 기관과 연구자들에게 감사드리고 싶다. 우선, 국립도서관측에 감사드린다. 국립도서관에서 NARA에 소장된 북한노획자료를 디지털 서비스해서 필자는 한국전쟁기간 북한의 원자료를 많이 볼 수 있었다. 또한 이선영·김병민·김재용 선생님께도 감사드린다. 세 분이 펴낸『현대문학비평자료집』(1993)은 이 연구의 원자료로서 큰 도움이 되었다. 다음으로 필자가 연구하는데에 큰 영감을 준 연구로는 김윤식의『해방공간의 문학사론』(1989), 김재용의『북한문학의 역사적 이해』(1994), 이애숙의「일제 말기 반파시즘 인민전선론」(2004), 김동석의「해방기 진보적 리얼리즘론에 대한 일고찰」(2005), 김동식의「텍스트로서의 주체와 '리얼리즘의 승리'」(2011), 유임하의「북한 초기 문학과 '소련'이라는 참조점」(2011), 션즈화의『조선전쟁의 재탐구』(2014), 그리고 Donggil Kim의 "Stalin's Korean U-Turn: The USSR's Evolving Security Strategy and the Origins of the Korean War"(2011)가 있다. 이런 선행 연구가 없었다면 이 책은 나오기 힘들었을 것이다.

　해방 후 8년간 임화와 이태준의 행적을 쫓아가는 일은 혼자서 하는 외로운 작업이었다. 하지만 필자는 이 연구를 어떤 의무감에서 힘들게 해 왔다. 지금 생각해보면, 박사 논문의 대상으로 임화와 이태준을 정하면서 이 책의 운명은 정해졌는지도 모른다.

차례

제1부 서론　　　　15

제2부 국가건설기 북한문학의 형성과 전개(1945.8.15.~1950.6.24.)　　　　29

제1장 문화통일전선의 형성을 둘러싼 두 가지 노선　　　　31
－조선문학가동맹과 북조선문학동맹의 대립과 그 원인

　　1. 서론: 구카프 문학자들의 분열 이유 재고　　　　31
　　2. '인민민주주의'를 둘러싼 정세 인식의 차이　　　　34
　　3. 문화운동에서 '인민전선'의 형성을 둘러싼 갈등　　　　39
　　4. 카프의 공식주의 비판을 둘러싼 동상이몽　　　　45
　　5. '당 문학' 원리의 수용과 갈등의 미봉, 그리고 재 충돌　　　　51
　　6. 결론: 구카프 문학자들을 분열시킨 문화통일전선 문제　　　　58

제2장 조선문학가동맹과 문화통일전선의 형성　　　　60
－임화의 행적을 중심으로

　　1. 서론: 임화와 조선공산당의 문화노선　　　　60
　　2. 해방 직후 정세에 대한 임화의 판단　　　　64
　　3. 문화통일전선 수립과 그 이론적 배경　　　　69
　　4. 남한 정세 변화에 따른 문학운동노선의 재정비　　　　78
　　5. 결론: 조선문학가동맹은 문학 분야에서의 인민전선　　　　93

제3장 국가건설기 북한문학의 형성과 전개, 1945.8.15.~1950.6.24.　　　　102

　　1. 서론: 국가건설기 북한문학의 형성과 역할에 대한 재고　　　　102
　　2. 친소련 국가 건설을 목적으로 만들어진 북한의 문학예술 시스템　　　　107

  3. 김일성 노선을 따르는 문학자 집단의 탄생　　112

  4. 문화통일전선을 둘러싼 갈등과 당-문학 노선의 확립　　123

  5. 전쟁을 대비한 애국주의 선전 노선의 수립　　137

  6. 결론: 김일성 노선을 따르는 문학자 집단의 탄생과 정치 종속　　144

제4장 북한의 문학자가 된 중간파 작가들과 문화통일전선의 향배　　154
　　－이태준과 최명익을 중심으로

  1. 서론: 토지개혁을 지지하며 북한을 선택한 중간파 문학자들　　154

  2. 이태준, 당과 수령 사이의 정치적 균형 감각(1946.11.~1950.5.)　　160

  3. 최명익, 김일성에 대한 지지와 역사적 사실에 대한 충실성 사이　　171

  4. 결론: 북한문단으로 이동한 문화전선의 헤게모니　　178

제5장 북한문학자의 소련기행과 전후 소련의 이식　　181
　　－이찬, 이기영 그리고 한설야의 소련기행

  1. 서론: 새로 발굴된 북한문학자들의 소련기행기　　181

  2. 이찬의 소련기행기: 『쏘련참관기』, 『쏘련기』　　185

  3. 이기영의 소련기행기: 『쏘련참관기』, 『쏘련기행』　　194

  4. 한설야의 소련기행기: 『레뽀르따주 쏘련여행기』　　202

  5. 결론: 소련기행과 전후 소련의 이식　　210

제3부 한국전쟁기 북한문학의 전개와 문학적 갈등(1950.6.25.~1953.8.6.)　　215
　　－애국주의 선전과 영웅형상화를 중심으로

제1장 한국전쟁기 북한문학의 '애국주의' 형상화 논쟁　　217

  1. 서론: 한국전쟁기 북한문학자들의 숙청 원인 재고　　217

  2. 한국전쟁 초기 김일성 중심의 애국주의 형상화(1950.6.25.~1950.12.)　　221

  3. 『문학예술』 재발간 직후의 애국주의 형상화(1951.1.~1951.6.)　　226

  4. 정전 협상 개시와 애국주의 형상화에 대한 논쟁(1951.7.~1952.12.)　　235

  5. 박헌영과 남로당 계열 숙청에 이용된 문학논쟁(1952.12.~1953.8.)　　249

6. 결론: 정치적 대리전으로서의 문학논쟁의 결말   254

제2장 한국전쟁기 문화통일전선의 복원과 중간파 문학자의 협력   257
　－이태준과 최명익의 행적과 문학을 중심으로

1. 서론: 선전노선의 변화와 남로당 계열과 중간파 문학자들의 협력   257
2. 이태준, 당의 영도력과 당원의 규율과 헌신을 강조   260
3. 최명익, 애국심의 원천으로 인민민주주의와 당을 제시   270
4. 영웅형상화 논쟁에서 남로당 계열 문학자들을 지지   279
5. 결론: 남로당 계열 문학자들이 주도하는 문화통일전선의 복원   285

제3장 한국전쟁기 현덕과 그의 소설   287
　－자연주의 경향으로 비판받은 남로당 계열 작가

1. 서론: 남로당 계열 작가, 현덕   287
2. 「복수」에 그려진 일시적인 전략적 후퇴 시기   290
3. 「하늘의 성벽」과 영웅형상화 논쟁   297
4. 「첫 전투에서」에 암시된 박헌영과 당의 동일시   305
5. 결론: 남로당 계열의 숙청에 활용된 현덕의 소설들   311

제4장 한국전쟁기 유항림의 「진두평」(1951)의 장르에 관한 논쟁   313
　－소설이냐? 전투 실기이냐?

1. 서론: 한국전쟁기 장르 논쟁을 일으킨 유항림의 「진두평」   313
2. 김일성의 지시에 따라 공화국 영웅을 형상화한 「진두평」   319
3. 「진두평」의 장르에 관한 논쟁, 소설이냐? 전투 실기이냐?   328
4. 정치적 대리전의 하나였던 「진두평」의 장르 논쟁   335
5. 결론: 남로당 계열 문학자 숙청의 도구가 된 「진두평」   340

제5장 군사적 이상형의 기원과 그 계승   342
　－북한의 전쟁문학 속 '공화국 영웅'

1. 서론: 전쟁문학과 군사적 이상형   342

2. 한국전쟁 초기 '공화국 영웅'의 제도화　　346

3. 한국전쟁 초기의 공화국 영웅 서사와 그 특징　　350

4. 공화국 영웅 서사의 계승과 발전　　363

5. 결론: 군사적 이상형의 기원으로서의 '공화국 영웅'　　375

제4부 결론　　**377**

참고문헌·392

제1부
서론

　　1945년 8월 15일 정오 일본의 쇼와 천황은 라디오 방송을 통해서 연합국의 '포츠담 선언'을 수락한다고 말하였다. 이 항복 선언은 조선인에게는 식민 상태로부터의 해방, 조선의 문학인들에게는 조선문학의 해방을 의미했다.[1] 하지만 해방과 동시에, 미국과 소련은 38선을 기준으로 남쪽과 북쪽지역에서 군정을 실시하였다. 1948년 8월 15일에는 대한민국이, 그리고 9월 9일에는 조선민주주의인민공화국이 수립되었다. 1950년 6월 25일에는 한국전쟁이 발발하여 남과 북으로 나뉜 분단 상황은 오늘에 이르렀다. 해방과 함께 시작된 남북분단 상황은 남북의 상이한 이데올로기와 결합되어 남한과 북한에서 서로 이질적인 문학이 형성, 발전하게 만들었다. 다행히, 1988년 7월 19일 우리 정부의 「월북문인 해방 이전 작품 공식 해금조치」로 식민지 시기에 조선프롤레타리아예술가동맹(이하 KAPF) 소속으로 활동한 좌익 작가들과 월북한 모더니즘 계열 작가들에 대한 출판 금지가 풀렸다.[2] 이로써 남한에서 북한문학과 북한의 문학자들에 대한 소개와 학술적 연구가 가능하게 되었다.

1　백철, 『속 진리와 현실: 문학적 자서전』, 서울: 박영사, 1976, 297면.
2　「월북작가 작품 해금에 담긴 뜻, 20여년 문학사 공백 복원」, 『중앙일보』, 1988.7.19.

임화, 김남천, 한설야, 이기영 등과 같은 카프(KAPF) 작가 및 이태준, 박태원과 같은 구인회 작가들의 해방 전 문학 활동에 관한 연구 결과들이 발표되었다. 그 후 35년 동안 북한문학에 대한 연구가 축적되었으며, 연구의 주제 역시 다양해지고 있다.

북한문학의 기원에 대한 연구는 해방 직후 발생한 조선프롤레타리아예술가동맹 출신 문학자들(이하 구카프 문학자들)의 분열에 대한 연구로부터 시작한다. 해방 직후부터 새 국가 건설을 위해 좌파와 중간파가 연합한 문화적 인민전선(혹은 문화통일전선)을 형성해야 한다는 쪽과 이에 반대하고 프롤레타리아 문학단체를 건설해야 한다는 쪽의 의견 대립이 있었다. 이로 인해서 전자는 '조선문학가동맹'(1946.2) 그리고 후자는 '북조선문학동맹'(1946.3)이라는 별개의 문학단체를 결성한다. 이러한 분열의 원인에 대해, 김윤식은 1935년 카프의 해산을 둘러싼 해소파와 비(非)해소파의 대립이 그 원인이라고 보았다.[3] 이에 따르면, 카프 해산에 찬성한 임화, 김남천 등을 중심으로 '조선문학가동맹'이 그리고 이에 반대한 한설야, 이기영 등을 중심으로 '북조선문학동맹'이 결성되었다. 이후 김윤식은 조선문학가동맹과 북조선문학동맹의 민족문학론을 '인민성'과 '당파성'에 토대한 것으로 구분하고, 이런 차이가 두 단체의 대립 원인이라고 주장하였다.[4] 김재용은 카프 해소파들이 중일전쟁 이후로 노동자계급의 당파성을 희석시키고 시민성을 지향했으며, 이는 해방직후 인민성에 대한 옹호로 변모하였다고 주장하였다.[5]

이 연구자들은 '당파성'을 '인민성'보다 사상적, 조직적으로 우월한 개념으로 보고, 조선문학가동맹의 민족문학론이 '인민성'을 지향하였다는 이유

---

3 김윤식, 『해방공간의 문학사론』, 서울: 서울대학교 출판부, 1989, 33~36면; 김재용, 「카프 해소·비해소파의 대립과 해방 후의 문학운동」, 『역사비평』 2, 1988, 236~257면.

4 김윤식, 『한국현대문학사상사론』, 서울: 일지사, 1992, 203~214면.

5 김재용, 「중일전쟁과 카프 해소·비해소파」, 『한국문학의 연구』 3, 1991, 237~278면.

로 평가절하 한다. 그리고 이 연구자들은, 국가건설기에 임화 및 조선문학가
동맹이 잘못된 '남조선로동당의 노선'을 따랐기 때문에 역사적으로 실패할
수밖에 없었다고 평가한다. 예를 들어, 김윤식은 남조선로동당(이하 남로당)의
전신인 조선공산당의 「조선민족문화건설의 노선」과 조선문학가동맹의 민족
문학론이 내용상 일치한다는 점을 근거로, 남로당의 이데올로기적 한계가
곧 조선문학가동맹이 제시한 민족문학론의 한계였으며 남로당과 함께 조선
문학가동맹의 문학자들이 몰락한 것은 당연한 귀결이었다고 평가하였다.[6]
또한, 김재용은 조선문학가동맹이 좌·우익 사이의 정치 지형과 38선으로
나뉜 남북관계에 대해 올바른 인식을 갖지 못했기 때문에 민족문제의 해결이
라는 해방기의 과제를 해결할 수 없었다는 비판을 하였다.[7]

첫 번째 물결이 지난 후 등장한 연구자들은 조선문학가동맹과 북조선문학
동맹의 분열과 노선의 차이점을 '창작방법'에 대한 의견 차이에서 찾는다.
우선, 김동식은 일제 말 김남천의 문학이념을 루카치 연구를 통한 주체의
재건이라는 관점에서 연구를 하였다. 이에 따르면, 김남천은 1930년대 중반
부터 루카치의 문학 이론을 수용하여 "현실을 과학적으로 인식하고 묘사하
려는 행위 그 자체를 통해서 작가의 소시민성을 극복할 수 있다"고 주장했
다.[8] 김동석은, 이러한 김남천의 루카치 수용이 해방기 조선문학가동맹의
창작방법인 '진보적 리얼리즘'으로 이어졌다고 보았다.[9] 한편, 북한문학연구
자들은 국가건설기에 북한문학자들이 소련의 전후 문학 정책인 '즈다노비즘'

6　김윤식, 「해방공간의 문학」, 『해방전후사의 인식』 2, 서울: 한길사, 1985, 464~465면.

7　김재용, 「해방 직후 임화의 민족문학과 통일독립: 좌우와 남북」, 『임화문학의 재인식』, 소
　　명출판, 2004, 298~330면.

8　김동식, 「텍스트로서의 주체 '리얼리즘의 승리'」, 『한국현대문학연구』 제34집, 2011.8,
　　187~245면.

9　김동석, 「해방기 진보적 리얼리즘론에 대한 일고찰」, 『한국근대문학연구』 제6권 제1호,
　　2005.4, 326~352면.

을 이식하였다고 주장하고 있다. 유임하는 1947년 북조선인민위원회가 수립된 이후, 북한문학자들의 소련문학에 대한 참조가 가속화되었으며, 기존의 민족문학과 문화에 대한 담론을 폐기하고 냉전 논리를 내재화하였다고 주장하였다.[10] 배개화는 북한문학자들이 소련기행을 통해서 전후 소련의 경제, 정치, 문화 정책을 북한에 소개하였으며, 이를 통해 문학에 대한 당의 강력한 통제(즈다노비즘), 애국주의, 스탈린에 대한 개인숭배 등이 북한문학에 이식되어 제도화되었다고 보았다.[11]

다음으로 구카프 문학자의 분열과 더불어 많은 연구자들의 관심을 끈 것은 '이태준'이 임화, 이원조와 협력하여 '조선문학가동맹'을 조직하고 1946년 11월에는 북한에 남기로 결정한 것이다. 이태준은 1930년대 중후반 구인회와 문장파의 지도자로서 모더니스트 혹은 순수문학자로 평가받았다. 북한문학사는 이런 경력을 근거로 그에게 '부르주아 문학자'라는 낙인을 찍었기 때문에 그의 선택은 많은 연구자들의 흥미를 끌었다. 이와 관련하여 당대의 문학자들은 다소 추측성 해명을 제시하였다. 이에 따르면, 이태준은 임화나 김남천과 같은 "친구만 믿고 (북한으로) 따라 갔다가 억울하게 희생"되었다.[12] 혹은 "문명(文名)으로 이광수에게 뒤지지 않았던 터라 임화의 꼬임에 빠져 월북했다."[13] 그런데 이런 해명들은 이태준이 별다른 목적 의식 없이 상황에 휩쓸려서 북한으로 갔다는 선입견을 만드는 데 일조하였다.

해금 이후의 남한의 연구자들은 대체로 이태준이 정치적 야심 혹은 사회주의에 대한 이해 부족 때문에 그러한 선택을 하였다고 본다. 이러한 연구는

---

10 유임하, 「북한 초기문학과 '소련'이라는 참조점」, 『한국어문학연구』 제57집, 2011, 153~184면.

11 배개화, 「북한문학자들의 소련기행과 전후 소련의 이식」, 『민족문학사연구』 50, 2012, 364~398면.

12 정비석, 『나비야 청산가자―정비석 자전적 에세이』, 신원문화사, 1988, 198~200면.

13 조용만, 「차고 자존심 강한 소설가」, 『상허학보』 제1호, 1993, 414면.

첫째, 식민지시기와 국가건설기의 이태준 문학을 불연속과 연속으로 보는 두 가지 관점으로 나눠진다. 이중 불연속을 강조하는 연구들은 일제 말 '상고주의'적 문학경향을 보였던 이태준이 해방이 되자 "민족통일전선을 주장하는 좌익의 화려한 전망에 현혹되어 대중적 지지를 확보한 좌파에 무임승차"하였으며, 이는 탈식민-근대주의자의 위약함을 보여주는 것이라고 비판하였다.[14] 반면에 이태준 문학의 연속성을 주장하는 연구들은 해방 후 이태준 문학은 해방 이전 문학의 질적, 사상적 변신이 아니라 발전이라고 보았다. 이중 류보선은 1941년『매일신보』(1941.3.4~7.5)에 연재되었던 「사상의 월야」에 나타난 이태준의 사상을 '민족주의'로 규정하고 이것이 해방 이후 그의 문학으로 계승, 발전되고 있다고 보았다.[15] 그에 따르면, 『사상의 월야』에서 표현된 반봉건과 반제국주의는 해방 이후 이태준의 근대화 지향과 친일매국에 대한 비판과 상통하는 것이다. 둘째, 연구자들은 이태준의 소련기행문에 기술된 소련과 사회주의에 관한 이해에 대해 대체로 부정적인 평가를 한다. 사에구사 도시카스는 그의 소련기행문이 "소련에 대한 무식과 관찰력의 부족"을 보여준다고 비판하였다.[16] 권성우는 이태준의 소련기행문은 사회주의 사회 및 인간형에 대한 이해를 비교적 정확하게 표현하였지만, 예민한 [정치적] 균형감각이 실종되었고 지적하였다.[17] 박헌호는, 이태준이 인간을 생계의 노예로부터 해방하여 문화적 삶을 누릴 수 있도록 만들어준 제도로서 사회주

---

14 강진호, 「한 근대주의자의 신념과 좌절」, 『돈암어문학』 제17집, 돈암어문학회, 2004.12, 191~214면; 장영우, 「문학과 정치-해방 후 이태준의 소설」, 『상허학보』 제1집, 상허학회, 1993.12, 160~192면; 정종현, 「탈식민 시기 삼팔선 표상의 지정학적 연구」, 『현대문학의 연구』 39, 2009, 423~460면.

15 류보선, 「역사의 발전과 그 문학사적 의미」, 『한국현대문학연구』 제1집, 1991, 227~258; 강헌국, 「월북의 의미-이태준의 경우」, 『비평문학』 제18호, 2004.6, 7~30면.

16 사에구사 도시카쓰, 「해방 후의 이태준」, 『이태준 문학전집』 18, 서음출판사, 1988, 316~317면.

17 권성우, 「이태준 기행문 연구」, 『상허학보』 14, 상허학회, 2005, 187~222면.

의를 서술하였지만, 이것은 식민지 반봉건 사회에서 살았기 때문에 근대성에 대한 철저한 자각을 가질 수 없었던 '식민지 지식인'의 열등성과 왜곡된 관점을 보여줄 뿐이라고 비판하였다.[18]

해방 직후 구카프 문학자의 분열만큼이나 연구자들의 관심을 끈 것은 한국전쟁 도중에 북한의 문화전선에 합류한 임화, 이원조, 그리고 김남천이 1952년 12월 15일 김일성의 비판을 받고 정치적으로 숙청당한 일이다. 이철주는 한국전쟁 동안 북한에서의 경험을 토대로 이들의 숙청 이유를 북한의 정치 파벌 사이의 권력투쟁 때문이라고 보았다. 그에 따르면, 소련계 조선인들이 남로당의 박헌영 계열을 이용하여 북로당의 김일성 계열과 세력 다툼을 벌인 것이 문화전선에서 남로당을 대리해온 임화, 이원조 그리고 이태준이 숙청된 직접적 원인이라고 주장하였다.[19] Myers와 Gabroussenko는 이철주의 관점을 지지하였으며, 후자는 소련자료를 추가 근거로 제시하였다.[20] 반면에 남한 연구자들의 주류적 의견은 임화 등의 숙청 원인은 문학 파벌 사이의 문학적 노선 차이 때문이라는 것이다. 김재용은 한국전쟁 기간 문학자들 사이의 대립은 "단순히 분파주의적인 것보다는 문학관과 문학운동의 차이를 둘러싸고 벌어진 것"이라고 보았다.[21] 김성수는 남로당 계열의 숙청은 문학계의 '반종파 투쟁'일 뿐이지 권력투쟁이 아니며, 그 목적은 부르주아 미학 잔재에 대한 비판을 통해서 사회주의 리얼리즘 미학을 정립하고 문예총 조직을 재정비하

---

18 박헌호, 「역사의 변주, 왜곡의 증거-해방 후의 이태준」, 『이태준문학전집』 4, 깊은샘, 2001, 397~404면.

19 이철주, 『북의 예술인』, 서울: 계몽사, 1966, 65~71면.

20 Brian Myers, *Han Sŏrya and North Korean Literature: the Failure of Socialist Realism in the DPRK*, Ithaca, N.Y.: East Asia Program, Cornell University, 1994; Tatiana Gabroussenko, *Soldiers on the Cultural Front: Development in the Early History of North Korean Literature and Literary Policy*, Honolulu: University of Hawai'i Press, 2010.

21 김재용, 「북한문학계의 <반종파 투쟁>과 카프 및 항일 혁명 문학」, 『북한문학의 역사적 이해』, 서울: 문학과 지성사, 1994, 134~135면.

기 위해서라고 주장하였다.[22] 최근의 눈에 띄는 연구는, 북조선문학동맹은 '고상한 애국주의'와 '고상한 리얼리즘'을, 그리고 조선문학가동맹은 '진보적 민주주의'와 '진보적 리얼리즘'을 기본 노선으로 수립하였으며, 이 노선 차이가 1951년 두 문학 단체가 통합되면서 당의 문예 노선에 관한 갈등으로 발전하였다고 보는 것이다.[23]

임화 등과 함께 이태준이 조선문학예술총동맹(이하 문예총)에서 축출된 것도 문학자들의 관심을 끌었다. 이태준은 1953년 초 조선로동당 기관지『로동신문』과 문예총 기관지『문학예술』을 통해서 부르주아 문학자로 비판받았다. 또한 그는 1955년 말 소련계 문학자들이 '교조주의'로 비판받을 때 같이 비판받고 북한문단에서 사라졌다. 이에 대한 기존 연구들은 크게 세 가지 유형으로 나눌 수 있다. 첫째는 이태준이 북한 문단의 주류와는 다른 문학적 경향 때문에 숙청되었다고 본다. 박헌호는 그가 사회주의를 정확하게 이해할 능력이 없었기 때문에, 그리고 임헌영은 그가 순수문학자였기 때문에 숙청되었다고 보았다.[24] 둘째는 이태준이 북한의 정책에 적극적으로 협력하였지만 정치적 '종파투쟁'에 휩쓸려 숙청되었다고 보는 시각이다. 이병렬과 김재용은, 이태준이 북의 문예 정책에 충실한 작품을 관성적으로 만들었지만 김일성주의자가 되지 못했고, 한국전쟁의 책임문제로 인하여 벌어진 남로당계 숙청의 파장으로 억울하게 반동 작가로 지목되어 숙청되었다고 주장하였다.[25] 셋째는 북한의 주류 문학 노선과의 차이 때문에 숙청되었다고 보는

---

22 김성수, 「1950년대 북한 문예비평의 전개과정」,『한국전후문학연구』, 조건상 편저, 서울: 성균관대학교 출판부, 1993, 256면.

23 배개화, 「조선문학가동맹과 북조선문학예술총동맹의 대립과 그 원인, 1945~1953」,『한국현대문학연구』 44, 한국현대문학회, 2014.1, 347~381면.

24 박헌호, 「역사의 변주, 왜곡의 증거: 해방 이후의 이태준」,『이태준 문학전집』 4, 깊은샘, 2001, 393~411면; 임헌영, 「이태준의 해방 이후 작품세계: 8·15 직후와 월북 후의 평가」,『이태준 문학전집』 3, 깊은샘, 1995, 365~376면.

관점이다. 김성수는 부르주아 미학 잔재에 대한 비판을 통해 사회주의 리얼리즘을 북한문학의 유일한 미학적 기초로 정립하는 과정에서 부르주아 문학자인 이태준이 숙청되었다고 주장하였다.[26] 장영우도 이태준이 민족의 단결을 앞세운 문학적 견해를 갖고 있었기 때문에 프롤레타리아 계급문학을 앞세운 북한의 문예 강령과 대립하였기 때문에 숙청되었다고 주장하였다.[27]

이상의 연구들을 검토하면서 필자는 몇 가지의 의문이 들었다. 첫째, 카프 해소에 대한 의견차이가 구카프 작가들이 분열한 진짜 이유인가? 둘째, 당파성이 인민성보다 우월한 개념인가? 셋째, 이태준은 '사회주의'를 진정 이해하지 못한 부르주아 문학자였을까? 넷째, '조선문학가동맹'의 건설을 주도했던 임화, 이원조, 이태준 그리고 김남천이 한국전쟁 직후 숙청된 것은 정치적 이유인가 아니면 문학 노선 차이 때문인가? 마지막으로 두 문학 파벌의 '리얼리즘' 관련 창작방법에는 어떤 차이가 있었는가?

우선, 첫 번째와 두 번째 문제를 검토해보자. 김윤식이 주장한 카프 해소파와 비해소파의 분열은 '홍효민'의 글을 근거로 한 것이다.[28] 1935년 5월에 김남천이 종로 경찰서에 카프 해산계를 낼 때 한설야, 이기영 등이 반대했을 수는 있다. 하지만 이것이 해방 직후 구카프 문학자들이 분열하는 직접적인 원인이라는 홍효민의 주장을 뒷받침하는 자료는 아직 발견되지 않았다. 반면에 두 번째 주장 즉, 해방 이후 문학운동에서 당파성과 인민성 중 어느 것을 추구할 것인가를 둘러싼 구카프 문학자들 사이의 갈등은 분열의 이유로 볼 수 있다. 하지만 '당파성'이 '인민성'보다 우월하다는 평가는 당대의 정치적

---

25 이병렬, 「《첫 전투》와 《고향길》의 의미」, 『이태준 문학전집』 3, 깊은샘, 1995, 377~391면; 김재용, 「한국전쟁기의 이태준: 《위대한 새중국》을 중심으로」, 『이태준과 현대소설사』, 깊은샘, 2004, 382면.

26 김성수, 앞의 글, 247~271면.

27 장영우, 앞의 글, 160~192면.

28 홍효민, 「문학계」, 『1947년 예술연감』, 예술문화사, 1947.5, 5면.

맥락을 무시한 것이다. 해방 직후부터 남한과 북한에서 별개의 정부가 수립될 때까지 남쪽과 북쪽의 공산당은, 모든 조선사람의 새 국가를 건설하기 위해서 민주주의민족통일전선을 결성하는 것을 목표로 삼았다. 이 민주통일전선은 자산계급까지를 망라하는 전 인민적 통일전선이었다.[29] 이러한 노선에 따라서 공산당의 정치 활동도 자산계급을 포함하여 아직 정치적으로 조직되지 않은 대중들을 통일전선에 최대한 포섭하는 데에 맞춰졌다. 이런 점들을 고려할 때, 임화와 '조선문학가동맹'이 당파성'이 아니라 '인민성'을 추구했기 때문에 잘못되었다고 평가하는 것은 이러한 노선이 나오게 된 당시의 정치적 맥락을 간과한 것이다. 한국전쟁이 정전된 직후인 1953년 8월 초에 임화, 이원조, 김남천 그리고 이태준이 남로당 지도부와 함께 '숙청'되었다는 점도 연구자들이 이들을 부정적으로 평가하는 이유 중 하나이다. 그런데 이들이 역사적으로 소멸할 수밖에 없었던 원인에 대한 분석은 국가건설기의 정치적, 문화적 과제에 대한 이해가 선행될 때 가능하다. 따라서 해방 직후 왜 구카프 문학자들이 분열하였는지 그 이유를 밝히기 위해서는 당시의 정세, 조선문학가동맹의 성격과 임화(혹은 조선공산당)가 추구한 문화운동의 목표를 정확하게 이해하는 것이 필요하다.

셋째, 이태준은 사회주의를 제대로 이해하지 못하였기 때문에 북한을 선택하였고, '부르주아 문학자'이기 때문에 숙청된 것일까? 지난 몇 년간 필자는 해방 후 8년간의 이태준의 행적과 문학을 연구하였다.[30] 이에 따르면, 국가건

---

29 북조선로동당 서기국, 「북조선로동당 창립대회 회의록」(1946년 8월 28일), 『조선로동당대회자료집』 제1편, 국토통일원 자료실, 1988, 25~26면.

30 배개화, 「이태준: 해방기 중간파 문학자의 초상」, 『한국현대문학연구』 32, 한국현대문학회, 2010, 473~513면; 배개화, 「문학의 희생」, 『한국현대문학연구』 34, 한국현대문학회, 2011, 247~282면; 배개화, 「당·수령·애국주의: 이태준의 경우」, 『한국현대문학연구』 37, 한국현대문학연구, 2012, 169~206면; 배개화, 「이태준, 최대다수의 행복을 꿈꾼 민주주의자」, 『상허학보』 43, 상허학회, 2015, 207~244면.

설기에 좌파 및 우파 세력들은 중간파와의 연합을 통해서 새 국가 건설에서 정치적 주도권을 쥐려고 하였다. 이런 상황에서 이태준은 진보적 민주주의 혹은 인민민주주의에 공감하고 이러한 제도에 기초한 새 국가 건설을 지지하였다. 또한 이태준은 해방 직후 임화가 작성한 것으로 알려진 조선공산당의 문화테제, 즉 인민민주주의 국가 수립을 위해서 그 토대가 될 '인민전선'(민주주의민족전선)을 형성해야 하며 이를 지원하기 위해서 '문화통일전선'을 건설해야 한다는 노선에 공감하고 이에 자발적으로 협력하였다. 특히 최근 박진숙의 연구에 따르면 이태준은 민주주의민족전선의 창건에 주도적으로 참여하였다.[31]

넷째, '조선문학가동맹'의 건설을 주도했던 임화, 이원조, 이태준 그리고 김남천이 한국전쟁 직후 숙청된 것에는 정치적 이유와 문학 노선의 차이가 복합적으로 작용하였다고 본다. 이를 조명하기 위해서 필자는 주로 한국전쟁기에 북한문학의 전개와 '북조선문학동맹' 문학자들과 남한에서 온 '조선문학자동맹' 문학자들 사이의 노선 갈등을 살펴볼 것이다. 이와 더불어 김일성이 박헌영을 숙청하기 위해서 문화전선 내부의 노선 갈등을 이용하였다는 점을 조명할 것이다. 이를 위해서 필자는 1949년부터 현재까지 북한문학의 중심 주제중 하나인 '고상한 애국주의'에 주목한다. 한국전쟁이 발발한 후 조선로동당은 조속한 전쟁 승리를 위해서 전투에서 혁혁한 전공을 올린 인민군, 빨치산, 혹은 주민에게 '공화국 영웅' 칭호를 부여하고 이들이 발휘하는 영웅성과 애국심을 출판물을 통해서 선전하였다. 그런데 1950년 10월 13일 박헌영이 초대 '조선인민군 총정치국장'에 임명되어 사상전선을 지휘하였고, 1951년 3월 20일 '북조선문학예술총동맹'과 '남조선문화단체총연맹'이 통

---

31   박진숙, 「해방 이후, 월북 전후의 이태준」, 『한국현대문학연구』 71, 한국현대문학회, 2023. 12, 461~491면.

합하여 조선문학예술총동맹의 건설되었다. 이 사건들은 기존의 '애국주의' 선전 노선에도 변화를 주었으며, 김일성의 노선을 지지하는 문학자들과 박헌영의 노선을 지지하는 문학자들이 서로 논쟁하였다. 1952년 12월부터 1953년 8월까지 김일성은 이러한 갈등을 이용하여 박헌영을 종파주의자로 비판하고 숙청하였다.

마지막으로 조선문학가동맹과 북조선문학동맹의 창작방법의 차이를 살펴보자. 김동식에 따르면, 전자의 김남천은 카프의 사회주의리얼리즘에 대해서 비판적인 입장이었다. 그래서 1930년대 말 '루카치의 리얼리즘' 이론을 소개하고 '세계관보다는 리얼리즘이라는 창작방법'이 더 중요하다고 강조했다. 해방 후에도 김남천은 루카치의 진보적 리얼리즘에 기초하여 진정한 사회주의 문학은 '현실 그대로의 삶의 묘사'라고 주장하며, 발자크의 경우처럼 작가의 세계관이 아니라 올바른 창작방법이 더 중요하다고 주장했다. 반면에 북조선문학동맹의 문학자들은 작가 자신이 프롤레타리아의 세계관을 가져야 한다는 입장이었다. 특히 한설야는 창작방법으로 '사회주의 리얼리즘'을 제시하며, 문학 창작에서 당파성을 관철하기 위해서 사실을 재구성할 수 있다고 주장했다. 이태준이나 최명익과 같은 중간파는 한설야보다는 김남천의 리얼리즘 이론을 지지하였다.

요약하면 해방 후 8년간 북한문학의 형성과 전개는 임화가 국가건설기 문학자의 과제로 제시한 문화통일전선의 형성, 정체, 복원, 소멸의 과정이었다. 동시에 이것은 당 문학 이론을 근거로 한 수령문학(혹은 개인숭배문학)의 씨가 뿌려지는 과정이었다. 이러한 관점에서 제2부는 해방 직후부터 한국전쟁 발발 전까지의 북한문학을, 그리고 제3부는 한국전쟁 발발부터 한국전쟁 정전 직후인 1953년 8월 6일까지의 북한문학을 탐구한다.

제2부에서 제1장은 해방 직후 구카프 문학자들이 분열하게 된 이유를 조명하고, 제2장은 임화(혹은 조선공산당)의 '문화통일전선' 노선은 어떤 것이며

이 노선의 산물인 '조선문학가동맹'은 어떤 활동을 했는지를 추적한다. 제3장에서는 북한문학의 기원과 이 문학을 건설한 문학자들이 조선인민군과 함께 김일성의 중요한 지지 기반이 되었다는 점을 밝힌다. 제4장에서는 중간파인 이태준이 해방 직후 남한에서 임화와 협력하여 '문화통일전선'을 형성한 이유, 그리고 1946년 11월부터는 북한의 문학자가 된 이유를 조명한다. 이와 더불어 평양을 기반으로 활동한 중간파 문학자인 '최명익'의 행적과 문학도 논할 것이다. 그리고 이 둘이 당의 노선을 따르면서도 '사실에 충실'한 묘사를 하였다는 점을 강조할 것이다. 제5장에서는 이찬, 이기영 그리고 한설야는 소련기행문을 통해서 제2차 세계대전 이후 소련의 교육과 문화 제도를 소개하였으며, 특히 '스탈린에 대한 개인숭배'와 '애국주의' 선전을 북한에 이식하였음을 밝힐 것이다.

제3부에서 제1장은 한국전쟁 동안 '애국주의' 선전과 관련한 김일성 계열 문학자들과 박헌영 계열 문학자들 사이의 노선 갈등, 즉 공화국 영웅에게 애국심을 고취하는 주체로 당과 김일성 중 누구를 제시할 것인가를 둘러싼 갈등을 탐구할 것이다. 제2장은 이러한 갈등에서 이태준과 최명익이 남로당 계열 문학자들을 지지하였으며, 이것은 해방 직후 서울에서 결성되었던 임화 주도의 '문화통일전선'이 평양에서 다시 복원되었다는 의미임을 강조한다. 제3장과 제4장에서는 두 파벌 사이의 논쟁점이 되었던 소위 '영웅형상화'를 둘러싼 논쟁에서 김일성 계열로부터 '자연주의' 경향을 보인다고 비판받은 현덕과 유항림의 작품들을 분석하여 이 작품들이 진짜 '자연주의' 문학인지를 검토할 것이다. 제5장은 한국전쟁 전쟁 초기 만들어진 '공화국 영웅'이라는 명칭(훈장)과 이들을 소재로 한 '애국주의' 선전 노선이 전후 북한의 군사 국가화를 추동하는 중요한 문화적 장치였다는 점을 조명하고, 수령문학의 기원이 한국전쟁 시기의 '애국주의' 선전이라는 점을 강조한다.

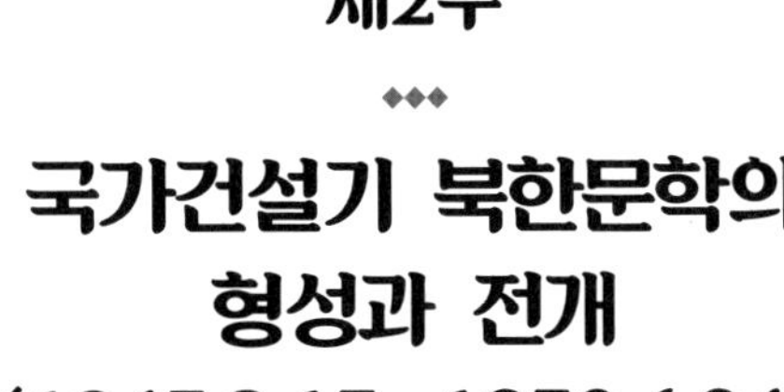

제2부

◆◆◆

국가건설기 북한문학의 형성과 전개

(1945.8.15.~1950.6.24.)

문화통일전선의 형성을 둘러싼 두 가지 노선
조선문학가동맹과 북조선문학동맹의 대립과 그 원인

1. 서론: 구카프 문학자들의 분열 이유 재고

이 논문은 해방 직후 카프 문학자들이 '조선문화건설중앙협의회' 및 '조선프롤레타리아예술동맹'으로 분열하고, 이 분열이 '조선문화단체총연맹(1946. 2.24)' 및 '북조선예술총연맹(1946.3.25)'라는 별개의 조직 건설로 발전했던 원인을 조명하고자 한다.

국가건설기(1945.8.15~1950.6.24)에 구카프 문학자들이 '조선문학가동맹'과 '북조선문학동맹'이라는 두 개의 조직으로 분열된 원인에 대해, 초기 연구자들은 1935년 KAPF(카프)의 해산을 둘러싼 해소파와 비(非)해소파의 대립이 그 원인이라고 보았다.[1] 이후 김윤식은 조선문학가동맹과 북조선문학동맹의 민족문학론을 '인민성'과 '당파성'에 토대한 것으로 구분하고, 이것이 대립의 원인이라고 주장하였다.[2] 김재용은 카프 해소파들이 중일전쟁 이후로

---

[1] 김윤식, 『해방공간의 문학사론』, 서울: 서울대학교 출판부, 1989, 33~36면; 김재용, 「카프 해소·비해소파의 대립과 해방 후의 문학운동」, 『역사비평』 2, 1989.9, 236~257면.

[2] 김윤식, 『한국현대문학사상사론』, 서울: 일지사, 1992, 203~214면.

노동자계급의 당파성을 희석시키고 시민성을 지향했으며 이는 해방직후 인민성에 대한 옹호로 변모하였다고 주장하였다.[3] 이러한 논리의 연장에서 조선문학가동맹이 잘못된 '남조선노동당의 노선'을 따랐기 때문에 역사적으로 실패하였다는 주장이나,[4] 조선문학가동맹이 좌·우익 사이의 정치 지형과 38선으로 나뉜 남북관계에 대해 올바른 인식을 갖지 못했기 때문에 민족문제의 해결이라는 국가건설기의 과제를 해결할 수 없었다는 비판이 제기되었다.[5]

이와 달리 조선문학가동맹과 북조선문학동맹의 대립은 카프의 정치적 공식주의에 대한 평가와 민족문제에 대한 역사적 자각의 차이에서 비롯되었다고 해명하는 연구도 있다.[6] 이에 따르면, 조선문학가동맹은 과거 프로문학이 지나치게 계급주의적 편향을 보인 것에 대해 비판하고 민족적 근대성의 실현을 민족문학 건설의 목표로 삼았던 반면에, 북조선문학동맹은 근대 이후의 전망, 즉 사회주의에 집착하여 프롤레타리아의 헤게모니를 강조하였으며, 민족문학은 프로문학으로 가기 위한 일시적 과도기의 문학으로 보았다. 이 연구들은 조선문학가동맹이 근대의 복합성을 이해하지 못하는 단선적 시각을, 그리고 북조선문학동맹은 근대 이후에 지나치게 집착하는 목적론적 시각을 보이고 있다고 비판하였다.

최근에는 조선문학가동맹과 북조선문학동맹의 문학 노선의 특징과 그 기원에 대한 연구들이 새로운 관점에서 제시되고 있다. 김동식은 일제 말 김남천의 문학이념을 루카치 연구를 통한 주체의 재건이라는 관점에서 연구를 하였다. 그에 따르면 김남천은 1930년대 중반부터 루카치의 문학연구를 수용

---

3 김재용, 「중일전쟁과 카프 해소·비해소파」, 『한국문학의 연구』 3, 1991, 237~278면.

4 김윤식, 「해방공간의 문학」, 『해방전후사의 인식』 2, 서울: 한길사, 1985, 464~465면.

5 김재용, 「해방직후 임화의 민족문학과 통일독립: 좌우와 남북」, 『임화문학의 재인식』, 소명출판, 2004, 298~330면.

6 이선영·하정일, 「해방 직후의 민족문학론과 근대관」, 『민족문학사연구』 제8권 제1호, 1995, 39~46면.

하여 "현실을 과학적으로 인식하고 묘사하려는 행위 그 자체를 통해서 작가의 소시민성을 극복할 수 있다"고 주장하였다.[7] 김동석은 김남천의 루카치 수용이 국가건설기 조선문학가동맹의 창작방법인 '진보적 리얼리즘'으로 이어졌다고 주장하였다.[8]

한편, 최근 이루어진 북한문학연구들은 국가건설기에 북한문학자들이 소련의 전후 문학 정책인 즈다노비즘을 이식하였다고 주장하고 있다. 유임하는 1947년 북조선인민위원회가 수립된 이후, 북한문학자들의 소련문학에 대한 참조가 가속화되었으며, 기존의 민족문학과 문화에 대한 담론을 폐기하고 냉전 논리를 내재화하였다고 본다.[9] 배개화는 북한문학자들이 소련기행을 통해서 전후 소련의 경제, 정치, 문화 정책을 북한에 소개하였으며, 이를 통해 문학에 대한 당의 강력한 통제(즈다노비즘), 애국주의, 스탈린의 개인숭배 등이 북한문학에 이식되어 제도화되었다고 보았다.[10]

이 논문은 기존의 연구 성과를 참고하고, 국가건설기에 출판된 비평 자료들을 발굴, 검토하여 구카프 작가들이 새 국가 수립을 위해서 광범위한 정치 세력을 통합하는 민족통일전선의 결성에는 동의하면서도 문화 부문에서는 통일전선의 결성을 찬성하는 쪽과 반대하는 쪽으로 분열하여 대립한 이유를 조명하겠다.

국가건설기 남북의 공산주의자들은 모두 '진보적 민주주의'를 이념으로

---

7   김동식, 「텍스트로서의 주체 '리얼리즘의 승리'」, 『한국현대문학연구』 제34집, 2011.8, 187~245면.

8   김동석, 「해방기 진보적 리얼리즘론에 대한 일고찰」, 『한국근대문학연구』 제6권 제1호, 2005.4, 326~352면.

9   유임하, 「북한 초기문학과 '소련'이라는 참조점」, 『한국어문학연구』 제57집, 2011, 153~184면.

10   배개화, 「북한문학자들의 소련기행과 전후 소련의 이식」, 『민족문학사연구』 50, 2012, 364~398면.

한 '민주주의 민족국가' 수립을 공동 목표로 하였으며, 이를 실현하기 위해 남한에서는 '민주주의민족전선'(1946.2)을 그리고 북한에서는 '북조선민주주의민족통일전선'(1946.7)을 수립하였다. 이들은 또한 1948년 9월 9일에 수립된 조선민주주의인민공화국이 남북 공동선거로 수립된, 한반도에서 유일하게 대표성 있는 정부라고 주장하였다. 이러한 정세는 문학 단체의 이념 및 활동을 규정하였으며, 두 단체에게 공통된 목표를 부여하였다. 이에 따라 구카프 문학자들 역시 공산당이 제시하는 '인민민주주의'를 국가모델로 수용하고 인민전선에 적극 참여하였다.

두 단체의 강령에 차이가 없었음에도 불구하고, 이들이 '조선문학가동맹'과 '북조선문학동맹'으로 분열되었던 가장 큰 이유는 '인민전선'의 현실적 토대, 그리고 조선 해방의 원인 및 해방 후 정세에 대한 상이한 이해 때문이었다. 구체적으로 구카프 문학자들은 '중간파' 문학자들과의 연대 문제를 두고 분열하여 서로 대립하였다. 이들은 또한 '카프의 공식주의'를 극복하는 방식에 대해서도 서로 다른 입장에 있었다. 무엇보다 '조선문학가동맹'은 작가의 세계관과 문학적 성취를 별개로 보는 루카치의 관점을, '북조선문학동맹'은 문학을 프롤레타리아 계급 의식을 고취하는 수단으로 보는 즈다노프의 관점을 수용함으로써 두 단체 사이의 노선 갈등은 더욱 심화되었다.

2. '인민민주주의'를 둘러싼 정세 인식의 차이

1945년 8월 15일 일본이 연합군에 항복하자, 카이로 회담(1943.12.2~7)에 따라 조선은 일본의 식민지에서 해방되었다. 8월 15일, 연합군최고사령부는 북위 38도선을 경계로 미·소 양군의 한반도 분할점령―연합군 일반명령 제1호―을 공포하였고, 남쪽은 미군이 그리고 북쪽은 소련군이 점령하였다.

미국과 소련은 1945년 7월 포츠담에서 조선의 독립과 신탁통치를 포함한 조선 문제를 논의할 때부터 조선에 수립되는 정부는 자신들에게 우호적이어야 한다는 생각을 갖고 있었다. 예를 들어 소련은 조선의 독립과 소련 동부의 안보를 위해 소련과 친밀한 관계를 맺은 정부가 수립되어야 하며, 만약 신탁통치를 실시하게 되면 소련은 거기에 주도적인 역할을 해야 한다고 생각하였다.[11] 미국도, 만약 (신탁통치를 받는) 임시 정부에 대해 소련이 주도권을 행사하고 다른 나라는 보통의 목소리밖에 낼 수 없게 된다면, 조선 문제를 유엔에 이관하기로 작정하고 있었다.[12] 이와 같은 미국과 소련의 한반도 전략은 각 정치 주체의 국가 수립을 위한 활동의 승패를 좌우하는 큰 요인이 되었다.

해방 직후인 8월 20일, 박헌영은 조선공산당 재건위원회를 발족하고 '8월 테제'를 발표하였다.[13] 이 테제는, 조선의 혁명을 '부르주아 민주주의 혁명 단계'로 규정하고, '민족적 완전독립'과 '토지문제의 혁명적 해결'을 가장 중요한 중심 과업으로 제시하였다.[14] 이 테제는 또한 노동자, 농민, 도시 소시

---

11   Zhukov and Zabrodin, "Korea, Short Report," 29 June 1945, *Archive of Foreign Policy of the Russian Federation(AVPRF)*, fond 0430, opis 2, delo 18, papka 5, listy 18~30; The surest guarantee of the independence of Korea and the security of the USSR in the East would be the establishment of friendly and close relations between the USSR and Korea. This must be reflected in the formation of a Korean government in the future." (…) The fifth "if a trusteeship is established, the Soviet Union must, of course, participate in it prominently."

12   "No. 252 740.00119 (Potsdam)/5-2446 Briefing Book Paper"; The attitude of the Soviet Union toward an interim administration for Korea is not known, but it is possible that it will make strong demands that it have a leading part in the control of Korean affairs. If such demands required the establishment of an administrative authority in which powers other than the Soviet Union had only a nominal voice, it might be advisable to designate Korea as a trust area and to place it under the authority of the United Nations' organization itself.

13   박헌영은 조선공산당의 최초 건설자 중 한 명이자, 코민테른에서 조선으로 파견한 두 명(박정애, 박헌영)의 공산주의 지도자 중 한 명이었다.

14   조선공산당 중앙위원회, 「현 정세와 우리의 임무」, 『한국현대현실주의비평선집』, 나남,

민과 지식인 등이 혁명의 동력이 되어야 하며, 가장 혁명적인 프롤레타리아가 이 혁명의 영도자가 된다고 주장했다. 그리고 '인민정권'을 수립하기 위해서 노동자, 농민, 도시 소시민, 지식인이 참여하는 '민족통일전선'을 형성하여야 한다고 주장하였다.[15]

북한에서는 10월 10일에 서북 5도당 및 열성자 대회에서 조선공산당 북조선 분국 설치가 결정되었다. 이 대회의 결정서는 현 단계를 부르주아 민주주의 혁명 단계로 규정하고, 토지 문제의 해결을 기본 과제로 설정하고, 친일분자를 제외한 국내 전 '인민전선'의 통일을 주장하였다.[16] 또한 민족통일전선의 결성을 위해 북조선분국은 김일성을 통해서 민족지도자인 조만식과 협력하고, 공산주의 청년동맹을 해체하는 대신 좀 더 광범위한 범위의 청년을 규합하는 조선민주주의청년동맹 북조선위원회를 결성하였다.

당시 남북한의 공산주의자들이 공히 추구한 국가 모델은 '인민민주주의'였다. '인민공화국'이나 '임시인민위원회'라는 명칭에서도 알 수 있듯이 당시 조선의 공산주의자들은 '인민민주주의' 국가 건설을 추구하였다. '인민민주주의'는 공산주의 정치 제도의 하나로서, 제2차 세계대전 이후 소련에 의해 동유럽과 아시아의 탈식민지 국가에서 발전한 정치 형태의 하나이다. 이것은 사회주의로 가는 길에서 다계급적 다당적 민주주의를 허용하는 이론이다.[17] 동유럽과 중국 등의 국가에서는 파시즘과 반제국주의 투쟁 과정에서 실질적인 '인민전선'이 형성되었다. 그리고 제2차 세계대전 이후에는 이들 나라에

1989, 372면.

15 위의 글, 382~284면.

16 이종석, 『조선로동당연구』, 역사비평사, 2003, 173~174면.

17 1930년대 유럽에서 발흥한 파시즘에 대항하여 프랑스와 스페인 등에서 인민전선(Popular Front)이 형성되자, 제3차 공산주의인터네셔널(코민테른)의 지도부는 소련의 프롤레타리아 독재와는 달리 광범위한 다계급적 통일전선을 형성하였다. 이러한 인민전선은 게오르그 루카치가 1929년 '블룸 테제'에서 처음으로 제안한 것이기도 하였다.

서 '인민전선'을 정당으로 재조직하고, 이를 토대로 '인민민주주의' 정권을 수립하였다. 조선의 공산주의자들도 소련의 지도하에 이를 목적의식적으로 추구하였다.

하지만 공산주의 진영 내에 당시 정세와 인민전선의 성격에 대한 판단에 미묘한 판단의 차이가 있었다. 일단 조선공산당 재건파의 경우 제2차 세계대전을 파시즘 대 진보적 민주주의 국가 사이의 전쟁으로 규정하고, 인민전선을 통한 부르주아 민주주의 혁명을 당면 과제라고 판단하였다. 반면에 장안파는, 제2차 세계대전이 제국주의와 사회주의의 전쟁이며 여기서 소련이 승리함으로써 조선이 해방되었다고 판단하고, 부르주아 민주주의와 사회주의의 동시 혁명을 주장하였다.[18] 북조선 분국의 지도자 김일성은 조선의 해방이 자본주의의 국가인 영미와 사회주의 국가인 소련의 이중의 힘에 의한 해방이었다는 점은 인정하면서도 '반제국주의'를 조선해방의 특수성으로 강조하였다.[19]

이처럼 미묘한 관점의 차이는 공산주의자들이 인민전선의 성격을 서로 다르게 해석하는 데서도 잘 나타난다. 예를 들어, 박헌영은 이를 '반파시즘 민족해방'을 목표로 한 광범위한 계급 연합으로 이해하였다.[20] 하지만 김일성은 '인민전선' 대신에 '민족통일전선'이라는 용어를 일관되게 사용하였다. 그 이유는 민족통일전선은 조선과 같이 "식민지화의 위험으로 제국주의에 반대하는 진영"에서 사용하는 것이고, '인민전선'은 프랑스나 스페인과 같이 자국 내에서 '파쇼화'의 위험을 당한 국가에서 사용하는 용어라고 보았기

18　한국역사연구회 현대사연구반, 「조선공산당·남로당의 변혁노선과 활동」, 『한국현대사』 1, 돌베개, 1991, 143~144면. 이 글의 논자들은 장안파 공산당의 정세인식을 올바르지 못한 것으로 평가한다.

19　위의 책, 144면 각주 3번 참조.

20　조선공산당 중앙위원회, 앞의 글, 327면.

때문이다.[21]

소련군정의 지원을 받아 김일성은 '인민민주주의' 개혁을 큰 내부 저항 없이 할 수 있었다. 1946년 2월 김일성을 수상으로 하는 임시인민위원회가 수립되고, 3월부터 무상몰수 무상분배의 '토지개혁,' 기간산업의 국유화, 8시간 노동제 실시 등이 '행정 혁명'의 형식으로 차례차례로 단행되었다. 이런 상황이었기 때문에, 북한의 공산주의자들은 '인민전선'에서도 유리한 입장에 위치하였다. 반면에 남한의 경우는 미군정이 이승만을 지도자로 하는 좌우합작(독립촉성중앙협의회)을 시도하였다. 설상가상으로 우파는 신탁통치 반대 그리고 좌파는 신탁통치 찬성으로 입장이 갈렸다. 이런 불리한 정세 속에서 남한의 공산주의자들은 광범위한 '인민전선'의 형성과 대중적인 지지를 획득하기 위한 투쟁을 지속적으로 펼쳐가야만 했다.

이처럼 다른 조건에 놓인 공산주의자들의 활동 방식은 소련 민정국의 다음과 같은 평가에서도 잘 드러난다. 이에 따르면, '북조선민주주의민족통일전선'(1946년 7월 결성)의 "결성 초기에 북조선공산당의 도, 군 조직 내부에 이른바 좌파들은 온갖 선전선동을 통해 공산당의 헤게모니를 강조함으로써 공개적으로 여타 정당을 무시하였고 이로 인해 민주주의민족통일전선을 해체시킬 위험을 조성하였다."[22] 반면에, 남한은 조선 문제의 올바른 해결책에 대한 대중이 이해가 높아지면서 기회주의적인 정당들이 모스크바 협정준수를 지지하는 남조선 좌파정당으로 방향전환 하였으며, 노동자계층이 주도한 '10월 총파업' 이래 남조선의 농민, 기타 진보세력이 투쟁에 참여하게 되었다."[23]

---

21 김일성, 『민족대동단결에 대하야』, 조선공산당 청진시위원회, 1964년 3월, 2면; 이종석의 앞의 책, 174면 각주 63번에서 재인용. 이종석은 서북 5도당 결정서에 '인민전선'이라는 용어가 사용되고 있음을 근거로 김일성의 의견이 결정서에 관철되지 못했다고 판단하였다.

22 "Report on the Works of the Soviet Administration in North Korea for Three Years(August 1945–November 1948: Politics)," December 9, 1948, *Archive of Foreign Policy of Russian Federation(AVPRF)*, fond 0480, opis 4, delo 46, papka 14, listy 224~255.

한 마디로, 해방 직후 박헌영이 지도하는 조선공산당은 당시의 정치적 과제를 '반파시즘 민족해방'으로 보고, 파시즘에 대항하는 계급연합을 주장하였다. 반면에, 장안파와 김일성은 당시의 과제를 '반제국주의 민족해방'으로 보고 제국주의에 대항하는 계급연합을 주장하였다. 이 차이는 문학자들의 활동에도 큰 영향을 미쳤다.

3. 문화운동에서 '인민전선'의 형성을 둘러싼 갈등

1945년 8월 15일 해방 되었을 때, 민족문학 및 민족국가 건설이라는 임무를 수행하기 위해 가장 먼저 나섰던 사람들은 문학자였다. 8월 16일, 임화와 김남천 등의 주도로 '조선문학건설본부'가 조직되었으며, 8월 18일에는 '조선문화건설중앙협의회'가 조직되었다.[24]

조선문화건설중앙협의회는 "조선문화의 해방, 조선문화의 건설, 문화전선의 통일"을 목적으로 결성되었으며, 친일문화인을 배제한 나머지 문화인들의 대동단결을 목표로 하였다.[25] 조선문화건설중앙협의회의 의장은 임화, 서기장은 김남천이었으며, 산하 조선문학건설본부의 중앙위원장은 이태준, 서기장은 이원조였다. 이러한 인적 구성은 '카프 계열과 중간파의 협력'을 잘 보여준다.[26]

---

23 위의 글. 이런 평가에서 알 수 있듯이 '인민성'과 '당파성'은 전략전술적인 개념이지 절대적인 가치 개념이 아니다.

24 「조선문화건설중앙협의회 결성」, 『매일신보』, 1945.8.24; 8월 18일 열렸던 협의회에는 문학부분 협의회 의원으로 이태준, 임화, 박태원, 김남천, 이원조가 참석하였으며, 미술, 음악, 연극, 연극 분과 위원들까지 합하면 총 20명의 문화인들이 참가하였다.

25 위의 글. 이는 북조선 분국의 결정서의 내용과 같으며 해방 직후 조선공산당의 기본 방침이었던 것으로 보인다.

하지만 과거 카프 맹원이었던 문학자들 중 일부―윤기정, 권환, 한효, 박세영, 박아지―는 1935년 5월에 해체된 조선프롤레타리아예술가동맹(KAPF)의 재건을 주장하며 1945년 9월 30일 별개의 문학예술가 단체를 만들었다.[27] 조선프롤레타리아예술동맹은 조선문화건설중앙협의회에 대해 중간파와의 이데올로기적 타협을 시도한 '무계급적인 조직'이라고 비판하였다.[28]

동맹의 지도자 한효는 "정치는 경우에 따라 당파성을 초월하여 민족통일전선을 만들 수 있고 인민전선을 구성할 수 있으나 예술은 어떠한 경우에 있어서든지 초계급적일 수가 없고 또한 초당적일 수 없다"고 주장하고, "프롤레타리아 예술은 프롤레타리아 계급의 의식과 행동의 형식"[29]이기 때문에 프롤레타리아 문학예술가들을 중심으로 한 단체를 조직하여야 한다고 주장하였다. 그는 또한 조선프롤레타리아예술동맹은 [박헌영이 영도하는] 조선공산당의 사상을 문학작품을 통해 형상화하여 대중들을 계몽, 교육시키는 '문학운동단체'임을 강조하였다.[30]

이처럼 구카프 문학자들이 중간파와의 협동 문제로 분열되자, 임화는 통일전선은 친일파를 배제한 모든 문학자의 무원칙한 대동단결이 아닌 '인민'에 기반을 둔 것이어야 하며, 조선문학건설중앙협의회는 "8월 15일 직후 혁명적 앙양 가운데서 응급으로 만들어진 조직으로서의 결함을 청산하여야 한다"고 반성하였다.[31] 그는 "일본제국주의의 기반이라는 지배적 사실이 상실된 이외,

---

26   「조선문화건설중앙협의회 건설」, 『매일신보』, 1945.8.24.

27   「조선프롤레타리아예술동맹결성」, 『매일신보』, 1945.10.1. 산하 단체인 조선프롤레타리아 문학동맹은 1945년 9월 17일 결성되었다; 홍효민, 「문학계」, 『1947년 예술연감』, 예술문화사, 1947.5, 5면.

28   한효, 「예술운동의 전망」(『예술운동』 창간호, 1945.12), 『한국현실주의비평선집』, 김윤식 편, 나남, 1989, 140면.

29   위의 글, 136면.

30   위의 글, 142면. 중간파도 이러한 교육의 대상일 뿐이다.

31   임화, 「현하의 정세와 문화운동의 당면 임무」(『문화전선』 창간호, 1945.11.15), 『임화예술

'민족의 완전한 해방과 토지 관계에 있어 봉건적 잔재의 소탕'이란 식민지 [해방] 운동의 기본 과제는 아직 과제대로 남아있다"[32]라고 당시의 상황을 설명하였다. 이를 해결하기 위해서 그는 "혁명적인 노동자 계급을 위시한 농민과 중간층과 진보적 시민"으로 구성된 문화통일전선을 건설해야 한다고 주장하였다.

1945년 9월 12일 조선공산당의 재건이 선언된 이후 공산당의 전국 단위 대중조직들이 속속 결성되었다.[33] 하지만 12월이 되도록 문화부분에서는 전국적인 통일조직이 결성되지 않자, 조선공산당은 김태준을 중재자로 내세워 두 조직의 합동을 지시하였다.[34] 그 결과 1945년 12월 3일 조선문학건설본부와 조선프롤레타리아문학동맹의 대표들이 만나 단체를 합동하기로 결정하였다.[35] 1945년 12월 6일 문협 회관에서 양 단체의 합동 위원 11명이 출석하여 "문화전선의 통일을 위해" 두 단체를 해소하고 가칭 '조선문학동맹'으로 통합할 것을 요지로 하는 공동 성명서를 발표하였다.[36] 그 결과로 12월 13일 두 단체는 통합 결성식을 통해서 통합을 공식화하였다. 1946년 2월 8일~9일, 조선문학동맹은 전국문학자대회를 개최하고 단체의 명칭을 조선문학가동맹으로 변경하여 정식 출범을 선언하였다. 그리고 이 대회에서 조선공산당중앙위원회의 「조선민족문화건설의 노선(잠정안)」이 문화운동의 노선으로 결정되었다.[37]

전집: 평론 2』, 소명출판, 2009, 357면.

32 위의 글, 358면.

33 김남식, 『남로당 연구』, 돌베개, 1984, 63~115면.

34 백철, 『속 진리와 현실: 문학적 자서전』, 서울: 박영사, 1976, 313면.

35 홍효민, 앞의 글, 5면; 이에 대한 실증적 연구로는 배개화, 「조선문학가동맹과 문화통일전선의 형성: 해방기 임화의 행적을 중심으로」(『임화문학연구』 2, 소명출판, 2011)을 참조.

36 「조선문학건설본부와 프롤레타리아 문화동맹, 조선문학가동맹으로 통합」, 『자유신문』, 1945.12.7.

'조선문학가동맹'은 1935년 이후 유럽에서 파시즘에 대항하여 건설되었던 인민전선을 모델로 하고 있다. 임화는 일제가 1931년 9월 18일에 만주침략을 개시하면서 가장 반일적인 계급운동과 프로문학운동을 공격하고, 1937년 7월 7일에는 중일전쟁을 시작하면서 모든 종류의 진보적 운동과 진보적 문학에 대한 더 한층 가혹한 압박에 착수하였다. 이에 조선의 문학은 일제의 압박에 대항하여 "신문학 이래 처음으로 공동노선에서 협동"하였다고 보고하였다.[38] 그는 식민지 상태에서 해방이 되었다는 사실 이외에는 이전과 당시의 객관적 조건에는 아무런 차이가 없으므로 일제 말 형성되었던 문학자들의 공동전선이 현재도 유효함을 강조하였다.

그러자 이에 반발한 조선프롤레타리아문학동맹의 문학자 다수가 월북하였다. 이들은 북한 거주 문학자들과 함께 협력하여 1946년 3월 25일에 '북조선예술총연맹'을 건설하였다. 이 조직의 강령은 진보적 민주주의 국가 건설을 위해 1. 일본제국주의 잔재의 청산, 2. 봉건주의 잔재의 청산, 3. 국수주의의 배격, 4. 진보적 민족문학의 건설, 5. 조선문학의 국제문학과의 제휴 등이었다. 이러한 강령은 남한에서 건설된 '조선문화단체총연맹'의 강령과 대동소이한 것이다. 이는 남북의 공산주의자들이 모두 조선이 '부르주아 민주주의 혁명' 단계에 있으며, 토지 문제의 혁명적인 해결을 통한 진보적 민주주의 국가 건설을 목표로 하고 있었기 때문이다.

그렇다면 구카프 맹원들 사이에서 왜 이런 입장 차이가 발생하였던 것일까? 우선, 문학자들 간의 불충분한 연대감의 형성을 생각해볼 수 있다. 임화

---

37   조선문학가동맹 중앙집행위원회 서기국, 「제1회 전국문학자대회 회의록」, 『전환기의 조선문학』, 1946, 205, 217~218면. 이원조의 진술에 따르면 이 문화테제는 임화가 작성한 것이라고 한다(조선민주주의인민공화국 최고재판소, 『미 제국주의 고용간첩 박헌영·리승엽 도당의 조선민주주의인민공화국 전복음모와 간첩사건 공판문헌』, 국립출판사, 1956, 321면).

38   임화, 「조선 민족문학 건설의 기본과제에 관한 일반보고」, 『건설기의 조선문학』, 조선문학가동맹 중앙집행위원회 서기국, 1946, 38~39면.

는 1937년 이후부터 조선문학이 인민전선을 형성하였다고 주장했지만,[39] 이를 뒷받침할 근거가 충분치 않다. 1940년 '경성 콤그룹 사건'으로 조선어학회의 총무였던 신명균이 김태준의 알선으로 박헌영을 만났던 사실이 밝혀졌는데, 이는 반파시즘 계급 연합의 한 시도로 볼 수는 있으나 검거로 인해 실질적인 결과를 얻지는 못했다.[40] 이밖에 '조선문예부흥사 사건'을 통해서 임화 등이 박태원 등과 교류하면서 '민족문학' 운동의 가능성을 타진한 것이나,[41] 임화가 김태준과 협력하여 학예사를 운영하면서 조선고전문학을 출판한 것도 있다.[42] 하지만 이것을 목적의식적인 반파시즘 '인민전선'이라고 판단하기 어렵다. 반면에 한효 등은 '구인회'에 대해 카프의 해산을 틈타 문단권력을 장악한 부르주아 문학가라는 반감을 갖고 있었다. 결국, 이런 불신은 문학자들의 분열을 가져왔다.

두 번째는 두 집단 사이에 문학 정책의 차이가 존재했다. 구카프의 작가들은 "프롤레타리아 예술은 프롤레타리아 계급의 의식과 행동의 형식"임을 강조하고, 프롤레타리아 계급의식으로 무장된 작가들만의 단체를 만들어야 한다고 주장한다. 이것은 과거 이들이 모방했던 '러시아프롤레타리아작가협회'(이하 RAPP)가 프롤레타리아적 문화혁명의 '전투적 전위'임을 자임하며, 소비에트 문학 내부의 '부르주아 적들'과의 투쟁을 선언했던 것을 그대로 답습한 것이다.[43] 이러한 카프 전통에 대한 고수는 카프 조직의 재건을 고집하게 만들었으며, 이것을 주장하는 문학자들에게 '카프 비해소파'라는 이미지를 부여하였다.

---

39 위의 글, 38~39면.

40 이애숙, 「일제 말기 반파시즘 인민전선론」, 『한국사연구』 제125호, 2004.9, 203~238면.

41 배개화, 「1930년대 말 치안유지법을 통해 본 조선문학: 조선문예부흥사 사건과 조선문학자들」, 『한국현대문학연구』 제28집, 2009.8, 205~241면.

42 방민호, 「임화와 학예사」, 『상허학보』 26, 2009, 263~306면.

43 올랜도 파이지스, 『나타샤 댄스: 러시아 문화사』, 채계병 역, 이카루스미디어, 2005, 674면.

반면에, ‘카프 해소파’로 불리는 구카프 회원들은 1934년 이후 소련의 정책과 문학연구에 영향 받고 있었다. 1932년 스탈린의 명령으로 ‘러시아프롤레타리아작가협회(RAPP)’가 해체되고, 소련작가동맹이 건설되었다.[44] 이러한 조치는 RAPP의 귀족적이고 폐쇄적인 운영방식에 대한 스탈린의 비판과 프롤레타리아 독재의 종결을 선언하는 새로운 사회주의 헌법의 재정과 밀접한 관련이 있다. 이 때 루카치는 소련에서 ‘맑스-레닌주의 문학이론’의 정립을 목표로 발자크 연구, 지킹엔 논쟁 등으로 알려진 맑스와 엥겔스의 문학비평문을 발굴하고 소개하였다. 이 연구는 사회주의적 사실주의의 원리가 ‘현실 그대로의 삶의 묘사’라는 맑스-엥겔스의 미학이지, ‘이루어져야 하는 삶의 묘사’라는 스탈린적 왜곡이 아님을 시사하였다.[45] 당시, 김남천은 루카치의 연구를 소개하고 창조적으로 재해석하고자 하였다.

1929년 루카치는 ‘블룸테제’를 발표하고, 부르주아 민주주의의 완전한 실현을 목표로 하는 노동자·농민의 ‘민주주의적 독재’를 주장했다.[46] 이러한 전략은 유럽에서 파시즘이 발흥하고 제2차 세계대전이 발발한 덕분에 힘을 얻게 되었으며 인민민주주의로 발전하였다. 루카치의 영향은 임화의 문화테제에서 가장 선명하게 드러난다. 임화는 일제 말 문학자들이 반파시즘 투쟁에서 서로 연대하였음을 강조하고, 식민지 지배로 인한 근대문학의 이식성과 변칙성을 제거하고 근대성을 완성하기 위해서 “완전히 근대적인 의미”의 민족문학을 건설해야 한다고 주장하였다.[47] 그리고 민족문학의 주체로 프롤레타리아 작가와 중간파-양심적인 자유주의 부르주아 문학자들과 모더니스

---

44   위의 책, 677면.

45   위의 책, 677~678면. 루카치는 사회주의 사실주의를 ‘이루어져야 하는 삶의 묘사’로 보고 이를 스탈린적 자연주의라고 비판하였다.

46   게오르그 루카치, 『삶으로서의 사유』, 김경식·오길영 역, 솔출판사, 1993, 137~144면.

47   임화, 「조선 민족문학 건설의 기본과제에 대한 일반 보고」, 41면.

트들을 제시하였다.[48]

한마디로, 해방 초기 구카프 문학자들이 문화 방면에서의 계급연합의 문제로 대립하고 분열한 이유는 '인민전선'의 토대인 반파시즘 투쟁의 역사적 빈곤과 소련의 문예노선에 대한 선택적 수용 때문이다.

4. 카프의 공식주의 비판을 둘러싼 동상이몽

두 조직은 또한 KAPF의 계승 문제에 대해서도 입장 차이를 보였다. 조선문학가동맹의 작가들은 과거 카프의 문학운동 방식에 대해서 비판적이었다. 카프 해산 후, 임화는 카프 작가들이 '사회주의 리얼리즘' 논의를 통해서 '운동으로서의 문학'에서 이탈했다고 주장했다. 김남천은 과거 카프 작가들이 "문학의 이론과 자료를 조선문학의 현실에서 발견"하여 추진하지 않고, "소련이나 기타 선진국의 이론을 수입하여 그것을 되풀이"하는 '공식주의'적 오류를 범했다고 비판하고, 현재에도 일부 작가들이 그러한 오류를 답습하고 있다고 주장한다.[49]

카프 작가의 작품을 읽어보았는데 10년 전이나 10년이 지난 오늘에나 꼭 가튼 작품을 쓰는 것 같습디다. 그 동안 무엇을 했는지 알 수가 없어요. 과거 우리는 [총독부가] 식히는 대로 남산에 따라다녔습니다. 그러나 지금 당에 쪼차

48　이러한 범위 설정은 조선 사회의 민주주의적 발전에 합의한다면 인민전선의 범위를 토착자본가계급으로까지 확대할 수 있다는 생각에 토대를 두고 있다; 임화, 「민주주의 민족전선」, 『인민평론』, 1946.3, 10~18면.

49　「창작합평회」(『신문학』 2호, 1946.6), 『한국현대현실주의비평선집』, 김윤식 편, 나남, 1989, 107~108면.

단이는 것이 남산[의 신사(神社)]에 올라가든 그 때와 무엇이 다릅니까. 과거의 행동은 그 일거일동이 고민이 아니엿스면 안 될 것입니다. 만약 그 때 심각한 고민을 가졌섰다 하면 이제 다시 공식적으로 나올 리가 없다고 생각합니다. (…) 예를 들면 노동자 가운데는 의식이 있는 이, 또 의식이 없는 이가 잇슬 것이고 좌익인 또 우익인 노동자가 잇서 서로 나뉘고 다르고가 잇슬 것이지만 노동자라고 하면 그저 혁명을 담당하는 이상적 계급으로만 보는데 공식주의가 나오는 것입니다. 이 공식주의는 현실을 너무 웃습게 안이하게 보는 때문에 오는 것입니다.[sic.][50]

김남천은 또한 국가건설기 작가들이 "1930년대 말에 도달했던 문학적 수준의 토대에서 진보시키려고 하지 않는다. 창작 사업의 재출발의 당초를 1935년 전주사건 직후의 작가적 경지의 질적 비약이 없는 가운데서 찾으려고 한다."라고 비판한다.[51] 이러한 비판은 카프의 아이디얼리즘과 도식주의, 즉 문학을 세계관의 확성기로 생각하고 작품 속에 인물들을 도식화해서 묘사하는 것에 대한 비판이다.

무엇보다 김남천은 문학적 행위의 주체적 계기와 자각을 강조한다. 그는 총독부의 지시에 따라 '신사참배'를 하러 다녔던 것과 공산당의 명령을 무조건적으로 추종하는 행위를 같은 것으로 비판한다. 김남천은 자신의 행위의 정당성/도덕성에 대한 철저한 고민이 결여된 채 권력에 굴복하고 그 명령을 일방적으로 추종하는 지식인의 태도는 언제든지 '전체주의' 혹은 파시즘화할 수 있음을 경계한다. 그리고 그는, 이런 태도가 '인민전선'의 이념 나아가 '인민민주주의' 정신과 반대되는 것임을 지적한다.

50　위의 글, 108면.
51　위의 글, 108~109면.

‘당위’와 ‘권위’에 대한 굴복은 현실에 대한 냉정한 관찰과 과학적 인식과는 거리가 있음을 자각하였던 김남천은 KAPF의 실패 이유인 공식주의적 한계를 극복할 대안을 루카치의 문학이론에서 발견한다. 1930년대 말부터 김남천은 루카치의 「소설의 이론」을 자세히 소개하고, 소위 “세계관에 대한 리얼리즘의 승리”를 강조한다. 김남천은 발자크가 왕당파로서의 세계관을 갖고 있었지만, “귀족계급이 당연히 몰락할 것과 신흥시민이 세계의 패자[覇者]로 융흥할 것”을 그의 『인간희곡』에서 묘파할 수 있었다는 점을 주목한다. 이를 전제로 김남천은, 발자크의 문학적 성취는 “고루한 사상을 넘어서 위력을 나타낸 리얼리즘” 때문이었다고 주장한다.[52]

김남천의 발자크 이해는 엥겔스의 발자크 비평과 일치한다. 엥겔스는 ‘경향소설’ 즉 작가의 사회적, 정치적 견해를 주로 표현하는 소설보다는 작가의 사상이야 어찌됐든 당대 사회에 대한 정확한 이해를 돕는 ‘리얼리즘’이 노동자계급에게 훨씬 유용함을 주장한다.

저자의 견해가 숨겨지면 숨겨질수록, 예술작품을 위해서는 더 낫습니다. 내가 논하고 있는 리얼리즘은 심지어는 저자의 의견과는 상관없이 뻗어나갈 수 있습니다. 한 가지 예를 들어보겠습니다. 제가 졸라의 『과거, 현재, 미래』보다 훨씬 더 위대한 리얼리즘의 대가로 간주하는 발자끄는 『인간희극』에서 1815년 이후에 재건되었던 옛 프랑스의 생활양식의 기치를 다시 내걸었던 귀족사회 위에서 부상하는 부르조아의 공세를 편년체로, 1816년에서 1848년까지 거의 매년 묘사하여 가장 놀라운 정도의 리얼리즘적 프랑스 ‘사회’의 역사를 특히 ‘파리 사교계’의 역사를 우리에게 보여주었습니다.”[53] (강조-인용자)

52　김남천, 「소설의 운명」, 『인문평론』, 11월호, 1940.11, 15면.
53　맑스·엥겔스, 『마르크스, 엥겔스 문학예술론』, 김영기 번역, 논장, 1987, 89면.

이를 토대로 루카치는 진정한 리얼리즘은 인간을 형상화함으로써 사회의 발전을 예측하는 것이며, 이러한 예술적 성취는 발자크의 문학처럼 작가의 세계관과는 관련이 없을 수도 있다는 결론을 내린다. 그에 따르면, 작가가 진정한 "리얼리스트라고 한다면, 사상적으로 그가 현실을 어떻게 요약하느냐와 상관없이, 현실의 객관적 총체성에 대한 문제는 결정적인 역할을 하게 된다." 따라서 진정한 '리얼리즘'은 작가의 사상/이념의 선전이 아니라, 현실을 있는 그대로의 상태로 전체로서 기술하는 것이다.[54] 루카치는 특히 리얼리즘만이 인민전선 형성이 갖는 의의를 대중들에게 납득시킬 수 있다고 주장한다.[55]

노동자 계급에게 진정으로 유용한 문학은 리얼리즘이지 아이디얼리즘이 아니라는 믿음은 카프 문학이 '작가의 사상이나 세계관의 확성기'에 그쳤던 문제에 대한 반성이자 결론이었던 것이다. 무엇보다 인민전선에 대한 문학적 이해, 즉 '문학적 성취는 작가의 세계관과는 별개이며 문제는 현실을 정확하게 파악하고 형상화하는 것'이라는 생각은 국가건설기에 좌파와 기타 문학자들이 서로 협력하는 토대가 되었다. 당시 문화적 연대의 최저 조건은 그의 과거 입장이 어떠했던 간에 현재 노동자 계급을 위해서 유용한 작품을 쓸 수 있다면 서로 협력할 수 있다는 것이다.

'인민전선'의 사상을 토대로 조선문학가동맹은 공식적 창작방법으로 '진보적 리얼리즘'을 결정한다. 이는 "진보적 민주주의 수립을 역사적 임무로 하는 시대의 유물변증법과 결합된 리얼리즘"[56]으로서 혁명적 로맨티시즘을 계기로 내포한 창작방법이다.[57] 이를 실천하기 위해 국가건설기 문학자들에

---

54   게오르그 루카치, 『문제는 리얼리즘이다』, 홍승용 역, 실천문학사, 1987, 97면.

55   위의 책, 107면.

56   김남천, 「새로운 창작방법에 대하여」, 『전환기의 조선문학』, 조선문학가동맹 중앙집행위원회 서기국, 1946, 167면.

게는 공식주의의 극복이 임무로 요청되었다. 즉 문학자는 "현실을 자신의 관념으로 과장하거나 미화"하는 것이 아니라, "비굴한 것을 비굴하게 그리는 성실한 태도를 가져야" 하며, "리얼리즘의 정신에 입각하여 새로운 현실을 담을 새로운 장편 소설의 양식을 획득"해야 한다. 또한 작가들은 자신의 중요한 임무로 리얼리즘을 계기로 작가 자신의 낡은 사상과 투쟁할 것을 요청받았다.[58]

이러한 원칙은 조선문학가동맹의 "제1회 해방문학상 심사보고"에서도 잘 나타난다. 심사위원회는 오장환의 시집『병든 서울』에 대해 낡은 자기 자신에 대한 직접 투쟁이 시의 형식과 내용을 형성하며 새로운 내용과 더불어 새로운 형식의 창조에 접근하고 있다고 평가하였다. 해방문학상을 수상한 이태준의「해방전후」은 "가장 근본적인 의의를 갖는 주제를 주·객관적인 여러 가지 모순 가운데서 해명한" 데서 1946년도에 나온 작품 중 유일한 것이었다.[59] 이런 평가를 통해서 조선문학가동맹은 '진보적 리얼리즘'의 기준을 제시했다.

프로예맹이나 북조선예술총연맹(1946년 10월 북조선문학예술총동맹으로 재조직됨)에 참여한 구카프 맹원 역시 공식주의에 대한 비판에 동의하였다. 하지만 한효는 진보적 리얼리즘이란 '전형적 상황에 전형적 인물'을 창조하는 것이라며 '사회주의 리얼리즘'과 동일시한다. 그리고 [명예]위원장 이기영은 '전형'의 창조를 문학 창작의 과제로 보고 '이뤄져야 할 삶의 모습'을

---

57 위의 글, 169면.

58 이상의 논의를 정리해보면, 1. 작가는 그가 표방하는 것이 아니라 그가 실천한 것을 통해서 평가해야 한다. 2. 문학적 실천을 통해서 작가는 낡은 세계관과 투쟁해야 한다, 3. 문학의 이론을 조선의 문학의 현실에서 발견하는 것이다, 4. 소련이나 기타 선진국의 이론을 수입하여 답습하지 말고, 조선의 새로운 현실을 담을 새로운 리얼리즘을 창조해야 한다.

59 조선문학가동맹 1946년도 문학상 심사위원회,「1946년도 문학상 심사 경위 급 결정 이유」,『문학』제3호, 1947.4, 55면.

그리는 것을 사회주의 리얼리즘으로 이해한다.[60]

이후, 1947년 1월 1일 김일성이 전 조선 인민에게 보내는 신년사에서 "문학 예술인들은 민주개혁의 성과들을 정확하게 반영하고 사상적으로 정치적으로 예술적으로 고상한 작품들을 많이 창작하여야 할 것이다"라고 연설하였다. 이어서 3월 28일 북조선로동당이 '고상한 리얼리즘'을 창작방법으로 제시하면서,[61] 사회주의 리얼리즘은 '고상한 리얼리즘'으로 재해석된다. 이에 따르면, 고상한 리얼리즘은 "공화국 북반부에 확립된 새로운 인민민주주의 제도와 그에 따르는 모든 사실을 반영"하는 문학으로서 '새로운 인간형'의 창조를 목표로 하는 창작방법이다.

1949년에는 북한 지도부가 남한과의 전쟁을 준비하면서 '애국주의'가 고상한 리얼리즘의 내용으로 정해진다. 한효에 따르면 '고상한 애국주의'는 "우리(조선-인용자) 민족의 영웅이시며 지도자이신 김일성 장군에 의해서 고취되는 애국주의"이다.[62] 이 애국주의는 "인민의 자기 조국에 대한 무한한 사랑과 개인적 이익과 전국가적 이익 및 전 인민적 이익과의 완전한 동일시"를 의미한다.[63] 이는 소련 인민의 애국주의, 즉 소련의 주민들이 스탈린의 애국정신을 본받아 '대조국전쟁'에서 소련을 보위하는 데 목숨을 바치고 전후에는 국가의 재건을 위해서 헌신하고 있다는 것을 그대로 변용한 것이다. 이러한 내용은 KAPF의 공식주의에 대한 비판과 모순된다.

한효는 고상한 리얼리즘과 카프 문학의 연속성을 강조한다. 즉, 고상한 리얼리즘은 해방 이후 북한의 현실에서 탄생되었지만, "과거 프롤레타리아

---

60   이기영, 「창작방법상에 대한 기본적 제문제」, 『문화전선』 제1집, 1946.7, 24~34면.

61   위의 글, 24~34면.

62   한효, 『민족문학에 대하여』, 문화전선사, 1949, 74면.

63   한효, 「보다 높은 성과를 향하여 : 1949년도 소설계의 회고」, 『문학예술』 제3권 제1호, 1950.1, 24면.

문학의 방법과 별개일 수 없으며," "[카프의] 프롤레타리아 문학은 고상한 리얼리즘의 제 특성과 모순되는 어떠한 특성도 가지고 있지 않다"는 것이다.[64] 이러한 주장은 북조선문학동맹의 지도자들이 과거 카프 문학의 '아이디얼리즘'에 대한 반성이 불철저하며, 여전히 작가의 세계관을 중시하고 있음을 보여준다. 이와 동시에, 소련의 문예이론을 그대로 답습했던 과거의 태도가 문제라고 생각하지 않음을 잘 보여준다.

이처럼 조선문학가동맹과 북조선문학동맹은 인민전선의 형성과 리얼리즘에 대한 이해에서 명백히 상반되는 입장과 실천을 보였다. 더욱이 조선문학가동맹의 작가들이 인민전선을 형성해야 한다는 절실한 현실적 과제에 직면했던 탓에 그들의 재능을 정치적 투쟁에 더 소모한 반면, 북조선예술총연맹은 김일성과 당의 지도하에 '고상한 리얼리즘'을 구체적인 창작 방법으로 정립해 가면서 두 조직의 노선 차이는 점점 더 커지게 되었다.

5. '당 문학' 원리의 수용과 갈등의 미봉, 그리고 재 충돌

해방 직후부터 추진해온 '인민전선'의 형성은 남과 북에서 계급연합 정당인 '로동당'의 성립으로 귀결되었다. 1946년 6월 22일, 북조선 분국은 조선공산당으로부터 분리, 독립하여 '북조선공산당'으로 개편하였다. 8월 28~30일에는 북조선공산당과 조선신민당이 통합하여 '북조선로동당'이 출범하였다. 남한에서도 북한의 조치에 발맞춰 1946년 11월 23일 조선공산당, 조선인민당, 남조선신민당이 연합하여 '남조선로동당'을 수립하였다.[65] 북조선로동당

---

64   한효, 『민족문학에 대하여』, 61~62면.
65   합당 과정에서 각 당의 합당 반대파들은 따로 '남조선사회로동당'을 결성하였다.

이 남한의 로동당과 대등해지고, (남로당과는 달리) 실질적인 북한의 집권정당
이 되자, 북한의 정치지도자들은 조선 전체에서의 주도권을 장악하기 위한
작업에 착수하였다. 이는 가장 먼저 문화전선 분야에서 일어났다.

조선문학가동맹과 북조선문학동맹은 동일하게 '내용에 있어서 민주주의
적이고 형식에 있어서 민족적인 문학'의 건설을 주장하고 있다. 하지만 북조
선문학동맹은 기관지인『문화전선』창간호(1946.7)에서부터 조선문학가동맹
의 문화운동노선이 '극우 기회주의'라고 비판하였다. 그러한 비판의 핵심은
조선문학가동맹이 '민족문학'의 계급성과 노동계급이 문화운동을 영도해야
하다는 점을 간과하고 있다는 것이다.[66]

윤세평은 조선공산당의 「조선민족문학건설의 노선」(잠정안)을 직접적인
비판의 대상으로 삼았다. 윤세평은 '우리 혁명 계단은 프롤레타리아 계단이
아니므로 건설될 문화는 프롤레타리아 문화가 아니다,' '민족문화는 계급문
화가 되어서는 아니 된다,' '내용에 있어서 민주주의적이고 형식에 있어서
민족적인 신문화를 건설 한다'는 잠정안의 내용을 근거로 조공의 문화노선이
프롤레타리아의 계급성을 무시하는 우익적 일탈을 보이고 있다고 비판한
다.[67]

이후에도 북한문학자들의 조선문학가동맹 비판은 확대 재생산되었다. 이
들은 인민전선이 계급 연합에 의한 것임을 무시하는 태도와 더불어, 문학예
술에서 프롤레타리아의 세계관을 강조하는 입장을 고수하였다. 이러한 비판
에 따르면, 북조선문학동맹은 '프롤레타리아 문화'의 건설과 '무산계급 문화
사상의 영도성'을 중시한다는 점에서 조선문학가동맹에 대해서 차별성과
우월성을 갖으며, 이를 지도하는 북조선로동당은 올바른 노선을 걷고 있는

---

66   안막, 「조선문학과 예술의 기본임무」, 『문화전선』 창간호, 1946.7, 61면.

67   윤세평, 「신민족문화수립을 위하여」(『해방기념평론집』, 1947), 『현대문학비평자료집』 1,
      태학사, 1993, 126면. 윤세평이 인용한 것은 조공의 문화 노선의 제4항 및 제5항이다.

것이다.

북한문학자들은 또한 북조선예술총연맹의 전국적 영향력 확보를 강조하였다. 예를 들어, 이 단체의 위원장인 한설야는 "북조선에서의 정치 운동이 조선의 민주주의적 건설의 중심이요 주력"이기 때문에, 이에 상응하여 북조선의 예술운동도 "조선 예술 운동의 모체적, 주동적" 역할을 하여야 한다고 주장하였다. 그는 또한 북조선예술총연맹의 전국화를 통해서 북조선의 정치사상을 남조선 인민대중의 생활과 정신면에 침투해야 한다고 강조하고, "서울을 문화의 중심지로 보는 자는 이조 문화를 향수하는 문화 반동자"라고 비판한다.[68]

동시에 북한문학자들은 김일성 노선 내지 사상의 중요성을 강조한다. 한설야는 '김일성 사상'은 인민대중의 사상임을 강조하고, 문학[자]은 이를 이해하고 옹호해야 한다고 주장한다. 왜냐하면, 김일성의 항일무장투쟁은 "조선 민족의 사상과 이익을 대표하고 옹호하는 가장 전형적이요, 가장 대규모적인 투쟁"이며, 이것이 대중화 된 이유는 "장군의 [투쟁] 기술이 아니라, 그의 사상에 있었던 것"이기 때문이다.[69] 안막 역시 "김일성 노선 위에 서서 사상상, 조직상, 행동상, 작품상 새로운 제고와 굳센 통일을 가져오기 위해서 노력해야 하며," 문학단체 내에서 "일체의 기회주의적 편향이 발생할 수 있는 조건을 없애기 위해 과감한 반종파 투쟁을 강화할 것"을 주장한다.[70]

북한에서는 안정적인 제도 개혁이 진행되고 있음에 비해, 남한의 상황은 점점 좌파에게 불리해졌다. 1946년 11월 박헌영이 미군정의 체포령을 피해

---

68 한설야, 「예술운동의 본질적 발전과 방향에 대하여」(『해방기념평론집』, 1946.8), 『한국현대문학자료집』 1, 태학사, 1993, 24~25면; 이것은 북조선공산당이 서울의 조선공산당에 독립하는 시점과 일치한다. 이 글에서 북조선공산당이 조선공산당에 대해 영도적인 위치에 있다는 것이 문화인의 목소리를 가장해서 공공연하게 주장되었다.

69 위의 글, 32~33면.

70 안막, 「신정세와 민주주의 문학예술전선 강화의 임무」, 『문화전선』 제2호, 1946.11, 9면.

월북하였으며, 제1차 미소공위의 파탄(1946.5.6)과 우파통일전선의 수립 등에서 알 수 있듯이 해방 이후 추진되었던 상층(정치조직)에서의 좌우합작노력은 더 이상 유효하지 않음이 분명해졌다. 1947년에 들어오면서 미군정은 오락적 기능의 예술 활동 외의 정치적 성격의 예술 활동을 금지하는 등 좌파 문화인들에 대한 탄압을 강화하였다.[71]

이런 상황 하에서 임화는 미국의 제국주의적 성격을 강조하고, 문화운동의 방향을 기존의 '반파시즘' 투쟁에서 '반제국주의' 투쟁으로 수정한다. 그리고 반제국주의적 민족통일전선의 토대로서 '10월 항쟁'을 통해 그 정치적 역량을 분출했던 '혁명적 대중'을 주목한다. 임화는 조선의 부르주아 계급이 식민지 체제 하에서 일본 제국주의자와 협력함으로써 부르주아 민주주의 혁명의 지도자가 될 수 있는 정당성을 상실하였다고 비판한다. 임화는 이 특수한 상황으로 인하여 노동자 계급이 부르주아를 대신해 인민전선을 유지하고 이를 통해 민족과 국가와 사회를 건설할 의무가 있다고 주장한다.

임화는, 조선에서 민족은 부르주아를 배제한 "노동자, 농민, 월급쟁이, 삯일꾼을 포함한 인민"이며, 여기에는 프롤레타리아도 포함되어 있기 때문에 민족과 프롤레타리아는 서로 모순되지 않는다고 해명한다. 임화는 인민전선에서 노동계급의 영도성 때문에 노동계급의 이념은 인민의 이념이자 민족의 이념이 되며, 조선문학가동맹의 문학자들은 노동계급의 이념인 맑스-레닌주의에 바탕을 둔 문학작품을 창작해야 한다고 주장한다.[72]

김남천은 10월 인민항쟁을 맑스-레닌주의에 입각해서 형상화하는 방법에 대해서 설명하였다. 즉, 그는 리얼리즘적 방법에 입각하여 인민항쟁을 만들

---

71 1947년 1월 30일 수도경비청장 장택상은 극장흥행에 대해 "민중의 휴식을 목적으로 하는 오락 이외의 정치나 선전을 일삼아 치안을 교란시킨 자는 엄벌에 처한다."라고 고시하였다; 「문화단체총궐기, 러-취 장관에게 진정, 예술 행동을 봉쇄」, 『경향신문』, 1947.2.2.

72 임화, 「민족문학의 이념과 문학운동의 사상적 통일을 위하여」, 『문학』 제3호, 1947.4, 10면.

어낸 원동력과 현실의 객관적 갈등을 올바르게 묘사하는 것을 통해서 대중들에게 역사의 올바른 방향을 제시하고 설득할 수 있어야 한다고 주장한다.[73] 이러한 주장은 루카치의 「문제는 리얼리즘이다」의 요지인 동시에, 김남천 자신의 신념을 표현한 것이다.

「지킹엔 논쟁」에서 엥겔스는, 지킹엔이 민족적인 귀족혁명을 완수하는 일은 오직 도시와 농민의 동맹을 통해서만, 특히 농민과의 동맹을 통해서만 가능했지만, 농민들이 귀족의 지도를 거부하였기 때문에 그 혁명은 필연적으로 실패할 수 없었다는 점을 지적한다.[74] 이 때문에 엥겔스는 지킹엔의 성격 묘사는 근본적으로 잘못 되었으며, "한 인물의 성격구성은 그가 무엇을 하느냐에 의해서도 물론이고, 또한 그가 어떻게 그것을 하느냐에 의해서"도 이루어지는 것이라고 강조한다.[75] 이는 사회학적 도식주의와 아이디얼리즘에 대한 비판[76]인 동시에, 혁명 계급의 '동맹군'이라는 역사적-객관적 문제에 대한 올바른 인식의 중요성을 강조한 것이다.[77]

이러한 주장은 단순히 작가의 세계관을 강조하는 태도에 대한 비판인 동시에, 좌우합작과 미군정과의 협력을 강조했던 '사회노동당'에 대한 비판을 담고 있다. 특히 사회노동당에 대해서 김남천은, 라쌀레가 '농민전쟁과 혁명에 있어서 농민과 일반 민중이 하는 역사적 역할에 대해 경시 내지 부정'하였

73 　김남천, 「대중투쟁과 창조적 실천의 문제」, 『문학』 제3호, 1947.4, 27면.

74 　맑스·엥겔스 외, 『맑스주의 문학예술논쟁: 지킹엔 논쟁』, 조만영 편역, 돌베개, 1989, 49면.

75 　위의 책, 46면; 이것은 성격 묘사에서 쉴러가 아닌 세익스피어적 묘사의 중요성에 대한 맑스의 지적의 다른 표현이다; "당신은 당신 나름대로 더 세익스피어화 해야 했습니다. 저는 당신이 쉴러화 한 것, 즉 개인들을 시대정신의 단순한 전달도구(메가폰)로 전락시킨 것이야말로 가장 중대한 오류라고 여깁니다."(위의 책, 39~40면)

76 　한스 코흐, 「지킹엔 논쟁과 문학적 현실주의의 문제」, 『맑스주의 문학예술논쟁: 지킹엔 논쟁』, 조만영 편역, 돌베개, 1989, 171면.

77 　루카치, 「지킹엔 논쟁과 유물론 미학의 성립」, 『맑스주의 문학예술논쟁: 지킹엔 논쟁』, 111, 125면.

던 것과 같은 과오를 저지르고 있다고 비판한다. 그리고 그는 남로당의 대중투쟁 노선이야말로 올바른 투쟁노선임을 강조하면서, "남조선이 (미)제국주의자의 전형적인 식민지화 지역으로 선발된 것이 인민항쟁의 원인의 하나"이며, 이 현실이 반영된 작품들이 생산되어야 한다고 주장한다.[78]

이처럼 김남천은 반제국주의 투쟁을 통한 '인민정권'의 창출만이 올바른 전략임을 주장하고, 이에 입각하여 문학 창작을 하여야 할 것을 강조하였다. 임화는 역시 민족문학의 당면 과제는 '반제국주의 민족해방'이며, 민족해방은 계급해방의 불가결한 전제요, 그 일보라고 주장하였다.[79] 이러한 논조의 변화는, 남로당이 미국을 동맹군이 아니라 제국주의 국가로 간주하고 있음을 보여준다. 이는 박헌영이 '인민전선'의 조선적 특수성을 반제국주의로 보는 김일성과 타협하였음을 시사한다.

조선문학가동맹은 맹원들에게 남로당의 정치 목표와 일치하는 문학작품을 창조해야 할 것을 촉구하고, 문학운동의 사상적 통일을 위한 원리로 레닌의 「당 조직과 당 문학」을 제시하였다. 동시에 1946년 8월 소련공산당 중앙위원회가 문학 잡지 『별』과 『레닌그라드』에 대해 내린 결정과 이에 대한 즈다노프의 해설, 및 1947년 2월 북조선문학예술총동맹 중앙위원회의 「시집 『응향』에 대한 결정서」를 게재하였다. 이를 통해 조선문학가동맹은 당과 사상적 통일성을 갖고서 활동해야 한다는 원칙을 확인하고, 북조선문학예술총동맹과 보조를 같이 하겠다는 의사를 표현하였다.[80]

레닌의 「당 조직과 당 문학」의 해제에서 김남천은 레닌의 이 글은 '맑스-레닌주의' 당의 문화정책을 규정한 기본 원리라고 소개하고, 1931년 라프의

---

78 김남천, 「대중투쟁과 창조적 실천의 문제」, 28면.

79 임화, 「민족문학의 이념과 문학운동의 사상적 통일을 위하여」, 15면.

80 김재용은 1947년 4월 이후로 카프 해소파와 카프 비해소파의 갈등이 해소되었다고 주장한다; 김재용, 『북한문학의 역사적 이해』, 문학과 지성사, 2004, 15~16면.

해체나 1946년 8월 소련공산당 중앙위원회의 결정 모두 이 원리에 따른 것이라고 설명한다. 그는 라프의 해체를 "공식적 정치주의로 인한 문학의 예술성의 무시"와 "조직에 있어서 협익한 종파주의"를 제거하기 위한 것이었으며, 1946년 8월 소련공산당의 결정은 '예술 지상주의적 편향'을 제거하고 문학의 예술성과 사상성을 레닌주의적으로 통일하기 위해서라고 설명한다.[81] 또한 그는 조선문학가동맹에 문학운동에서 부르주아 사상을 배제할 필요성을 제기한다.

이처럼 남과 북의 문학단체들은 레닌의 '당 문학'의 원리를 똑같이 수용하였다. 하지만 남한 문학자들은 이를 정치적 공식주의와 예술지상주의에 대한 당적 비판의 근거로 재해석하였다. 이에 비해서 북한문학자들은 이에 대한 즈다노프의 재해석, 즉 문화부분에서 강철 같은 규율을 강조하고 당의 사상에 순응해야 한다는 입장을 그대로 이식하고, 이를 토대로 문학에 대한 당의 검열과 비판을 정당화하고 제도화하였다.[82] 이는 북한문학에서 "김일성의 노선에서 벗어나는 종파주의"에 대한 당적 비판의 근거로 활용되었다.

남조선로동당과 북조선로동당의 발족에 발맞춰 남과 북의 문학단체는 레닌의 '당 문학'을 문학운동의 원리로 채택하고, 북조선로동당의 시집『응향』에 대한 결정을 수용함으로써 조직 운영 원리를 통일하였다. 더구나, 1947년 11말에는 임화, 김남천, 이원조 등 조선문학가동맹 지도자들이 월북하여 남로당의 정치 투쟁을 지원하는 데 소모되면서 '문학운동 노선'이나 '문학 창작 방법'에 대한 논의가 거의 중단되다시피 하였다.

그러나 한국전쟁의 발발은 이러한 상황에 다시금 큰 변화를 일으켰다. 1951년 3월 남조선문화단체총연맹과 북조선문학예술총동맹의 통합으로 조

---

81   레닌 저, 김남천 해제, 「당의 조직과 당의 문학」, 『문학』 제3호, 1947.4, 58면.
82   올랜도 파이지스, 앞의 책, 720면.

선문학예술총동맹이 출범하였다. 이때부터 북한으로 온 조선문학가동맹의 문학자들이 당 및 기타 선전선동 분야에서 활동하면서 해방 직후부터 대결해 온 두 문학 파벌은 직접적인 노선 갈등을 벌이게 되었다.[83]

6. 결론: 구카프 문학자들을 분열시킨 문화통일전선 문제

이상에서 살펴본 것처럼 조선문학가동맹과 북조선문학동맹의 대립은 해방 이후의 정세, 인민전선의 성격, 카프의 공식주의 비판, 당 문학 원리에 대한 상이한 이해와 그 실천이 원인이었다.

해방 직후 다수의 조선문학자들은 인민민주주의 국가 건설과 인민정권을 통한 부르주아 민주주의 혁명의 완수가 정치적 목표라는 데에 공감하였다. 인민민주주의는 제2차 세계대전 동안 반파시즘, 반제국주의를 목표로 형성된 '인민전선'을 토대로 인민정권을 수립하고 이에 의한 부르주아 민주주의 혁명의 완수를 목표로 하였다. 조선의 경우, 임화의 주도로 좌파와 중간파 문학자들이 협력하여 '문화통일전선'을 수립하고자 하였으나, 일부의 구카프 문학자들은 이에 반발하고 프롤레타리아 문학을 표방하는 독자적인 단체를 수립하였다. 이 단체의 문학자들은 월북하여 1946년 3월 25일 북조선예술총연맹을 수립하였는데, 그 강령은 조선문화단체총연맹의 그것과 대동소이하였다.

동일한 노선을 추구하면서도 문학자들 사이에 분열이 발생한 원인은 동유럽이나 중국 등과 달리 식민지 조선에서는 '인민전선'이 가시적으로 형성된

---

83 이에 대한 보다 자세한 연구로는 배개화, 「당, 수령, 그리고 애국주의: 이태준의 경우」(『한국현대문학연구』 37, 2012.8), 169~206면 참조.

적이 없었기 때문이다. 이런 이유로, 북조선문학동맹의 문학자들은 인민전선의 형성과 인민민주주의 수립을 지지하면서도 이데올로기적 비타협성과 프롤레타리아의 계급성을 강조하는 모순된 입장을 보였다. 이는 전후 소련의 문학정책인 프롤레타리아의 계급성을 강조하는 즈다노비즘을 수용하여 제도화하면서 더욱 강화되었다. 반면에, 조선문학가동맹은 루카치의 '세계관에 대한 리얼리즘의 승리,' 즉 작가의 세계관과 그의 문학적 성취는 별개라는 입장을 지지하였으며, 이는 남한의 좌파 문학자들이 중간파 문학자들과 협력하는 중요한 이론적 근거가 되었다.

이러한 분열과 대립은, 1946년 8월과 11월에 있었던 북조선로동당과 남조선로동당의 창립에 발맞춰, 양쪽이 '당의 문학'을 강조함으로써 봉합국면에 들어간다. 그러나 북조선문학동맹이 소련의 문예이론을 이식하여 '고상한 애국주의'를 문학 노선으로 정립하고 '김일성 개인숭배'를 강화해간 반면에, 조선문학가동맹은 작가 내부에 존재하는 낡은 세계관과의 투쟁 그리고 새로운 리얼리즘의 창조를 강조하면서 구체적인 문학노선에서 둘의 차이는 점점 커졌다. 특히, 미군정의 공산주의자들에 대한 탄압은 조선문학가동맹의 활동에 악영향을 미쳤다. 이로 인해서 1946년 11월부터 조선문학가동맹의 위원장인 이태준은 북한에서 문학 활동을 시작하였다. 그리고 1947년 11월에는 임화, 김남천 등이 이승엽의 지시로 북한의 해주 지역으로 이동하였다. 이로써 남한 지역에서 조선공산당의 지도로 만들어진 좌파와 중간파의 문화통일전선은 정체기에 들어갔다.

제2장

조선문학가동맹과 문화통일전선의 형성
임화의 행적을 중심으로

1. 서론: 임화와 조선공산당의 문화노선

이 논문은 국가건설기(1945.8.15~1950.6.24) 임화와 '조선문학가동맹'의 문학운동과 정치 활동의 성격과 의미를 살펴보고자 한다. 또한 이 논문은 임화와 조선문학가동맹의 구체적인 문학운동과 정치 활동에 대한 보다 많은 사실들을 복원함으로써, 국가건설기에 이들이 정확히 무엇을 목표로 하였으며, 그것의 실현을 위해 문학운동의 방향과 이론을 어떻게 전개하였는지를 구체적으로 기술하고자 한다. 이를 바탕으로 임화와 조선문학가동맹의 활동이 진보적 민주주의 민족국가 건설을 실현하기 위한 '문화통일전선'의 수립에 맞춰져 있음을 조명하겠다.

국가건설기의 문학 연구의 선구자는 김윤식이다. 그는 해방 직후 '조선문화건설중앙협의회'와 '조선프롤레타리아예술동맹'이라는 두 개의 조직이 서울에서 결성된 원인을 분석하였다.[1] 그는 두 조직의 대립을 1935년 카프

---

1   김윤식, 『해방공간의 문학사론』, 서울: 서울대학교 출판부, 1989, 1~54면.

(KAPF)의 해산에 동의한 카프 해소파와 그에 반대한 비해소파의 대립[2] 혹은 문화의 중심을 서울로 본 서울중심주의와 평양으로 본 평양중심주의의 대립[3]으로 설명하였다. 또한 김윤식은 조선문학가동맹의 민족문학론을 '인민성'에 기반을 둔 인민민주주의 민족문학론으로 규정하고, 그 의미와 성격을 조명하였다.[4]

김용직은 해방 직후부터 숙청될 때까지 발표된 임화의 시를 중심으로 임화 문학의 사상과 특징을 조명하였다. 김용직은 임화가 민족문학 건설과 통일전선 구축에 힘을 기울였고, 대중적 기반의 확보를 중요한 목표로 했던 박헌영의 8월 테제의 행동원리를 따랐던 덕분에 통일전선 구축에는 성공했지만 당파성과 전위성을 내세운 프로예맹과의 이념투쟁에서는 뒤떨어졌다고 평가하였다.[5] 또한 해방 이후 창작된 임화의 시는 '행사시'의 성격을 띠고 있으며 구조가 단순하고 내용이 개설적이라고 비판하였다.[6]

김재용은 김윤식이 제시한 카프 해소파와 비해소파라는 용어를 적극 활용하여 해방 직후 카프 문학자들이 조선문화건설중앙협의회와 조선프롤레타리아예술연맹으로 나눠진 것은 카프 해소파와 비해소파 사이의 이념적 차이 때문이라고 주장하였다.[7] 특히 카프 해소파들이 중일전쟁 이후로 노동자계급의 당파성을 희석시키고 시민성을 지향했으며, 이는 해방직후 인민성에 대한 옹호로 변모하였다고 해석했다.[8] 최근의 논문에서 그는, 임화가 좌·우익 사

---

2 위의 책, 33~36면.

3 김윤식, 『북한문학사론』, 서울: 새미, 1996, 52~58면.

4 김윤식, 『한국현대문학사상사론』, 서울: 일지사, 203~214면.

5 김용직, 『임화문학연구: 이데올로기와 詩의 길』, 서울: 세계사, 146~147면.

6 위의 책, 172~173면.

7 김재용, 「카프 해소·비해소파의 대립과 해방 후의 문학운동」, 『역사비평』 2, 1989.9, 236~257면; 이에 대한 비판은 임규찬, 「카프 해소파 비해소파를 분리하는 김재용을 비판한다」, 『역사비평』 3, 1988, 218~239면 참조.

이의 정치 지형과 38선으로 나뉜 남북관계에 대해 올바른 인식을 갖지 못했기 때문에 국가건설기의 과제인 민족문제를 해결할 수 없었다고 비판하였다.[9]

이상의 연구자들은 '당파성'을 '인민성'보다 사상적, 조직적으로 우월한 개념으로 간주하고, 조선문학가동맹의 민족문학론이 '인민성'을 지향하였다는 이유로 평가절하 한다. 그리고 이들은 국가건설기 임화 및 조선문학가동맹의 활동을 역사적으로 실패한 것이며, 이는 잘못된 '남조선노동당의 노선'을 따랐기 때문이라고 비판하였다. 예를 들어 남로당의 전신인 조선공산당의 「조선민족문화건설의 노선」과 조선문학가동맹의 민족문학론이 내용상 일치한다는 점을 근거로 남로당의 이데올로기적 한계가 곧 조선문학가동맹이 제시한 민족문학론의 한계였으며 남로당과 함께 조선문학가동맹의 문학자들이 몰락한 것은 당연한 귀결이었다고 평가했다.[10]

그러나 당파성이 인민성보다 조직적, 사상적으로 올바르며 우월하다고 보는 것은 당대의 인식과는 거리가 있다. 국가건설기 남북의 공산당은 진보적 민주주의 국가의 수립을 위해서 '민주주의민족전선'을 결성하는 것을 목표로 삼았다. 민주주의민족전선은 자산계급까지를 망라하는 전 인민적 통일전선이었다.[11] 이러한 노선에 따라서 공산당의 정치 활동에 대한 평가도 자산

---

8   김재용, 「중일전쟁과 카프 해소·비해소파」, 『한국문학의 연구』 3, 1991, 237~278면.

9   김재용, 「해방직후 임화의 민족문학과 통일독립: 좌우와 남북」, 『임화문학의 재인식』, 소명출판, 2004, 298~330면.

10   김윤식, 「해방공간의 문학」, 『해방전후사의 인식』 2, 서울: 한길사, 1985, 464~465면.

11   북조선로동당 서기국, 「북조선로동당 창립대회 회의록」(1946년 8월 28일), 『조선로동당대회자료집』 제1편, 국토통일원 자료실, 1988, 25~26면. 이 점은 한국전쟁이 끝난 이후에도 재확인되었다. 예를 들어 1956년 조선로동당 제3차 대회에서 김일성은 국가건설기 정세에 대해 "전체 조선 인민은 일본 제국주의의 악독한 통치 밑에서 쓰라린 고통을 당하여 왔기 때문에 (…) 제국주의를 반대 증오하는 혁명적 열의는 비상히 앙양되었습니다. 이리하여 남조선에서 활동하는 공산주의자들에게는 **로동 계급을 위시한 광범한 인민들을 집결시키**

계급을 포함하여 아직 정치적으로 조직되지 않은 대중들을 통일전선에 최대한 포섭하였는지에 맞춰졌다. 이와 관련해서 소련 민정국은 '북조선민주주의 민족통일전선'(1946년 7월 결성)의 성과에 대해 다소 부정적으로 평가하였다. 그 이유는 "결성 초기에 북조선로동당의 도, 군 조직내부에 이른바 좌파들은 온갖 선전선동을 통해 노동당의 헤게모니를 강조함으로써 공개적으로 여타 정당을 무시하였고 이로 인해 민주주의민족통일전선을 해체시킬 위험을 조성"하였기 때문이다.[12]

이런 점들을 고려할 때, 임화와 '조선문학가동맹'이 당파성'이 아니라 '인민성'을 추구했기 때문에 잘못되었다고 평가하는 것은 해방기의 정세와 공산당의 목표를 간과하였기 때문임을 알 수 있다. 한마디로 임화와 조선문학가동맹에 대한 부정적 평가의 많은 부분은 '부르주아민주주의혁명'이 인민 정부를 수립하고, 일본 제국주의의 지배로 인해 지연된 조선 사회의 근대화를 완전하게 실현하는 것을 목표로 하며, 계급 연합적 '통일전선'은 이를 성취하기 위한 수단이었다는 점을 충분히 고려하지 않은 것과 연관이 있다.

게다가 한국전쟁이 정전된 직후인 1953년 8월 초에 임화와 이원조 같은 조선문학가동맹의 지도자들이 남로당 지도부와 함께 '숙청'되었다는 점도 이들에 대한 부정적 평가의 한 계기가 되었다.[13] 하지만 이들의 정치적 실패

며 심지어 자산 계급까지도 망라하여 미제 식민지 통치를 반대하는 광범한 통일 전선을 형성할 수 있는 가능한 조건이 지어졌습니다."라고 보고하였다; 김일성, 「조선로동당 제3차 대회에서 진술한 중앙위원회 사업총결보고」, 『조선로동당대회 자료집』제1편, 국토통일원 자료실, 1988, 342면.

12 "Report on the Works of the Soviet Administration in North Korea for Three Years(August 1945-November 1948: Politics)," December 9, 1948, *AVPRF*, fond 0480, opis 4, delo 46, papka 14, listy 224~255.

13 이 점에 대한 조선로동당의 공식입장은 남한 공산주의자들의 '종파주의'가 국가건설기 남한에서의 통일전선형성의 걸림돌이 되어 남한에서의 부르주아 민주주의 혁명이 실패했다는 것이다; 김일성, 「조선로동당 제3차대회에서 진술한 중앙위원회 사업총결보고」, 『조선

가·국가건설기에 이들이 제시하고 실현하려고 했던 과제가 잘못되었다는
것을 의미하는 것은 아니다. 이들의 성공과 실패를 정확하게 평가하기 위해
서는 임화 및 조선문학가동맹의 문학운동과 정치활동들의 사실적 복원과
그에 대한 정확한 이해가 선행되어야 한다.

이상의 문제의식을 전제로, 이 논문은 '문화통일전선의 형성'이라는 관점
에서 국가건설기 임화 및 조선문화건설중앙협의회와 조선문학가동맹의 이
념과 활동을 살펴보고, 그것을 연대기적으로 재구성하였다. 그리고 이를 첫
째, 해방 직후 정세에 대한 임화의 판단; 둘째, 문화통일전선 수립과 그 이론
적 배경; 마지막으로 정세 변화에 따른 문학운동노선의 재정비로 나누어
살펴보겠다.

2. 해방 직후 정세에 대한 임화의 판단

1945년 8월 15일 일본이 연합군에 항복하자, 카이로 선언(1943.11.27)에
따라 조선은 일본의 식민지 상태로부터 해방되었다. 9월 2일 연합군최고사령
부가 북위 38도선을 경계로 미소 양군이 한반도를 분할 점령하는 방안을
공포하고, 7일 미국 극동군 사령부가 남한에서 미군정을 시행할 것을 선포하
였다. 이 발표 직후인 9월 9일 미군이 서울에 들어오자 조선총독부는 항복문
서에 서명하였다. 미군의 서울 입성과 미군정의 성립은 완전한 독립 국가의
수립이 아직은 멀었음을 조선인에게 알리는 사건이었다.

미군이 서울에 입성하기 전에 식민지 시기 때부터 조선에서 독립 운동을
하고 있었던 독립운동가들은 새로운 국가 건설을 위해서 여러 가지 활동을

로동당대회 자료집』 제1편, 345~348면.

시작하였다. 여운형은 독립이 되기 직전인 8월 14일 조선총독부의 아베 총독과 권력 이양에 대한 교섭에 동의하였으며, 8월 20일 박헌영은 조선공산당 재건위원회를 발족하고 '8월 테제'를 발표하였다.

박헌영은 8월 테제에서 당시의 상황을 '부르주아 민주주의 혁명 단계'로 규정하고 기본과업으로 '민족의 완전독립'과 '토지문제의 혁명적 해결'을 제시했다.[14] 그리고 부르주아 민주주의 혁명에서는 노동자, 농민, 도시 소시민과 지식인 등이 혁명의 동력이 되어야 하며, 가장 혁명적인 프롤레타리아가 영도자가 된다고 주장했다. 이와 함께 8월 말에는 재건된 조선공산당의 주도로 인민위원회가 건설되는 등 자생적인 국가 수립 움직임이 일어나기 시작했다.

여운형이나 박헌영 등이 조선에서 누구보다도 빨리 정치 활동에 나설 수 있었던 것은 이들이 식민지 기간 동안 국내에서 활동했으며, 해방 직후 조선에 있었기 때문이다. 이들은 8월 15일부터 미군정이 수립되기 전까지 정부 부재의 상황을 이용하여 공산당을 재건하고 인민위원회를 설치하는 등의 활동을 적극적으로 전개하였다. 그 결과 아베 총독이 조선을 떠난 1945년 9월 12일에는 인민공화국이 출범하고 조선공산당의 재건이 공식적으로 선언되었다.

박헌영과 여운형 등은 인민공화국을 중심으로 친일파와 민족반역분자를 제외한 나머지 세력의 '통일전선'을 형성함으로써 향후 미군정으로부터의 권력 이양을 받을 수 있는 토대를 마련하고자 노력하였다. 그러나 1945년 10월 10일 미군정은 남조선에서 정식 정부는 미군정뿐이며 인민공화국을 정부(政府)로 인정할 수 없다는 성명서를 발표하였다.[15]

---

14   김남식, 『남로당 연구』, 돌베개, 1988, 22면.
15   「군정장관 아놀드, 미군정부 이외의 어떤 정부도 부인 발표」, 『매일신보』, 1945.10.11.

미군정의 '인민공화국' 부정 발언 직후인 10월 16일 미국에서 독립운동을 하던 이승만이 입국하였다. 이승만은 인민공화국 측과의 협력을 거절하고 10월 23일 친일파를 포함한 모든 세력의 대동단결을 내세우며 '독립촉성중앙협의회'를 조직하였다. 이후 11월 23~24일에 대한민국임시정부 주석 김구와 다른 임시정부요인들이 입국하였는데, 이들 역시 인민공화국을 정부로서 인정하지 않았다.[16] 12월 12일 미군정은 인민공화국에 대한 해산 명령을 내림으로써 우파 결집의 구심 역할을 하게 된 해외 운동가들을 후원하겠다는 입장을 분명히 하였다.[17]

1945년 12월 27일 미국, 영국, 소련의 외무상들은 모스크바에서 "조선을 최대 5년간 신탁통치하에 두는 것을 한국 임시정부와 협의하되, 그 임시정부의 수립을 돕기 위해 미국과 소련이 공동위원회를 설치하고, 그 제안을 미·영·중·소 4개국이 공동 심사한다."[18]라는 내용의 「한국문제에 대한 4개 항의 결의서」를 발표하였다.

이후 조선에 대한 신탁통치에 찬성할 것인지 반대할 것인지의 문제가 통일전선 참여의 중심 의제가 되었고, 우파는 신탁통치 반대 그리고 좌파는 신탁통치 찬성으로 분열되었다. 그 결과 신탁을 반대하는 우파는 1946년 2월 14일 이승만을 의장으로 하고 김구와 김규식을 부의장으로 하는 '남조선 대한국민대표 민주의원'을 결성하였다. 그러나 신탁통치를 찬성하는 조선공산당, 인민당 등 좌파들은 2월 15일 '민주주의민족전선'을 결성하였다. 미군정은 '민주의원'에 대해서는 '미군정청의 최고자문기관'이라는 지위를 주고

---

16   김무용, 「해방 후 조선공산당의 통일전선과 좌우합작운동」, 『한국사학보』 제11호, 2001.9, 260~271면.

17   재조선 미국주둔군 최고지휘관 존 하지, 「전단」, 1945.12.12.

18   이완범, 「한국현대사―왜곡과 진실 모스크바 3상회의」, 『역사비평』 32, 1995.8, 333~334면.

미군정청에서 발족회를 열게 하는 등의 호의를 보였다.[19] 반면에 미군정은 2월 23일에 모든 정당의 등록을 의무화하는 '정당등록법'(법령 제55호, 제77호)을 공포하여 조선공산당을 중심으로 한 '좌파연합전선'의 형성과 이에 참여한 단체들의 활동을 방해하려고 하였다.[20]

당시의 정세(政勢)에 대한 임화의 판단은 통일전선의 민주주의적 기초라는 부제가 붙은 「민주주의민족전선」(『인민평론』, 1946.3)에 잘 나타난다. 여기서 임화는 1946년 2월 15일 결성된 민주주의민족전선의 의의를 설명하기 위해서 '통일전선'의 형성이라는 관점에서 해방 이후부터 민전 성립시기까지의 정세를 치밀하게 분석하고 있다.

우선, 해방 직후의 상황과 과제에 대해서 임화는 다음과 같이 설명하였다. 즉, 조선의 식민 상태로부터의 해방이 조선인의 자력으로 이루어진 것이 아니라 카이로 선언(1943.11.27)과 포츠담 선언(1945.7.26)에 의해 이루어졌다. 그리고 이 선언에 따라 38도선을 경계로 한반도의 남쪽과 북쪽이 미국과 소련의 군사 점령을 받고 있는 상태에 놓이게 되었다. 따라서 이 상태에서 벗어나 민족해방과 국가독립을 성취하기 위해서는 '민족통일'이 필요하다.[21]

임화는 일제의 지배하에 정치적, 사회적으로 분열된 조선민족이 해방 이후에는 제 각자의 정치적 요구 즉, 부르주아적 독재 혹은 프롤레타리아 독재를 들고 활동을 시작하였지만, 민족의 완전한 해방을 기초로 통일독립국가를 형성하고 싶다는 요구가 그 같은 분열을 극복하고 민족의 통일을 요청하는 긍정적인 요인으로 존재했다고 진단한다.[22] 만약 토착자본가계급과 노동자

---

19 「남조선대한국민대표민주의원 결성」, 『동아일보』, 1946.2.15.

20 박현채, 「해방 후 정치사회운동을 보는 시각」, 『해방전후사의 인식』 3, 서울: 한길사, 1987, 30면.

21 임화, 「민주주의 통일전선―통일전선의 민주주의적 기초」(『인민평론』, 1946.3), 『한국현대현실주의비평선집』, 김윤식 편, 나남, 1989, 123면.

22 위의 책, 123~125면.

계급이 자주독립국가 건설을 위해 전근대적 잔재들을 제거하고 정치, 경제, 문화, 사회 전반의 민주주의적 발전을 이뤄내는 데에 합의할 수 있다면 '통일전선의 형성이 가능'하다고 그는 당시의 정세를 판단하였다.[23]

이를 전제로 임화는 해방 직후 반년간의 정세 변화를 크게 4단계로 나눠 분석한다. 이중 첫 번째 단계는 해방 직후부터 인민공화국 성립기까지이다. 그에 따르면, '인민공화국'은 식민통치 하에서 일본제국주의와 직접투쟁을 하였던 혁명세력과 그 투쟁에서 희생되었던 정치범, 그 주위에 집결될 수 있는 급진분자, 그리고 혁명적 노동계급의 조직이 연합하여 만들어진 통일전선의 하나이다.[24] 그리고 이 통일전선에 친일파와 민족반역자의 참여를 배제한 것은, 이들이 민족해방과 민주주의 조선 건국을 방해하는 반민주주의적 세력 형성의 핵이 될 수 있다는 점에서 윤리적으로 그리고 정치적으로 정당하다.[25]

두 번째와 세 번째 단계는 이승만의 귀국과 대한민국임시정부의 귀국으로 인해 생겨난 정국이다. 이들의 귀국은 해방 직후 '인민공화국'으로부터 배제되었던 친일파 및 반민주주의 세력이 우파 민족통일전선을 형성하는 구심점을 제공하였다. 우선, 이승만은 '모든 정치 세력의 대동단결'을 외쳐 친일파, 민족반역자 및 각종 반대 세력이 민족통일전선에 참여할 자격을 보장했고, 그의 주장은 민주주의 진보세력에 반대되는 반동세력의 통일지침이 되어 '독립촉성중앙협의회'가 성립되었다.[26] 또한 대한민국임시정부의 지도자들이 인민공화국과의 협력을 거부하자, 우익 세력은 임시정부 지지, 좌익 세력은 인민공화국 지지로 나뉘게 되었다.[27]

---

23 위의 책, 125면.
24 위의 책, 126면.
25 위의 책, 126면.
26 위의 책, 127~128면.

네 번째 단계는 민주주의민족전선의 수립기이다. 1945년 12월 말 미국, 소련, 영국은 모스크바에서 제2차 세계대전의 사후 처리 문제를 논의하면서 조선에 임시정부를 수립하고 4개국이 5년간의 신탁통치를 할 것을 결정하였다. 임화는 임시정부 수립이 통일국가 건설의 유일한 방법이라고 확신하고, 민족통일전선을 통해 국내외의 혁명 세력의 민주주의적 연합을 토대로 한 과도 정권을 수립해야 한다고 주장한다.[28] 이어서 그는 통일전선의 전개 방향으로 반파시즘 민주주의민족전선을 제시한다.[29]

이상에서 보았듯이 임화는 통일된 독립국가 건설의 방향은 조선사회에 남아있는 전근대적 요소를 제거하고 민주주의적 발전을 성취하는 것이며, 이러한 기본 방향에 합의를 할 수 있다면 부르주아 계급과 프롤레타리아 계급 사이의 통일전선이 성립 가능하다고 보았다. 그리고 임화가 제시한 연합의 기준은 최소한 문학자들에게는 유효하게 작동하였으며, 좌파와 중간파 문학자들의 견고한 문화통일전선을 낳았다.

3. 문화통일전선 수립과 그 이론적 배경

1945년 8월 15일 조선이 식민 통치로부터 해방 되었을 때, 민족문학 및 민족국가 건설이라는 임무를 수행하기 위해 가장 먼저 나섰던 사람들은 문학자들이었다. 8월 16일, 임화와 김남천 등의 주도로 '조선문학건설본부'가

27　위의 책, 129면; 임화는, 대한민국임시정부가 해외에서 독립 운동을 전개한 '해외 세력'이자 단체적 성격을 갖는 반면, 인민공화국은 해방 직후 '국내 세력'의 혁명적 통일전선을 토대로 수립되었다고 보았다.

28　위의 책, 130면.

29　위의 책, 131면.

조직되었고, 8월 17일의 '원남동 준비회'를 거쳐 8월 18일에는 조선문학건설본부의 상위조직인 조선문화건설중앙협의회가 조직되었다.[30]

조선문화건설중앙협의회의 의장은 임화, 서기장은 김남천이었으며, 산하 조선문학건설본부의 중앙위원장은 이태준, 서기장은 이원조였다.[31] 조선문화건설중앙협의회의 건설취지는 "새로운 우리 정부가 탄생되어 문화예술의 새 정책을 세울 때까지 현 단계의 문화전체에 관한 통일적 연락과 각 부문활동의 질서를 지키기 위해서"이며, 문화통일전선의 구호는 "조선 문화의 해방, 조선 문화의 건설, 문화전선의 통일"이었다.[32] 이러한 결성의 최소기준은 친일문화인을 배제한 나머지 문화인들의 대동단결이었다.[33]

조선문화건설중앙협의회와 조선문학건설본부의 임원 구성에서 볼 수 있듯이 두 조직은 문학자들의 주도로, 그리고 카프 계열과 중간파의 협력으로 만들어졌다. 이 같은 결성은 조선공산당의 재건 이전에 벌어진 자생적인 사건이었다. 하지만 이 조직들이 목표로 한 문화통일전선의 형성은 '부르주아민주주의 혁명'의 성공을 위해 노동자와 농민을 중심으로 진보적 지식인과 소시민 등을 포함하는 광범위한 세력이 연합해야 한다는 '8월 테제'의 취지에 크게 어긋나지 않았다.

과거 카프 소속 문학자들 중 윤기정, 권환, 한효, 박세영, 박아지 등은 1945

---

30 「조선문화건설중앙협의회 결성」, 『매일신보』, 1945.8.24; 8월 18일 열렸던 협의회에는 문학부분 협의회 의원으로 이태준, 임화, 박태원, 김남천, 이원조가 참석하였으며, 미술, 음악, 연극, 연극 분과 위원들까지 합하면 총 20명의 문화인들이 참가하였다.

31 위의 글. 「부록 1」 참조.

32 위의 글.

33 원남동의 준비회에 모인 사람들에서 알 수 있듯이 조선문학건설본부는 좌파, 중간파 그리고 우파까지도 포괄하는 문학자들의 '통일전선'을 목표로 한 것이었다. 심지어는 이 모임을 주도했던 임화, 이원조 등은 일제 말 적극적인 친일 행각을 벌인 사람들까지도 다소 무차별적으로 포괄하려고 하였지만, 이태준은 이들의 참가를 적극적으로 반대하였다; 백철, 『문학자서전―속 진리와 현실』, 박영사, 1975, 300~301면.

년 9월 30일 종로 2정목 동회관에서 조선프롤레타리아예술동맹을 결성하였다. 그 설립취지는 "1935년 일본 관헌의 야만적인 탄압으로 말미암아 해산된 이후 거의 질식 상태에 빠졌던 조선프롤레타리아예술가동맹의 재건"이었다.[34] 여기에 참여한 문학자들은 조선문화건설중앙협의회가 친일파를 뺀 나머지 문학자들의 대동단결을 표방하고 있었다는 점과 이태준, 이원조 등과 같은 중간파가 지도자로 나선 점에 불만을 품고 있었다.[35] 프로예맹은 박헌영이 이끄는 조선공산당을 보조하는 대중 단체임을 자처했다. 그럼에도 불구하고 프로예맹은 '8월테제'의 취지에 반해서 프롤레타리아 계급의 문학운동 단체라는 정체성을 고수하였다.[36]

이처럼 카프 계열의 문학자들이 중간파와의 협동에 대한 의견 차이로 분열되어 별개의 조직들을 건설하자, 이를 해결하기 위해서 임화는 중간파와의 협동의 중요성을 설명하는 「현하의 정세와 문화운동의 당면임무」를 발표한다. 여기서 임화는, 조선문화건설중앙협의회가 문화통일전선운동의 중심이며, 문화전선 통일의 기본 방향인 문화해방과 문화건설에는 민족해방과 국가독립이라는 정치적 내용이 포함되어있다고 주장하였다.[37]

또한 임화는 부르주아 민주주의 혁명이라는 근본과제를 실천하기 위해서도 해방 직후 형성된 문화통일전선을 유지할 필요성을 제기한다.

---

34 「조선프롤레타리아예술동맹결성」, 『매일신보』, 1945.10.1. 산하 단체인 조선프롤레타리아문학동맹은 1945년 9월 17일 결성되었다; 홍효민, 「문학계」, 5면.

35 이태준 숙청과정에서 한효, 안함광 등은 '구인회'를 카프의 해산을 틈타 문단권력을 장악한 부르주아 문학단체라고 비난하였다.

36 한효, 「예술운동의 전망」(『예술운동』 창간호, 1945.12), 『한국현실주의비평선집』, 김윤식 편, 나남, 1989, 142면. 중간파도 이러한 교육의 대상일 뿐이다.

37 임화, 「현하의 정세와 문화운동의 당면임무」(『문화전선』, 1945.11.15), 『임화 전집: 평론 2』, 하정일 편, 소명출판, 2009, 356~357면.

먼저 우리는 **문화운동이 현하 전개되고 있는 민족통일전선의 일익이라는 원칙을 운동의 기본방침**으로 삼지 아니하면 아니 된다. 따라서 정치에 있어서와 같이 모든 종류의 분열주의와 분파행동과 싸우는 것을 첫째 임무로 삼으면서 부단히 뒤따라 발생하는 자연발생적인 혹은 소단체의 운동을 한 방향으로 규합 통일하기 위해 노력해야 할 것이다. 이와 동시에 통일운동의 기본정신이 될 원칙을 수립하고 추진의 방향을 명시해야 할 것이다.[38] (강조-인용자)

임화에 따르면, "일본제국주의의 기반이라는 지배적 사실이 상실된 이외, 코민테른 제6차 대회 강령에서 제시했던 '민족의 완전한 해방과 토지 관계에 있어 봉건적 잔재의 소탕'이란 식민지 운동의 기본 과제는 아직 과제대로 남아있다."[39] 따라서 문학자는 조선 문화 내의 봉건적 잔재를 청산하고 조선 문화를 완전히 근대화하는 데 기여하여야 한다. 그가 보기에 이것이야 말로 조선이 다시 식민 상태에 빠지지 않는 유일하고도 확실한 길이다.

이러한 목표를 달성하기 위해서 임화는 "혁명적인 노동자 계급을 위시한 농민과 중간층과 진보적 시민"으로 구성된 통일전선의 형성할 것을 호소한다. 그에 따르면, 이러한 통일전선은 친일파를 배제한 모든 문학자의 무원칙한 대동단결이 아닌 '인민'에 기반을 둔 것이어야 한다. 따라서 조선문학건설본부는 "8월 15일 직후 혁명적 앙양 가운데서 응급으로 만들어진 조직으로서의 결함을 청산하여야 한다."[40] 이러한 반성은 이후 조선문학가동맹의 결성으로 귀결되었다.

1945년 9월 12일 조선공산당의 재건이 선언된 이후, '조선노동조합전국평의회' 등과 같은 전국 단위의 공산당 외곽조직들이 속속 결성되었다.[41] 하지

---

38   위의 글, 361면.
39   위의 글, 358면.
40   위의 글, 367면.

만 12월이 되도록 문화부분에서는 전국적인 통일조직이 결성되지 않자, 조선 공산당은 김태준을 중재자로 내세워 조선문학건설본부와 조선프롤레타리아 문학동맹의 합동을 지시하였다.[42] 그 결과 1945년 12월 3일 두 조직의 대표들이 만나 단체를 합동하기로 결정하였다.[43] 그리고 1945년 12월 6일 문협 회관에서 두 단체의 합동 위원 11명이 출석하여 "문화전선의 통일을 위해" 두 단체를 해소하고 '조선문학가동맹'으로 통합할 것을 요지로 하는 공동성 명서를 발표하였다.[44]

합동 위원들은 성명서를 통해 의견 차이로 말미암아 조선문학건설본부와 조선프롤레타리아문학동맹이 일시적으로 분립되었으나, 성실한 자기비판을 통해 조선문학운동의 기본 방향을 결정하였으며 이를 실현하기 위해서 통합하기로 하였다고 선언하였다.[45] 이들이 합의한 조선문학운동의 기본방향은 진보적 민주주의의 실현이며, 당면임무는 "조선의 완전한 해방과 조선문학의 자유스럽고 건전한 발전을 위해 일본제국주의 잔재의 소탕, 봉건주의 잔재의 청산, 국수주의의 배격"이었다.

남한에서의 문화통일전선의 결성은 북한 지도부의 관심을 끌었다. 조선공산당 북조선 분국은 결성식에 북한 대표들을 파견하기로 결정하고, 평양민보 사장 한재덕에게 한설야, 이기영과 같은 북한 거주 문학자들과 함께 서울로 가 1945년 12월 13일에 있을 '조선문학가동맹' 결성식에 참여할 것을 지시하였다.[46] 이기영과 한설야를 비롯한 19명의 북한문학인들이 1945년 12월 10

41　김남식, 앞의 책, 63~115면.

42　백철, 앞의 책, 313면.

43　홍효민, 「문학계」, 5면.

44　「조선문학건설본부와 조선프롤레타리아문학동맹, 조선문학가동맹으로 통합」, 『자유신문』, 1945.12.7. 여기에 참여한 문건측 대표는 이태준, 이원조, 임화, 김기림, 김남천, 안회남이었고, 프로문맹측 대표는 윤기정, 권환, 한효, 박세영, 송완순이었다.

45　위의 글.

일 서울로 내려와 13일의 결성식에 참가하였다.[47] 해방 직후 북한에 거주하고 있었던 약 20여 명의 문학인 중 대다수가 '조선문학가동맹' 결성식에 참여하기 위해 내려왔던 것이다.[48]

결성식 전날인 1945년 12월 12일 서울시 소재 '아서원' 식당에서 문인좌담회가 열렸다. 조선문학건설본부의 임화, 김남천, 이원조, 김영건, 조선프롤레타리아문학동맹 측의 권환, 박세영, 한효 그리고 북한에서 온 한설야, 이기영, 한재덕(평양민보 사장)이 이 좌담회에 참석하였다.[49] 이날의 좌담회는 '조선문학가동맹'의 결성이 합의되었음에도 불구하고, 애초 '문건'과 '프로문맹'이라는 두 조직의 출범을 초래했던 문학자들 사이의 관점 차이가 완전히 해소되지 못했음을 보여준다.

두 파는 크게 세 가지에 대해 큰 관점 차이를 보였다. 첫째, 임화가 식민지 기간 동안 문학자가 조선의 독립을 위해서 적극적으로 실천하지 못한 것에 대해서 자기 비판해야 한다고 하자, 한효는 실천이 없다고 사상이 없는 것은 아니라고 반박하였다. 둘째, 이원조가 과거 카프의 공식주의―사회주의리얼리즘을 기계적으로 도입한 것―에 대해 비판해야 한다고 하자, 한효는 "사회주의 리얼리즘 논쟁에서 우리의 비평은 진보하였다"라고 반박하였다[50] 셋째,

---

46 한재덕, 『나는 김일성을 고발한다』, 내외문화사, 1965, 230~231면; 한재덕은 결성식 등에 참석한 목적이 남한 '동무'들이 조직 내에서 헤게모니를 쥐도록 돕고, 남한의 우수한 문학가, 연극인, 기타 예술인들을 한명이라도 더 많이 북한으로 넘어오도록 공작하는 것이었다고 회고하였다. 한재덕에 따르면 북조선공산당 지도부는 남한 예술인이 북한으로 오면 "극상의 대접을 해 주겠다"라고 약속하였다.

47 김재용, 「해방직후 임화의 민족문학과 통일독립」, 308면.

48 "Report on the Works of the Soviet Administration in North Korea for Three Years(August 1945–November 1948: Politics)," December 9, 1948, *AVPRF*, fond 0408, opis 4, delo 46, papka 14, listy 232~235.

49 한설야 외, 「조선문학의 지향: 문인좌담회 속기록」, 『예술』 제3호, 1946.1, 4~9면.

50 위의 글, 5~7면.

임화나 이원조는 두 단체를 통합한 문학단체는 좌파와 중간파 문학자들을 포괄하는 문화통일전선의 형식이어야 한다고 주장했다. 하지만 프로문맹 측은 협동에 합의한 이후에도 문학자의 단체는 프롤레타리아 계급의 사상으로 무장한 프롤레타리아 당(공산당)의 전위라는 생각을 고수하였다.

프로문맹 측의 문제제기도 있었다. 한설야는 '문학운동'의 중요성을 제기하며, 문학자는 정치 활동이나 작품 창작뿐만 아니라 독자들을 교육하고 계몽할 의무가 있으며 그들 속에서 자신들의 문학예술이 나올 수 있도록 도와주어야 한다고 주장하였다. 이러한 이유로 '조선문학가동맹'이라는 명칭에 대해서 제고할 것을 제안하였다.[51] 이러한 한설야의 제안이 받아들여져 조직 명칭에 대한 비공개 토의가 이루어졌으며, 다음날 '조선문학동맹'의 결성이 공식적으로 발표되었다.[52]

1945년 12월 13일 결성된 조선문학(가)동맹은 해방 이후 남한과 북한 그리고 우파와 좌파를 통틀어 '처음으로 발족'한 전국적인 규모의 문화통일전선이었다.[53] 이 조직이 가진 통일전선적 성격은 1946년 2월 8일과 9일에 열린 전국문학자대회에서도 잘 드러난다. 이 대회의 중앙집행위원장은 식민지 시대 신간회를 이끈 대표적인 민족주의자 홍명희였으며, 조선인민당의 여운형, 조선신민당의 백남운, 조선공산당의 이주하, 민주주의민족전선 준비위원회 그리고 조선인민공화국 중앙인민위원회의 대표들이 참석하여 축사를 하고 대회 이튿날에도 참석하여 대회의 진행을 주시하였다. 이들은 모두 '민주주

---

51   1945년 12월 7일 『자유신문』에 '조선문학가동맹'이 결성될 예정이라는 기사가 실렸다. 하지만 아서원 좌담회의 결과 새 단체의 이름은 조선문학동맹으로 바뀌었으며, 최종적으로 조선문학자대회에서 조선문학가동맹으로 확정되었다.

52   「조선문학동맹 결성, 각부 위원 결정」, 『자유신문』, 1945.12.25.

53   이를 이어 1946년 3월 13일에 남한에서 정인보, 박종화의 주도로 우파 문화통일전선체인 '전조선문필가협회'가 결성되었으며, 1946년 3월 25일에 북한에서는 북조선공산당 선전부장 김창만의 지도하에 좌파 문화통일전선체인 '북조선예술총연맹'이 결성되었다.

의민족전선'에 참여한 정당 및 사회단체들의 지도자들이다.

임화는 「조선 민족문학 건설의 기본 과제에 대한 일반 보고」를 통해 식민지 기간 동안 조선문학의 역사를 개관하고 문학 및 문화 분야에서 통일전선이 형성될 수밖에 없는 역사적 이유를 해명하였다. 그에 따르면, 일제가 1930년에 만주침략을 개시하면서 가장 반일적인 계급운동과 프로문학운동을 공격하고 1937년 중일전쟁을 시작하면서 모든 종류의 진보적 운동과 진보적 문학에 대한 더한층 가혹한 압박에 착수하였다. 이러한 압박에 대항하여 조선의 문학은 "신문학 이래 처음으로 공동노선에서 협동"하였다.[54] 일제의 파시즘적 억압에 저항하는 공동전선의 방향은 "첫째, 조선어를 지킬 것; 둘째, 예술성을 옹호할 것; 셋째, 합리정신을 주축으로 할 것"이었다.[55]

임화는 해방기 문학운동의 과제를 다음과 같이 제시하였다. 즉 해방이 되었다는 사실 이외에는 "일본제국주의 문화 지배의 잔재가 남아있다는 것과 봉건 문화의 유물이 청산되지 아니하였다." 그 이전과 현재의 객관적 조건에는 아무런 차이가 없으므로 일제 말 형성되었던 문학자들의 공동전선이 현재도 유효하다. 따라서 문화통일전선의 당면 과제는 일제지배 및 봉건잔재로 말미암아 지연된 '민주주의 개혁'을 성취하고 이 위에서 '민주주의적 민족문학'을 건설하는 것이다.[56]

전국문학자대회에서 조선문학가동맹의 중앙집행위원장으로 홍명희, 부위원장으로 이기영, 한설야, 이태준, 서기장으로 권환이 선출되었다. 그리고 위원으로 이원조, 임화, 김태준, 김남천, 안회남, 한효, 김기림, 윤기정, 정지용, 이병기, 김오성, 안함광, 박세영, 조벽암, 김광섭, 홍구, 이동규 등이 선출

---

54 임화, 「조선 민족문학 건설의 기본과제에 관한 일반보고」, 『건설기의 조선문학』, 조선문학가동맹 중앙집행위원회 서기국, 1946, 38~39면.

55 위의 글, 39면.

56 위의 글, 42면.

되었다. 강령으로는 진보적 민주주의 국가 건설과정에 있어서 조선문학의 자유롭고 건전한 발전을 위하여, "1. 일본제국주의 잔재의 청산, 2. 봉건주의 잔재의 청산, 3. 국수주의의 배격, 4. 진보적 민족문학의 건설, 5. 조선문학의 국제문학과의 제휴"가 결정되었다.[57] 이는 모두 임화가 작성하고 1946년 2월 조선공산당중앙위원회가 발표한 「조선민족문화건설의 노선(잠정안)」에 토대를 둔 것이다.[58] 이후 이 강령은 조선문학가동맹 및 조선공산당의 공식적인 '문화 노선'으로 받아들여졌다.[59]

조선문학가동맹은 전국문학자대회를 통해 다수의 문학자들로부터 지지받는 대표성 있는 문학단체임을 입증하였다. 전국문학자대회에 참석한 문학자의 수는 총 117명이었고, 이중 양일 모두 참석한 문학자는 57명이었다. 해방 전 통계에서 전체 문학자가 약 179명이었고[60] 해방 이후 약 20명 정도가 북한에 있었던 점을 고려할 때, 과반수이상의 문학자들이 참석하였음을 알 수 있다. 그리고 이들의 참여와 지지를 받아 '조선문학가동맹'이라는 명칭과 문학운동의 기본 방향이 결정되었다.[61]

---

57 조선문학가동맹 중앙집행위원회 서기국, 「제1회 전국문학자대회 회의록」, 『전환기의 조선 문학』, 1946, 222~223면.

58 이원조의 진술에 따르면 이 문화테제는 임화가 작성한 것이라고 한다; 조선민주주의인민공화국 최고재판소, 『미제국주의 고용간첩 박헌영·리승엽 도당의 조선민주주의인민공화국 전복음모와 간첩사건 공판문헌』, 국립출판사, 1956, 321면.

59 한효, 「민주건설시기의 조선문학」, 『해방 후 10년간의 조선문학』, 조선작가동맹출판사, 1955, 85면.

60 임화, 「조선문학통신 ─ 현 문단의 구조」(『문예』, 1940.6), 『임화 전집 ─ 평론 2』, 하정일 편, 소명출판, 2009, 504면.

61 조선문학가동맹 중앙집행위원회 서기국, 「제1회 전국문학자대회 회의록」, 205, 217~218면. 조선문학자대회의 성공적인 개최에도 불구하고, '조선문학가동맹'의 조직 성격에 대한 회원들 사이의 상이한 이해가 존재했다. 한효가 배포용 자료를 준비하면서 조직의 명칭을 조선문학동맹이 아니라 조선문학가동맹으로 오기하자, 오장환이 조직 명칭을 자료에 인쇄된 대로 '조선문학가동맹'으로 했으면 좋겠다는 제안했다. 논란 끝에 결국 거수의 결과로 문학동맹이 28명, 문학가동맹이 43명의 찬성을 얻어 조직의 명칭이 조선문학가동맹으로

이후 조선문학가동맹은 임화, 이태준, 이원조, 김기림 등의 임원들을 1946 년 2월 15일 결성대회를 열 예정인 '민주주의민족전선'의 준비위원회 선전부 에 참여시켜 민주주의민족전선의 성공적인 결성을 지원하였다. 또한 조선문 학가동맹은, 1946년 2월 24일에, 과학자동맹, 진단학회 등 국내 문화단체를 총망라한 25개 단체와 함께 조선문화단체총연맹을 결성하고 민주주의민족 전선에 참여함으로써 진보적 민주주의 국가건설에 일익을 담당하고자 하였 다.[62]

4. 남한 정세 변화에 따른 문학운동노선의 재정비

1945년 12월 27일 모스크바 3상회의에서 조선에 대한 신탁통치를 포함하 는 「조선에 대한 4개항의 결의서」를 발표하였다. 그러자 조선공산당은 '인민 공화국'을 통해 미군정으로부터 권력을 직접 이양 받는다는 기존의 목표를 수정하였다. 즉, 조선공산당은 「결정서」에서 언급된 임시정부에 적극적으로 참여하여 그 주도권을 잡음으로써 신탁통치가 끝난 이후 정식으로 수립될 정부의 권력을 획득하는 것을 목표로 정하였다.

결정되었다. 이러한 해프닝은 '문건'을 문학가의 협의체로 보는 관점과 대중에 대한 교육 계몽을 목표로 한 '문학운동단체'로 보는 관점이 공존했음을 보여준다.

62 「조선문화단체총연맹 결성대회 개최」, 『조선일보』, 1946.2.25; 이 대회에서 임화는 예술부 문에 대한 보고를 하였다. 이 연맹에 참여한 단체는 조선학술원, 조선산업의학연구회, 조선 법학자동맹, 조선언어학회, 조선과학여성회 등 13개 학술단체, 조선문학가동맹, 조선연극 동맹, 조선음악동맹, 조선영화동맹, 조선미술가동맹 등 9개 단체, 그리고 조선신문기자협 회, 조선교육자협회, 조선체육회 등이다. 오장환에 따르면, 1947년 5월 당시의 남조선문화 단체총연맹 산하 동맹은 24개이며, 각 동맹의 총 맹원수는 15만 8천여 명이다 (오장환, 『남조선의 문학예술』, 조선인민출판사, 1948; 재수록 『한국근대문학연구』 제2권 제1호, 한 국근대문학회, 2001, 231~267면).

　이러한 정세의 변화는 조선문학가동맹을 포함한 여타 문학자들의 문학운동과 정치 활동에 큰 영향을 미쳤다. 무엇보다 신탁통치문제는 그간 정치적 입장을 정하지 못했던 문학자들에게 어느 한 입장을 분명히 선택하도록 하는 계기가 되었다.

　1945년 12월 27일 동아일보가 "소련은 신탁통치 주장, 미국은 즉시 독립 주장"이라는 요지의 기사를 국내에서 제일 먼저 보도하였다.[63] 그러자 이를 접한 대다수 문화인들은 즉각 반발하였다. 1945년 12월 31일 전국의 학술문화단체 11개가 연합하여 "모스크바 삼상회의 신탁통치 결정 반대 강연"을 개최하였다. 이 강연회에서 임화의 사회로 신남철, 박치우, 이태준, 백남운, 그리고 이희승 등이 신탁통치 반대 강연을 하였다.[64]

　하지만 1946년 1월 2일 조선공산당에서 '신탁통치 찬성'을 결정하고 1월 6일 신탁통치 찬성 성명을 공식적으로 발표하였다. 이에 따라 신탁통치에 반대했던 공산당 계열의 문학자들은 모두 신탁통치 찬성 입장으로 돌아섰다. 이에 대응하여, 1946년 3월에 신탁통치를 반대하는 입장의 전국문필가협회가 서울에서 발족하였다. 그러자 민족주의 성향의 문학자들 중에서 신탁통치 반대를 고수하는 사람들이 이 협회에 합류하였다. 또 신탁통치를 찬성하는 문학자 중 프로예맹을 결성했던 일부 문학자들은 3월 25일 북조선예술총연맹이 결성되자 이 단체에서 활동하기 위해서 월북하였다.

　1946년 3월 20일 모스크바 3상회의의 결정에 따라 제1차 미소공동위원회가 서울 덕수궁 석조전에서 개최됐다. 4월 17일 미소공동위원회는 임시정부 수립을 위한 한국 내 협의대상자가 될 정당과 단체는 모스크바 3상회의 결과에 대한 지지를 약속하는 선언서에 서명해야 한다는 요지의 공동성명을 발표

63　「소련은 신탁통치 주장, 미국은 즉시 독립 주장」, 『동아일보』, 1945.12.27(1).

64　「문화부대총궐기－탁치반대와 통일촉성대강연」, 『자유신문』 1946.1.1.

했다. 그러나 이 선언서에 서명을 하는 것이 신탁통치의 수용을 뜻하는 것인 지에 대해 미소 간에 논란이 일어났다. 결국 미국과 소련은 결론을 도출하지 못하고 5월 6일 무기한 휴회를 선언했다.

미군정은 1946년 5월 17일 정판사 사건을 발표하고, 조선공산당에서 운영 하는 '정판사'에서 위조지폐를 인쇄하여 조선공산당에 정치자금을 제공하였 다는 혐의로 조선공산당원을 체포하였다.[65] 미군정은 이 사건을 이용해 160 만 명 이상의 당원을 거느린 남한 내 최대 정치조직인 조선공산당을 불법단 체로 몰아갔다.[66] 더 나아가 미군정은 1946년 9월 7일에는 박헌영에 대한 체포령을 내려 조공의 지도자를 합법적으로 제거하려 하였다.[67] 그리고 조선 공산당의 기관지 역할을 했던 『조선인민보』, 『현대일보』, 『중앙신문』을 포 고령 2호 위반혐의로 정간처분을 내림으로써 조공의 선전활동을 방해하였 다.[68] 이로 인해 반탁을 주장하는 이승만을 중심으로 한 '독립촉성중앙협의 회'와는 달리 친탁을 주장하는 민주주의민족전선은 남한에서의 정치 활동에 큰 제약을 받게 된다.

이에 대응하여 조선공산당은 '미소공동위원회의 재개와 박헌영 체포령 철회' 등을 요구하는 대규모 대중 투쟁을 조직하여, 미군정이 자신들의 요구 조건을 수용하도록 압력을 넣으려고 하였다. 이승엽의 지시 하에 9월 25일 대규모 철도노동자 파업이 일어났으며 대구지역에서 이 파업에 동조하는

---

65 「백일하에 폭로된 공산당원 지폐위조사건의 죄상」, 『동아일보』, 1946.5.17.

66 Korotkov, Lebedev, "Information Materials Received from South Korea, March 26, 1947," *Central Archives of the Russian Ministry of Defence(TsAMO)*, fond 172, opis 614632, delo 34, listy 8~10; 재수록 『소련군정문서: 남조선 정세 보고서, 1946~1947』, 국사편찬위원회, 2003, 233~236면.

67 「박헌영, 이강국 등의 조공간부에 체포령」, 『동아일보』, 1946.9.8; 「도망하는 공산당원 경 찰의 발포로 즉사」, 『동아일보』, 1946.9.20.

68 「三新聞停刊에-공보부특위발표」, 『자유신문』, 1946.9.8(2).

대규모 소요가 발생하여 인근 농촌지역으로 확대되었다. 조선공산당은 이를 '10월 인민항쟁'으로 명명하고, 1919년의 3·1 운동의 정신을 계승한 대중 항쟁으로 평가하였다.

1946년 8월 28일에 북조선공산당이 북조선신민당과 합동하여 북조선로동당을 결성하자, 1946년 11월 23일 조선공산당 역시 조선인민당, 남조선신민당과 합동하여 '남조선로동당'을 결성하였다. 합동 과정에서 각 당의 합당 반대파들은 따로 '남조선사회로동당'을 결성하기도 하는 등의 잡음도 있었다.[69] 하지만 남로당의 결성은 남조선의 농민, 소부르주아, 그리고 기타 진보 세력이 반제국주의 및 이승만 반대 투쟁에 결집한 결과로 당시에 평가되었다.[70]

이러한 정치 상황은 조선문학가동맹의 활동에도 큰 영향을 미쳤다. 우선 조선문학가동맹은 1946년 9월에 예정되었던 제2차 전국문학자대회를 무기한 연기하였다. 1946년 11월 8일에는 중앙집행위원회가 개최되었으며 여기서 새로운 문학운동의 방향이 토의되었다. 그 결과물인 「문학운동의 대중화와 창조적 활동의 전개에 대한 결정서」에 따르면 조선문학가동맹은 10월 인민항쟁을 "팽배한 인민대중의 정치적 진출"로서 해석하고, 조직이 민중의 정치적 진출을 따라가지 못했다고 반성하였다.[71] 이런 한계를 극복하기 위해서 조선문학가동맹은 소수문학자의 단체에 머무르지 말고, 대중의 정치적

---

69 삼당의 합당 과정에서 조선인민당 내의 48인파와 31인파, 남조선신민당 내의 간부파와 대회파, 조선공산당 내의 추진파와 반대파 등이 각각 찬성과 반대로 분열했다. 결국 박헌영(朴憲永) 계열이 중심이 되어 11월 23~24일에 남조선노동당을 결성하고, 여운형·백남운(白南雲) 등은 사회노동당을 결성했다.

70 "Report on the Works of the Soviet Administration in North Korea for Three Years," listy 224~255.

71 조선문학동맹 중앙집행위원회, 「문학운동의 대중화와 창조적 활동의 전개에 관한 결정서」(1946.11.08), 『한국현실주의비평선집』, 김윤식 편, 나남, 1989, 404면.

진출을 올바른 방향으로 이끌어나갈 수 있도록 인민을 위한 문학의 생산과 인민 자신이 문학할 수 있는 대중적 조직으로 변화되어야 한다고 새로운 문학운동의 방향을 결정하였다.[72]

이에 따라 조선문학가동맹은 1946년 3월 25일에 결성된 북조선예술총연맹에 참여하기 위해 사임한 부위원장 이기영, 한설야, 그리고 중앙집행위원 윤기정, 한효, 이동규, 박세영, 안함광을 대신하여 부위원장으로 이병기, 중앙집행위원으로 양주동, 염상섭, 조운, 채만식, 박아지, 박태원, 박노갑을 보선하였다.[73] 이러한 결정은 좌파의 형식적인 주도권에 집착하기보다는 남한 대중에게 큰 영향력을 갖고 있는 중간파 문학자들을 책임 있는 자리에 앉힘으로써 문학운동단체로서의 '대중성'을 확보하기 위해서였다.

또한 조직의 대중성을 높이겠다는 목표는 조직 구성원에 대한 규정에도 영향을 미쳤다. 그 예로 규약 제4조 제1항의 "맹원 및 맹우로서 조직함"을 "맹원으로서 조직함"으로 개정한 것을 들 수 있다.[74] 이는 조직의 명칭이 '문학자'동맹인 탓에 직업문인이 아닌 자는 맹우로 가입해야 했던 것이 비대중적이라고 판단하고 직업문인과 일반대중에게 동등한 회원 지위를 부여한 조치였다. 이때부터 누구든지 동맹의 규약에 동의하는 자는 2명 이상의 맹원의 추천을 받아 동맹 지부의 심사를 거쳐 조직에 가입할 수 있게 되었다.

1947년에 들어오면서 '조선문학가동맹'은 민족문학의 '인민적 토대'와 '문학운동단체'라는 조직의 성격을 강화하였다. 예를 들어, 1947년 4월에 발행된 『문학』 제3호의 「권두언」에 따르면, "문학가동맹은 문학가들의 정치운동의 단체가 아니라 문학운동의 단체이기 때문에 문학가동맹의 강령은 동맹 문학가들의 이론·비평·창작의 사상적, 예술적 성격을 규정짓는 원칙이

---

72   위의 글, 404면.

73   위의 글, 408면.

74   위의 글, 407면.

되어야 한다." 이렇게 동맹의 지도부는 문학자들에게 동맹의 정치적 목표를 창작을 통해 실천할 것을 요청하였다.[75]

또한 임화는 조선문학가동맹 내에 '민족문학'에 대한 이해가 통일되지 못했음을 지적하고, 동맹의 정치적 예술적인 실천의 사상적 통일을 완성하고, 민족문학의 개념에 자의적으로 포함되어 있는 불순한 관념을 청산하고 민족문학의 뚜렷한 이념의 원리를 수립할 필요성을 제기한다.[76] 임화에 따르면, 민족은 노동자, 농민 등을 중심으로 한 인민이며, 인민 중 노동자 계급은 인민전선을 유지하고 이를 통해 민족과 국가와 사회를 건설하여야 한다. 그리고 이에 따라 건설된 민족문학은 '노동계급의 이념에 기초"하고 있으며, 노동계급의 이념이 곧 민족의 이념이자 인민의 이념이다. 이것은 다음과 같은 이유에서이다.

노동계급이 자기의 이념을 인민의 이념으로, 민족의 이념으로 요청함은 시민 계급의 경우와 같이 자기가 인민과 민족의 특권적 지배자가 되기 위하여서가 아니라 자기와 더불어 모든 인민층이 목적의식을 갖고 통일전선으로 결합하는 것을 돕기 위함이다. 이 도움이 없으면 농민과 소시민은 제국주의와 봉건유제를 청산하고 민족을 해방하여 민주국가를 건설하는 전선에 자각적으로 결합되어 오기가 어려운 때문이다. 그러므로 민족형성의 기초인 이 인민전선에 있어 노동 계급의 이념은 모든 인민이 자각적으로 결합되는 매개자인 것이다. 다시 말하면 이러한 경우의 노동계급의 이념은 계급적 자각의 매개자이기보다 인민적 자각 의 매개자인 것이다.[77]

---

75 「문학주의와의 투쟁」, 『문학』 제3호, 1947.4, 7면.
76 임화, 「민족문학의 이념과 문학운동의 사상적 통일을 위하여」, 10면.
77 위의 글, 14면.

임화는 이전에도 「현하의 정세와 문학운동의 당면임무」, 「문학의 인민적 기초」 등을 통해 해방 직후 수립된 좌우합작적 문화전선의 토대는 '인민'임을 강조하는 글들을 발표한 적이 있다. 하지만 제1차 미소공위의 파탄과 조선공산당에 대한 탄압 그리고 우파 통일전선의 수립 등의 급격히 바뀐 정세로 인해, 임화는 해방 직후 추진되었던 상층(정치조직)에서의 좌우합작이 더 이상 유효하지 않다고 판단한다. 왜냐하면 '10월 항쟁'과 같은 혁명적 대중의 정치적 진출에 호응하여 노동계급의 이념, 즉 남로당의 영도를 바탕으로 한 '인민전선'을 형성할 필요성이 커졌기 때문이다. 이런 이유에서 임화는 조선문학가동맹의 문학자들에게 노동계급의 이념이 담겨있는 문학작품을 창작하여 인민전선 형성의 매개자가 될 것을 새로운 임무로 제시한다.

「대중투쟁과 창조적 실천의 문제」에서 김남천은 '10월 인민항쟁의 문학적 형상화'의 방법을 제시하였다. 그에 따르면, 문학자들은 '사실주의'적 방법에 입각해 투쟁을 만들어낸 원동력과 현실의 객관적 갈등을 올바르게 묘사해야 해야 한다. 그리고 그는 창작의 가이드라인으로 박헌영이 발표한 「10월 인민항쟁의 발생원인과 인민항쟁의 정치적 역사적 의의」를 제시한다.[78]

또한 김남천은 라쌀과 맑스-엥겔스 사이의 '지킹엔 논쟁'에 기대어,[79] 사회로동당이 10월 인민항쟁을 주도한 남로당의 정책을 '좌편향적 오류'로 비판한 것을 재비판한다.[80] 김남천은 라쌀이 농민을 배신한 지킹엔을 두둔하며 "농민운동을 반동적 운동"이라고 평가한 것은 프롤레타리아가 아닌 부르주아의 관점에서 보았기 때문이며, 라쌀의 견해는 10월 인민항쟁에 대한 사회

---

78   김남천, 「대중투쟁과 창조적 실천의 문제」, 『문학』 제3호, 1947.4, 27~29면.

79   이것은 16세기 초 루터의 개혁을 지지했던 기사 프란츠 폰 지킹엔의 비극적 운명을 다룬 라쌀의 희곡 「프란츠 폰 지킹엔」(1858)을 읽고 마르크스-엥겔스가 작가인 라쌀과 주고받은 편지들을 루카치가 발굴하여 정리한 것이다.

80   김남천, 「대중투쟁과 창조적 실천의 문제」, 23면.

로동당의 좌우합작적 견해와 유사하다고 지적한다.[81] 그리고 이를 근거로 그는 10월 인민항쟁에 대한 올바른 형상화는 사로당적 노선이 아닌 박헌영이 제시한 노선에 따라야 함을 강조한다.[82]

무엇보다도 조선문학가동맹은 『문학』 3호(1947.4)에 레닌의 「당조직과 당문학」을 소개하고 동맹의 문학운동은 노동계급의 이념을 구현한 남로당의 정치 목표와 일치해야 함을 시사했다. 여기에 더해서 조선문학가동맹은 1947년 2월 북조선문학예술총동맹이 발표한 시집 『응향』에 대한 결정서를 게재하여 문학운동에서 부르주아 사상을 배제할 필요성을 제기하였다.

이후 문학가동맹은 『문학』 3·1기념임시증간호를 발간하고 10월 인민항쟁을 형상화한 문학작품들을 발표하였다. 또한 임화 자신도 「우리들의 전구」와 「높은山 봉우리마다」라는 작품을 통해 철도노동자의 파업과 농민 항쟁을 묘사하였다. 특히, 「높은山 봉우리마다」는 이후 남로당의 지휘 하에 전개된 유격대 활동을 암시하고 있다.

> 農軍의 두터운 가슴
> 골작마다 있고
> 번개처럼 빛나는
> 人民抗爭隊의 눈이
> 南朝鮮 높은 山
> 봉우리 봉우리에 있구나.[83]

---

81 위의 글, 26면.

82 위의 글, 28면. 김남천은 창작 방향으로 1. 제국주의자들의 식민지정책 절대 배격, 2. 우리 민족의 민주주의 국가 건설에 대한 갈망, 3. 인민정권 수립에 대한 인민의 염원, 4. 조선의 진정한 민주주의적 애국자는 노동자, 농민, 근로지식층, 소시민이라는 사실 묘사, 5. 이들 세력의 강력한 연대, 6. 노동인민의 단결이 무진장의 역량을 만들어낼 수 있음을 묘사해야 한다고 제시하였다.

그런데 특이하게도 이러한 문서들은 모두, 문학운동의 내용적인 측면을 지시할 뿐 구체적인 창작방법에 대해서는 언급하지 않고 있다는 점이다. 물론 조선문학가동맹은 「새로운 창작방법에 관하여」라는 보고에서 조직의 강령을 구현할 창작방법으로 '진보적 리얼리즘'을 제시하였다. 이것은 "진보적 민주주의 수립을 역사적 임무로 하는 시대의 유물변증법과 결합된 리얼리즘"[84]으로서, 혁명적 로맨티시즘을 계기로 내포한 창작방법이다.[85]

하지만 인민항쟁의 형상화와 관련해서 조선문학가동맹은 '진보적 리얼리즘'이라는 창작방법을 표가 나게 강조하지는 않았다. 북조선문학예술총동맹이 문학 창작 방법으로 '전형'의 창조를 강조하고, 1947년 3월 28일 북조선로동당 중앙상무위원회가 '고상한 리얼리즘'을 창작방법으로 제시한 것과는 대조를 이룬다.[86] 창작방법에 대한 조선문학가동맹의 태도는 과거 카프의 사회주의 리얼리즘 논의를 공식주의로 비판했던 것과 연관되는 동시에, 민족문학의 건설과정에서 '새로운 형식'이 창조되기를 기대했기 때문이다.[87]

---

83 임화, 「높은山 봉우리마다」(『찬가』, 백양당, 1947.5), 『임화 전집: 시』, 김재용 편, 소명출판, 2009, 484~485면.

84 김남천, 「새로운 창작방법에 대하여」, 『전환기의 조선문학』, 조선문학가동맹 중앙집행위원회 서기국, 1946, 167면.

85 김남천은 과거 카프가 문학의 이론과 자료를 조선문학의 현실에서 발견하여 추진하지 않고, 소련이나 기타 선진국의 이론을 수입하여 그것을 되풀이하였다고 비판하고, 진보적 리얼리즘은 그 같은 공식주의를 극복한 창작방법이여야 함을 강조하였다(위의 글, 169면).

86 1947년 1월 1일 김일성이 전 조선 인민에게 보내는 신년사에서 "문학 예술인들은 민주개혁의 성과들을 정확하게 반영하고 사상적으로 정치적으로 예술적으로 고상한 작품들을 많이 창작하여야 할 것이다"라고 지시하였다. 이후 조선로동당은 '고상한 리얼리즘'을 창작방법으로 결정하였다; 「북조선에 있어서 민주주의 민족문화 건설에 관하여, 북조선로동당 중앙상무위원회 제29차 회의 결정서 1947년 3월 28일」, 『북한관계사료집』 30, 과천: 국사편찬위원회, 162~166면.

87 이러한 점은 제1회 해방문학상 심사보고 중 오장환의 시집 『병든 서울』에 대한 평가에서 잘 나타난다. 심사위원회는 오장환의 시집은 낡은 자기 자신에 대한 직접 투쟁이 시의 형식과 내용을 형성하며 새로운 내용과 더불어 새로운 형식의 창조에 접근하고 있다고 평가

　1947년 5월 21일부터 제2차 미소공동위원회가 개최되고, 6월 25일에는 미소공동위원회의 예비회의에 참여를 희망하는 남북한 정치사회단체들이 청원서를 제출하였다. 조선문화단체총연맹은 임화의 이름으로 그리고 조선문학가동맹은 김남천의 이름으로 참가 청원서를 제출하고, 제2차 미소공동위원회가 성공적으로 개최되어 공산당 중심의 임시정부가 수립되기를 기원했다.[88] 임화는 제2차 미소공동위원회가 성공하여 박헌영의 수배령이 풀리고 그가 명실상부한 민족의 지도자가 되기를 기원하며, 「박헌영 선생이시어 우리게로 오시라」(『문화일보』, 1947.6.13)는 시를 발표하기도 하였다.

　　　民族의 앞길에

　　　돌을 던지던

　　　民族 원수들을 물리치고

　　　당신이 가르키신

　　　民主政府가 서려는 오늘

　　　朴憲永先生이시어

　　　우리게로 오시라

　　　우리에게 君臨하시라.[89]

　또한 제2차 미소공동위원회의 개최 기간 동안, 남로당은 '통일임시정부'에

한다. 이러한 평가에서 알 수 있듯이 임화 등은 사회주의 리얼리즘을 해방 이후 현실을 담을 새로운 문학형식으로 생각하지 않았던 것으로 보인다; 조선문학가동맹 1946년도 문학상 심사위원회, 「1946년도 문학상 심사경과 급 결정 이유」, 『문학』 제3호, 1947.4, 55면.

88　「공위 예비회의에 참가할 각 단체 대표 결정」, 『조선일보』, 1947.6.25.

89　임화, 「朴憲永 선생이시어 우리게로 오시라」(『문화일보』, 1947.6.13), 『임화 전집: 시』, 김재용 편, 소명출판, 2009, 485면.

대한 협상이 타결될 수 있도록 『노력인민』 등과 같은 기관지를 통해서 공위에 대한 '대중 교양'을 실시하고 협상 타결을 촉구하는 대중 투쟁을 적극적으로 전개하였다.[90] 임화 역시 「朴憲永先生이시어 『노력인민』이 나옵니다」라는 시를 발표하여, 미소공위를 꼭 성공시키겠다는 남로당원의 결의를 표현하기도 하였다."[91]

그러나 1947년 10월 21일 제2차 미소공동위원회가 미·소간의 의견 차이로 완전히 결렬되었다. 그러자 미군정은 조선독립정부 수립문제를 유엔으로 이관하기로 결정하여 남한단독정부 수립을 가시화하였다. 동시에 하지 장군이 남로당을 불법단체라고 선언하였다. 결과적으로 미군정의 정치적 파트너로 선택받지 못한 남로당의 위기는 더욱 가속화되었다.

이 과정에서, 남조선로동당 선전부 문화과장과 조선문화단체총연맹 부위원장을 하고 있던 임화가 미군정의 표적이 되었다.[92] 1947년 4월에 임화의 시집 『찬가』가 백양당에서 출판되었다. 그러자 5월 25일 수도청 경사과에서 출판사 사장을 불러 『찬가』에 수록된 「旗ㅅ발을 내리자!」라는 시를 삭제할 것을 명령했다. 문제의 시는 조선공산당이 정판사에서 위조지폐를 제조하여 유포했다는 혐의가 발표된 직후인 1946년 5월 19일 『현대일보』에 임화가 발표한 것이다. 이후 이 시는 여러 집회에서 낭독되고 일반인에게 널리 알려졌다.[93] 경찰은 「旗ㅅ발을 내리자!」가 미군정을 비방하는 내용, 내지 불온한

---

90 이 신문은 1946년 5월 30일에 창간된 남조선로동당 중앙위원회의 기관지로 원래 『대중신문』이었던 제호를 『노력인민』으로 바꿔 1947년 6월 19일부터 발행했다. 창간사에서 이 신문은 '조선인민의 친절한 교양자이자 조직자임'을 선언하고, 미소공동위원회를 매일 대서특필하면서 우익진영의 정강 정책을 비난했다. 1947년 8월 15일까지 발행되다 이후 지하로 잠복하였다.

91 임화, 「朴憲永先生이시어 『노력인민』이 나옵니다.」(『노력인민』, 1947.6.17), 『임화 전집: 시』, 김재용 편, 소명출판, 2009, 485~486면.

92 조선민주주주의 인민공화국 최고재판소, 앞의 책, 218면.

93 가난한 同胞의/주머니를 노리는/外國商館의/늙은 종(奴隷)들이/廣木과 통조림의/ 密賣를 議

내용을 담고 있다는 점을 삭제 이유로 삼았다.[94]

이에 그치지 않고 경찰은 임화의 시집 중에 치안을 교란하는 문구가 있다는 이유로 그를 수도청 조사과로 불러 조사하였다. 그 결과 임화는 포고령 2호를 어긴 죄로, 즉 "무허가 집회 및 무허가 시위 참여 혐의"로 7월 18일 불구속으로 송청되었다.[95] 한마디로 경찰은 제2차 미소공동위원회 기간 동안 남로당 선전부 문화과장으로서 대중 선동과 투쟁을 기획했다는 혐의로 임화를 처벌하여 향후 남로당의 대중 선전과 계몽 활동을 방해하려고 하였던 것이다.

이후 1947년 11월 20일 이승엽의 지시로 임화는 김남천과 함께 월북하였다.[96] 월북 후 그는 소련 고급 당학교에 가기 위해서 평양으로 갔으나 과거 경력이 불순하다는 이유로 뜻을 이루지 못했다. 대신에 그는 박헌영의 지시로 38선 접경 지역인 황해도 해주로 내려가 해주 제1인쇄소의 편집부장이 되었다.[97] 이곳에서 임화는 조일명, 이원조 등과 함께 『민주조선』, 『인민조선』과 같은 대남 선전물을 제작하였다.[98] 동시에 그는 1946년 9월 초에 월북하여 평양에 체류 중인 남로당 지도자 박헌영과 남한에 있는 남로당 간부들 간의 연락을 중개하였다.[99]

論하는/廢 王宮의/商標를 爲하여/우리의 머리 우에/國旗를 날릴/必要가 없다//同胞여 一齊히/旗ㅅ발을 내리자." 임화, 「旗ㅅ발을 내리자」(『현대일보』, 1946.5.19), 『임화 전집: 시』, 김재용 편, 소명출판, 2009, 480면.

94 「시집 『찬가』 일부를 삭제」, 『자유신문』, 1947.5.27(2). 조선문학가동맹에서는 『찬가』가 공보부에서 공인을 얻어 출판한 것임에도 불구하고 경찰이 삭제 명령을 내린 것은 "언론 출판의 자유와 예술을 모독"하는 것이라는 성명서를 내고 항의하였다; 「출판 자유 모독: 『찬가』 삭제에 항의」, 『자유신문』, 1947.5.29(2).

95 「임화 시집 『찬가』 송청」, 『동아일보』, 1947.7.19(2).

96 조선민주주주의 인민공화국 최고재판소, 앞의 책, 217면.

97 위의 책, 220면.

98 김남식, 앞의 책, 358면.

99 조선민주주주의 인민공화국 최고재판소, 앞의 책, 220~221면.

1947년 10월 21일 제2차 미소공동위원회가 완전 결렬되자, 미국은 조선문제를 UN에 상정하고 UN 감시 하에 '정부 수립을 위한 전국적인 총선거'를 실시할 것을 제안하였다. UN 총회는 소련의 반대에도 불구하고 1947년 11월 미국의 제안을 그대로 받아들여 UN 한국임시위원단 감시 하에 인구 비례에 의한 남북한 총선거 실시를 결정했다. 그런데 소련의 반대로 북한 지역에서의 선거가 불가능하자, 1948년 2월 유엔 소총회는 남한 지역에서만 선거를 하기로 결정했다.

1948년 5월 10일 남한 단독정부 수립을 위한 총선거를 실시하기로 결정되자, 입국 이후 우파통일전선에 참여하였던 김구, 김규식과 같은 '대한민국임시정부' 계열의 지도자들은 "미소 양군을 즉시 철퇴시키고 한국의 치안책임을 UN이 담당하고, 남북 한인지도자회의를 소집하여, 한국문제를 한인이 해결"해야 한다는 요지의 남한 단독의 총선거 실시를 반대하는 성명을 발표하였다.[100]

이에 호응하여 1948년 4월과 6월 두 차례 걸쳐 통일독립국가 건설을 원하는 남북정당 및 사회단체 대표자회의가 평양에서 소집되었다. 남한의 민주주의민족전선에 참여한 단체 대표 80여 명도 남북정당 및 사회단체 대표자회의에 참석하였다.[101] 임화 역시 민전산하 조선문화단체총연맹의 대표 자격으로 회원 6명과 함께 이 회의에 참석하여, 남한단독정부 수립을 위한 단독선거에 반대하고, 전국적인 통일정부 수립을 지지하였다.[102]

무엇보다 임화, 김남천, 이원조는, 1948년 5월 10일 남한에서 실시하기로 예정된 남한단독정부 수립을 위한 대의원 선거를 저지하기 위해서 대중적인 반대투쟁을 조직하고, 1948년 8월 21일부터 26일까지 해주에서 개최된 남조

---

100 「김구, 유엔조선임위에 보내는 의견서 발표」, 『서울신문』, 1948.1.28.
101 「민전 산하 각 단체대표 80명이 남북협상참석차 평양출발 발표」, 『서울신문』, 1948.4.14.
102 위의 글.

선대표자회의를 지원하는 데에 총력을 기울였다. 해주남조선대표자회의에서 총 320명의 남조선 대의원이 선출되었고, 이들 중 일부는 1948년 9월 9일 조선민주주의인민공화국의 최고인민회의에 남조선 대의원으로 참가하는 등, 북한에 수립된 정부가 남북한을 대표하는 것을 정당화하는 데에 협력하였다.[103] 임화와 김남천도 남조선대표자회의의 대의원으로 선출되어, 조선민주주의인민공화국이 조선 전체에 대해서 대표성을 갖는 유일한 정부임을 합리화하는 것에 적극 협력하였다.[104]

1948년 9월 9일 조선민주주의인민공화국 최고인민회의 제1차 회의는 김일성이 제출한 20명으로 구성된 내각 조직안을 승인하였다. 이 내각은 북조선 출신 11명, 남조선 출신 9명으로 구성되었으며, 수상으로 조선로동당 부당수 김일성, 부수상겸 외무상으로 남조선로동당 부당수 박헌영이 임명되었다.[105] 이로써 조선민주주의인민공화국은 남조선민주주의민족전선과 북조선민주주의민족통일전선의 연합에 의해 수립된 정부로 출범하게 되었다.

1948년 초에는 임화, 김남천, 이태준, 그리고 이원조와 같은 조선문학가동맹의 지도자들 대부분이 월북하여 해주에서 활동하게 되었다. 그 결과 조선문학가동맹은 해주와 서울로 이원화 되었다. 서울에 남은 동맹 회원들은

103　이 회의에서 다수의 문학인들이 대의원으로 선출되었는데, 그들은 "주요섭, 염상섭, 이하윤, 이기영, 임화, 박태원, 정인근, 석인해, 계용묵, 김남천, 박노갑, 안회남, 정비석, 김동리, 채만식, 이효석, 이무영, 이헌구, 손소희, 모윤숙, 최정희, 홍이섭, 박태원, 김복진" 등이다. 미군정은 유엔에 보낸 보고서에서 이 대회가 날조되었음을 증명하려고 하였으며, 이를 근거로 이 대회의 대표성을 부정하였다. "501.BB-Korea/10-948, Transmission of Documents in Connection with North Korean Election for Possible Use To U.S. Delegation, General Assembly Meeting in Paris," The Foreign Service of the United States of America, American Mission in Korea Seoul, October 9, 1948, https://db.history.go.kr/contemp/level.do?levelId=ps_005_0730, 2024.3.20. 검색.

104　Ibid. 임화와 김남천이 대의원으로 선출되었다.

105　이종석, 『조선로동당연구』, 역사비평사, 2003, 206면.

현덕, 이병기, 정지용, 김영건, 설정식 등과 같은 비카프 계열의 문학자들이었다. 『문학』 제7호(1948.4)부터는 편집국 국장이었던 현덕이 편집자 및 발행자가 되어 기관지를 발행하였다. 하지만 『문학』 제3호는 모두 몰수되고, 제5호와 제6호 역시 매우 적은 부수만 출판되었다.[106] 서울에 남은 간부들은 경찰의 감시를 받는 등 매우 고생하였다.[107]

이런 어려움 속에서도 조선문학가동맹은 남한 단독정부 출범일인 1948년 8월 15일 직전까지도 활동을 멈추지 않았다. 이 단체는 『문학』 제8호(1948.7)에서 문학운동의 방향으로 '구국문학'을 제시하고, 남한단독정부수립 분쇄를 목표로 한 문학 창작과 문학운동을 전개할 것을 문학자들에게 호소하고 인민적 민주주의민족문학을 건설해야 한다고 주장하였다. 또한 '구국문학'을 형상화한 작품들을 모아 8·15 해방기념 특집호를 내기로 계획하고 이백여 명의 집필진에게 원고청탁서를 보내, 상당한 양의 원고를 모집하였다.[108]

조선문학가동맹은 마지막 순간까지 진보적 문학운동이 나아가야 할 방향을 제시하려고 노력하였다. 하지만 1948년 8월 15일 대한민국정부가 정식으로 출범하면서 기관지 『문학』은 폐간되고 조선문학가동맹의 활동도 정지되었다. 이처럼 극도로 불리한 상황에서 임화, 이원조, 그리고 김남천 등은 해주에 있는 남로당의 인쇄소에서 『인민조선』, 『민주조선』과 박헌영의 연설문 등을 인쇄하여 남한 지역에 공급하고 평양의 박헌영과 남한의 남로당 간부들 사이의 연락을 중개하였다. 이러한 노력은 1950년 6월 25일 한국전쟁이 발발하기 전까지 계속되었다.

---

106   「편집여묵」, 『문학』 제7호, 1948.4, 142면.
107   이병기, 『가람일기』 2, 신구문화사, 1966, 587면.
108   「편집여묵」, 『문학』 제8호, 1948.7, 161면.

5. 결론: 조선문학가동맹은 문학 분야에서의 인민전선

해방 직후 임화는 문학자의 가장 중요한 임무로 '민족문학'의 수립을 제시하였다. 하지만 당시는 남한과 북한이 미군정과 소련군정의 통치를 받고 있는 상황이었고 아직 조선인을 대표하는 정식 정부가 수립되지 않았다. 임화는 이러한 상황을 통일국가 수립을 위한 '과도기'로 인식하고, 근대적 의미의 민주주의 민족국가의 수립이 '민족문학' 성립의 일차적인 조건이며 민족국가의 수립에 적극적으로 참여하는 것이 과도기에 처한 문학자의 임무라고 판단하였다.

또한 임화는 자주독립국가 건설의 선결과제로 전근대적 잔재들의 청산과 사회 전반의 민주주의적 발전을 제시하고, 이것에 합의한다면 친일파나 민족반역자를 제외한 사람들과 통일전선을 형성하는 것이 가능하다고 생각하였다. 이를 실천하기 위해, 임화는 좌파와 중간파를 아우르는 '문화통일전선'을 형성하고, 이것으로 '민주주의민족전선'과 같은 정치면에서의 통일전선의 형성을 지원하고자 하였다. 그리고 이러한 구상은 해방 직후의 '조선문학건설본부'나 1946년 2월에 공식적으로 결성된 '조선문학가동맹'으로 실현되었다.

이후에도 임화는 남한 내에서의 정세의 변화 및 조선공산당(1946년 11월 이후 남조선로동당)의 전술 변화에 보조를 맞춰 문화통일전선의 실천 방법을 제시하고자 노력하였다. 또한 개인적으로는 남로당의 전선부나 민주주의민족전선에 간부로 참여하여 직접적인 정치 활동을 하는 등, 인민 권력을 바탕으로 한 진보적 민주주의 국가를 조선에 건설하기 위해서 적극적으로 노력하였다.

또한 국가건설기의 정세에 대해서도 임화는 조선의 독립이 조선인의 힘이 아닌 연합국의 승리로 획득된 것임을 직시하고 통일독립국가 건설이라는 문제는 단지 조선인의 힘으로 해결될 수 없으며, 국제적인 세력과의 연대

속에서 해결될 수밖에 없다고 판단하였다. 이런 이유로 전국적인 범위의 임시 정부가 수립될 수 있도록 미소공동위원회의 성공을 기원하였을 뿐만 아니라, 미국과 소련이 합의에 도달할 수 있도록 압력을 넣기 위해 다양한 정치, 문화 활동들을 전개하였다.

그러나 미국과 소련은 1945년 7월 포츠담에서 조선의 독립과 신탁통치 문제를 포함한 조선 문제를 논의할 때부터, 조선에 수립될 정부는 자신들에게 우호적이어야 한다는 생각을 갖고 있었다. 예를 들어 소련은 조선의 독립과 소련 동부 지역에서의 안보를 위해 소련과 친밀한 관계를 맺은 정부가 수립되어야 하며, 만약 신탁통치를 실시하게 되면 소련은 거기에 주도적인 역할을 해야 한다고 생각하였다.[109] 미국도 만약 (신탁통치를 받는) 임시 정부에 대해 소련이 주도권을 행사하고 다른 나라는 보통의 목소리밖에 낼 수 없게 되면 조선 문제를 유엔에 이관하기로 작정하고 있었다.[110] 이러한 상황은 당시 조선 문제가 조선만의 문제가 아닌 미·소의 이해관계가 걸린 국제적인 문제였음을 잘 보여준다.

이런 이유로 남로당은 미국과의 우호적인 관계를 유지하여 평화적으로 권력을 이양 받는 것을 최우선으로 하였다. 또한 남로당은[111] 자신들이 대중적으로 지지를 받고 있는 세력임을 입증하기 위해서 '민주주의민족전선'과 같은 통일전선을 형성하고 10월 인민항쟁과 같은 대중적 운동을 전개하였다.

109　Zhukov and Zabrodin, "Korea, Short Report," 29 June 1945, *AVPRF*, fond 0430, opis 2, delo 18, papka 5, listy 18~30.

110　"No. 252 740.00119 (Potsdam)/5-2446 Briefing Book Paper."

111　꼬로뜨꼬브와 레베제브의 보고에 따르면, 1947년 3월 13일 남조선로동당의 지도자 허헌은 미군 소장 월버크와의 대화에서 미군정청에서 일하는 친일분자들 때문에 미국인들은 자신에 대해 친소분자라는 잘못된 견해를 가지고 있으며, **남조선로동당은 소련과 미국을 동일하게 대하고 있다**고 말하였다; Korotkov, Lebedev, "Information Materials Received from South Korea, March 26, 1947," listy 8~10; 재수록 『소련군정문서: 남조선 정세보고서, 1946~1947』, 233~236면.

임화와 조선문학가동맹도 이러한 남로당의 노선에 동의하였기 때문에 민주
주의민족전선에 주도적으로 참여하였다.

조선문화건설중앙협의회 건설
(매일신보 1945년 8월 24일)

새로운 우리정부가 탄생되어 문화예술의 새 정책을 세울 때까지 현 단계의 문화전체에 관한 통일적 연락과 각 부문활동의 질서를 지키기 위해서 새로히 朝鮮文化建設中央協議會를 조직하였다.

이 협의회는 제1회 협의회를 18일에 열고 조선문화의 해방과 건설 그리고 문화전선의 통일을 목표로 하는 행동강령까지 결정하였는데 협의회에 참석하였던 각 부문 협의회 의원은 다음과 같다.

文學:李箕永(缺) 李泰俊 林和 朴泰遠 金南天 李源朝

美術:高義東(缺) 盧壽鉉 金周經 李鎭燮

音樂:朴慶浩(缺) 金載勳 安炳珆 金順男

演劇:徐恒錫 宋影 安英一 林仙奎 金承久

映畵:李載明 金正革 朴基采 李炳逸 尹相烈

(매일신보, 1945.8.24)

◇ 친애하는 3천만동포!

오랜 굴욕의 날 압박과 착취의 긴 날은 끝나고 자유와 해방의 화려한 날은 왔다. 우리의 거룩한 조국, 아름다운 산천, 자랑스러운 민족의 머리위에 絢爛한 자유의 光芒은 비치었다. 이 모든 것이 해방과 더불어 30有餘年의 장구한 동안 제국주의 일본의 노예적 지배하에 있던 우리 조선의 문화도 오늘날 그 무거운 철쇄를 끊었다. 유구한 역사, 아름다운 언어, 典雅한 예술의 전통과 더불어 血汗의 투쟁속에 자라나던 신문화 30년간의 노력 이제야 이 해방의 대평원에서 일로전진할 날은 왔다.

친애하는 독립조선 동포제군!

친애하는 독립조선 동포제군!

문화의 해방이란 곧 문화의 건설이다. 신조선문화의 건설! 그것은 자유와 독립의 정신위에서 세계문화의 일환으로서의 새 조선문화를 건설합시다. 이것이 오늘날 우리 조선의 모든 해방된 문화종사자, 예술가의 雙肩위에 부과된 유일하고 신성한 임무다. 이 임무는 전조선문화종사자 及 예술가의 일치단결의 토대에서만 비로소 달성할 수 있는 것이다. 朝鮮文化建設中央協議會는 장래에 성립할 우리 정부의 문화예술정책이 서고 그 기관이 탄생하여 이 모든 임무를 遂하게 될 때까지 우선 현 단계의 문화 제영역의 통일적 연락과 각부문 활동의 질서화를 위하여 형성된 협의기관으로서 현하 모든 문화의 총력을 모아 신조선건설에 이바지 하고자 한다.

조선문화의 해방!

조선문화의 건설!

문화전선의 통일!

이것이 우리 문화의 연합전선이 전진하는 구호!

두손을 들고 소리 높여 부르자!

독립조선 만세!

자유조선 만세!

조선민족해방 만세!

연합군 만세!

국제평화 만세!

1945年 8月 18日

朝鮮文化建設中央協議會

議長 林和

書記長 金南天

議員

文學建設部:金南天 朴泰遠 李箕永 李源朝 李泰俊 林和

美術建設部:高義東 李鎭爕 金田緊 盧壽鉉

音樂建設部:金聖泰 朴慶浩 安基永 安炳珩 蔡東鮮 咸和鎭

演劇建設部:金承久 徐垣錫 宋影 安英一

映畵建設部:金正華 朴基采 尹相烈 李炳逸 李載明

1) 朝鮮文學建設本部

中央委員長:李泰俊

書記長:李源朝

①小說部 委員長:李箕永 委員:金南天 朴泰遠 安懷南 韓雪野

②詩部 委員長:金起林 委員:金光均 吳章煥 林和 鄭芝溶

③評論部 委員長:李源朝 委員:朴致祐 徐寅植 趙潤濟

④外國文學部 委員長:金晋爕 委員:金三奎 金珖爕 裵澔 李敭河 崔珽宇

兒童文學委員會(組織中)

會員

柱鎔黙 郭夏信 權煥 金光均 金珖爕 金起林 金嵐人 金南天 金東里 金東鳴 金東仁 金斗鎔 金萬善 金玟鶴 金秉達 金素雲 金三奎 金尙鎔 金相瑗 金沼葉 金億 金永健 金永郎 金永錫 金永壽 金午星 金容浩 金廷漢 金朝奎 金晋爕 金鎭壽 金泰午 金台俊 金海剛 閔丙均 閔丙徽 朴啓周 朴魯春 朴木月 朴世永 朴勝極 朴泳鍾 朴榮濬 朴鍾鴻 朴鍾和 朴贊模 朴致祐 朴泰遠 裵澔 白石 白鐵 卞榮魯 徐寅植 徐恒錫 石仁海 薛貞植 申龜鉉 申南徹 辛夕汀 申石艸 安壽吉 安懷南 安含光 韓雲聞 梁柱東 嚴興爕 吳相淳 吳章煥 柳雲卿 柳致環 俞恒林 尹崑崗 尹圭涉 尹福鎭 尹世重 尹素雄 李甲爕 李谷土 李揆元 李根榮 李箕永 李東珪 李明善 李秉岐 李鳳九 李北鳴 李相祚 李善熙 李時雨 李敭河 李庸岳 李源朝 李鍾洙 李周洪 李泰俊

異河潤 李漢稷 李軒求 李洽 李弘鍾 李熙昇 任西河 林玉仁 林學洙 林和 張德祚 張永淑 張瑞彦 張萬榮 丁來東 鄭飛石 鄭英澤 鄭芝溶 曺東鎭 趙碧岩 趙容萬 曺雲 趙潤濟 趙芝薫 趙豊衍 趙虛林 曺哲淳 池河連 蔡萬植 崔明翊 崔相旭 崔仁俊 崔珽宇 崔泰應 皮千得 韓雪野 韓植 韓曉 許俊 玄卿駿 玄東炎 玄德 洪曉民 黃順元

2) 朝鮮美術建設本部

中央委員長:高羲東

書記長:鄭玄雄

①東畫洋部 委員長:盧雲鉉 委員:金溶俊 卞寬植 許百鍊

②西洋畫部 委員長:金周經 委員:吉鎭燮 吳之湖 李炳圭 李鑛禹

③調刻部 委員:金斗一 文錫五

④工藝部 委員:李順石

⑤兒童美術部 委員長:李炳圭

⑥宣傳美術隊 隊長:吉鎭燮 隊員 李順石

會員

姜善遠 高羲東 孔鎭衡 郭興模 具東雄 具宗善 權兩澤 奇雄 吉鎭燮 金甲洙 金景源 金京俊 金泰 金南杓 金斗一 金斗煥 金晩炯 金敏龜 金秉騏 金奉龍 金永基 金榮柱 金熔俊 金在奭 金在善 金丁秀 金貞埰 金正炫 金鍾南 金鍾河 金周經 金重鉉 金河健 金學洙 金現彬 金浩龍 金華慶 金煥基 金興洙 羅妙均 盧雲鉉 盧泳源 都相鳳 文錫五 文在悳 文榮洙 朴弘鎭 朴鉼洙 朴商玉 朴性圭 朴勝龜 朴勝武 朴泳善 朴榮熙 朴元壽 朴乙福 朴應昌 朴昌善 裵濂 裵貞禮 白南舜 白文龜 白英濟 白元周 卞寬植 徐康軒 徐栢 鮮于澹 孫英子 孫應星 申明湜 申鴻休 申興均 沈銀澤 沈亨弼 安東淑 吳一英 吳周煥 吳文湖 元希貞 劉國烈 柳秉熙 柳錫淵 劉永國 尹相烈 尹承旭 尹子善 尹仲植 尹亨烈 尹喜淳 李建英 李桂萬 李國銓 李圭鈺 李錦秋 李奇範 李男伊 李解鍾 李大源 李馬銅 李萬升 李炳圭 李秉洙 李鳳商 李硯鎬 李聖奉 李順石 李承萬 李升永 李英一 李完錫 李用雨 李源庚 李雄台 李應魯 李應世

李仁星 李禎圭 李濟昶 李鍾禹 李周行 李仲燮 李燦永 李哲伊 李快大 李八燦 李海
晟 李賢玉 李勳鍾 林愼 林完圭 任用璉 任義淳 林學善 張勃 張善禧 張遇聖 張雲鳳
張旭鎭 張翼 鄭寬淑 鄭末朝 鄭補鏞 鄭完燮 鄭用姬 鄭雲勉 鄭寄琥 鄭鍾汝 鄭鎭微
鄭燦英 鄭玄雄 鄭弘巨 趙圭奉 趙炳憙 趙龍承 趙再喜 趙重顯 朱慶 陳憲 蔡斗錫
崔桂淳 崔奎晩 崔根培 崔桐煥 崔淵海 崔榮時 崔禹錫 崔載德 韓相益 韓弘澤 許鍵
許珉이름 許百鍊 玄建植 玄聖珏 洪得順 洪麗耕 洪祐伯 洪逸杓 黃成河 黃廉秀
黃榮俊 黃憲泳 兪亨穆 孔鎭衡 崔載德

3) 朝鮮音樂建設本部

中央委員長:朴慶浩

書記長:蔡東鮮

①作曲部 委員長:金聖泰 委員:金順男 李建雨

②器樂部 委員長:安炳玿 委員:金順道 金炯來 朴泰鉉

③聲樂部 委員長:安基永 委員:朴泰俊 李升學 崔熙南

國樂委員會委員長:咸和鎭

委員:金錫九 金潤德 朴憲鳳 成慶麟 李珠煥 張寄湜 崔景植(會員名簿作成中)

4) 朝鮮映畵建設本部

中央委員長:李載明

委員:金正華 金漢 方漢駿 成東鎬 尹相烈 李明雨 李炳逸

①內務隊 隊長 安夕影

②警備隊 隊長 金聖春

③뉴스隊 隊長 金正華

保存室:朴基采 崔寅奎(會員名簿作成中)

5) 朝鮮演劇建設本部

中央委員長:宋影

書記長:安英一

執行委員

劇作部:徐恒錫 趙鳴岩

演出部:李曙郷 羅雄

演技部:裵勇 徐一星 尹富吉

舞臺美術部:金一影

舞臺音樂舞踊部:金海松 宋熙善

劇團經營部:朴九 朴民天

審議室:金承久 金兌鎭 朴英鎬 柳致眞 咸世德

(傳單)

제3장

국가건설기 북한문학의 형성과 전개,
1945. 8. 15. ~ 1950. 6. 24.

1. 서론: 국가건설기 북한문학의 형성과 역할에 대한 재고

　식민지 기간 동안 문학과 문화의 중심은 남한의 수도 서울이었기 때문에, 1945년 8월 15일 조선이 일제의 식민통치로부터 해방 되었을 때 북한에는 아주 소수의 문학자들이 있었다. 해방 직후부터 소련군 정부와 김일성은 소련에 대한 긍정적인 이미지 형성과 김일성을 북한의 지도자로 선전할 필요를 느꼈다. 이에 소련군정은 북한지역의 문학예술인 뿐만 아니라, 남한 지역의 좌파 및 중간파 작가들을 북한으로 흡수하기 위하여 많은 노력을 기울였다. 이 덕분에 남한 지역의 다수의 좌파 문학자들이 북한으로 올라가 북한 문단을 형성하였다. 이에 따라 수립된 북조선문학예술총동맹은 문화통일전선의 형식을 취하였지만 이에 반대하는 구카프 계열이 지도자 그룹을 형성하는 아이러니한 상황이 발생하였다. 이런 점에 주목하여 이 논문은 북한에서 '평화적 민주 건설기'—조선이 해방된 후부터 한국전쟁 발발 전까지의 시기—라고 부르는 기간에 있었던 북한문학의 형성과 전개를 '문화통일전선'의 관점에서 살펴보도록 하겠다.

1988년 7월 해방 전에 프롤레타리아 문학을 추구했던 좌익작가 및 월북문인들에 대한 해금이 이루어지면서, 여러 연구자들의 노력으로 해방 이후의 북한문학의 형성과 변천에 관한 학술연구들이 상당히 축적되어 왔다. 이중 김윤식은 국가건설기의 북한문학에 대한 연구와 관련해서 매우 선구적인 통찰을 제공하였다. 그에 따르면 1946년 3월 25일 북조선예술총연맹−1946년 10월에 북조선문학예술총동맹으로 재조직됨−이 카프(KAPF)의 계승과 '평양중심주의'를 표방하며 출범하였으며, '계급문학으로서의 민족문학'의 건설을 목표로 했다. 그리고 1946년 11월에 있었던 『응향』 사건을 계기로 북한문학은 당파성을 중시하는 '당의 문학'의 노선을 채택하였다. 그는 또한 북한문학은 김일성의 항일투쟁의 영웅적인 면모를 묘사였으며, 소련의 문학을 표준으로 하였다고 봤다.[1] 이러한 통찰은 이후 북한문학 연구의 큰 방향들을 제시했다.

첫째, 북한문학의 평양중심주의 노선에 대한 연구이다. 김승환은 1946년 3월 북조선문학예술총동맹−대부분의 연구자들은 이 명칭으로 통합해서 부름−이 결성되면서 평양을 조선문학과 정치의 중심으로 보는 노선이 확립되었으며, 이 노선에 따라서 북한문학은 김일성의 영웅화를 창작 목표로 삼았다고 주장하였다.[2] 김춘식은, 북한문학은 임화의 민족문학론에 대한 비판에서 시작하였으며, 북조선문예총은 출범과 동시에 전체 문학운동을 지도해야 한다는 평양중심주의를 제시하였다고 주장하였다.[3] 이밖에도 김재용이나 유임하 등 다수의 논문에서 반복해서 '평양중심주의'가 언급되었다.

둘째는 '당 문학'이라는 관점에서 북한문학의 기원을 조명하는 연구이다.

---

1   김윤식, 『북한문학사론』, 새미, 1995, 17~24, 35~79면.

2   김승환, 『해방공간의 현실문학 연구』, 일지사, 1991, 75~85면.

3   김춘식, 「문예학의 원칙 확립과 미학의 제문제」, 『남북한 현대문학사』, 최동호 편, 나남출판사, 1995, 227~252면.

권영민에 따르면, 북조선문학예술총동맹은 문학운동의 방향을 공산당의 정치노선에 종속시키고, 북한문학자들은 북한주민의 사상을 공산주의로 개조하기 위한 건국사상총동원운동의 선봉에서 교화계몽운동을 담당하였다. 그는 또한 1947년 3월 28일 북조선로동당 중앙위원회 상무위원회 제29차 회의의 결정서 「북조선에 있어서 민주주의 민족문화 건설에 대하여」는 북한의 모든 문학예술인들에게 하나의 복무조항이 되었다고 주장하였다.[4] 박민규는 '북한문학자의 『응향』에 대한 비판은 북조선문학예술총동맹이라는 투쟁적 주체의 출발, 건국사상총동원령의 확산, 그리고 1946년 여름 이후의 즈다노비즘의 수용이라는 세 가지 요인이 상호작용한 결과라고 주장하였다.[5] Tatiana Gabussenko는 북한문학이 소련의 스탈린주의 모델을 모방한 것이며 이는 소련군정과 김일성의 이해관계의 일치에 의해 진행되었다고 보았다.[6]

셋째는 북한문학이 사회주의 리얼리즘을 미학원리로 채택한 시점과 원인에 대한 연구이다. 김재용은 1947년 3월 28일 북조선로동당이 '고상한 리얼리즘'을 창작방법으로 결정하자, 북한문학자들이 제2차 세계대전이 끝난 직후 시작된 미국과 소련간의 냉전 체제에 대응한 소련문학의 '사회주의 리얼리즘'을 참조하여 '고상한 리얼리즘'이라는 창작 원리를 정립하였다. 그리고 이 때문에 북한문학의 도식주의, 냉전적 사고, 정치주의화 등의 문제가 발생하였다고 보았다.[7] 유임하 역시 1947년 2월 북조선인민위원회가 출범하면서 '사회주의 리얼리즘'이 북한문학의 미학적 절대 이념으로 수립되었다고 보았다. 특히 그는 북한문학자들이 즈다노프의 문화정책을 전유하여 반서구적

---

4   권영민, 『북한의 문학』, 공보처, 1996, 35~39면.

5   박민규, 「응향 사건의 배경과 여파」, 『한민족문화연구』 44, 한민족문화학회, 2013, 285~318면.

6   Tatiana Gabroussenko, *Soldiers on The Cultural Front*, Honolulu: University of Hawai'i Press, 2010, pp.13~45.

7   김재용, 『북한문학의 역사적 이해』, 문학과 지성사, 2004, 91~124면.

(혹은 반미국적) 냉전 논리를 전제로 한 일원화된 사회주의 리얼리즘 미학을 수용하였다고 주장하였다.[8] 오태호도 북조선문학예술총동맹의 기관지 『문화전선』 창간호부터 시작된 북한의 새로운 창작방법의 모색이 "혁명적 로맨티시즘 → 고상한 리얼리즘(+혁명적 로맨티시즘) → 사회주의 리얼리즘"으로의 발전하였다고 보았다.[9] 남원진과 김성수도 사회주의 민족문학론의 형성이나 사회주의 사실주의 문학으로 확립되는 과정에 대해서 조명하였다.[10]

넷째는 '수령을 형상화한 문학'을 북한문학의 기원으로 보는 연구이다. 신형기와 오성호의 『북한문학사』는 수령문학이라는 관점에서 북한문학의 역사를 기술하고 있다. 이 저자들은 '김일성을 주인공으로 한 일화'가 북한문학의 출발이자 김일성을 주인공으로 하는 역사 만들기의 바탕텍스트라고 주장하였다. 또한 이들은 조선의 해방이 프롤레타리아 혁명의 결과가 아니었기 때문에, 민족해방 서사는 프롤레타리아의 성장 서사를 대체하였으며 김일성의 무장투쟁의 서사로 수렴되었다고 보았다.[11] 이후 신형기는 건국사상총동원령이 요구했던 '새로운 인간형'은 일제 말의 국가주의적 동원의 형상이기 때문에 북한문학을 사회주의 문학으로 보기보다는 일제 말의 '국민문학'과 같은 국가주의 문학으로 보아야 한다고 주장하였다.[12] Brain Mayer도 한설야를 주어로 하는 북한문학의 형성 과정에 대해서 기술하면서, 북한문학의

---

8   유임화, 「북한 초기문학과 '소련'이라는 참조점 ― 조소문화 교류, 즈다노비즘, 번역된 냉전 논리」, 『동악어문학』 57, 동악어문학회, 2011, 161~179면.

9   오태호, 「해방기(1945~1950) 북한문학의 '고상한 리얼리즘' 논의의 전개 과정 고찰 ― 『문화전선』, 『조선문학』, 『문학예술』 등을 중심으로」, 『우리어문연구』 46, 우리어문학회, 2013, 319~357면.

10   남원진, 「중심과 주변, 사회주의적 민족문학론의 향방」, 『이야기의 힘과 근대미달의 양식』, 경진, 2014, 299~340면; 김성수, 『북한문학비평사』, 역락, 2022.

11   신형기, 오성호, 『북한문학사: 항일혁명문학에서 주체문학까지』, 평민사, 2000, 65~120면.

12   신형기, 「해방 직후 북한문학의 "신인간"」, 『민족문학사연구』 20, 민족문학사연구소, 2002, 237~270면.

사회주의 리얼리즘을 실패한 것으로 보았다.[13]

이상의 논의를 전제로 이 논문은 평화적 국가건설기(1945.8.15.~1950.6.24.)의 북한문학의 형성과 전개를 소련군정과 김일성의 문화통일전선 노선과 연관하여 조명하도록 하겠다. 첫째, 해방 직후부터 조선민주주의인민공화국이 수립되기 전(1945.8.15~1948.9.8)까지 북한문학의 전개는 소련군정의 한반도 전략에 종속되어 있었다. 제2차 세계대전이 끝나고 소련군이 북한지역을 점령하자 스탈린은 북한에 친소련적인 진보적(부르주아) 민주주의 국가를 세우고자 하였다.[14] 이를 위해 소련군정은 토지개혁과 같은 각종 개혁을 실시하고 소련에 대한 긍정적인 이미지를 심어주려고 하였다. 이것을 선전하기 위해서 소련군정은 문화통일전선 노선을 채택하였다. 둘째, 조선민주주의인민공화국 수립일부터 한국전쟁 발발 직전(1948.9.9~1950.6.24)까지는 북한 지도부가 남한을 무력으로 해방하는 준비를 하면서 문화통일전선 노선을 계속 유지하였다. 이 연구는 이러한 노선에 대한 북한문학자들의 협조와 견제가 이후 전체 북한문학의 성격과 경향을 결정하는 데에 큰 작용을 하였다고 본다.

이상의 관점에서 이 논문은 해방 직후부터 한국전쟁 직전까지 북한문학의 전개를 첫째, 친소련 국가 건설 지원을 목적으로 만들어진 문학예술 시스템, 둘째, 김일성 노선을 따르는 북한문학자 집단의 탄생, 셋째, 문화통일전선을 둘러싼 갈등이 당-문학 노선의 확립에 미친 영향, 넷째, 전쟁을 대비한 애국주의 선전 노선의 수립으로 나눠서 살펴보겠다.

---

13   Brian Myers, *Han Sŏrya and North Korean Literature: the Failure of Socialist Realism in the DPRK*, Itaca, NewYork: Cornell University, 2000, pp.35~71.

14   1945년 9월 20일, 스탈린은 북한 주둔 제25군 사령부에 내린 「훈령」에서 "모든 반일민주정당, 사회단체들의 광범위한 연합을 기반으로 북조선에 부르주아민주주의 정권을 수립하라"라고 지시했다; 김선호, 「1945~1946년 북한의 부르주아민주주의혁명과 혁명동력의 설정·배제」, 『한국민족운동사연구』 92, 한국민족운동사학회, 2017.9, 217면.

2. 친소련 국가 건설을 목적으로 만들어진 북한의 문학예술 시스템

1945년 5월 8일에 독일은 연합군에 항복 선언을 하였다. 이후 7월 17일부터 8월 2일까지 미국, 영국, 소련, 중국은 포츠담 회담에서 일본 항복 이후의 세계질서에 대해 논의하였다. 포츠담 회담 중인 7월 24~26일 열린 미국과 소련의 참모총장 회의에서 미군과 소련군이 38도선을 기준으로 한반도의 남과 북을 분할 점령하는 문제를 논의하였다.[15] 독일이 항복한 지 3개월 후인 8월 8일, 1945년 2월에 있었던 얄타회담의 결과대로 소련군은 일본에 선전 포고하였다. 소련군의 선전포고 직전인 8월 초 김일성은 모스크바로 초대되어 소련공산당 중앙위원회 정치국 위원인 즈다노프와 면담을 하였다.[16] 김일성의 회고에 따르면, 즈다노프는 미래의 지도자 후보에게 할 법한 질문을 그에게 하였다. 그 질문은 '해방된 조선을 민주주의 독립 국가로 발전시키자면 어떤 방법으로 사업하겠는가' 그리고 '조선사람들이 나라가 해방된 후 몇 해 동안이면 독립 국가 건설을 실현할 수 있을 것 같은가'와 같은 것이었다.[17] 그의 기억에 따르면 두 번째 질문에 대해서 김일성은 늦어도 2~3년 안에 해낼 것이라고 대답하였고, 즈다노프는 자신의 대답에 매우 기뻐하며 그와의 상봉 결과를 스탈린에게 보고하겠다고 말했다.[18] 이런 과정을 거쳐

---

15   김기조, 「38선 획정의 국제적 요인: 한반도 분할 과정의 재조명(1941~1945)」, 『한국 현대사의 재조명』, 한국전쟁학회편, 명인문화사, 2007, 100~105면.

16   김일성의 회고에 따르면 소련 원동군이 대일본 작전을 앞둔 어느 날, 그는 연합군 지휘관들과 함께 모스크바로 가서 소련군 총참모부가 소집한 회의에 참석했다. 그는 모스크바에서 며칠 더 시간을 보낸 끝에 스티코프의 배석하에 즈다노프와 면담을 하였다. 그리고 그가 블라디보스토크로 돌아온 직후 소련은 일본에 선전 포고를 하였다. 이를 볼 때 그와 즈다노프의 면담은 8월 4일~6일 사이에 있었던 일로 판단된다. 이 면담의 정황은 김일성의 회고록 『세기와 더불어: 계승본』, 제2판; 평양: 조선로동당출판사, 2005, 451~454면을 참조.

17   위의 글, 451~452면.

18   위의 글, 452, 454면.

김일성은 북한 지역에서 소련의 뜻을 대리할 인물로서 선택되었다.

1945년 8월 15일 조선은 일본제국의 식민 지배로부터 해방되었다. 예정대로 미국과 소련은 북위 38도선을 경계로 한반도를 분할 점령하고 점령지역에서 각각 군정을 실시하였다.[19] 소련군정은 친소련 인민민주주의 정권 수립을 목표로 하였다. 이러한 목표는 소련이 극동 및 만주지역에서 전쟁을 시작할 때부터 정해진 것이었다. 1945년 6월 29일 소련외교부가 스탈린에게 「전후 조선반도에 관한 정책보고서」를 제출하였다. 이 보고서에 따르면 소련의 한반도 전략은, 향후 조선은 "일본 혹은 기타 열강들이 소련을 침공하는 교두보가 되지 않도록 해야 하며," "이를 가장 확실하게 보장할 수 있는 방법은 조선이 소련에 우호적인 국가가 되어 소련과 밀접한 관계를 유지"하는 것이다.[20] 그렇다면 소련군정은 이 목적을 달성하기 위해서 북한에서 어떤 작업을 하였을까?

우선 소련군정은 소련과 사회주의 제도에 대한 긍정적인 이미지를 심어주기 위한 작업에 착수하였다. 조선인과 소련인의 문화 교류의 증진을 목적으로, 1945년 11월 말에 '조소문화협회'가 북한에서 결성되었다. 1948년에는 이 협회의 회원이 무려 756,352명에 달했다. '조소문화협회'는 중앙관리국과 지역별 지부―6개 도, 12개 시, 89개 군―와 4,690개 공장별 지부, 시와 농촌에 13,337개 하부 초급단체로 구성되었다. 이 협회는 조선인에게 소련문화를 소개하고 동시에 조선의 문화를 소련에 소개하여, 친소적인 조선인을 육성하고자 하였다.[21] 서울에서도 1945년 12월 '조소문화협회' 서울지부가 창립되

---

19   연합군 최고사령부, 「일반명령 제1호(General Order No. 1)」, 『자료 대한민국사』 제1권, 1970, 72~73면.

20   Zhukov and Zabrodin, "Korea, Short Report," 29 June 1945, *Archive of Foreign Policy of the Russian Federation(AVPRF)*, fond 0430, opis 2, delo 18, papka 5, listy 18~30.

21   "Report on the Works of the Soviet Administration in North Korea for Three Years (August 1945–November 1948: Politics)," December 9, 1948, *AVPRF*, fond 0480, opis

어 임화, 이태준, 김남천 등 남한 지역 문학자 30여 명이 가입하였다.[22] '조소문화협회' 서울지부는 남한 출신 문학자와 소련계 조선인 문학자를 연결하는 핵심 연결통로가 되었다.

소련군정은 소련식 선전선동 기구를 설치하고 이를 통해서 소련의 정책 실현을 위한 선전 방향을 제시하였다.[23] 1946년 4월, 소련군정은 북조선임시인민위원회 교육국 산하에 선전부를 설치하고, 1946년 12월에는 북조선임시인민위원회의 직속 부서로 재편했다.[24] 소련군정은 선전부(국)를 통하여 북한에서의 선전 선동 사업의 방향과 노선을 제시하였다. 이에 따라, 첫째 선전국은 "소련의 우수성, 소련의 평화 애호정책과 소수민족의 주권에 대한 존중, 소련인민들의 사회주의 승리와 소련이 히틀러와 일제의 괴멸에 미친 결정적인 영향" 등을 선전하였다.[25] 둘째, 소련군의 북한 주둔의 목적과 모스크바 3상회의 신탁통치 결정의 타당성 등을 선전하였다. 셋째, 선전부는, 소련군정이 북한에서 진행 중인 '민주주의' 개혁 조치의 본질을 설명코자 하였다. 이에 따라 북한의 문학자들은 "일제 이데올로기를 척결"하고 "토지개혁을 비롯한 제반 민주주의 개혁을 인민들에게 인식"시키기 위한 선전선동 활동에 나섰다.[26]

특히 소련군정은 사회주의의 우월성을 선전하기 위해 소련계 조선인들을 주필로 『로동신문』, 『근로자』 등과 같은 일간지와 월간지를 창간하였으며, 맑스-레닌주의 기초, 철학, 정치경제학, 국제 문제 등에 관한 문헌을 조선어

4, delo 46, papka 14, listy 144~145.

22 「조소문화협회 친선교류 위하여 결성키로」, 『자유신문』, 1945.12.26(2).

23 정상진, 『아무르만에서 부르는 백조의 노래』, 지식산업사, 2005, 58면.

24 "Report on the Works of the Soviet Administration," listy 157~185.

25 Ibid.

26 Ibid.

로 번역 출판하였다. 북한에서 중학교 이상의 모든 학교에서는 소련이 만든 세계사 교육 프로그램과 교과서가 조선어로 번역되어 사용되었으며, 대학에서는 맑스-레닌이즘의 기초, 정치경제학, 변증법유물론 및 역사유물론 교육, 그리고 스탈린의 『전소연방공산당(볼쉐비키) 약사』 및 레닌의 저작을 교육하였다.[27] 1947년 하반기부터는 소련군정의 지시에 따라 북한 언론은 '공산정보국(Cominform Bureau)'의 기관지에 보도되는 소련에 관한 기사를 전면적으로 보도하기 시작하였으며, 소련 관련 기사는 엄격한 검열을 받았다.[28]

소련군정은 소련의 제도를 모방한 선전선동 시스템은 만들고 이를 감독하였다. 소련군정은 1945년 12월 초 서울에 한설야를 대표로 하는 북한 지역 문학자들을 파견하여 구카프 문학자들을 북한으로 유인하도록 하였다. 1946년 3월 25일에는 북한 출신 및 월북한 구카프계 문학자들을 중심으로 한 '북조선예술총연맹'을 조직하였다.[29] 소련군정은 이 동맹을 북조선임시인민위원회 선전부 산하에 두고 직접 지도하였다.[30]

해방 직후 북한군을 따라 들어온 소련계 박창옥, 기석복, 정률, 조기천 등은 소련군을 도와 북한의 문학예술을 실질적으로 관장하였다. 그들은 소련 군인 또는 소련인의 신분으로 북한에 들어왔으며, 과거 소련에서 교육·언론 분야에서 종사했던 경험을 살려, 선전선동 분야에서 소련 사회주의 사상과 제도를 북한에 전파하는데 크게 공헌하였다.[31] 1947년 초 박창옥은 북조선로

---

27   Ibid.

28   Ibid.

29   "C. Suzdalev's Letter to F. Shcherbakov: Attachment 4 in Diary of Soviet Ambassador Ivanov in Korea from December 20, 1955, to January 19, 1956(February 9, 1956). Korea 1953-1956," *RGANI*, fond 5, opis 28, delo 412, listy 86~117.

30   "Report on the Works of the Soviet Administration," listy 136~137.

31   소련계 한인들은 입북 초기에 소련군 고위 장교의 통역이나 소련 문건 번역 등의 임무를 수행하였으며, 1947년 봄부터 선전선동분야에서 중책을 맡게 되었다. 정상진, 앞의 책, 56~58면.

동당 중앙위원회 기관지 『근로자』의 주필에 임명되었다. 정률은 1947년 봄부터 북조선문학예술총동맹(이하 북조선문예총)의 부위원장에 임명되었다. 그리고 기석복은 1948년 3월부터 조선로동당 기관지인 『로동신문』의 주필에 임명되었다. 이들을 통해 북한의 문학예술 분야의 모든 활동은 소련군 정부에 보고되었다.[32]

소련군정은 북한의 지도적 문학자들에게 소련기행을 주선하고 그들의 통해서 소련에 대한 긍정적인 이미지를 선전하고 소련의 제도를 북한에 소개하도록 하였다. 소련기행을 다녀온 이찬, 이기영 그리고 한설야는 북한문학자들은 소련의 사회주의 시스템을 조선의 발전 모델로 보고, 소련과 같은 국가를 조선에 건설하자고 선전하였다. 예를 들어, 이기영은 소련에서는 계급 착취가 없어지고 모든 것이 인민의 소유가 됨에 따라 모든 노동은 가치 있는 것으로 인정받고 있다고 선전하고, 조선인들도 소련의 제도를 모방한 국가 건설에 헌신해야 한다고 주장하였다.[33] 특히 북한문학자들은 소련이 급속한 경제 발전을 하게 된 것은 '스티하노프 운동'과 같은 소련식 사회주의 경쟁 체제라고 보고, 이를 모방한 문학작품을 창작하였다.[34]

특히 이기영, 이찬 그리고 한설야는 소련기행을 하는 동안 소련에서 행해지던 스탈린에 대한 광범위한 우상화를 직접 목격하고, 이를 김일성의 우상화에 적용하였다.[35] 이찬은 「김일성 장군의 노래」를 창작하고, 한설야는 『혈로』와 같은 소설을 창작하였다. 이런 문학작품들은 김일성을 민족의 영웅이자 태양 혹은 새 국가 건설의 지도자로서 적극적으로 선전하였다. 새 지도자

32　위의 책, 58면.

33　이기영·이찬, 『쏘련 참관기』, 조소문화협회, 1947.2, 12면.

34　위의 책, 64~67면.

35　위의 책, 10~12면; 한설야, 『레뽀르따쥬 쏘련여행기』, 교육성, 1948.12, 274면; 이기영, 『쏘련은 인민의 위대한 벗』, 조소문화협회, 1950, 52~53면.

에 대한 우상화는 신생 동유럽 사회주의 국가에서도 보편적으로 실행된 것이다. 이러한 선전은 스탈린에 의해 낙점된 지도자들에게 권위와 정당성을 부여하고, 그를 중심으로 사회 통합과 사회주의 건설을 용이하게 하는 것을 목표로 하였다.[36] 따라서 이러한 우상화는 소련군정에 의해서 조장된 것으로 볼 수 있다.

3. 김일성 노선을 따르는 문학자 집단의 탄생

1946년 3월 이후 북한에서 김일성에게 가장 충성스러운 집단이 있었다면 그것은 문학자 집단이었다. 이들은 출발에서부터 '김일성의 사상을 따른다'라고 표방하였는데, 불과 1년 남짓한 기간에 이처럼 김일성을 적극적으로 지지하는 문학자 그룹이 등장하게 된 이유는 무엇일까?

1945년 8월 15일 조선이 식민지에서 해방되었을 때 북한지역에서는 한재덕, 한설야, 이북명, 오영진, 최명익 등 약 20여 명의 문학가들만이 작가, 시인, 드라마 작가로 활동하고 있었다.[37] 그들 중 한재덕, 한설야, 이북명은 과거 조선프롤레타리아예술가동맹(이하 카프)의 회원이자 공산주의자로서 소련군이 북한 지역으로 들어오자 이들을 환영하였다.[38] 1945년 9월 19일 김일성이 원산항을 통해 북한에 들어왔다. 김일성은 10월 14일 "김일성 장군 환영 평양시 군중대회"를 통해 '구국의 영웅'으로서 북한 사회에 공식적으로

---

36 E. A. Rees, "Leader Cults: Varieties, Preconditions and Functions," *The Leader Cult in Communist Dictatorships: Stalin and the Eastern Bloc*, ed. by Apor Balazs, New York: Palgrave Macmillan, 2004, pp.18~19.

37 "Report on the Works of the Soviet Administration in North Korea," listy 232~235.

38 한재덕, 『나는 김일성을 고발한다』, 서울: 내외문화사, 1965, 39면.

등장하였다. 이 대회 직후, 그는 오영진, 최명익, 한재덕과 같은 평양 거주 문학자들과 접촉하며 그들의 협력을 구하였다.[39] 이들은 해방 전부터 신문보도[40] 등을 통해서 김일성이 만주지역에서 항일무장투쟁을 벌였던 사실을 알고 있었기 때문에, 그를 '김일성 장군'이라고 부르며 호감을 가졌다.[41]

소련군정은 친소련 사회주의 정권 수립을 목표로 하였으며, 자신들의 대리인으로 김일성을 내세웠다. 더욱이, 대다수의 북한 주민들은 사회주의를 잘 이해하지 못했으며, 소련군 정부가 지도자로 내세운 김일성에 대해서도 잘 모르고 있었기 때문에 사회주의 제도와 김일성을 민족의 지도자로 선전하는 것이 절실히 필요했다.[42] 이런 상황에서 평양에서는 최명익, 오영진과 같이 '자유주의적 성향'을 가진 예술인들을 중심으로 평양예술문화협회가 자생적으로 결성되었다.[43] 이에 대응하여 1945년 10월에는 소련군정의 지시로 '사회주의적' 예술인들은 곧바로 평남지구 프롤레타리아예술동맹을 결성하고,

---

39   오영진, 『소련군정하의 북한─하나의 증언』, 서울: 중앙문화사, 1952, 96~118면.

40   1937년 6월 4일 '김일성'이 지휘하는 동북항일연군 제2군 제6사의 병력이 함북 갑산군의 보천보를 공격하여 점령하자, 이 사건은 국내 신문에 크게 보도 되었다. 예를 들어 동아일보는 '보천보 피습 사건'이라는 제목으로 6월 5일 두 차례의 호외를 발행하여 김일성 부대와 일본 경찰대의 충돌을 보도하였으며, 6일과 7일에도 이 일을 지속적으로 보도하였다.

41   한재덕은 해방 직후 조직된 평남인민정치위원회의 위원을 하면서 북한문학자들 중에서는 제일 먼저 김일성을 만나게 된다. 그는 "김일성 장군 환영 평양시 군중대회"(1945.10.14)가 열리기 직전인 10월 12일에 김일성을 만났으며, 이후 김일성의 개인 취재 기자가 되어 김일성에 대한 기사를 작성하였다(한재덕, 앞의 책, 58~59면). 최명익, 백석, 오영진은 같은 달 20일에 '김일성 장군과 그 가족 환영 및 위안 연회'에서 만났는데, 중간파였던 최명익과 백석은 김일성에게 호감을 느껴 '장군 돌아오시다'라는 즉흥시를 낭송하기도 하였다(오영진, 앞의 책, 98면).

42   소련군정부 민정국 산하 언론부는 "마르크스-레닌 이론의 기본 문제들에 관한 강연집" 만들어 북조선로동당 중앙위원회에 전달하여 강연활동에 사용하도록 하였다; "Report on the Works of the Soviet Administration," listy 157~165.

43   해방 직후 평양에서 결성된 '평양예술문화협회'의 회원은 총 21명이었다. 이기봉, 『북의 문학과 예술인』, 서울: 사사연, 1986, 39면.

북한의 각 지방에도 지부를 구성하려고 하였다.[44] 하지만 북한 거주 문학자들로는 소련군정이 목표로 하는 선전이 원활하지 않았다.

이런 상황에서 12월 13일 문화부분에서 조선공산당을 지지하는 전국적인 통일조직인 '조선문학가동맹'이 결성된다는 소식은 소련군정과 북한 지도부의 관심을 끌었다.[45] 조선공산당 북조선 분국은 결성식에 북한 대표들을 파견하기로 결정하고, 평양민보 사장 한재덕에게 이기영과 한설야 같은 북한 거주 문학자들과 함께 서울로 가 1945년 12월 13일에 있을 '조선문학가동맹' 결성식에 참여할 것과 남한의 문학자들을 북한으로 데려올 것을 지시하였다. 이에 따라, 19명의 북한문학인들은 1945년 12월 10일 서울로 내려왔다.[46] 이들은 12일에 밤에는 임화, 이태준, 김남천, 그리고 이원조 등과 식당 아서원에서 좌담회를 하고, 결성일인 13일에 결성식에도 참석하였다.[47]

이 좌담회에서 세 그룹의 문학자들 즉, '조선문학건설본부' '조선프롤레타리아문학동맹' 그리고 북한에서 온 문학자들은 중간파와의 협력 문제에 대해서 토론하였다. 한설야는 조선문학은 필히 무산 계급의 기초하에 건설되어야 함을 제기하였으나 남쪽 대표들과 일치된 의견을 이루지 못했다.[48] 이에 조선

---

44   오영진, 앞의 책, 131면.
45   한재덕, 앞의 책, 230~231면.
46   위의 글, 230~231면. 한재덕의 회고는 소련측의 회고와도 일치한다. 그에 따르면, "해방 후 조선공산당 북조선 분국은 남북한의 사람들로 조직된 작가협회가 필수적이라고 여겼다. 이를 위해 한설야를 대장으로 19여 명을 남한으로 파견하였다. 한설야는 조선문학은 필히 무산계급의 기초 하에 건설되어야 함을 제기하였으나 남쪽대표들과 일치된 의견을 이루지 못해 북쪽에 단독으로 작가협회를 성립하였다; "C. Suzdalev's Letter to F. Shcherbakov," *RGANI*, fond 5, opis 28, delo 412, listy 86~117.
47   아서원 좌담회로 알려진 이 회의의 쟁점과 의미에 대해서는 김윤식의 『해방공간의 문학사론』(서울대학교 출판부, 1989), 66~86면 참조
48   한설야 외, 「조선문학의 지향: 문인좌담회 속기록」, 『예술』 제3호, 1946.1, 4~9면. 해방 직후, 구카프 계열 문학자의 분열에 대해서는 배개화, 「조선문학가동맹과 문화통일전선의 형성: 해방기 임화의 행적을 중심으로」(『임화문학연구』 2, 소명출판, 2011)를 참조.

프롤레타리아문학동맹의 문학자들은 북한에서 온 문학자들과 함께 평양으로 가버렸다. 결국, 1946년 2월 8~9일, '조선문학가동맹'은 조선문학건설본부의 문학자들을 중심으로 전국문학자대회를 개최하고, 조선공산당중앙위원회의 「조선민족문화건설의 노선(잠정안)」을 문화운동의 노선으로 결정하였다.[49]

1946년 초 소련군정과 김일성의 유치 작업에 의해서 북으로 간 구카프 계열 문학자들－권환, 박아지, 박세영, 윤기정, 한효－은 좌파와 중간파의 문화통일전선 건설에 반대하였다. 그래서 해방 직후인 8월 18일 임화, 김남천, 이원조 등이 친일파를 제외한 문학자들의 대동단결을 표방하는 '조선문화건설중앙협의회'를 발족하자, 권한과 한효 등은 프롤레타리아 계급성－혹은 사상성－으로 무장된 문학자 조직을 건설해야 한다고 주장하며 조선프롤레타리아예술동맹을 별도로 설립하였다.[50] 당시 한효는 조선문화건설중앙협의회는 중간파와의 이데올로기적 타협을 시도한 '무계급적인 조직'이라고 비판하였다. 그에 따르면, "정치는 경우에 따라 당파성을 초월하여 민족통일전선을 만들 수 있고 인민전선을 구성할 수 있으나 예술은 어떠한 경우에 있어서든지 초계급적일 수가 없고 또한 초당적일 수 없다."[51] 동일한 이유로, 이들은 조선문학가동맹 결성 때도 임화, 김남천 등이 부르주아 문학자와의 무사상적 통일을 추진한다는 이유로 반대하였다. 이러한 반대는 박헌영이

49　조선문학가동맹 중앙집행위원회 서기국, 「제1회 전국문학자대회 회의록」, 『전환기의 조선문학』, 1946, 205, 217~218면; 조선민주주의인민공화국 최고재판소, 『미 제국주의 고용간첩 박헌영·리승엽 도당의 조선민주주의인민공화국 전복음모와 간첩사건 공판문헌』, 국립출판사, 1956, 321면.

50　「조선프롤레타리아예술동맹 결성」, 『매일신보』, 1945.10.01. 산하 단체인 조선프롤레타리아문학동맹은 1945년 9월 17일 결성되었다.

51　한효, 「예술운동의 전망」, 『예술운동』 창간호, 1945.12; 재수록 김윤식 편, 『한국현실주의비평선집』, 나남, 1989, 136, 140면.

지도하는 조선공산당의 '인민전선' 이론에 기반한 문화통일전선 노선에 대한 반대를 의미한다.

박헌영의 문화노선에 대한 한설야 및 구카프파의 반대는 부분적으로 김일성과 이해관계가 일치하였다. 소련군정의 전략에 따라서, 1945년 10월 10일 조선공산당 북조선 분국 설치에 대한 결정서는 조선공산당과 마찬가지로 조선의 혁명 단계를 부르주아 민주주의 혁명 단계로 규정하고 이 혁명의 성공을 위해서 친일 분자를 제외한 국내 전 '인민전선'의 통일을 주장하였다.[52] 1930년대에 프랑스와 스페인 등에서 파시즘에 대항하여 '인민전선'이 형성되자 제3차 공산주의인터네셔널(코민테른)의 지도부는 소련식 프롤레타리아 독재가 아니라 광범위한 다계급적 통일전선(인민전선)의 형성을 결정하였다. 제2차 세계대전이 끝난 후 소련은 북한과 동유럽 국가에서 '인민전선'을 정당으로 재조직하고 이를 토대로 '인민민주주의 정권'을 수립하도록 지도하였다. 하지만 김일성은 '인민전선' 대신 식민지화의 위험으로 제국주의에 반대하는 진영을 의미하는 '민족통일전선'을 사용하자고 입장이었다.[53] 그러나 이종석은 결정서에 '인민전선'이라는 용어가 사용된 것을 근거로 북조선 분국 설치시 다른 공산주의들이 김일성의 주장을 수용하지 않은 것으로 추측하였다.[54] 이런 상황에서 김일성은 박헌영의 노선을 반대하는 문학자 집단을 환영하였을 것으로 보인다.

1946년 3월 20일부터 임시정부 수립을 위한 미소 점령군의 공동위원회가 시작되었다. 미소공동위원회에 영향력을 미치고 3월부터 시작된 토지개혁 등 제반 개혁을 지원하는 선전전을 위해서 문학 단체가 필요하였다. 이를 충족하기 위해 1946년 3월 25일에는 평양에서 문화통일전선 형식의 '북조선

---

52   이종석, 『조선로동당연구』, 역사비평사, 2003, 174면.
53   위의 책, 174면 각주 63번 참조.
54   위의 책, 174면.

예술총연맹'이 결성되었다.[55] 이 단체에 북한에 있던 구카프 문학자 한설야(함흥), 한재덕(평양), 이기영(철원), 안함광(해주) 등과 서울에서 온 구카프 문학자들, 연안에서 귀국한 김사량, 그리고 중간파인 최명익 등이 참가하였다.[56] 비록 이 단체의 주류는 작가, 예술가의 프롤레타리아 계급성－혹은 사상성－을 주장하는 구카프 계열이지만, 이밖에도 자유주의적 경향의 작가, 예술가들이 많이 참여하였다. 이런 통합이 가능했던 이유는 지주계급 출신의 최명익이나 김병기 등과 같은 사람들도 무상몰수 무상분배와 같은 형식의 토지개혁에 찬성하는 입장이었기 때문이다.[57]

북조선예술총연맹의 지도부의 구성이나 강령은 이 조직이 좌파와 중간파의 협력에 의한 문화통일전선체임을 보여준다. 명예위원장 이기영, 위원장 한설야, 부위원장 안막·박팔양, 제1서기장 안함광 제2서기장 한재덕으로 모두 구카프 출신이지만, 중간파이자 모더니스트였던 최명익도 소설분과 위원장에 임명되었다.[58] 또한, 창립대회에서는 소련군정이 초안을 마련하여 문예총의 지도자들과 토의하여 결정한 강령을 채택하였다.[59] 그런데 이 강령은 임화가 작성한 「조선민족문화건설의 노선(잠정안)」과 큰 차이가 없다. 그 이유는 조선에 부르주아 혁명 단계에 상응하는 진보적 민주주의 국가를 건설하라는 스탈린의 명령에 따라서 소련군정이 문화통일전선체의 성격을 갖는 문화단체를 건설하라고 지도한 때문이다. 이러한 점은 『문화전선』 발간사에서도 확인된다.

---

55   오영진, 앞의 책, 131면.

56   위의 책, 131면.

57   김경애, 「김병기 화가의 증언 4: 한밤중 소집한 김일성 … 예술인들이 나를 선전해주시오」, 『한겨레신문』, 2017.2.2.

58   「북조선예술총연맹」, 『자유신문』, 1946.4.12(2).

59   1. 일본제국주의 잔재의 청산, 2. 봉건주의 잔재의 청산, 3. 국수주의 배격, 4. 진보적 민족문학의 건설, 5. 조선문학의 국제문학과의 제휴

우리 북조선예술총연맹은 북조선내의 일만명이 넘는 방대한 민주주의 문학자, 예술가들이 결집된 **통일전선**인 동시에 조선민주주의문학예술건설의 위대한 주력부대이다. 우리들은 조선인민이 부여하는 역사적 임무를 기행(企行)하기 위하여 문학, 연극, 영화, 미술, 음악, 무용, 건축 등 각부문에 있어서 총역량을 집중발휘하고 있다.[60] (강조-인용자)

하지만 남조선문화단체총연맹과 북조선예술총연맹에는 공통점을 압도하는 큰 차이점이 있었다. 그것은 위원장인 한설야가 새 국가 건설에서 평양-김일성-의 주도권을 주장한 것이다. 그는 문학자들이 서울을 정치와 문화의 중심으로 보는 것을 비판하면서 "평양이 정치와 문화의 중심이 되어야 한다"고 주장하였다. 이에 따라, 북조선예술총연맹은 자신들이 주도하는 "예술운동의 전국적 통일조직의 촉성"을 강령으로 채택하였다.

1946년 5월 24일, 김일성은 「문화인들은 문화전선의 투사로 되여야 한다」는 유명한 연설을 통해서 도인민위원회, 정당 및 사회단체의 선전원, 그리고 문화인, 예술인의 임무를 구체적으로 제시였다.

동무들은 문화전선에서 싸우고있는 투사들입니다. 동무들에게는 동무들의 입으로, 동무들의 붓으로 조선사회를 뒤걸음질치게 하려는 반동세력을 쳐야 할 책임이 있으며 민족문화를 발전시키며 인민대중을 애국주의와 민주주의 정신으로 교양할 책임이 있습니다. 우리가 반동세력을 분쇄하고 새 민주조선을 건설하는가 못하는가 하는 것은 동무들이 문화전선에서 잘 싸우는가 못싸우는가에 크게 달려있습니다.[61]

60　북조선예술총연맹 상임집행위원회, 「문화전선발간에 제하여」, 『문화전선』 창간호, 1946.7. 25, xii-xiii면.

61　김일성, 「문화인들은 문화전선의 투사로 되여야 한다, 1946년 5월 24일」, 『김일성 저작선』

그러면서 그는 구체적 과업으로 전국에 선전망을 조직하고 선전원들은 알기 쉬운 말과 글로 광범위한 인민대중을 민주주의 사상으로 교양할 것, 조선임시정부의 수립을 위해서 리승만반동도배를 반대하는 투쟁을 강력히 전개할 것, 그리고 건국의 민주력량을 튼튼히 결속하며 북조선의 민주기지를 철옹성 같이 강화하기 하여 모든 힘을 다할 것을 제시하였다.

1946년 6월 22일 조선공산당 중앙위원회 산하에 선전선동부와 별개로 전체 문화예술인들을 지도하는 '문화인부'가 설치되었으며, 한설야가 부장으로 임명되었다.[62] 문화인부의 설치는 김일성이 자신의 노선을 따른다고 선언한 한설야를 북조선 분국의 중앙위원회에 참여시키기 위해서로 보인다. 이러한 조치는 김일성이 문예총을 자신의 든든한 우군으로 보고 있다는 신호이자 문화전선에서 구카프 계열 문학자들의 주도권을 인정한 것이다. 이에 고무된 구카프 계열 문학자들은 문학예술 운동의 프롤레타리아 계급성을 계속해서 주장하였다.

1946년 7월, 북조선예술총연맹은 「문화인은 문화전선의 투사가 되어야 한다」는 연설에서 따온 이름인 『문화전선』으로 기관지의 창간호를 출판하였

2, 조선로동당출판사, 1986, 231~233면.

62 국사편찬위원회 편역, 「한설야」, 『러시아국립사회정치사문서보관소 소장 북한 인물 자료』 1, 과천: 국사편찬위원회, 2021, 111면. 한설야는 1946년 6월부터 1947년 6월까지 북조선로동당 문화인부 부장을 한 것으로 보인다. 이렇게 추정하는 이유는 1947년 7월부터 9월까지 그는 북조선인민위원회 교육부장으로서 러시아에 유학 중인 유학생들을 시찰하기 위해서 소련 여행을 하였기 때문이다. 북조선로동당 내 문화인부가 설치된 증거는 1947년 3월 28일의 「북조선에 있어서의 민주주의 민족문화 건설에 관하여」라는 북조선로동당 중앙상무위원회 결정서에서도 확인된다; "아홉째로, 각급 당부와 중앙기관내 당조들은 이 결정서를 토의하며 특히 군중문화사업을 광범히 전개키 위한 적절한 대책을 강력히 실천할 것이며 각급당 **문화인부** 사업을 강화할 것이며 각급당 선전선동부 출판 검열사업에 주의를 돌릴 것이다"(『북한 관계사료집』 30, 국사편찬위원회, 1998, 166면). 이 항목을 보면 문화인부는 문화인 전반에 대한 관리 감독을, 그리고 선전선동부는 [김일성의 연설문 작성 및] 출판물 전반에 대한 기획, 검열과 허가를 하는 것으로 보인다.

다. 창간호에 실린 「조선문학과 예술의 기본임무」라는 글에서, 안막은 새로운 민주주의 문화건설을 위해서 '극우 기회주의'와 투쟁할 것을 강조하였다.

> 오늘날 문화 예술 건설의 극우적 기회주의자들은 첫째로 현단계 조선 혁명의 새로운 민주주의적 성질을 왜곡하고 민주주의 민족통일전선이란 것이 무산 계급이 영도하는 '각 민주 계급 연합 전선'임을 이해치 못하고 비원칙적 투항주의적 통일전선을 환상하고 있으며, 둘째 이들 사이비 맑스레닌주의자들은 '민족 문화'라는 개념에 민족이란 것을 그 근거에서 분리시키여 다시 말하면 민족을 구성하는 구체적 계급 관계에서 분리시키며 추상적인 민족의 개념을 날조하고 주장하고 있다. 그리하여 그들은 민족 문화의 초계급성을 주장하였으며 조선민족문화를 형성하는 기본적 동력인 무산 계급 문화를 부정하고 무산 계급 문화사상의 영도를 반대하지 않을 수 없었던 것이다.[63]

여기서 안막이 말하는 그들은 임화, 김남천, 그리고 이원조와 같은 '조선문학가동맹'의 문학자들을 의미하는 것이다. 이들은 루카치의 발자크론을 수용하여 사상에 대한 리얼리즘의 승리라는 이론에 의거하여 중간파 문학자와도 협력할 수 있다고 보았다.[64] 그러나 안막은 조선문학가동맹의 민족문학론은 계급 문화와 계급 투쟁을 부정하는 태도로서 민족 파시스트들의 허식적 언사와 맞아떨어지는 가장 반동적인 문화사상이 예술 전선으로 잠입하는 것을 허용한 것이라고 혹평하였다.[65]

한설야는 북조선에서의 문예운동은 '서울중심주의'를 극복하고 북조선의

---

63 안막, 「조선문학과 예술의 기본임무」, 『문화전선』 창간호, 1946.7, 7~8면.

64 배개화의 「조선문학가동맹과 북조선예술총연맹의 대립과 그 원인, 1945~1953」, 『한국현대문학연구』 44, 한국현대문학회, 2014.12, 352~355면.

65 안막, 「조선문학과 예술의 기본임무」, 8면.

정치사상과 문화를 전국으로 확대해야 한다고 재차 주장하였다. 그는 "북조 선에서의 정치 운동이 조선의 민주주의적 건설의 중심이요 주력"이므로, 북 조선의 예술 운동도 "조선 예술운동의 주동적" 역할을 하여야 한다고 주장하 였다.[66] 특히 한설야는 문화인들은 대중의 사상과 언어로 그들을 교육하여야 한다고 말한 것에 대한 실천 방법으로 김일성의 사상으로 대중을 교양할 것을 제시한다.

> 김일성장군이 국외에서 다년간 신출귀몰한 항일투쟁을 계속하는 때 이것을
> 직접 본 사람은 거의 없었고 또 더욱 장군의 높은 전략전술을 이해한 사람도
> 별로 없었다. 그러나 그러면서도 김장군의 전투는 우리가 직접 본 그 어떤 사건
> 보다도 더깊이 우리 민족의 가슴에 박혀져있다. 그것은 김장군의 투쟁이야말로
> 조선민족의 사상과 이익을 대표하고 옹호하는 가장 전형적이요 가장 대규모적
> 인 투쟁이었기 때문이다. 다시 말하면 장군의 전투가 그처럼 대중화된 이유는
> 장군의 기술에 있는 것이 아니요, 그 사상에 있었던 것이다.[67]

1946년 7월 22일, 북한의 제정당이 연합하여 민주주의민족통일전선이 형 성되고, 8월 28일에는 북조선공산당과 조선신민당이 합당하여 북조선로동당 이 창립되었다. 이에 발맞춰서 1946년 10월 13일에 개최된 제2차 전체대회에 서 '북조선예술총연맹'은 '북조선문학예술총동맹'으로 재조직되었다.[68] 한 설야가 당 문화인부 부장이 된 까닭에 총동맹의 위원장 이기영, 부위원장 안막, 서기장 이찬이 선출되었으며, 북조선문학동맹의 위원장으로 이기영,

---

66　한설야, 「예술운동의 본질적 발전과 방향에 대하여」, 『해방기념평론집』, 1946.8; 재수록 이선영·김병민·김재용 편, 『한국현대문학자료집』 1, 태학사, 1993, 24~25면.

67　위의 글, 32~33면.

68　「제2차 북조선예술총연맹 전체대회 초록」, 『문화전선』 제3집, 1947.2, 91면.

부위원장 안함광과 한효, 서기장 김사량이 선출되었다.[69] 이 창립대회에서 북조선문학예술총동맹은 북조선로동당의 지도자 "김일성의 노선"을 따른다는 점을 공표하고, 박헌영의 문화노선을 재차 비판하였다.

우선, 윤세평은 문화운동에 대한 박헌영의 노선은 무계급적 노선이라고 비판하였다.[70] 그는 정치분야에서는 계급연합이 가능하지만, 문화 분야에서는 계급연합이 불가능하다는 입장을 재차 천명하였다. 그에 따르면, 현재 민족문화의 수립은 신조선 건설의 가장 핵심적인 과제의 하나이며, 건설되어야 할 민족문화는 계급성에 토대한 것이어야 한다. 그러면서 그는 북조선예술총연맹이 박헌영이 지도하는 조선공산당의 「조선민족문학건설의 노선」의 무계급적 편향과 혼란을 극복하기 위해서 결성되었다고 역설하였다. 이어서 그는 "계급성을 부정하고 말살하는 통일전선이어서는 안된다," "오늘날 우리가 부르짖는 제국주의를 반대하고 봉건주의를 반대하는 문화는 오직 무산계급의 문화사상만이 영도할 수 있다"고 강조하였다.[71]

무엇보다 안막은 문예총은 김일성의 사상을 따르며 이에 반대하는 편향을 없애기 위해서 과감한 반종파 투쟁을 벌여야 한다고 주장하였다.

우리는 다만 예총의 신정세하에서 자체조직의 재편만 가지고 강화되는 것이

69　「북조선문학예술총동맹 각 동맹 상임위원회 및 부서」, 『문화전선』 제2집, 1946.11, 50면.

70　매개인의 혼란은 고사하고서 가장 대표적이라고 할 수 있는 [조선공산당의] 지도이론을 볼지라도 덮어놓고, "우리혁명계단은 푸로레타리아계단이 아니므로 건설될 신문화는 푸로레타리아적인 문화가 아니다," "민족문화는 계급문화가 되어서는 아니된다," "내용에 있어서 민주주의적이고 형식에 있어서 민족적인 신문화를 건설한다."라는 상식적이며 용속한 관념적 언사로써 현실을 재단하고 있다. 윤세평, 「신민족문화수립을 위하여」, 『문화전선』 제2호, 1946.11, 51~52면. 기존 연구들은 해당 내용이 임화의 민족문화론에 대한 비판이라고 보았다. 하지만 임화가 조선공산당의 「조선민족문화건설에 대한 테제」를 집필하였다는 점에서 그에 대한 비판은 결국 박헌영의 문화테제에 대한 비판인 것이다.

71　위의 글, 54면.

아니요, 그와 동시에 우리들이 김일성 노선 위에 서서 사상적 조직상 행동상 작품상 새로운 제고와 굳센 통일을 가져오기 위하여 노력하여야 한다.

여기에 있어서 '예총'의 매개 문학자, 예술가들은 우리의 민족주의 문학, 예술 전선의 강화를 가져오는 일체의 기회주의적(극좌적, 극우적) 편향이 발생할 수 있는 조건을 없이하기 위하여 과감한 반종파 투쟁을 강화할 것이다.[72]

이상에서 살펴본 것처럼 북한문학은 출발점에서부터 '김일성의 노선을 따를 것"을 결의하였는데, 그 이유는 한설야의 주도로, 박헌영의 문화테제에 반대하여 북한으로 간 구카프 문학자들을 중심으로 건설되었기 때문이다. 이러한 성격은 1946년 8월 말 북조선로동당이 결성되면서 더욱 확고해졌으며, 북한문학은 군대와 함께 김일성의 가장 중요한 권력 기반이 되었다.[73]

4. 문화통일전선을 둘러싼 갈등과 당-문학 노선의 확립

기존 연구자들은 1947년의 2월 문예총의 『응향』 결정서와 3월 28일의 상무위원회 29차 결정서 이후 북한문학이 즈다노비즘으로 상징되는 정치주의 경향을 갖게 되었다고 본다. 하지만 필자는 북한문학이 당의 결정에 종속되는 직접적인 계기는 1947년 9월 18일의 상무위원회의 43차 결정서라고 생각한다. 이때의 결정으로 인해서 문예총은 로동당원의 프락션 작업에 의해서 당 정책이 관철되는 단체가 아니라 당의 직접 통제를 받는 단체가 된다. 이것은 계급연합당인 북로당의 출범에 맞춰서 문화분야에서의 통일전선을

---

72   안막, 「신정세와 민주주의 문학예술전선 강화의 임무」, 『문화전선』 제2호, 1946.11, 9면.
73   서대숙은, 김일성이 권력을 장악할 수 있었던 이유 중 하나로 군사 및 보위부를 장악을 들었다; 서대숙, 『북한의 지도자, 김일성』, 청계연구소, 1989, 90~94면.

강화하려는 소련군정의 전술, 이에 대한 구카프계 문학자들의 견제, 그리고 자신의 항일무장투쟁을 문학화하는 것에 대한 김일성의 관심이라는 세 요소가 상호작용해서 일어났다.

1946년 3월부터 북한은 각종 개혁―3월의 토지개혁, 6월 노동법령, 7월 남녀평등법, 그리고 8월 중요 산업 국유화 법령 공포―을 하고 도, 시 인민위원회 선거를 성공적으로 끝냄으로써 인민민주주의의 토대를 마련하였다. 이같은 성공에 힘입어 북조선로동당은 북한 주민들의 '사상개혁'을 추구하였다. 1946년 11월 25일 김일성은 북조선임시인민위원회 제3차 확대위원회에서 새나라 건설을 위해서 '광범위한 대중들 속에서 건국정신총동원과 낡은 사상의식 개조를 위한 투쟁'을 벌일 것을 전 당원들에게 제안하였다. "우리는 지난날 일본제국주의가 남겨놓고 간 모든 타락적이고 퇴폐적인 유습과 생활태도를 없애고 생기발랄하고 약동하는 새로운 민주조선의 민족적 기풍을 창조하는 거대한 사상개조사업을 하여야 하겠습니다."[74]

12월 3일, 북조선노동당은 "민주선거 이후 조선로동당의 임무를 성과 있게 완성하는 데 전체 [당]간부들과 인민들을 동원하기 위하여 [당원들은] 사상투쟁과 자아비판을 벌일 것"을 결정하였다. 그 기본 방향은 "일본 제국주의가 그 장구한 통치의 악독한 결과로 우리 민족 가운데 남겨놓고 간 나쁜 관념과 악습을 청산할 것"이다.[75] 1947년 1월 1일 김일성은 전 조선 인민에게 보내는 신년사에서 전체 조선 인민의 사상개조를 위해서 "문학 예술인들은 민주개혁의 성과들을 정확하게 반영하고 사상적으로 정치적으로 예술적으

---

74 김일성, 「민주선거의 총화와 인민위원회의 당면과업: 북조선림시인민위원회 제3차확대위원회에서 한 연설, 1946년 11월 25일」, 『김일성 선집』 1, 조선로동당출판사, 1960, 255~262면.

75 「사상의식 개혁을 위한 투쟁전개에 대하여」, 『북한관계사료집』 30, 과천: 국사편찬위원회, 1998, 59~61면.

로 고상한 작품들을 많이 창작하여야 할 것이다”라고 주문하였다.[76] 이처럼 인민위원회, 당원, 그리고 문학예술가들에게 차례로 사상 개조 운동을 벌이라는 지시가 내려졌다.

기존의 연구에서 말한 것처럼 사상 개조 운동의 전개와 고상한 작품을 창작하라는 요구는 즈다노프의 이론에 기초한 것이다. 즈다노프에 따르면, 문화예술 활동은 ‘정신 개조를 위한 수단으로서 물적 자극’이다. 또한, 그는 사상개조를 위해서 ‘퇴폐 문학’에 반대하고 ‘고상한’ 목적을 가진 문학을 창작할 것을 주장하였다.[77] 무엇보다 조쏘문화협회가 번역하여 배포한 『사회주의리얼리즘의 제특성』에 따르면 러시아 문학은 고상하고 긍정적인 인물로 가득 차 있다. 그 이유는 “사회주의 사회에 있어서는 사회의 이익을 위하여서 일하는 사람은 이와 동시에 자기자신의 이익을 위하여서 일하게 되는 것이다. 왜그러냐 하면 자기 자신의 복지는 사회주의 사회 전체의 복지에 의존하는 까닭이다. 그러므로 자기의 나라와 자기나라의 인민에게 바치는 애국적 헌신과 사회주의적 경쟁, 자유로운 노동의 애호, 이러한 고상한 감정들이 인간의 활동의 원동력으로 되어 있기” 때문이다.[78] 김일성은 1946년에 단행된 일련의 제도 개혁으로 부르주아 사회의, ‘개인적 이익과 사회적 이익’이 충돌하게 하는 경제적 사회적 토대들이 붕괴되었다고 보았다. 그래서 그는 새로운 제도-자본주의의 무한경쟁 시스템과는 대비되는 사회주의의 고상한 시스템-에 걸맞는 ‘고상한 감정과 성격’을 가진 사람들을 묘사함으로써

---

76 김일성, 「이미 얻은 승리를 공고히 하며 새로운 승리를 쟁취하기 위하여, 1947년 1월 1일」, 『김일성 선집』 1, 조선로동당출판사, 1960, 291~292면; 한효, 「민주 건설 시기의 조선문학」, 『해방 후 10년간의 조선문학』, 평양: 조선작가동맹출판사, 1955, 82면.

77 한효는 고상한 리얼리즘에 대해서 설명하면서 “소베트 문학은 어떠한 부르주아 민주제도보다 더 고상한 제도를 반영하며 부르주아 문화보다 몇 배 더 고상한 문화를 반영한다”라는 즈다노프의 말을 인용하였다. 한효, 『민족문학에 대하여』, 전선문화사, 1949.9, 25면.

78 까 와씰리엡흐, 『사회주의 레알리즘의 제특성』, 이휘창 역, 평양: 전선문화사, 76~78면.

북한 주민들을 교양하라고 주문한 것이다. 그러나 이것은 원론적인 수준에서의 주문이다.

1947년 2월에 있었던 북조선문예총의 『응향』에 대한 결정서가 1946년 8월 14일의 소련공산당 중앙위원회의 잡지 『별』 및 『레닌그라드』에 대한 결정의 내용을 북한문학에 처음으로 직접 적용한 것이다. 원산문학동맹은 이전의 북한 사회에서 나온 시들이 구호시에 가깝게 된 것에 대한 반성과 새로운 경향을 추구한다는 명분으로 『응향』 시집을 출판하였다.[79] 하지만 1947년 2월 북조선문예총 중앙위원회는 이 시집에 실린 시의 대부분이 "조선 현실에 대한 회의적 공상적 퇴폐적 현실 도피적 심하게 절망적 경향을 가졌다"고 지적하고, 몇몇 신진 시인의 작품을 구체적으로 비판하였다. 그리고 문예총 지도부는 이 시집의 출판을 금지하고 관련자들에게 자아비판을 시키고 출판 경위를 검열하라고 결정하였다.[80]

김윤식 이후 많은 연구자들은 소위 『응향』 사건을 계기로 북한문학이 완전히 당의 간섭과 통제를 받게 되었다고 주장한다. 하지만 이 사건은 박민규가 지적한 것처럼 북조선문예총 내에서의 '부르주아 문학'에 대한 자율적인 검열일 뿐 문학에 대한 당의 판단은 아니다. 논자가 보기에 당시 문예총이 이 사건을 일으킨 것은 두 마리의 토끼를 잡기 위해서였다.[81] 이 사건은 한편

---

79   구상, 「시집 《응향》 필화 사건 전말기」, 『구상문학총서』 제6권, 홍성사, 2007, 171~172면.

80   북조선문학예술총동맹 중앙상임위원회, 「시집 『응향』에 대한 북조선문학예술총동맹 중앙상임위원회의 결정서」, 『문화전선』 3월호, 1947.3, 82~85면.

81   구상, 「시집 《응향》 필화 사건 전말기」, 171면. 구상에 따르면 이 시집은 원산문예총 위원장 박경수가 기획해서 출판한 것으로 여기에 시를 실은 사람들은 구상을 제외하고는 모두 공산당원이었으며, 서장훈과 같은 공산당 간부나 정율과 같은 소련군 장교도 동인으로 참여했다고 한다.

으로는 부르주아 문학 경향에 대한 비판을, 다른 한편으로는 이 시집의 출판에 관여했던 소련계 문학자에 대한 견제를 목표로 한다. 『응향』 사건이 터졌을 때 소련계 정율은 강원도 원산 시당위원회 교육부차장으로서 문화부분에서 일하였다. 특히 그는 이 시집에 동인으로 참여하여 두 편의 창작 시를 실었다.[82] 따라서 『응향』에 대한 결정의 이유는 정율이 이 시집의 출판을 허가해준 것을 빌미로 소련파를 견제한 것이라고도 볼 수 있다.[83]

이러한 갈등이 일어날 즈음인 1946년 11월에 구카프 계열 문학자들을 분열하게 했던 '이태준'이 소련기행을 다녀온 후 북한에 남아서 창작활동을 시작하였다. 이후 그는 북조선로동당에도 입당한 것으로 보인다.[84] 북문예총의 지도자들은 지속적으로 문화전선에서의 프롤레타리아 계급의 영도성을 강조하고, 이태준과의 협력을 계급성을 무시한 '무원칙한 통합'이라고 비판해왔다. 이들의 관점에서 보면 소련파－궁극적으로는 소련군정－가 이태준을 소련기행에 초대하고 북한의 문학자로 영입하려고 한 것은 '무원칙한 통합'을 추구하는 것일 수 있다.

1947년 3월 28일 북조선로동당 중앙위원회 상무위원회 제29차 회의는 "북조선에 있어서의 민주주의 민족문화 건설에 관하여" "심중한 토의를 거

---

82 정상진, 『아무르만에서 부르는 백조의 노래』, 38~41면.

83 이뿐만 아니라, 3월 초에 개최된 북조선문예총 제1차확대상임위원회는 함흥 지역에서 출판된 『문장독본』과 잡지 『써클-예원』 3집과 『예술』 3집에 실린 일부 작품들의 '예술을 위한 예술' 경향에 대해서 비판하고 함흥문학동맹의 자기비판과 잡지 편집부원의 경질을 결정하였다. 그런데, 1946년 7월부터 정율이 함경남도 인민위원회 교육부 차장으로 일하고 있었다.

84 국사편찬위원회 편역, 「이태준」 『러시아 국립사회정치사문서보관소 소장 북한 인물 자료』 2, 과천: 국사편찬위원회, 2021, 87면. 1949년 12월 12일 바카리나는 전연맹대외문화연락위원회에 보내는 통지문에서 이태준을 "조선 문화인사들 사이에서 권위를 지니며, 조선과 소련의 친선강화를 위하여 많은 노력을 기울인다. 3년간(1946~1949) 소련의 성공을 경외했다."라고 적었다(89~90면). 이러한 평가는 소련파가 그를 북한으로 유인한 이유를 잘 보여준다.

쳐 몇 가지 사항을 지적"하였다. 기존 연구들과 달리, 필자는 이 결정서가 북조선문예총의 사업에 한정된 결정이 아니라 민주주의 민족문화 건설에 대한 '인텔리겐차' 일반의 임무에 대한 것이라고 본다.[85] 왜냐하면 이 결정서가 호명하는 대상은 '문학자, 예술가, 과학자, 그리고 선전선동원'이며 임무가 부여된 조직도 문예총 외에도 북조선직업총동맹(직총), 북조선농민연맹(농맹), 북조선민주녀성동맹(녀맹), 북조선민주청년동맹(민청)이기 때문이다. 따라서 이 회의 결정서는 모든 북한 인텔리겐챠—지식인—에게 민주주의 민족문화 건설이라는 임무를 제시한 것이며, 각급 당부와 문화건설분야에 복무하는 당단체와 당원들의 역할을 지시한 것이다.[86]

이 글의 관심사인 문학예술과 관련해서, 이 결정서는 다음과 같은 과오를 지적하였다. 첫째, 북한에서 발표되고 있는 문학 작품과 예술 작품은 그 양과 질에 있어서 "조선 인민의 성장된 사상적 문화적 수준에 비추어" 현저히 락후되어 있으며, "고상한 사상성과 예술성을 가진 문학 및 예술 작품들이

---

[85] "김일성 장군이 발표한 '20개 정강'의 기본정신의 구체화로서 북조선 인민정권은 북조선에 있어서 민주주의적 문화발전을 위한 거대한 국가적 대책들을 실시하였다. 장기간 일본제국주의의 악독한 통치의 결과로서 나타난 조선민족의 문화적 락후성을 급속히 극복하고 쏘련을 위시하여 외국의 선진적 과학 문화 예술을 적극적으로 섭취하며 조선 민족문화 유산을 정당히 계승하여 찬란한 민주주의 조선 민족문화를 수립하기 위한 국가적 요청은 **조선 인텔리겐챠 대렬에 거대하고도 고귀한 책임을 부여하였다.**"「북조선에 있어서 민주주의 민족문화 건설에 관하여, 북조선로동당 중앙상무위원회 제29차 회의 결정서 1947년 3월 28일」,『북한관계사료집』30, 과천: 국사편찬위원회, 162면.

[86] 이 결정서는 4개의 주장, 2개의 호소, 1개의 강조로 구성되어 있다. 우선 결정서의 주장은, 1) 민주주의 민족문화 건설, 2) 전 문화전선에서 일제의 노예적 사상잔재 소탕, 3) 조선의 민족문화의 선신화, 4) 군중의 문화적 수순을 높이기 위한 군중문화사업을 강화라는 강령적인 것이다. 둘째, 2개의 호소는 1) 문학자와 예술인은 "고상한 사상성과 고상한 예술성으로 특출된 문학작품을 창작하고, 사상 개조를 위한 문화전선의 투사가 되라는 것," 2) 당의 문화건설자는 "새롭고 우수한 민족문화 형식을 건설"하라는 것이다. 그리고 한 개의 강조는 당원들은 소련의 과학 문학 예술을 열심히 연구하며 조쏘문화협회의 사업에 높은 관심과 강력한 협조를 주라는 것이다.

부족"하다. 둘째, "『응향』과『문장독본』,『예원써클』 등의 출판물 뿐만 아니라 극장, 방송에서도 부분적으로 볼 수 있는 문학 예술작품 가운데 부패한 무사상성과 정치적 무관심성은 우리 문화건설에 아직도 '예술을 위한 예술'의 신봉자들이 남아있다는 것을 말한다." 그리고 이를 해결하기 위해서 문학자와 예술가에게 "고상한 사상성과 예술성으로 특출된 문학작품을 많이 내놓고" "조선민족의 전생활분야에서 조선적 큰 주제를 찾으며, 조선사람의 영웅적 노력과 투쟁과 승리와 영광을 고상한 사실주의적 방법으로 그리며" "조선사람들의 고상한 민족적 품성을 형성하는 사업에 헌신적 조직자가 되며 민주주의 새 조선사회를 건설하는 투사들의 선진대렬에 나설 것"(두 번째 항목)을 호소했다.[87] 그러면서 상임위원회는 문예총 내 당원에게 다음과 같은 지시를 하였다.

> 여덟 번째, **문예총 내의 당원들에게** 일상적으로 자기 사업에 대한 진정하고 용감하고 심각한 비판과 자아비판을 강력히 전개하며 본 결정서에 의거하여 문예총 사업을 단기간에 고상한 수준에 끌어올리기 위한 구체적 사업들을(특히 쏘련 문학예술 경험의 조직적 연구, 신인문학가예술가의 배양, 문학예술리론의 진일보한 탐구) 성과있게 실행할 것이며 조선 민주주의민족문학과 예술과 민족예술 건설에 있어서 진실한 선구자가 되어야 할 것이다.[88]

이 지시는 이때까지만 해도 북조선로동당의 지도부가 이 조직을 당원의 프락션 작업에 의해서 운영되는 문화통일전선체로 보고 있음을 보여준다. 하지만 소위 조기천의 『백두산』을 둘러싼 비평적 논란은 당의 태도가 문예

---

87 「북조선에 있어서 민주주의 민족문화 건설에 관하여, 북조선로동당 중앙상무위원회 제29차 회의 결정서 1947년 3월 28일」, 163면.

88 위의 글, 166면.

총에 대한 직접 통제로 변하게 된 계기가 되었다.[89] 허정숙에 따르면, 조기천은 김일성으로부터 직접 항일무장투쟁에 대한 이야기를 듣고 11월말에 이 작품의 초고를 완성하였다. 그런데 1946년 말에 열린 문예총 내부 합평회에서 이 시가 좋은 평가를 받지 못했다. 이 소문을 들은 김일성이 1947년 1월 조기천을 불러 보천보 전투를 독립된 장으로 그린 것은 잘했다고 칭찬하면서 "작품을 더 완벽하게 만들 수 있는 방향과 방도에 대해서 자세히 가르쳐주었다." 그리고 김일성의 지시로 이 서사시는『로동신문』에 1947년 2월 7일부터 21일까지 11회에 걸쳐 연재되었다.[90]

그런데 안함광과 같은 비평가들이 김일성의 직접 지도를 받은『백두산』을 낮게 평가한 것에서 문제가 발생했다. 그는, 이 서사시가 산문적이라는 비판—이것은 이것을 읽은 다른 문학가들의 고통된 평가임—뿐만 아니라 '조선적'이지 않고 '민족적'이지 않은 작품이라고 비평하였다.[91] 또한 그는 이 작품이 주인공이 불분명한 작품이라고 언급하면서 이 서사시를 실패한 작품으로 평가하였다.[92] 이러한 평가는 소련에서 성장한 조기천이 조선인으로서의 정체성이 불분명하고 조선문화에 대해서 잘 모른다는 것을 지적하는 것이다. 하지만 명백히 김일성이 주인공인 작품에 대해서 주인공이 불분명하다는 지적은 그가 항일무장투쟁의 주역이라는 것을 부정하는 것으로 읽을 수 있다. 더구나 실패한 작품이라는 평가는 이 작품의 창작을 직접 지도한 김일성

---

89 김재용도『응향』사건보다『백두산』사건의 중요성을 주목하였다. 일찍이 그는 "아마『응향』사건은 문학의 중앙의 핵심적 위치가 아닌 반면,『백두산』사건은 그것이 북한문학이 중심부에서 이루어졌다는 점 그리고 이 시기에 이르러 고상한 리얼리즘이 동반될 정도로 이 경향이 확고하게 되었다는 점을 감안하여 이를 도식주의의 계기로 피악했을지도 모른다."라며 이 사건의 중요성을 언급하였다; 김재용,『북한문학의 역사적 이해』, 107면.

90 허정숙,『민주 건국의 나날에』, 조선로동당출판사, 1986, 446~447면.

91 Tatiana Gabrussenko, op. cit., p.61.『백두산』을 둘러싼 안함광과 조기천의 논쟁은 이 책의 60~63면을 참조할 것.

92 현수,『적치 6년의 북한문단』, 86면. Gabrussenko는 이것을 안함광의 말로 보았다.

의 지도력을 폄하하는 것으로 해석될 수 있다.

이에 몹시 화가 난 김일성은 3월 중순 김창만과 허정숙을 불러 백두산을 비판한 구카프 문학자들을 '문단주의를 부르짖는 작가'라고 비판하였다. 더 나아가 김일성은 이러한 비평 배후에 그를 반대하는 종파주의자들이 있다고 의심하였다.

『백두산』의 시구절이나 시인을 놓고 이러쿵저러쿵하는 사람들속에는 이 시가 항일무장투쟁을 형상한데 대하여 마땅치 않게 여기는 자들도 있습니다.

항일의 혁명전통을 주체로 하는 작품을 쓰는데 대하여 겉으로는 말하지 못하면서 속으로 은근히 달가와 하지 않는 자들의 책동이 담겨져있다는 것을 알아야 합니다. (…)

문학예술부문에 잠입한 반당종파분자들의 책동에 대하여 경각성을 높여야 합니다.

우리가 당을 창건할 때 애를 먹이고 복잡하게 놀던 종파분자들이 고질화된 종파습성을 버리지 않고 계속 나쁜 장난을 하고 있으며 문학예술분야에서도 쏠라닥거리고 있습니다.

이자들은 항일무장투쟁과 관련한 글만 나오면 은근히 시비질을 하고 있습니다.

종파분자들은 항일무장투쟁의 혁명전통을 정면으로 헐뜯지는 못하고 교묘한 수법으로 다른 사람들을 시켜 저들의 말을 대신하게 하고 있습니다.[93]

그는 항일무장투쟁과 관련된 글만 나오면 은근히 시비질을 하는 '반당종파주의자'들이 있다면서 그는 백두산을 평가하는 글을 당에서 내주어 이

93　허정숙, 앞의 책, 453면.

시를 혹평하는 경향을 바로잡아야 한다고 지시하였다. 그에 따르면 이 시에 대한 옹호는 조선로동당의 "혁명 전통, 항일무장투쟁의 혁명 전통을 옹호"하는 정치적 의의를 갖기 때문이다.[94] 이 지시에 따라 4월 15일 북조선로동당 선전선동부장 김창만은 『백두산』을 극찬하는 평론을 『로동신문』에 발표하였다.[95]

오천년의 전통을 가진 우리민족의 기개와 반세기동안의 침통하고도 장엄한 우리 민족의 해방사가 반일빨찌산들의 한토막의 투쟁생활을 통하여 자유분망하고도 웅장한 낭만적 형식으로서 여실히 묘사된 조기천작 장편서사시 『백두산』은 우리 북조선문단의 새로운 수확의 하나이라고 생각한다. 그 낭만적 필치와 장엄한 민족적 기개에 있어서 이 작품은 우리들에게 많은 관심과 시사를 준다. (…)

작자는 『에피로그』에서 노래한 것같이 김대장을 우리민족의 오천년전통과 반세기동안의 항일투쟁속에 표현된 우리 민족의 『량심』이고 『동지』이며 우리 민족의 『신념』이며 『희망』으로써 우리민족의 『샛별』로써 옳게 형상화하였다. (…)

이렇게 김대장을 력사가 낳은 전민족의 『신념』이요 『희망』으로써 포착하면서 작자는 김대장의 빨찌산 투쟁사를 보는 데 있어서도 역시 이것을 단순히 어떠한 때 어떠한 곳에 있어서의 투쟁만으로써만 보지 않고 그뒤에 싸고 흐르는

---

94 위의 글, 452~453면.

95 김창만의 『백두산』 비평을 근거로 그를 친소석 인물로 단정할 수 없다. 소련측 자료늘은 그를 대표적인 반소적 인물로 평가하고 있다. 이에 따르면 1947년 말, 그는 소련군인들을 "사람가죽 신발을 신은 누더기 차림의 해방자"라고 불렀고 이 발언으로 조선로동당 선전선동부장의 직위에서 해제되었다. 1948년 3월, 그의 후임으로 소련계 박창옥이 선전선동부장에 임명되었다. 국사편찬위원회, 「김창만」, 『러시아 국립사회정치사문서보관소 소장 북한 인물 자료』 1, 과천: 국사편찬위원회, 2021, 67~68면.

세계사적 연관성위에서 다시 말하면 세계약소민족해방운동의 전형적 일환으로써 옳게 포착하였다고 본다. (…)

물론 이 작품에서 우리는 부족점을 느낄 수 있다. 제3장에서 『꽃분이』와 그 일가의 설명이 너무 침입한것같은 것은 이작품의 구성을 산만히 하지 않을까 생각되는 것이며 제6장 제3절에있어서 『이강넘은 백성의한숨인가 하노라』 하는 것이라든지 『이강넘은 백성의 눈물인가 하노라』하는 것 같은 것은 『시조형식』의 부자연한 인용이 아닌가 생각된다.

이상으로써 이 작품이 가지는 민족적 열성과 혁명적 낭만의 필치와 웅장하고도 한편 섬세한 미에 율동하는 점들은 높이 평가하면서 마지막으로 작자가 형상한 김대장의 각 [면]모을 일견하려고 한다.

『백두산』에서 김대장이 전면에 등장한 것은 비교적 적은편이다. 그러나 김대장의 면목은 다면적으로 생생히 형상되어있다.

맨처음에 말한 것같이 전민족의 역사속에서 형상된 말하자면 조선민족의 역사의 무대(?)위에 형상된 김대장이외에도 우리는 『백두산』을 통하여 생생히 형상된 김대장의 각면모를 볼 수 있다.

『백두산』에 형상된 김대장은 열화같은 민족애에 작열되어 있으면서도 세계역사를 옳게 통찰하고 있는 김대장이며 빨치산의 용맹한 투사인 동시에 인민에 대한 신뢰와 동지애에 뜨거운 인간미 풍부한 김대장이다.

추상과 같은 엄격성과 동시에 관후한 포용성에 넘치는 지도자 김대장이며 영웅적인 호연성과 겸하여 주밀기민한 관찰력과 조직력을 가진 김대장이다. 동시에 어떠한 곤란속에서도 항상 발전을 위한 노력을 잊지 않는 성장하는 김대장이다. (…)

우리가 『백두산』을 읽으면서 김대장의 주위에는 항상 김대장을 위하여 그의 앞에 목숨까지도 서슴치

않고 바칠수 있는 동지들이 언제나 그를 둘러싸고 있다는 것이 우연한 일이 아니라고 느끼게 된다.[96]

그는 이 서사시에서 꽃분이 일가 이야기가 너무 길게 나온다거나 김일성이 많이 등장하지 않는다는 지적에 동의하면서도, 김일성의 인간적 면모가 잘 묘사되어 있다고 칭찬하였다.[97] 이후 이 비평은 '김일성 형상화'의 가이드라인이 되었다.

또한 논란이 된 창작방법에 관해서도 김창만은 이 서사시가 혁명적 낭만을 현실과 결부하여 표현한 사실주의 문학이라고 옹호하였다. "이상과 같은 민족적 기개와 해방투쟁사의 현실을 예술화함에 있어서 작자는 고도의 혁명적 낭만의 수법을 썼다. (…) 혁명적 낭만은 어디까진 현실과 결부되는 것이며 현실 속에 뿌리 박고 개화하는 것이어야 한다. 다시 말하면 혁명적 낭만은 사실주의의 요소인 것이다."[98] 이것은 1947년 3월 28일 결정서가 제시한 '고상한 사실주의'에 대한 가이드라인으로 받아들여졌다. 예를 들어, 한효는 국가건설기 민족문학에 대한 논의를 결산하는 글에서 "사회주의 리얼리즘은 혁명적 낭만주의를 한 요소라는 리얼리즘"라고 정의한 즈다노프의 발언을 인용하면서 "혁명적 로만티시즘을 자체로 포함하고 있다는 것은 고상한 리얼리즘의 중요한 특성"이라고 설명하였다.[99] 이로서 김창만의 가이드라인대로 고상한 리얼리즘은 혁명적 로만티시즘을 한 요소로 하는 사회주의 리얼리즘으로 정리되었다.

---

96   김창만, 「북조선문학의 새로운 수확―조기천 작 장편서사시 백두산을 평함, 1947년 4월 15일」, 『모든 것은 조국건설에』, 평양: 로동당출판사, 1947, 191~220면.

97   위의 글, 213면.

98   위의 글, 201~202면.

99   한효, 『민족문학에 대하여』, 전선문화사, 1949.9, 64~66면.

하지만 여기에 그치지 않고 1947년 9월 16일 북조선로동당 중앙상무위원회 제43차 회의는 「북조선문학예술총동맹 사업 (주로 문화분야) 검열총화」에 대한 결정을 하였다. 이것은 당이 검열원을 보내 북조선문학예술총동맹의 사업을 검열한 결과를 검토하고 발견된 문제점에 대한 개선을 지시한 것이다. 이 결정서에서 상무위원회―허정숙에 따르면 김일성 본인의 말―는 문예총 사업이 "문단주의적 경향과 정실적 우정관계로 사업하였기 때문에 북조선 민주개혁을 반영하는 우수한 작품들의 출현을 저해하였으며 작품에 고상한 사상적 내용과 고상한 문예적 형식을 보장하지 못하였다."라고 지적하였다.[100]

그리고 이상의 문제를 해결하기 위해서 상무위원회는 문예총과 관련하여 총 9가지 사항을 집행할 것을 결정하였다. 그 중 가장 중요한 결정은 "당문화인부를 강화할 목적으로 문화인부 부부장으로 류문화 동지를 임명"한 것이다.[101] 이를 포함해서 상무위원회는 "우수한 신진작가의 작품선집을 1개월에 1번씩 발표할 것이며, 평론의 수준을 높이기 위해서 합평회를 정기적으로 조직할 것이며, 작가들 속에서 "정치사업과 사상투쟁을 널리 전개"하여 강연회, 보고회를 조직할 것이며, 문예총 상임위원회를 개선하고, 북조선문학예술총동맹은 북조선문학예술운동을 근본적을 개조하여 문예총의 위신을 제고할 목적으로 금년 내로 북조선문학예술인대회를 소집할 것을 결정하였다. 이러한 지적과 해결책은 소련공산당의 「잡지 《별》, 《레닌그라드》에 대한 1946년 8월 14일자 소련공산당 중앙위원회의 결정서」를 모방한 것이었다.[102]

---

100 북조선로동당 중앙상무위원회, 「북조선문학예술총동맹 사업(주로 문학분야) 검열 총화에 관하여, 제43차 결정서, 1947.9.16」, 『북한관계사료집』 30, 국사편찬위원회, 1998, 266면.

101 1951년 4월까지 류문화는 북조선인민위원회 기관지인 『민주조선』과 『인민』의 책임주필을 맡았다. 서동만, 『북조선사회주의 체제성립사』, 선인, 2005, 526면.

102 이 결정서의 비판 내용과 해결책은 「잡지 《별》, 《레닌그라드》에 대한 1946년 8월 14일자 소련공산당 중앙위원회의 결정서」와 매우 유사하다. 우선, 이 결정서는 두 잡지에 조셴코나

이 결정으로 조선로동당 문화인부 내에 '문예총' 담당 부부장이 새롭게 임명되어 직접 문예총의 사업을 지도 검열하게 되었다.[103] 또한 김창만의 비평은 김일성의 항일무장투쟁과 관련된 문학 창작의 지침이 되었으며, 이를 어기는 것은 당적 비판을 받을 수 있다는 준거틀이 마련되었다. 한마디로, 『백두산』에 대한 비평에 대한 김일성의 불만은 문예총을 '당의 직접 통제'를 받는 조직이 되는 결과를 낳았다. 이후로 북한의 문학예술의 분위기가 이전과 달리 상당히 경직되었다는 화가 김병기의 회고는 이 결정서가 북한문학에 미친 영향을 잘 보여준다.[104]

이상에서와 같이, 제29차 결정서가 나올 때까지만 해도 당은 소련의 경우를 모방하여 문예총을 당원을 통한 프락션 작업에 의해서 자발적으로 운영되는 단체로 보는 관점을 유지했다. 그런데 1946년 11월 소련군정이 북한의 문예통일전선을 강화하기 위해서 이태준을 북한쪽으로 유도하자, 이를 견제하기 위해서 안함광이 1947년 4월 말에 출판된 소련파 조기천의 『백두산』을 혹평하는 일이 발생하였다. 김일성은 해방 직후부터 자신의 항일무장투쟁의

아흐마토바의 작품들이 실린 이유로 레닌그라드 문학동맹 지도부와 잡지 편집자와 문제가 된 작가들과의 "우정관계"를 지적하였다. 또한 결정서는 해결책으로 《레닌그라드》는 폐간하고 《별》의 편집부 사업을 강화하기 위해서 책임주필 자리를 신설하고 소련공산당 중앙위원회 선전선동부 부부장이 그 직위를 겸직하게 하였다. 뿐만 아니라 레닌그라드 당열성자대회, 레닌그라드 작가대회가 개최되어 결정서에 대해서 토의하였다. 자세한 내용은 이득화가 번역한 『잡지 별 및 레닌그라드에 관한 쥬다노프의 보고: (부) 이에 관한 제 결정서』(조소문화협회중앙본부, 1947.6.20.)를 참조할 것.

103 문예총 내 '작가'들 내에서 사상투쟁을 벌이라는 지시를 당원들의 사상투쟁 매뉴얼대로 이행한다면, 작가들은 1단계로 이 결정서를 개인정독(1주일간 12시간)하고, 2단계로 집체연구회(1주일간 6시간 3차)를 3회 진행하고, 3단계로 작가들은 각 분과모임에서 반성과 자기비판을 해야 한다. 사상 투쟁 매뉴얼은 다음을 참조할 것; 「사상의식 개혁을 위한 투쟁 전개에 대하여」, 『북한관계사료집』 30, 국사편찬위원회, 1998, 30, 60면. 이런 지시는 김일성이 서사시 『백두산』에 대한 합평회의 부정적인 분위기와 안함광의 비평 등을 정치적 문제로 보았음을 보여준다.

104 김경애, 앞의 기사.

문학화에 관심을 가졌고 자신을 새 국가 건설자이자 항일무장투쟁의 영웅으로 인정하는 한에 있어서 정치적 똘레랑스를 보이고 있었다. 이런 상황에서 자신이 직접 지도한 『백두산』에 대한 문예총 비평가의 혹평은 그의 분노를 샀다. 결국, 당문화인부에 문예총을 직접 지도하는 부부장 직위가 신설됨으로써 북문예총은 당의 직접적인 지도를 받는 처지에 놓이게 되었고 문예총의 작가들은 사상투쟁─결정서 자습, 연구회, 공개 반성과 자기비판─을 하여야 했다. 또한, 1948년 3월부터는 소련계 박창옥이 선전선동부장이 되어 문예총을 감독하였으며, 이태준은 북조선로동당에 입당한 후 1948년에는 문예총 부위원장이 되었다.

5. 전쟁을 대비한 애국주의 선전 노선의 수립

소위 평화적 국가건설 시기에 김일성에 대한 선전은 두 단계로 나눌 수 있다. 첫 번째 단계는 김일성의 입국 이후부터 1948년 9월 9일 조선민주주의인민공화국 수립 전까지이고 두 번째 단계는 국가 수립 이후부터 1950년 6월 25일 한국전쟁이 발발하기 직전까지이다. 첫 번째 단계의 선전은 그를 새 국가 건설을 위한 지도자로 선전하는 것이고, 두 번째 단계의 선전은 앞으로 있을 조국해방전쟁에 대비해서 주민들에게 애국주의를 고취하기 위해서이다. 이중 첫 번째 단계에서 이뤄진 김일성 선전에 대해서는 많은 연구들이 있지만, 두 번째 단계에서의 김일성 선전에 대한 논의는 많지 않다.

1945년 10월 14일, 김일성은 "김일성 장군 환영 평양시 군중대회"를 통해 '구국의 영웅'으로서 북한 사회에 공식적으로 등장하였다. 하지만 김일성이 해방 전에 주로 해외에서 항일운동을 했던 까닭에, 국내에 비교적 잘 알려져 있지 않았고, 심지어 '가짜' 논란이 일 정도였다.[105] 때문에, 소련군정은 김일성을 새 국가의 지도자로 알리는 것이 다른 위성국가에 비해 절실하였다. 김일성 역시 자신이 북한에 비교적 잘 알려진 보천보 투쟁의 영웅 '김일성'임을 증명할 필요성을 느껴서 정치적 성향을 가리지 않고 다양한 문학자들을 만났다. 1946년 5월 24일 그는 문화선전성 장관 허정숙에게 자신의 항일무장투쟁에 대한 작품을 많이 출판해줄 것을 직접 요청하기도 하였다.[106]

김일성을 가장 처음 만난 문학자들은 평양에 거주하던 사람들로서 이들은 그를 '김일성 장군'이라고 부르며 조선의 지도자로서 자연스럽게 받아들였다. 1945년 10월 12일 한재덕은 직접 김일성을 만난 이후 그의 개인 취재 기자가 되어 김일성에 대한 기사를 작성하였다.[107] 그는 10월 15일 창간된 평양민보에 「김일성 장군 개선기」를 연재하고, 이후 「김일성 유격대 전사초」 등을 집필하는 등 북한 지역에서 '영웅 김일성'의 이미지를 만들어내는 데 크게 공헌하였다.[108] 중간파인 최명익과 백석, 그리고 오영진은 같은 달 20일에 '김일성 장군과 그 가족 환영 및 위안 연회'에서 만났다. 오영진의 회고에 따르면 최명익과 백석은 김일성에게 호감을 느꼈고, 백석은 "장군 돌아오시다"라는 즉흥시를 낭송하기도 하였다.[109]

이후 문예총의 지도자가 된 한설야도 함남일보에 김일성을 찬양하는 「인간 김일성」, 「영웅 김일성」 등을 발표하여 김일성에 대한 인민들의 인식을 대중들 속에 침투시키는 데 큰 역할을 하였다.[110] 이기영은 「땅」에서 토지개

105 　오영진, 앞의 책, 90~96면.

106 　문화선전부 부장 허정숙의 회고에 따르면, 1946년 5월 24일 모임에서 김일성은 "항일유격대의 숭고한 혁명정신과 빛나는 투쟁 업적에 대해 글을 써 내여 인민들을 교양하여야 하며 새 민주조선 건설을 위한 투쟁에로 그들을 힘 있게 고무헤주이야" 하며, 항일유격대-특히 보천보 투쟁-의 "정치적 의의를 작품에서 똑똑히 밝혀내야" 한다고 작가들에게 주문하였다; 허정숙, 앞의 책, 429면.

107 　한재덕, 앞의 책, 58~59면.

108 　위의 책, 90면.

109 　오영진, 앞의 책, 98면.

혁의 성과를 선전하면서 김일성이 북한 주민들에게 토지를 나눠준 것처럼 묘사하였다. 해방 1주년을 기념하여 김일성 찬양 특집 앤솔로지 『우리의 태양』이 출판되었다. 여기에 수록된 한설야의 소설 「혈로」는 김일성의 항일 무장투쟁을 소재로 '영웅 김일성'의 면모를 묘사하였다.[111] 이밖에 이찬은 『스탈린의 노래』를 모방하여 『김일성 장군의 노래』의 작사하였으며, 박세영 은 북한의 주민들을 새 나라로 인도하는 태양으로 김일성을 묘사하였다.[112]

1947년 북한문학자들은 김일성이 새로 건설될 국가의 지도자로서의 정당 성을 선전하는 문학작품들을 창작하였다. 제2차 미소공동위원회에 맞춰 출 판된 『김일성 장군 개선기』는 김일성을 인민의 수령이라고 부르고, "지난날 항일해방투쟁으로부터 벌써 김일성 장군은 우리 민족의 최대의 애국 영웅이 었으며 우리 민족의 태양"이었다고 찬양하였다.[113] 한설야도 소설 「개선」 (1948)에서 조선의 해방은 연합군에 의한 것이 아니라 김일성이 지도하는 항일무장투쟁에 의한 것이라고 서술하였다.[114]

제1단계에서 김일성에 대한 선전은 소련군정의 지도에 따른 것으로 동부 유럽에서 인민민주주의 국가 건설을 위해서 '스탈린의 개인 숭배'를 모방해 서 공산당 지도자들을 선전했던 것과 유사하다. 하지만 1948년 9월 9일 소련 군이 철수하고 새 국가가 건설되었다. 그리고 1949년 6월 24일 북로당과 남로당이 합동하여 조선로동당을 수립하면서 당의 정치 연합적 성격이 강화 되었고 남로당이 당내 최대 파벌이 되었다.[115] 이종석에 따르면, 이런 변화는

110　정상진, 앞의 책, 51~52면.

111　이 소설은, 김일성을 1937년의 보천보 전투를 구상하는 '천재적인 군사 전략가'로 묘사하 고 있다. 보천보 전투는 조선인들에게 김일성의 이름을 널리 알린 유명한 항일무장투쟁의 하나이다; 한설야, 「혈로」, 『우리의 태양』, 평양: 북조선예술총연맹, 1946.8.15, 40~57면.

112　박세영, 「해볕에서 살리라」, 『우리의 태양』, 평양: 북조선예술총연맹, 1946.8.15, 19~21면.

113　한재덕, 『김일성 장군 개선기』, 평양: 민주조선출판사, 1947.11, 8, 63~106면.

114　한설야, 「개선」, 『탄광촌』, 평양: 조쏘문화협회중앙본부, 1948, 1~48면.

유일지도자로서 김일성의 이미지를 약하게 만들었다.[116] 그래서 김일성은 그를 '카리스마 지도자'로서 인정하는 한 다른 파벌의 지도자들에게 전략적 인내심을 보였다. 그리고 이는 북한문학자들에게도 영향을 주었다.

1949년 1월 1일 신년사에서 김일성은 남한을 해방하기 위한 투쟁을 할 것임을 선언하였다. Kim Donggil의 연구에 따르면, 이후 김일성은 세 번 스탈린에게 남한과의 전쟁을 하락해줄 것을 요청하였다. 1949년 3월 7일 모스크바에서 김일성은 박헌영과 함께 스탈린에게 남한과의 전쟁을 허락해줄 것을 요청하였다. 9월 24일에도 그는 소련 외교관을 통해서 스탈린에게 전쟁 허락을 요청하였다. 하지만 스탈린은 이런 요청을 모두 거절하고, 남한에서 게릴라전을 더욱 강화하라고 충고하였다. 1950년 1월 19일 그는 다시 스탈린에게 전쟁 개시를 허락해달라는 편지를 보냈다. 마침내 1월 30일 스탈린은 이러한 요청을 허락하였다.[117]

이처럼 한국전쟁에 대한 논의가 진행되면서 모든 정치 세력들은 전쟁 승리를 위하여 김일성을 카리스마 지도자로 선전하는 것에 동의하였다. 남한 해방에 가장 큰 정치적인 이해가 있는 남로당의 지도자 박헌영도 이 선전에 일조하였다. 우선, 1949년 5.1절 60주년 기념 보고 연설에서 그는 "우리민족

---

115 이종석, 『조선로동당연구』, 204~213면. 그에 따르면 소련계 한인들은 정부 수립 직후인 1948년 9월 24일에 열린 북로당 중앙위원회 제3차 회의에서 당을 장악하였으며, 남로당 역시 1949년 6월의 남북로동당 합당에서는 확실하게 자신의 지분을 확보하였다. 이러한 소련계 한인의 약진과 남로당 계열의 부상은 자연스럽게 당 내에서 김일성의 권력을 일시적으로 약화시키는 결과를 낳았다. 조선로동당의 지도부는 항일유격대파 2명(김일성, 김책), 연안파 2명(박일우, 김두봉), 소련파 1명(허가이) 그리고 남로당 4명(박헌영, 이승엽, 김상룡, 허헌)으로 구성되었다.

116 위의 글, 211~212면.

117 Kim Donggil, "Stalin's Korean U-Turn: The USSR's Evolving Security Strategy and the Origins of the Korean War," *Seoul Journal of Korean Studies*, vol.24, no.1(June 2011), p.100.

절세의 애국자이며 민족적 영웅인 공화국 내각 수상 김일성 장군 만세!"라고 외치며, 김일성을 카리스마 지도자로서 공개적으로 승인하였다.[118] 또한 1949년 6월 24일, 남조선로동당과 북조선로동당이 합당하여 조선로동당이 발족한 후, 박헌영은 북한뿐만 아니라 남한 지역의 당원들도 조선로동당의 '애국주의' 선전 노선을 따르라고 연설하였다.

인민들의 이러한 애국주의 사상을 일층 제고시키기 위하여는 근로 인민의 전위대이며 조국통일에 가장 철저하고 용감한 투사인 우리 당의 당원들이 누구보다도 먼저 자기 자신들을 강렬하고 숭고한 민주주의적 애국 사상으로 교양하여야 하겠습니다. (…) 우리 당원들로 하여금 맑쓰-레닌주의로써 무장되고 민주주의적 애국 사상의 강렬한 소유자로 되게 하는 것은 당 사상 정치 교양 사업의 기본 문제이며 당 선전 선동 사업의 중심 과업입니다.[119]

이에 따라, 주민들에게 '애국주의'를 고취하는 선전이 문학예술분야에서도 본격적으로 시작되었다.[120] 그런데 한효는 고상한 애국주의를 "김일성에 의해서 고취되는 애국주의"라고 주장하였다.[121]

---

118 박헌영, 「5.1절 60주년에 제하여」, 선문사, 1949, 46면.

119 박헌영, 「로동당 중앙위원회 정기 회의에서 진술한 당원들의 사상 정치 교양 사업 강화와 당단체들의 과업에 관한 박헌영 동지의 보고」, 『근로자』 24호, 1949.12, 60면.

120 사회주의적 '애국주의'는 전후 소련의 선전 선동의 중요한 주제로서, 제2차 세계대전 동안 발휘되었던 소련 주민들의 '애국주의'를 전후 사회주의 경제개발에 발휘할 것을 선동하였다; 한설야, 『르뽀르따쥬 쏘련여행기』, 215~217면.

121 구카프 작가들은 1946년부터 박헌영의 문화노선을 비판하여왔고, 1947년에는 조기천의 『백두산』 문제로 소련파와 크게 반목하였다. 이런 상황에서 조선로동당의 창립으로 당 중앙상무위원회 내에 남로당이 최대 파벌이 되었다. 구카프 계열 문학자들은 비록 『백두산』 사건으로 김일성의 분노를 사기는 하였으나 그 일로 큰 처벌을 받은 사람은 없었기 때문에 자신의 안위를 위해서 김일성에게 더욱 충성할 수밖에 없게 되었다.

오늘 우리 문학의 특징을 이루는 근본테마는 우리 민족의 영웅이시며 지도자
이신 김일성 장군에 의하여 고취되는 애국주의이다. 모든 나머지 테마들은 모름
지기 여기에 귀일된다. (…) 우리 문학자들은 자기의 절실한 체험으로써 공화국
북반부에 창설된 인민민주주의의 새로운 제도의 우월성을 똑똑히 인식하고 있
다. 우리 문학의 애국주의적 테마는 우리들의 거대한 애국주의적 현실에서 생겼
을 뿐만 아니라 동시에 작가들의 이러한 인식과 결부되어 더욱 굳어지고 있는
애국주의 사상에서 생긴 것이다.[122]

그러면서 한효는 애국주의 테마를 잘 표현한 작품으로 이기영의 『땅』과
이태준의 『농토』를 제시한다. 특히 이태준의 농토 중에서 "싸우자! 목을 걸
구 싸우자! 우리 뒤엔 얼마든지 큰 힘이 있다. (…) 김일성 장군 이하 북조선
인민위원회가 모두 우리 편이다! 아니 남조선에도 온통 우리 농민들이다!
또 거기 지도자들도 우리 편은 한둘이 아닐 것이다!"라는 부분을 조선 인민의
애국주의가 구체적으로 고도로 개성화된 형태로 제시되고 있다고 칭찬하였
다.[123] 이러한 칭찬은 해방 직후 이태준과의 협력을 반대하며 별개의 조직을
건설하고, 1946년 초 북한으로 넘어온 다음에는 조선문학가동맹을 부르주아
민주주의 혁명을 외치며 무사상적으로 부르주아 문학자들과 협력하려고 한
다고 비판한 것과는 매우 대조된다. 이것은 앞으로 있을 전쟁에서 대비해서
'김일성'을 카리스마 지도자로 인정하는 한 모든 정치 세력들은 서로 협력할
수 있다는 당시의 분위기를 따른 것이다.[124]

---

122 한효, 『민족문학에 대하여』, 74~75면.

123 위의 글, 80~81면.

124 이것은 1949년 6월 24일 조선로동당의 합당으로 소련파, 연안파, 남로당계, 그리고 김일성
계가 협력하는 체제가 만들어졌으며, 김일성 계열이 가장 적은 정치적 지분을 확보했다.
이러한 지분 배분은 이들 정치세력들이 김일성의 카리스마 지도자 이미지 만들기에 동의하
는 배경이 되었다.

1949년의 문학 성과를 결산하는 글에서도 한효는 애국주의 테마를 강조한다. 그에 따르면, '고상한 애국주의'는 "조국에 대한 무한한 사랑과 개인의 이익을 국가 및 인민의 이익과 동일시"하는 것이다. 그리고 이 사상의 전형은 조선로동당의 정책에 대한 신뢰와 김일성의 혁명 사상에 고무 받아 새 국가 건설에 헌신하는 노동자들이다.[125] 또한, 그는 남한 지역에서의 빨찌산 투쟁을 묘사한 작품들에서도 김일성에 의해 고취되는 애국주의가 묘사됨을 강조한다. 예를 들어, 남로당원의 유격전을 묘사한 이태준의 『첫 전투』를 평가하면서 유격대원들이 당원으로서 당의 명령을 충실히 이행하는 모습과 김일성과 그의 항일유격대가 유격대원들의 롤-모델이자 용기의 원천임을 묘사한 것을 근거로 이 작품을 높이 평가한다.[126] 이밖에도 1946년 남한에서 일어난 10월 인민항쟁을 묘사한 이갑기의 「요원」이나 박태민의 「제2전구」에 대해서 "미제국주의의 침략과 그의 앞잡이인 이승만 괴뢰 정권을 반대하여 영웅적으로 투쟁하는 우리 시대의 애국적 전형들"을 묘사한 작품으로 평가하였다.[127] 이처럼 1949년 동안 남한에서의 빨치산 전투 및 민중 항쟁을 묘사한 작품들이 많이 창작된 것은 스탈린이 김일성의 전쟁 허가 요청을 시기상조라고 거절하면서 남한에서 유격대 투쟁을 강화하라고 지시한 것에 따른 것이다.

전쟁 발발 전달인 1950년 5월 엄호석은 「조선문학에 나타난 김일성 장군의 형상」에서 김일성 장군의 형상은 "우리 민족의 과거와 현재 그리고 미래의 운명을 자체 속에 체현한 민족적 영웅의 형상"이라고 말한다. 이런 이유에서 그는 작가들에게 "김일성 장군의 예술적 형상화는 그의 민족적 운명과 연결된 자태 가운데서 그의 민족 해방을 위한 투쟁 가운데서 정치적 영명성

---

125   한효, 「보다 높은 성과를 향하여: 1949년도 소설계의 회고」, 『문학예술』 제3권 제1호, 1950.1, 24면.

126   이태준, 『첫 전투』, 문화전선사, 1949, 117면.

127   한효, 「보다 높은 성과를 향하여」, 29~30면.

과 빨치산 대장으로서의 전술적 수완과 그리고 민족을 사랑하며 인민과 연결된 애국자 가운데서 해방 전후의 그의 민족통일전선의 선두에 선 영도자로서 묘사되어야 할 것"이라고 주문하였다. 7월에는 조소문화협회 위원장 이기영이 서문을 쓴 『쓰탈린과 문학예술』이 출판되어 엄호석의 주장을 뒷받침하였다. 이 책에 수록된 쎄이풀리나의 「쏘베트 예술산문에 나타난 쓰탈린의 형상」에서 "쓰딸린은 수령이며 사상가이며 스승이며 천재적 령도자이며 쏘련으로 하여금 진정한 진보의 로선으로 인도하는 안내자"로 찬양된다.[128] 이처럼 스탈린의 이미지를 모방한 김일성의 이미지는 한국전쟁에서 북한군이 승승장구하던 시기 애국주의 선전에서 적극적으로 활용되었다.

이상에서처럼 1949년부터 '애국주의' 선전이 사상개조를 대신하여 중요한 선전노선이 되었다. 당시 각 정치 파벌들은 앞으로 있을 전쟁에 대비하여 김일성을 카리스마 지도자로 인정하고 협력하는 분위기였다. 이에 따라서 한효나 안함광과 같은 비평가들은 김일성이 애국주의를 고취하는 주체라는 점을 강조하면서도 이태준과 같은 중간파 문학자에게도 인내심을 보였다. 이에 따라 문예총 내의 문화통일전선을 둘러싼 갈등도 소강상태에 빠졌다.

6. 결론: 김일성 노선을 따르는 문학자 집단의 탄생과 정치 종속

앞에서 이 논문은 북한의 평화적 국가건설기(1945.8.15~1950.6.24)의 북한 문학의 형성과 전개를 문화통일전선에 대한 문학자들의 반응을 중심으로 살펴보았다. 해방 직후부터 국가수립기까지 북한문학의 전개는 소련군정의

---

[128] 아 쑤르꼬브 외 5명, 『쓰탈린과 문학예술』, 전치봉 편역, 조쏘문화협회중앙위원회, 1950.7, 35면.

한반도 전략에 종속되어 있었다. 제2차 세계대전이 끝나고 소련군이 북한지역을 점령하자 스탈린은 북한에 친소련적인 진보적(부르주아) 민주주의 국가를 세우고자 하였다. 이를 위해 소련군정은 토지개혁과 같은 각종 개혁을 실시하고 소련에 대한 긍정적인 이미지를 심어주려고 하였다. 소련군정은 이런 목표를 달성하기 위해서 정치뿐만 아니라 문화분야에서도 '통일전선' 노선을 취하였다. 국가수립기부터 한국전쟁 발발 직전까지는 북한 지도부가 남한을 무력으로 해방하는 준비를 하면서 문화통일전선 노선을 계속 유지하였다. 이런 정치적 필요와 달리, 해방 직후부터 구카프 문학자 중 일부 그룹－한설야, 이기영, 안막, 한효, 안함광 등－은 정치에 있어서는 계급 연합이 가능하나 문화에서는 계급 연합이 불가능하다고 주장하며 문화통일전선의 건설에 반대하였다. 그러나 소련군정은 한반도에서 친소적인 국가를 건설하기 위해서 계급연합적인 문화통일전선의 건설을 추진하였다. 이에 따라, 1946년 3월 25일, 북조선예술총연맹이 좌파와 중간파가 협력하는 문화통일전선체로서 결성되었다. 하지만 이 단체의 지도자들은 김일성의 노선을 따른다고 표방하면서 문학에서 계급성을 고수하였다.

1946년 11월부터 북조선문학예술총동맹의 지도부는 유명한 중간파 작가인 이태준을 북한의 문화통일전선에 합류케 하려는 소련파를 견제하는 과정에서 소련파 정율이 동인으로 참여한『응향』시집에 대해 검열하고 출판을 금지하였다. 특히 안함광이 조기천의『백두산』－김일성의 항일무장투쟁을 그린 서사시－을 혹평하는 일이 발생하였다. 이 사건은 이 작품의 창작을 직접 지도한 김일성의 분노를 샀다. 그 결과 1947년 9월 18일 김일성의 지시에 의해서 북조선로동당 중앙위원회 문화인부－이 부서는 1949년 6월 24일 조선로동당 창립 때 폐지된 것으로 보임－에 문예총 담당 부부장 자리가 신설되었다. 필자는 이 결정으로 문예총이 당원을 통해서 간접적으로 당의 지도를 받는 조직에서 당의 직접 지도를 받는 조직으로 바뀌었다고 본다.

이런 변화는 김재용이 언급한 것처럼 북한문학의 정치주의가 심화되는 계기가 되었다.

1948년 9월 9일 북한에는 김일성을 수반으로 하는 연합 정권이 수립되었다. 남한에서 '조선문학가동맹'은 불법 단체로 규정되어 탄압을 받은 반면에, 북한에서는 프롤레타리아 문학의 건설을 주장하는 구카프 계열 문학자들이 문학예술계의 주도권을 쥐게 되었다. 1949년부터는 북한 지도부가 한국전쟁을 일으킬 계획을 진행하였다. 이로 인해서 김일성을 카리스마 지도자로 만드는 애국주의 선전이 시작했으며, 북한문학자들이 정파에 관련없이 '김일성 중심의 애국주의' 선전에 적극 협력하면서 중간파와의 협력을 둘러싼 갈등은 소강상태에 들어갔다.

소련군정의 정책에 맞춰 북한문학자들은 소련의 제도를 모방한 인민민주주의 제도의 우월성과 김일성이 민족의 영웅이자 새 국가 건설의 지도자임을 선전하였다. 특히, 이들은 출발점에서부터 "김일성의 노선을 따를 것"을 결의하였다. 그 이유는 이들이 박헌영의 문화통일노선에 반대하여 북한으로 가서 북한 문단을 건설하였기 때문이다. 이를 통해 북한문학은 군대와 함께 김일성의 가장 중요한 권력 기반이 되었다. 구카프 작가들은 소련군정―김일성도 합의한―의 문화통일 노선에 대해서 지속적으로 반대하였을 뿐만 아니라 레닌의 당―문학 이론을 근거로 프롤레타리아 문학의 건설을 주장하였다. 그러나 『백두산』 사건에서 볼 수 있듯이 이들의 문화통일노선에 대한 견제는 북한문학이 정치에 종속되는 결과를 낳았다.

북조선 문학예술총동맹 사업 (주로 문학분야) 검열총화에 관하여
(북조선로동당 중앙상무위원회 제43차 회의 결정서 1947년 9월 16일)

해방 이후 북조선에서 실시된 위대한 민주개혁들은 민주주의민족문학과 민족예술발전에 거대한 추동력을 주었으며 작가들과 예술가들 앞에 고상한 사상 예술적 작품들을 산출할 만한 온갖 가능성과 조건들을 지어주었다. 작가들과 예술가들 앞에는 해방 민족의 고상한 애국열과 창발력을 사실주의적으로 묘사하여 민주 개혁의 위대한 승리를 묘사하는 고상한 작품을 줄만한 광범한 길이 열리였다.

조선의 작가들과 예술가들은 오늘과 같이 영예스럽고 자유스럽게 자기의 조국과 자기의 인민에 대하여 노력하며 조국과 인민의 현재와 미래에 대하여 구속없이 마음껏 힘차게 기능과 능력이 자라는 대로 노래할 수 있는 조건들을 가진 때가 없었다.

오늘 북조선의 현실은 해방의 서사시이며 생활의 서사시이다.

해방 이후 오늘에 이르기까지 정치 경제 문화생활의 각 분야를 통하여 북조선에서 진행된 위대한 민주개혁들은 문학예술운동에 있어서도 우수한 작품들을 주었다. 해방 이후 북조선 문학예술운동을 총화하는 리기영씨 작 「개간」, 조기천 씨 작 『백두산』 박호영씨 작 「홍수」 문석오씨의 조각 예술작품 등이 그 현저한 실례로 된다.

본상무위원회는 해방 이후 북조선 문학예술운동에 있어서 적지 안은 기성작가들과 신진작가들이 우리 조국 발전의 현계단과 북조선 민주개혁과 인민의 요구에 부합되는 고상한 사상 예술적 작품들을 주었으며 작가 예술인들이 북조선인민위원회와 우리 당의 주위에 결속되였다는 것을 지적한다.

그러나 북조선 문학예술운동은 조국의 발전과 인민의 장성이 요구하는 정도에 이르지 못하였으며 북조선 민주개혁의 속도에 멀리 락후되었다는 것을 지적한다. 문학예술운동의 발전을 위한 온갖 유리한 조건들과 가능성들을 가지었음에도 불구하고 북조선 문학예술운동이 협소한 수공업적 형태를 벗어나지 못하고 광범한 대중과 고립되고 북조선 발전의 현계단의 요구에 뒤떨어지고 문학예술운동에 대한 북조선인민위원회와 우리 당의 로선을 원만히 파악하지 못한 원인들을 본상무위원회는 북조선 문학예술 지도사업에 있는 다음과 같은 엄중한 부분적 오류와 결점에 있었다고 지적한다.

북조선문학예술총동맹은 문학예술운동을 대중 속에 침투시키며 자라나는 신진작가들의 창발력을 발휘 조장하여 그들에게 심중한 고려와 지도를 줄 대신에 기성작가를 중심으로 한 일제 강점기의 사상 잔여인 소위 문단주의적 경향이 농후하여 북조선문학예술운동을 현계단의 민주개혁의 요구에 멀리 떨어지게 하였으며 문학예술이 인민 속에 침투되어 인민에게 속하지 못하였으며 자라나는 신진작가들의 창발력 발휘에 적지 않은 지장을 주었다.

2. 북조선문학예술총동맹은 민주주의적 민족문화 예술을 수립하는데 대한 사업에 있어서 북조선 민주개혁이 지어준 온갖 가능성들과 조건들을 이용하지 못하였으며 문학예술운동을 비판과 자아비판이 없이 정실적 관계와 친우적 관계에서 지도하였다.

위대한 민주개혁과 인민의 요구에 부합되는 문학예술을 창조하기 위하여서는 문예총의 사업과 문학예술운동에 수백 수천명의 진보적 예술문화인들과 생기발랄하세 사라는 신진작가를 결속시키며 그 력량을 충분히 빌휘하도록 추동시켜야 할 것이다. 그러나 북조선문학예술총동맹 내의 일부 일꾼들은 소위 "신진에 대한 교양상 위험성"이라는 구실 하에서 신진작가들의 창발력을 발휘시키지 못하였으며 심한 경우에 있어서는 신진작가들의 작품에 대한 관료주의적 범죄적 태도까지 범한 사실이 있었다. 북조선문학예술총동맹에서는 지방작가들과 신진작가들의 투고에 대한 엄중한 통제 비판 원조 사업이 없었으며 접수된 원고의 다수를 분실하는 무책임한 사실 등이 있었다. 1947년 1월부터 소위 원고정리부에 기입된 204편의 원고 중에서 101편은 분실되었으며 검열 당시 발견된 80여 편은 장부에 기입도 되지 않았다. 결과에 북조선 각 지방으로부터 북조선 문예총의 지도와 원조를 받기 위하여 투고되여 온 신진작가들의 작품은 얼마나 되었는지를 규정하지 못하기까지에 이르렀다.

3. 북조선문학예술총동맹은 기성작가를 중심으로 한 일제적 사상의 잔재인 소위 문단주의적 경향과 정실적 우정적 관계로 사업하였기 때문에 북조선 민주개혁을 반영하는 우수한 작품들의 출현을 저해하였으며 작품에 고상한 사상적 내용과 고상한 문예적 형식을 보장하지 못하였다. 우수한 신진작가들에게 지면을 주지 않고 명성과 우정과 친분과 기성을 중심하였든 까닭으로 「선거해설대」 「신입당원」 「화전민」 「거암」 등 우수한 신인들의 작품들을 발표하지 않았다.

4. 북조선문학예술총동맹이 문학예술운동을 대중 속에 널리 보급시키지 못한 결과에 작품의 고상한 내용과 고상한 예술성을 위한 투쟁이 전개되지 못하였으며 작품에 대한 엄중한 평론이나 비판들이 없었다. 평론들은 주로 막연한 일반적 평론이었으며 문예사조나 예술형식 취재내용 표현방법 등에 대한 구체적 작품들에 대한 리론들은 거이 없었다. 작가대회나 신진작가들의 회합이나 독자들의 회합을 조직하고 작품에 대한 작가들이나 독자들의 광범위한 의사를 듣지 않았으며 그 반면에 소위 "출판기념"이라는 명칭으로써 주연과 련쇄된 찬양과 "축하연설"로 가장한 "평론"들이 있었다.

5. 북조선문학예술총동맹은 동맹 산하에 있는 각 동맹들을 계획적으로 지도하며 각 동맹들의 책임감을 높이며 각도 동맹들의 사업을 일상적으로

지도하며 그들의 사업보고를 정기적으로 청취할 대신에 각도 동맹사업과 고립되고 하부와 분리되어 평양시 단위로 될 별개의 기관으로 되었다. 그 결과에 문학예술운동의 발전은 현계단의 북조선 민주개혁이 요구하는 총로선에 들어서지 못하고 분산적 성질을 띠게 되었으며 지방작가들의 우수한 경험들과 작품들을 유용하게 리용하지 못하고 있다. 북조선문학예술총동맹 사업은 평양시를 중심으로 국한하였다.

6. 북조선문학예술총동맹의 당조는 작가들을 민주주의적 정신으로 재교양하며 작가들 속에 심각한 정치 문학 예술상 교양사업을 조직하지 않고 작가의 교양을 자연생장에 방임하였으며 작가 속에 있는 일제 강점기의 낡은 사상잔재와 종파주의적 경향과 와해된 사상과 결정적 투쟁을 전개하지 아니하였다.

작가들은 정치사상적으로 교육하지 못하였든 결과에 작가들 속에서 금일의 조선 정치정세에 대하여 지적할 만한 논문이나 정치적 평론 풍자문 산문 등을 준 시사평론가가 한사람도 없게 하는 대로 이르게 하였다.

북조선문학예술총동맹 상무위원회는 사업상 견지에서 구성된 것이 아니라 명예직위상 견지에서 구성되었다. 상임위원으로 문예총 사업을 직접 지도하는 문예총 간부는 전혀 2명밖에 되지 안는다. 결과에 북조선 문학예술운동에 대한 최고지도부인 북조선 문예총 상임위원회는 형식적으로 존재하였으며 북조선 문학예술운동의 직접지도는 사업에 무능력하고 창발력이 없는 간부들에게 위임되였든 까닭에 북조선 문학예술운동은 엄격한 조직성과 대중적 성질을 가지지 못하고 협소한 정실관계에 기초한 수공업적 형태를 벗어나지 못하였다.

본상무위원회는 북조선문학예술총동맹 사업에 있는 이상과 같은 엄중한 오류와 결점들을 지적하면서 다음과 같이 결정한다.

一. 현계단의 문학예술운동은 조국과 민주발전의 현계단의 요구에 반드시 부합되어야 할 것이다. 우리의 작가들은 단지 작가로만 될 것이 아니라 "인간의 의지를 개조하는 기사"로 되어야 할 것이다. 조국발전의 현계단은 우리 인민들 속에서 과거의 비참한 생활을 증오하며 조국건설의 민주개혁의 위대한 사업에 헌신하는 애국심을 앙양시키며 조국과 민족을 반역하는 원쑤들의 시도를 폭로하며 그들에 대한 적개심을 발휘시키며 동시에 난관을 두려워하는 것이 아니라 극복하기 위하여 그를 향하여 용감하게 싸우며 매진하는 조국 창건과 위대한 민주개혁의 주인공을 묘사하며 우리의 손으로 만들어질 우리 조국의 장래를 묘사하는 사실주의적 작품들을 요구한다. 작가는 현실을 기사하는 서사생으로 될 것이 아니라 현실에 기초하여 현실을 예술화하며 미래를 예견하며 그 미래를 향하여 대중을 승리에로 부르는 인민에 복무하는 교양자로 선생으로 되어야 할 것이다.

二. 북조선 문학예술총동맹은 우수한 선진작가들에게 충분히 력량을 발휘할 수 있는 제조건을 지어주며 그들을 새로운 민주사상과 민주작풍으로 교양하며 그들의 주위에 새로 자라나는 신진작가들을 결속시키며 그들의 문학예술상 경험과 기능을 신진작가들에게 보급시키는 일을 널리 조직할 것이다. 동시에 일부 문예총 지도간부들 속에 있는 소위 "신진에 대한 교양상 위험성"이라는 구실하에서 신진작가들의 창발력을 저해하는 락후된 문학주의적 경향들과 무자비한 투쟁을 전개하면서 북조선 문학예술운동을 고상한 사상적 예술적 수준에 제고시키며 문학예술운동을 대중 속에 침투시키여 인민들의 요구에 부합되는 인민에게 복무하는 작품을 창작케 하며 발전되는 신진작가들이 그 창발력을 발휘하도록 지도하며 그들과의 사업을 근본적으로 개선할 것이다.

북조선문학예술총동맹은 우수한 기성작가들의 작품을 널리 출판하며 동시에 우수한 신진작가들의 창발력을 장려할 목적으로 최소 2개월에 1차적 신진작가들의 작품선집을 발간할 것이며 일상적으로 신진작가들과의 지도

상 련락을 보장하며 평으로나 혹은 사신을 통하여 그들에게 일상적 원조를
줄 것이다.

三. 발전되는 북조선 문학예술운동은 고상한 평론을 요구한다는 것을 특히
지적한다. 그렇기 때문에 평론은 문학예술운동에 방향을 주는 문예사조 문예
리론 문예형식 표현방법 작품의 사상적 내용 등에 근거하여 평론의 실효성과
교양성을 보장할 것이며 동시에 합평회들을 정기적으로 조직할 것이다.

四. 작가들 속에서 정치교양사업과 사상투쟁을 널리 전개하여 강연회 보고
회 등을 조직하며 선진국가의 문학예술 리론과 경험들로써 작가들을 교양하
며 작가들로 하여금 문학예술에 대한 문제로써 당정권기관 지도간부들 앞에
서 강연 보고 등을 하게 하며 동시에 독자들과 작가들의 대중적 회합들을
조직할 것이다.

五. 북조선문학예술총동맹의 지도사업을 강화할 목적으로 문예총 상임위
원회를 개선할 것을 문예총 당조에 위임한다.

당문화인부를 강화할 목적으로 문화인부 부부장으로 류문화 동지를 임명
한다.

六. 북조선문학예술총동맹은 북조선 문학예술운동을 근본적으로 개조하
며 문예총 위신을 제고시킬 목적으로 금년 내로 북조선 문학예술인 대회를
소집할 것을 북조선 문예총 당조와 문화인부에 위임한다.

七. 북조선 극장관리를 옳게 지도하기 위하여 수공업식 극장위원회들을
해체하고 인민위원회 선전부 내에 극장관리기관을 신설할 것을 북조선인민
위원회에 제의한다.

八. 북조선문학예술총동맹의 출판사업을 보장하기 위하여 북조선문학예
술총동맹에 매월 1톤의 용지할당을 보장할 것을 허정숙 동무에게 위임한다.

九. 본결정을 집행하기 위하여 북조선 문예총 중앙위원회를 소집할 것을
문예총 당조에 위임한다.

一〇. 각 도당부는 본 결정에 의거하여 각 도 동맹사업을 근본적으로 개조
할 것이다.
一一. 본 결정의 실행검열을 류문화 동무에게 위임한다.

제4장

북한의 문학자가 된 중간파 작가들과 문화통일전선의 향배

이태준과 최명익을 중심으로

1. 서론: 토지개혁을 지지하며 북한을 선택한 중간파 문학자들

해방 후 남과 북의 공산당은 공히 노동자, 농민의 계급 연대에 기반을 둔 통일전선전술을 구사하였으며, 이를 바탕으로 권력을 장악하고자 하였다. 소련군정의 지도하에 남한과 북한의 공산주의자들은 문화 분야에서는 좌파와 중간파의 연대에 토대를 둔 문화통일전선을 형성하고, 이들의 지원을 얻고자 하였다. 이런 전술 때문에, 해방 이후 남, 북한의 정치 지형 속에서 문학적으로 모더니스트이자 정치적으로 '중간파'인 이태준과 최명익이 좌파의 중요한 연대 대상이었다. 특히 이태준은 일제 치하였던 1930년대 중반 서울에서 모더니스트 써클인 구인회를 조직하고 이끌었으며, 1930년대 말에는 이광수에 필적하는 인기 작가였기 때문에 좌파뿐만 아니라 우파의 호감도 얻고 있었다.

이태준은 해방 직후에는 서울에서 임화, 이원조와 협력하여 좌파와 중간파의 연대에 토대를 둔 문화통일전선의 일환으로 '조선문학가동맹'을 건설하고 부위원장을 역임하였다. 특히 그는 국가건설기에 활발한 정치 참여를 하였다. 예를 들어 그는 남북한의 좌파 및 중간파 세력의 규합을 표방하는 민주주의민족전선의 발기인으로 참여하고, 민주주의민족전선 문화부장을 역임하였다. 또한, 1946년 3월 25일 진보적 민주주의를 표방하는 『현대일보』가 창간되자, 그는 주간으로서 박치우(발행 및 편집인), 이원조(편집국장)와 협력하였다.[1] 이태준은 1946년 7~8월 경 월북하여 소련기행을 하였으며, 1946년 11월부터 평양에 남아 북한의 문학자가 되었다. 1947년 『소련기행』을 출판하고, 1948년에는 북조선문학예술총동맹 부위원장에 임명되었다.[2] 민주주의민족전선의 간부이자 남한에서 문화통일전선을 형성하기 위해서 노력했던 이태준이 북한의 문학자가 되기로 결정한 것은 정치적 헤게모니가 남한의 공산주의자 그룹에서 북한의 공산주의자 그룹으로의 이동한 것을 상징적으로 보여준다.

일제 말, 최명익의 문학적, 그리고 인간적 궤적도 이태준과 유사하다. 둘은 공통되게 일제의 전시 동원 체제하에서의 지식인의 정신적 고뇌와 가난한 조선인에 대한 애정을 표현한 소설을 창작하였다. 이 시기 최명익은 『임꺽정』, 『고향』같은 장편소설과 『까마귀』, 『소년행』과 같은 단편집, 『조선어사전』, 『표준어모음』과 『문장』과 같은 잡지들을 탐독하였다.[3] 최명익의 대표 소설 「심문」과 「장삼이사」가 『문장』에서 발표되었다는 점과 그의 독서 목록들은 그가 이태준과 문학적 연계가 있었음을 잘 보여준다. 또한 이태준이 1944년 문필활동을 중지하고 철원으로 소개한 것처럼 최명익도 1944년 평안남도 강서군 취룡리 외갓집에서 은거 생활을 하였다.[4] 1937년 평양에서 출판되었

---

1   이 신문은 미군정을 비방하고 신탁통치안을 찬성하는 등 좌익활동의 전위노릇을 하였다. 이 때문에 1946년 9월 7일에 「태평양방면 미군사령부 포고 제2호」 위반죄로 무기정간을 당하였다; 「현대일보」, 『한국민족문화대백과사전』, https://encykorea.aks.ac.kr/Article/E0063295 참조.

2   민충환, 「이태준 생애연보」, 『상허학보―이태준문학연구』 제1집, 1993, 420~422면.

3   최명익, 「맥령」, 『최명익 소설선집』, 현대문학출판사, 2009, 201~202면.

던 동인지 『단층』의 표지와 삽화를 그린 김병기의 회고에 따르면 최명익과 이태준은 친구였고, 이태준이 평양에 오면 최명익과 김병기의 형 김병룡이 어울려 삼총사처럼 친했다고 한다.[5]

그래서인지 최명익은 북한의 국가 건설 초기부터 1952년 12월까지 이태준과 유사한 문학적 행보를 보인다. 최명익은 1945년 10월에는 자유주의 문학 예술단체인 '평양예술문화협회'의 결성을 주도하였으며, 특정 이념을 추구하지 않는 '중간파'를 표방하였다.[6] 하지만 그는 무상몰수 무상분배의 토지개혁을 지지하고 1946년 3월 25일 결성된 좌파들이 주도하는 북조선예술총연맹에 참여하였다. 북한의 국가건설기에 최명익의 문학은 김일성이 새 국가 건설의 지도자라고 선전하는 북한문학의 노선을 따랐다.

하지만 이태준의 작품이 북한의 문화 전선을 실질적으로 지도하고 있던 소련파로부터 높은 평가를 받은 반면에, 최명익의 작품은 구카프 계열 비평가들로부터 자연주의적 경향이라거나 지식인의 나약함을 표현하였다는 비판을 받았다.[7] 이 때문인지, 그는 1951년 중순까지 소설을 발표하지 못했다. 한국전쟁기 도중인 1951년 3월 20일 조선문학예술총동맹이 결성되었을 때 이태준은 문예총 부위원장, 그리고 최명익은 문학동맹 소설분과 위원장으로 임명되었다. 이때부터 이 둘은 임화, 이원조 등 남로당 계열의 선전 노선을 지지하고 이들과 협력하였다. 이러한 협력은 1952년 12월 15일 김일성이

---

4   윤광혁, 「최명익의 생애와 창작을 더듬어」, 『통일문학』 63호, 2004년 9월, 71~72면.

5   김병기 구술, 윤범모 녹취, 「문예동인 '단층파'는 유항림네 헌책방에서 탄생했다」, 『한겨레 신문』, 2017.4.27.

6   최명익은 해방 후 건설된 북한 최초의 문화단체인 '평양예술문화협회'의 회장으로 취임했는데, 이 협회의 목적은 "정치적 입장을 떠나 오로지 자유롭고 비관료적인 문화운동 전개"였다; 오영진, 『소련군정 하의 북한』, 중앙문화사, 1952, 120면.

7   한효, 「보다 높은 성과를 향하여－1949년도 소설계의 회고」, 『문학예술』 제3권 제1호, 1950.1, 33~34면.

'사상전선에서 교조주의와 종파주의'를 비판하는 연설을 하기 전까지 계속되었다.

이태준은 1933년에는 서울에서 모더니스트 써클인 '구인회'를 결성하고, 1939년 2월부터 1941년 4월까지 순문예잡지『문장』지의 편집자로서 활동하였다. 그래서인지 그는 당대 비평가들로부터 '스타일리스트' 그리고 그의 문학은 '사상이 결여된 문학'이라고 평가받았다. 이 때문에 해방 후에 보인 그의 행동에 대해 동시대의 문학자들은 다소 추측성 해명을 제시하였다. 이에 따르면, 이태준은 "좌익은 아니었지만 임화나 김남천과 개인적인 친분이 두터운데다 해방이 되어 문화단체가 필요하기에" 그들에게 협력한 것이며 "친구만 믿고 (북한으로) 따라 갔다가 억울하게 희생"되었다.[8] 혹은 "절필로 일제 말기를 보낸 덕에 별다른 흠이 없고 문명(文名)으로 이광수에게 뒤지지 않았던 터라 임화의 꼬임에 빠져 월북했다."[9]

이후 이태준에 대한 학술적인 연구는 해방 전과 국가건설기의 이태준 문학을 불연속으로 보는 시각과 연속으로 보는 시각으로 나뉜다. 불연속을 강조하는 연구들은 일제 말 '상고주의'적 문학경향을 보였던 이태준이 해방이 되자 "민족통일전선을 주장하는 좌익의 화려한 전망에 현혹되어 대중적 지지를 확보한 좌파에 무임승차"하였으며, 이는 탈식민-근대주의자의 위약함을 보여주는 것이라고 보았다.[10] 반면에 이태준 문학의 연속성을 주장하는 연구들은 해방 후 그의 문학은 이전 문학의 질적, 사상적 변신이 아니라 발전이라고 보았다. 이중 류보선은 1941년『매일신보』(1941.3.4~7.5)에 연재

---

8   정비석,『나비야 청산가자 ─ 정비석 자전적 에세이』, 신원문화사, 1988, 198~200면.

9   조용만,「차고 자존심 강한 소설가」,『상허학보』제1호, 1993, 414면.

10   강진호,「한 근대주의자의 신념과 좌절」,『돈암어문학』제17집, 돈암어문학회, 2004.12, 191~214면; 장영우,「문학과 정치 ─ 해방 후 이태준의 소설」,『상허학보』제1집, 1993.12, 160~192면; 정종현,「탈식민 시기 삼팔선 표상의 지정학적 연구」,『현대문학의 연구』39, 2009, 423~460면.

되었던 『사상의 월야』에 나타난 이태준의 사상은 '민족주의'이며 이것이 해방 이후 이태준의 문학에서 계승, 발전되고 있다고 보았다.[11] 그에 따르면, 『사상의 월야』에서 표현된 반봉건과 반제국주의는 국가건설기에 나타난 이태준의 근대화 지향과 친일매국에 대한 비판과 별반 다르지 않다.

남한에서 최명익에 관한 연구는 1985년부터 본격적으로 이뤄졌으며, 이러한 연구들은 주로 최명익의 해방 전 문학 활동에 초점을 두었다.[12] 그 결과, 남한에서 최명익은 '단층' 동인이자 모더니스트 작가로 널리 알려졌다. 반면에 남한 연구자들은 해방 후의 북한에서 출판된 최명익 문학에 관한 연구는 그렇게 활발하게 하지 않았다. 이 때문에 해방 후 최명익 문학에 관한 연구는 양적으로 많지 않으며, 주로 해방 직후의 단편소설과 한국전쟁 후의 역사소설에 관한 것이다.[13] 이러한 연구들은 주로 최명익의 북한에서의 새로운

---

11 류보선, 「역사의 발전과 그 문학사적 의미」, 『한국현대문학연구』 제1집, 1991, 227~258면; 강헌국, 「월북의 의미―이태준의 경우」, 『비평문학』 제18호, 2004.6, 7~30면.

12 최명익에 관한 연구는 주로 모더니즘 혹은 미적 근대성을 중심 주제로 하며, 그 밖에 인물 연구, 시공간 연구, 서술 기법이나 시점을 주제로 한 것도 있다. 학위논문의 경우, 1985년 석사학위논문이 출판된 이후 수많은 석박사 학위 논문들이 출판되었다. 강현구, 「최명익의 소설 연구」, 고려대학교 석사학위논문, 1985; 이강언, 「1930년대 모더니즘 소설 연구」, 영남대학교 박사학위논문, 1988; 맹형대, 「1930년대 한국 모더니즘 소설의 공간구조 연구」, 부산대학교 박사학위논문, 1991; 박선경, 「현대소설의 남성중심주의 연구―30년대 작가 무의식의 언어적 표출 양상」, 서강대학교 박사학위논문, 1994; 강진호 「1930년대 후반기 신세대 작가 연구」, 고려대학교 박사학위논문, 1995; 김양선, 「1930년대 후반 소설의 미적 근대성 연구」, 서강대 박사학위논문, 1998; 김해연, 「최명익 소설의 문학사적 연구」, 경남대 학교 박사학위 논문 2000; 방경태, 「1930년대 한국 도시소설의 시간과 공간 연구」, 대전대 학교 박사학위논문, 2003. 학술지 논문으로는 김민정, 「1930년대 후반 모더니즘 소설 재고 ―최명익과 허준을 중심으로」, 『한국학보』 77, 1994; 문흥술, 「추상에의 욕망과 절대주의 미학―최명익론」, 『관악어문연구』 20, 1995; 김한식, 「30년대 후반 모더니즘 소실과 질병 ―최명익과 유항림의 소설을 중심으로」, 『국어국문학』 128, 2001; 신형기, 「최명익과 쇄신의 꿈」, 『현대문학의 연구』, 24, 2004. 이 밖에도 최근까지 다수의 학술지 논문이 출판되었다.

13 강현구, 「역사소설 《서산대사》 연구」, 『한국어문교육』 8, 1996, 1~23면; 김재용, 「해방 직후 최명익 소설과 <제1호>의 문제성」, 『민족문학사연구』 17, 2000; 김해연, 「해방 직후 최명익 소설 연구―<맥>을 중심으로」, 『현대소설연구』 17, 2002; 김은정, 「'천리마 기수'

국가 건설 협력이나 그의 역사소설에 나타난 평양중심주의 등에 초점을 맞추었다.

국가건설기에 좌파 및 우파 세력들은 중간파와의 연합을 통해서 새 국가 건설에서 정치적 주도권을 쥐려고 하였다. 이런 상황에서 필자는, 이태준과 최명익이 좌파의 진보적 민주주의 혹은 인민민주주의에 공감하고 이러한 제도에 기초한 새 국가 건설에 협력했다고 본다. 또한 필자는 이들이 새 국가 건설을 지원할 '문화통일전선'에 자발적으로 참여하였다는 시각이다. 특히 필자는, 1946년 11월 이태준이 북한에서 활동하기로 결정한 것은 정치 및 문화전선 분야에서 북한의 공산주의자들이 주도권을 잡게 되었음을 시사한다고 본다. 이를 전제로, 이 장에서는 이태준과 최명익이 국가건설기에 창작한 문학작품을 중심으로 북한의 문학 노선에 대한 협력의 정도에 대해서 살펴보도록 하겠다.

형상론과 최명익의 <임오년의 서울>」, 『세계문학비교연구』, 2010, 81~106면; 장수익, 「민중의 자발성과 지도의 문제-최명익의 중기 소설 연구」, 『한국문학논총』 60, 2012, 199~233면; 임옥규, 「최명익 역사소설과 북한의 국가건설 구상-《서산대사》,《임오년의 서울》,《섬월이》를 중심으로」, 『북한연구학회보』 제12권 제2호, 2008, 321~341면; 김해연, 「최명익 소설의 서술 기법 연구-<장삼이사>와 <맥령>을 중심으로」, 『한국문학논총』 63, 2013, 301~329면; 김효주, 「최명익의 <맥령>에 나타난 제국주의 수탈과 토지개혁」, 『우리말글』 78, 2018, 189~212면; 김효주, 「해방기 최명익 소설의 지속과 전환, 소통과 거리두기-<마천령>을 중심으로」 80, 2018, 159~185면; 김효주, 「최명익 역사소설 《서산대사》의 인물형상화 양상과 그 의미」, 『현대문학이론연구』 78, 2019, 49~72면; 김효주, 「최명익 《서산대사》의 《평양지》 수용과 평양 공간의 재구성」, 『우리말글』 84, 2020, 353~377면; 장경남, 「북한의 임진왜란 역사소설 연구-평양 배경 소설을 중심으로」, 『민족문학사연구』 72, 2020, 259~293면.

2. 이태준, 당과 수령 사이의 정치적 균형 감각(1946.11.~1950.5.)

민주주의 민족국가의 건설은 해방 이후 이태준 문학의 중요한 이념적 내용을 이루며 그의 모든 문학적 활동은 여기에 종속된다. 이태준은 민주주의 민족국가를 건설하는 것이 국가건설기 문학자의 최우선 과제라고 생각하였다. 조선공산당은 당시의 혁명 단계를 부르주아 민주주의 혁명 단계로 보고, 프롤레타리아 계급과 진보적 지식인 및 농민들의 계급 연합에 의해서 진보적 민주주의 국가를 수립해야 한다고 주장하였다. 이태준은 이에 적극 공감하고 조선공산당 주도의 민주주의민족전선에 적극적으로 참여하였다. 특히, 소련 기행을 하고 난 후, 그는 소련식 사회 제도의 우월성을 확신하게 되었다. 더불어서 공산당이 추진하였던 '인민민주주의'의 우월성에 대한 그의 믿음은 더욱 강해졌다.

이태준은 민주주의 민족국가를 건설하기 위해서는 "봉건유제의 타도, 일제잔재의 소탕, 국수주의 배격"라는 과제를 해결해야 한다는 조선공산당의 노선에 공감했다. 무엇보다 그는 토지개혁이야말로 이 과제들을 해결하기 위한 '제도적 승리'의 첫출발이라고 믿고 있었다. 이 때문에 그는 북한에서 성공적으로 실시된 토지개혁을 높이 평가하였다. 그는 두 달 동안의 소련기행을 마친 직후인 1946년 11월 초 북한에서 활동하기로 결정하였다. 이후 그는 황해도 장연군에 머무르면서 『소련기행』과 「농토」를 집필하였다. 또한 그는 해주 남조선로동당 임시 당사에서 박헌영을 중심으로 박치우, 정재달, 권오직, 이원조 등과 함께 『인민의 벗』, 『민주전선』, 『인민조선』을 비밀리에 출판하고 남조선의 당원들에게 배부하는 일을 하였다.[14] 1948년 8월 평양에

---

14 「북의 문화인들」, 『경향신문』, 1947.1.4; 「8·15 폭동음모 수도청서 진상 특별발표」, 『경향신문』, 1947.10.15.

서 이태준은 「농토」를 출판하여 북한에서 자신의 문학적 역량을 인정받았다. 1948년 9월 9일 수립된 조선민주주의인민공화국이 수립된 후, 그는 소련계 조선인들의 전폭적인 지원 하에 북조선문학예술총동맹 부위원장의 자리에 오른다.

토지개혁 문제를 다룬 소설 「농토」는, 소련계 조선인들의 도움을 받아서 완성했다는 말에서 알 수 있듯이, 이태준이 북한 문단에 성공적으로 정착할 수 있도록 당의 문예 노선에 맞게 창작된 작품이다. 「농토」는 1938년부터 1946년 초까지 황해도 가재울이라는 마을을 배경으로, 일제시대 조선인 지주와 일본 토지 회사(동양척식주식회사)의 가렴주구를 통해 지주-소작 관계의 모순을 묘사한다. 이를 통해 이 소설은 해방 후 농민들이 무상몰수 된 땅을 무상분배 받는 것의 윤리적 정당성과 사회적 의의를 설명한다.

「농토」은 또한 지주-소작 관계의 모순과 토지개혁의 과정을 주인공 억쇠의 눈을 통해서 관찰하고 이를 통해 억쇠의 계급적 의식이 성장하는 것을 묘사한다. 억쇠는 소작 농민들이 소작료, 수세, 비료대금, 고리대금 및 지주에게 진 빚 등으로 수확한 쌀의 거의 90%를 빼앗기는 것을 목격한다. 심지어는 어떤 소작인들은 '입도선매(立稻先賣)' — 자금이 없거나 빚에 쪼들린 농민이 현금을 구하기 위해 논에서 자라고 있는 벼를 파는 것 — 로 인해서 쌀을 한 톨도 만져 보지 못하는 것을 보고, 억쇠는 땅이란 지주를 위해 '좋은 땅'이라고 생각한다.[15] 1941년 12월 태평양 전쟁이 시작되면서 억쇠는 지주보다 더 가혹한 일본의 통제와 착취를 경험하게 되고, 이 과정에서 억쇠에게 자연발생적인 계급의식이 생겨난다.

억쇠는 모든 고통과 억울함의 원인이 자기 땅이 없기 때문이라고 생각하고 땅을 살 수 있는 돈이 생기기를 기원한다. 하지만 마을 청년 성필의 소개로

---

15   이태준, 『농토』, 삼성문화사, 1948, 36면.

만난 사회주의자의 연설을 듣고 지주-소작 관계의 모순을 깨닫게 된다. "소련을 보시오. 여러분은 모르고 있으리라만 거기는 땅은 모두 농사짓는 사람만 갖게 된 거요. 땅을 차지허구 농군들이 지어논 농사를 들어다가 저희만 호의호식 하던 불한당 지주떼들이 거의 다 없어진 거요. 절루 그렇게 된줄 아시오? 농군들이 들고 일어난거요."라며 땅 문제에 대한 새로운 해결책을 알려준다.[16] 이후, 억쇠는 "지금 세상은 마련이 잘못된 것이다. 이놈의 세상은 어서 뒤집혀져야 한다"는 생각과 함께 "악한 놈 내 행복을 짓밟는 놈은 사정없이 미워해야 한다"는 증오와 복수심이 생겨난다.[17]

「농토」는 1945년 8월 15일 조선의 해방은 봉건적인 지주-소작 관계의 변화에 결정적인 계기가 되었음을 묘사하였다. 북조선임시인민위원회는 소작인의 토지 사용료를 전체 수확의 삼십 프로로 정하고 나머지는 소작농이 갖도록 조치하지만, 농민들 중에는 지주가 소작인보다 쌀을 더 많이 가져가는 것을 당연히 여기는 사람들이 있다. 이에 성필은 "우리가 남을 착취하는 게 아니라 우리가 남에게 착취를 안 당허구 살겠다는 게 도덕으로 봐서 당연헌 것"이며, 이것의 실현은 조선 전체를 위한 것이라고 삼칠제의 정당성을 설명한다.[18] 이 설명을 들은 억쇠는 "무지의 안개가 걷히는 기쁨"과 함께 "개인 본위의 욕심"을 부끄러워 한다.[19]

또한, 「농토」는 "농민에게 농토를 돌려주는 일의 중요성"과 함께 제도개혁의 주체인 농민들의 의식적 성장을 묘사하고 있다. 1946년 3월 무상몰수 무상분배 원칙의 토지개혁이 시작되자, 억쇠와 그의 부인 분이는 무상몰수

---

16   위의 책, 97면.

17   위의 책, 119면.

18   위의 책, 147~148면. 이러한 성필의 주장은 이태준이 토지개혁이나 사회주의의 문제를 '윤리적인 관점'에서 바라보고 있음을 보여준다.

19   위의 책, 148면.

무상분배의 정당성에 대해서 의문을 갖고 그 성공 여부에 대해 불안해한다. 이런 의문을 해소하기 위해 토지개혁 실행위원 한 사람이 나서 토지개혁의 취지를 설명해준다. 억쇠와 농민들은 북조선인민임시위원회 위원장 김일성 장군의 담화에 대한 해설을 통해서 토지개혁의 정신을 이해하게 된다. 그에 따르면, 토지개혁은 모든 지주-소작관계를 폐지함으로써 "소작료를 주고받는 물질적 관계뿐만 아니라 인격적으로 주종관계, 극단으로는 상전 노예관계, 그걸 없애자"는 것이 그 근본 취지이다. 이런 점에서 토지개혁은 "땅만의 문제가 아니라, 농민의 눌려만 살아온 의기에부터 자유를 주는 인격개혁"이다.[20] 이 토론회를 통해서 억쇠는 "토지개혁에 관한 문제라면 무슨 대답이든 막히지 않을 자신"이 생기었고, 자기 자신이 "새 세상, 새 조선을 올바로 보아 갈" 주체임을 깨닫게 된다. 더 나아가 소련 군대와 김일성 장군 덕에 북한에서 먼저 된 토지개혁을 남조선에서도 실시하도록 해야 한다고 결심한다.

무엇보다 이 소설은 억쇠와 같은 농민들이 계급의식을 획득하고 사회 개혁의 주체로 성장하는 과정에서 공산당원과 김일성의 주도적 역할을 잘 묘사하고 있다. 억쇠의 이웃사촌인 '성필'은 일제 말 가재울의 주민들이 동척과 소작료 문제로 고통 받을 때 농민들에게 사회주의자를 소개하고 '지주-소작관계'의 문제점에 대해서 알려주었다. 그리고 이 일로 성필이 감옥에 가게 되자, 억쇠는 농민을 위해 투쟁하는 사람이 있다는 것을 깨닫게 된다.[21] 일제 말에 주민들이 형성한 성필에 대한 신뢰는 자연스럽게 그가 참여하고 있는

---

20   위의 책, 185~186면.

21   "억쇠는 가슴에 푹 찔린다. 그리고 펀듯 생각나는 것이 있다. 개성서 어머니를 묻고 처음 가재울로 나려오던 날 새벽, 차 안에서 본 그 노름꾼도 도적도 아닌 상 싶던 죄수와 개성서 신문에서 허구헌 날 보던 소작쟁의와 가끔 큰 글자로 찍혀나오던 무슨 노조의 적색 사건이니 어디 농민들의 반제투쟁이나 하는 제목들이다. 억쇠는 경찰이 잡는 것이 도적이나 노름군만 아니란 것과 이 겉으로는 평온해보이는 세상에도 속으로는 목을 내걸은 사람들의 피투성이 싸움이 계속되고 있다는 것을 오늘 비로소 알아차리게 되었다."(위의 책, 102면)

북조선인민위원회 및 그 지도자 김일성에 대한 신뢰로 발전하게 된다. 그리고 이는 농민들이 토지개혁에 적극적으로 협조하는 원동력이 된다.

> 싸우자! 목을 걸구 싸우자! 우리 뒤엔 얼마든지 큰 힘이 있다! 우리 농군이나 노동자두 잘살 수 있는 조선이 되도록 도와주는 나라두 있다! 성필씨 같은 사람두 하나만 아니다! 김일성 장군 이하 북조선인민위원회가 모두 우리 편이다! 아니, 남조선에도 온통 우리 농민들이다. 또 거기 지도자들 중에도 우리 편은 한둘이 아닐 것이다! 싸우자 목을 걸고![22]

또한 농민들이 김일성의 담화를 통해서 토지개혁의 의의를 깨닫게 되는 장면은 "북한 주민들이 익숙하고 친근하게 느끼는 김일성과 그의 혁명 사상을 활용하여 주민들을 계몽하여야 한다"라는 문예총의 창작 지침을 잘 실천하고 있다. 덕분에 이 작품은 북한 주민들의 '고상한 애국주의'를 잘 표현한 작품이라는 평가를 받을 수 있었다.[23]

「호랑이 할머니」는 스무담이라는 마을을 배경으로 한 '문맹퇴치운동'을 다루고 있다. 이 소설은 문맹 퇴치 운동의 의의와 함께 문맹 퇴치가 당원 및 주민들의 민주적 관계를 통해서 성취되고 있음을 묘사하고 있다.

올해 예순 다섯 살인 호랑이 할머니가 한글 배우기를 완강히 거부하여 '스무담의 문맹퇴치'를 완수하는 일이 위기에 처한다. 하지만 민청원 상근이는 군당 책임자 덕분에 이 문제를 해결할 수 있는 실마리를 잡게 된다. 군당

---

22 위의 책, 161면.

23 "조선 인민들의 애국주의는 이렇듯 우리 작가들의 형상 위에 구체적이고 고도로 개성화된 형태로 나타나 있어 독자들로 하여금 주인공들의 생동하는 인간성을 느끼게 하며 자기 자신과 한가지로 우리 주인공들을 사랑하게 한다." 한효, 『민족문학에 대하여』, 문화전선사, 1949, 81면.

책임자는, 문맹퇴치 사업이 "일제 여독을 청산하는 중대과업의 하나요, 문맹자 중에도 그 호랑이 할머니 같은 사람의 눈부터 띄우는 것은 보수성이 강한 농촌에서 봉건유습의 응어리를 뽑아내는 것이 될 뿐 아니라, 근로하기 좋아하는 그 할머니의 높은 인민성을 옳게 살리는 사업"이라고 그 의의를 설명한다. 더불어 그는 할머니의 자존심이 강할 것이니 "그의 장점을 추켜 주어 과히 이탈해 나가지 않도록 하면서 적극적으로 유도해보라"고 충고한다.[24]

이에 따라, 상근이는 호랑이 할머니가 자기의 자존심을 옳게 살리면서도 학교를 다니게 하는 방법을 고민한 끝에 그녀를 성인학교의 후원회장으로 추천한다. 그러자 한글 학습을 강력하게 거부하던 할머니가 자발적으로 학교에 나온다. 그리고 그녀는 그런지 채 한 달도 지나지 않아 군대에 가있는 손자 '영돌'에게 편지를 보낼 수 있게 된다.

> "영돌이냐 잘 있느냐 춥지나 않느냐 **너이 대장어룬도 무고하시냐 대장어른 말 잘 들어야 쓴다. 너는 우리 김장군 더러 뵈입겠구나.** 이 할미는 글쎄 성인학교 후원회장이 되었단다. 국문 배울랴 학교 일 다시릴랴 변스럽게 바쁘다. 네 어미도 공부 잘한다. 내가 글 해 뭣에 쓰리 했더니 알고 나니 이렇게 써 먹는고나. 올해는 차조가 잘 되어 조찰밥 잘 먹는 네 생각난다. 언제 휴가 맏느냐 아무쪼록 우리나라 잘되게 힘써라. …"[25] (강조―인용자)

이처럼 호랑이 할머니가 손자에게 쓴 생애 최초의 편지에는 '김일성 장군'에 대한 충성심과 국가에 대한 헌신을 당부하는 내용이 적혀있다. 이를 통해 이태준은 북한 주민들에게 형성된 '고상한 애국심'을 묘사하고 있다.

---

24 이태준, 「호랑이 할머니」, 『이태준 단편집: 첫 전투』, 문화전선사, 1949, 184~185면.
25 위의 글, 192면.

「38선 어느 지구에서」는 1949년 6월 25~27일 평양에서 '조국통일민주주의민족전선"[조국전선]이 결성된 직후에 발표된 소설이다.[26] 이 소설은, 휴전선 주변에서 벌어지는 남북한 군인들 간의 국지적 충돌을 소재로, 조국전선은 평화적인 통일을 추구하지만 대한민국 정부는 평화 통일에 반대하고 있음을 선전한다.[27] 또한 이 작품은 북한의 경비대가 수배 수십 배수로 덤비는 국군 및 미군과 싸워 늘 이기였다는 점을 강조하며, 그 승리의 원동력으로 북한 경비대의 충성심과 애국주의를 제시한다.[28]

국경 경비대원 유경환은 남한 국군과 전투를 벌인다. 그는 국군과 "한 뭉어리가 되어 어떤 지형인지 모를 구덩이 속에 굴러떨어진 것과 깔리고 덮치고 하기를 무수히 반복"하다가, 끝내 그의 목숨을 끊어놓는다.[29] 하지만 전투에서 모든 힘을 소진한 경비대원은 간신히 구덩이를 올라와 휴전선 인근 마을의 한 집 부엌으로 기어들어간다.

유경환 경비대원은 더는 단 한 미터도 움직일 수 없었다. 팔굽도 맨살이 드러나 피가 치끈거리었다. 유경환 경비대원은 멀리 함북에 있는 고향집 생각이 헐떡이는 목이 가쁘게 왈칵 솟았다. 어머니와 아버지의 얼굴이 떠오르며 **김일성**

---

26   남한의 민주주의민족전선과 북한의 민주주의민족통일전선의 통합으로 결성된 조국통일민주주의전선은 "남조선에서 인민들의 자치기관인 인민위원회를 부활시키며 그 합법화를 위하여 투쟁"하고 "남조선으로부터 미군을 즉시 철거케 하며 소위 유엔위원단을 물러가게 하고 조국의 완전독립을 위하여 투쟁"하는 것을 목표로 하였다

27   이태준, 「38선 어느 지구에서」, 『이태준 단편집: 첫 전투』, 문화전선사, 1949, 203면; "조국전선에서 평화적 통일에 관한 선언서가 발표되자 남북 전체 인민들은 눈앞에 배회하던 검은 구름은 일소하고 전적 지지에 열광해 나섰으나 동족상쟁도 가리지 않고 오직 전쟁 방화만으로 저희 몇 놈들의 남은 목숨을 이어 보려는 리승만 괴뢰도당은 소위 '국방군'이니 '경찰대'니 하는 것을 혼성 대부대를 몰아 38선 전역에 걸쳐 무차별 습격하는 것으로 평화적 통일선언서에 대답하려고 하였다."

28   위의 글, 203~204면.

29   위의 글, 207면.

수상의 초상과 펄럭이는 공화국기도 떠올랐다.

'나는 내 힘껏 싸웠습니다.'

유경환 경비대원은 뜰 수 없는 눈에서 굵은 눈물이 굴러 나왔다.[30] (강조―인용자)

이처럼 소설은 경비대원이 목숨을 걸고 전투에 임하는 원천을 부모님에 대한 사랑과 '김일성과 공화국'에 대한 충성심로 묘사하고 있다. 더욱이 그가 정신을 잃으면서도 총을 상갑이네 부엌 아궁이에 숨기는 것은 국가의 자원을 아끼고 지키라는 규율을 엄격히 따르는 당원의 모습을 묘사한 것이다.

「첫 전투」는 1948년 5월 21일부터 5월 23일까지 강원도 어느 지역에서 있었던 남로당 유격대의 유격전을 묘사한 소설이다.[31] 전체적으로 첫 전투는 남한 유격대의 투쟁의 이유와 의의, (남로)당원의 당의 명령에 충실한 모습(당파성)과 함께 김일성과 그의 항일무장투쟁이 유격대원들이 발휘하는 용기의 원천임을 묘사하고 있다.

유격대는 권판돌을 대장으로 철도노동자 권판돌과 황동무, 기관사 장동무, 농촌 출신인 남동무와 서동무, 학병 출신이자 의사아들인 윤동무, 유한계급 출신인 심동무와 나이 어린 셋째로 구성되어 있다. 이들의 대부분은 1946년에 있었던 10월 민중항쟁에 참여하였다가 경찰에 쫓겨 산으로 도망쳐서 유격대원이 된 사람들이다. 권판돌의 부대는 당으로부터 5·10 남한 단독 선거를 무효화 하는 투쟁을 벌이는데 남한 주민들이 적극적으로 참여할 수 있도록

---

30   위의 글, 209~210면.

31   Gabrouseenko는 「첫 전투」가 소련 유격대 소설의 고전인 알렉산드르 파데예프의 「괴멸」
      (Razgrom)로부터 강한 영향을 받은 작품이라고 주장하였다. 또한 "강철 같은" 인물, 주인
      공들의 대중 정신, 혁명 열정, 명백히 공감적이고 소박한 "진보주의적" 수사로 묘사된 폭력
      등을 증명하기 위한 풍부한 수식들을 근거로 이 작품을 이태준의 '첫 사회주의 리얼리즘
      작품"으로 평가하였다.(Gabroussenko, op.cit., p.120)

용기를 북돋아주기 위해서 'S지서'를 파괴하라는 임무를 받고 그들의 공식적
인 첫 전투를 벌이게 된다.

이 소설은 판돌의 입을 통해서 유격대 투쟁의 목표와 정당성을 설명한다.
판돌은 "우린 놈들과 삐랏장이나 가지고 싸울 땐 이미 지났다. 놈들은 쏘미공
동위원회의 사업을 온갖 음모를 써 파탄시켰다"라며 무장투쟁의 정당성을
역설한다.[32] 그는 부대원들에게 "쏘련 군대가 들어온 북조선에서는 착취 없
는 노동제도가 실현"되었을 뿐만 아니라 "진실로 해방되었고 조선인민의
조선으로 무한한 가능성에서 발전하고" 있다고 북한의 상황을 알려준다. 따
라서 남한에서의 유격대 투쟁도 북한에서와 같은 제도 개혁을 남한에서도
실시하고 남북한이 통일된 국가를 건설하기 위한 것이라고 그는 설명한다.[33]

또한 주인공 판돌의 형상은 임무 수행 과정에서 동요하는 부대원들에 대해
서 적절한 리더쉽을 발휘하며, 당의 명령을 책임지고 완수하고자 하는 '당원'
의 형상을 묘사하고 있다. 인테리 출신인 윤동무가 소수의 인원으로 "카빈총
스무 자루와 기관총으로 무장한" 남한 경찰들과 싸워서 이길 수 있을지에
대해서 회의하자 판돌은 김일성의 항일무장투쟁을 예로 들며 그의 용기와
확신을 북돋운다.

> "동무는 네 명이 카빈총 스무자루와 기관총 한대를 상대하는 것만 문제요?
> 차단선으로 가는 두 사람도 놈들이 오기만 하면 그이상 화력과 맞설른지 모르는
> 거요. 그런데 동무들? 우리가 무력계산을 하는 건 합법전에서 할 일이오 유격전
> 에서 무력계산부터 따지는 건 벌써 용기가 줄어진 표바께 아무것도 아니오.
> (…) 생각해 보란 말이오 한때 일제군대는 얼마나 많았구 얼마나 굉장한 무장이

---

32   이태준, 「첫 전투」, 『이태준 단편집: 첫 전투』, 문화전선사, 1949, 82면.

33   위의 글, 100면.

드랬소? **김일성 장군 부대는 그놈들과 사람수가 맞어서 싸웠소?** 무슨 별난 무기를 가져서 싸웠소? 그분들도 지금 우리처럼 고작가는 것이 이 싸창 한자루씩이 드랬소. 어쨌든 용기를 냅시다. 그깟놈들이 삼십명이나 기관총 한두대가 뭐 말러빠진 거요?"[34] (강조 – 인용자)

이러한 판돌의 격려에 부대원들은 마치 "뗏목에 출렁거리는 압록강 상류를 건너 보천보 습격을 들어오는 전날 김일성 유격부대가 지금 자기들이거니 하는 긍지"를 가지고 전투에 참여하게 된다.[35] 마침내, 자신들의 첫 전투에서 판돌의 부대는 S지서를 불태우고 30명의 경찰들 중 다수가 사상하는 전과를 올린다.

이상에서 살펴본 것처럼 1947~1949년 사이에 출판된 이태준의 문학 작품들은 당시 선전 선동 사업의 지침을 충실히 따르고 있다. 『소련기행』은 "소련 사회제도와 소련의 민족정책의 기저를 설명"하라는 지침을, 그리고 「농토」와 「호랑이 할머니」는 '민주개혁의 의의'를 선전하라는 지침을 따르고 있다. 「38선 어느 지구에서」, 「먼지」 그리고 「첫 전투」는 "조선민주주의인민공화국 정부의 대내, 외 정책을 인민들에게 설명"하고 "남한 정부의 반동성"과 "미국 독점자본가들의 반인민적 성격을 폭로"하고 "남한 유격대의 활동이 고조되고 있음을 묘사하라"는 것을 충실히 따르고 있다. 또한 이 소설들은 주민들과 당원들이 발휘하는 애국심의 원천을 당에 대한 믿음과 김일성에 대한 존경과 항일무장투쟁의 정신으로 묘사하라는 북조선로동당 및 문예총의 창작 노선을 충실히 따르고 있다.

덕분에 이 시기 이태준의 소설들은 북한의 비평가들로부터 '진보적 리얼

---

34 위의 글, 117면.
35 위의 글, 118면.

리즘"을 성취한 작품들로 평가를 받았다. 예를 들어, 「농토」는 "조선사회가 걸어온 구체적 현실의 특질을 해부하였으며 토지개혁의 역사적 전망과 필연성을 일관한 예술적 수법으로 형상화함으로써 인민들을 민주주의적 사상으로 교육 선전하는 데 커다란 효과를 나타내었다"고 평가받았으며, 「38선 어느 지구에서」는 "조국 보위의 초소에 서있는 인민들의 아들, 딸들의 전형을 형상화"한 작품, 그리고 「첫 전투」는 "남반부 빨치산들의 애국주의를 취재한 성과 있는 작품"이라고 평가받았다.[36]

하지만 이태준의 소설들은 소설 속 상황과 인물에 따라서 다른 관점을 보태기도 하였다. 예를 들어 「농토」는 '성필'을 통해서 식민지 시대부터 국내에서 활동하였던 공산주의자들의 활동을 묘사하고, 이런 활동 덕분에 북한 농민들이 북조선[임시]인민위원회를 신뢰한다는 점을 암시한다. 이를 통해 그는 소위 '국내파' 공산주의자들의 정치적 이해도 만족시키고 있다. 「첫 전투」는 소설의 시간적 배경이 조선로동당 합당 이전인 1948년 5월 달로 설정되어 있어, 주인공 판돌은 '남로당원'이 되며 그가 절대적 신뢰를 보내는 당은 남로당이 된다. 이처럼, 이 시기 이태준의 소설들은 조선로동당과 문예총의 선전선동 및 창작 지침을 충실하게 이행하면서도 소련, 김일성, 그리고 박헌영으로 상징되는 세 개의 정치 세력들 사이에서 적절한 균형을 취하고 있다.

---

36 신고송, 「해방 후 4년간의 문학예술계의 약진상」, 『조소문화』, 1949.8, 17~18면; 안함광, 「8.15 해방 이후 소설문학의 발전과정」, 『문학의 전진』, 문화전선사, 1950, 29면; 한효, 『민족문학에 대하여』, 문화전선사, 1949, 81면.

3. 최명익, 김일성에 대한 지지와 역사적 사실에 대한 충실성 사이

여기서는 북한의 국가건설기에 최명익의 문학적 경향에 대해서 알아볼 것이다. 최명익은 해방 전부터 평양을 중심으로 문단 활동을 하고 있었기 때문에 1945년 11월즈음에 한반도의 어떤 작가보다도 먼저 김일성을 만날 수 있었다. 이런 만남을 통해서 최명익은 김일성에게 호감을 느끼게 되었고, 북조선예술총연맹의 결성(1946.3)에도 협력하였다. 이후 그는 「맥령」(1946)과 「마천령」(1947) 등의 소설에서 김일성을 민족해방의 영웅으로 선전하였다.

최명익은 해방 전후 내내 평양을 중심으로 활동했기 때문에 김일성을 누구보다 일찍 만날 수 있었다. 우선, 최명익의 고향은 평안남도 강서군 증산면 고산리로 평양에서 가까운 곳이다.[37] 1937년 평양에서 최명익은 유항림과 함께 『단층』의 동인 활동을 하였다. 1945년 8월 15일, 조선이 독립하였을 때, 그는 서울로 가지 않고 평양에서 '평양예술문화협회'를 결성하고 회장이 되었다.[38] 1945년 10월 14일 최명익은, 김일성이 평양에서 '김일성 장군 환영대회'를 통해 대중 앞에 공식적으로 등장하는 것을 직접 보았다.[39]

북한의 공식 문서에 따르면, 11월 2일 최명익은 "북한의 첫 문화인 대표로서 김사량과 함께 김일성을 만나서, 앞으로의 북한문학의 방향에 대해서 지도를 받았다"고 한다.[40] 오영진의 증언에 따르면, 최명익, 백석, 오영진 등은 10월 20일에 있었던 "김일성 장군과 그 가족 환영 및 위안 연회"에 참석하여 김일성을 만났다. 이때 최명익은 "김일성 장군은 제발 1당 1파에 사로잡히지 말고 이조시대의 혁명아 홍경래처럼 전 민족의 각층 인민을 위하

---

37   윤광혁, 「최명익의 생애와 창작을 더듬어」, 『통일문학』 63호, 2004.9, 71면.

38   오영진, 앞의 글, 120면.

39   윤광혁, 앞의 글, 72면.

40   위의 글, 72면.

여 투쟁해달라"고 요청하였다.[41] 오영진에 따르면, 이날 최명익은 김일성이 문 앞에서 그들을 직접 배웅하자 그에게 매력을 느꼈으며, 오영진도 그에게 호감을 느꼈다고 한다.[42]

이후 11월 14일, 최명익은 오영진, 유항림과 함께 김일성의 집에서 그를 다시 만났다. 이때 김일성은 세 사람에게 14살에 아버지가 일본군에게 사살되자 이를 복수하기 위해서 만주로 갔으며, 만주에서 중학 시절을 보내고, 스무 살 때부터 항일 빨찌산 운동을 했으며, 10년 동안 일만군 토벌대를 기발한 전법으로 무찌른 것을 이야기했다. 김일성의 집을 나와 다른 사람들과 헤어질 때, 최명익은 "과연 장군인데!"하고 감탄하였고, 유항림은 "그대로 전기(傳記)를 써도 소설이 되겠군"하고 말했다.[43]

김일성의 항일무장투쟁 경력은 최명익이 그를 새 조선의 지도자로 인정하도록 만들었다. 이러한 점은, 1946년 1월 1일 아동 잡지 『어린 동무』 창간호에 실은 「김일성 장군」에서 확인할 수 있다. 이 글에서 그는 "여러 어린 동무들은 김장군이 높이 드는 깃발 아래서 모이십시오. 김장군은 우리 조선 동포가 자유롭게 살 수 있는 새 나라를 건설하기 위하여 애쓰고 계십니다. 참으로 나라를 위하여 동포를 사랑하는 사람은 누구나 다 같이 뭉치자고 웨칩니다."라고 적었다.[44]

1946년 3월 25일 최명익은 북조선예술총연맹에 참여하여 중앙상임위원으

---

41 오영진, 앞의 글, 98면.

42 김일성은 회장의 입구에서 작가들에게 "아이구, 고명한 예술가 선생들께서도 나와 주셨군요. 고맙습네다"라고 인사했다. 이에 최명익은 "꽤 싹싹하군……"하며 그에게 매력을 느꼈다; 위의 글, 101면.

43 위의 글, 110~114면. 이런 만남 때문인지 소설 「맥령」에서 주인공 성진이 김일성과 친분이 있는 것처럼 묘사하였다. 쥠손 영감이 "우리 김 장군님 안녕하시옵디?"라고 묻자, 상진은 "자주 뵙진 못하지만 물론 안녕하십니다."라고 대답한다; 최명익, 「맥령」, 『최명익 소설선집』, 평양: 현대문학출판사, 2009, 212면.

44 윤광혁, 앞의 글, 72면.

로 문학예술부문 산문 부장을 맡았다.[45] 3월부터 북한 전역에서 토지개혁이 전격으로 실시되자, 그는 해방 전후의 사정과 토지개혁을 소재로 한 단편 「맥령」을 발표하였다. 이태준의 「해방전후」처럼, 「맥령」은 모더니스트자 중간파였던 최명익이 공산당의 지도를 받는 북조선예술총연맹에 참가한 이유와 김일성에 관한 생각을 잘 보여주고 있다.

우선, 이 소설은 1944년부터 시작된 일제의 조선 청년에 대한 징집은 그들의 민족의식을 각성시켰으며, 김일성의 항일유격대는 조선인에게 민족해방의 희망이었다고 말하고 있다. 이러한 점은 주인공 상진과 징집이 예정된 청년 인갑과의 대화를 통해서 묘사된다. 우선, 인갑은 상진에게 "나는 일본인이 아니고 한국인입니다"의 영어 발음과 중국어 발음을 물어보며, 자신이 전선에서 포로가 되면 조선인임을 밝힐 것이라고 말한다.[46] 이후 상진은 일본군 입대를 앞둔 인갑이로부터 김일성 부대에 관한 질문을 받는다.

> "선산님"
> "음."
> "데 김일성 부대는 상게두 백두산에서 왜놈하고 싸우갔디요?"
> 이런 인갑이의 말에 상진이는 몸을 일으켰다.
> "김일성 부대"
> 인갑의 말을 받아 외는 상진은 서슴없이 그의 얼굴을 마주 보았다.
> '아 이 젊은이는 날개가 있구나?' 속으로 외치지 않을 수 없었다. **이 기막힌 진공관 속에서 김일성의 존재를 생각해내는 것만도 얼마나 씩씩한 비약이요 찬란한 낭만일까.**

---

45 위의 글, 72면.
46 최명익, 「맥령」, 162~163면.

"물론 싸울 거요. 지금이야말로 그분이 더욱 힘 있게 싸울 때니까."[47] (강조—
인용자)

하지만 1945년 봄은, 김일성이 하바로프스크에서 소련군 88여단에 소속되
어 훈련을 받을 때이다.[48] 이런 사실을 몰랐던 청년은 일본군에 징집되어
만주로 가게 되면 달아나서 김일성 부대로 가겠다는 계획을 상진에게 말한
다. 이 말에 상진은 "민족의 자유와 해방은 지금 우리 동포의 힘으로도 전취
되고 있는 것이다. 즉 김일성 하나가 있으므로 우리는 염치없는 민족이 아닐
수 있는 것이다."라며 김일성 무장투쟁의 의의를 설명한다.[49] 또한 상진은
1945년 10월 김일성의 귀국을 '개선'이라고 부른다. 이것은 조선의 해방에
소련군뿐만 아니라 조선인 부대도 기여했음을 강조하기 위한 것으로 보인다.
　무엇보다 「맥령」은, 최명익이 조선 해방의 목표를 '조선 농민의 해방'으로
보고, 이것을 성취하기 위해서 김일성을 지지했음을 보여준다. 해방 전 소작
농 쬠손 영감의 에피소드는 조선 농민의 농토에 대한 지극한 사랑을 보여주
는 동시에, 일제의 수탈적 농업 정책으로 인해 농민들은 생존의 위협을 받았
고, 농토가 지나친 이용으로 훼손되었음을 묘사한다.[50] 이것은 조선의 해방은
곧 농민의 해방이자 훼손된 농토의 재생이라는 메시지를 담고 있다. 하지만
1946년 1월까지도 기대했던 토지개혁이 이뤄지지 않자, 주인공 상진은 조선
은 해방되었지만, 전 민족의 80퍼센트나 되는 농민들은 아직 해방되지 못했
다고 생각한다. 그래서 1945년 3월 1일, 삼일절 기념 가두 행진을 하면서
상진은 "조선인민위원회 만세" "김일성 장군 만세"와 함께 "토지는 농민에

47　위의 글, 183~184면.
48　周保中, 『東北抗日遊擊日記』, 人民出版社, 1991, 660面.
49　최명익, 「맥령」, 184면.
50　위의 글, 173~177면.

게”를 외친다.[51] 그리고 3월 5일 북조선인민위원회에서 ‘토지개혁법령’을 발표하자, 상진은 이날부터 농민은 해방되어 자유와 토지를 가지게 되었다며 토지개혁을 지지한다. 결론에서 작가는, 토지개혁으로 땅을 진정으로 사랑하는 농민들이 땅의 주인이 되었으며, 숙명인 듯 해마다 면할 수 없었던 굶주림의 고비, 춘궁 맥령을 완전히 넘을 수 있게 되었다고 그 의의를 설명한다.[52]

1947년에 발표된 「마천령」은, 1936년 12월에 함경북도 성진에서 있었던 ‘성진 적색농민운동 재건준비회 사건’을 소재로 김일성의 항일무장투쟁의 의의를 설명하는 것을 목적으로 한 소설이다.[53] 즉, 이 소설은 8.15 이전의 혁명적 전통에 관한 문학적 형상을 통해서 8.15 이후 인민민주주의 건설을 위해 “인민들의 애국적 투쟁을 더욱더 강하게 선동 조직 앙양”하기 위한 목적에서 작성되었다.[54] 이를 위해서 작가가 직접 성진 지역으로 취재하러 갔다.

그런데 이 소설은 성진의 적색농민운동의 의의를 지식인 박춘돌의 시각에서 묘사하였다. 박춘돌은 일본 전문대학 졸업생으로서 다른 농민들에 비해 체력적으로 강인하지 못한 탓에 땅굴에서 기관지 『불꽃』 편집과 일반 농민들을 대상으로 한 야간 선전 사업을 담당한다.[55] 그러던 중 농민운동조직의 핵심 인원인 허국봉이 마을 자위단에 체포될 위기에 처하자, 그는 마을 반대

---

51 위의 글, 205~208면.

52 위의 글, 214면.

53 최명익, 「마천령」, 『최명익 소설선집』, 평양: 현대문학출판사, 2009, 218면. 함경북도 성진은 1934~1936년에 적색농민조합 운동이 크게 일어난 지역이다. 1935~1936년, 일제는 함북 지역을 사상적 특수지대로 인식하고 ‘사상정화’를 목적으로 성진 및 길주, 명천 3군에서 2,144명을 검거하여 그중에서 649명을 기소하였다; 朝鮮總督府警務局, 『最近に於ける朝鮮治安狀況』, 1938, 339~362면.

54 안함광, 「8.15해방 이후 소설문학의 발전 과정」, 『문학의 전진』, 1950.7; 재수록 이선영 외 2명 편, 『현대문학비평자료집』 2, 태학사, 1993, 45면.

55 최명익, 「마천령」, 221면.

편에 쌓아놓은 볏단에 불을 질러 자위단의 시선을 돌렸고, 계획대로 허국봉 대신 체포된다. 춘돌은 일본 경찰의 취조를 받던 중 나중에 체포된 허국봉이 동지들을 보호하기 위해서 방화범이라고 거짓 진술을 하는 것을 목격하고 자신이 범인임을 자백한다.[56]

이러한 이야기를 통해서, 작가는 성진의 적색농민운동의 목표를 조선의 독립과 농민 해방으로, 그리고 그 주도 세력을 농민으로 제시한다. 이 점은, 박춘돌의 젊은 동지들이 "마천령 상봉을 향하여 주먹을 들고 '타도 일본 제국주의, 조선 완전 독립'을 위하여 싸우기를 맹서"하고, "농민대중의 해방 을 위하여 혁명적 궐기를 부르짖어 충천한 기염을 올리기"도 하였다는 것에 서 잘 표현된다.[57] 이 주제는 박춘돌이 조선 혁명과 농민 해방의 주체는 김송 과 허진과 같은 혁명적 농민들이라고 생각하고 그들을 보호하기 위해서 자신 을 희생하는 것에서도 잘 드러난다. 이것은, 최명익이 성진의 적색농민조합 운동을 코민테른의 「12월 테제」(1928)에 따라서 일어난 농민 해방을 궁극적 목표로 하는 조선 혁명의 한 부분으로 보았기 때문이다.[58]

소설의 기획 목적에 맞게 작성된 부분은 함경북도 지역의 농민운동과 김일 성의 항일무장투쟁의 연관성을 강조한 부분이다.

성진만의 고립한 투쟁이 아니라 직접 관련이 있는 길주, 명천은 물론 마천령

---

56 위의 글, 247~252면.

57 위의 글, 222면.

58 1930년대 식민지 조선에서 적색농민운동은 소작인의 자생적인 경제투쟁에 대한 사회주의 운동, 특히 혁명적 농민조합 운동의 조직적 지도로 발생하였다. 그리고 이것은 조선 혁명을 농민 혁명으로 규정한 1928년의 코민테른의 「12월 테제」에 따른 것이다. 이에 따라, 1930 년초부터 조선에서 사회주의자들은 농민대중의 조직화를 목적으로 한 혁명적 농민조합 운 동을 전개하였으며 농민운동을 민족해방운동으로 이끌었다. 김준엽·김창순, 『한국공산주 의운동사』 5, 청계연구소, 1987, 255~358면; 이재화, 『한국근현대민족해방운동사』, 백산서 당, 1988, 161~177면 참조.

너머 홍원, 북청, 정평, 함흥에 걸쳐 넓은 지역 수많은 농민 대중이 호응하여 같이 싸우는 운동이었다. 피흘린 선열의 발자국에 뿌려질 혁명의 씨는 넓은 지역 수많은 농민 대중 층에 뿌리 깊이 자라서 어딜가나 농촌 애들은 유행가는 몰라도 혁명가는 불렀고, 타도 일본 제국주의, 토지는 농민에게라는 구호는 목침에까지 새겨져 왜놈의 말투로 하자면 농민들의 목침까지도 적화할 정도로 혁명적 기운은 무르익은 때였다. 그뿐 아니라 **멀지 않은 북방에서는 이미 무장 봉기한 농민 빨치산 김일성 부대가 백두산 높이 봉화를 들고 일어선 것이었다.** 말하자면 선봉대는 벌써 머지 않은 국경에서 시작한 것이다. 그런 선봉대의 전술을 본받아 농민들이 봉기할 계획은 결코 꿈이 아니었다.[59] (강조−인용자)

이 장면의 역사적 배경에 대해서 비평가 안함광은 "이 농민운동이 봉기된 것은 멀지 않은 북방에서는 이미 김일성 빨치산 부대가 백두산 높이 봉화를 들어 국내 운동에 광명을 보내주던 때인 것"이며, "일방 피 흘린 선열들이 뿌린 혁명의 씨는 수많은 농민대중 속에 뿌리 깊이 자라고 있던 때"였다고 설명하였다.[60] 이러한 설명은 1930년대 중반에 일어난 함경도 지역의 농민운동이 김일성의 항일무장투쟁과 연계한 것임을 강조한 것이다.

그러나 최명익은, 김일성의 항일무장투쟁이 '농민 해방의 선봉대'로서 조선의 적색농민운동이 본받아야 할 무장 빨치산 전술을 보여주었다고 서술할 뿐이고, 김일성의 무장투쟁이 성진의 농민운동과 어떤 연계가 있었는지를 자세히 묘사하지 않았다. 이 때문인지 안함광은 소설의 내용이 주로 춘돌의 회상이라는 점과 그 회상의 내용도 춘돌의 '인테리적 유약성'로 인해 내부 공작에 한정되어 있고, 외부적인 투쟁 내용이 폭이나 질에서나 미약하게

---

59   최명익, 「마천령」, 235면.

60   안함광, 「8.15해방 이후 소설문학의 발전 과정」, 46면.

묘사되었다고 비판한다.[61] 이것의 함의는, 「마천령」이 8.15이전의 항일무장 투쟁의 혁명 전통을 묘사함으로써 북한 주민들이 그러한 혁명 전통을 계승하여 북한에서의 인민민주주의 국가 건설에 헌신하라는 창작적 임무를 충실히 수행하지 못하였다는 것이다.

이상에서 살펴본 것처럼 최명익은 농민해방을 위해서 인민민주주의를 지지하였으며, 이러한 과제를 성취할 지도자로서 김일성을 지지하였다. 하지만 「마천령」에서 볼 수 있듯이 그는 일제하 조선에서의 공산주의 운동의 '역사적 사실'을 왜곡하지 않으려고도 했다. 이런 경향은 중간파와 협력해서 '문화통일전선'을 형성하는 것에 비판적이었던 구카프 계열이 최명익을 견제하는 데에 이용되었다. 예를 들어 그의 「기계」는 자연주의적 경향의 작품, 그리고 「마천령」은 인텔리의 나약성을 표현한 작품이라는 비판을 받았다.[62] 또한 「기계」 2회의 원고가 출판사로 넘겨진 뒤 분실되면서 연재가 중단되었다. 이후 그는 1951년 5월 「기관사」라는 작품을 발표하기 전까지 작품을 발표하지 못했다.

4. 결론: 북한문단으로 이동한 문화전선의 헤게모니

이상에서 국가건설기 소위 중간파 문학자였던 이태준과 최명익의 문학적 행적과 작품의 특성을 살펴보았다. 해방 직후, 정치적으로 중간파를 표방했던 이들은 임화, 이원조 주도의 문화통일전선 노선에 반대하고 북한으로 와서 문학예술단체를 조직했던 구카프계열 작가들과는 달리 '김일성의 노선'

---

61   위의 글, 46면.

62   한효, 「보다 높은 성과를 향하여―1949년도 소설계의 회고」, 『문학예술』 제3권 제1호, 1950.1, 33~34면.

을 맹목적으로 따르지는 않은 것으로 보인다.

앞에서 살펴본 것처럼, 1947~1949년 사이에 출판된 이태준의 문학 작품들은 공산당의 선전 선동 지침을 충실히 따르고 있다. 즉 그의 작품들은 주민들과 당원들이 발휘하는 애국심의 원천을 당에 대한 믿음과 김일성에 대한 존경과 항일무장투쟁의 정신으로 묘사하라는 북조선로동당 및 문예총의 창작 가이드라인을 충실히 이행하고 있다. 동시에, 그의 소설들은 소련, 김일성, 그리고 박헌영으로 상징되는 세 개의 정치 세력들 사이에서 적절한 균형을 취하고 있다. 예를 들어 「농토」는 '성필'을 통해서 식민지 시대부터 국내에서 활동하였던 공산주의자들의 활동 덕분에 해방 후 북한 농민들이 북조선[임시] 인민위원회를 신뢰하게 됨을 묘사함으로써 소위 '국내파' 공산주의자들의 정치적 이해도 충족한다. 「첫 전투」는 소설의 시간적 배경이 조선로동당 합당 이전인 1948년 5월 달로 설정되어 있어, 주인공 판돌은 '남로당원'이 되며 그가 절대적 신뢰를 보내는 당은 남로당이 된다.

최명익의 경우, 그는 김일성을 지지하면서도 항일무장투쟁의 역사적 사실에도 충실하고자 한다. 그는, 「맥령」에서는 주인공 상진과 김일성과의 친분을 암시하고, 3.1절 기념 거리행진에서 사람들이 '김일성 만세'를 외치는 것을 묘사했다. 하지만 「마천령」에서는 김일성의 빨치산 부대는 농민 해방운동의 선봉대였다고 평가하면서도, 김일성의 항일혁명운동과 성진의 농민운동과의 직접적인 연관성을 말하지는 않았다. 이 때문인지, 최명익은 「기계」가 자연주의 작품이라고 비판받은 것에 더해서 「마천령」도 인텔리의 나약성을 표현한 작품이라는 비판을 받고, 1951년 4월 조선문학동맹의 소설분과위원장이 될 때까지 작품을 발표하지 못했다.

국가건설기 북한의 문화전선에서 이태준은 남한의 중간파를, 그리고 최명익은 북한의 중간파를 대표하는 문학자였다. 둘 다 문학창작을 통해서 북한에서의 새 국가 건설에 협력하였다. 그런데 1948년에 이태준은 북조선문학예술총동맹의 부위원장이 되었지만, 최명익은 자연주의 작가라는 비판을 받고 작품 발표를 하지 못하게 되었다. 이런 최명익의 곤경은 한국전쟁의 정전 조약 체결 이후 이태준이 맞이할 운명을 예시하고 있다. 북한에서 이태준의 출세는 그에 대한 소련파의 호감도 있지만, 민주주의민족전선의 지도자 중 한명이라는 높은 정치적 위상 덕분이다. 따라서 그의 작가적 미래는 통일국가 건설을 위한 민주주의민족전선의 미래와 연동되어 있었다.

제5장

북한문학자의 소련기행과 전후 소련의 이식
이찬, 이기영 그리고 한설야의 소련기행

1. 서론: 새로 발굴된 북한문학자들의 소련기행기

이 장에서 필자는 국가건설기에 출판된 북한문학자들의 소련기행문을 소개하고, 제2차 세계 대전 이후 소련의 전후 복구 정책을 참관하였던 북한문학자들이 이를 북한에서 이식하여 북한 문학예술 제도 및 문학예술을 통한 선전선동 노선을 형성하였음을 밝히고자 한다.

지금까지 남한에서 가장 많이 연구된 조선문학자의 소련기행문은 이태준의 『소련기행』이었다.[1] 이 책은 이태준이 1946년 8월 10일부터 10월 5일까지 조소문화협회의 주선으로 떠났던 소련기행에서 얻은 소련에 대한 인상과 체험을 기록한 것이다. 이것은 1947년 조선문학가동맹에 의해서 출판되었으며, 1988년 월북작가 해금 이후 발굴되어 널리 알려지게 되었다. 이후, 김재용에 의해 「혁명절의 모스끄바」라는 기행문이 추가 발굴되어, 『소련기행』과 함께 이태준이 소련 및 사회주의에 대한 인식, 그리고 이태준이 월북한 이유

---

1   이태준, 『소련기행』, 조선문학가동맹, 1949, 총 282면.

등에 대한 연구들이 수행되었다.

김재용은, 한설야가 『소련기행기』를 출판한 것을 짧게 언급함으로써 이 기행문의 존재를 확인하였다. 그러나 그는 이 기행이 1947년 "북조선[임시]인민위원회 교육국장의 신분으로 유학생의 처지를 살피고 소련 정부와 유학생 문제를 논의하기 위해서"였다고만 언급하였을 뿐이다.[2] 이후 박태상이 1960년에 출판된 이기영의 『기행문집』을 발굴하여 소개하였다. 이 기행문집은 이기영이 하였던 1946, 1949, 그리고 1952년의 기행문을 합쳐서 출판한 것이다.[3] 박태상은 이기영이 "북한의 초기 사회주의 정권의 모델로서 소련의 모습을 사실적으로 묘사"하였으며, 이것들이 "김일성 수상 등에 읽혀져 초기 사회주의 발전 모델에 활용되었을 것"이라고 추측하였다.[4] 그에 따르면, 소련의 '스티하노프 운동'은 1956년부터 실시된 천리마 운동의 모델이 되었으며, 스탈린식 계획 경제는 "1970년 초에 과감히 도입되었던 '3대 혁명 소조' 운동의 기본 모델이 되었고, 꼴호즈(집단 농장)의 '작업반 분조관리제'는 1965년부터 북한에서 실시된 '분조관리제'의 모델이 되었다.[5]

1946년 이태준의 소련기행의 경우, 이 기행에 참여한 사람은 조소문화협회장 이기영과 부회장 이찬, 그리고 문화선전성장 허정숙 등 총 25명이다. 이에 필자는 다른 참가자들의 소련기행문이 있는지를 조사하였고 이찬과 이기영의 소련기행문을 찾을 수 있었다. 우선 이찬과 이기영은 공동 저자로

---

2 김재용, 「냉전시대 한설야 문학의 민족의식과 비타협성」, 『역사비평』 47, 1999.5, 234면.

3 박태상, 「새로 발견된 이기영의 『기행문집』 연구: 공산주의적 유토피아로서의 소련」, 『북한연구학회보』, 2001, 7면.

4 위의 글, 24면.

5 위의 글, 19~23면; 이러한 가설은 건국시기 북한 사람들의 소련기행이 소련 제도가 조선에 도입되는 계기가 되었다는 아이디어를 제공한다는 점에서 의미가 있다. 하지만 시기적으로 1960년대 이후 전개된 북한의 경제 정책을 논거로 제시하고 있어, 소련기행이 북한에서 인민민주주의 국가건설 시기이던 1940년대 후반과 1950년 초에 이루어졌다는 점과 1960년대 이전에 기행문이 작성되었을 가능성을 간과하고 있다.

『쏘련참관기』(조소문화협회, 1947)를 출판하였으며, 이후 이찬이 단독으로『쏘련記』(조소문화협회중앙본부, 1947)을 출판하였다.[6] 필자는, 또한 김재용이 언급한 한설야의『소련기행기』가『레뽀르따주 쏘련여행기』(교육성, 1948)로 출판되었음을 확인하였다. 그리고 이기영이 1949년 푸시킨 탄생 150주년 기념대회에 참여하기 위해서 소련을 방문했던 것을 기록한『소련기행: 소련은 인민의 위대한 벗』(조소문화협의회 중앙위원회, 1950)도 찾았다. 이는 박태상이 소개한『기행문집』에 실려 1960년에 재출판 되었던 것의 원본이다.

이처럼 북한문학자들에 의해 다수의 소련기행문이 출판되었지만, 유독 이태준의 기행문이 제일 먼저 발굴되었던 까닭에 많은 연구자들의 관심을 끌었다. 배개화와 신형기는『소련기행』에서 이태준이 평등사회를 만들어가는 소련의 정책에 동조하고, 소수 민족에 대한 차별이 없고, 그 민족의 언어와 문화를 보존하는 정책을 높이 평가한 것을 주목하였다.[7] 반면에 박헌호는 이태준이 소련에서 건설된 사회주의 문화와 사회 제도를 찬양하였던 것은 그의 반봉건적이고 식민지 조선 지식인의 열등성을 드러낼 뿐이라고 비판하기도 하였다.[8] 이밖에 임유경은 이찬, 이기영, 그리고 이태준 등의 소련기행에 대해서 '피식민이라는 과거의 경험과 단절하고 소련으로 상징되는 미래를

---

6   임유경, 「미(美) 국립문서보관소 소장 소련기행 해제」,『상허학보』 26, 상허학회, 2009, 349~367면. 필자에 앞서 2009년 임유경도 이기영, 이찬 공저의『소련참관기(一)』(평양: 노동출판사, 1947)과 이찬의『소련기』(평양: 조선출판사, 1947)를 발굴, 소개하였다. 하지만 임유경이 소개한 이찬, 이기영의 소련기행문들의 발행처는 필자가 확인한, 국회도서관에서 서비스하고 있는 NARA 소장 소련기행문과 발행처와 다르다.

7   배개화, 「탈식민지 문학자의 소련기행과 새 국가 건설―1946년 조선문학자의 소련기행을 중심으로」,『한국현대문학연구』 46, 한국현대문학회, 2015, 155~187면; 신형기, 「인민의 국가, 망각의 언어―인민의 국가를 그린 해방직후의 기행문들」,『상허학보』 43, 상허학회, 2015, 427~464면.

8   박헌호, 「역사의 변주, 왜곡의 증거―해방 이후의 이태준」,『소련기행·농토·먼지: 이태준 문학전집』 4, 깊은샘, 2001, 401면.

붙잡으려는 그들의 의지'를 표현한 서사라고 주장하였다. 그는 또한 앙드레 지드의 소련기행문과 이태준, 이찬의 소련기행문을 비교하고 조선문학자들이 소련 사회에서 앞으로 건설될 새 조선의 모습을 발견하였지만, 그것은 실현가능성이 없는 유토피아였다고 보았다.[9]

필자가 보기에, 소련기행문에서 이태준은 주로 국가가 인민에게 무엇을 해주어야 하는가에 관심을 두고 사회주의 제도가 소련 인민들에게 가져다주는 혜택을 다소 유토피아적으로 서술하고 있다. 반면에, 이찬, 이기영 그리고 한설야의 기행문들은 북한에서 인민민주주의 국가 건설자로서 그리고 이데올로기 설계자의 관점에서 전후 소련 사회와 사회주의 제도를 관찰하고 소개하고 있다. 그리고 이 기행문들의 공통된 뉘앙스는 새로 수립된 국가를 위해서 인민이 무엇을 할 것인가를 강조하고 있다는 점이다. 이렇게 소개된 소련의 선전선동 및 문학예술 정책을 그대로 조선 사회에 이식되어, 건국 시기 북조선로동당의 선전선동정책 및 '고상한 리얼리즘'과 '고상한 애국주의'로 알려진 북한문학의 노선 형성에 크게 기여하였다.

본론에서 필자는 이찬, 이기영, 그리고 한설야가 소련기행을 통해서 제2차 세계 대전 이후 소련의 선전선동 및 문학예술 정책을 북한에 소개하였으며, 이것들은 향후 북한문학을 오랫동안 지배—그 정책 설계자들이 제거된 이후에도—할 노선이 형성되는 데에 기여했음을 밝히겠다.

---

9   임유경, 「'오빼꾼'과 '조선사절단', 그리고 모스크바의 추억—해방기 소련기행의 문화정치학」, 『상허학보』 27, 상허학회, 2009, 229~273면; 임유경, 「소련기행과 두 개의 유토피아—해방기 "새조선"의 이상과 북한의 미래」, 『민족문학사연구』 61, 민족문학사학회, 2016, 159~193면.

2. 이찬의 소련기행기: 『쏘련참관기』, 『쏘련기』

    이찬은 『쏘련참관기』(조소문화협회, 1947)와 『쏘련기』(조선문화협회중앙본부, 1947)를 출판하였다. 이 둘은 모두 1946년 8월 10일부터 10월 5일까지 있었던 소련 여행에 대한 기행문이다. 이기영과 공저한 『쏘련참관기』는 조선로동당이나 임시인민위원회에서 참고할 만한 소련의 문화, 예술 정책을 정리해서 제시하는 '보고문'의 형식을 취하고 있다. 이에 비해 이찬이 단독 저술한 『쏘련기』는 보고 느낀 것을 자세하게 서술한 기행문의 형식을 따르고 있다. 이런 차이에서 전자는 정책 결정자들이나 선전선동분야의 엘리트를 대상으로 한 것이라면 후자는 일반 대중들까지를 포함한 대중적인 독서물로서 출판되었음을 추측할 수 있다.

    이찬이 참가한 소련기행은 소련의 전동맹국제문화협회(BOX)의 초대로 이루어진 것으로, 조소문화협회 회장 이기영, 부회장 이찬, 북조선임시인민위원회 문화선전부상 허정숙, 그리고 이태준, 이석진, 박영신 등 총 25명이 참가하였다. 이 기행의 취지는 민간 교류를 통한 '조소친선'의 도모와 '소련의 정치, 경제, 문화 제도를 조선 사회에 이식하는 것'이다.[10]

    기행의 전체적인 일정은 '평양 → 워로실로프 → 모

---

10   이러한 목적은 다음과 같은 BOX 회장의 환영사에 잘 나타나 있다. "여러분의 소련 래방을 중심으로 환영한다. 우리 소련의 정치 경제 문화 발전을 잘 보고 가서 조선의 제반 건설에 참고해주기 바란다. 여러분도 잘 알겠지만 조소친선은 영원해야 될 것이며 지금까지는 북조선에 진주한 군대만을 통해서 상친했으나 금후는 인민들이 상호친선하며 이해를 깊임(깊게 만듦)으로써 피차 더욱 조국 건설과 발전에 공헌해야 될 것이다. 이번에 와서 고도로 발전된 소련의 정치 경제 문화를 잘 보고 가면 민주조선건설에 많은 도움이 될 줄 믿는다." (이찬, 『쏘련기』, 조소문화협회중앙본부, 1947, 65면)

스크바 → 아르메니아 → 그루지야(스탈린그라드) → 모스크바 → 레닌그라드 → 모스크바 → 귀국'으로 되어있으며, 다른 기행들도 전체적인 동선－'아르메니아' 대신 다른 공화국을 방문－은 이와 비슷하다.[11]

『쏘련기』는 『쏘련참관기』가 출판된 이후 다시 출판한 것으로 소련기행을

---

11 소련기행의 일정표는 다음과 같다.

8월 10-16일	평양 → 워로실로프	9월 6일	국영 백화점, 시립 보드키나 병원	9월 23일	건축 전람회
8월 17-23일	바이칼 → 시베리아	9월 7일	로마네스크 대학 전노직업동맹, 농림대신 방문	9월 24일	레닌그라드로 이동
8월 24-25일	노보시빌스크 → 우랄산맥	9월 8일	전승기념일 행사	9월 25일	레닌그라드 방위전시회장 및 시내 관광
8월 26일	끼로프	9월 9일	아르메니아로 이동	9월 26일	에미트라 박물관
8월 27일	모스크바	9월 10일	명산 아라라트, 국가공동도서관, 피오넬 궁전, 대주조 공장	9월 27일	미꼬얀 제과공장
8월 28일	붉은 광장, 레닌박물관	9월 11일	아르메니아 아카데미	9월 28일	제53 학동연령 고아원
8월 29일	스탈린 자동차 공장	9월 12일	아르메니아 작가동맹	9월 29일	국립 아동 연구소, 레닌 기술학교, 피오넬 궁전, 뻬제르고프 대공원
8월 30일	국립미술관, 복스의 환영회	9월 13일	그루지야로 이동	9월 30일	모스크바, 외국노동자 출판부
8월 31일	전리품 전람회, 레닌그라드, 혁명자묘, 소련군대 전람회	9월 14일	그루지야 공화국 구경	10월 1일	예술좌 연습장, 프라우다 신문사
9월 1일	크레뮬린 궁전	9월 15일	스탈린 고향 고리 방문	10월 2일	고리끼 박물관
9월 2일	프라네타리아, 혁명박물관, 지하철	9월 16일	스탈린 종합대학, 그루지야 아카데미, 철조공장	10월 3일	'1월 9일' 꼴호즈
9월 3일	볼가강	9월 17일	그루지야 영화 촬영소, 국립요양소	10월 4일	소련 중앙방송국, 기자회견
9월 4일	모스크바 114 남자 중학방문	9월 18-20일	스탈린그라드	10월 5일	귀국
9월 5일	국립 탁아소, 고리키 극장 (앵화원 구경)	9월 21-22일	모스크바로 이동		

일기식으로 정리해 놓은 것이다. 이 책의 집필 목적은 "전 여정, 전 일정에 걸쳐 추상적 주관적 기행문을 피하고 되도록 구체적이며 객관적인 기록"을 독자들에게 제공하기 위한 것이다.[12] 그런 만큼 이 기행문은 방문 당시 소련 사회의 분위기나 소련 주민들을 통해서 느낀 점 등을 비교적 상세하게 적고 있다.

여행길에 막 오른 이찬의 눈에 제일 먼저 들어온 것은 소련 주민들의 태도이다. 이찬은 워로실로프에서 모스크바로 가는 기차 안에서 만난 승무원들이 자신의 낯이나 옷보다도 기계를 더 소중히 하는 것을 목격하고, 그들이 보여주는 "열렬한 조국에의 사랑"과 "전체를 개인에 앞세우고 전체에 복무하는 소련인민의 빛나는 국민성"에 큰 감명을 받는다.[13] 또한 그는 여성들이 남자들이 하는 노동에 적극적으로 참여하여 그 기개가 남성을 능가하는 데서 경탄을 금하지 못한다.[14]

이찬은 모스크바의 스탈린 자동차 공장 등을 견학하면서 '산업 합리화'와 '사회주의적 생산경쟁'에 대해 큰 관심을 표현한다.

> 직업회 주동으로 부단한 사회주의 생산경쟁이 실시되고 있다. 만일 한 노동자가 8시간 노동시간에 부속품이면 부속품 백 개를 보통 만든다고 하면 동일시간에 몇 백 개를 더 생산하겠다고 하고 같은 부의 동무들과 경쟁을 조직한다든가 혹은 한 부문 전체가 현재 이상의 목표를 세우고 타부에 경쟁을 건다든가 직업회의 일정목표에 따라 전 공장이 경쟁에 동원된다든가 하는 것이다. 또 하나 공장 전부에 걸쳐 각 부분 별로 일일 일차식 생산협의회를 갖게 한다.

---

12   이찬, 『쏘련기』, 1면.
13   위의 글, 36면.
14   위의 글, 44면.

거기서 그간에 생산 업적이 결정되고 그것을 토대로 가차 없는 자기비판과 열열한 토론이 전개되어 끊임없이 생산에 새로운 비약을 가져오며 상기 생산 경쟁 성적도 이때에 심사되는 것이다. 이와 같은 방식은 전국 기업소마다 실시되고 있다.[15]

이러한 정책은 소위 '스티하노프 운동'으로 알려진 것으로, 노동자들 간에 경쟁을 촉발시켜 노동생산성을 극대화하는 것을 목표로 하였다.[16] 제1차 경제개발 중에 광부 스티하노프는 이틀 동안 정상 채굴량의 14배를 생산하였는데, 소련공산당은 이처럼 기술적, 혹은 조직적 혁신을 통해 높은 생산성을 보인 노동자에게 높은 급료와 상을 줌으로써 다른 노동자들 사이에 경쟁을 도입하고 생산성을 높이도록 자극하는 캠페인을 전국적으로 전개했다. 이찬은 이러한 사회주의적 생산경쟁과 노동영웅들로부터 받은 인상을 상세히 적었다.

무엇보다 '조선문화사절단'이 방문한 1946년은 소련이 제2차 세계대전 이후 독일군의 공격으로 파괴된 소련 사회를 복구하는 데 전력을 기울이고 있을 때이다. 1941년 5월 15일 독일군은 '독소불가침조약'을 일방적으로 파기 하고 소련을 침공하였으며 파죽지세로 소련의 주요도시인 레닌그라드, 모스크바 그리고 스탈린그라드에 육박하였다. 그러자 스탈린은 모스크바가 함락되는 것을 막기 위해서 레닌그라드와 스탈린그라드의 사수를 명령하였다. 이 때 두 도시의 주민들과 소련군은 수많은 희생을 치르며 독일군의 전진을 저지하여 모스크바가 함락되는 것을 막았다.[17]

당시 소련은 1941년부터 시작된 소련과 독일의 전쟁을 '대조국전쟁'이라

---

15 위의 글, 75면.
16 존 M. 톰슨, 『20세기 러시아 현대사』, 김남섭 역, 사회평론, 2011, 375~376면.
17 위의 글, 432~436면.

 해방 후 8년간의 북한문학의 형성과 전개

고 부르며, 소련 인민과 군대에게 애국심을 발휘할 것을 호소하였다.[18] 제2차 세계대전이 끝난 후에는 이 전쟁에서 조국을 방어하기 위해서 소련 주민들과 군인들이 보여준 희생정신과 영웅성을 소련 사회 제도의 위대함과 우월함의 증거라며 적극 찬양하였다. 특히 독소전쟁의 주요 격전지였던 '스탈린그라드'와 '레닌그라드'에서의 전투, 그리고 이 전투에서 보인 주민들의 자기희생적인 애국심 등이 '애국주의'의 전형으로서 적극적으로 선전되었으며, 전후 복구 과정에서도 이러한 애국심을 발휘할 것이 독려되었다.

스탈린그라드와 레닌그라드를 차례차례 방문한 이찬은 기록영화, 전시장 방문, 그리고 시 간부들과의 담화를 통해서 '제2차 독소전쟁' 동안 두 도시들의 주민들이 보인 영웅성과 헌신적 애국심을 알게 된다. 그에 따르면 제2차 세계대전의 최고 격전지 중 하나였던 스탈린그라드의 주민들은 "적이 육박하자 각 직장에선 저마다 부대를 편성해가지고 직장을 사수하고, 혹은 그대로 제 집에도 들지 않고 전장으로 달리었든 것이며 그 외의 시민은 이와 같은 전중에서 비로소 피신했기 때문에 피해가 많았다. 시민들의 많은 영웅적 행동이 있었고 그들은 많은 전공을 남기었다."[19] 스탈린그라드의 주민은 또한 1943년 2월 2일 독일군이 격퇴되자마자 99% 완전히 파괴된 스탈린그라드의 재건에 헌신하였다.[20] 또한 레닌그라드 시는 1941년 6월 22일 독일군이 진공한 이후 약 29개월간 독일군에게 포위되어 있었다. 포위기간 동안 시민들은 식량을 공급받지 못해 많은 아사자가 발생했다. 하지만 "더욱 벽과 지붕도 없고 난방설비도 있을 리 없는 혹한 중에서 양말공장은 박격포공장으로 과자공장은 군장공장으로 차륜공장은 단약제조공장으로 전시생산에 돌진하였든 것이며 더욱 남자들의 전부 출정 후에는 용공 노작 등 중노동까지

---

18   위의 글, 436~437면.
19   이찬, 『쏘련기』, 268~269면.
20   위의 글, 286~287면.

도 주로 부녀자들이 대신하였다.”[21]

이런 이야기를 전하며 이찬은 소련 국민들의 소련에 대한 ‘무한한 사랑과 헌신성,’ ‘인민의 힘의 위대성’과 ‘소련이 가진 저력의 위대’를 찬양한다. 또한 그는 주민들의 헌신과 조국애를 1917년 10월 혁명 직후 일어났던 ‘공민전쟁’(레닌그라드)과 1918~19년 ‘혁명전쟁’(스탈린그라드)의 전통, 볼쉐비키의 혁명 정신에서 기원하고 있음을 강조한다.[22]

이기영과 공동 저술한 『쏘련참관기』에서 이찬은 주로 소련의 문화와 예술 부분을 정리하여 소개하고 있다. 여기서 이찬은 문화예술을 대중의 것으로 만드는 것을 소비에트 문화예술의 근본과제로 제시한다. 대러시아보통교육 위원장의 설명에 따르면, 10월 혁명전에는 전 연방 취학 연령 아동의 4/5가 공부를 하지 못했고 무수한 문명이 있었으며 신분에 따라 학교가 구분되었지만 소비에트는 이러한 구별을 철폐하고, 전연방의 아동은 민족, 계급, 자본 기타 일절 차별 없이 모두 동일한 자격으로 공부할 권리를 갖게 되었으며, 1943년에 전체 인구의 50%가 보통교육을 받게 되었다.[23] 이찬은 소련의 선례를 본받아서 조선에서도 문맹을 일소하고 교육의 기회를 보편화해야 할 필요성을 강조한다.

두 번째로 이찬이 강조하는 점은 예술가들의 ‘군중 문화 사업’이다. 예술문화를 대중화하기 위해서 소련의 작가들은 농민과 노동자들 속으로 들어가서, 그들과 함께 생활을 하며 그들의 이해관계를 대변하는 작품들을 생산한다. 그리고 작가들은 그들의 소그룹에 들어가서 자신들의 문학 작품을 이해시킨다. 또한 작가들은 문학에 관심이 있는 노동자나 농민들을 발굴하여 그들에게 창작하는 법을 가르치고 새로운 작가를 발굴한다.[24] 또한 작가들은 ‘작가

---

21   위의 글, 306~310면.
22   위의 글, 198면.
23   위의 글, 137면.

브리가드 운동'을 통해, 노동 현장에 들어가서 일을 열심히 하는 사람들을 칭찬하고 태업자들을 고발하여 노동 생산성을 높이는 활동을 한다.[25]

시찰단을 접견한 프라우다지의 편집장이자 작가인 시모노프는 소련에서 작가들의 임무와 의무를 다음과 같이 설명하였다.

작가동맹 규약 중에는 작가들은 창작 사업만이 아니라 사회주의 건설에도 협력해야 하며 어린 문사들의 교양사업을 책임지고 실행하고 자기 작품을 군중화 하여 해석하는 사업에도 참여하여야 한다. 또한 작가들의 창작은 개인의 것이나 작품은 사회주의적 전 인민의 소유물이다. 소비에트 작가는 소비에트 국가 건설을 적극 지지하여야 하며 그것에 복무해야 한다. 만일 우리 사회주의 노선에 복무치 않고 다른 노선으로 간다면 그는 우리 대열에서 구축될 것이다.[26]

만약 작가가 "사회주의 노선에 복무치 않고 다른 노선으로 간다면 그는 우리 대열에서 구축될 것"이라는 시모노프의 발언은 당시 소련의 문화예술 정책의 특징을 가장 잘 보여주고 있다. 시찰단이 소련을 방문하기 직전에는 1953년까지 소련 문화예술계에 영향을 주게 될 중요한 사건이 일어났다. 즉, 1946년 5~6월 잡지 『레닌그라드』에 게재된 조쉔코의 작품 「원숭이의 모험」과 안나 아프마토바의 시가 문제가 되어, 소련공산당은 이러한 문학적 경향을 비판하는 결정서를 발표하였다.[27] 이어서 두 시인은 작가동맹으로부터 축출되고 『레닌그라드』지는 폐간되었다.

전쟁기간 동안 소련의 문화는 소련공산당의 통제에서 벗어난 자유로운

---

24   위의 글, 221~224면.

25   위의 글, 224~226면.

26   위의 글, 362면.

27   이기영·이찬, 『쏘련참관기』, 조소문화협회, 1947.2, 98~100면.

분위기를 띠었다. 당에 대해서 비판적이었던 작가들의 활동도 허용되었으며, 민족주의적이고 형식주의적인 문학 작품들이 다수 출판되었다. 하지만 전쟁이 끝난 후 소련이 전후 복구를 위한 제4차 5개년 경제개발에 착수하게 되자, 당은 문학예술에 대한 강력한 통제 정책을 실시하기로 결정하였다. 이 결정은 스탈린의 이데올로기 분야 참모였던 즈다노프(Zhdanov)의 이름을 따서 '즈다노프시치나'(Zhdanovshchina; Zhdanovism)라고 불리게 된다.

즈다노프는 '이데올로기의 순수성' 강조하며, 전쟁 기간 동안 당이 경제 문제 및 인사 문제에 집중하여 이데올로기를 등한시하였다고 비난하였다. 그는 반소련적이고 개인적인 주제들을 표현한 문학예술을 혹평하고, 러시아 형식주의로 알려진 모더니즘 문학을 부정하였다. 이 캠페인의 과정 속에서 많은 예술가들과 과학자들―여기에는 쇼스타코비치, 아이젠슈타인, 바르가 등―이 비판되었다.[28] 동시에 그는 소비에트 러시아의 문화적, 정치적 우월성에 대한 엄청난 민족적 자부심과 함께 반서구적 감정을 불러일으키는 선전선동 정책을 전개하였다.[29]

기행문에서 이찬은 "잡지 『별』 및 『레닌그라드』에 관한 즈다노프의 보고"를 자세히 소개하였다. 그에 따르면, 이 보고의 핵심은 "우리게 주된 것은 정치다. 문예는 이것과 결부해서 정치생활을 반영하여야 한다"라는 것이다. 즉, 즈다노프는 경제건설 투쟁뿐만 아니라 사상 투쟁의 중요성을 강조하면서, 작가들은 낡은 사상을 일소하고 새로운 러시아 사람들의 사상을 표현하기 위해서 노력하여야 할 것을 주장하였다.[30] 이러한 보고는 장차 북한에서 문학예술의 대한 당의 통제와 검열을 합리화하는 중요한 이론적인 근거로 활용되었다.

---

28 존 M. 톰슨, 앞의 글, 466~467면.
29 올랜도 파이지스, 『나타샤 댄스』, 채계병 역, 아카루스 미디어, 2005, 720~721면.
30 이기영·이찬, 『쏘련참관기』, 98~100면.

이밖에도 이찬은 소련의 공식적인 창작방법은 
'사회주의 리얼리즘'이라는 점을 제시한다. 하지
만 시모노프 등과의 대화에서 '사회주의 리얼리즘'
이 특별히 강조되지 않은 탓인지는 모르겠으나, 이
찬은 이 창작방법에 대해서 길게 서술하지는 않는
다. 오히려 그는 "형식은 민족적으로 내용은 사회
주의적으로"라는 사회주의 예술의 원칙에 더 관심
을 기울인다. 이에 대해 시모노프는 현대적인 작품
의 경우에는 이 원칙이 적용되지만 민족 고전에는 적용되지 않으며, 민족
고전의 경우에는 그것을 그대로 보전하고 선택은 대중에게 맡긴다고 설명한
다.[31]

또한 이찬은 소련의 민족정책에 대해서도 자세히 설명하였다. 이찬은 소련
에서 민족문제의 해결자는 스탈린 대원사이며 그의 저서 『맑스주의와 민족
문제』라고 소개한다. 그에 따르면, 스탈린은 각 민족 공화국에 자치권과 주권
을 부여하고 민족 문화를 발전시키도록 지원하였다. 또한, 아르메니아에서
각 민족은 모두 그 민족어로 공부하고 있으며 러시아어는 순전히 외국어로서
공부하고 있다. 교육 행정의 경우, 예외적으로 중앙 정부의 간섭을 받지 않고
각 공화국이 전권을 행사한다. 이찬은 아르메니아나 그루지아의 민족 정책은
각 "민족문화의 독립적인 발전을 보장하며 보다 높은 세계문화는 민족적
문화의 궁극적 발전 위에만 설 수 있다"는 소련의 문화이론을 현실적 실천적
으로 보여주는 것이라면서 소련의 민족정책을 찬양하였다.[32]

---

31   이찬, 『쏘련기』, 364면.

32   위의 글, 72~73면.

3. 이기영의 소련기행기: 『쏘련참관기』, 『쏘련기행』

이기영은 이찬과 공저한 『쏘련참관기』(조소문화협회, 1947)와 『쏘련기행: 쏘련은 인민의 위대한 벗』(조소문화협의회 중앙위원회, 1950)을 출판하였다. 『쏘련은 인민의 위대한 벗』은 1949년 6월 푸시킨 150주년 기념행사에 참가하기 위해서 단독으로 소련을 방문하였을 때의 경험을 적은 것이다. 두 개의 기행문은 각각 별개로 작성된 기행문이고 전체 여정도 차이가 있다. 하지만 여기에 소개된 소련의 사회 제도와 선전선동 정책에 대한 그의 관점은 매우 유사하다.

첫째, 『쏘련참관기』에서 이기영은 소련의 사회제도와 정치적 우월성을 찬양하다. 그에 따르면, 소련의 사회주의는 "일하지 않는 자여 먹지도 말라"라는 원칙 위에서 있다. 또한, "모든 표준을 인간에다 두어서 남의 노력을 착취하지 않고, 각자의 정당한 노력과 보수로 생활해야 한다는 것이 이 나라의 헌법"이기 때문에 이 나라에서는 인종과 민족에 상관없이 모두 평등한 정책을 실시하고 있다.[33] 그는 또한 "철학자는 세계를 해석하므로 만족할 것이 아니라 세계를 변혁하는 데 의의가 있다."라고 한 맑스의 진리를 현실로 실현케 한 것이 소련의 사회제도라고 찬양한다.[34]

둘째, 이기영은 소련 주민들의 애국주의를 강조한다. 그에 따르면, 소련의 사회제도가 인민을 위하여 있기 때문에 소련 주민들은 자기만 잘하면 얼마든지 행복을 누리 수 있다는 신념을 갖고 있다. 즉, 소련의 인민은 스탈린 대원사가 지도하는 국가와 발전에서 자기의 행복을 찾을 수 있고 전체의 이익 속에서 개인의 이익이 포함된 줄을 잘 알고 있다. 그 이유는 그들이, 국가는

---

33   이기영·이찬, 『쏘련참관기』, 3~4면.

34   위의 글, 6면.

곧 인민의 것이요 자기는 곧 국가의 것으로 생각하기 때문이다. 그는 국가와 개인의 이익이 일치하는 덕분에 소련 주민들의 마음속에는 '애국심"이 불타고 있고, 이러한 덕분에 소련은 제2차 세계대전에서 큰 승리를 거두었다고 강조한다.[35]

셋째, 이기영은 제2차 세계대전 승리의 이유로서 '스탈린의 지도력'을 강조한다. 그는 스탈린그라드 방문에서 스탈린그라드 시당위원장과 한 좌담을 자세히 인용하면서 혁명 직후의 내전과 제2차 소련-독일전쟁에서 볼쉐비키와 소련이 승리할 수 있었던 것은 모두 스탈린의 지도력 덕분이었다고 말한다.

전시민의 이 같은 영웅적 투쟁은 오직 스탈린 대원사가 두 차례나 멸망을 당할 위기를 구하였기 때문에 시민은 스탈린 선생을 참으로 자기네의 생명을 건져준 은인이요, 구성(球星)으로 알고 경복하는 열성이 진심으로 우러나서 그와 같이 용감한 투쟁과 애국정신에 불타게 한 것이다.

그들은 선생이야 말로 인민의 진심한 지도자 따라서 선생으로 말미암아 혁명전에 로씨야 인민의 문화가 향상되고 다가치 행복한 생활을 얻게 된 것을 누구나 잘 알고 있으니 이것은 비단 스딸-린그라드 일 도시만 아니라 전 연방 로씨야의 모든 민족들도 다 같이 선생을 지도자로 선택하였으므로 오늘날 사회주의의 위대한 발전이 있음을 또한 누구나 선생께 감사를 드리게 될 것이다.[36] (강조─인용자)

---

35 "팟쇼 히틀러는 국제불가침조약을 비열하게 일방적으로 파기하고 불의에 소련을 침공할 때 소련은 다민족국가임으로 전쟁 수월 내에 반드시 내란을 일으켜서 와해되리라는 오산을 하고 있었다. 그런데 히틀러의 생각과는 정반대로 도리어 쏘련 인민은 조국 방위에 있어서 열렬한 애국심을 발양하야 붉은 군대는 말할 것도 없고, 인민의 빨치산 부대까지 영웅적 투쟁을 계속하여 저 『쏘-야』와 같은 영웅 소녀를 산출하였다. 그러나 이것은 결코 별일이 아니다. 이 나라 인민은 스탈린 대원사가 지도하는 국가와 발전에서 자기의 행복을 찾을 수 있고 전체의 이익 속에서 개인의 이익이 포함된 줄을 잘 알고 있기 때문에 다시 말하면 국가는 곧 인민의 것이요, 자기는 곧 국가의 것으로 생각되기 때문이다." 위의 글, 12면.
36 위의 글, 10~11면.

이러한 발언은 스탈린 치하의 정치적 분위기를 그대로 반영한 것이다. 스탈린은 "소련공산당의 집단 지도를 상징하는 인물"로서 자신의 위상을 세우고 러시아의 피터 대제에 비유되는 것을 좋아하였다. 이러한 스탈린의 취향은 선전선동에도 반영되어 스탈린이 공산당 대신으로 모든 정책 행위의 주체로서 제시되었다. 이러한 스탈린의 이미지는 김일성을 북한의 지도자로 만들어가는 과정에서 적극적으로 차용되었다.

넷째, 이기영은 경제 개발과 문명 건설에서 속도의 중요성을 강조한다. 그는 소련이 짧은 시간에 급속도로 공업화 되었다는 점에 주목하고, 그것의 원동력으로 기계 설비 등을 중심으로 한 중공업 우선 정책과 함께 '스티하노 프 운동'으로 알려진 사회주의적 경쟁 체제를 제시한다. 특히 그는 '스티하노 프 운동'의 효과를 강조한다.[37] 그리고 이기영은 이러한 경쟁 체제에 익숙했 기 때문에 소련의 노동자들은 전시 중의 폐허 상태에서도 전쟁 수행과 경제 복구를 효과적으로 수행하였으며, 전후에의 경제 복구도 급속히 진행할 수 있었다고 보았다. 또한 그는 스탈린그라드 공방전에서 바블로프의 집을 다시 수리한 여성, 체리카스를 본 딴 '체리카스 운동'을 소개하고, 여성의 노동력 을 경제 발전에 활용하는 소련의 정책에 강한 호감을 보인다.[38]

'스티하노프 운동'과 '체리카스 운동'에 대한 이기영의 언급은, 소련이 10 여 년의 짧은 기간 동안 농업국가에서 공업국가로 비약한 원동력에 대한 그의 관심을 반영하고 있다. 스탈린의 경제개발 5개년 계획은 농민 계층에 대한 광범위한 억압과 수탈, 그리고 일사불란한 사회적 의사 결정과 노력 동원을 위한 테러 정치 등의 부정적인 측면에도 불구하고 결과적으로는 큰

---

37   "쏘련의 청년노동자들은 대부분이 스티하노프의 기술적 졸업생이요, 그의 백%를 내기 위 한 맹렬한 운동이 전개되었으며, 더욱 사회주의 경쟁 제도는 각 공장과 기술소를 통하여 생산부분의 거대한 능률을 내게 되었다." 위의 글, 41~43면.

38   위의 글, 42~43면.

성취를 보였다.[39] 또한 소련이 제2차 세계대전에서 독일군에게 승리할 수 있었던 것도 기존의 공장을 무기 생산 공장으로 전환하여 대량으로 무기를 생산할 수 있을 만큼 산업화와 기계화가 이루어졌기 때문이다.[40]

이기영은 이처럼 소련이 짧은 시간 내에 급속도로 발전할 수 있었던 이유는 소련의 사회주의 제도 때문이라고 보았다. 즉 "소련은 계급 사회가 아닌 만큼 인민은 정치적 압박을 당치 않고 경제적 착취를 안당하며 모든 것이 자기의 소유로 될 수 있는 인민 경제를 실현"하였다. 그러므로 "소련의 경제 건설은 급속도로 발전할 수 있었던 것"이다.

결론에서 이기영은 "열렬한 애국심과 그들의 투쟁력과 인간에 대한 충실성을 거짓 없이 발휘해서 건국정신의 일념으로써 매진하는 소련 인민의 기백을 본받고, 또한 선진적인 기술과 과학과 지식을 급속한 시간 내에 전적으로 배워서 산업 회복을 먼저 완성하지 않으면 안 되겠다. 바꿔 말하면 조선도 소련과 같이 농업국에서 공업국으로 전변하지 않으면 안 되겠다."라고 강조한다.[41] 이러한 결론은, 이기영이 '소련의 사회주의 제도'를 장차 조선에서 수립될 새 국가의 모델로 보고 이러한 작업에 주민들을 동원하기 위해서 그들의 애국심을 고취하는 것을 선전선동의 중요한 목표로 생각하고 있음을 보여준다.

1950년의 소련기행문은 전체적인 요지에서는 1946년의 소련기행과 대동소이하다. 다만 이기영이 여행을 떠났던 1949년에는 북한의 정치적 환경이 매우 변하였다. 1948년 8월 25일에는 대한민국이, 그리고 9월 9일에는 조선민주주의인민공화국이 수립되었다. 38선을 기준으로 한반도의 남과 북에 서로 다른 체제를 지향하는 국가가 들어선 것이다. 이에 따라 국토의 분단

---

39   존 M. 톰슨, 앞의 글, 348~349면.
40   위의 글, 450면.
41   이기영·이찬, 『쏘련참관기』, 49면.

상태를 극복하고 조선민주주의인민공화국을 한반도의 유일한 국가로 만드는 것이 우선적인 과제가 되었다. 이기영은 이를 '조국의 통일 독립과 국토 완정'의 과업이라고 부르면서, 이러한 과업을 성취하기 위해서 소련을 배우라고 말한다.[42]

우선 이기영은 북한에 독립 국가를 수립한 감격을 적극적으로 표현한다. 그는 모스크바에 도착한 다음 날, 소련 주재 북한대사관을 방문한다. 그는 "조선대사관이 생긴 것을 보고 마음속으로 무한한 민족적 감사"와 함께 "소련에 대한 감사"의 감정을 느낀다. 특히 그는 대사관에서 주녕하 대사와 리주연을 접견한 뒤 국가를 가졌다는 것에 대한 감상을 절절하게 표현한다.[43]

주대사를 위시하여 우리 공화국 대사관원들을 이렇게 만나고 보니 그들에 대한 반가움과 신뢰심이 북받쳐 어쩔 줄 몰랐다. 이것은 피차간 개인적인 정분으로서가 아니다. 보다도 조국에 대한 경건한 마음이었다. 우리들은 오랫동안 국가적 생활을 못해보았다. 우리들은 조국에 대한 갈망이 너무도 컸었던 것이다. 나라를 잃은 사람은 마치 부모를 잃은 고아와 같은 것이다. 그래서 해방 전 조선인민들은 국외에서는 천애고아처럼 동서 표박하였으며 국내에서는 식민지 노예의 멍에를 메고 굴욕적 생활을 반세기 동안 하였던 것이다.[44]

이처럼 이기영은 국가를 부모에 비유하면서 민족구성원 개개인이 그 자신이 마땅히 누려야할 올바른 대접을 받기 위해서는 '국가'가 있어야 함을 강조한다.

이기영의 소련기행문은 소련 사회가 국민들에게 무엇을 해주고 있는가—

---

42   이기영, 『쏘련은 인민의 위대한 벗』, 조소문화협회 중앙본부, 1950.4, 6면.

43   위의 글, 31~32면.

44   위의 글, 32면.

이것은 이태준의 기행문의 주된 관점이다—보다는 소련 사회의 발전과 부강을 위해서 소련 국민이 무엇을 하였는가에 초점을 맞춰 서술되고 있다. 예를 들어, 그는 소련의 경제개발계획을 성공적으로 달성하는 데에 헌신했던 노동자들 특히 '노력 영웅'들을 본받아야 할 소련의 모범으로 적극적으로 제시한다. 그는 1946년 방문했던 스탈린그라드를 재방문하여, 이 도시의 복구 상황을 시찰한다. 특히 그의 눈을 끌었던 것은 트랙터 공장의 노동자들이었다.

> 이 뜨락또르 공장에서는 매일 75대의 뜨락또르를 생산하는데 그것을 날마다 소련의 각 농촌들에 수송하여 농촌경리의 일층 발전과 농민들의 행복한 생활 향상을 촉진시키고 있다. 그리고 이 공장의 스타하노브 운동자인 로동자와 기술자는 무려 70%나 되며 그들 중에는 벌써 5개년 계획을 달성한 사람이 많고, 한 로동자는 10개년 계획 숫자를 3년 동안에 달성하였다 하면서 공장 총장은 그 로동자의 일하는 것을 우리에게 보여주었다. **나는 이 로동자들을 가장 고상한 인간의 전형으로 보았으며 그만큼 감탄해 마지않았다.**[45] (강조—인용자)

과거 이기영은 공업국가 소련의 발전상을 보면서 '속도'의 중요성을 강조한 적이 있다. 그 때 그의 시선을 끌었던 것은 '사회주의 경쟁체제' 그 자체였다. 하지만 이번 여행에서 그는 이러한 경쟁을 실천하고 있는 노동자들에게 좀 더 주의를 기울인다. 그리고 국가의 경제개발계획을 예정보다 초과 달성하기 위해서 노력하는 노동자들의 모습에서 그는 '고상한 인간의 전형'을 발견한다.[46] 더불어 그는 제2차 세계대전 중에 나타난 새로운 영웅, 즉 몇

---

45 위의 글, 48면.

46 '고상한 인간형'이란 1947년 이래 북조선로동당이 제시한 선전 선동의 중요한 방향이다. 즉 1947년 북조선로동당은 사회 전반에 걸친 개혁을 통해서 인민민주주의의 토대를 마련한 후 북한 주민의 사상 개조를 위해서 '건국 사상 총동원' 운동을 시작하였다.

명의 동료들과 함께 스탈린그라드 중심가의 건물을 끝까지 사수했던 노동자 파브로프와 그 파브로프의 집을 수리 복구하였던 체리카스도 새로운 인간의 전형으로 제시한다.[47] 그는 스티하노프의 높은 생산력, 파브로프의 영웅적 투쟁력, 그리고 체리카스 운동의 근로정신을 찬양함으로써 북한 주민들에게 이들을 본받을 것을 시사한다.

또한 이기영은 소련 인민들 속에서 발휘되고 있는 '창발성'에 대해서도 많은 지면을 할애하고 있다. 그는 소련의 곡창지대인 우크라이나 공화국으로 견학을 간다. 그곳에서 그는 와실렙 꼴호즈를 방문한다. 이 꼴호즈에도 역시 "노력 영웅의 칭호를 받고 노력 적기 훈장을 탄" 스티하노프 운동자들이 다수 있었다.[48] 예를 들어 이 꼴호즈의 농민 첼카추 노인은 토마도를 1년에 두 번 수확하는 방법과 감자 씨를 채취하여 수확량을 늘이는 방법을 연구 발명한 것을 자세히 소개한다. 이어서 그는 생산력의 향상 덕분에 이 꼴호즈 주민들이 "다섯 집 중 두 집은 피아노가 있을" 정도로 여유있는 생활을 하고 있음을 자세히 서술한다.[49] 이런 식으로 이기영은 '창발성'의 발휘와 영웅적 노동만이 조선을 소련의 수준으로 향상시킬 수 있다는 메시지를 전달한다.

과학 기술의 발전을 통한 생산력의 증대에 대한 이기영의 관심은 고리키 촌에 있는 '농학한림원'의 방문에서 절정에 이른다. 그는 그곳에서 개량종 보리의 재배를 견학한다. 이 개량종 보리는 서로 다른 종자 둘을 교배해서 우량종으로 만든 것이다. 이것을 본 이기영은 "나는 이 개량종의 보리이삭을 보고 깜짝 놀랐다. 그것은 보리이삭으로는 너무도 엄청나게 크기 때문이었다. 보리밭에는 마치 조 이삭 같은 것이 척척 늘어져 있었다."라며 감탄한다.[50] 그는 자신이 거짓말하고 있는 것이 아니라는 것을 증명하기 위해서

47　위의 글, 50~51면.

48　위의 글, 64~67면.

49　위의 글, 67면.

보리 이삭을 얻어서 조선으로 가지고 온다. 또한 그는 소련에서 '미츄린 학설'을 발전시켜 자연을 인간에게 유리하도록 개조하고 농업방면에서도 그것을 광범히 이용하고 있음을 자세히 설명한다.[51]

특히 이기영은 조선은 소련에 비해서 많이 뒤떨어져 있음을 강조하고, 이러한 거리를 좁히기 위해서는 사회 발전의 '속도'를 높여야 할 것임을 강조한다.[52] 그는 이를 실현하기 위한, 조선 인민의 당면 과제를 크게 세 가지로 제시한다. 첫째, 소련 인민들의 고상한 애국주의 사상을 배워야겠다. 둘째, 우리들은 전후 5개년 계획을 완수하기 위한 소련 인민들의 애국적 투쟁을 더욱 본받아서 우리들의 당면한 인민들의 과업인 2개년 인민경제계획을 초과 달성하기 위해서 온힘을 다해야 하겠다. 셋째, 인민의 증산 의욕을 고무하며 인민들의 행복을 촉진하는 소련의 문화의 장점을 흡수하여, "조국과 인민들의 이익에 적합하며 우리들의 투쟁을 고무하며 승리에 대한 자신감을 더욱 북돋아주는" 문화를 건설하여야 한다.[53]

이상에서 살펴본 것처럼 이기영의 기행문은 그의 국가 운영 기획자이자 이데올로기 설계자로서의 면모를 잘 보여주고 있다. 이점은 같이 여행을 하였던 이찬이나 이태준의 기행문에서는 발견할 수 없는 특징이다.

---

50   위의 글, 70~71면.

51   위의 글, 137면.

52   "블라디보스톡에서 모스크바까지 1만 킬로-2만 리를 비행기로 29시간 만에 갔다. 하지만 원산에서 회양까지 3백리 거리를 가는데 하루가 걸렸다. 조선은 템포 즉 속도로 보아서 이만큼 뒤떨어져 있다." 위의 글, 137면.

53   위의 글, 131~135면.

4. 한설야의 소련기행기: 『레뽀르따주 쏘련여행기』

1947년 7월 24일부터 9월 17일까지 한설야는 북조선임시인민위원회 교육 국장의 신분으로 소련을 방문하였다. 그의 방문의 목적은 북한사람들이 유학 하고 있는 대학을 방문하고, 소련 교육성과 북한사람들의 소련 유학 및 소련 과 북한의 교육 자원 교류 문제를 협의하기 위해서였다. 그리고 이 방문의 전 일정을 담은 기행문을 『레뽀르따주 쏘련여행기』(교육성, 1948)라는 제목으 로 출판하였다.

다른 소련 여행자들이 워로실로프에서 기차를 타고 모스크바까지 직행하 였음에 비해서, 한설야는 이르쿠츠크와 톰스크를 방문한다. 이는 이르쿠츠크 제정경제대학과 톰스크의 철도대학에서 유학하고 있는 조선 학생들의 학업 과 생활을 점검하기 위해서이다. 또한 그가 우즈베키스탄을 방문하여 조선인 꼴호즈를 방문한 것도 특징적이다.[54]

한설야는 워로실로프에서 만난 한 소련인 장교 의 말을 빌려 조선 민족이 발전할 수 있는 조건에 대한 자신의 생각을 말한다. "조선은 오늘 세 가지 좋은 조건을 가지고 있소. 첫째는 쏘련의 원조요, 둘째는 김일성 장군 같은 훌륭한 령도자를 가진 것 이요, 셋째는 조선 인민의 뛰어난 자질이요. 그중에 서도 나는 인민의 자질이 맨 중요한 문제라고 생각 하오."[55] 이러한 발언은 기행문의 중요한 의미소

54　한설야의 소련 여정은 다음과 같다.

> 평양 → 워로실로프 → 시베리아 → 이르쿠츠크 → 노보시비르스크
> → 톰스크 → 스웰들로브쓰끼 → 까잔 → 모스크바 → 우즈베키스탄
> → 모스크바 → 레닌그라드 → 모스크바 → 귀국

(ideologeme)들−조소 친선, 김일성의 영도력에 대한 찬양, 그리고 조선 유학
생 및 소련의 교육 제도−이 된다.

무엇보다 한설야의 소련 방문의 중요한 목적은 조선인 유학생에 대한 소련
정부의 처우 및 교육 문제를 논의하는 데 있었다. 해방 직후부터 북한 건국
초기에 북한이 청년들을 소련에 유학을 보낸 목적은 소련의 사회주의 제도를
직접 경험하고, 전문 기술과 러시아에 능통한 테크노크라트로 양성하기 위해
서였다. 이들은 귀국 후 '민족 간부'로서 조선의 발전에 헌신할 것으로 기대
되었으며, 국가로부터 특별한 관심과 관리를 받고 있었다.[56] 이점은 교육국장
인 한설야가 직접 유학생들을 방문한 점이나 그들에게 먹을거리−쌀과 고추
장−가 '김일성 장군'의 이름으로 보내진 것에서 잘 나타난다.

> 오후에 류학생들이 와서 함께 정거장으로 나갔다. 우리 학생들이 있는 각
> 도시로 보낼 짐들을 정리하기 위하여서였다. 류학생들에게 조선 안 정세와 쏘미
> 공동위원회 소식과 북조선의 과업들을 이야기해주며 화물 창고에 있는 짐들을
> 각 도시별로 갈라놓았다. (…)
> 『동무들 이 쌀이 어떻게 돼서 왔는지 알우. 동무들도 마대가 터지지 않도록
> 주의하시오. **김장군께서 동무들한테 선사 보낸 거요. 저 고치장과 함께 ……**』
> 내가 말하자 학생들도
> 『참 장군께서 봄에 쌀을 보내 주어서 때때 그 쌀로 밥을 지어 먹고 있습니다.』[57]
> (강조−인용자)

이 장면은 김일성이 유학생에게 각별히 신경을 쓰고 그들을 후원하고 있음

---

55   한설야, 『레뽀르따쥬 소련여행기』, 교육성, 1948.12, 7면.
56   위의 글, 30면.
57   위의 글, 30면.

을 보여줌으로써 미래의 '민족간부'들이 자신에게 충성심을 갖도록 만들고자 하였음을 보여준다. 유학에서 돌아온 이들은 1957년부터 서서히 두각을 드러내기 시작했으며 소련계, 연안계, 심지어 김일성에게 적극 협력했던 유격대 출신 공산주의자들이 숙청된 자리를 채우게 된다.

한설야는 유학생들이 소련의 사회주의 제도를 조선으로 이식하는 역할을 할 것을 기대하고 있기 때문에 그들의 러시아어 습득 정도에 특히 관심을 기울인다. 그는 "김일성대학 선생과 학생 중에는 벌써 로어 원문을 보고 번역까지 하는 동무가 있소. 누가 싸움에 이겼나 동무들이 판단해보시오."라며 유학생들에게 러시아어를 빨리 습득할 것을 독려한다. 동시에 한설야는 그들이 조선의 독립과 사회주의 건설의 "제일선에서 싸우는 병사"임을 환기한다.[58] 심지어 그는 이르쿠츠크 제정경제대학에 유학하고 있는 학생들의 노트를 검사하고 이 대학 학장이 이 학생들과 러시아어로 질의응답을 하는 것을 참관할 정도로 이들의 학업 성취 정도에 대해서 큰 관심을 보인다.

모스크바에 도착한 한설야는 모스크바 고등교육성 장관과 조선 유학생 문제에 대해서 협의하였다. 그는 조선 정부의 요구 사항을 크게 여덟 가지 제시하였는데, 그 중에 다섯 가지가 유학생에 관한 것이었다. 다른 세 가지는 각종 교과서와 교수 강령, 전문학교 및 대학에 필요한 실험기구, 그리고 교과서에 사용할 종이 오백 톤을 제공해 달라는 것이다. 이러한 요청은 소련쪽에 모두 수용된다.[59]

한설야는 교육국의 수장답게 소련의 보통 교육에 대해서 자세히 소개하고 있다.[60] 그에 따르면, 소련의 교육은 '전 인민을 교육하는 데' 있으며, 남녀 차별이나 민족 차별이 없이 평등하게 교육 받고 있다. 동시에 각 민족은

---

58   위의 글, 30면.
59   위의 글, 102~105면.
60   위의 글, 151~155면.

그 공화국 또는 그 지역에서 각자의 학교를 가지고 모국어로 교육을 받으며, 러시아어는 외국어로 교육 받고 있다. 둘째로, 소련의 교육은 문화 수준이 낮은 사람을 높은 문화 수준으로 끌어 올리는 사업에 중점을 두고 있다. 이를 위해 "혁명 후에 문맹퇴치 비상위원회 같은 강력한 비상 조직"이 전국적으로 건설되었다. 셋째로 소련은 정치와 교육이 긴밀히 연결되어 있다. 그는 소련이 독일과 전쟁할 때 학생과 교원은 조국을 방위하는 병사로 복무하였고 학교는 수다한 기술적 생산과 발명과 창작을 나라에 이바지하였다고 말한다. 그에 따르면, "소련은 국가 전체가 한 개 학교요 교단이다. 그러므로 학생들은 언제 어느 때 어디로 가든지 교양을 받고 문견을 넓히고 사상적으로 높은 감화를 받는다. 이것은 비단 학생에게만 국한된 것이 아니고 국민 전체가 역시 학생이오, 날마다 어디서든지 교양을 받고" 있다. 그는 이 덕분에 소련이 빠른 속도로 발전해 왔다면서 교육의 중요성을 강조한다.[61]

한설야 기행문의 주요 내용 중 하나는 '사회주의 리얼리즘'에 관한 것이다. 그는 소련에서 본 연극이나 작가동맹위원장과의 대화 등을 통해서 '사회주의 리얼리즘'의 중심 테마로 '애국주의', '새로운 인간형의 창조' 그리고 '혁명적 낭만주의'를 제시한다.

우선 한설야는 사회주의 국가와 제국주의 국가 또는 사회주의 국가의 인민과 제국주의 국가의 인간의 차이점을 보여주는 일이 당대 소련 예술의 가장 중요한 테마라고 소개한다.[62] 그는 스웰들로브스크에서 본 '해군극'을 그러한 예로 제시한다. 어떤 해군 중위가 사사(연애)로 군무를 게을리 하고 자기의 죄과를 남에게 전가하자 그의 아내가 이를 적발하는 동시에 서로 이혼한다. 아내는 다른 모범적인 사관과 서로 친해지고 남편은 중위에서 졸병으로 떨어

---

61   위의 글, 155면.
62   위의 글, 209면.

진다. 아내는 다른 장교와 함께 전선으로 가고, 전 남편도 결의를 새로이 하여 전선으로 간다. 이를 관람한 그는 "어느 나라 국민보다 높은 애국심을 보여줌으로써 이 나라 군인의 전형적인 정신"을 살리고 있다고 비평한다.[63]

한설야는 소련에서 사회주의 경제 건설이 진행됨에 따라 그를 반영하는 새 예술이 발생되었다고 보았다.

> 압박 피압박 또는 지배와 착취에 대한 피지배와 피착취 사이의 심히 압착된 투쟁과 갈등이 없어져갔다. 따라서 그전의 그것을 반영하던 예술 대신에 새 시대의 새 현실을 주제로 하는 예술이 나오게 되었다. (…) 이제 모든 착취와 압박이 없어진 이 나라에서는 더욱 인간성이 무한히 발전하고 약진하는 이 상태를 반영하는 예술이 자랄 것이라 믿어진다. 이 나라의 인간이 자연과 싸우는 것도 기계와 싸우는 것도 이 인간 생활의 약진 즉 인간생활을 즐겁게 하고 명랑하게 하고 살지게 하기 위한 생활 그것의 모양인 것이다.[64]

한마디로 새 예술은 억압과 착취에서 해방되어 사회주의 건설에 헌신하는 인간들의 즐겁고 명랑한 인간 생활을 묘사하고 있다. 이것은 북한문학에서 새로운 조선 사회가 요구하는 인간형의 모델로 차용된다.[65]

---

63 위의 글, 64면.

64 위의 글, 110면.

65 이것은 '고상한 조선 사람의 전형'으로 변형되어 문학창작의 방향으로 제시된다. 예를 들어 안막은 "오늘날 새로운 조선사회에 있어 요구되는 새로운 긍정적 전형은 '국가와 인민을 진심으로 사랑하는 민주주의 조국건설을 위하여 헌신적으로 투쟁하는 모든 낡은 구습과 침체성에서 벗어난 높은 민족적 자신과 민족적 자각을 가진 고상한 목표를 향하여 만난을 극복할 줄 아는 모든 문제를 해결하는 데 있어서 높은 창의와 재능을 발양하는 고독치 않고 배타적이지 않은, 다른 사람들을 이끌고 용감하게 나아가는 그야말로 김일성 장군께 서 말씀하신 생기발랄한 민족적 품성을 가진 그러한 조선 사람의 형상을 말하는 것이다." 안막, 「민족문학과 민족예술 건설의 고상한 수준을 위하여」, 『문화전선』 5호, 1947.8, 7면.

한설야는 또한 새 소련 예술의 명랑성과 발랄함은 사회주의 리얼리즘의 부속물인 '혁명적 로맨티시즘'과도 밀접한 연관이 있다고 말한다. 그에 따르면 혁명적 로맨티시즘은 "모든 락후성과 침체성을 극복하고 모든 장애물을 물리치는 혁명적인 정신"으로, 이것은 "뒤떨어진 부분과 장애물에 걸려있는 부분을 높은 데로 끌어올려주고 동시에, 그 뒤떨어지고 걸려있고 부분은 스스로가 높은 데로 솟아오르는 그 비약의 정신"이다. 계속해서 그는 혁명적 로맨티시즘은 새로운 것을 대중에게 제시하여 그들의 의식을 끌어올려주는 동시에 "뒤떨어진 부분이 분발심, 창발심을 내어 쫓아갈 것을 암시"하여 주는 것이라고 설명한다.[66]

하지만 사회주의 리얼리즘에 대한 한설야의 생각은 작가동맹 간부 고르바또브와의 대화를 통해서 재조정된다. 고르바또브는 당대 소련 예술 작품의 근본적인 주제는 '소비에트적 애국주의'라고 소개한다. 그는 사회주의에 의해 창조된 새로운 인간은 "인간을 위하여 로동하며, 용감하며, 자기 조국에 대하여 헌신적인 새 인간으로서 이것은 소련 문학예술의 중요한 과제"라고 설명한다.[67] 특히 애국주의는 소련의 전후 복구를 위한 제4차 경제개발 계획을 조기에 완수할 수 있도록 노동자들의 노력을 동원하기 위한 당의 선전선동의 기본 방향이다. 이에 따라, 작가들은 소련의 경제개발 5개년 계획과 이 건설 사업의 "스탈린적 진격을 묘사할 때 반드시 애국주의를 바탕에 두고 창작"해야 한다. 또한, 작가 동맹은 스탈린의 경제개발계획의 실제를 작품화하기 위하여 건설지와 꼴호즈에 백 명 이상의 작가를 파견하고 있으며, 노력 전선의 작품화에 힘쓰고 있다.[68]

한설야는 고르바또브의 설명을 바탕으로 새 소련 문학의 사상 및 방향을

---

66   한설야, 『레쁘르따쥬 소련여행기』, 209면.

67   위의 글, 215면.

68   위의 글, 216면.

다음과 같이 요약한다.

> **애국주의 사상으로 관철된 소련의 새 인간의 성격과 감정과 그 행동이 작품에 잘 표현되어 있다.** 앞을 내다보고 전진하며 인민을 가리키고 이끌어주며 곤란한 것과 싸워 앞길을 헤치고 나가며 뒤떨어진 부분을 스딸린적 진격의 정신으로 끌어올리고 이것을 또 세계 인민에게 자랑하고 요구할 수 있는 높은 작품을 창작하는 사업이 오늘 소련 작가들의 과업인 것이다.[69] (강조-인용자)

필자가 주목하는 한설야의 기행문과 다른 기행문과의 차이는 그의 글 속에서 김일성의 이름이 반복적으로 언급되고 있다는 점이다. 그가 이르쿠츠크에서 유학생들에게 쌀과 고추장을 나눠줄 때부터 김일성의 이름이 처음 언급된 이후로 계속해서 등장하며, 이는 총 25회에 이른다. 심지어 한설야를 환영하거나 배웅하는 장면에서 유학생들은 늘 「김일성 장군의 노래」를 부른다. 마치 북한의 국가(國歌)인 것처럼.

김일성에 대한 한설야의 특별한 애정(?)은 다음과 같은 에피소드에서도 잘 나타난다. 그는 (톰스크에서) 자신이 김일성에게 직접 보내는 전보를 유학생에게 번역해줄 것을 요청한다. 그리고 전보의 소련어 번역을 도와준 러시아 학생에게 김일성의 위대성을 '이순신'에 비유해서 설명한다. 그는 소련의 시인 기또위츠가 쓴 『삼백 오 십년 뒤』라는 시를 인용하여, "삼백 오십년 전에 왜적을 무찌른 리순신이란 명장이 있었습니다. 장군은 그 정신을 이어 십사오년 동안 꾸준히 왜적들과 싸웠고 오늘 또 조선인민의 선두에 서서 새 조선을 건설하고 계십니다."라고 김일성의 영웅성과 애국심을 소개한다.[70]

---

69 위의 글, 217면.

뿐만 아니라, 한설야는 김일성을 한반도에서 수립될 통일독립국가의 지도자로서 내세운다. 한설야가 소련을 방문하고 있었던 1947년 8월은 '조선임시정부' 수립을 위한 미소공동위원회가 큰 전환점을 도는 시기였다. 8월 12일 미국측은 소련측에게 남북임시정부를 구성하여 총선거를 한다는 애초의 안을 변경하여 곧바로 '국제적 감시하의 남북 총선거'를 실시할 것을 제안하였다. 하지만 8월 20일 미소공위 회담에서 소련 측은 미국의 제안에 대한 답변은 하지 않고 '미군정의 좌익 탄압이 미소공위 사업을 저해할 지경'이라는 성명서를 발표하였다.[71] 그리고 8월 22일 소련측 스티코프 수석대표는 이 성명서를 기자들에게 공표했다.[72] 이에 8월 25일 미군정청 장관 하지가 소련의 성명에 대한 정식 반박 성명을 발표하였다. 그는 "최근 남조선에 있어 경찰에 의한 검거 사건이 있었다는 것은 사실"이라고 인정하면서도 왜 소련은 이 사건을 이때에 "공위 사무 진행에 극히 중요하다고 생각하는지를 이해키 곤란하다"고 문제제기를 하였다. 이러한 발언은 사실상 미소공위의 중단을 시사하는 것이었다.[73]

이에 한설야는 미국을 "남의 땅을 략탈해가라는 전쟁방화자들"이라고 비난하면서, 평양의 지도자들이 영도하는 국가가 수립되는 것이 당연하다고 주장하였다. 이를 뒷받침하기 위해서 그는 남한과 북한의 처지를 비교한 미국 여류 작가의 기사(『프라우다』 1925년 8월 25일)를 소개한다. 이 기사의 요지는 "미군정이 전차와 비행기와 감옥으로 맨주먹 바람인 인민들을 억누르고 있는 남조선과 대비해서 북조선의 빛나는 민주개혁의 성과를 찬양하고 김일성 장군의 위대한 지도에서 새조선의 장래"를 내다보고 있다는 것이다.

---

70 위의 글, 61면.
71 김기협, 「미국의 승부수, 총선거: 해방일기, 1947년 8월 24일」, 『프레시안』, 2012.8.24.
72 위의 글.
73 위의 글.

이어서 그는, 이 기사가 "서울 대통령 부에서 김일성 장군을 다시 만날 날을 기다린다."로 끝나고 있음을 강조한다.[74]

이러한 내용은 한설야가 김일성을 수반으로 하는 통일정부가 한반도에 수립되어야 한다고 생각하고 있음을 잘 보여준다. 이를 위해 그는 김일성이 지도자들 중의 지도자라는 이미지를 만들기 위해서 노력하였으며, 심지어 기행문에서도 김일성을 새 조선의 지도자로 선전하였다.

5. 결론: 소련기행과 전후 소련의 이식

이찬, 이기영, 그리고 한설야는 1946, 1947년 그리고 1949년의 소련기행에 대한 글들을 통해서 '전후 복구' 시기의 소련의 경제개발 정책, 교육 정책, 선전선동 및 문학예술 정책 그리고 민족 정책 등을 자세히 소개하고 있다. 이는 기행의 목적이 소련군정과 소련당국에 의해서 계획된 일종의 '[사상] 교육 여행(education trip)'이라는 것을 잘 보여준다.[75] 그런 만큼 여행자들은 소련의 사회주의 제도가 맑스-레닌주의를 실천적으로 현실화한 것이며, 조선 에서 건설될 새로운 국가 건설의 이상적인 모델이며, 이 국가를 건설하기 위해서 조소 친선을 적극적으로 원하고 있다는 점을 공통적으로 적고 있다. 하지만 구체적인 내용에서는 각각의 기행문들 사이에 차이가 확인된다.

이찬이 이기영과 공저한 『쏘련참관기』는 전후 소련의 경제 정책 즉, 공업 화와 농업 집단화와 전후 복구 사업의 진행 정도 그리고 소련의 선전 선동 및 문화예술 정책 등을 비교적 자세하게 소개하고 있어, 전후 소련의 상황을

---

74 한설야, 『레뽀르따쥬 쏘련여행기』, 202면.

75 Tatiana Gabroussenko, *Soldiers on the Cultural Front*, Honolulu: University of Hawai'i Press, 2010, 116~118면.

이해하는 데 도움을 주었다. 그리고 그의 『쏘련기』는 소련의 예술 문화 정책을 자세히 소개하였다. 우선, 그는 「잡지 "별" 및 "레닌그라드"에 관한 즈다노프의 보고」를 자세히 소개하여 향후 이것이 북한의 문학예술 정책의 기본 노선이 되는데 기여하였다.[76] 그는 또한 아르메니아 작가동맹의 '크르소-크' 운동을 자세히 소개하였다. 그에 따르면, 문학예술가들은 농민, 노동자들과 함께 생활을 하며 그들의 이익을 반영한 작품을 생산하고, 그들에게 자신의 문학을 해설해주고, 노농 계급으로부터 작가예술가를 발굴하는 것을 주요 활동으로 하고 있다. 1947년 3월 북조선로동당은 크르소-크 운동처럼 문학예술가들이 노동계급 속으로 들어가 노동자와 농민의 입장에서 문학작품을 창작할 것을 요구하였다.[77] 이후 노동자, 농민 단체들은 자신들의 산하에 군중문화사업을 진행하며 노동 계층에서 작가예술가가 나올 수 있도록 지도하였다. 북조선문학예술총동맹도 문학, 영화, 연극 등의 방면에서 '문화 써클 운동'을 전개하였다.

이기영의 『쏘련참관기』(1947)와 『소련기행: 소련은 인민의 위대한 벗』(1950)은 문학자라기보다는 건국의 기획자이자 이데올로기 설계자로서의 그의 면모를 잘 보여주고 있다. 이기영은 『쏘련참관기』에서는 소련의 경제, 정치와 같은 부분을 맡아서 서술하고 있다. 그리고 『소련기행』에서는 앞으로 있을 '통일독립전쟁'(한국전쟁)을 준비하는 데 필요한 조선 인민들의 바람직

76　즈다노프, 『잡지 "별" 및 "레닌그라드"에 관한 즈다노프의 보고』, 조소문화협회중앙본부, 1947.6, 17~64면. 북조선문학예술총동맹, 「시집 "응향"에 관한 북조선문학예술총동맹 중앙 상임위원회의 결정서」, 『문화전선』 3호, 1947.2, 82~85면. 응향 사건과 즈다노비즘의 영향 관계에 대한 연구로는 유임하의 「북한 초기문학과 '소련'이라는 참조점」(『한국어문학연구』 제57집, 2011, 153~184면)을 참고할 것.

77　북조선로동당 중앙상무위원회, 「북조선에 있어서 민주주의 민족문화 건설에 관하여 – 북조선로동당 중앙상무위원회 제29차 회의 결정서, 1947년 3월 28일」, 『북한관계사료집』 30, 국사편찬위원회, 1998, 165~166면.

한 태도의 모델을 소련에서 발견하고 이를 자세히 소개하였다. 이기영은 국가가 조선 인민들에게 무엇을 해줄 것인가는 점보다는 조선 인민들이 국가를 위해서 무엇을 할 것인가를 강조한다. 그에 따르면, 소련에서는 계급 착취가 없어지고 모든 것이 인민의 소유가 됨에 따라, 인민들은 국가의 이익을 자신의 이익으로 생각하고, 모든 노동은 가치 있는 것으로 인정받고 있다. 따라서 조선 인민들도 이와 같은 태도를 본받아 국가 건설에 헌신해야 한다. 그는 또한 혁명 당시에만 해도 후진 농업 국가였던 소련이 짧은 시간 안에 산업국가로 도약하여 세계에서 제2위의 경제규모를 갖게 된 것에 대해서 깊은 관심을 보인다. 그는 소련이 이처럼 빠른 경제발전하게 된 것은 '스티하노프 운동'과 같은 소련의 사회주의 경쟁체제라고 보았다. 이 같은 '노력 경쟁 체제'는 1948년부터 실시된 제2차 경제개발 계획을 성취하는 것을 지원하는 선전선동의 중요한 내용이 되었으며, 각종 문학 작품들을 통해 묘사되었다.[78]

한설야의 『레뽀르따주 쏘련여행기』은 소련에 파견된 조선 유학생의 문제를 해결하는 것을 목적으로 이루어진 것이기 때문에 주로 유학생 문제와 소련의 교육 기구와 제도의 소개에 많은 지면을 할애하고 있다. 또한 그는 소련의 문학예술 제도에 대해서도 깊은 관심을 보인다. 1947년부터 건국사상 총동원 운동이 전개되면서, 북한에서 수립될 인민민주주의 제도를 성공적으로 이끌어나갈 '새로운 인간형'의 창조가 북한문학의 중요한 과제로 대두되었다.[79] 한설야는 소련에서 사회주의 사회 건설에 헌신하는 소련 사람들의

---

78 황건의 『탄맥』은 조선적 스티하노프 운동자의 모습을 잘 묘사하고 있는 작품 중의 하나이다; 황건, 『탄맥』, 문화전선사, 1949.10, 209~324면.

79 안막, 「민족문학과 민족예술 건설의 고상한 수준을 위하여」, 『문화전선』, 1947.8, 7면; 이 글은 '새로운 조선 사람'을 형성하는 데 있어서 예술과 문학이 가진 역할에 대해서 논의하고 있다.

형상에서 새로운 인간의 전형을 발견한다. 그리고 이를 형상화하는 창작 방법으로 사회주의적 리얼리즘을 그리고 사상적 태도로 혁명적 낭만주의를 제시한다.

세 명의 기행문에 나오는 소련의 정치, 경제, 문화, 교육 제도나 정책은 서술자의 관심에 따라서 강조점이 달라진다. 하지만 이런 차이에도 불구하고 세 명의 기행문들은 이후 조선로동당의 사상교육 및 선전선동의 중요한 방향이 될 공통된 내용을 담고 있다.

우선 세 명은 '모든 문화를 인민들의 소유로'라는 슬로건 하에서 전 인민을 대상으로 한 '문맹퇴치' 운동 및 '보통교육'의 의무화를 자세히 소개하고 있다. 이는 인민들의 지적 수준을 높임으로써 노농 계급으로부터 정부 및 당을 이끌어나갈 엘리트들과 테크노크라트들이 나올 수 있게 하기 위한 것이다. 동시에 이는 인민들이 보다 높은 기술력과 창의력을 발휘할 수 있도록 교육함으로써 경제 발전을 비약적으로 이루기 위한 것이다. 이러한 소련의 정책은 바람직한 모델로서 적극 수용되었다.

둘째는 이들은 스탈린의 이미지를 차용해서 김일성의 북조선의 지도자로서의 이미지를 만들고 이를 선전하였다. 스탈린은 자신을 소련공산당의 집단 의지를 수행하는 유일한 지도자—마치 짜르와 같은—의 위치에서 소련을 통치하고자 하였으며, 「스탈린의 노래」를 만들어 주민들에게 보급하고, 레닌의 동지이자 볼쉐비키 혁명의 영웅이라는 이미지를 만들어 그를 존경하게 만들었다.[80] 이기영은 스탈린이 소련 주민이 발휘하는 애국심과 영웅성의 원천이라고 소개하였다. 이찬은 「스탈린의 노래」처럼 「김일성 장군의 노래」를 작사하였다. 그리고 한설야는 김일성의 뛰어난 능력과 함께 그가 소련이 정한 북조선 및 미래 조선임시정부의 지도자임을 강조하였다.

---

80   존 M. 톰슨, 『20세기 러시아 현대사』, 김남섭 역, 사회평론, 2011, 318, 325~326, 359면.

셋째는 전후 소련의 선전선동의 중요한 테마였던 소비에트적 혹은 사회주의적 ‘애국주의’의 적극적인 소개이다. 소련은 전쟁 시기 동안 발휘되었던 주민들의 영웅적 투쟁과 헌신성을 ‘애국주의’로 명명하였다. 그리고 전후에 소련은 이를 사회주의 제도의 우월성의 증거라고 선전하면서 주민들을 경제 개발에 동원하는 데에 적극적으로 활용하였다. 북한의 문학자들 역시 1948년 조선민주주의인민공화국 수립 직후부터 2개년 경제개발 계획이 실시되자, 북한 주민들을 경제 개발에 동원하기 위한 선전선동의 주제로 ‘애국주의’를 적극 활용하였다.

한마디로 국가건설기에 북한문학자들은 북한에 소련을 모방한 인민민주주의 국가를 성공적으로 세우고자 하였다. 이를 위해 이들은 소련기행을 통해서 배운 소련의 교육, 선전선동 및 문학예술 정책을 조선에 이식하였으며, 이를 통해 오랫동안 북한 문학예술을 지배하게 될 선전선동 및 창작 노선의 토대를 마련하였다. 이것은 무엇보다도 김일성 중심의 권력을 형성하는 데 크게 기여함으로써 소련의 모범―스탈린 중심의 강력한 중앙집권적 권력 형성―에서 예시된 것과 같은 강력한 효율성을 증명해 보였다.

제3부

◆◆◆

한국전쟁기 북한문학의 전개와 문학적 갈등
(1950.6.25.~1953.8.6.)

─애국주의 선전과 영웅형상화를 중심으로

제1장

한국전쟁기 북한문학의
'애국주의' 형상화 논쟁

1. 서론: 한국전쟁기 북한문학자들의 숙청 원인 재고

이 장에서 필자는 한국전쟁 시기 북한문학 내부에서 일어났던, 당 문학 노선인 '고상한 애국주의' 형상화 방법에 관한 논쟁을 전체적으로 살펴보겠다. 이를 통해서 필자는 남로당 계열 문학자들이 1952년 12월 15일의 김일성의 '로동당의 조직적 사상적 강화는 우리 승리의 기초'라는 연설 이후 조선문학예술총동맹에서 제명되고 남로당의 지도자였던 박헌영이 숙청된 원인을 밝히고자 한다.

남로당 계열 문학자의 숙청 원인에 대해 이철주는 한국전쟁 기간 북한에서의 경험을 토대로 소련계 조선인들이 남로당의 박헌영 계열을 이용하여 북로당의 김일성 계열과 세력 다툼을 벌인 것이 숙청의 직접적 원인이라고 주장하였다.[1] 남한 연구자들은, 주로 문학자들 사이의 문학적 논쟁이 있었지만, 남로당 문학자의 숙청은 문학 논쟁과는 관련이 없는 순수하게 정치적인 사건

---

1   이철주, 『북의 예술인』, 서울: 계몽사, 1966, 65~71면.

이라고 보았다. 김윤식은 1935년 KAPF 해산에 찬성했던 사람들(카프 해소파
-임화, 김남천)과 이에 반대했던 사람들(카프 비해소파-한설야, 이기영, 한효)
사이의 갈등이 해방 직후 카프 문학자의 분열을 낳았고, 이러한 분열이 남로
당 계열 문학자의 숙청으로 이어졌다고 보았다.[2] 김재용은 카프 해소파와
비해소파의 갈등이라는 관점에서 한국전쟁 당시 북한문학 내부의 대립은
"단순히 분파주의적인 것보다는 문학관과 문학운동의 차이를 둘러싸고 벌어
진 것"이라고 보았다.[3] 김성수는 남로당 계열의 숙청은 문학계의 '반종파
투쟁'일 뿐이지 권력투쟁이 아니며, 그 목적은 부르주아 미학 잔재에 대한
비판을 통해서 사회주의 리얼리즘 미학을 정립하고 문예총 조직을 재정비하
기 위해서였다고 주장하였다.[4] 배개화는 북조선문학동맹은 즈다노프의 이론
에 기초한 '고상한 애국주의'와 '고상한 리얼리즘'을, 그리고 조선문학가동
맹은 루카치 이론에 기초한 '진보적 민주주의'와 '진보적 리얼리즘'을 기본
노선으로 수립하였으며, 이 노선 차이는 1951년 두 문학 단체가 통합되면서
당의 문예 노선에 관한 갈등으로 발전하였다고 보았다.[5]

　기존의 연구들은 남로당의 박헌영 계열 문학자들이 숙청된 원인을 조선로
동당 내부의 권력투쟁의 단순한 '부산물'로 보거나, 아니면 순수하게 북한문
학 내부의 갈등으로 보았다. 그러나 북한의 선전에 대한 Barton의 보고서는
왜 문학 논쟁이 정치적 논쟁을 반영하였는지에 대한 이유를 잘 보여준다.
Barton 보고서에 따르면, 한국전쟁 초기 선전선동 노선은 "오로지 김일성이

2　김윤식, 『해방공간의 문학사론』, 서울: 서울대학교 출판부, 1989, 33~36면.

3　김재용, 「북한문학계의 <반종파 투쟁>과 카프 및 항일 혁명 문학」, 『북한문학의 역사적
　　이해』, 서울: 문학과 지성사, 1994, 134~135면.

4　김성수, 「1950년대 북한 문예비평의 전개과정」, 『한국전후문학연구』, 조건상 편저, 서울:
　　성균관대학교 출판부, 1993, 256면.

5　배개화, 「조선문학가동맹과 북조선문학예술총동맹의 대립과 그 원인, 1945~1953」, 『한국
　　현대문학연구』 44, 한국현대문학회, 2014.1, 347~381면.

결정하였다." 그리고 김일성이 결정한 노선에 대한 "집행 정책은 교육성, 문화선전성, 그리고 인민무력부 장관들이 당 중앙위원회 선전선동부 부장과 함께 합동 회의에서 세운 기본 정책에 따라서 만들어진다. 집행 계획은 문화선전성, 교육성이 당 선전선동부와 함께 책임지며, 군대에 대한 선전의 경우에는 인민무력부에서 책임진다."[6]

Barton이 조사한 것처럼 김일성의 절대적인 영향 아래에서 한국전쟁 초기 북한문학은, 김일성이 공화국 영웅과 영웅적 인민이 발휘하는 애국심의 원천이라고 선전했다. 하지만 1950년 9월 15일 UN군이 인천상륙작전에 성공한 이후 9월 27일부터 시작된 조선인민군의 일시적 전략적인 후퇴와 10월 초부터 12일까지 북한 정부가 보인 혼란은 효과적인 전쟁 수행을 위한 북한 지도부의 재정비를 요구했다. 스탈린의 지시에 따라서, 1950년 10월 13일 박헌영이 신설된 조선인민군 총정치국의 총정치국장이 되어 조선인민군 총사령부의 정치 관련 합동 회의를 주재했다.[7] 그리고 1950년 11월 새로 부임한 소련 고문단장 라주바예프가 선전선동 노선의 재정비를 지시하였다. 이에 따라 1951년부터는 조선로동당과 인민민주주의 제도가 북한 주민의 애국심의 원천이라고 강조되기 시작하였다.[8]

---

6   Fred H. Barton, "North Korean Propaganda to South Koreans (Civilian and Military)," *Technical Memorandum ORO-to-10 (EUSAK)*, 1 Feb. 1951, p.14; 재수록 한국학중앙연구원 편, 『6.25 전쟁기 미군 심리전 관련 자료집』I, 선인, 2005, 364면.

7   Shtykov, T. "Telegram from the Soviet Ambassador to the Democratic People's Republic of Korea to the Chief of the Soviet General Staff, regarding the issue of replacing the Soviet General Military Advisor, including details of discussions with the Commander-in-Chief of the Korean People's Army and the results of a meeting with the commanders of the Korean People's Army joint units, No. 37, November 22, 1950, 16:55," *Central Archives of the Russian Ministry of Defence(TsAMO)*, fond 5, opis 918795, delo 124, listy 308~310; 재인용 『한국전쟁 문서와 자료』, 국사편찬위원회, 2006, 215~217면.

8   라주바예프, 『6·25전쟁 보고서』 제2권, 서울: 군사편찬연구소, 2001, 78~79면.

이로 인해서 1951년 4월부터 기존의 노선을 회복하려고 하는 김일성 계열 문학자들과 새로운 노선을 고수하려는 남로당 계열 문학자들 사이의 의견 차이가 북한문학에서 나타났으며, 이것은 '영웅형상화' 논쟁으로 발전하였다. 1951년 6월 30일, 김일성은 전쟁을 끝내기로 결심하고, 내부 문제의 정비로 눈을 돌려서 남로당 계열 문학자들의 '종파주의'에 대해서 경고하였다.[9] 이후, 북한문학에서 애국주의를 형상화 하는 문제를 두고 두 파벌의 대결은 더욱 격화되었다. 김일성 계열 문학자들은 전투 영웅들이 발휘하는 애국심과 영웅성은 김일성에 의해 고취되는 것으로 묘사되어야 한다고 주장하였다.[10] 반면에, 남로당 계열 문학자들은 전투 영웅들의 애국심의 원천은 조선로동당과 인민민주주의 제도라는 점이 묘사되어야 한다고 주장하였다.[11] 1952년 10월 정전 담판이 깨지고 전쟁이 계속되는 분위기가 만들어지자 김일성과 남로당 계열 문학자들은 다시 한번 전투 영웅이 발휘하는 애국심의 원천을 두고 격돌하였다.

1952년 11월 초 박헌영도 조선로동당의 역사는 1925년 자신이 참여한 조선공산당에서 시작되었다고 주장함으로써 항일무장투쟁을 당의 혁명 역사로 보는 김일성에게 도전하였다. 그러자 김일성은 박헌영을 숙청하기로 결심하고 1952년 12월 15일 조선로동당 전원회의에서 남로당 계열 문학자들을 종파주의로 비판하였다. 즉, 김일성은 박헌영을 숙청하기 위해서 문예총 내의 문학논쟁을 박헌영의 배후 조종을 받은 남로당 계열 문학자들의 종파주

---

9   김일성, 「로동당의 조직적 사상적 강화는 우리 승리의 기초: 조선로동당 중앙위원회 제5차 전원회의에서 한 보고, 1952년 12월 15일」, 『김일성 선집』 4, 평양: 조선로동당출판사, 1953, 334면.

10   「영웅형상화에 대한 문제 — 문예총 영웅형상화에 대한 연구회에서」, 『로동신문』, 1951.10. 29; 엄호석, 「우리문학에 있어서의 자연주의와 형식주의 잔재와의 투쟁」, 『로동신문』, 1951.1.17.

11   이원조, 「영웅형상화 문제에 대하여」, 『인민』 2월호, 평양: 민주조선사, 1952.2, 123~128면.

의적 행동 때문에 일어난 것으로 몰아갔다. 그 결과 남로당 계열 문학자뿐만 아니라 박헌영이나 이승엽과 같은 지도적 공산주의자들이 숙청되었다. 이로서 김일성은 자신의 항일혁명투쟁의 정통성과 문학과 선전선동 사업에서 사상적 올바름을 결정하는 그의 권위에 대한 도전을 진압하였다.[12]

2. 한국전쟁 초기 김일성 중심의 애국주의 형상화(1950.6.25.~1950.12.)

1950년 1월 30일 김일성은 스탈린으로부터 전쟁 개시의 청신호를 받았으며, 이후 스탈린 및 모택동과의 협의를 거쳐 1950년 6월 25일 새벽 북한 인민군은 38도선 전역에서 남침하였다.[13] 6월 26일, 김일성은 「전체 조선 인민들에 대한 호소」라는 방송 연설에서 조선민주주의인민공화국의 기치하에 조국 통일을 완성하고 강력한 민주독립 국가를 건설하자고 호소하였다.[14] 조선인민군은 6월 28일에 서울을 점령하였고, 파죽지세로 남진을 계속하여 8월 초에는 낙동강 이남 지역을 제외한 남한의 전 지역을 점령하였다.

전쟁 시작부터 중조연합사령부(1950.12)가 생길 때까지, 김일성은 조선인민군 총사령관으로서 인민군대를 직접 지휘하였다. 그는 또한 내각 수상이자 조선로동당 중앙위원회 위원장이라는 막강한 권력을 토대로 조선로동당의

---

12 한설야는 아래의 글을 통해서 북한문학의 사상적 올바름을 결정하는 권위가 김일성에게 있음을 강조하였다; 한설야, 「김일성 장군과 문학예술」, 『문학예술』 4월호(제5권 제4호), 1952.5.5, 4~10면; 한설야, 「우리의 스승 김일성 장군」, 『문학예술』 10월호(제5권 제10호), 1952.10.15, 1~8면.

13 Kim Donggil, "Stalin's Korean U-Turn: The USSR's Evolving Security Strategy and the Origins of the Korean War," *Seoul Journal of Korean Studies*, vol.24, no.1(June 2011), pp.89~114.

14 김일성, 「전체 조선인민들에게 호소한 조선민주주의인민공화국 내각수상 김일성 장군의 방송연설」, 『자유와 독립을 위한 위대한 해방전쟁』, 조선로동당출판사, 1951.2, 1, 7면.

선전 노선을 결정하였다.[15] 인민군대 내 군사규율과 정치교양 사업은 조선로동당의 직접적인 통제를 받는 당 단체가 아니라 내각 소속 인민무력부의 문화훈련국에서 담당하였으며 김일성의 측근 김일이 문화국장이었다.[16] 구체적인 인민군대 내 정치 사업은 문화훈련국 소속 문화 부사령관이 담당하였다. 이러한 조건에서 북한 인민군과 주민들은 김일성을 중심으로 전쟁 승리를 위한 총력전을 하였다.

전쟁 초기에는 김일성의 계획대로 북한이 곧 승리할 것처럼 보였다. 이에 북한의 모든 선전 활동은 전쟁에 승리하기 위해 인민군과 인민들의 '고상한 애국주의'를 최대한 고취하는 데에 초점을 맞췄다. 1950년 6월 30일 조선민주주의인민공화국 최고인민회의 상임위원회는 '조선인민공화국 영웅'이라는 칭호를 제정하고, 한국전쟁 초기에 혁혁한 전과를 올린 인민군 장교와 병사들에게 이 칭호를 수여하였다.[17] 전쟁 발발과 동시에, 약 100여 명의 북한문학자들이 종군 작가로서 전선에 나갔다. 그들은 또한 "전투 영웅[공화국 영웅]을 형상화함으로써 인민군과 북한 주민에게 전쟁의 승리에 대한 확신을 갖게 만들라"는 김일성의 명령에 따라서 전투에서 혁혁한 공을 세워 '공화국 영웅' 훈장을 받은 인민군 장교와 병사를 찬양하는 르포르타주 문학(전투실기)을 다수 생산하였다.[18] 이 전투 실기들은 공화국 영웅들이 김일성을 본받고자 하는 마음에서 영웅적인 전투를 하는 것으로 묘사하였다.[19]

---

15   Fred H. Barton, op. cit., p.364.

16   조선인민군은 군대 내 모든 사업이 군사령관의 명령에 의해 집행되는 군사단일제에 따라서 창설되었다. 이에 따라 군대의 정치교양 사업은 당 단체를 건설하지 않고 인민무력부의 문화훈련국에서 담당하였다. 이에 대한 자세한 설명은 고재홍의 「6.25 전쟁기 북한군 총정치국의 위상과 역할」, 『군사』 53, 2004.12, 145~152면 참조.

17   「조선민주주의인민공화국 최고인민회의 상임위원회 정령: 최고 영예인 조선민주주의인민공화국 영웅 칭호를 제정함에 관하여, 1950.6.30.」, 『로동신문』, 1950.7.1.

18   「전시환경에 맞게 문화선전사업을 강화하자: 문화선전상과 한 담화, 1950년 8월 4일」, 『김일성 전집』 12, 평양: 조선로동당출판사, 1990, 201~205면.

특히 대한민국 정부가 부산으로 이전한 8월 15일 이후 출판된『영웅들의 전투기』1(문화전선사, 1951년 8월 25일)과 2(문화전선사, 1951년 9월 13일)에 수록된 소설들은 김일성을 공화국 영웅이 발휘하는 용기와 애국심을 고취하는 존재로서 묘사한다. 예를 들어,『영웅들의 전투기』1에 실린 한설야의 「격침」은 한국전쟁 일주일 후의 해상 전투에서 두 공화국 영웅들이 어뢰정으로 미 해군 제7함대 중순양함을 격침한 것을 그리고 있다. 이 소설은 총 39명의 승무원이 네 척의 어뢰정으로 1천 3~4백 명이 탑승한 중순양함, 경순양함 그리고 구축함과 전투하여 승리할 수 있었던 용기의 원천으로 '수령 김일성'을 제시한다.

> 의기는 충천하였다…… 미국 중순양함이 가지고 있는 203미리 포보다 더 큰 불길이 타는 붉은 마음이 있고 그리고 조국과 같이 존귀한 김장군의 명령을 가슴 깊이 지니고 있다.
>
> 각 정에서는 어느듯 열렬한 토론이 전개되었다.
>
> "우리에 경애하는 수령 김일성 장군께서는 조국의 높은 영예를 우리에게 맡기셨다. 우리는 선발된 자랑스러운 용사다. 최후의 피 한 방울까지 바쳐 싸우자"
>
> "우리는 죽드라도 이겨야 한다. 꼭 이긴다. 미국놈들을 한 마리도 돌려보내서는 안 된다. 조선 사람을 사람으로 여기지 않는 미국놈들을 오늘 우리는 우리 손으로 쳐부신다."
>
> "조선해군 만세!"
>
> "김일성 장군 만세!"[20]

---

19   기석복, 「조국 해방전쟁과 우리 문학」,『인민』, 1952; 재수록『현대문학비평자료집』2, 태학사, 1993, 224~229면.

20   한설야, 「격침」,『영웅들의 전투기』1, 문화전선사, 1950.8.25, 10~11면.

소설에서 지휘관은 전투를 시작하기 전에 "김일성 장군은 동무들이 잘 아는 바와 같이 과거에도 오늘에도 유일한 조선 민족의 승리의 조직자이시며 령도자이십니다. 장군의 명령이 내린 곳에 패배는 있을 수 없습니다. 꼭 승리합니다."라고 승조원들을 선동한다.[21] 또한, 제22호 어뢰정이 미 해군의 중순양함을 격침했을 때도 승조원들은 "김일성 장군 만세"를 부른다.[22] 한마디로 이 소설은 모든 전투 행위와 승리를 김일성에 대한 충성심과 연결해서 묘사하고 있다.

『영웅들의 전투기』 2에서도 공화국 영웅이 발휘하는 애국심의 원천이 김일성이라는 점이 계속해서 강조된다. 예를 들어, 리갑기의 「영웅 리훈 대장 전투기」는 리훈 대장이 최전선의 임무를 맡은 보병부대를 지휘하여 38선을 넘은 지 일주일 안에 수원을 점령하는 것을 형상화하였다. 소설은 리훈 대장이 김일성이 지휘하던 '빨치산 부대 출신"이며, 그의 뛰어난 전투 지휘는 모두 김일성에게 배운 것임을 강조한다. 예를 들어, 리훈은 수원 진공을 기갑부대의 지원 없이 시작하는 것을 결정하기 직전 김일성의 말을 떠올린다.

"수령이시여―"

리훈대장은 잠간 눈을 감았다. 김일성 장군― 그는 오래인 항일투쟁을 장군의 아래에서 자라왔으며 오늘까지 긴 혁명적 전사로서 장군의 지휘 아래서 싸와온 그다. 그는 전투에 있어서 언제나 큰 성과를 얻었을 때도 장군의 모습이 머리에 떠오르며 가장 곤란한 경우에 있어서도 그는 장군의 말씀을 생각하는 것이였다.[23]

---

21 위의 책, 12면.

22 위의 책, 46면.

23 리갑기, 「영웅 리훈 대장 전투기」, 『영웅들의 전투기』 2, 문화전선사, 1950.9.13, 89면.

오전에 시작한 전투가 오후에 인민군을 최소한으로 희생하면서 국방군에게 최대한의 타격을 입히고 성공적으로 마무리되자, 리훈 대장은 다시금 김일성의 이름을 부르며 머리를 숙여 그에게 감사한다.[24]

현경준의 「결사의 한강도하」는 6월 25일 새벽, 인민군대가 "민족의 수령이신 김일성 장군의 그 애국적 정신과 유격 전통을 이어받은 불사불패의 군대"라는 자긍심을 갖고 "최후의 피 한 방울까지 조국을 위하여" 바칠 것을 결의하고 38선을 넘는 것으로 시작하고 있다.[25] 이어서 소설은 한강 다리가 끊어지자 김일섭 하사가 헤엄을 쳐서 강을 건너고 그쪽 나루에 메여있던 배를 가져와서 소속 부대가 한강을 건널 수 있도록 한 것을 자세히 묘사한다. 이처럼 소설은 김 하사의 영웅성은 모두 '조선인민군은 김일성의 부대'라는 자긍심 때문임을 강조한다.

북한 비평가들도 김일성을 북한 인민들의 '애국심'의 원천으로 강조하였다. 엄호석은 김일성은 "가장 걸출한 애국자의 전형"이며, "인민은 자기의 애국주의의 모범을 김일성 장군의 실제적 형상 가운데 발견하고 그로서 고무 격려되어 왔다"라고 주장하였다.[26] 안함광도, "북한 주민으로부터 우러나는 애국심의 원천"이 김일성이기 때문에, 그를 형상화하는 것 자체가 고상한 애국주의 사상을 고양하는 것이며, 그의 형상을 대중들에게 주입하는 것은 "조국의 통일과 민주주의적 발전을 쟁취 보장하는 사업과 별개일 수 없다"라고 주장하였다.[27]

---

24 위의 책, 99면.

25 현경준, 「결사의 한강도하－영웅 김일섭 전투기」, 『영웅들의 전투기』 2, 문화전선사, 1950. 9.13, 165면.

26 엄호석, 「조선문학과 애국주의 사상」, 『문학의 전진』, 1950.8; 재수록 『현대문학비평자료집』 1, 서울: 태학사, 1993, 479~480면.

27 안함광, 「8.15 해방 이후 소설 문학의 발전 과정」, 『문학의 전진』, 1950.8: 재수록 『현대문학비평자료집』 1, 23~24면.

3. 『문학예술』 재발간 직후의 애국주의 형상화(1951.1.~1951.6.)

1950년 9월 15일 UN군의 인천상륙작전과 10월 19일 중국인민지원군의
한국전쟁 참전을 계기로 조선로동당 내부에서 김일성의 조선인민군 지휘
방식, 당 조직 및 당 정치 교양 노선에 대한 비판 여론이 형성되었다. 이것은
UN군의 반격과 북진 속도가 너무 빨라 많은 인민군대가 조직적인 철수를
하지 못하고, 당 지도기관의 후퇴도 무질서하였기 때문이다.[28] 이에 대한
해결책으로 스탈린이 조선로동당의 지도부를 개조하여 지도자들이 역할을
분담할 것을 직접 지시하면서 선전 선동 분야에서도 중대한 변화가 있었다.[29]
조선로동당은 '조선인민군 총정치국'을 신설해서 당이 직접 군대의 정치교
양 사업을 통제하기로 결정하였다.[30] 이에 따라 1950년 10월 13일, 박헌영이
총정치국장으로 취임하여 조선인민군의 정치 분야를 지휘하였다.[31]

또한 1950년 11월 말, 소련군의 북한 점령 초기부터 고문으로 있었던 스티
코프 장군이 소환되고 라주바예프 중장이 새로운 소련 고문 및 소련 전권
대사로 임명되었다. 1951년 1~4월, 라주바예프는 군대 규율 강화와 군대의
구성원들에 대한 정치교육 확대, 당 조직 및 군 정치 기관의 조직적 역할
제고에 관한 일련의 조치를 지시하였다.[32] 그 조치 중에는 기존의 김일성

28　이종석, 『조선로동당 연구』, 역사비평사, 2003, 239~240면.

29　"Ciphered Telegram No. 75352, Feng Xi [Stalin] to Shtraus[Shtykov] and Mayveyev
[Zakharov], Oct. 1, 1950," https://digitalarchive.wilsoncenter.org/document/117312.

30　김일성, 「인민군대 내 조선로동당 단체를 조직할 데 대하여」, 『김일성 저작집』 제6권, 평양:
조선로동당출판사, 148면.

31　Shtykov, T. "Telegram from the Soviet Ambassador to the Democratic People's Republic
of Korea to the Chief of the Soviet General Staff, regarding the issue of replacing the
Soviet General Military Advisor," listy 308~310; 재수록 『한국전쟁, 문서와 자료, 1950~
1953』, 215~217면. 이 전보는 10월 1일 스탈린의 지시가 잘 이행되고 있음을 보여주기
위해서 11월 20~21일의 조선인민군 총사령부의 군사회의 상황을 자세히 보고하였다.

중심의 애국주의 선전방식의 개선과 북한 문학단체의 재정비 — 북조선문학
예술총동맹과 남조선문화단체총연맹이 통합하여 조선문학예술총동맹이 결
성된 것 — 도 포함되어 있었다.

1951년 2월 말쯤, 김두봉은 라주바예프의 지시로 선동원들의 전군협의회
에서 '선전선동 방식을 개선할 것'에 대해서 연설하였다. 이 연설에서 김두봉
은 인민군이 발휘하는 영웅성은 애국심에서 나온 것이며, 그들의 애국심을
고취하는 주체는 김일성보다는 인민민주주의라는 점을 강조했다. 김두봉은
공화국 영웅들이 발휘하는 "영웅성과 용감성은 조국에 대한 무한한 사랑의
표증"이며, 그들의 "조국에 대한 사랑은 자기의 친근한 사람들과 부모들과
또는 소베트 군대에 의하여 우리나라가 해방된 후에 건설되기 시작한 새로운
명랑한 생활에 대한 사랑과 밀접하게 련계"되어 있다고 말하고, 선동원들에
게 이러한 점이 교양되어야 한다고 연설하였다.[33]

또한, 1951년 1월 4일 조선로동당 중앙위원회는 남북 문학예술가 단체를
통합할 것을 결정하였다. 이에 따라 3월 20일에는 북조선문학예술총동맹과
남조선문화단체총연맹이 통합하여 조선문학예술총동맹이 결성되었다. 또한
남로당 계열 문학자들이 당 정치교양 및 문화선전 분야에서 간부로 임용되었
다.[34] 이로써 김일성 지지자들이 장악한 선동선전 분야에 박헌영의 영향력이

---

32   라주바예프, 『6·25전쟁 보고서』 제2권, 서울: 군사편찬연구소, 2001, 78~79면. 1951년 1~4
     월 사이에 라주바예프는 김두봉의 연설, 군의 사상사업 강화 문제에 대한 작가, 예술가,
     극작가, 작곡가 협의회 개최, 군관들을 위한 맑스-레닌주의 교육체계 도입, 최고사령부의
     교양 사업을 변질시키는 요소들을 제거하라는 지시를 내렸다.

33   김두봉, 「인민군 각 부대 선동원 회의에서 진술한 김두봉 동지의 연설」, 조선인민군 총정치
     국, 1951.2, 13~14면.

34   1951년 3월 20일에 북조선문학예술총동맹과 남조선문화단체총연맹은 '조선문학예술총동
     맹'으로 통합되었다. 이태준이 조선문학동맹 위원장 그리고 김남천이 서기장에 임명되었
     다. 또한, 이원조가 조선로동당 선전선동부 문학예술담당 부부장에 임명(1951.6)되었고, 조
     일명은 문화선전성 부상(1951.11)에, 그리고 임화는 조소문화협회 부위원장에 임명되었다.

미칠 조건이 마련되었다.

1951년 5월 20일에는 1950년 7월 이후 출판되지 않았던 『문학예술』이 4월호(제4권 제1호)로서 다시 출판되었다. 여기 실린 소설을 통해서 조선인민군의 '일시적 전략적 후퇴'의 책임에 대한 김일성과 박헌영의 의견 차이와 '고상한 애국주의' 선전방식에 대한 노선 차이가 표출되었다. 예를 들어 남로당 계열 작가인 김남천의 「꿀」(『문학예술』 4월호, 1951.5.20)과 현덕의 「복수」(『문학예술』 5월호, 1951.6.10)는 조선인민군의 후퇴에 관한 박헌영의 관점을 드러내었다.

우선, 김남천(조선문학동맹 서기장)의 「꿀」은 표면적으로는 조선인민군에 대한 남한 인민들의 지지를 표현하였다.[35] 즉, 소설의 줄거리는 부상으로 낙동강 전선에서 낙오되었던 한 인민군 병사가, 시골 할머니가 "남로당 유격대원"인 손자를 위해 준비해 두었던 꿀을 먹고 건강을 회복하여 전선으로 돌아가는 것이다.[36] 그러나 이면적인 주제는 남한 해방에서 조선인민군보다 남로당 계열 빨치산의 역할을 더 강조하는 것이다. 이러한 주제는 부상을 당한 인민군이 자신을 병원으로 이송하기 위해서 찾아온 이 동네의 로동당원 -전 남로당원-들을 만나는 장면에서 자세히 묘사된다.

'기다리고 기다리던 우리 군대의 첫 분은 동무이십니다."

또 하나의 얼굴이 그렇게 외치듯하며 내 눈앞에 크게 확대되어 보이었으나 넘쳐 흐르는 눈물에 어리여 나는 드디어 그의 얼굴도 아무의 얼굴도 얼굴의 표정들도 분간할 수 없었지요. 성한 몸으로 늠늠히 나타났어야 할 군대 대신에

---

35 이 소설은 한국전쟁기 합천 관기리 야전병원 부상병의 실제 이야기를 다룬 소설이다. 부상으로 부대에서 낙오된 인민군인 한 명이 관기리에서 78세 할머니에게 구출되어 꿀물과 미숫가루를 먹고 죽을 고비를 넘겼다고 한다.

36 김남천, 「꿀」, 『문학예술』 4월호(제4권 제1호), 1951.5.20, 36~45면.

출혈에 새파랗게 질린 양초가락같은 부상병이 한팔 한다리로 간신이 엎으러지고 기고 하면서 하로를 천추처럼 몇 해째 눈이 빠지게 기다리던 그들 앞에 나타났다는 것은 이 어이 기구한 일이 아니겠습니까?[37]

반면에 남로당의 빨치산 활동을 하는 할머니의 손자는 영웅으로 묘사된다. 이 소설의 화자는 할머니의 손자가 1948년 2.7 구국투쟁 때 산에 올라가서 빨치산이 되었으며, 덕유산을 근거지로 소백산맥 지구에서 5.10 단선 투쟁과 8.25 총선거투쟁 등을 하며 줄기차게 싸워 나아갔고, 려수 순천 항쟁을 계기로 1949년 봄부터는 지리산 유격대 휘하에서 소백산맥에서 호남평야에 이르는 광범위한 유격지구를 설정하였음을 장황하게 설명한다. 이런 서술은 남한 해방의 주체를 바라보는 박헌영의 관점이 반영되어 있다. 1950년 7월 5일 연설에서 박헌영은 남한의 빨치산이 조선인민군의 진공에 호응하여 강원도와 경상북도의 삼척과 울진, 영월과 봉화를 해방했다고 주장했다. 이어 그는 해방 후 5년간 남한의 조선공산당, 남로당 당원과 인민들이 매국 역도들의 태러와 학살을 박차고 조국의 통일과 독립 민주화를 위해서 투쟁해왔음을 주장하면서 이번 전쟁이 오랜 투쟁의 총결산임을 강조했다.[38]

이런 생각은 부대로 복귀한 인민군 병사가 건강을 회복한 것은 할머니의 덕분이라면서, "혹여 아직도 팔순의 할머니는 표주박처럼 빈방을 지키고 앉

---

37 위의 글, 43면.

38 「남반부의 노동당 전체 당원들과 전체 인민들에게 호소한 박헌영 선생의 방송연설」, 『조선인민보』, 1950.7.5. 이현주는 6월 28일 조선인민군의 서울 점령의 의의에 대한 김일성과 박헌영의 관점 차이를 둘의 연설을 비교하여 분석하였다. 이에 따르면, 김일성은 서울 해방을 '조선인민군'에 의한 것으로 보았지만 박헌영은 이를 해방 후 5년 동안의 조선공산당과 남로당 빨치산의 투쟁의 연장이자 결과로 보았다. 자세한 내용은 이현주, 「한국전쟁기 '조선인민군' 점령하의 서울: 서울시임시인민위원회를 중심으로」, 『서울학연구』 제31호, 2008. 5, 205~208면.

아서 **영웅적인 자기 손자**가 나타나는 날을 조용히 기다리고 있지는 않은지?"
라고 말하는 데서도 확인된다.[39] 한마디로, 「꿀」은 인민군을 남한을 해방하러
온 영웅적 군대가 아니라 부상병으로 묘사하고, 빨치산 활동을 하는 남로당
원을 '영웅'이라고 부르고 있다. 이러한 대조는 북한 작가들이, 인민군 부대
원들이 김일성에게 고무되어 영웅적인 전투를 하는 모습을 그린 것에서 크게
벗어난 것이다. 뿐만 아니라 이런 대조는 빨치산 활동을 지휘했던 남로당
지도자들―박헌영, 이승엽―을 찬양하는 듯한 뉘앙스를 풍긴다.

박찬모의 「수류탄」(『문학예술』 4월호)은, 9월 25~27일 동안 서울 사람들이
UN군의 서울 탈환을 저지하기 위해서 서대문 사수 투쟁을 벌이는 것을 묘사
한 것이다. 주인공 리영우는 1948년 5.10 단독선거 저지 투쟁으로 서대문
형무소에서 무기징역수로 갇혀 있다가 1950년 6월 28일 인민군대의 서울
점령 덕분에 서대문 형무소에서 나온다. 9월 22일, 그의 어머니가 미 공군의
폭격으로 사망하자, 9월 25일 리영우는 어머니의 원수를 갚겠다는 결심으로
조선로동당 서울시당의 특별돌격대에 자원한다. 그는 서대문 쪽에 바리케이
트를 치고 UN군의 서울 진입을 저지하던 중, 배오개를 넘어오는 미군의
탱크에 사제 수류탄을 들고 뛰어들어 그것을 파괴한 후 전사한다.

이 소설은 UN군의 공격을 저지하기 위한 전투에서 서울사람들이 발휘하
는 영웅성과 애국심이 해방 이후 조선공산당과 남조선로동당의 지도하에
남한에서 전개한 빨치산 투쟁의 경험과 '인민민주주의 제도'에 대한 믿음에
서 나왔음을 묘사한다. 이 점은 서대문 바리케이드를 지키고 있던 조선로동
당 서울시당의 돌격대들이 전투 의지를 다지기 위해서 1946년 조선공산당이
지도했던 '10월 인민항쟁'을 기념하는 「인민항쟁가」를 부르는 장면을 통해
서 생생하게 묘사된다.[40]

---

39 김남천, 「꿀」, 43~45면.

-원수와 더불어 싸워서 죽는

우리의 죽음을 슬퍼 말아라……

노래소리는 마포행 가드를 돌아 로-타리 전체에 퍼져나가며 차츰 더 우렁찬 합창으로 변했다. 영우는 다시 빠리케-트를 안고 드디어 총구녕에 얼굴을 드리대였다. 노래소리가 땅에 울리도록 더 커지는 것 같기도 하고 그런가 하면 어느 한구석에 뭉쳐서 부서지는 것 같기도 하며 이상하게 가슴이 찡하여진다.[41]

한마디로 이 장면에 담긴 메세지는 영우나 다른 돌격대원들이 과거 남한에서 '인민민주주의' 국가 수립을 위해서 투쟁했을 때의 감격을 떠올리며 공화국 수도 '서울'을 사수하기 위해서 다시 한 번 목숨을 건 전투에 돌입한다는 것이다. 또한, 서대문 특별돌격대가 자신들의 투쟁을 시작하기 전에 '조선민주주의인민공화국 만세'를 외치는 것이나, 주인공 리영우가 UN군 탱크를 파괴할 때 사용한 사제 수류탄이 과거 5.10 남한 단선 저지 투쟁을 할 때 사용했던 것과 같은 종류의 수류탄인 것은 남한 사람들의 영웅적인 투쟁을 고취하는 것이 인민민주주의 제도임을 강조하고 있다. 무엇보다 이 점은 "인민군대가 해방시켜 준 영광스러운 우리 공화국의 수도 서울에 단 한 발자국도 원수들의 추악한 발길을 올려놓지 못하게" 하기 위해서 싸워야 한다는 돌격대 지휘관의 말을 통해서 생생하게 표현된다.[42] 이처럼 박찬모는 남한 사람들이 발휘하는 애국심과 영웅성은 과거 빨치산 투쟁 경험과 서울을 수도로 하는 '인민민주주의 국가' 수립에 대한 열망에서 나오는 것으로 표현하였다.

40　「인민항쟁가」는 1946년 10월 항쟁에서 희생된 노동자들을 기리기 위해서 임화가 작곡하고 김순남이 작곡한 곡이다. 10월 인민항쟁은 남로당에 대한 남한 민중의 지지를 보여주고, 당의 혁명적 정체성을 형성하는 역할을 한 역사적 사건이었다.

41　박찬모, 「수류탄」, 『문학예술』 4월호, 1951.5.20, 68면.

42　위의 글, 68면.

『문학예술』 5월호에 실린 현덕의 「복수」는 조선인민군의 '일시적 전략적 후퇴'에 대한 남로당 계열의 시각을 드러내었다.[43] 우선, 「복수」는 「꿀」과 마찬가지로 인민군을 부상병으로 묘사한다. 무엇보다 이 소설은 인민군이 후퇴하여 간 강계 인근 지역에 대한 미 공군의 공격을 자세하게 묘사한다. 당시 미 공군의 폭격은 북한 주민과 인민군의 사기를 크게 떨어뜨렸으며, 인민군 문화부사령관 김일이 소련군사고문과의 회의에서 소련이 공군과 전투기를 지원하지 않는 것에 대해서 직접적으로 불만을 표현하였다가 해임되기도 하였다.[44] 현덕은 이처럼 민감한 미군의 폭격을 소설의 소재로 사용하였을 뿐만 아니라, 강계 인근의 "독로강 기슭에 있는 마지막 주막거리가 잿가루가 되"었다고 묘사함으로써 북한 정부가 큰 위기에 처한 것 같은 인상을 만든다.

또한, 이 소설은 북한 지역의 파괴 현장을 자세히 묘사하면서 은연 중에 김일성을 비하하는 뉘앙스를 풍긴다. 예를 들어 소설은 미 공군기의 폭격을 간신히 피한 남루한 가옥에 '인민위원회' 간판이 걸려있다든지, 거적을 걸친 움집 안에 "자기들의 경애하는 수령 장군의 초상이 걸려있다"라고 묘사한다.[45] 또한, 이 소설은 UN군 점령지역에서 있었던 양민 집단 학살을 묘사할 때는 김일성을 절망과 죽음의 이미지와 연결한다. 예를 들어, 전사 김이 한촌

43　임화, 김남천 등이 1947년 11월 즈음 월북한 후, 현덕은 서울에서 조선문학가동맹 기관지인 『문학』의 편집장으로 『문학』 7호(1948년 2월)과 『문학』 8호(1948년 7월, 마지막 호)를 출판하였다. 1951년 3월 조선문학예술총동맹의 발족했을 때, 그는 문예총의 지명작가로서 인정받은 지위에 올랐다.

44　"Telegram from Soviet Ambassador to the Democratic People's Republic of Korea to the First Deputy Minister of Foreign Affairs of the Soviet Union, regarding the political situation in Korea, no. 1468, October 13, 1950, 11:10 AM," *TsAMO*, fond 5, opis 918795, delo 124, listy 136~140; 재수록 『한국전쟁, 문서와 자료, 1950~1953』, 국사편찬위원회, 2006, 178~181면. 이 전보에 따르면 조선인민군 문화훈련국 책임자 김일은 소련 군사 고문에게 "우리가 필요한 것은 고문들이나 그들의 조언이 아닌 실질적 지원[공군과 전투기 같은]"이라고 불만을 직접 표시하였다.

45　현덕, 「복수」, 『문학예술』 5월호, 1951.6.10, 29면.

에서 만난 소년은 집단 학살 상황을 다음과 같이 말한다.

> "그 놈들은 나를 보고, 너 김일성이 노래 잘 부르는 놈이로군, 굴속에서야
> 아무 노래를 부르던 상관 있겠느냐, 말리는 사람 없을테니 소원껏 불러보아라
> 하고 내 궁둥이를 거더찼어요. (…)
> 정신을 차리고 보니까 그 속은 캄캄하기가 손으로 쥐면 만져질 것 같은데
> 그 속에서 으아 하고 우는 어린애 소리와 어른의 신음하는 소리가 들려왔어요.
> 그런데 그 신음 소리가 내 궁둥이 밑에서 나는 것 같아 만져보니 사람들의
> 몸뚱이 위에 있는 거예요. 나는 무서운 생각이 버쩍 나서 구석으로 기어나가서
> 바위틈으로 몸을 비비고 들어가 숨어 있었어요.
> 그러자 요란한 소리로 수류탄이 몇 빵 터지고 또 이어 총소리가 연거퍼 나더
> 니 어린애 우는 소리도 어른의 신음하는 소리도 들리지 않았어요. 아마 모두
> 죽은 모양이에요……."[46]

이러한 장면은 미군의 야수성을 묘사하라는 김일성의 교시를 따른 것으로
보인다. 하지만 소년의 어머니가 김일성의 만세를 부르며 죽은 것이나 미군
이 소년에게 김일성의 노래를 마음껏 불러보라고 말하는 장면은 김일성을
패배와 절망의 정서와 연결시키고 있다. 이것은 한국전쟁 초기 북한문학자들
이 자기의 작품에서 북한 주민이나 인민군의 영웅성을 애국심과 연결해서
묘사할 때 '김일성 만세'와 '김일성의 노래'를 활용한 것과는 큰 차이가 있다.

무엇보다 1951년 6월에 남로당 계열의 이원조가 조선로동당 선전선동부
부상으로 임명되면서, 총정치국에서 출판한 공화국 영웅에 대한 소설들에서
도 김일성에 대한 충성 표현이 사라졌다. 예를 들어 『전투원에게 주는 소설집』

46　위의 글, 35면.

1에 실린 소설 「분대장」을 보자. 소설의 주인공 김덕성과 그의 분대는 늘 후방에서 전투하다는 것에 불만을 품고 있다가 처음으로 선두에서 전투하게 된다. 이 전투에서 김덕성 분대는 미군의 탱크들을 수류탄으로 파괴하고 육탄전을 벌인다.

> 그때이다. 납작 엎디여 기며 자기 앞 20메-터 거리까지 오던 김혁 동무는 별안간 몸을 푹 앞으로 박는다. 좀 있다 그는 상신을 일으키더니 "로동당 만세!" 하고 소리를 높이여 만세를 부르고 다시 쓰러졌다. 그는 아직 로동당원이 아니였다. 그러나 그의 가슴 속에는 조선로동당의 자랑이 자기의 자랑처럼 깊이 백이고 있었던 것이다.[47]

이처럼 소설은 인민군의 영웅적인 전투 행위가 '1949년 6월 체제'—남로당이 최대 파벌인 상황—하의 조선로동당에 대한 깊은 신뢰 때문임을 강조하였다.

『전투원에게 주는 소설집』 2(1951.7)에 실린 김만선의 「사냥꾼」은 '적 비행기 사냥꾼' 운동을 묘사하는 소설이다. 원래 '사냥꾼조 운동'은 1950년 12월 미 전투기의 공습으로 인한 피해가 크니 이를 격추하는 운동을 벌이자고 김일성이 호소한 것에서 시작되었다. 하지만 이 작품은 이에 대해서 '상부의 지시'라고 막연하게 말할 뿐이고, 주인공이 정치 부중대장의 지도를 받아 자신의 임무를 성공적으로 수행하는 것만 강조한다.[48] 1950년 10월 중순 이후 인민군대 내에 박헌영을 총정치국장으로 하는 총정치국이 설립되면서,

---

47   윤세중, 「분대장」, 『전투원들에게 주는 소설집』 1, 조선인민군총정치국, 1951.6, 56면.
48   김만선, 「사냥꾼」, 『전투원에게 주는 소설집』 2, 조선인민군총정치국, 1951.7, 66~78면. 이 소설은 막연하게 "상부 지시에 의하여 각 부대에서는 「사냥꾼조」가 조직되게 되었다."(22면)라고 말한다.

인민군은 지휘관과 함께 총정치국에 소속된 정치 부지휘관의 지도를 받게
되었다. 이 소설의 내용은 이러한 변화를 반영한 것으로 보인다. 하지만 정치
부지휘관의 역할만을 강조한 것은 김일성보다 박헌영의 지도력을 더 강조한
것으로 해석될 여지가 있다.

4. 정전 협상 개시와 애국주의 형상화에 대한 논쟁(1951.7.~1952.12.)

1951년 6월 3일, 북경을 방문한 김일성은 모택동과 '모든 외국군의 철군과
38선 회복을 조건으로 정전 협상을 시작할 것'을 합의하였으며, 6월 중순에
스탈린도 이에 동의하였다. 6월 23일에는 유엔 주재 소련대사 말리크는 38선
을 군사분계선으로 할 것과 모든 외국군의 철군을 조건으로 '정전(停戰)회담'
을 시작할 것을 제안하였다. 이에 UN군 측이 호응하면서 7월 10일 정전
협상이 시작되었다.[49] 바야흐로 전쟁은 곧 끝날 것처럼 보였다. 이에 김일성
은 선전선동 분야의 정비에 곧바로 나섰으며, 선전선동의 중요 부분인 문학
계의 정비는 그의 관심사가 되었다. 6월 30일 김일성은 중견 작가들과 예술가
들을 접견한 자리에서 문예총 내부의 종파주의에 대해서 경고하였다.[50]

6월 30일의 담화에서 김일성은 "조국 전쟁 기간 동안을 통하여 우리 작가
예술가들은 많은 문학예술 작품을 창작하였으나 그 사상적 내용으로나 그

---

49 김동길, 「휴전협상에서 북·중·소 3국의 태도 변화 및 결과」, 『한국과 국제정치』 제35권
제3호, 경남대학교 극동문제연구소, 2019, 37~44면. 김동길에 따르면, 당시 중국대표단은
휴전회담이 쉽게 끝날 것으로 예상하고 가을 옷도 가져가지 않았으며, 미국 대표단 또한
6주 내로 회담이 마무리 될 것으로 예상하였다(28면).

50 김일성의 「전체 작가예술가들에게 주신 김일성 장군의 격려의 말씀」은 『문학예술』 6월호
(1951년 7월 20일), 4~11면에 실렸으며, 이후 이것은 「전체 작가 예술가들에게」라는 제목
으로 『김일성 선집』 3(1953, 평양: 조선로동당출판사), 240~248면에 재수록 되었다.

예술성으로 보아 우리 영웅적 인민이 응당히 가져야 될 고상한 예술 작품을 창작하지 못하였다"라고 지적하였다. 이런 문제의 극복을 위해서 그는 작가 예술가들에게 그들의 작품에서 '조선 인민의 숭고한 애국심,' '인민군대의 영웅성과 완강성,' '영웅적 인민의 모습을 세심하게 연구하여 묘사'할 것을 지시하였다. 특히 그는 "작가 예술가들은 우리 인민과 군대 장병들을 묘사하면서 그들이 갖고 있는 높은 사상적 토대와 국가적 립장과 견해를 보여주어야" 한다고 말하였다.[51] 이 말의 뜻은 영웅형상화에서 "김일성의 영도 하에 불굴의 혁명 정신과 대중적 영웅주의를 발휘"하는 것이 직접적으로 표현되어야 한다는 것이다.[52]

이 담화에서 주목할 점은, 김일성이 "문학 예술계의 각종 분파적인 행동 경향과 철저하고 무자비한 투쟁을 전개"할 것을 주문한 것이다.[53] 여기에는 문학작품에서 김일성에 의해 고취되는 고상한 애국주의―이를 김일성은 고상한 사상이라고 말함―가 표현되지 않는 작품을 쓰는 작가들은 당 문학 노선을 따르지 않는 종파주의자로 보겠다고 경고가 내포되어 있다.

『문학예술』 6월호(1951년 7월 20월)에는 김일성의 담화와 함께 임순득의 「조옥희」가 게재되었다. 이 소설은 옹진지역의 여성 빨치산인 조옥희를 주인공으로 한 것으로서 비평가들로부터 공화국 영웅을 잘 형상화한 우수한 작품으로 평가받았다. 그렇다면 이 작품의 어떤 면이 칭찬을 받은 것일까?

이 소설에 따르면 조옥희는 1947년 2월 23일 조선로동당에 입당한 후 중앙당학교를 졸업한 당원으로, UN군이 황해도 옹진반도에 상륙하여 벽성군 지역을 점령하자 UN군과 싸우기 위해서 빨치산이 된다. 그녀는 지남산에

---

51   위의 글, 5~8면.

52   김일성, 『"우리 문학예술의 몇 가지 문제에 대하여"에 대하여』, 평양: 사회과학출판사, 1973, 17면.

53   김일성, 「전체 작가예술가들에게 주신 김일성 장군의 격려의 말씀」, 8~10면.

서 미군의 공격을 받고 후퇴하던 중에 다른 빨치산 대원들을 구하기 위해서 혼자서 '따발총'으로 30여 명의 미군을 사살한 후 체포된다. 그녀는 미군의 악의적이고 비인간적인 고문을 받으면서도 빨치산의 연락선을 말하지 않았고, 결국 사형을 당한다. 하지만 조옥희는 김일성 장군을 생각하며 죽음을 전혀 두려워하지 않았을 뿐 아니라, 마지막 순간에는 "김일성 장군 만세"를 부르며 죽는다.

열세 번째의 로동당원이 사격 표발이 되어 옥희 앞에서 쓰러졌다.

어떤 창백한 청년이 눈을 수건으로 가리워 달라고 애걸하는 것을 보고 옥희는 두 눈에 총구처럼 불을 뿜으며 외쳤다.

『우리의 주검은 헛되지 않다. 로동당원의 영예를 고수하라!』

『이 년이!』

뭇놈의 손이 옥희의 찢어진 옷자락을 잡아채여 전신주에 동여매 놓았다. 등 뒤에서 파도 소리가 쏴-하고 밀려왔다 밀려간다.

『탕!』『탕!』

총소리는 계속해서 난다. 화약 냄새가 옥희의 타는 목을 더욱 불붙게 하였다.

『미제놈들아 저주와 멸망을 받으라! 나는 죽지만 나의 배후에는 수백만 우리 로동당원이 있다. 민주녀성이 있다. 인민군대가 있다. 청소한 공화국이 있다.』

길게 부르짖으며 휘두르던 옥희의 팔이 햇볕에 녹는 고드름처럼 툭 떨어졌다. 그러나 원쑤놈의 총검은 솟구치는 핏발에 젖어 그 빛을 잃고 말았다. 떨어진 팔이 푸들푸들 뒤침과 함께 옥희는 마지막 힘을 모아 심장에 또 하나의 총탄을 맞으며 외쳤다.

『우리의 수령 김장군 만세!』

그 소리에 뒷이어 잠시 조용했던 몽당포 파도 소리는 더욱 높아졌다.[54] (강조 —인용자)

이 소설은 조옥희가 빨치산이 된 이후 죽을 때까지 위기와 고통의 순간마다 수령 김일성을 생각하며 용기를 내는 것으로 묘사한다. 이러한 형상화는 조선인민군과 북한 주민의 영웅적인 투쟁의 원천은 김일성에 대한 충성심이라는 주제를 분명히 드러낸다.

같은 맥락에서 한효는 고상한 애국주의의 전형을 묘사할 때, 북한 인민들의 애국심이 김일성에 의해 고취된다는 점이 표현되어야 한다고 주장하였다. 즉, 그는 "우리 문학은 인민들을 우리의 경애하는 수령에 의하여 고무되는 애국주의의 이데야로써 무장시키며 애국주의적 리상을 표현함에 복무하며 조국의 자유와 독립과 민주를 쟁취함에 복무한다. 바루 그렇기 때문에 우리 문학이 창조해내는 전형들은 가장 애국주의적이며 가장 영웅적인 인물들"이라고 주장하였다.[55]

한효는 또한 「서울 사람들」라는 소설을 『문학예술』 8~10호에 게재하고, 9월 26~27일 서울시당의 서대문 돌격대의 미군 저지 투쟁을 자세히 묘사하였다. 이 소설에서 한효는 남로당의 유격대원들을 묘사할 때도 고상한 애국주의의 전형에 맞게 묘사하여야 하며, 그들이 발휘하는 애국심이 김일성에 의해서 고취된다는 점이 묘사되어야 함을 직접 보여주었다. 예를 들어 이 소설에서 남로당 계열이 분명한 서울 사람들이 모두 "김일성 만세"를 부르면서 전사한다.[56] 또한 9월 27일 서대문 사수 전투에서 보인 인민군과 특별자위

---

54 임순득, 「조옥희」, 『문학예술』 6월호, 1951.7.20, 36면. 이 작품은 『영용한 사람들』(문화전선사, 1951.6)에 실린 것을 다시 게재한 것이다.

55 한효, 「우리 문학의 전투적 모습과 제기되는 몇 가지 문제」, 『문학예술』 6월호, 1951.7.20, 89면.

56 UN군의 인천상륙 이후 서울에서 서울사람들을 모아 빨치산 부대가 조직되었다. 그들은 서울 홍제원에 바리케이트를 치고 싸웠으나, 미군의 폭격으로 김룡구 소대장이 죽었다. "김동무가 그[김룡구 소대장]의 손목을 잡고 동무는 최후까지 잘 싸웠다고 말해도 그는 싸움은 이제 시작이라고 고개를 흔들었다. 그리고 그는 적의 포소리보다 더 큰 소리로 『김일성 장군 만세』를 부르고 눈을 감았다."; 한효, 「서울사람들」 1, 『문학예술』 8월호, 1951.

대의 "위대한 정신력은 우리의 영예스러운 당과 김일성 장군에 의하여 고무되고 굳어진 것"이라고 서술된다.[57]

1951년 7월부터 시작된 UN군과 중조연합군 사이의 정전 협상은, 김일성의 양보로 중대한 진전을 이루었다. 10월 초부터 김일성과 모택동은 조속한 전쟁의 종결을 위해 38선 군사분계선 주장을 포기하고, 현 교전선을 군사분계선으로 하자는 유엔군의 제안을 받아들일 것을 결정하였다. 그러나 스탈린은 정전에 반대하면서 김일성의 양보를 통한 조속한 정전실현 노력에 대해 불만을 표시하였다. 그러나 스탈린의 반대에도 불구하고 11월 27일 양측은 가장 첨예하게 대립하였던 군사분계선을 38선이 아닌 현 교전선으로 확정하였다. 바야흐로 정전은 곧 실현될 것처럼 보였다.[58]

정전 협상의 급진전과 이에 대한 스탈린의 불만은 북한의 선전 선동에도 영향을 주었으며, '애국주의' 선전 방식을 둘러싸고 김일성 계열과 남로당 계열의 문학자들은 직접 충돌하였다. 1951년 10월 중순에 조선문학예술총동맹은 "영웅형상화에 대하여"라는 주제로 연구회를 개최하였다. 이 연구회에서 영웅적 인민과 군인의 충성심의 대상이 '수령 김일성'인지 아니면 '조선로동당과 인민민주주의 제도'인지에 대한 문학자들의 의견 불일치가 명확히 드러났다.

남로당 계열의 이원조(조선로동당 선전선동부 부장)는 "영웅형상화에 있어서의 기본으로 되는 방법론"이라는 보고에서 북한 인민들의 영웅적 행동과 애국주의의 원천은 김일성이 아니라, 인민민주주의 제도와 조선로동당이라

11.30, 15~16면. "한낮의 돌격은 많은 희생이 요구되었다. 많은 전사들과 특별 자위대원들이 쓰러졌다. 그들은 모두 경애하는 수령 김일성 장군 만세를 부르면서 눈을 감았다."; 한효, 「서울사람들」 2, 『문학예술』 9월호, 1951.12.15, 48면.

57   한효, 「서울사람들」 3, 『문학예술』 10월호, 1951.12.25, 43면.

58   김동길, 「휴전협상에서 북·중·소 3국의 태도 변화 및 결과」, 47~52면.

고 주장하였다. 그에 따르면, 북한 주민의 애국심은 북한의 "국가 제도의 우월성에 있으며 또한 철두철미 인민의 이익과 행복을 위한 국가적 시책에 있으며 이의 성과적 실천을 위하여 항상 근로 인민들의 선두에서 올바른 지도와 전위적 역할을 노는 혁명적 당 곧 조선로동당이 있는데 기인"한다.[59]

반면에 문예총 위원장 한설야는 영웅을 형상화하는 작품 창작에서의 구체적인 문제를 논의하면서, 작가들은 작품에서 애국주의의 전형, 즉 김일성에 의해 고취되는 영웅들의 애국심을 그려야 한다고 주장하였다. 즉, 작가들은 "영웅의 언행과 그에 의하여 전개되는 모든 사건을 그저 나열할 것이 아니라 그 소재들을 분해하여 재구성하여야만 하며, 영웅의 외면적 특징뿐만 아니라 깊은 내면적 세계―김일성에 대한 충성심―를 보여주도록 노력"하여야 한다. 그리고 그는 이러한 사례로 임순덕의 「조옥희」를 제시하였다. 반면에 그는, 현덕의 「아름다운 사람들」은 단순히 사실을 나열하는 기록주의적 경향의 작품이라고 비판하였다. 그 이유는 작가가 백기락 영웅을 '전형'적으로 묘사하는 데에 실패하였으며, 그 결과 주인공인 백기락이 "용감하고 씩씩한 영웅으로서보다 오히려 부상 잘 당하는 비행사 백기락으로서 나타나기" 때문이다.[60]

1951년 11월 비평에서 엄호석은 남로당 계열 작가의 작품이 형식주의적이고 자연주의적 작품이라고 비판하였다. 그에 따르면, 북한에는 "해방 후 5년간 당과 수령으로부터 교양 받았으며 조국과 인민을 위하여서는 생명을 내어던지기에 준비된 그런 새로운 타입의 인간들"이 있다. 하지만 김남천의 「꿀」과 현덕의 「복수」에는 이런 인간에 대한 묘사가 결여되어 있다. 이 뿐만 아니라, 작가가 사건을 회상의 형식으로 서술한 것은 "형식주의적 경향의

---

59 「영웅형상화에 대한 문제―문예총 영웅형상화에 대한 연구회에서」, 『로동신문』, 1951.10. 29.

60 위의 글.

수법"으로서 "우리의 생활과 사실주의에는 부합되지 않는 낡은 형식적 잔재"
이다. 따라서 그는 "우리의 사실주의 문학은 자연주의와 형식주의의 잔재들
과 투쟁 속에서 발전할 수 있다"라고 주장하였다.[61]

1951년 12월 12일 김일성은 문화 예술가 접견 석상에서 "우리의 새로운
민주주의적 예술은 반드시 깊은 사상성을 가져야 하며 인민들에게 투쟁적
무기로 복무"하여야 하며, 예술 일꾼들은 "반드시 자신의 사상 수준을 재고
하면서 항상 배워야 한다"고 연설하였다.[62] 이처럼 김일성이 문학자의 사상
성을 문제를 삼자, 김일성 계열 비평가들은 남로당 계열 작가들을 부르주아
사상가로 몰아가는 평론을 발표하였다. 이로 인해 문예총 내부의 김일성
계열과 남로당 계열 작가들 사이의 갈등은 더욱 커졌다.

1952년 1월 17일, 엄호석은 『로동신문』에 「우리 문학에 있어서의 자연주
의와 형식주의 잔재와의 투쟁」을 발표하였다. 이 평론에서 그는 '작가 예술가
들의 작품에 자연주의적 수법이 나타나는 경향에 대해서 철저한 투쟁'을
하라는 김일성의 교시를 인용하고, 영웅들을 형상화한 일부 작품에서 자연주
의적 경향이 있다고 지적하였다. 특히 그는 김남천의 「꿀」과 현덕의 「복수」
가 "자연주의와 형식주의 수법에 대한 실례"라고 비난하였다.[63] 이런 비평의
의도는 조선인민군을 부상병으로 비하하고 남로당 빨치산을 영웅으로 묘사
한 김남천의 「꿀」과 일시적 후퇴 시기 북한의 파괴 상황을 묘사하며 김일성
의 지도력을 문제 삼는 듯한 현덕의 「복수」에 대해 부르주아 문학이라는
낙인을 찍는 것이다.

---

61 엄호석, 「작가들의 사업과 정열-최근의 창작을 중심으로」, 『문학예술』 7월호(제4권 제4호),
    1951.11.15, 80~85, 88면. 이 비평에서 엄호석은 이태준의 「고귀한 사람」에 대해서도 형식
    주의 작품이라고 비판하였다(84~85면).
62 이 연설은 1952년 1월 15일 출판된 『문학예술』 12월호의 5~9면에 실렸다.
63 엄호석, 「우리 문학에 있어서의 자연주의와 형식주의 잔재와의 투쟁」, 『로동신문』, 1951.1.
    17.

안함광도 「1951년도 문학 창조의 전망과 성과」(『인민』 1952년 1월호)에서 1951년 6월 김일성이 전체 작가 예술가에게 준 격려의 말이 잘 실천되고 있는지에 대해서 점검하였다. 그러면서 그는 「복수」가 자연주의적 특징을 철저하게 보여주고 있다고 비판하였다. 그에 따르면, 이 작품은 미제 침략군 대의 강점지대에서 조선 인민이 받은 "처절 처참한 가지가지 고초를 정성껏 수집 나열"함으로써 "어둡고 처참하며 몸서리치게 무서운 부정적 세계"만을 일관되게 보여줄 뿐 "원수에 반대하여 용감히 싸운 강점 지구하의 인민들의 영웅적인 모습에 대하여는 눈을 감았다."라는 문제가 있었다.[64]

이처럼 김일성 계열 작가들이 남로당 계열 작가들을 부르주아 사상가로 몰아가자, 이원조와 기석복과 같이 당 정치교양 사업과 문화선전 사업을 담당한 사람들이 나서서 김일성 계열 작가들을 반박하였다. 이뿐만 아니라 이원조는 문예총에서 비평합평회를 열어 김남천과 현덕을 '자연주의' 문학 자라고 한 것에 대해서 엄호석에게 자아비판을 시켰다.

우선, 이원조는 「영웅형상화에 대하여」(『인민』 1952년 2월호)에서 조선로 동당과 인민민주주의 제도가 북한 주민의 애국심을 고취하는 것으로 묘사되어야 한다고 재차 주장하였다. 그에 따르면 조선 인민의 숭고한 애국심과 전고미문의 영웅적 행동은 공화국 북반부에 창설된 인민민주주의 제도에 근거한 것이며, 조선 인민을 애국심과 영웅적 행동에로 추동하는 데 있어 조선노동당이 선전 및 조직적 역할을 하였기 때문이다. 따라서 북한의 문학 예술은 영웅형상화를 위해서 "인민민주 제도와 노동당과 국가의 정책"에 대해 깊이 연구해야 한다.[65] 창작방법에 대해 그는, 작가 예술가들은 "영웅들

---

64 안함광, 「1951년도 문학 창조의 전망과 성과—김일성 장군의 격려의 말씀을 받들어 문학가 들은 창조사업을 어떻게 진행하였나」, 『인민』 1952년 1월호; 재수록 『현대문학비평자료집』 2, 이선영·김병민·김재영 편, 태학사, 1993, 159면.

65 이원조, 「영웅형상화 문제에 대하여」, 『인민』 2월호, 평양: 민주조선사, 1952.2, 123~125,

의 인민성과 영웅의 내면생활과 인간적 장성과 영웅적 행동을 왜곡하지 않으며 완전하게 표현할 것"을 제시하였다.[66]

1952년 2월 18일 소련계 조선인 기석복도 자신의 평론을 통해서 엄호석의 1월 비평에서 남로당 계열 작가를 자연주의 작가로 몰아간 것에 대해서 비판하였다. 그는 "최근 우리 출판물에 일부 우리 작가들의 작품이 자연주의적 혹은 형식주의로 창작되지 않았음에도 불구하고 그를 형식주의적 혹은 자연주의적 작품으로 규정하려는 어리석은 시도들이 반영"되었다고 지적하였다. 그는, 특히 엄호석이 김남천의 「꿀」이 사실을 있는 그대로 묘사했다는 이유로 "자연주의적 작품이 아님에도 불구하고 자연주의라는 도깨비 감투를 씌울려고 하였다"라고 비판하였다. 이어서 그는 자연주의는 문학에서 부르주아 사상을 표현한 것이라는 점을 설명하고 김남천 등의 문학은 이 경향과는 무관하다는 점을 역설하였다.[67]

3월 26일에는 조선문학동맹에서도 60여 명의 작가 예술가들이 모여서 엄호석의 평론에 대해서 토론하였다.[68] 이 회의에서 박찬모는 "엄호석 동지가 범한 독단적 비평 태도"는 "타도주의 평론의 옳지 못한 태도"의 대표적 실례라고 비판하였다. 이어서 기석복이 나서서 엄호석의 비평에 대해서 비판하였다.

일부 평론가들이 불충분하게 리해하고 있는 것처럼 자연주의는 결코 레알리

127~128면.

66 위의 책, 128면.

67 조선문학동맹, 「평론합평회; 기석복 동지의 <우리 평론에 있어서 몇 가지 문제>에 대하여」, 『문학예술』 4월호, 1952.5.5, 82~83면.

68 이 합평회에는 이태준 문학동맹 위원장, 김남천 문학동맹 서기장, 엄호석 평론 분과 위원장, 최명익 소설 분과 위원장, 이용악 시 분과 위원장과 평론가, 소설가, 시인, 희곡, 씨나리오 작가 40여 명과 미술가, 음악가 20여 명이 참석하였고 중앙당 선전선동부 이원조 부부장이 참석하였다(위의 책, 82면).

즘의 저급하고 미숙한 형태인 것이 아니라 철두철미 반 레알리즘이며 반인간적인 제국주의 부르주아 이데올로기이며 따라서 우리들의 가장 증오하고 경계하여야 할 적대적 리론인 것이다. 평론가 엄호석 동지는 이것을 충분히 인식하지 못하였기 때문에 작품상에 나타난 여러 특색들을 자연주의적 혹은 잔재라는 렛델을 붙이었다. 그 실례의 하나로 김남천 작 단편소설 「꿀」을 수법상에 있어서 자연주의적 작품인 것처럼 오인하고 있었다. (…) 그리고 그것을 우리 문학의 전반적 현상으로서 왜곡 중상함에 이르렀다.[69]

토론회의 결론으로, 이원조는 조선로동당 선전선동부 부부장의 위치에서 기석복의 비평문을 근거로 엄호석에게 자신의 잘못된 비평—자연주의를 빌미로 동지를 적으로 몰아간 것—에 대해 자아비판을 시켰다.

문화전선 내부의 갈등에 대해서 침묵하던 박헌영도 선전 노선에 대한 입장을 공개적으로 밝히기 시작했다. 1952년 3월 6일, 박헌영은 각급 인민위원회 문화전선 간부회의에서 선전의 중심은 '인민민주주의'임을 강조했다. 그에 따르면, 한국전쟁에서 승리할 수 있었던 것은 국내의 모든 역량을 강력히 조직, 동원할 수 있는 '인민민주주의 제도' 덕분이다. 따라서 당과 북한 정부는 앞으로 전쟁에서 종국적으로 승리하기 위해서도 인민민주주의 제도를 더욱 공고히 발전시켜야 한다. 결론으로 그는 이 제도의 공고화를 위해서 인민의 의식성을 고양시켜야 하며, 이를 위해 맑스-레닌주의 선전 사업을 강화해야 한다고 주문하였다.[70]

박헌영은 4월 15일, 김일성의 40주년 생일 기념식 연설에서 '애국주의' 선전에 대한 자신의 생각을 공개적으로 밝혔다. 그는 해방전쟁에서 발휘한

---

69 위의 책, 83면.
70 박헌영, 「도, 시, 군 인민위원회 문화전선 간부회의에서 진술한 박헌영 동지의 연설」, 『로동신문』, 1952.3.6, 1면.

조선인의 영웅성은 김일성에 대한 충성심이 아니라 레닌-스탈린 사상의 승리에 대한 신념에서 나온 것이라고 연설하였다. 그에 따르면, "영웅적 조선 인민의 성격의 원천은 장래에 대한 인민의 신심과 인류 사회의 해방에 대한 레닌-스탈린의 사상의 불가피적 승리에 대한 그들의 확신"에 있다. 그리고 "조선로동당의 전술과 전략은 맑스-레닌주의의 학설, 쏘베트 동맹과 인민민주주의 국가들의 형제당의 귀중한 경험에 입각"하고 있다. 더 나아가 그는 김일성을 단지 "민주주의조국전선의 조직자의 한 사람"이자 "스탈린의 제자"일 뿐이라고 주장하였다. 또한 그는 한국전쟁에서 조선인민이 영웅정신을 발휘하고 어려움을 극복해낸 것은 "공화국 정부와 조선로동당이 우리들[당원들]에게 막대한 조직적 교양사업을 진행하면서 인민들이 정부 주위에 튼튼히 집결했기 때문"이라며 김일성의 역할을 저평가하고 북한 정부와 당의 역할을 강조하였다.[71]

이에 맞서 문예총 위원장 한설야는 1952년 5월 5일에 출판된 『문학예술』 4월호에 「김일성 장군과 함께 발전하는 조선문학」을 게재하고, 작가와 예술가는 김일성의 지도를 따라야 한다고 주장하였다. 그 이유를 설명하기 위해서 그는, 김일성이 해군 영웅인 김군옥과 이완근을 만났을 때의 일화를 사례로 든다. 즉 김일성이 무슨 요구할 것이 없는지를 물었을 때 그들은 "없소. 최고 사령관께서 건재하시기를 비오. 그것을 전달해주오. 그것뿐이오"라고 말한다. 한설야는 이 담화에 나오는 일화를 선명한 장면과 인물들을 통해서 묘사한다면 훌륭한 예술 작품이 된다고 강조하였다.[72] 이것의 함의는 '고상한 애국주의'를 형상화할 때, 북한 주민의 애국심을 고취하는 주체는 김일성이여야 하며 공화국 영웅들의 애국주의를 표현할 때도 이것이 묘사되어야 한다

---

71   박헌영, 「김일성 동지의 탄생 40주년에 제하여」, 『로동신문』, 1952.4.15.
72   한설야, 「김일성 장군과 문학예술」, 『문학예술』 제5권 제4호, 1952.4, 7~8면.

는 것이다.

7월 16일에는 유항림이 창작한 「진두평」의 장르 문제―전투 실기인지 아니면 소설인지―를 토론하기 위한 문예총 연구회가 개최되었다.[73] 연구회에서 작가들은 토론을 통해서 「진두평」을 기록성이 강한 소설이라고 결론을 내렸다. 소설 분과 위원장인 최명익도 김남천의 보고를 지지하면서 "기록적 가치를 높이 평가해야 할 우리 문학에 있어서 작품이 기록적이라고 해서 얕게 평가하는 것은 좋지 못하다고 생각한다."라고 말하였다.[74] 문학동맹위원장 이태준은 참석한 작가들의 의견을 토대로, 「진두평」이 "장르문제를 일으킬 정도로 [소설로서] 형상이 부족했던 것이 사실"이라고 지적했다.

8월과 10월에도 한설야는 북한문학은 김일성의 지도를 따라야 한다고 재차 주장하였다. 그는 「김일성 장군과 민족문화의 발전」이라는 글에서, 김일성이 '문학예술은 사실이 아니라 진실을 그려야 한다'고 말한 것을 인용하였다. 그의 해석에 따르면 이 말은 북한문학에 나타나고 있는 부르주아적 자연주의에 대한 통렬한 비판이자, 사회주의 사실주의에 대한 정당한 이해를 요구한 것이다. 이 말의 뜻은 남로당계열이 전쟁의 사실에만 집착할 뿐 그 전쟁을 승리로 이끌고 있는 김일성의 영도력―사건의 진실―을 그리지 않는 '자연주의'적 경향을 보이고 있다는 것이다.[75] 또한, 그는 『조선문학』 10월호에 실린 「김일성 장군은 우리의 스승」이라는 글에서 김일성의 영도를 따르면 승리한다고 주장하였다. 그는 1947년 교육상을 할 때의 개인적인 경험을 통해 김일성 장군의 혁명적 정신에서 나온 올바른 방법을 따르면 우리는 반드시 계속해서 승리할 것이라는 믿음을 갖게 되었다면서 다른 작가들에게

---

73 「물의를 일으킨 장르문제―"진두평" 합평회」, 『문학예술』 9월호, 1952.9.20, 100~103면.

74 위의 글, 102~103면.

75 한설야, 「김일성 장군과 민족문화의 발전」, 『한설야 선집: 수필』 14, 평양: 조선작가동맹출판사, 1960, 29면.

도 그와 같은 신념을 가질 것을 촉구하였다.[76]

이북명도 「조선의 딸」(『문학예술』 10~12월호)라는 소설에서 북한의 진정한 영도자는 김일성이라는 점을 강조했다. 이 소설은 옹진지구의 여자 빨치산 조옥희(임순득의 소설 「조옥희」의 주인공과 같은 인물)의 성장부터 사형당할 때까지의 일대기를 다룬 것이다. 이 소설은 로동당원 조옥희의 성장과 영웅적인 빨치산 투쟁은 모두 김일성의 영향으로 설명하고 있으며, 미군에게 잡혀 사형을 당할 때도 '김일성 장군의 노래'를 부르며 죽는 것으로 묘사한다. 특히 조옥희는 1946년 초 토지개혁의 성공을 위해서 「김일성 장군 전기」와 「위대한 소베트 군대에 대하여」를 공부하는 과정에서 인민민주주의 제도와 김일성의 영도 체제는 소련을 모방한 것임을 이해한다.

> 쏘련이란 나라의 위대함이 어데 있을까―점점 깊숙하게 파고 드는 옥희였다. 그것이 쓰딸린 대원수의 령도 밑에 주권을 인민들이 잡고 있는 진정한 민주주의 제도와 쏘련 공산당의 지도에 있다는 것을 로동당원인 선생들에게서 배워서 알 수가 있었다. 그렇다면―옥희는 생각을 자기 조국에로 돌렸다.―우리 나라에는 조선인민의 령도자 김일성 장군이 계시고 로동당이 있고 민주개혁이 실시되지 않았는가. 벌써 새로운 생활의 싹이 티였다. 우리도 쏘련을 본받아 나갈 수가 있을 것이다.[77]

이를 통해서 이북명은 김일성이 정전 협상 문제로 스탈린과 갈등하는 상황을 은폐하고, 그가 여전히 스탈린의 신임을 받고 있다는 것을 보여주려 하였다. 반면에 현덕의 「첫 전투에서」(『문학예술』 10월호)는 공화국 영웅 김락준의

---

76 한설야, 「우리의 스승 김일성 장군」, 『문학예술』 제5권 제10호, 1952.10.15, 8면.
77 이북명, 「조선의 딸」(1), 『문학예술』 10월호, 1952.10.15, 21면.

애국심의 대상이 '조선로동당'임을 강조하면서 그 당을 '박[헌영]'이라는 인물로 상징하였다.

> 김락준은 자기 앞으로 당 위원장이 오자 깜작 놀라 차렷을 하였다. 늘 웃음을 짓는 얼굴이나 그 눈은 상대의 속속드리를 들여다보는 것 같은 박이라는 성을 가진 그 개인이 자기 앞으로 오는 것이 아니라 크고 존엄한 당 그것이 자기를 행해 오던 것이다.
>
> 그는 락준의 손을 잡더니 가만히 얼굴을 바라본다.
>
> 『동무는 이번이 첫 전투시지』
>
> 『네 그렇습니다』
>
> 더는 말없이 손아귀에 힘을 주어 단단히 쥐여주는 그것이 도리여 더 크고 힘 있는 당부로 받아졌다.[78]

그러자 11월 15일 문예총의 소설 합평회에서 현덕의 「첫 전투에서」가 자연주의 잔재라고는 혹평을 받았다. 이 합평회에서 이태준과 최명익을 제외한 작가들은 이 작품을 전투기로서 실패한 자연주의 작품이라는 것에서 의견이 일치하였다.[79] 특히 리갑기는, 1947년 초 부르주아 문학으로 물의를 일으켰던 시집 『응향』과 비교하고 이 작품에 대한 '당의 판단'을 요구하는 발언을 하였다.

엄호석은 「문학예술의 새로운 창조」라는 비평에서 7월 합평회에서 소설로 결론이 난 「진두평」의 장르 문제를 다시 제기하고 이원조가 작가들에게 기록주의와 자연주의 문학 경향을 유포하였다고 비판하였다. 그는 "주제의 국한

---

78 현덕, 「첫 전투에서」, 『문학예술』 10월호, 1952.10.15, 42면.

79 「자연주의적 잔재-현덕 작 「첫 전투에서」에 대하여」, 『문학예술』 1월호, 1953.1, 106~109면.

과 협애성 그것은 우리 문학 안에 있는 중대한 약점의 하나'라고 지적하였다. 특히 그는 "일부 작가들의 주제들은 천편일률로 인민군대 전사들의 용감성에만 국한"되었고, 한국전쟁 기간 인민군대를 통해서 본 "새 인간들의 성격과 도덕" 그리고 애국주의와 같은 새로운 정신적 면모가 묘사되지 못하였다고 평가하였다. 그에 따르면 이런 문제는 모두 이원조의 잘못된 지도 때문이었다.[80] 이처럼 문예총 내에서 문학 노선을 둘러싼 작가들의 대립과 반목이 걷잡을 수 없이 커져 갔다.

5. 박헌영과 남로당 계열 숙청에 이용된 문학논쟁(1952.12.~1953.8.)

1952년 4월 15일 김일성 탄생 40주년 기념대회에서 박헌영이 한 공개연설과 이후 벌어진 북한문학자들 사이의 논쟁은 한국전쟁의 휴전 협상의 진전과 밀접한 연관이 있었다. 애초에 스탈린은 정전 협상을 반대하였다. 그럼에도 불구하고 협상은 빠르게 진전되어 1952년 2월 초 중조대표단은 유엔군과의 정전 협상에서 포로교환 의제를 제외한 모든 의제에서 합의를 이루었다. 이에 따라 정전은 가까운 시일 내에 실현될 것으로 예상되었다. 그러나 1952년 4월, 모택동은 기존 태도를 바꾸어 전쟁을 계속할 것을 결정하였으며, 4월 22일 정전담판 연기를 김일성에게 통보하였다.[81] 모택동은 1953년 1월부터 시작되는 제1차 경제개발계획의 성공적인 완수를 위해서 소련의 경제지원이 필수적이었기 때문에, 경제지원을 확보하기 위해 스탈린이 원하는 대로 전쟁을 계속할 수밖에 없었다. 이 때문에, 유엔 측의 포로교환

80 　엄호석, 「문학발전의 새로운 창조; 최근의 작품들과 그 경향을 말함」, 『문학예술』 11월호, 1952.11.20, 92~93면.

81 　김동길, 「휴전협상에서 북·중·소 3국의 태도 변화 및 결과」, 54면.

방식을 받아들여 조속히 전쟁을 종결하려던 김일성은 모택동과 이 문제를 두고 큰 불화를 겪었다.[82] 이런 분위기에 편승하여 박헌영은 김일성의 40주년 생일 기념식 연설에서 김일성을 단지 "민주주의조국전선의 조직자의 한 사람"이자 다른 사람들과 마찬가지로 "스탈린의 제자"일 뿐이라고 말하였다. 이것은 김일성과 자신을 동등하게 보는 시각을 담고 있었다.

한국전쟁 정전 협상을 재개하기 위해서 1952년 9월 4일 김일성은 모스크바로 가서 스탈린과 회담을 가지고 자신의 주장을 관철하고자 하였다. 하지만 그는 스탈린의 냉담한 반응에 직면하고 자신의 주장을 굽힐 수밖에 없었다. 정전회담은 10월 8일부터 무기한 휴회에 들어갔으며 전쟁은 교전선을 중심으로 재차 가열되었다.[83] 결과적으로 전쟁 지속 여부를 둘러싸고 김일성이 모택동과 스탈린 모두로부터 부정당한 모습이 만들어졌다.

10월 정전 담판의 결렬을 계기로 박헌영의 목소리는 더욱 커졌다. 그는 10월 25일 "10월 혁명 35주년 기념 연설"에서 10월 사회주의 혁명의 직접적 결과로서 맑스-레닌주의 사상적 토대 위에서 1925년 조선공산당이 창건되었다며 조선공산당이 조선로동당의 역사임을 강조하였다.[84] 이는 김일성이 자신의 항일무장투쟁을 조선로동당의 역사로 그리고 스스로를 조선로동당의 창건자로 보는 것과 차이가 있었다. 따라서 김일성이 보기에 이 연설은 자신의 혁명 역사를 부정하는 종파주의자가 그 실체를 드러낸 것이다. 한마디로 이 연설은 김일성이 박헌영을 숙청하기로 결심한 계기가 된 것으로 보인다.

1952년 12월 15일 개최된 조선로동당 제5차 전원회의에서 김일성은 「로

82　위의 글, 55~57면.

83　위의 글, 57면.

84　박헌영, 「위대한 사회주의 10월 혁명 35주년―평양시 경축대회에서 진술한 보고」, 『근로자』 84, 1952.11; 재수록 이정 박헌영 전집 편집위원회 편, 『이정 박헌영 전집』 3, 역사비평사, 2004, 431~450면.

동당의 조직적 사상적 강화는 우리의 승리의 기초」라는 보고를 통해 조선로동당과 문화전선 내에 있는 종파주의를 비판하였다. 특히 김일성은 "종파주의 잔재의 표현은 과거 무원칙한 파벌 투쟁의 잔재를 계속하며 지방주의적 경향이 있는 분자들과 또한 지위 불만, 당에서 처벌받은 분자들을 규합"하는 현상으로써 표현된다고 비판하였다.[85] 여기서 지방주의적 분자란 곧 남쪽에서 올라온 남로당 계열을 가리킨 것이 틀림없다.

또한 김일성은 로동당의 사상적 강화를 위해서 사상 사업과 관련된 단체들의 지도를 개선해야 한다면서 문예총을 대표적인 문제 단체로 지적하였다.

지금 문예총 내부에 잠재하고 잇는 남이니 북이니 또는 나는 무슨 그룹에 속했던 것이니 하는 협애한 지방주의적 및 종파주의적 잔재 사상과의 엄격한 투쟁을 전개하며 문화인들 내에 있는 종파주의자들에게 타격을 주는 동시에 당과 조국과 인민을 위한 고상한 사상을 가지고 조국의 엄숙한 시기에 모든 힘을 조국 전쟁 승리를 위하여 집중하도록 하여야 하겠습니다.[86]

비판의 대상이 된 임화는 민주주의민족전선 기획차장, 이원조는 남로당 기관지 해방일보의 주필, 그리고 김남천은 해주 제1인쇄소 편집국장을 하는 등 이들은 모두 남로당의 주요 간부였다.

1951년 3월 20일 '조선문학예술총동맹'이 결성되고, 소련파의 후원으로 해방 직후 서울에서 건설되었던 문화통일전선이 전국적인 규모로 복원되었다. 이를 통해서 박헌영의 노선―이자 임화의 노선―이 문화전선분야에서

85　김일성, 「로동당의 조직적 사상적 강화는 우리 승리의 기초: 조선로동당 중앙위원회 제5차 전원회의에서 한 보고, 1952년 12월 15일」, 『김일성 선집』 4, 조선로동당출판사, 1954, 307~316면.

86　위의 글, 334면.

실행되었다. 이전까지 북한문학의 주류는 1946년 3월 25일 '북조선예술총연맹'을 건설한 문학자들이다. 이들은 '김일성의 노선'을 따를 것을 선언하고 그가 주민들의 애국심을 고취하는 주체이며, 해방 전부터 조선혁명을 지도해왔다는 내용을 문학을 통해 선전해왔다. 무엇보다 1947년에 일어난 『백두산』 사건에서 볼 수 있듯이 김일성은 자신의 항일무장투쟁이 당의 혁명 역사임을 부정하는 사람은 '종파주의자'로 보았다. 이런 만큼 1952년 11월에 박헌영이 1925년 수립된 조선공산당이 조선로동당의 역사라고 대중 연설을 하자, 김일성은 그를 자신의 권위에 도전하는 '종파주의자'로 보았다. 따라서 김일성은 박헌영을 숙청하기 위해서 사상전선에서 김일성 계열 문학자와 반목해온 남로당 계열 문학자들을 이용하였다.

전원회의는 이 보고에 따라서 "도·시·군당위원회들과 각급 정치기관들과 당단체들은 전원회의·당열성자회의·초급당회의 및 세포회의들에서 '로동당의 조직적 및 사상적 강화는 우리의 승리의 기초'에 대한 김일성 동지의 보고를 토의하고 그에 기초하여 당단체들은 조직적으로 사상적으로 강화할 대책을 세울 것"을 결의하였다. 이후 이 결의에 따라 1953년 초부터 3개월간 모든 당원들이 전원회의 문헌 학습 및 고백사업에 들어갔다. 이 과정에서 남로당 계열의 핵심인물 12명이 공화국 전복 및 간첩혐의로 긴급 체포되었다. 여기에는 임화, 김남천, 이원조 등 남로당 계열의 지도적 문학자도 포함되었다.[87]

1953년, 한효는 『조선문학』 1~4월호에 실은 「자연주의를 반대하는 투쟁에 있어서의 조선문학」에서 이태준 및 임화를 부르주아 작가라고 비판하였다. 그는 해방 전에 이태준이 지도했던 문학 써클인 '구인회'는 카프(KAPF)를

---

87   북한 문헌들은 제5차 전원회의 문헌토의 사업을 진행하는 과정에서, 박헌영과 이승엽 등 남로당계 인사들이 체포되었다고 밝히고 있다. 조선로동당중앙위원회 당력사연구소, 『조선로동당력사』, 평양: 조선로동당출판사, 1991, 309~310면.

파괴하려고 시도한 반동문학 단체로 규정한다. 그에 따르면 이들 반 카프 문학자들은 순수 문학 내지 예술을 위한 예술을 외치며 반리얼리즘 투쟁을 전개하였다.[88] 그런데, 임화가 1946년 2월 조선문학가대회에서 "앞으로 건설될 문학은 근대적 의미의 민족문학"이라며 반동문학 단체인 구인회 작가들을 포함한 광범위한 문화통일전선을 건설하자고 제안한 것은 그가 부르주아 사상을 갖고 있다는 증거로 볼 수 있다.[89] 그러면서 한효는 "우리의 민족문학은 어디까지나 계급적인 민족문학이며 인민민주주의를 건설하며 사회주의를 지향하여 나가는 인민의 문학"이라고 강조한다.[90] 한마디로 이 평론은 해방 직후부터 시작된, 중간파와 좌파의 문화통일전선 노선을 추구한 조선문학가동맹과 프롤레타리아 계급성으로 무장한 문학자만의 문화전선 형성을 고집한 북조선문학동맹의 노선 투쟁에서 후자가 승리했음을 알리는 글이다.

임화, 김남천, 그리고 이태준 등의 반동적, 부르주아적 성향에 대한 한효의 고발은 문학예술분야에서 남로당 계열의 문인들을 숙청하고 그들의 영향력을 제거하는데 효과적으로 활용되었다. 뿐만 아니라 이것은 이후 이들을 언급할 때마다 반복적으로 활용되었다. 그 예로 같은 해 6월 26일에 있었던 '제1차 전국 작가예술가 대회'에서 있었던 한설야의 보고를 들 수 있다. 한설야는 반국가적 간첩 테러 음모를 획책하여 온 박헌영, 임화 등의 조종 하에 이태준, 김남천, 김순남, 박찬모 등 악당들은 당과 조국과 인민의 이익을 옹호하는 진정한 인민적 문예 노선을 반대하여 반동적 부르주아 문예 노선으로 대체하려고 하였으며, 사회주의 리얼리즘 작품의 출현을 막고 부르주아

---

88   한효, 「자연주의를 반대하는 투쟁에 있어서 조선문학」 3, 『문학예술』 제6권 제3호, 1953.3, 118~119면.

89   임화, 「조선민족문학 건설의 기본과제에 대한 일반보고」, 『건설기의 조선문학』, 조선문학가동맹 서기국, 1946, 299면. 이에 대한 비판은 한효, 「자연주의를 반대하는 투쟁에 있어서 조선문학」 3, 124~126면.

90   한효, 위의 글, 126면.

자연주의 작품들을 전파하기 위한 파괴 공작에 광분하였다고 비판한다.[91]

1953년 8월 3~6일, "미제국주의 고용간첩 박헌영·이승엽 도당의 조선민주주의인민공화국 전복 음모와 간첩사건"에 관한 재판이 열렸다. 이 재판에서 임화, 이원조 그리고 김남천은 간첩행위, 반혁명, 그리고 국가 전복 등으로 기소되어 임화는 사형 선고를 받고 이원조는 12년 형을 받았다.[92] 재판이 진행 중이던 8월 5일에는 노동당 중앙위원회 6차 전원회의가 개최되었다. 전원회의는 「박헌영의 비호하에서 리승엽 도당들이 감행한 반당적 반국가적 범죄적 행위와 허가이의 자살사건에 대하여」라는 결정서를 채택하고, 박헌영과 남로당 계열에게 정치적인 사형을 선고하였다. 이런 식으로 박헌영 및 남로당 계열의 지도적 정치인들과 문학자들은 괴멸적 타격을 입고 북한사회에서 제거되었다.

6. 결론: 정치적 대리전으로서의 문학논쟁의 결말

이상에서 필자는 한국전쟁 시기 북한문학 내부에서 일어났던 '애국주의' 논쟁을 전체적으로 살펴보았다. 이를 통해 필자는 1952년 12월 15일 박헌영과 그를 추종하는 문학자들이 종파주의자로 비판받고 숙청된 이유는 문학 내부의 논쟁이 정치적 갈등의 연장이었기 때문임을 밝혔다.

한국전쟁 기간, 전쟁이라는 특수한 상황은 북한문학이 그 어느 시기보다

---

91 한설야, 「전국 작가예술가 대회에서 진술한 한설야 위원장의 보고」, 『조선문학』 10월호, 1953.10; 재수록 이선영·김병민·김재용 편, 『현대문학비평자료집』 3, 태학사, 1993, 24면.

92 조선민주주의인민공화국 최고재판소, 「미제국주의 고용간첩 박헌영 리승엽 도당의 조선민주주의인민공화국 정권 전복 음모와 간천 사건 공판문헌」, 평양: 국립출판사, 1956, 435~437면.

정치와 불가분의 관계에 있게 만들었다. 특히, 전쟁 초기에는 김일성이 선전 선동 정책의 노선을 결정하였다. 또한 조선인민군의 승리에 편승해서 북한문학은 공화국 영웅에게 '애국주의'를 고취하는 주체는 김일성이라는 점을 강조하였다. 하지만 1950년 9월 15일에 UN군이 인천상륙작전에 성공하고 10월 8일에는 38선을 넘어 진격하자, 김일성 중심의 선전 노선에 변화가 생겼다. 1950년 10월 13일 박헌영이 '조선로동당 총정치국장'에 임명되어 인민군의 정치 사업을 지휘하고, 1950년 11월 라주바예프가 새로운 소련군사고문으로 파견되었다. 라주바예프의 주도하에 1951년 초부터 당 사상 교양 사업에서 인민과 군인의 충성심을 고취하는 주체가 김일성보다는 조선로동당과 인민민주주의 제도를 강조하는 것으로 바뀌었다.

1951년 3월 20일 조선문학예술총동맹의 결성되어 남북한을 아우르는 문화통일전선이 형성되었다. 이 단체에 새로 합류한 남로당 계열 문학자들인 김남천과 현덕은 일시적 후퇴의 책임이 김일성에 있다는 뉘앙스의 소설을 창작하였다. 또한 박헌영 지도하의 총정치국에서 출판한 문학작품들은 조선로동당과 인민민주주의 제도의 우월성을 애국심의 토대로 묘사하였다. 그런데, 1951년 6월 23일 소련 UN대사가 정전 회담을 개시할 것을 제안하면서 곧 전쟁이 끝날 것이 예상되었다. 그러자 김일성은 선전선동 노선의 정비를 결심하고 그 주요 도구인 문학의 정비를 위해서 1951년 6월 30일 문예총 내의 '분파주의'와 투쟁을 벌일 것을 문학자들에게 지시하였다.

1951년 7월 10일부터 시작된 UN군과 중조연합군 사이의 정전 협상에서 중요한 변화가 있을 때마다 김일성 계열 문학자들과 남로당 계열 문학자들의 충돌은 더욱 격렬해졌다. 1951년 10월 김일성이 현재의 교전선을 군사분계선으로 할 것을 결심하며 전쟁이 끝날 것 같은 분위기가 조성되었다. 그러자 남로당 계열 문학자들과 김일성 계열 문학자들은 애국주의 형상화 방식을 둘러싸고 직접 충돌하였다. 이런 충돌 과정에서 스탈린의 정전 반대 입장에 편승하여 소련계 문학자들은 남로당 계열 문학자들의 편을 들었다.

하지만 1952년 4월 이후 소련과 중국이 전쟁의 계속을 원하고 급기야 10월 정전 담판이 결렬되자, 김일성 계열과 남로당 계열 문학자들은 다시 한번 영웅들이 발휘하는 애국심의 대상이 누구인지를 두고 격돌하였다. 거기에 더해 11월에는 박헌영이 조선로동당은 1925년에 결성된 조선공산당에서 시작했다고 주장하면서 김일성의 권위에 도전하였다. 그러자 1952년 12월 15이 김일성은 '조선로동당 제5차 전원회의'에서 남로당 계열 문학자들이 조선로동당을 사상적, 조직적으로 약화시켰다고 비판하고 그 지도자인 박헌영을 종파주의자라는 이유로 숙청하였다. 이렇게 김일성은 자신의 항일무장투쟁이 당의 혁명 전통임을 부정하는 소위 '종파주의자'들을 숙청하고 자신의 권력을 더욱 강화하였다.

제2장

한국전쟁기 문화통일전선의 복원과 중간파 문학자의 협력

이태준과 최명익의 행적과 문학을 중심으로

1. 서론: 선전노선의 변화와 남로당 계열과 중간파 문학자들의 협력

한국전쟁 기간 애국주의 선전에서 이태준과 최명익의 문학 작품은 김일성의 영도력을 강조한 김일성 계열 문학자들과 달리 인민민주주의 우월성과 남로당이 최대 파벌인 조선로동당의 영도력을 더 강조하였다. 이것은 김일성 노선과 박헌영 노선을 각각 지지하는 문학자들 사이에서 이태준과 최명익이 박헌영 노선을 지지하는 문학자들과 협력했음을 보여준다.

식민지 시기부터 이태준은 서울을 중심으로 하는 모더니스트 문학 써클 구인회의 리더이자 내용보다 형식을 중시하는 순수문학자로 알려졌다. 1988년 월북 문학자들의 작품에 대한 출판금지가 풀리면서 많은 연구자들은 구인회와 모더니즘이라는 관점에서 그의 문학작품을 조명하였다. 그와 동시에 연구자들은 순수문학자인 이태준이 왜 1946년 11월 북한에 남기로 결정했으며, 1953년 초 임화, 김남천 등과 함께 숙청되었는지에 대해서도 탐구하였다. 이태준의 월북과 숙청에 대한 기존 연구들은 크게 세 가지 유형으로 나눌 수 있다. 첫째, 예술성을 강조하는 구인회 작가였던 이태준이 당시 상황을 오판하고 월북이라는 잘못된 선택을 하였다고 보는 시각이다. 박헌호는 이태준이 사회주의를 정확하게 이해할 능력이 없었기 때문에, 그리고 임헌영은 순수문학자였기 때문에 숙청되었다고 보았다.[1] 둘째, 이태준이 북한의 정책에 적극적으로 협력하였지만 정치적 '종파투쟁'에 휩쓸려 숙청되었다고 보는 시각도 있다. 이병렬과 김재용은, 이태준이 북의 문예 정책에 충실한 작품을 관성적으로 만들었지만 김일성주의자가 되지 못했고, 한국전쟁의 책임문제로 인하여 벌어진 남로당계 숙청의 파장으로 억울하게 반동 작가로 지목되어 숙청되었다고 보았다.[2] 셋째는 북한의 주류 문학 노선과의 차이 때문에 숙청되었다고 보는 관점이다. 김성수는 부르주아 미학 잔재에 대한 비판을 통해 사회주의 리얼리즘을 북한문학의 유일한 미학적 기초로 정립하는 과정에서 부르주아 문학자인 이태준이 숙청되었다고 주장하였다.[3] 장영우도 이태준이 민족의 단결을 앞세운 문학적 견해를 갖고 있었기 때문에 프롤레타리아 계급문학을 앞세운 북한의 문예 강령과 대립하였기 때문에 숙청되었다고 주장하였다.[4]

남한에서 최명익에 관한 연구는 1985년부터 본격적으로 이뤄졌으며, 이러한 연구들은 주로 최명익의 해방 전 문학 활동에 초점을 맞췄다.[5] 그래서인지 해방 후 최명익 문학에 관한 연구는 양적으로 많지 않으며, 주로 해방 직후의

---

1   박헌호, 「역사의 변주, 왜곡의 증거: 해방 이후의 이태준」, 『이태준 문학전집』 4, 깊은샘, 2001, 393~411면; 임헌영, 「이태준의 해방 이후 작품세계: 8·15 직후와 월북 후의 평가」, 『이태준 문학전집』 3, 깊은샘, 1995, 365~376면.

2   이병렬, 「《첫 전투》와 《고향길》의 의미」, 『이태준 문학전집』 3, 깊은샘, 1995, 377~391면; 김재용, 「한국전쟁기의 이태준: 《위대한 새중국》을 중심으로」, 『이태준과 현대소설사』, 깊은샘, 2004, 382면.

3   김성수, 「1950년대 북한 문학비평의 전개과정」, 『한국전후문학연구』, 조건상 편, 성균관대학출판부, 1993, 247~271면.

4   장영우, 「문학과 정치―해방 후 이태준의 소설」, 『상허학보』 제1집, 1993.12, 160~192면.

5   이 책의 제2부 제4장 각주 12번 참조.

단편소설과 한국전쟁 후의 역사소설에 관한 것이다.[6] 특히 한국전쟁 기간 최명익의 소설이나 행적에 관한 연구는 거의 없는 편이다.

해방 직후부터 1952년 12월까지 이태준과 최명익의 문학적 행보는 매우 유사하다. 이태준은 해방 직후에는 중간파로서 좌파 문인들과 협력하여 문화 통일전선을 형성하였다. 1946년 11월 북한 문단에 합류한 이후부터 그는 북한의 문학 노선에 협력하였지만, 한국전쟁 기간에는 남로당 계열 문학자들과 협력했다. 비슷하게, 해방 직후 최명익은 특정 이념을 추구하지 않는 '중간파'를 표방하였다.[7] 1946년 3월 토지개혁이 단행되자 그는 이 개혁을 지지하며 좌파들이 주도하는 북조선예술총연맹의 결성에 참여하였으며, 북로당의 문예노선에 협조하였다. 하지만 한국전쟁 중인 1951년 3월 20일 결성된 조선문학예술총동맹 산하의 '조선문학동맹의 소설분과 위원장'이 된 후에는 이태준과 마찬가지로 남로당 계열에 협력하였으며 「기관사」 등의 창작에서 박헌영의 선전노선을 따랐다. 이러한 점은 1952년 12월 15일 김일성이 남로당 계열을 종파주의로 비판할 때 이태준과 함께 최명익도 비판받았다는 슈브니코프의 보고에서도 확인된다.

> 아울러 중앙위원회의 노선과 당의 단결에 반대하는 활동을 한 종파주의자들 또한 밝혀졌다. 그들 가운데에는 전임 소련 주재 대사였던 주영하(외무성 부상), 배철(조선로동당 중앙위원회 연락부장), 이원조(조선로동당 중앙위원회 선전선동부 부부장), 장시우(대외무역상), 조일명(문화선전성 부상), 권오직(중화인민공화국 주재 대사), 이재윤(직업동맹 중앙위원회 조직부장), 임화(문학예술총동

---

6   이 책의 제2부 제4장 각주 13번 참조.

7   최명익은 해방 후 건설된 북한 최초의 문화단체인 '평양예술문화협회'의 회장으로 취임했는데, 이 협회의 목적은 "정치적 입장을 떠나 오로지 자유롭고 비관료적인 문화운동 전개"였다; 오영진, 『소련군정 하의 북한』, 중앙문화사, 1952, 120면.

맹 부서기장), 이태준(문학예술총동맹 부서기장), 작가들인 최명익, 박찬모, 김
남천을 비롯해 다른 이들이 있다.[8]

이상의 내용을 전제로 필자는 해방 직후 남한 지역에서 좌파와 중간파
문학자들이 결성했던 문화통일전선이 한국전쟁 기간 중에 복원되었다는 점
을 조명할 것이다.[9] 그리고 필자는 이렇게 복원된 문화통일전선은 1952년
12월 15일 조선로동당 제5차 전원회의에서 김일성으로부터 한국전쟁 기간
중 북한으로 온 남한 출신 문학자들(임화, 이원조, 김남천 등)이 종파주의자이자
부르주아 문학자라고 비판받은 후 숙청되면서 해체되었다는 점을 밝힐 것이
다. 본론에서는 이런 관점에서 한국전쟁 기간 중간파였던 이태준과 최명익의
문학과 행적에 대해서 살펴보도록 하겠다.

2. 이태준, 당의 영도력과 당원의 규율과 헌신을 강조

6월 25일 새벽, 북한 인민군은 38선을 넘어 남한으로 진공하였다. 그러자
조선민주주의인민공화국 내무성은 국군의 북침으로 전쟁이 시작되었다고
보도하였다.[10] 이에 북한문학자들은 궐기대회를 열고 '남한 해방 전쟁'에 적
극적으로 참여하기로 결의하였다. 작가, 시인들은 남북 인민들을 향하여 '정
의의 투쟁'에 적극적 참여를 호소하는 벽시(壁詩), 격문, 수필들을 발표하였으

---

8   국사편찬위원회 편역, 「이태준」, 『러시아국립사회정치사문서보관소 소장 북한 인물 자료』
     2, 과천: 국사편찬위원회, 2021, 88면.
9   해방 직후에 있었던 구카프 문학자들의 문화통일전선 형성을 둘러싼 갈등은 배개화의 「조
     선문학가동맹과 북조선문학예술총동맹의 대립과 그 원인, 1945~1953」(『한국현대문학연구』
     44, 2014.12, 347~381면) 참조.
10   「조선민주주의인민공화국 내무성 보도」, 『로동신문』, 1950.6.26.

며, 일백여 명의 문학인들은 전쟁 발발과 동시에 종군 작가로서 전선에 나갔다.[11]

1950년 6월 27일, 이태준도 「인민해방 전쟁의 승리를 위해 전국 문화인들은 총궐기하자」는 글을 발표하고 전쟁의 정당성을 선전하였다. 그는 한국전쟁이 국군의 북침에 의해서 시작되었으며, 이 전쟁의 성격은 "리승만 역도들에 의하여 기아와 학살의 생지옥에서 신음하던 우리 부모 형제자매들을 해방하기 위한 정의의 전쟁"이라고 주장하였다.[12] 또한 이태준은 6월 27일부터 8월 17일까지의 종군체험을 『로동신문』에 총 6회(1950.7.10~9.7)에 걸쳐 발표하였다.[13] 종군기의 내용은 대체로 국군의 북침으로 전쟁이 시작되었으며, 남한의 주민들이 인민군을 지지하고 있고, 미군의 무차별 폭격에도 인민군이 용감히 싸워 승리를 거듭하고 있다는 내용이다.

이처럼 이태준은 북한 인민군이 한국전쟁에서 승리할 수 있도록 적극적으로 협력하였다. 하지만 공화국 영웅들과 북한 주민들이 발휘하는 애국심의 원천을 둘러싼 논쟁에서 이태준은 김일성 계열이 아닌 남로당 계열의 주장에 동조하였다.[14] 이는 한국전쟁 직후 발표된 「고향길」(『문학예술』, 7월 호, 1950.7)에서부터 명백히 드러난다.

「고향길」은 조선로동당 중앙위원회 직속 중앙당 14호실(책임자 이승엽)의 주도로 이루어진 1949년의 '9월 공세'를 배경으로 한 것이다.[15] 당시 남로당

---

11 기석복, 「조국해방전쟁과 우리 문학」(『인민』 제2호, 1952), 『현대문학비평자료집』 2, 이선영·김병민·김재용 편, 태학사, 1993, 224면.

12 평화적 조국통일을 실현하기 위한 전체 조선 인민의 한걸음 투쟁을 온갖 흉책을 다하여 반격하여 오던 만고역적 이승만 도당은 二十五일 이른 새벽 소위 『국방군』으로 하여금 三八이북지역에 진공시킴으로써 모험적인 전쟁행위를 개시하였다; 이태준, 「인민해방전쟁의 승리를 위해 전국문화인들은 총궐기하자」, 『로동신문』, 1950.6.27(2).

13 필자는 이 종군기를 발굴하여 『민족문학사연구』 45호(2011), 343~370면에 게재하였다.

14 안함광, 「8·15 해방 이후 소설문학의 발전과정」, 『문학의 전진』, 1950.8, 24~25면.

15 1949년 6월 30일 남조선로동당과 북조선로동당이 통합하여 조선로동당이 공식 출범하고,

의 '강동정치학원'에서 양성된 무장 세력들이 '인민유격대'의 이름으로 태백산 지역 등으로 침투하였다. 이를 배경으로 이 소설은 강원도 횡성 지역에서 벌어진 '인민유격대'의 활동을 묘사한다.[16]

주인공 김칠복은 신탁통치를 반대하는 세력들의 테러에 반격하였다가 검속되었으며, CIC로 이송되는 도중에 탈출하여 산으로 올라온 지 몇 년이 된다. 유격대의 사령관은 칠복에게 고향에 가서 "면당 책임자를 찾아내어 지서 소탕에 필요한 정세 자료, 적정, 인민들의 호응조직, 대원 확충 등이 가능할지"를 알아내고 "농민들의 정세와 식량공작과 같은 조건을 미리 보장" 받아오라고 지시한다. 또한 사령관은 김칠복의 부인이 살아있다면 이는 "동무의 접근을 노린다던지 혹은 우리들의 무슨 줄이 닿으면 붙들까 허구 미끼로 두는 것"이라며 경계한다.[17]

김칠복 위원장은 "자신의 성장을 믿어주는 지휘부와 당에 대한 가슴 벅찬 충성심"을, 그리고 동행한 동무 기훈에게는 "핏줄을 서로 알고 있는 듯한 전투애를 느끼면서" 산을 내려온다.[18] 하지만 칠복과 기훈은 가는 도중 지역민보단에게 발각되어 이들과 연결된 국방군의 추격을 받게 되고, 군방군과의 전투 과정에서 기훈은 칠복을 엄호하다가 전사한다. 국방군을 따돌리고 몇

6월 27일에는 전국적인 통일전선체인 조국통일민주주의전선이 결성되었다. 조국전선은 '조국의 완전독립'을 위해서 9월 통일정부 수립을 위한 입법기관 선거를 남북한에서 실시하는 것을 제안하였다. 그리고 이를 위한 정세를 조성하기 위해서 조선로동당 중앙위원회 직속 중앙당 14호실은 7월부터 인민유격대라는 이름으로 강동정치학원 출신 무장 세력들을 남파했다. 특히 '9월 공세' 기간 동안에 1500명의 무장 세력을 남파시켜 태백산, 지리산 등에서 무장 투쟁을 전개하였다. 이 중 태백산 전투에서 남로당 계열 철학자였던 박치우가 사살되었다; 이선아, 「한국전쟁 전후 빨찌산의 형성과 활동」, 『역사연구』 제13호, 2003, 159~167면.

16 이 소설의 배경이 되는 김칠복의 고향은 강원도 횡성군 횡성읍 입석리로 추정된다.

17 이태준, 「고향길」, 『문학예술』 제3권 제7호, 1950.7, 94~95면.

18 위의 글, 96면.

년 만에 고향 선돌마을에 돌아온 칠복은 과거 동무였던 용보를 접촉하고 그를 통해서 석범을 만난다.

하지만 민보단은 석범이 지역으로 침투한 유격대원과 접촉한 것을 눈치 채고, 석범의 집과 칠복의 집을 불태운 후 칠복의 아내를 잡아간다. 잡혀가는 엄마를 울면서 따라가는 딸 영이는 민보단이 내리치는 엠원 총 개머리에 가슴을 맞아 죽게 된다. 칠복은 "친구의 원한에 찬 최후를 상상해 보기도 하고 또 아는, 모르는 수없는 동무 집들의, 수없는 인민들의 집들의 불타는 광경을 생각해 보기에 애를 쓰며" 민보단을 향해 총을 쏘고 싶은 충동을 억누른다.[19]

그는 "우리가 가진 모든 애정, 우리가 가진 모든 원한은 원쑤들과 싸우는 것만으로 해결"되며, "원쑤와 싸워 이기기 위해선 오직 조직의 지휘대로만 행동해야" 한다고 다짐하며 자신의 임무를 완수하는 데 집중한다.[20] 마침내, 칠복은 석범을 통해서 면당책임자를 만나 '지서를 소탕하고 유격전구를 설정 하는 연락선'을 구축하여 자신의 임무를 완수한다.

이처럼 소설은 남한 주민의 자생적인 무장투쟁이 아니라 '사령관과 정치 위원'을 갖춘 조직화된 무장 투쟁 그리고 조선로동당의 지도하에서 이루어지 는 무장 투쟁을 묘사하고 있다. 주인공 칠복의 형상은 당의 규율을 철저하게 지키고 사적인 감정을 절제하는 강철 같은 의지를 가진 '당원'의 모습을 형상 화한 것이다. 또한 이 작품은 당과 지도부가 '당원'이 발휘하는 충성심의 대상이며, 자신의 가족과 '인민들'을 억압하고 핍박하는 적들에 대한 복수심 이 '당원'이 발휘하는 영웅적 투쟁의 원동력임을 묘사하고 있다.

그런데 이러한 칠복의 형상은 동일한 유격대 활동을 묘사한 「첫 전투」의

---

19   위의 글, 118면.
20   위의 글, 119면.

판돌과 큰 차이가 난다. 「첫 전투」의 경우, 판돌은 김일성의 항일무장투쟁을 예로 들며 승리를 확신하지 못하는 동료들을 격려하고, 김일성의 보천보 전투에 자신의 전투를 투사한다. 하지만 「고향길」에서 김일성은 단지 보통사람보다 비범한 능력을 가진 사람으로 묘사된다.

> "아니 김일성 장군께서도 축지술을 헌다, 둔갑술을 헌다, 여간만 소문났더랬수?"
>
> "그게여! 그거라니까 바루…"
>
> 칠복은 펀뜻 생각은 돌았으나 말문이 풀리지 않아 더듬거리었다.
>
> "그게라니?"
>
> "바루 그게여… 머든지 맘이여… 보통사람 이상 능숙해지면 보통사람에겐 귀신처럼 뵈는 법이거던… 이쪽이 칠 때는 작전 계획이 탁월했구, 이쪽이 포위됐을 땐, 끝까지 냉정한 정세판단으로 저놈들은 몰라두 이쪽에선 저놈들의 허술헌 고아릴 그예 찾아내 거길 뚫구나왔지 다른 게 무얼테여…"[21]

이러한 내용은 김일성 계열 비평가의 관점과 확연한 차이를 보인다. 엄호석에 따르면, "김일성은 조선 민족의 과거와 현재 그리고 미래의 운명을 자체 속에 체현한 민족적 영웅"이기 때문에 김일성 장군의 형상을 묘사하는 것은 "조선의 먼 미래를 밝히는 커다란 전망을 묘사하는 일"이 된다.[22] 또한 안함광에 따르면, 김일성은 "북한 주민으로부터 우러나는 애국심의 원천"이기 때문에 그를 형상화하는 일은 곧 고상한 애국주의 사상을 고양시키는 일이다.[23] 이 소설이 발표된 시기는 1950년 7월로 조선인민군이 서울을 해방

---

21   위의 글, 96면.
22   엄호석, 「조선문학에 나타난 김일성 장군의 형상」, 『문학예술』 제3권 제5호, 1950.5, 20~32면.
23   안함광, 「8·15 해방 이후 소설문학의 발전과정」, 24~25면.

하고 파죽지세로 남하를 하고 있던 시기이다. 따라서 이러한 내용 전개는 이태준이 한국전쟁 초기부터 '애국주의' 선전에서 박헌영의 노선을 지지하였음을 보여준다.

1951년 3월 조선문학예술총동맹 결성된 후, 이태준이 발표한 장편(掌篇) 소설들에서도 「고향길」과 동일한 경향이 확인된다. 「백배 천배」나 「누가 굴복하나 보자」는 '조국과 인민'을 위해 최후의 피 한 방울까지 바치겠다는 신념이 인민군인이 발휘하는 영웅성의 원천이며, 이들의 영웅적 행동은 다른 사람에게 모범이 된다는 점을 보여준다.

「백배 천배」는 최훈 분대장과 오기호 전사가 적의 초소를 습격하여 적 경비원 한 명을 생포하고 전화선을 끊는 임무를 완수하는 것을 그리고 있다. 최훈 분대장이 경비원 한 명을 생포하는 것이 다른 경비원들에게 들키자 오기호 전사는 초소로 뛰어들어 총을 쏘았다. 최훈 분대장은 생포한 경비원을 진지까지 끌고 와 중대장에게 인도하고 전사 두 명을 데리고 오기호 전사의 시체를 찾으러 갔다. 최훈 분대장이 오기호 전사의 시체를 발견했을 때 그의 옆에는 미군들이 죽어있다. 그 시체들을 보며 최 분대장은 '조선 땅에 기어오르던 그날 이미 받았을 운명대로 되었다'고 생각하며, 오기호 전사가 쓰러진 곳에 총을 잡고 엎드린다. 그리고 그는 "놈들에게 원쑤를 백배 천배로 앵기자!"는 결심과 함께 전화선을 고치러 오는 미군들을 기다린다.[24]

「누가 굴복하나 보자」는 무기 운반 트럭의 운전수가 동행한 인민 군관의 헌신적인 행동에 감동을 받아 자신도 모르게 용기를 발휘하여 무기를 구하는 것을 묘사하고 있다. 트럭 운전수는 1950년 말 중공군의 총 반격을 지원하기 위해서 트럭으로 전쟁 무기를 연천(38선) 지역으로 운반하는 임무를 맡는다. 운전수는 전선의 진도가 예상 이상 빨라진 덕분으로 연천 이남까지 무기를

---

24   이태준, 「백배천배」, 『이태준 문학전집』 3, 깊은샘, 1995, 133~134면.

운반하게 된다. 하지만 그는 전선이 처음이고 화선까지 내려가는 것에 대해 마음의 준비가 되지 않았기 때문에 될 수 있으면 천천히 가려고 갖은 꼼수를 부린다. 설상가상으로 시한폭탄이 길 복판에 떨어져 트럭은 오도 가도 못하게 된다. 그러자 동승했던 김영민 군관은 "어떤 일이 있든 오늘 밤 밝기 전으로 전곡에 꼭 갖다 대야만" 한다며 맨몸으로 시한폭탄을 제거한다. 운전수는 "시한폭탄을 등에 지고 길 없는 산비탈을 멀찍이 내려갔던 김영민 군관"이 아무렇지도 않게 돌아온 것을 보고, "다른 운전수들에게 이 용감한 군관은 자기 차의 군관임을 외치어 자랑"하고 싶은 충동을 느낀다.[25] 김영민 군관 덕분에 트럭은 예정대로 목적지에 도착하였지만, 갑자기 나타난 쌕쌕이 (B16 폭격기) 두 대가 트럭에 기관총과 로켓포를 쏘기 시작한다. 운전수는 연기 속에서도 차에 올라가 포탄 짐을 밭으로 던지는 김영민 군관을 보고, 자신도 모르게 트럭을 몰기 시작한다. "자동차가 달리기 시작하니 탄환 상자는 하나씩 집어 떨구기만 하여도 절로 산개"되었고, 덕분에 "최후의 한 상자까지 모조리 떨어뜨려" 대다수의 포탄을 구하게 된다.[26]

「고귀한 사람들」은 조선인과 중국인민지원군 사이의 친선과 고상한 국제주의 정신을 형상화한 작품이다. 이 소설에서 눈여겨 볼 점은, 작가가 앞의 소설들과 마찬가지로 '함께 싸우는 동료에 대한 존경과 신뢰'가 이러한 국제주의의 정신의 토대가 된다고 쓴 점이다. 중국인 진평수는 중국인민지원군으로 한국전쟁에 참여하였다가 작전 중에 총상을 입고 출혈과다로 의식불명이 된다. 다행히 그는 인민군 정찰대에게 발견되어 의무부대로 무사히 옮겨진다. 간호장 김옥실은 진평수의 혈액형이 자신의 것과 같은 'A'형이라는 것을 이미 알고 자신의 피를 그에게 수혈해준다. 마치 진평수가 나타나기를 기다

---

25   이태준, 「누가 굴복하나 보자」, 『이태준 문학전집』 3, 깊은샘, 1995, 138~140면.
26   위의 글, 138~140면.

렸던 것 같은 간호장 김옥실은 '공화국 군공메달'과 함께 전중국해방기념장을 받은 '영웅'으로서 일찍이 중국인민해방군의 위생원이었다. 김옥실이 진평수와 만난 것은 일 년 전 중국인민해방군의 '도강 전투'에서였다.[27] '양자강을 다 나간 최전방'에서 중국인 고급 군관 한 명이 중상으로 들어왔는데, 그와 같은 혈액형을 가진 사람은 김옥실밖에 없었다. 군의관들은 극심한 과로를 이유로 김옥실에게서 "한 방울의 피도 못 뽑게" 하였다. 그 때 "환자보다도 김옥실을 동정하듯 유심히 보던" 진평수가 대신해서 수혈을 해주었다. 이후 김옥실이 진평수 어머니의 이질을 치료해주면서 둘은 '남매의 연'을 맺는다.

진평수는 의식불명이었을 때조차도 아프다고 신음소리를 내지 않는 "높은 감정과 사상"으로 무장한 군인이다. 그런데 1년 전만 해도 진평수는 평범한 사민(私民)이었다.

참말이지 성스럽도록, 훌륭한 여자라오! 내 인제 만나면 꼭 동지헌테 소개하리라. 성스럽구 말구! 나는 그 때 조선 사람인 그 누님 때문에 우리 중국 인민해방군을 또 당을 비로소 리해하게 됐단 말이요! 그 어쨌다구 남의 나라 사내사람을 똥오줌을 받아내며, 어쨌다구 이틀 사흘씩 밤을 패가며 간병을 하며, 어쨌다구 남의 숨지는 꼴을 보며, 남의 궂은 송장들을 제 육친의 시체처럼 거리낌없이 다루며 …… 대체 그런 애정, 그런 헌신성이 어디서 나오는 걸까? 나는 그걸 생각하지 않을 수 없었던 거요! 나는 거기서 깨달었소! **사람이란 얼마든지 고귀하게 살 수 있다는 걸… 나는 거기서 우리 시대가 이런 시대라는 걸 알게 됐단**

---

27   1949년 4월 20일 중국인민해방군이 양자강을 넘어 국민당 지역을 치고 내려온 전투이다. 중국공산당은 이 전투에서 승리하여 전 중국을 통일하고 1949년 10월 중화인민공화국을 수립하였다. 이태준은 '양자강 최전방', '남하 전역' 등의 용어를 통해서 김옥실이 참여한 전투가 '도강 전투'임을 암시한다.

말이요! 우리 싸움, 우리 피가 우리 중국이나 당신네 조선만을 위한 것이 아닌, 더 크고 더 거룩한 것인 걸 그 누님을 안 발련으로 깨달았단 말이요![28] (강조-인용자)

평범한 중국인이 중국공산당과 인민해방군의 임무를 이해하게 되고, 한국전쟁에 지원하여 고상한 국제주의를 실천할 수 있었던 것은 모두 한 조선인 여자 '당원'의 감화 덕분이다. 김옥실은 중국인민해방군의 일원으로 중국공산당이 국민당 군대를 물리치고 전 중국을 통일하는 데 헌신한다. 이에 감동을 받은 진평수는 조선의 통일을 지원하기 위해서 자발적으로 한국전쟁에 참전한다. 이를 통해 소설은 자신들과 직접적인 이해관계가 없는 싸움에 헌신적으로 참여한 '고귀한 사람들' 덕분에 조선인과 중국인들은 '고상한 국제주의' 정신으로 무장하게 되었음을 강조한다. 더구나 진평수의 혈관에는 김옥실이 수혈해준 피가 흐르고 있다. 이런 설정은, 중조간의 관계가 문자 그대로 '피로써 굳게 맹세한 관계'(血盟)임을 시사하고 있다.

「네거리의 전신주」는 한국전쟁의 전선이 남하하면서 월북자 송진환이 인민군과 함께 귀향한 상황을 묘사하고 있다. 송진환 소대장은 남한의 작은 도시에서 3년 동안 조선인민공화국 수립을 위한 지하투쟁을 했다. 그는 '민애청원'[29]으로 동무 윤기서와 함께 '5.10 단선' 파괴 선동 삐라를 도시 중심가 네거리에 있는 전신주에 붙이려고 하다가 경찰에게 체포되었다. 이후 송진환은 경찰서 유치장에서 탈출하여 북한으로 갔다. 송진환은 선발대로 자신이 지하투쟁을 했던 도시에 들어서자마자 우편국 네거리에 있는 전신주를 찾아

---

28 이태준, 「고귀한 사람들」, 『이태준 문학전집』 3, 깊은샘, 1995, 157~158면.

29 조선민주애국청년동맹의 약자이다. 남조선로동당의 외각조직이었던 조선민주청년동맹이 1947년 5월 17일 당국에 의해서 불법화되자 같은 해 6월 조선민주애국청년동맹으로 재조직되었다. 민애청은 1947년 8.15 광복기념 폭동음모가 발각되어 불법화되었다.

간다. 이 전신주는 정치적 변동이 생길 때마다, 정세 판단이 복잡할 때마다 이 도시의 사람들에게 역사가 나아가는 방향을 알려주는 게시판의 역할을 해왔다. '인민위원회'를 지지하는 구호, 미군정과 리승만 정권을 반대하는 구호와 삐라가 붙었던 전신주를 살피면서 송진환은 자기의 과거 행적을 더듬는다. 이 때 그는 "애티가 더덕더덕한 귀염성스러운 글씨"로 쓴 삐라를 발견한다. 거기에는 '인민군대 형님들을 환영합니다! 어서 이 원쑤를 갚어 주시오!'라는 내용과 함께 '주의!! 아모 우물에서나 절대로 물을 먹지 말 것, 미국 놈들이 독을 탔음. 역기서 북쪽으로 300메터 가서 바른편으로 찾어보면 우리들이 새로 우물을 파고 있음 ××소년단'이라는 내용이 적혀있다. 이 삐라를 쓴 소년은 5.10 단선투쟁 때 총을 맞아 죽은 윤기서 동무의 동생 윤기은이었다. 기은이는 다시 만난 송진환에게 "자기 아버지는 산으로 갔고 자기 어머니와 누이동생은 놈들에게 생매장 당하여 꿈틀거리는 것을 솔밭에 숨어서 본 이야기"를 말한다. 그는 목구멍에 솟구치는 분노를 혀를 깨물어 참으며 "그래! 원쑤를 갚자! …… 우리는 꼭 이기고야 만다!"라며 기은이에게 다짐한다.[30]

　한국전쟁 시기에 발표된 이태준의 소설은 인민군대의 영웅성과 완강성 묘사, 영웅적 인민의 형상 묘사, 적에 대한 증오심 고취, 전쟁에 대한 신심 강화하고, 중국의 조선 인민에 대한 형제적 원조와 인민민주주의 국가들 간의 친선 단결을 묘사하라는 창작 가이드라인을 충실히 따르고 있다.[31] 동시에 「고향길」, 「백배 천배」, 「누가 이기나 보자」에서 볼 수 있듯이 소설 속 인물들이 발휘하는 영웅적인 활약의 원동력으로 '당'에 대한 믿음과 당이 부여한 임무를 완수하고자 하는 책임감, 조선민주주의인민공화국과 북한 주

30　이태준, 「네거리의 전신주」, 『이태준 문학전집』 3, 깊은샘, 1995, 164면.
31　김일성, 「우리 문학예술의 몇 가지 문제에 대하여」, 『김일성저작집』 6, 평양: 조선로동당출판사, 1980, 289~296면.

민들에 대한 사랑 그리고 인민항쟁이나 전쟁 중에 친지들을 학살한 원수들 (주로 미군과 이승만 정부)에 대한 복수심이 제시된다.

이러한 경향들은 그가 당원이 발휘하는 충성심의 대상은 조선로동당과 조선민주주의인민공화국이라는 이원조의 주장을 암묵적으로 지지하고 있음을 보여준다. 이는 한설야, 엄호석 등 김일성 계열 문학자들이 김일성이라는 개인을 "북한 주민으로부터 우러나는 애국심의 원천"으로 보는 시각과 배치되는 것이다. 결국 이는 이태준이 '당의 문예노선을 반대하고 문예총을 사상적으로 분열시켰다'는 이유로 남로당 계열 문학자들과 함께 비판받고 숙청되는 빌미가 되었다.

3. 최명익, 애국심의 원천으로 인민민주주의와 당을 제시

1950년 6월 25일 한국전쟁이 발발하자, 북한의 문학은 김일성을 애국심의 원천으로 하는 선전을 더욱 강화했으며, 많은 북한의 작가들은 종군기자로 전선에서 취재한 내용을 종군기, 소설, 시, 희곡 등으로 발표하였다.[32] 그러나 최명익은 「기계」의 연재를 중단한 이후 한국전쟁 초기에는 작품을 발표하지 않았다.

1950년 12월 조선로동당 제3차 전원회의에서 선전노선을 재정비하기로 결정하였고, 1951년부터 라주바예프의 지지하에 당 사상 교양에서 인민민주주의와 당이 애국심의 원천으로 강조되었다.[33] 1951년 3월 20일 조선문학에

---

32 배개화, 「한국전쟁기 북한문학의 애국주의 형상화 논쟁」, 『민족문학사연구』 73호, 2020, 142~143면.

33 라주바예프, 『6.25 전쟁보고서』 2, 군사편찬연구소, 2001, 78~79면. 좀 더 자세한 설명은 위의 글, 146면 참조.

술총동맹의 결성이 결성되고, 해방 직후 서로 협력했던 남로당 계열 문학자가 이태준과 다시금 협력하면서 변화된 노선으로 선전 분야를 주도하였다. 최명익도 조선문학동맹의 소설분과 위원장이 되면서 소설 창작을 재개하였다.[34] 최명익은 해방 전에 이태준과 김남천의 문학을 지지했던 것처럼 이때도 남로당 계열의 노선에 따라 소설을 창작하였다.

이 시기에 최명익은 "전략적 일시적 후퇴 시기에 체험한 인민군 용사들"의 모습과 정신을 묘사한 단편소설 「조국의 목소리」(1951)을 창작하였으며, UN군 점령 지역 북한 주민들과 인민 군인들을 형상화한 단편소설들인 「기관사」(1951.5), 「영웅 한남수」(1951), 「소년 권동수」(1952) 그리고 「운전수 길보의 전투」(1952)를 발표하였다.[35] 「기관사」, 「영웅 한남수」 그리고 「운전수 길보의 전투」는 북한 주민과 조선인민군의 애국심과 영웅성의 원천으로 인민민주주의의 우월성과 조선로동당의 올바른 지도, 미군에 대한 복수심 그리고 조선인민군의 긍지 등을 제시한다.

「기관사」는 1951년 5월 출판된 『문학예술』에 수록된 소설로서 변화된 선전 노선이 가장 잘 적용된 작품이다. 「기관사」는 1951년 10월 14~19일 사이에 있었던 UN군의 '신고산-원산-양덕 진격 전투'를 배경으로 철도기관사이자 당원인 주인공의 애국심과 영웅성을 묘사하고 있다. 주인공 현준은 기관사로서 빨치산 부대에 합류하러 가던 길에 양덕 근처에서 UN군에게 체포된다. 사찰계 주임(경찰)은 현준에게서 공민증과 신분증명서만 나오고 심문에서 현준이 강하게 당원인 것을 부인하자 그를 S역의 '철도경비대'로 넘긴다. 다음날

---

34 「조선문학예술총동맹 및 각 동맹 중앙위원」, 『문학예술』 제4권 제1호(4월호), 1951.5.20, 35면.

35 윤광혁은 「조선의 목소리」를 장편소설이라고 소개했으나, 최명익은 이 작품을 단편소설이라고 말했다. 윤광혁, 「최명익의 생애와 창작을 더듬어」, 『통일문학』 63호, 2004년 9월, 72면.

부터 S역에서 현준은 일본 탄수—석탄을 보일러에 넣는 일을 하는 사람—와 함께 기관차를 몰게 된다. 현준은 능숙한 기관차 운전 능력 덕분에 UN군이 탄 열차의 기관사가 된다. 이런 기회를 이용하여 그는 양덕으로 향하는 열차를 전복시켜 많은 UN군을 사상케 하고 무기를 파괴하고 죽는다.

「기관사」는 현준이 영웅적인 자기희생을 할 수 있었던 이유로, 첫째 그를 훌륭한 인간으로 키워낸 이후 북한의 인민민주주의 제도의 우월성을 제시한다. 이것은 현준과 남한 경찰 및 미군과의 비교를 통해서 표현된다. 소설에서 현준은 큰 키에 넓은 어깨를 가진, 끝의 날 같은 단정함을 가진 청년이다.[36] 현준은 미군과 남한 경찰의 "난장판으로 무질서"한 모습을 보면서 죽을 수 있다는 공포를 느끼는 대신에 "우리는 놈들을 격멸하구, 죽일 수 있다. 뻔하다. 이놈들은 곧 망한다."라는 확신을 갖는다. 또한 그는 헌병 한 명이 권총을 빼 들고 자신에게 다가오자 속으로 "내 아무리 맨손이라도 거저는 안 죽는다"라고 결심한다.[37] 무엇보다 작가는 현준이 S역의 철도경비대 소속 남한 헌병과 대화하는 장면을 통해서 인민민주주의 제도의 우월성을 묘사한다.

"웃사람이 그래두 접어 생각하고 먼저 하는 말인데 그따위루 건방진 수작이……. 어데 또 한번 해봐—"

현준은 비로소 리해할 수 있었다. 그러나 현준은 기름 묻은 손에 커다란

36　"후리후리한 키에 위 아랫복의 도련 호주머니 할것 없이 모두가 모나게 곧은 솖인데다 굵은 상침으로 당친 흰 실밥들이 뚜렷한 왜청빛 로동복으로 그 버그러진 어깨도 통진 가슴이 더욱 입체감으로 틀져 보이는 그는 척 보기만도 끌날 같은 젊은이였다." 최명익, 「기관사」, 『문학예술』 제4권 제1호(5월호), 1951.6.10, 4면.

37　"씨름판 같이 둘러선 놈들 한가운데서는 한 젊은 미국 병정놈이 팔방 허공에다 대고 빈 주먹질을 해가며 뛰놀고 있었다. 권투를 해보이는 모양이었다. 그 양키-놈은 붉은 털이 번들거리는 두 주먹으로 허공을 내질으기에 바빴다. 둘러선 어중이 떠중이들은 팽이 돌듯 하는 미국놈 병정과 시선이 맞기를 별러서는 제각기 끄덕이는 감탄과 고개짓과 아울러 웃음과 박수를 보내는 중이었다." 위의 글, 6면.

마치를 든채 허리를 펴고 일어서 헌병 강가놈을 마주 볼 뿐 대답을 안했다.

"一'덕택에 고맙습니다. 재미 좋습니다一' 소리를 못하나 말야? 어느 하늘 아래서 사는가를 생각해 봐一"

헌병 강가가 고래고래 질으는 수작이였다.

"난 나 맡은 일을 책임적으루 하면 그만인 줄 아는데요."

비로소 현준이가 뜨염뜨염 한 말이다. 이런 말을 하는 현준은 이 썩어진 놈들과 싸우는 데는 빤뜨름한 말치레의 아첨도 한 전술이 되리라는 것을 몰으지는 않는다. **그러나 해방 후 오년간 그런 아첨이 통할리 없고, 오히려 죄악시 되는 환경에서 살아왔고 일해 온 현준은 지어먹고 해야하는 말이 그렇게 수월히 나오지는 않았다.**[38] (강조-인용자)

이런 비교를 통해서 작가는 남한 사회가 힘센 자에 대한 아첨이 습관화된 인간을 키워냄에 비해서 북한 사회는 힘센 자에게 비굴하지 않은 인간을 키웠음을 강조한다.

둘째로 이 소설은 미군의 북한 주민에 대한 만행을 묘사하고 그들의 야수 성을 폭로한다. S역에서의 두 번째 밤에 현준은 양덕으로 탈출하여 북한 빨치산에 합류하기 위해 자지 않고 있었다. 갑자기 그는 밖에서 세 방의 총소리와 엄마를 부르는 어린 것의 울음소리를 듣는다. 그가 창밖을 내다보니 S역의 울타리 밖 초가집이 불에 타고 있었고 그 속에서 미군이 한 여인을 옆구리에 끼고 걸어 나온다. 미군은 팔, 다리 역시 땅에 끌릴 만치 사지가 축 늘어진 여인을 한 팔로 껴안은 채로 그 육중한 구둣발로 한쪽이 쓰러져가는 목책을 짓밟으며 구내로 들어오고 있다. 여인이 미군 엠피의 손을 물자 그는 권총으로 여인의 등과 가슴, 그리고 얼굴에 대고 쏜다. 그리고 나서는

---

38 위의 글, 11면.

미군 엠피는 여인의 몸뚱이를 번들거리는 입환선 레일 한 가락에 허리가
걸치게 던진다. 작가는 그런 미군의 모습을 짐승으로 묘사한다.

> 째질듯 밝은 달빛 아래 쓰러져 있는 여인의 시체를 아직도 단념 못하듯이
> 이윽히 굽어보던 그 두발짐승은 색은 낡았으나 번들거리는 비늘털이 내려 덮인
> 대가리를 한번 저으며 좌우를 휘둘러 본다. 헤글러진 머리털 사이로, 붉은 화염
> 과 차갑게 푸른 달빛을 겸해 반사하는 그것의 눈은 마실 피를 찾아 두리번거리
> 는 짐승의 눈으로 번쩍이었다.[39]

이러한 묘사는 1950년 12월 말 김일성이 문학자들에게 강점 지역 미군의
만행을 묘사하여 그 야수성을 폭로하라고 지시한 것을 실천한 것이다.

세 번째 소설은 고향을 파괴한 미군에 대한 복수심을 묘사한다. 기관차의
창문 밖으로 내다보는 마을들은 미군의 폭격 방화로 대부분 잿더미로 변했
고, 아들 복석이도 어디로 갔는지 알 수가 없다.[40] 현준은 미군이 고향과
가족을 파괴한 것에 분노를 느끼며 어떻게 해서든 기회를 노려 양덕으로
가서 동무들과 함께 싸우겠다고 결심한다. "양덕은 여기서 동쪽으로 불과
육칠십 리다. 탈출해 가서 동무들과 같이 총을 잡고 수류탄을 던지며 놈들의
탱크를 부수고 놈들의 트럭을 뒤엎어서 쏟아지는 원수 놈들의 등 가슴에
총칼을 들이박으며 싸우자."

마지막으로 소설은 현준의 영웅성의 원천으로 조선로동당 당원의 성실성
을 제시한다. 현준이 탈출을 결심한 다음날, 북한 유격대의 공격으로 선로가
파괴되어 UN군과 무기를 나르던 군용 열차가 운행하지 못하게 된다. 현준은

---

39 위의 글, 15면.
40 위의 글, 19~20면.

S역에서 군용 열차를 몰고 사고 지점으로 가서 열차에 UN군과 무기를 실으라는 지시를 받는다. 이에 그는 빨치산에 합류하는 것에서 군용 열차를 전복하는 것으로 계획을 바꾼다. 그는 S역으로 출발하기 직전 탄수차(증기기관에 석탄과 물을 공급하는 열차)의 뒤에 달린 제동관 코크를 닫아서 뒤에 연결된 열차의 브레이크를 마비시킨다. 이어서 그는 기관차의 속도를 60, 70키로 이상으로 가속하였다가 철교에 근접하자 브레이크를 잡는다. 미국 엠피가 현준의 의도를 눈치채고 그의 옆구리에 총을 쐈지만, 그는 틀어잡은 브레이크를 놓지 않는다. 마침내 열차가 철교로 진입하자 그는 브레이크를 당겨 기관차와 열네 대의 차량을 철교 아래로 떨어뜨린다. 소설의 끝에서 작가는, 현준이 영웅성을 발휘할 수 있었던 이유로 '당원으로서의 성실성'을 제시한다.

> 현준은 탁 피곤해졌다. 눈이 내려 감기는 현준은 문득 생각이 들어 가까스로 한 팔을 움직여 제 한편 겨드랑이 밑의 팔소매를 만져보았다. 조그마한 빳빳한 것이 만져졌다. **거기다 꿰매 간직했던 제 당증이었다. 마지막 눈을 감는 현준의 얼굴에는 만족하고 안심하는 빙그레한 웃음이 핀 채로 굳어져갔다.**[41] (강조—인용자)

1951년 6월에 발표한 「영웅 한남수」는 군용 열차 수송에서 큰 공헌을 하여 공화국 영웅 훈장을 받은 한남수 기관사를 묘사한 것이다.[42] 한남수 기관사는 1951년 2월 18일 6시경 탄약을 실은 군용 열차를 운전하던 중 미그기에 발견되어 기관총과 미사일의 공격을 받았다. 이 공격으로 탄약을 실은 열차 6량 중에 한 량에 불이 붙었다. 한남수는 불붙은 열차 한 량을

---

41 위의 글, 24면.

42 최명익, 「영웅 한남수」 1~2, 『민주조선』, 1951.6.26~6.27.

손수 떼어내고, 나머지 다섯 량에 실린 군수품을 구하였다. 4월 16~17일에도 야간 운행 중 선행하던 군용 열차가 미그기의 공격으로 정차해있는 것을 발견하고 재빨리 멈춰 추돌을 피했다. 이뿐만 아니라, 선행 열차의 차량을 자기 열차에 연결하여 군수품을 모두 운반하였다. 이런 식으로 그는 1/4분기 운행 계획의 300%를 달성했고 이 공로로 공화국 영웅 칭호를 수여받았다.[43]

「영웅 한남수」는 이상의 업적 중에서 1951년 2월 18일의 사건을 그린 것이다. 즉, 이 소설은 한남수가 미군 전투기의 폭격으로 열차 한 량에 불이 붙자 다른 승무원들을 모두 내리게 한 후 단독으로 불붙은 열차를 분리해 냄으로써 다른 열차들에 실린 무기를 구한 일을 묘사하고 있다. 특히 이 소설에서 한남수는 자신의 목숨을 아끼지 않고 불붙은 열차를 다른 열차로부 터 떼어내면서도, 함께 탑승했던 어린 기관사 보조원은 미리 내리게 하고 그의 생명을 소중히 여기는 모습으로 그려진다.[44] 이를 통해 작가는 당원의 영웅적 활약의 원천으로 당과 조국에 대한 충성심뿐만 아니라 인민에 대한 사랑을 강조한다.[45]

1952년 3월에 발표된 「운전수 길보의 전투」에서는 조선인민군이라는 긍지를 애국심과 영웅성의 원천으로 제시된다.[46] 이 소설의 주된 서사는 1950년의 한겨울, 주인공인 길보가 소대장과 함께 트럭을 몰고 전선으로 가던 중에 우연히 미군 트럭을 탈취하고 거기에 탄 병사들을 살상하고 전사하는

---

43 「조국에 바치는 로력의 영예—공화국 영웅 한남수 기관수의 수기」, 『로동신문』, 1951.5.15.

44 최명익, 「한남수」 1~2면.

45 이러한 내용은 한남수의 수기 「조국에 바치는 로력의 영예」를 반영한 것이다; "조선로동당 의 선진 사상으로 교양받았으며, 쏘련 기술자의 열성적인 방조하에 기관사가 되었다. 그는 자기의 모든 힘과 재능을 당과 조국의 부강을 위해 바치였으며, 전쟁이 터지자 로동당원으 로서의 영예를 크게 느끼며 자기의 마지막 피 한방울까지 당과 조국을 위해 죽을 것을 결심했다."라고 선전했다.

46 최명익, 「운전수 길보의 전투」 1~2, 『로동신문』, 1952.3.15~16.

것이다. 길보는 조선인민군에 입대한 후 총 한번 쏴보지 못하고 후방에서 트럭만 운전하는 것이 불만이다. 총을 쏘지 못하는 것이 불만인 이유는, 그의 동생이 전투에서 큰 전공을 세워서 2급 훈장을 받았다는 점과 그의 아들이 삼촌이 소대장이니 자기 아버지는 대대장일 것이라고 상상하며 뽐내는 것에 실제로 부응하지 못하고 있기 때문이다.[47] 거기에다 트럭으로 무기를 운반하던 중에 옆자리에 승차했던 중대장이 미군의 총격에 사망하는 것을 보고도 단지 트럭을 군부대까지 모는 것 외에는 아무런 복수 행동을 하지 못했다는 것도 그의 불만을 키운다.[48]

어느 날, 길보는 자기보다 어린 소대장 찬식을 옆에 태운 채 조선인민군 부대로 전호 구축에 필요한 나무 말뚝을 운반한다. 하지만 이날은 눈보라가 치는 한겨울이어서 시야가 매우 흐리고 길 옆에는 전혀 가로수가 없어서 그는 목적지로 가는 방향이 몹시 헷갈린다. 설상가상으로 길보는 길에 파인 구덩이에 트럭의 바퀴가 빠지는 사고를 당한다. 그와 소대장이 차에서 내려 차를 구덩이에서 뺄 고민을 하고 있을 때 미군 트럭이 접근한다. 미군 운전수 두 명이 트럭에서 내려 자기 트럭으로 다가오자, 그는 미군의 트럭을 탈취해야겠다고 결심한다. 그리고 그는 트럭 탈취에 성공한다. "길섶에 바싹 붙어서

---

47 념려말아요 울집에 내가 귀신이니…… 한데 말야, 나이룬 곱절씩이나 되는 이 형녀석 꼴 좀 봐 그런데루 우리 아들놈은, 집은 폭격 맞아, 땅굴 움막 구석에서두 제법 군대 놀음만 한다는데 말야 저의 어린 삼촌이 소대장일젠 "우리 아바진 떠놓구 대대장일기라"구 아주 뻐긴다나? 그런데 난 뭐라구 대답을 하나 말야? 같은 군대루 일껀 전선에 나와가지구두, 고작 하는 일이 장작을 실어나르구 있다…… 말 됐어?; 최명익, 「운전수 길보의 전투」 1, 『로동신문』, 1952.3.15.

48 하기야 그렇지 그 정치부 중대장 동무의 말씀마따나 나두 놈들과 싸우는거지 하지만 그런 땐 이편은 저놈의 앙가슴에 총 한방 못안겨보구 외려 제 차에 탔던 생떼 같은 상급 동무가 트럭안에서 놈들의 총알에 쓰러지구마니, 알겠어? 게다가 "우리 중대부까지만……어서어서" 하는 걸 보면 긴히 할 말이 있는 모양인데 그런 마지막 원풀이두 못해주구, 다 굳어진 시체루 태와가게 되니 말야 이만저만 한 걸 말이지 그땐 정말……왜 이 못난 내가 대신…… 하는 생각까지두 들더군.; 위의 글.

어둠에 익은 눈으로 몇 순간 놈들의 동정을 살핀 둘이는 자신 있게 일어섰다. 사뿐 트럭 앞으로 나선 길보는 익은 솜씨로 운전대 문을 소리 없이 열자 뒤에선 찬식이 등을 밀어 넣고 뒤따라 올랐다."[49]

하지만 미군의 트럭이 가로채서 북한군 진지로 향하자, 트럭에 탄 미군이 차가 가로채진 것을 알고 운전석을 향해 총을 쏜다. 소대장 찬식은 차에서 뛰어 내렸지만, 길보는 트럭에서 내리지 않고 오히려 수류탄을 미군이 탄 적재함에 던진다. 동시에 그도 미군이 쏜 총알에 가슴을 맞는다. 수류탄의 폭발로 트럭에 타고 있던 다수의 미군이 죽고 달아나던 미군도 찬식에 의해 사살된다. 이후 찬식은 길보가 왼쪽 가슴 위쪽에 총을 맞아 피를 많이 흘린 것을 발견하고 그를 엎고 간다. 하지만 길보는 찬식의 등위에서 죽는다. 찬식은 길보의 죽음을 느끼고 울음이 났으나, 곧 길보에 대해서 "그 자신 얼마나 스스로 만족했고 큰 긍지를 느끼면서 간 동무가 아닌가?"라고 생각하며 울음을 그친다. 이어서 그는 "어서 부대로 돌아가서 이 동무의 공훈을 상부에 보고하고 동무들에게 아름다운 인품을 전해야" 하겠다고 결심한다.[50] 한마디로, 소설은 길보의 영웅성의 원천으로 자랑스러운 조선인민군인이 되고 싶다는 그의 욕망을 강조한다.

이상에서 살펴본 것처럼 최명익이 1951년 3월 20일 조선문학동맹 소설분과 위원장이 된 이후 출판한 소설들은 북한 주민과 조선인민군의 애국심과 영웅성의 원천을 인민민주주의의 우월성, 조선로동당원으로서의 성실성, 혹은 조선인민군이라는 긍지로 묘사하였다. 이것은 그가 1950년 11월 라주바예프의 부임 이후 재정비된 '애국주의' 선전 노선을 따르고 있음을 잘 보여준다.

---

49   최명익, 「운전수 길보의 전투」 2, 『로동신문』, 1952.3.16.
50   위의 글.

4. 영웅형상화 논쟁에서 남로당 계열 문학자들을 지지

앞에서 한국전쟁 기간 이태준과 최명익의 문학 작품들이 애국주의 선전에서 김일성의 노선이 아닌 박헌영의 노선을 지지하였음을 살펴보았다. 이것은 김일성 노선과 박헌영 노선을 각각 지지하는 문학자들의 세력 변화에서 한국전쟁기에는 이태준과 최명익이 박헌영 노선을 지지하는 문학자들과 협력했음을 보여준다. 이러한 협력은 해방 직후 조선공산당 주도로 좌파와 중간파 문학자들이 문화통일전선을 형성했던 것의 복원이었다. 이에 따라, 영웅을 형상화한 작품에서 나타나는 '자연주의적 경향'에 대한 논쟁에서 이 둘은 이원조를 지지하였다.

앞 장에서 살펴본 것처럼 1952년 초부터 김일성 계열 문학자들은 남로당 계열 문학자뿐만 아니라 중간파 문학자들의 작품도 형식주의, 자연주의 경향으로 비판했다. 1952년 1월 엄호석은 김남천의 「꿀」이 자연주의 문학이라고 비판했다. 이에 소련파 기석복은 그의 비평이 자연주의에 대한 오해에서 비롯되었다고 반박하였다. 그래서 엄호석은 문예총 모임에서 비평적 오류에 대해서 공개적인 자아비판을 하여야 했다. 1952년 2월에는 이원조가 유항림의 소설 「진두평」을 공화국 영웅을 잘 형상화한 '소설'로 평가한 반면에, 안함광은 이것을 '전투 실기'라고 비판하는 일이 벌어졌다. 곧이어 이러한 관점 차이는 「진두평」의 장르 문제에 대한 논쟁으로 발전한다. 7월 16일 조선문학동맹에서 「진두평」에 대한 합평회의 개최되었다. 이 합평회에서 김남천뿐만 아니라 이태준과 최명익도 「진두평」을 공화국 영웅을 형상화한 소설이라고 주장하며 안함광의 전투 실기라는 비판을 탄핵하였다. 우선, 김남천은 「진두평」이 북한문학의 특징의 하나인 전기성과 기록성이 농후한 '소설'이라고 보고하였다. 최명익은 김남천의 보고를 지지하면서, "기록적 가치를 높이 평가해야 할 우리 문학에 있어서 작품이 기록적이라고 해서 얕게 평가하는 것은 좋지 못하다고 생각한다."라고 「진두평」을 옹호하였다. 이태준은 「진두평」이 공화국 영웅에 대한 소설이지만 예술적 형상화가 부족하다고 비평하고 예술적 형상화에 좀더 주의를 기울일 것을 당부했다.[51]

8월 20일, 최명익은 「나는 소베트 문학에서 이렇게 배우고 있다」를 『로동신문』에 게재하고, '영웅의 형상화'에 대한 이원조와 이태준의 주장을 재차 지지하였다. 그는 영웅 형상화의 바람직한 예로 제2차 세계대전 기간 '독소전쟁'을 묘사한 소련의 문학과 고리키의 주장을 소개하였다. 그러면서 그는 이원조와 마찬가지로 2년이 넘는 한국전쟁 중에 많은 공화국 영웅들이 배출되었으며 조선인민군과 북한 주민들의 승리에 대한 신심을 고취하기 위해서 공화국 영웅들을 소설로 창작해야 한다고 주장하였다. 또한 그는 이태준과 마찬가지로 작가들은 '예술적 형상화'에 좀 더 많은 주의를 기울여야 한다고 강조했다. "우리 작가들은 그들을 취재하고 그들의 영웅적 모습을 더욱 선명히 형상화하기 위한 예술적 픽숀을 가하여야 한다."[52] 그리고 이를 위해서 그는 작가들에게 "맑스-레닌주의 사상이 자기의 피와 살이 되도록 배워야 할 것은 물론, 오늘의 현실에서 산 인물들과 그들의 생활과 행위를 구체적으로, 본질적으로 파악하도록 배워야 할 것"이라고 요청하였다.

이뿐만 아니라, 최명익은 문학의 '사실성'을 강조하면서 당시 영웅 형상화에 기록성과 전기성이 강한 것을 옹호하였다. 그는 "훌륭한 작품은 독자를 풍부한 련상으로 이끈다. 그 련상은 그 작품 중에서 형상된 인물들이 우리가 처한 현실의 거울로 반영해주기 때문"이라면서 문학이 현실을 잘 반영할 때 '좋은 교재'가 될 수 있다고 주장했다. 또한 그는 "허구는 예술만이 창조할

51　「물의를 일으킨 장르문제—<진두평> 합평회」, 『문학예술』 9월호, 1952.9.20, 100~103면; 이에 대한 자세한 내용은 배개화의 「한국전쟁기 유항림의 진두평의 장르에 관한 논쟁」, 『현대소설연구』 81, 2021.3, 143~175면.

52　최명익, 「나는 쏘베트 문학에서 이렇게 배우고 있다」, 『로동신문』, 1952.8.20, 3면.

수 있는 진정한 레아리티 즉 예술가의 상상력으로 전해오는 비밀한 작업의 결과로서 얻어지는 현실에서의 추출물이며 현실의 응고물이다."라고 말하며 사실성을 강조했다.[53] 이처럼 최명익은 소설분과 위원장으로서 이태준, 김남천 그리고 이원조와 협력하였다.

그러나 이러한 협력은 1952년 12월 15일 조선로동당 제5차 전원회의에서 김일성이 박헌영 및 그의 노선을 따르는 문학자들을 사상 전선에 침투한 미제국주의의 스파이 그리고 당의 문예 노선에 반대한 종파주의자로 비판하고 숙청하면서 끝이 났다. 이 회의에서 김일성은 전쟁에서 승리하기 위해서 조선로동당을 조직적 사상적으로 강화해야 할 필요성을 제기한다. 그리고 그는 이를 위해 선전선동 조직, 특히 '문예총'의 개선을 주장한다. 그는 문예총 내부에 존재하는 지방주의 및 종파주의 사상 잔재에 대한 투쟁을 전개하여 종파주의자들에게 타격을 주고, 당과 조국과 인민을 위한 고상한 사상을 가지고 모든 힘을 조국 전쟁 승리를 위하여 집중할 것을 요구한다.[54]

김일성의 지시에 따라서, 1953년 1월부터 『로동신문』이 종파주의와에 반대하는 캠페인을 시작하자, 문예총 내부에서도 남로당 계열에 대한 비판이 시작되었다. 한효는 남로당 계열 문학자들이 김일성의 항일무장투쟁과 그의 사상을 형상화하는 것에 대해 반대하였을 뿐만 아니라, 영웅형상화와 관련하여 당의 문예노선을 반대하였다고 비판하였다.[55] 그는 또한 남로당 계열 문학

---

53 최명익, 「소설 창작에서의 나의 고민」, 『글에 대한 생각』, 조선문학예술총동맹출판사, 1964, 106면.

54 김일성, 「로동당의 조직적 사상적 강화는 우리 승리의 기초: 조선로동당 중앙위원회 제5차 전원회의에서 한 보고」, 『김일성 저작집』 제7권, 평양: 조선로동당출판사, 1980, 391~392면.

55 한효, 「자연주의를 반대하는 투쟁에 있어서의 조선문학」 1, 『문학예술』 제6권 제1호, 1953. 1, 120~121면. 예를 들어 이원조가 "공화국에는 이미 300명의 영웅 칭호를 받은 영웅들이 있으며 그들이 '영웅형상화'의 대상"이 되어야 한다고 주장한 것은 '기록주의'이며 사실주의와는 무관하다고 비판되었다

자들이 부르주아적 창작방법인 자연주의를 문예총의 작가들에게 권장하여 사상적으로 문예총을 분열하려고 했다고 비판하고 이 모든 잘못은 그들이 부르주아 사상을 갖고 있기 때문이라고 주장하였다.[56]

한효의 비판은 문예총 부위원장이자 문학동맹 위원장인 이태준으로 이어졌다. 그는 한국전쟁 기간 동안 이태준이 인민군과 북한 주민들의 사기를 떨어뜨리는 문학작품을 창작하여 북한의 전쟁 수행을 방해하려고 하였다고 비판하였다. 그에 따르면 「고귀한 사람들」은 "조·중 인민간의 고상한 국제적 친선 단결을 고의적으로 중상"하고 있으며, 「누가 굴복하였는가 보자」, 「백배천배」, 「미국 대사관」 등의 작품은 "인민들에 대한 참을 수 없는 비방과, 현실에 대한 고의적인 왜곡으로 일관"하고 있다.[57]

또한, 최명익도 소설분과 위원장으로서 남로당 계열 문학자들과 협력한 것으로 경고를 받았다.

> 흉학한 원수들은 자기들을 자유와 민주의 수호자라고 부르고 있습니다. 그들은 인민들의 의식을 저락시키며 그들에게 비열한 품성을 배양시키기 위하여 각종 방법을 다하고 있습니다"라고 **김일성 원수께서 당 중앙위원회 제5차 전원회의에서의 보고에서 지적하신 말씀은 바로 문예총 사업에도 해당되며 특히 소설분과 위원회 사업에 대한 엄중한 경고로 되는 것이다.** 이상에서 지적한 온갖 형태의 자연주의적 요소들의 발현들과 이것들을 적발하며 제때에 시정할 대신에 묵인하였을 뿐만 아니라 도리어 조장하여 준 **최근의 소설 분과 위원회의 사업은 바로 우리 인민들의 의식을 저락시키며 인민들 속에 저열한 품성을 배양시키려고 시도하는 원수들의 각종 방법들 중 하나와 연결되는**

---

56 한효, 「자연주의를 반대하는 투쟁에 있어서의 조선문학」 3, 『문학예술』 제6권 제3호, 1953. 3, 152~154면.

57 위의 글, 148~149면.

것이다.[58] (강조-인용자)

한효의 비판을 받은 이태준의 작품들은 모두 영웅들이 발휘하는 애국심이 조선로동당에 대한 신뢰와 가족과 조국에 대한 사랑에서 나온 것으로 묘사했다. 하지만 한효는 "이 작품들은 자기를 사실주의자로 가장시키려 애쓰던 평화적 건설 시기에 있어서의 이태준의 모든 가면을 벗겨버리고 그의 자연주의적 반인민적 정체를 완전히 보여주었다"라고 강하게 비판하였다.[59] 이러한 점들은, 이태준이 애국주의의 원천에 대한 김일성 계열의 주장에 반대하였을 뿐만 아니라, 이에 대한 김일성의 경고를 무시하고 자신의 입장을 고수하였기 때문에 숙청되었음을 잘 보여준다.

이태준이 해방 초부터 문화통일전선 건설에 협력하고 북한에서도 북한 중심의 국가 건설에 협력한 것은 한반도에 인민을 위한 '통일 국가'가 건설되기를 열망하였기 때문이다. 그는 북한의 인민민주주의 제도가 남한의 사회제도보다 도덕적으로 우월한 것이라고 생각하였다. 그리고 그는 이러한 제도를 토대로 한 통일국가 건설의 주체는 '민주주의민족전선'—박헌영의 노선이자, 이태준 자신이 인민전선의 지도자 중 한 명이었음—이라고 생각하였다. 이 때문에 그는 '애국주의'를 형상화하는 데 있어서도 김일성이라는 개인에 대한 숭배가 아닌 북한 사회 제도의 우월성과 조선로동당에 대한 신뢰가 표현되어야 한다는 박헌영의 문화노선(이자 임화의 노선)을 지지하였다.

소련계 박영빈에 따르면, 한국전쟁 시기 조기천과 이태준이 "한설야를 반대하는 운동을 조직"했다고 한다. 당시, "이태준은 박헌영이 그에게 주었던 임무를 완성하여 문학동맹의 전복을 기도하였고, 조기천은 한설야의 타도

---

58   한효, 「자연주의를 반대하는 투쟁에 있어서의 우리문학」 3, 153면.
59   위의 글, 149면.

를 기도하였다."[60] 이처럼 둘의 이해가 잘 맞아떨어져서 조선문학예술총동맹이 수립될 때, 소련파는 이태준을 조선문학동맹위원장으로 임명되도록 지원하였다.[61] 이후 이태준은 조선로동당 선전선동부 부부장인 이원조, 조소문화협회 부위원장 임화 등과 협력하여 박헌영의 노선이 문화전선에서 관철될 수 있도록 하였다. 이것이 이태준이 종파주의자, 반동 부르주아 사상가로 비판받고 숙청당하는 근본적인 이유였다.

이 과정에서 소설분과 위원장인 최명익도 '경고'를 받았지만 임화, 김남천, 이원조나 이태준과 함께 숙청되지는 않았다. 그 이유는, 그가 정치적으로 남로당과 직접적인 연관이 없을 뿐만 아니라, 몇 안 되는 평양 출신 작가로서 해방 직후 김일성을 제일 먼저 만난 문학자 중 하나이기 때문이다. 숙청을 피한 최명익은 「기관사」의 결말을 수정하여 김일성 노선에 따를 것임을 밝혔다.[62] 이후 북한문학사에서 「기관사」는 "전략적인 일시적 후퇴 시기 공화국

<hr>

60 Ivanov, "Memorandum of the USSR ambassador in North Korea Ivanov from January 20~30, 1956," *RGANI*, fond 5, opis 28, delo 412, listy 118~127. 박영빈의 말을 해석해 보자면, 이태준의 임무는 북조선문학예술총동맹에서 박헌영의 노선을 관철하는 것이고, 조기천의 한설야 타도는 1947년 봄 안함광이 소련계 문학자를 견제하기 위해서 조기천의 서사시 『백두산』에 대해 혹평한 것에 대한 복수를 의미한다.

61 소련파와 한설야의 반목은, 그가 단편소설 「모자」(1946.7)에서 북한에 주둔 중인 소련 군인을 비하한 것에서 시작된다. 소련파는 그를 김일성에게 아첨하고 소련에는 반대하는 작가라고 경원시하였으며, 이 사실을 소련 측에도 보고하였다. 이 때문에 1949년 소련을 방문했을 때 한설야는 이기영 등 다른 작가와는 달리 소련작가동맹 위원장을 만나지 못하는 홀대를 받았다.

62 하지만 이후의 판본에서는 영웅성의 원천이 미군에 대한 복수심으로 바뀌었다. "이렇게 기운껏 부르짖은 현준은 금시 탁 피곤해져서 눈을 감으려 했다. 그런데 무엇인가 버그럭거리는 소리가 났다. 고개를 돌려 본즉 바로 옆에 엎어져 쓰러진 엠.피 놈이 두팔로 기려는 듯이 자갈밭을 헤적이고 있었다. 그것을 본 현준은 손가까이의 둥근 돌을 쥐자 일어나려고 했다. 그러나 허리로부터 아랫도리는 남의 몽뚱이같이 말을 듣지 않았다. 그래도 두팔굽에 힘을 모아 땅에서 떼어 일으킨 현준은 상반신을 비꼬아 엠.피 놈의 골박에 제 주먹을 처박듯이 돌을 내려치며 그놈우에 어푸러졌다."; 최명익, 「기관사」, 『불타는 섬』, 문학예술출판사, 2012, 91면.

북반부에 기여든 미제 침략자들을 반대하여 용감하게 싸운 인민의 투쟁을 그린 작품"으로 평가받고 1992년에는 한국전쟁기를 대표하는 단편소설 모음집에 수록되었다.[63]

5. 결론: 남로당 계열 문학자들이 주도하는 문화통일전선의 복원

1951년 3월 20일 북조선문학예술총동맹과 남조선문화단체총연맹이 연합하여 결성된 조선문학예술총동맹은 김일성 노선을 지지하는 문학자들과 박헌영의 노선을 지지하는 문학자들의 연합이었기 때문에 갈등의 요소가 있었다. 그런데 소련파 문학자들이 한설야를 반소적인 경향의 작가로 생각하고, 박헌영의 노선을 지지하는 이태준이 조선문학동맹의 위원장이 될 수 있도록 지원하였다. 이태준의 절친 최명익도 1951년 4월부터 문학동맹의 소설분과 위원장에 임명되었다. 한마디로, 문학동맹 위원장 이태준, 서기장 김남천, 소설분과 위원장 최명익, 조선로동당 선전선동부 문화분야 부부장 이원조, 그리고 조소문화협회 부위원장 임화의 구성은 해방 직후 서울에서 문화통일전선을 표방한 조선문학가동맹이 건설될 때의 데자뷰였다.

두 계열은 조선인민군과 북한 주민을 대상으로 하는 선전선동 노선을 두고 갈등하였다. 이것은 한국전쟁 승리를 위한 '애국주의' 선전에서 당, 수령 그리고 애국주의의 관계를 어떻게 형상화할 것인가에 대한 김일성 계열과 남로당 계열 문학자들 사이의 노선 갈등이었다. 문학 작품에서 북한의 군인과 주민이 발휘하는 애국심의 원천으로 조선로동당과 인민민주주의 제도를 제시할 것인가, 아니면 수령인 김일성의 지도력을 제시할 것인가는 문제는

---

63   최광일, 「단편집 《불타는 섬》에 대하여」, 『불타는 섬』, 문학예술출판사, 2012, 10면.

정치적 주도권에 대한 물음을 내포한 것이었다. 이와 관련하여, 이태준과 최명익은 전자의 노선에서 문학 작품을 창작하였다. 1952년 초부터 영웅형상화 방법에 대한 논쟁이 벌어졌을 때도 이태준과 최명익은 이원조의 관점을 지지하였다.

국가건설기부터 이태준과 최명익은 당의 노선에 충실하면서도 사실을 왜곡하여 묘사하지 않는다는 입장이었다. 이러한 입장은, 영웅형상화에서 이원조의 입장, 즉 당의 정책을 연구하고 이해하고 영웅의 업적을 사실에 충실하게 묘사하라는 것과 통하는 것이었다. 그러나 이러한 입장은 김일성 계열 문학자들로부터 '자연주의'로 비판을 받았다. 특히, 1952년 가을부터 한국전쟁 정전 협정의 타결이 가시화되자, 김일성은 자신의 항일무장 투쟁이 당의 혁명 전통임을 부정한 박헌영을 숙청할 결심을 하고 문학자들 사이에서 일어난 '영웅형상화' 방법을 둘러싼 노선 갈등을 이용하였다. 1952년 12월 15일 조선로동당 제5차 전원회의에서 김일성은 남로당 계열 문학자들을 문화전선에 침투한 미제의 스파이로서 종파주의로 문화전선의 통일을 깨트리고 자연주의적 경향을 다른 문학자들에게 퍼트려 북한의 전쟁 승리를 방해하였다고 비판하였다. 1953년 초부터 김일성 계열 문학자들은 남로당 계열 문학자들과 이태준을 비판하고 문예총에서 제명하였다. 이로서 한국전쟁 동안에 재건되었던 남로당 계열 주도의 문화통일전선은 완전히 해체되고 말았다.

제3장

한국전쟁기 현덕과 그의 소설
자연주의 경향으로 비판받은 남로당 계열 작가

1. 서론: 남로당 계열 작가, 현덕

현덕은 「남생이」(1938)의 작가로 많이 알려져 있다. 하지만 그가 한국전쟁 초기인 1950년 9월 28일 월북하여 북한에서도 소설을 창작했다는 사실은 거의 알려지지 않았다. 하지만 현덕은 한국전쟁 기간에 총 5편의 소설을 출판하였다. 이 장에서는 이 소설들의 주제와 내용을 검토하고, 왜 이 소설들이 1952년 12월 15일 조선로동당 제5차 전원회의에서 김일성이 남로당 계열 문학자들을 비판하는 데에 이용되었는지를 조명하겠다.

현덕은 1938년 「남생이」이라는 소설로 『조선일보』 신인상을 받고 작가 생활을 시작하였다. 해방 전에 그는 주로 가난한 농민과 일용직 노동자들의 삶을 소설에서 묘사하였다. 현덕은 1936년부터 김유정, 안회남과 친분이 있는 관계였다고 한다.[1] 1939년 9월 적발된 비밀결사 '조선문예부흥사' 사건 기록을 보면, 현덕은 임화, 박태원 등과도 특별한 친분이 있었고 1941년 아카

---

1   원종찬, 「기억해야 할 작가, 현덕」, 『현덕 전집』, 역락, 2009, 845~859면.

모토 제약회사 선전부에서 일할 때도 임화와 친하게 지냈다.[2] 이러한 친분 관계는 해방 후 3년(1945.8.15~1948.8.14) 동안 현덕이 조선문학가동맹에 적극적으로 참여하는 계기가 된 것으로 보인다.

1946년 2월 8~9일 전국문학자 대회에서 조선문학가동맹이 결성되자, 현덕은 이 동맹의 서울시 지부 소설부 책임자로 활동하였으며, 이 동맹의 대중화 위원회에 위원으로 참여하였다. 무엇보다 그는 조선문학가동맹 기관지 『문학』의 편집부장으로 활약하였다. 1947년 11월 20일 임화, 김남천 등이 월북하자, 현덕은 편집자 및 발행자가 되어 『문학』 제7호(1948.4)를 발행하였다. 또한, 그는 『문학』 제8호(1948.7)에 문학자들에게 남한 단독정부 수립 분쇄를 목표로 한 문학 창작과 문학운동을 전개하자고 호소하는 「권두언」과 인민적 민주주의 민족문학을 건설해야 한다고 주장하는 글을 게재하였다. 1948년 8월 15일 대한민국이 수립되자, 현덕은 경찰의 수배를 피해서 한국전쟁 발발 때까지 잠적하였다.

1950년 6월 28일 조선인민군이 서울을 점령하고, 임화가 서울에서 '남조선문화단체총연맹'을 재건하자, 현덕은 남조선문학가동맹의 제2서기장이 되었다.[3] 그는 1950년 9월 28일 UN군이 서울을 탈환했을 때 월북하였으며, 1951년 3월 20일 조선문학예술총동맹이 발족한 이후 북한의 작가로 활동하였다. 1951년 6월에 현덕은 『문학예술』 5월호에 「복수」를, 그리고 문예전선사에서 출판한 『영용한 사람들』에 「아름다운 사람들」이라는 소설을 실었다. 1951년 7월 그는 조선인민군 총정치국에서 출판한 『전사들을 위한 소설집』에 「하늘의 성벽」을 실었다. 또한 그는 1952년 『문학예술』 10월호에 「첫

---

2   배개화, 「1930년대 말 비밀결사운동과 문학가들」, 『한국현대문학연구』 28, 한국현대문학회, 2009, 205~241면.

3   배개화, 「조선문학가동맹과 문화통일전선의 형성」, 『임화문학연구』 2, 역락, 2011, 123~179면.

전투에서」를 게재하였다. 이밖에도 현덕은 북한 공군의 전투기를 다룬 단편 소설을 한 편 더 출판한 것으로 보인다.[4]

이 중 현덕의 「복수」는 1951년 6월 30일 김일성이 문학자들과의 담화에서 이것을 '자연주의' 경향의 작품으로 비판한 이후, 북한 비평가들로부터 계속 비판을 받았다. 그리고 「아름다운 사람들」, 「첫 전투에서」 등도 기록주의, 자연주의 작품이라고 비판을 받았다. 또한, 그의 소설들은 새롭게 조직된 조선문학예술총동맹 내부에서 영웅형상화 논쟁이 일어나는 데 중요한 원인 이 되었다. 이 모든 것들은 1952년 12월 15일 김일성이 박헌영과 남로당 계열 문학자들을 부르주아 사상과 종파주의로 당을 사상적, 조직적으로 약하 게 만들고 전쟁의 승리를 방해하였다고 비판하고 숙청하는 데에 이용되었다.

지금까지 현덕에 관한 연구는 주로 1930년대 말 발표된 소설과 그의 아동 문학에 집중되어 있으며, 북한에서의 그의 활동과 문학에는 크게 관심이 없었다. 현덕이 북한에서 출판한 소설과 글에 관한 연구는, 원종찬이 『현덕 전집』에서 실은 논문과[5] 현덕이 1953년 1월 발표한 군대 내 군중 문화 사업 에 대한 글과 1961년 6월 발표한 「미친개를 박멸하라」라는 글에 대한 박태일 의 논문이 전부이다.[6] 이중 원종찬은 현덕의 문학이 박영희적 경향과 최서해 적 경향 중에서 최서해적 경향에 속한다고 평가한다. 그에 따르면, 월북 후의 현덕은 '최서해적 경향'을 '자연주의'로 격하시켰다고 혹독한 비판을 받았으

---

4 「자연주의적 잔재-현덕 작 「첫 전투에서」에 대하여」, 『문학예술』 1월호, 1953.1, 108면.
  이 합평회에서 김남천은, 현덕이 4개의 항공소설을 썼다고 말했다.

5 원종찬, 「기억해야 할 작가, 현덕」, 845~859면.

6 박태일은 「군중문화사업」(1953.1)을 근거로 "현덕의 재북 초기인 전쟁기의 위상은 열악하
  지 않았음을 짐작하게 한다."라고 평가하였으며, 「미친개」(1961.6)는 남한을 향한 직접적인
  정치 선동을 겨냥한 정론으로 북한 사회주의 체제 건설과 집체화의 격랑 속에서 현덕이
  북한 체제 내에 자리를 잡았음을 엿보게 한다고 평가하였다. 박태일, 「재북 시기 현덕의
  새 작품 둘」, 『국제한인문학연구』 17, 국제한인문학회, 2016, 103~143면.

며, 우여곡절 끝에 한때는 천리마 기수의 형상화에 성과를 남겼으나 결국은 정치적인 희생양이 되어 북한문학사에서 완전히 이름이 지워지고 말았다.[7]

이상을 전제로, 이 장에서 필자는 한국전쟁 동안 북한에서 발표되었던 현덕의 소설 네 편을 심층적으로 분석하겠다. 이를 통해 필자는, 그의 소설들이 북한 비평가들로부터 자연주의 경향으로 비판받고, 1952년 12월 15일 김일성이 남로당 문학자들을 사상 전선의 통일을 깨뜨리고 자연주의 경향을 퍼트리는 종파주의자로 비판하는 데에 활용되었던 이유를 밝히고자 한다.

2. 「복수」에 그려진 일시적인 전략적 후퇴 시기

김일성이 1950년 1월 30일 스탈린으로부터 전쟁 개시의 청신호를 받고, 모택동에게 중국군의 한국전쟁 참전 의사를 확인한 후, 1950년 6월 25일 새벽 조선인민군은 38도선 전역에서 남침하였다.[8] 6월 28일 새벽 1시에 조선인민군의 전차부대가 서울시내에 신입하였고 오후 4시경 서울을 완전 점령하였다. 김일성은 점령 당일인 6월 28일에 내각 사법상 이승엽을 서울시임시 인민위원회 위원장에 임명하였다. 7월 초, 임화가 서울에서 '남조선문화단체 총연맹'을 재건하였다. 이때 현덕도 남조선문학가동맹의 제2서기장이 되었다. 그는 서울 한청빌딩에서 감옥과 지하에서 나온 남한의 작가들과 북조선 문예총의 작가들이 함께 남한 주민들을 대상으로 한 선전 활동을 하였다. 하지만 1950년 9월 28일 UN군이 서울을 탈환했을 때 그도 후퇴하는 조선인

---

7   원종찬, 「기억해야 할 작가, 현덕」, 859면.

8   Kim Donggil, "Stalin's Korean U-Turn: The USSR's Evolving Security Strategy and the Origins of the Korean War," *Seoul Journal of Korean Studies*, vol.24, no.1(June 2011), pp.89~114.

민군을 따라 월북하였다.

1951년 3월 20일에는 북조선문학예술총동맹과 남조선문화단체총연맹이 통합하여 조선문학예술총동맹이 결성되었다. 현덕은 조선문학동맹 '지명 작가'라는 칭호를 부여받았다. 또한 김남천, 이원조 등의 남로당 계열 문학자들이 당 정치 교양 및 문화선전 분야에서 간부로 임용되었다.[9] 이로써 김일성 지지자들이 장악한 선전선동 분야에 박헌영의 영향력이 미칠 조건이 마련되었다. 1951년 5월 20일에는 1950년 7월 이후 출판되지 않았던『문학예술』이 4월호로서 다시 출판되었다.『문학예술』4월호에는 한설야의「승냥이」, 김남천의「꿀」, 이북명의「악마」, 그리고 박찬모의「수류탄」이 실렸으며, 6월 10일 출판된『문학예술』5월호에는 현덕의「복수」가 실렸다.

그런데 현덕의「복수」에 대해 1951년 6월 30일 김일성은 조선인민군 후퇴 시기의 부정적인 모습을 묘사한 '자연주의' 작품이라고 비판했다. 그렇다면 김일성은「복수」에 대해 왜 그런 비판을 했던 것일까? 그 이유는 현덕의「복수」가 1950년 9월 28일부터 이뤄진 조선인민군의 일시적 전략적 후퇴에 대한 책임을 김일성에게 돌리고, 김일성을 '승리의 조직자이자 영도자'로 묘사하는 대신에 패배의 정서와 연결하여 묘사하였기 때문이다.

현덕의「복수」는 인민군의 후퇴와 미군이 북한 점령 당시에 저지른 양민학살을 소재로 하였으며, 크게 세 부분으로 구성되어 있다.[10] 첫 번째 부분은,

---

9　1951년 3월 20일에 조선문학예술총동맹이 출범했을 때 남로당 계열의 김남천이 조선문학동맹 서기장에 임명되었다. 또한, 이원조가 조선로동당 선전선동부 부부장에 임명(1951.6)되었고, 조일명은 문화선전성 부상(1951.11)에 임명되었으며, 임화는 조소문화협회 부위원장에 임명되었다.

10　한국전쟁 중에 미군은 1950년 10월 황해도 '신천 학살 사건'을 포함한 여러 건의 학살을 저질렀다. 그중에서「복수」는, 학살 지역이 동해안 근처라는 점과 '만산 평야'가 나오는 것으로 추측하건대, 1950년 10월 6일에 발생했던 '양양 학살 사건'(약 25,300여 명이 학살됨)을 소재로 한 것으로 보인다.

인민군 전사 김이 인천상륙작전 이후 인민군이 낙동강 전선에서부터 임시수도 강계로 후퇴한 상황을 회상하는 것과 3개월 뒤 인민군이 다시 남하하는 것을 묘사하고 있다. 두 번째 부분은 전사 김이 남하하는 과정에서 목격한 북한 지역의 파괴 상황이다. 세 번째는 전사 김의 전우인 박의 고향 한촌에서 벌어진 미군의 양민학살에 대한 묘사이다.

이 소설의 표면적 주제는 '원수(미국)에게 복수를 하자'는 것이었지만, 그 심층적 주제는 이러한 후퇴의 책임을 김일성에게 돌리는 것이다. 「복수」는 이러한 주제들을 부정적인 내용과 연결해서 제시한다. 우선 인민군 전사 김과 박이 낙동강 전선에서 후퇴한 부상병인 것은 인민군의 영웅적인 모습과는 거리가 멀다. 전사 김과 박은 "피로써 도하했던 낙동강을 전우들의 시체를 헤치며 다시 건너오게 되었던 아픈 체험"을 겪는다. 또한, 박은 낙동강 전선에서 한쪽 팔에 적탄을 맞아 다치고, 김은 개천(价川, 평안남도)에서 적의 포위망을 돌파할 때 다리를 다친다.

그들은 부상한 채 평안북도 강계군 동쪽에 있는 독로강(禿魯江)까지 후퇴하여 그곳에 있는 후방병원에서 입원한다. 그런데 소설은 후방병원에 대한 미군의 폭격으로 전사 박이 사망하는 것을 자세히 묘사한다.

점심 시간을 알리는 종이 울리자 언덕 아래 버드나무를 감돌아 나려가며 돌아서 또 한 번 웃어보이던 박의 그 입모습이 채 안막에서 사라지기 전에 건너편 산머리에서 세대의 적 중폭기가 날개를 나란히 나타내고 뒤미처 네 대의 그 놈[중폭기]이 뒤를 이었다.

신기한 것처럼 바라보던 김은 자기 정수리를 향하고 수십개의 거미알 같은 새까만 점이 급속도로 확대되며 수직선으로 닥아오는 것을 보았다.

몸둥아리 전체가 공중에 소꾸치는 것 같은 굉장한 폭음이 지나갔다.

박이 있는 오동 병실에서 몇간통 밖에 커다란 구멍이 뚫리고 병실의 유리창

과 흰 벽이 일순에 날아가 허창이 되였다.[11]

당시 미 공군의 폭격은 북한 주민들과 인민군들의 사기를 매우 떨어뜨렸다. 심지어 군대 내 선전선동을 책임진 인민군 문화부사령관 김일은 소련이 공군과 전투기를 지원하지 않는 것에 대해서 소련 군사 고문과의 회의에서 직접적으로 불만을 표현하였다.[12] 이것은 즉각 소련고문단에 의해 스탈린에게 보고되었고, 이후 그의 지시로 조선로동당의 직접 지도를 받는 '조선인민군 총정치국'이 생기는 빌미가 되었다. 현덕은 이처럼 민감한 시기에 있었던 미 공군의 폭격을 소설 속에서 묘사하였다. 이 뿐만 아니라, 그는 미군의 평양 점령 때문에 김일성과 북한 정부가 피난을 간 강계에 대한 끊임없는 미 공군의 폭격을 사실대로 적었다. 특히 그는, 북한의 임시수도인 강계 인근의 "독로강 기슭에 있는 마지막 주막거리가 잿가루가 되"었다고 묘사함으로써 북한 정부가 큰 위기에 처한 것처럼 묘사했다.

전사 김은 사랑하는 친구인 박이 죽은 것 때문에 미군에 대한 복수심이 더욱 커졌고, 부상에서 완전히 회복되지 않았음에도 전선으로 복귀한다.[13] 그런데 전사 김이 건강을 회복하지 않은 채 전선에 복귀한다는 설정은 인민

---

11   현덕, 「복수」, 『문학예술』 5월호, 1951.6.10, 26면.

12   "Telegram from Soviet Ambassador to the Democratic People's Republic of Korea to the First Deputy Minister of Foreign Affairs of the Soviet Union, regarding the political situation in Korea, no. 1468, October 13, 1950, 11:10 AM," *Central Archives of the Russian Ministry of Defence(TsAMO)*, fond 5, opis 918795, delo 124, listy 136~140; 재수록 『한국전쟁, 문서와 자료, 1950~1953』, 국사편찬위원회, 2006, 178~181면; 이 전보에 따르면 조선인민군 문화훈련국 책임자 김일은 소련 군사 고문에게 "우리가 필요한 것은 고문들이나 그들의 조언이 아닌 실질적 지원[공군과 전투기 같은 - 인용자]"이라고 불만을 직접 표시하였다.

13   죽기 전 박은 김에게 알아들을 수 없는 말을 남겼는데, 김은 그 말을 "원수를 갚아 달라"는 것으로 이해하였다(현덕, 「복수」, 27면).

군이 전쟁에서 승리하기에는 역량이 아직 부족하며, 1951년 1월 4일 중조연합군이 서울을 재점령한 것은 중국인민지원군의 역량에 의한 것이라는 뉘앙스를 풍긴다.

이 소설의 두 번째 부분은 전사 김이 38선을 향해 남진하는 동안 관찰한 북한 지역의 파괴 상황이다. 석 달 전인 8월에만 해도 "장이 서서 돼지고기 냄새를 풍기며 얼굴에 기름진 사람들이 모여 욱적거리던 거리, 인민학교가 있고 소비조합이 있고 우편소가 있고 조그만 소극장이 있던 곳, 인민들이 먹고 남음이 있어 평화하고 단란한 생활이 영위"되던 거리가 이제는 몇 개의 굴뚝뿐 "휑한 벌판 가운데 손때 묻은 농짝이 원수가 누구인 것을 호소하듯 하늘을 향해 입을 벌리고" 있을 뿐이다.[14] 미군 폭격기의 끊임없는 공격으로 색동저고리를 입고 단발머리를 나풀거리던 소녀가 죽어 어디에 묻혀있는지 알 수 없는 동네는 황량하고 처참하다.

> 기적처럼 남아 있는 몇 채의 집에는 뚫어진 바람벽을 틀어막은 대문에 인민위원회의 간판이 붙고 소비조합의 간판이 붙고, 눈 위에 발자욱이 있는 곳에는 얼음 밑에 움을 파고 끈끼찬 녀인들이 굴뚝에 연기를 올리고 있다.
>
> **거적데기로 찬 눈과 바람을 막았을 망정 그 안에는 어린아이들이 도란거리였고 자기들의 경애하는 수령 김일성 장군의 초상이 걸려있었다.**
>
> 그러나 물릴 줄 모르는 흡혈귀들은 오늘도 새로운 희생물을 찾아 머리위에 배회하며 거리에 동이를 인 녀인들이 물을 길러가는 우물길에, 교사를 잃은 나이 어린 학동들이 다섯씩 여섯씩 분교실을 찾가가는 고개길에 폭탄을 떨구었다.[15] (강조-인용자)

---

14 위의 글, 28면.
15 위의 글, 29면.

이러한 묘사는 북한 주민의 수령 김일성에 대한 충성심만으로는 미군의 폭격과 학살을 막을 수 없는 현실을 보여준다.

세 번째 부분은 박의 고향 한촌에서 벌어진 미군의 양민 집단 학살에 관한 것이다. 전사 김이 목격한 동해 만산 평야의 한촌은 허연 눈이 두껍게 덮인 황량한 벌판으로 변해있다. 그곳에서 전사 김은, 한촌에서 있었던 집단 학살의 유일한 생존자인 소년을 만나, 그로부터 학살의 상황을 듣는다. 소년에 따르면, 미군이 마을을 점령했을 때 남자들은 빨치산이 되어 산으로 들어가고 노인네들과 여자들과 아이들만이 남아 있었다. 미군은 이들을 20여 일 동안 가둬두었다가, 후퇴하는 날 '보와굴'이라는 수직굴에 빠뜨리고 총과 수류탄으로 살해하였다.

"…… 맨 나중에 아귀들은 우리에게 달겨들었어요. 그리고 서루 껴안고 있는 것을 보고 그놈들은 총대로 팔을 끊어 풀게 하였어요. 맨먼저 열살된 내 누이동생을 끌어갔어요. 어머니는 그것을 보자 나를 먼저 죽이라고 쫓아가 그 팔에 매달리었어요. 그러자 그 놈들은 누이동생을 놓고 이번에는 어머니를 끌고갔어요. 어머니는 끌려가시면서 너이 놈들의 에미 자식도 내 꼴처럼 될 날이 머지 않았다고 악담을 하시었어요. 그리고 조금 후에 어둠 속에서 김장군과 인민공화국 만세를 부르는 어머니의 음성이 들리었어요. 그다음에는 열네살 된 둘째 형이 끌려갔고 그다음에는 내가 끌려갔어요.

그 놈들은 나를 보고, 너 김일성이 노래 잘 부르는 놈이로군, 굴 속에서야 아무 노래를 부르던 상관 있겠느냐, 말리는 사람 없을테니 소원껏 불러보아라 하고 내 궁둥이를 거더찼어요."[16]

---

16   위의 글, 35면.

위에서 작가는, 소년의 어머니가 미군에 의해 살해할 때 ‘김일성 만세’를 부르거나, 미군이 소년에게 굴속에서 김일성의 노래를 마음껏 불러보라고 조롱하는 것을 묘사함으로써 김일성을 죽음과 패배의 정서와 연결하고 있다. 이것은 한국전쟁 초기 한설야와 같은 문학자들이 김일성을 유일한 승리의 조직자이자 영도자로 묘사하기 위해서 인민군이 ‘김일성 만세’나 ‘김일성의 노래’를 부르면서 용기를 고취하고 전투에서 승리하는 것과 배치된다.[17]

이 소설에 대한 최초의 반응은 「복수」에서 여러 번 호명된 김일성으로부터 나왔다. 1951년 6월 30일, 김일성은 중견 작가 예술가들과의 담화에서 “조국 전쟁 기간 동안을 통하여 우리 작가 예술가들은 많은 문학예술 작품을 창작 하였으나 그 사상적 내용으로나 그 예술성으로 보아 우리 영웅적 인민이 응당히 가져야 될 고상한 예술 작품을 창작하지 못하였다”라고 지적하였다.[18] 특히 그는 “우리 작가 예술가들은 자기 작품에 적에 대한 증오심을 옳게 표현”해야 한다고 강조하였다.

> 그러나 우리 작가 예술가들은 원쑤들의 만행 그대로를 보인다 하여 그것이 곧 예술이 되지 않는다는 것과 증오심을 더 고취시키지 않는다는 것을 잊어서는 안되겠습니다. 어떠한 예술작품에서든지 자연주의적인 요소를 숙청함으로써만 이 사실주의적 예술 작품을 창작할 수 있는 것입니다. 유감스럽게도 우리 작가 예술가들의 작품에는 아직도 그러한 자연주의적 수법이 농후하게 나타나고 있 습니다. 이러한 경향과 철저한 투쟁을 전개하지 않고서는 우리의 문학예술은 옳은 방향으로 발전할 수 없는 것입니다.[19]

---

17 한설야, 「격침」, 『영웅들의 전투기』 1, 문화전선사, 1950.8.25, 12면.

18 김일성, 「전체 작가예술가들에게 주신 김일성 장군의 격려의 말씀」, 『문학예술』 6월호, 1951.7.20, 5~8면.

19 위의 글, 8~9면.

이 담화 전에 발표된, 미군이 점령한 북한 지역을 묘사한 소설은 현덕의 「복수」(『문학예술』 5월호, 1951.6.10)뿐이다. 따라서 김일성의 이 발언은 명백히 현덕의 「복수」를 겨냥한 것이다. 그가 직접 현덕의 소설을 이처럼 강도 높게 비판한 것은, 이 소설이 강점 지역 주민들의 영웅적 투쟁의 모습을 묘사함으로써 전쟁 승리의 신심을 고취하라는 그의 지시와 거리가 있을 뿐만 아니라, 북한 주민들이 김일성에 대한 충성심에도 불구하고 이런 불행을 겪었다는 점을 강조함으로써 그의 지도력에 의문을 표시하였기 때문이다. 김일성은 이것을 새롭게 정치 분야를 책임지게 된 박헌영의 관점이 반영된 것으로 보고, 이를 분파적 행동으로 비판하면서 이러한 경향과 철저한 투쟁을 벌일 것을 비평가들에게 요구한 것이다.

3. 「하늘의 성벽」과 영웅형상화 논쟁

「복수」를 발표한 이후 현덕은 북한 공군의 전투를 묘사한 소설을 4편 발표하였다. 이것은 세 명의 공화국 영웅을 모델로 해서 작가가 창조한 백기락과 김락준을 주인공을 한 소설이다.[20] 이중 「아름다운 사람들」(『영용한 사람들』, 문화전선사, 1951.6)과 「하늘의 성벽」(『전투원들에게 주는 소설집』, 조선인민군 총정치국, 1951.7)은 백기락에 대한 것이다. 「하늘의 성벽」은 북한 공군이 전투에서 발휘하는 영웅성을 묘사하고, 그러한 영웅성의 원천은 해방 이후 북한의 인민민주주의 제도와 인민에 대한 사랑임을 강조하였다.

---

20 백기락과 김락준은 한국전쟁 초기인 1950년 7월 11~15일 사이에 미 공군과의 공중 전투에서 큰 전과를 올린 공군 전투원 김기옥, 리문순 그리고 리동규를 모델로 한 것이다. 한설야의 「하늘의 영웅」(『영웅들의 전투기』 2, 문화전선사, 1950.9.13, 7~47면)도 이들을 소재로 한 것이다.

이 소설은 크게 세 장면으로 구성되어 있다. 첫 번째 장면은 비행 전투에서 32호기 비행사 정범경이 미군 비행기의 공격으로 추락하여 전사하는 것이다. 두 번째 장면은 백기락이 전우 정범경의 복수를 하기 위해서 '비행기에 미친 사람'이 되어, 밤에 자지도 않고 비행 전술을 연구하고, 한밤중에 전투기 위에서 모의 훈련을 하는 장면이다. 이처럼 백기락이 비행기에 미치게 된 것은 일제 말부터의 친구인 정범경이 전사하여 미군에 대한 그의 복수심을 더욱 불붙게 하였기 때문이다. 세 번째 장면은 백기락이 전투에서 적의 B29 두 대를 추락시키고 부대로 귀환하는 내용이다. 소설은 이런 구성을 통해서 백기락이 발휘하는 영웅성의 원천을 설명하고자 한다.

우선 작가는 소설의 앞부분에서 백기락의 성장 과정을 소개하면서 그의 영웅성의 원천을 추적한다. 백기락은 함경북도 무산군 무산면 성천리에서 광부의 둘째 아들로 태어났으나 9살 때 아버지가 술을 먹고 사망한다. 이후 그는 목단강으로 자동차 운전수인 형을 찾아간다. 그곳에서 그는 소학교를 다녔는데, 학교 교장의 둘째 아들이 일본인이라고 교만했고 텃세를 부린다. 그래서 그는 "일본인을 자기 아버지를 말리워 죽이고 자기 형의 고혈을 착취하는 계급의 적으로 보았고, 적개심에 그를 시궁창에 꾸려박고 밟았다." 이 일은 편싸움으로 발전하였는데, 그때 백기락의 편을 들어 주동으로 나온 사람이 죽은 정범경이다. 사건이 확대되어 경찰서 순사까지 출동하였고, 이 일로 백기락과 정범경은 퇴학을 당한다. 이후 둘은 백기락의 둘째 형이 자동차 운전수로 있던 신의주로 가서 신의주 공영공사 자동차부에 조수로 일한다. 때마침 그들이 첫 봉급을 받는 날은 8.15 해방일이다. 이날 백기락은 하늘에 날고 있는 소련 공군의 전투기를 보고 공군이 되어야겠다고 결심하고, 다음날 북한 공군에 들어간다.

몇해 동안을 자동차 조수로 목탄 가마에 풀무질만 하던 백기락과 정범경을 공화국의 하늘을 지키는 가슴 뿌듯한 성스러운 임무를 안고 처음으로 련습기에 오르게 된 것은 四九년 정월달이였다.

갑짜기 시야가 넓어진듯 하늘 높이서 장성해가는 공화국의 얼굴을 내려다보게되던 감격이여!

아침 안개가 뽀얀 사이로 굴뚝이 우뚝 우뚝 솟아 오르고 굴뚝마다 굵은 연기가 기세 좋게 오르는 남포 넓은 들도 보았다. 황무지에 고랑이 일쿠워지고 농민들이 흰 줄을 긋듯 일짜로 늘어서서 모를 꽂는 모양도 보았다. 산마다 수목이 청청하고 그 사이로 인민학교 담벽이 하얀 건물들이 늘어 가는것도 보았다. 길 없는 둔덕에 길이 열리고 날마다 거리가 불어나고 거리마다 해방탑이 서는 것을 보았다.

이렇게 공중에서 보는 공화국은 날로 장성해가고 부강해가는 모습이 한눈안에 확연하였다.

그러나 남의 살림이 부강해 가는 것을 보고 흑심을 일으키는 자를 가리키여 강도라고 한다. 강도 중에 도수자인 미제는 야수의 본성을 발휘해서 그 피묻은 날개로 공화국의 창공을 더럽히기 시작하였다.

한폭의 그림을 보는것 같은 고운 해안선과 빛나는 강줄기! 집웅을 이루듯 줄기 줄기 련달은 산맥과 푸른 들! 그리고 동맥처럼 사방으로 뻗친 길과 그 매디마다에 꽃처럼 핀 부락과 거리들! 이 아름다운 화폭은 오늘 갈기 갈기 찢기였고 점점이 흙탕질을 당하였다. 아침과 저녁으로 평화와 행복을 노래하듯 밥짓는 연기가 오르던 부락과 거리는 오늘 화염에 싸여 원쑤를 저주하듯 검은 연기가 길게 꼬리를 끌며 온 들을 덮었고 엄청나게 큰 불 기둥을 올리며 산이 불탔다. 삽시간에 큰 도시가 잿더미로 화하고 정든 골목과 집들은 벽돌조각만 남았다.

길가 다릿 목에서 네살쯤된 어린아이가 죽어 넘어진 어머니의 젖가슴을 뜯으며 울고 있는 것을 보았다.

이제껏 허다한 것을 보아 왔으되 감동이 없는 사람처럼 오직 바지 옆착에 두 주먹을 찌른 채 묵묵하던 정범경과 백기락은 에잇 에잇 하고 주먹으로 눈물을 뿌리며 울었다.

조국의 하늘에서 원쑤들의 악한 무리들을 물리치기 전에는 살아서 그들 인민들을 보지않겠다고 맹세하였다.

그러나 오늘 정범경은 골수에 맺친 그 원한을 품은채 죽고 백기락은 전우의 그 유한을 받아 갑절로 그의 붉은 심장은 불탔던 것이다.[21]

백기락은 자신의 비행술을 향상하기 위해서 밤에 잠을 자지 않고 비행 전술을 연구하여 "비행기에 미친 사람"이라는 별명을 얻고 미 공군과의 전투에서도 큰 승리를 한다. 그의 노력과 승리는 모두 해방 이후 북한에 수립된 새 국가에 대한 사랑과 그것을 파괴하는 미 제국주의에 대한 증오, 그리고 사랑하는 친우를 죽인 원수인 미군에 대한 복수심 때문이다.

세 번째는 11월 5일 공화국 영웅 백기락의 항공 전투 장면에 대한 자세한 묘사이다. 이 전투에서 백기락은 혼자서 B29 1대와 쌍발기 2대를 격추한다.

『-적기 편대 고도 二 천 몇 메-타 꾸르-쓰 백몇도로 八키로 지점에서 북향해 오고있다』

지휘처에서 로까또르(적기 탐지기)로 포착한 적정을 알리는것이다.

그러자 뒤미쳐

『조국과 인민을 위해서 전기는 용감하게 돌입하라』

『조국과 인민을 위해서 전기는 용감하게 돌입하라』

---

21 현덕, 「하늘의 성벽」, 『전투원들에게 주는 소설집』 1, 조선인민군 총정치국, 1951.6, 90~94면.

하는 전투명령을 내린다.

백기락은 무의식중에 조종간을 쥔 팔에 힘줄이 불끈 솟는것을 느끼였다.

전 신경을 두 눈에 집중하고 전방 상공을 살피는데 선두에 서서 나가던 지휘기에서 김 지휘관이

『적기 발견 적기 발견』

하고 다급한 소리로 외친다. (중략)

『백기락은 진입한다』

소리를 외치며 그는 좌로 반전해서 곤두서자 적 세놈중에 가운데 놈을 겨누고 몸둥아리 전체를 드리박듯 진입해 내려갔다. 적 쌍발기는 멍텅구리처럼 여전히 같은 속도로 둔하게 북진하고있다.

사격거리에 들었다고 생각되자 기관포 단추를 눌렀다. 뚜루루 소리와 함께 탄이 꼬리를 끌며 나가는데 착탄거리가 짧아 적기의 꽁문이 근처에서 끊어지고 만다. 그는 약간 기수를 들고 적의 기체를 뿌리껠(묘준경) 안에 잡아넣었다.

그리고 자기 몸둥아리가 탄환이 되여 드리박듯 기관포 기관총 있는대로 단추를 눌른다. 입으로 불을 뿜듯 줄기 줄기 예광탄이 꼬리를 끌며 적을 향해 나간다.

그제야 우둔한 적기는 깜짝 놀랜 모양으로 좌편으로 급선회를 하더니 황황히 도망갈 기세를 보인다. 백기락은 적의 대구리 十메-터 가까이까지 꾸려박다가 슬쩍 전후선회해서 기수를 끌어올리자 다시 좌로 반전해서 재 진입해 들어가며 총포탄의 집중사격을 가하였다.

강한 주먹으로 미운놈의 볼다구니를 치듯 예광탄이 붉은 꼬리를 끌며 나간 자리에서 펑 펑 굵은 구멍이 뚫린곳이 바루 적의 동체이다. 백기락은 신이 나서 사격을 집중하였다.

마침내 적기는 우측 날개밑으로 검은 연기를 뿜기 시작한다. 명중인것이다. 뭐라고 형언할 수 없는 기쁨이 전신을 싼다. 원쑤를 갚았다는 기쁨이였다. 놈은 기수를 숙이고 추락하기 시작하였다.[22]

이상에서처럼 백기락은 "조국과 인민을 위해서 전기는 용감하게 돌입하라"는 사령관의 명령에 반사적으로 용기를 내어 전투에서 큰 공을 세웠다. 당시 조선로동당 총정치국에서 출판한 선전 책자에 따르면, 이전 전투에서 발휘된 인민군의 용감성과 영웅성은 그들이 "고상한 애국주의 사상으로 무장"되어 있기 때문이며, "공화국 북반부에서 달성한 민주주의적 제 전취를 원쑤들의 손에 유린당할 것을 원치 않기" 때문이다. 따라서 종국적인 전쟁의 승리하기 위해서 "인민군 병사 군관들은 조국과 인민을 위해서 마지막 피의 한 방울까지 다 바쳐 싸우는 열렬한 애국주의 정신과 난관에 굴할 줄 모르는 강인성으로 더욱더 튼튼히 무장"해야 한다.[23] 이런 총정치국의 선전에 맞춰서 이 소설은 백기락의 영웅적인 전투는 조국과 인민에 대한 사랑과 인민민주주의를 파괴하려는 미군에 대한 증오심에서 나오는 것으로 그리고 있다. 이 소설에서는 '김일성'의 이름이 한 번도 언급되지 않았는데, 이것은 전쟁 초기 북한문학자들이 공화국 영웅들이 발휘하는 영웅성은 김일성에 대한 충성심에서 나왔다는 것을 강조하는 것과 차이가 있다.

1951년 7월 중순, 한효는 남한 출신 문학자의 작품에서 공화국 영웅의 전형이 보이지 않는다는 점을 지적하였다. 그 이유는 이 작품들이 김일성에 의해 고취되는, 공화국 영웅들의 애국심을 묘사하지 않았기 때문이다. 이에 그는 "우리 문학은 인민들을 우리의 경애하는 수령에 의하여 고무되는 애국주의의 이데야로써 무장시키며 애국주의적 리상을 표현함에 복무하며 조국의 자유와 독립과 민주를 쟁취함에 복무한다"면서 이렇게 창조된 인물만이 애국주의의 전형이 될 수 있다고 역설하였다.[24]

22　위의 책, 101~106면.

23　「전선과 후방에서의 조선인민의 영웅적 공훈」, 조선인민군 총정치국, 1951.6, 12~13, 17면.

24　한효, 「우리 문학의 전투적 모습과 제기되는 몇 가지 문제」, 『문학예술』 6월호, 1951.7.20, 89면.

이처럼 문학자들 사이에 공화국 영웅의 형상화 방식에서 '애국심의 원천을 무엇으로 할 것인지'에 대한 의견 차이가 나타나자, 1951년 10월 중순 문예총은 "영웅형상화에 대하여"라는 연구회를 열었다. 이 토론회에서 조선로동당 선전선동부 부부장인 이원조와 조선문학예술총동맹의 위원장 한설야가 발표하였다. 당의 선전 노선과 관련해서 이원조는 박헌영의 입장을, 그리고 한설야는 김일성의 입장을 대리하여 논쟁을 했다.

우선, 이원조(조선로동당 선전선동부 부장)는 "영웅형상화에 있어서의 기본으로 되는 방법론"이라는 보고를 하였다. 이에 따르면, 북한 인민들의 영웅적 행동과 애국주의는 "국가 제도의 우월성에 있으며 또한 철두철미 인민의 이익과 행복을 위한 국가적 시책에 있으며 이의 성과적 실천을 위하여 항상 근로 인민들의 선두에서 올바른 지도와 전위적 역할을 노는 혁명적 당 곧 조선로동당이 있는 데 기인"한다.[25] 이처럼 이원조는 조선인민군과 북한 주민에게 애국심을 고취하여 승리를 조직하는 것은 남로당 계열이 최대 파벌인 조선로동당의 집단 지도라는 점을 강조하였다.

하지만 문예총 위원장 한설야는 작가들은 작품에서 애국주의의 전형을 그릴 때 영웅들의 애국심이 김일성에 의해 고취되는 것으로 그려야 한다고 주장하였다. 즉 작가들은 "영웅의 언행과 그에 의하여 전개되는 모든 사건을 그저 나열할 것이 아니라 그 소재들을 분해하여 재구성하여야만 하며, 영웅의 외면적 특징뿐만 아니라 깊은 내면적 세계[김일성에 대한 충성심—인용자]를 보여주도록 노력"하여야 한다. 그러면서 한설야는 현덕의 「아름다운 사람들」은 단순히 사실을 나열하는 기록주의적 경향 때문에 백기락을 공화국 영웅의 '전형'으로 묘사하는 데에 실패하였으며, 그 결과 주인공인 백기락이

---

25 「영웅형상화에 대한 문제―문예총 영웅형상화에 대한 연구회에서」, 『로동신문』, 1951.10. 29.

"용감하고 씩씩한 영웅으로서보다 오히려 부상 잘 당하는 비행사"로서 나타난다고 지적하였다.[26]

이 연구회를 통해서 전시 선전정책에 대한 김일성과 박헌영의 관점 차이가 명확하게 드러났다. 이후 김일성 계열의 비평가들은 현덕의 「복수」를 형식주의적, 자연주의적 경향의 작품이라고 계속해서 비판하였다. 그러면서 이들은 이러한 부르주아적 경향과 투쟁을 벌일 것을 주장했다.

11월 비평에서 엄호석은 북한에는 "해방 후 5년간 당과 수령으로부터 교양 받았으며 조국과 인민을 위하여서는 생명을 내어던지기에 준비된 그런 새로운 타잎의 인간들"이 있지만, 현덕의 「복수」에는 이런 유형의 인간이 묘사되지 않았을 뿐만 아니라, 작가가 사건을 회상의 형식으로 서술한 것은 "형식주의적 경향의 수법"이라고 비판하다. 그러면서 그는 "우리의 사실주의 문학은 자연주의와 형식주의의 잔재들과 투쟁 속에서 발전할 수 있다"라고 강조하였다.[27]

1952년 1월 17일, 엄호석은 『로동신문』에 게재된 「우리 문학에 있어서의 자연주의와 형식주의 잔재와의 투쟁」에서 현덕의 「복수」에서 자연주의와 형식주의 수법이 사용되었다며 다시 한번 강도 높게 비판하였다. 특히, 그는 작가 예술가들의 작품에 자연주의적 수법이 나타나는 경향에 대해서 철저한 투쟁을 하라는 김일성의 교시를 인용하면서 현덕이 김일성의 교시를 어겼음을 강조하였다.[28]

안함광도 「1951년도 문학 창조의 전망과 성과」(『인민』 1952년 1월호)에서

---

26 위의 글.

27 엄호석, 「작가들의 사업과 정열 — 최근의 창작을 중심으로」, 『문학예술』 7월호, 1951.11.15, 80~85, 88면. 이 비평에서 엄호석은 이태준의 「고귀한 사람」에 대해서도 형식주의 작품이라고 비판하였다(84~85면).

28 엄호석, 「우리문학에 있어서의 자연주의와 형식주의 잔재와의 투쟁」, 『로동신문』, 1952.1. 17.

1951년 6월 30일 김일성이 전체 작가 예술가에게 준 격려의 말이 잘 실천되고 있는지에 대해서 점검하면서, 현덕의 「복수」가 자연주의적 특징을 철저하게 보여주고 있다고 비판하였다. 그에 따르면, 「복수」는 미제 침략군대의 강점지대에서 조선 인민이 받은 "처절 처참한 가지가지 고초를 정성껏 수집 나열"함으로써 "어둡고 처참하며 몸서리치게 무서운 부정적 세계"만을 일관되게 보여줄 뿐 "원수에 반대하여 용감히 싸운 강점 지구 하의 인민들의 영웅적인 모습에 대하여는 눈을 감았다."[29]

4. 「첫 전투에서」에 암시된 박헌영과 당의 동일시

1952년 4월부터 전쟁의 빠른 종결을 바라는 김일성과 전쟁의 계속을 주장하는 스탈린과 모택동 사이의 갈등이 있었다. 결국 1952년 10월, 중조연합군과 UN군 사이의 휴전 협상이 무기한 연기되자, 김일성이 스탈린과 모택동으로부터 홀대를 받는 상황이 만들어졌다.[30] 이런 시기에 현덕은 『문학예술』 10월호에 「첫 전투에서」라는 소설을 발표하였다.[31] 이 소설은 김일성 계열

---

29 안함광, 「1951년도 문학 창조의 전망과 성과─김일성 장군의 격려의 말씀을 받들어 문학가들은 창조사업을 어떻게 진행하였나」(『인민』 1월호, 1952.1), 『현대문학비평자료집』 2, 태학사, 1993, 159면.

30 김동길의 연구에 따르면, 1952년 2월까지만 해도 전쟁을 계속하기를 원하는 스탈린과 달리 김일성과 모택동은 전쟁의 빠른 종결을 원했다. 그런데, 중국이 1953년부터 제1차 경제개발 5개년 계획을 시작하자, 이에 필요한 원조를 소련으로부터 받기 위해서 모택동은 조속한 정전에서 전쟁 계속으로 입장을 전환했다. 이 문제로 김일성은 모택동과 갈등하였으며, 9월 4일 김일성은 모스크바로 가서 스탈린과 전쟁 포로 교환 문제를 포함한 정전 문제를 토론할 때 스탈린의 냉대를 받았다. 10월에 스탈린과 모택동의 의도대로 정전회담이 무기한 연기되자, 김일성이 스탈린과 모택동으로부터 홀대를 받는다는 인상이 만들어졌다; 김동길, 「휴전 협상에서 북·중·소 3국의 태도 변화 및 결과」, 『한국과 국제정치』 제35권 제3호, 경남대학교 극동문제연구소, 2019, 52~57면.

비평가들로부터 '자연주의 경향'의 작품으로 혹평을 받았다. 그렇다면 이 소설이 혹평을 받은 이유는 무엇인가?

구성면에서 이 소설은 기존의 영웅형상화 소설이 공화국 영웅의 일대기를 순차적으로 서술하고 있는 것에서 벗어나서, 공화국 영웅의 과거 기억을 현재 사건과 교차시켜서 서술하고 있다. 과거의 기억은 주인공 김락준과 칠딴이와의 일제시대 때부터 해방 직후까지의 것이고, 현재의 사건은 김락준이 백기락과 함께 미 공군과 비행 전투를 벌여서 승리하는 것이다. 칠딴이의 추억과 현재의 비행 전투는 김락준의 '첫 경험'이라는 이유로 연결된다.

우선 칠딴이와의 기억은 영웅 김락준이 발휘하는 애국심의 원천 ─ 인민민주주의 제도 ─ 에 대한 설명과 연결되어 있다. 김락준은 일제 강점기 때 태어나서 청소년기를 보낸다. 이 시절, 5월이면 식량부족으로 모든 마을 사람들이 배가 고팠고, 7살인 락준도 배가 고팠다. 그때 칠딴이는 별바우골에 가면 먹을 것이 많이 있다고 락준을 속여서 그를 으슥한 숲속으로 데려간다. 하지만 그곳에 피어있는 배꽃을 아무리 많이 먹어도 배는 헛헛하기만 하였고 어린 락준은 그만 울고 만다. 그러자 칠딴은 '나중에 떡을 하면 주겠다'고 말하면서 락준을 꼭 안아 준다. 락준은 칠딴의 팔에 안겨 처음으로 여자를 느낀다. 하지만 이후 칠딴이는 천 원에 팔려서 노란 저고리 분홍 치마를 입고 만주로 떠나간다. 2년 뒤 칠딴이가 만주에서 돌아왔을 때, 그녀의 몸에서는 매춘녀 특유의 비린내가 나서 노파들조차 함께 앉기를 꺼렸고, 그녀는 강물에 빠져 자살하려고 한다. 그러나 8.15 해방은 북한 사람들뿐만 아니라 칠딴이에게도 새로운 생활을 할 기회를 준다.

8월 15일 해방은 그 칠딴이에게도 운명의 개변을 가져다 주었다. 이듬 해

---

31 현덕, 「첫 전투에서」, 『문학예술』 10월호, 1952.10.10, 38~57면.

김락준은 마구네 공장에 직공으로 들어갔다. 그 해 오월 해방이 되어 첫번인 메-데를 맞이하였다. 김락준이 다니는 공장에서도 총출동으로 대렬을 지여 기념 회장인 정거장 앞 광장으로 나갔다. 길에는 회장으로 가는 같은 행렬들이 무데기 무데기 대렬을 지여 가고 있었다. 그 중에 어느 방직공장에서 나온 녀직공으로만 조직된 행렬이 지나가고 있었다.

높이 들어라 우리 깃발을……

락준은 색다른 합창 소리에 그 편을 바라보았다. 그 맨 앞에서 "근로자들은 단결하라"라고 크게 쓴 푸랑카드의 한 쪽 깃대를 들고 가는 녀자의 모습이 익어 가까이 쫓아가서 자세히 보고 놀랐다. 그가 바로 칠딴이였다.

그의 붉게 상열한 이마와 빰은 회복된 청춘과 자랑으로 빛났고 그의 눈은 열정과 희망으로 불탔다. 그것은 바로 어둠을 박차고 나온 사람의 새로운 탄생이였다. 또 그것은 바로 김락준 자신의 심장처럼 광명이요 희망으로 빛나는 생명의 노래와 환희기도 하였다.[32]

이처럼 소설은 해방 이후의 칠딴이의 갱생을 묘사함으로써 소련군정이 북한에 이식한 인민민주주의 제도 덕분에 북한 주민들이 새로운 생활과 생명을 갖게 되었고, 김락준의 영웅성도 모두 이 제도에 대한 사랑에서 나왔다는 점을 강조하고 있다. 현덕은 이러한 생각을 메이데이 날 거리에서 여자노동자들이 '적기가'를 부르는 것으로 묘사한다.[33] 이런 묘사는 당시 북한문학자들이 북한 주민들이 '김일성 장군의 노래'를 부르는 것을 묘사하는 것과 차이가 있다. 이런 설정은 그가 김일성의 경고 이후에도 인민민주주의 제도가 북한 주민의 애국심을 고취한다는 입장을 고수하고 있음을 보여준다.

---

32 위의 글, 55~56면.

33 적기가는 좌익, 특히 사회주의와 관련된 노래이다. 영국 노동당의 반공식적인 당가이며, 북아일랜드 사회민주노동당과 아일랜드 노동당의 공식 당가이다.

이뿐만 아니라, 이 소설은 공화국 영웅 김락준의 애국심을 고취하는 주체가 조선로동당임을 강조하면서 당을 '박[헌영]'이라는 인물로 상징화한다.

출발 신호의 예광탄이 오를 림시해서 비행부 련대장과 당 위원장이 그들 앞으로 왔다. 먼저 련대장이 딴 사람 같은 음성으로 또박 또박 한 마디 한 마디에 힘을 주어 간단하고 명료한 전투 임무를 내리였고 당 위원장이 찬찬히 열과 성을 주어 말해주었다. (중략)

당 위원장은 이 말을 말로만 아니라 육감으로 단속하려는듯이 따뜻한 온기가 도는 두툼한 손을 내밀어 한 사람씩 악수를 한다.

김락준은 자기 앞으로 당 위원장이 오자 깜작 놀라 차렷을 하였다. 늘 웃음을 짓는 얼굴이나 그 눈은 상대의 속속드리를 들여다보는 것 같은 **박이라는 성을 가진 그 개인이 자기 앞으로 오는 것이 아니라 크고 존엄한 당 그것이 자기를 행해 오던 것이다.**

그는 락준의 손을 잡더니 가만히 얼굴을 바라본다.

『동무는 이번이 첫 전투시지』

『네 그렇습니다』

더는 말없이 손아귀에 힘을 주어 단단히 쥐여주는 그것이 도리여 더 크고 힘 있는 당부로 받아졌다.[34] (강조－인용자)

앞에서 설명한 것처럼 1950년 10월 13일 박헌영이 조선인민군 총정치국장이 된 이후 조선인민군의 전투 지휘는 각 부대 사령관이 그리고 정치 교양은 정치 부사령관이 담당하였다. 소설에서 연대장이 전투 임무에 대해서 명령을 내리고 정치 부사령관이 전투의 의의를 설명하는 것은 이러한 상황을 반영한

---

34 현덕, 「첫 전투에서」, 42면.

것이다.[35] 그런데 소설은 정치 부사령관을 특별히 '당 위원장'이라고 부르면서, 김락준이 "박이라는 성을 가진 그 개인이 자기 앞으로 오는 것이 아니라 크고 존엄한 당 그것이 자기를 행해 오던 것" 같이 느꼈다고 묘사한다. 이러한 묘사는 남로당 계열인 작가가 일부러 박헌영을 조선로동당과 동일시한다는 오해를 살 수 있는 것이고, 김락준의 영웅적인 전투도 박으로 상징되는 당의 격려와 그에 대한 충성심 때문으로 해석될 여지가 있다.

11월 15일 문예총의 소설 합평회에서 현덕의 「첫 전투에서」는 자연주의 잔재라고는 혹평을 받았다. 즉 이태준과 최명익을 제외한 다른 작가들은 이 작품을 전투기로는 실패한 자연주의 작품이라고 비판하였다.[36]

> 일찍이 김일성 장군께서는 우리 예술의 가장 큰 적대요소로서 자연주의와의 투쟁을 우리 작가들에게 호소하신 바 있다. 그런데 현덕 동무의 작품 「첫 전투에서」는 자연주의 잔재가 농후한 작품이며 이 작품의 내용과 형식을 분석하면 작가는 오히려 자연주의에 대한 향수를 가졌다고 볼 수 있다. (⋯) 이 작가는 칠단과 락준의 소년 시대에서 「에덴 동산」을 련상케 하는 환상적인 무대 장치를 하여 두고 그곳에서 소년, 소녀, 작가의 취미에 의하면 「동남 동녀」가 배나무 꽃을 따먹으며 서로 끼여 안고 나이답지 않은 유희를 하게 하는 것은 일찍이 원산에서 난 시집 『응향』의 경향이 련상된다.[37]

무엇보다 리갑기는 『응향』 사건을 환기하면서 현덕에 대한 '당의 판단'을

---

35 고재홍, 「6.25전쟁기 북한군 총정치국의 위상과 역할」, 『군사』 53, 국방부 군사편찬연구소, 2004, 143~180면.

36 「자연주의적 잔재 – 현덕 작 「첫 전투에서」에 대하여」, 『문학예술』 1월호, 1953.1, 106~109면.

37 위의 글, 107면.

요구하는 발언을 하였다. 김영석도 "이 작품에는 원쑤에 대한 아무런 적개심도 찾을 수 없다"고 지적하면서 "이것은 작가가 애국주의 사상으로 무장되어 있지 않기 때문"이라고 비판하였다.[38]

소설 합평회에서 리갑기가 주장한 자연주의적 경향에 대한 '당적 판단'은 한 달 뒤 조선로동당 중앙위원회 제5차 전원회의에서 내려졌다. 1952년 12월 15일, 김일성은 이 전원회의에서 박헌영과 남로당 계열 문학자들이 부르주아 사상과 종파주의로 조선로동당을 사상적, 조직적으로 약하게 하고 전쟁의 승리를 방해하였다고 비판하고 그들을 숙청하였다.

1953년 1월 『문학예술』은 표지 전면에 김일성의 초상과 함께 김일성이 전원회의에서 한 다음과 같은 말을 나란히 게시하였다. "지금 문예총 내부에 잠재하고 있는 남이니, 북이니, 또는 나는 무슨 그룹에 속했던 것이니 하는 협애한 지방주의적 및 종파주의적 잔재 사상과의 엄격한 투쟁을 전개하며 문화인들 내에 있는 종파분자들에게 타격을 주는 동시에 당과 조국과 인민을 위한 고상한 (애국주의) 사상을 가지고 조국의 엄숙한 시기로 모든 힘을 조국 전쟁 승리를 위하여 집중하도록 하여야 하겠다." 이와 함께 한효는 「자연주의를 반대하는 투쟁에 있어서의 조선문학」에서 남로당 계열 문학자들의 종파주의에 대해서 비판하는 글을 게시하였다.

같은 달, 현덕은 「조선인민군 부대 내 군중문화사업은 전선용사들의 사기를 더욱 고무한다」는 글에서 김일성은 "조선로동당과 공화국 정부와 조선인민의 경애하는 수령"이며 '조선인민군 최고사령관'이라고 강조하고, 조선인민군에게 애국심을 고취하는 주체는 김일성이라는 점을 하나의 사실로 진술함으로써 김일성 중심의 애국주의 선전 노선에 대한 동의를 표시하였다.[39]

---

38 위의 글, 108면.

5. 결론: 남로당 계열의 숙청에 활용된 현덕의 소설들

이상에서 살펴본 것처럼 북한에서 현덕의 운명은 『문학예술』 5월호(1951년 6월 10일)에 실은 「복수」에서 결정되었다고 해도 지나친 말이 아니다. 「복수」의 소재인 조선인민군의 일시적 전략적 후퇴 시기에 북한 정권은 압록강 넘어 만주로 이전할 것을 고려할 정도로 위기에 처했다. 1950년 10월 19일 중국인민지원군이 한국전쟁에 공식적으로 참전함으로써 북한은 패전의 위기에서 벗어났다. 하지만 조선인민군이 UN군의 인천상륙작전에 효과적으로 대응하지 못하고 북쪽으로 무질서하게 후퇴한 것에 관한 책임이 누구에게 있는가는 여전히 문제로 남아 있었다.

그런데 「복수」는 부상한 인민군 병사를 주인공으로 삼아서, 일시적 후퇴 시기에 북한 정권을 괴롭히고 인민군과 주민들의 사기를 떨어뜨렸던 미 공군의 폭격과 미군 점령 하의 북한 주민의 참상을 '사실 그대로' 묘사하였다. 이로써 「복수」는 인민군의 일시적 후퇴의 책임이 김일성에게 있으며, 인민군은 UN군과 싸워서 이길 준비가 안 되었다는 뉘앙스를 풍겼다. 여기에는 일시적 후퇴에 대한 남로당 계열의 시각, 더 나아가 박헌영의 시각이 반영된 것으로 보인다. 이에 김일성이 1951년 6월 30일 문학, 예술인과의 담화에서

39　"조선로동당과 공화국 정부와 조선 인민의 경애하는 수령이시며 조선인민군 최고 사령관이신 김일성 장군은 부대 내에서 군중문화 사업을 강화 발전시키기 위하여 온갖 배려와 지도를 주고 있으며 막대한 문화 기자재를 풍부히 보장하여 주고 있다. (…) 음악 써클들은 전투원들에게 노래를 보급하며 음악 연주 등을 조직한다. 음악 써클원들과 전투원들은 무한한 경애감과 환희로써 쓰딸린 깐따따와 김일성 장군의 노래를 즐겨 부른다. 그들은 이 노래들을 부르면서 수령에 대한 충성심과 경애심을 더욱 배양하며 한량없는 행복감과 신뢰감을 깊이 느끼며 수령이 부르는 싸움터에서 마지막 피 한 방울까지라도 바칠 것을 맹서한다." 현덕, 「조선인민군 부대 내 군중문화사업은 전선용사들의 사기를 더욱 고무한다」, 『민주조선』, 민주조선사, 1953.1.12; 박태일, 「재북 시기 현덕의 새 작품 둘」, 『국제한인문학연구』 17, 국제한인문학회, 2016, 107~113면 재인용.

「복수」를 자연주의 작품으로 비판했다. 이에 따라서 북한 비평가들도 이 작품의 자연주의적 경향에 대해 반복적으로 비판하였다.

이후 현덕은 공화국 영웅과 그의 애국주의를 형상화함으로써 전쟁을 승리로 이끌라는 당시 선전 노선에 맞춰 「하늘의 성벽」, 「아름다운 사람들」, 「첫 전투에서」 그리고 '제목 미상의 항공 전투소설'을 합쳐 총 4편의 항공 전투기를 창작, 발표하였다. 이 소설들은 모두 실제 공화국 영웅을 모델로 한 소설로서 영웅들이 발휘하는 애국심을 고취하는 주체를 김일성이 아니라 당과 인민 민주주의로 제시하였다. 특히 「첫 전투에서」는, 1952년 10월 중조연합군와 UN군 사이의 정전 협상이 무기한 연기되고, 소련과 중국으로부터 김일성이 홀대를 받는 정세가 조성되자, 박[헌영]이라는 사람을 당으로 상징화하고 그로부터 고무받아 주인공이 비행 전투에서 큰 전공을 세우는 것으로 묘사하였다.

현덕은 임화, 이원조 그리고 김남천과 같이 남로당에서 지도적 위치에 있지는 않았지만, 조선문학가동맹의 중요한 지도자 중의 한 명이었기에 북한에서도 '지명작가'라는 지위를 누렸다. 그런 만큼 북한에서의 문학 활동에서도 그는 철저하게 박헌영과 남로당 계열의 선전 노선을 따랐다. 김일성은 현덕의 소설을 부르주아 문학자의 자연주의 소설로 비판하고, 김일성 계열 문학자들이 남로당 계열 문학자들과 싸우게 하여 기존의 자기 노선을 회복하려고 하였다. 특히, 1952년 10월 정전 협상의 무기한 연기와 소련과 중국이 김일성을 홀대하는 분위기를 이용하여 박헌영과 남로당 계열 문학자들이 김일성의 권위에 다시 한번 도전하자, 김일성은 이들을 조선로동당과 선전 사업 분야에서 제거할 것을 결심했다. 결국, 1952년 12월 15일 조선로동당 제5차 전원 회의에서 김일성은 현덕의 작품들을 이용하여 박헌영과 남로당 계열 문학자들을 부르주아 사상과 종파주의로 당을 사상적, 조직적으로 약하게 만들고 북한의 전쟁 승리를 방해하였다고 비판하고 숙청하였다.

한국전쟁기 유항림의 「진두평」(1951)의 장르에 관한 논쟁

소설이냐? 전투 실기이냐?

1. 서론: 한국전쟁기 장르 논쟁을 일으킨 유항림의 「진두평」

1952년 12월 15일 조선로동당 제5차 전원회의에서 김일성이 남로당 계열 문학자들을 조선로동당 내부에 침투한 미 제국주의의 앞잡이이며, 이들 '반혁명적인 종파분자들에 의하여 부식되고 조장된 교조주의와 형식주의는 사상 전선에 심대한 해독'을 끼쳐 북한의 전쟁 승리를 방해하였다고 비판하고 숙청한 것은 잘 알려져 있다.[1] 특히 남로당 계열 문학자인 김남천의 「꿀」은 김일성 계열 문학자로부터 대표적인 자연주의 문학 작품으로 비판받았으며, 남로당 계열 문학자들이 사상 전선에 침투한 미제의 간첩이라는 점을 뒷받침하는 증거로 이용된 점은 잘 알려져 있다.[2] 그러나 이원조가 1952년 2월에

─────────────────────────────

1 　김일성, 「로동당의 조직적 사상적 강화는 우리 승리의 기초」, 『김일성 선집』 4, 평양: 조선로동당출판사, 1954, 324~337면. 김일성의 연설에 대한 해설은 조선로동당 중앙위원회 당력사연구소, 『조선로동당략사』, 평양: 조선로동당출판사, 1979, 379면을 참조할 것.
2 　엄호석, 「우리문학에 있어서의 자연주의와 형식주의 잔재와의 투쟁」, 『로동신문』, 1952.1.17.

발표한 「영웅형상화에 대하여」라는 비평이 숙청의 빌미로 이용된 것은 거의 알려지지 않았다. 이 비평에서 이원조는 유항림의 「진두평」(1951)을 공화국 영웅을 잘 형상화한 소설로 평가하고 영웅들을 '사실 그대'로 묘사하여야 한다고 주장하였다. 이에 김일성 계열 비평가들은 이 작품이 소설이 아니라 실기라고 반박하면서 이원조가 북한문학자들에게 자연주의 경향의 소설 창작을 권장하였다고 비판하였다. 이후 이 비평은 그가 사상 전선에 침투한 미 제국주의의 간첩인 증거로 이용되었다.[3] 따라서 이 논문은 유항림의 「진두평」이 어떻게 남로당 문학자들의 숙청에 이용되었는지를 밝히고자 한다.

「진두평」의 작가 유항림은 최명익, 오영진과 함께 해방 직후 평양에서 김일성을 가장 먼저 만난 문학자였다. 그는 한국전쟁 전까지 북조선문학예술총동맹의 작가로서 「개」(1948), 「부득이」(1949) 등의 소설을 창작하였다.[4] 한

---

3   남한의 연구는 주로 유항림이 일제 말에 출판된 작품들을 대상으로 하고 있다. 해방 이후 유항림에 관한 연구 중에서 「직맹반장」(1951)을 다룬 것으로는 신형기의 「유항림과 절망의 존재론」(『상허학보』 23, 2008, 295~324면)과 오태호의 「1950~60년대 북한소설의 지배담론과 텍스트 평가의 균열 양상 고찰 ─ 전후 복구기(1953)부터 유일사상체계형성기(1967)까지를 중심으로」(『민족문학사연구』 61, 2016.8, 311~338면)가 있다. 유항림의 「개」(1946)에 대한 논문으로는 오창은의 「해방기 문인들의 이데올로기와 현실인식의 갈등 양상; '미국'에 대한 형상화와 인식의 변화를 중심으로」(『겨레어문학』 60, 2018.6, 63~95면)가 있다. 『성실성에 대한 이야기』(1958)와 『대오에 서서』(1961)에 관한 연구로는 정주아, 「도착된 순정과 불행한 의식; 유항림의 해방 이후 소설과 작가 의식의 일관성」(『현대문학의 연구』 53, 2014.6, 217~246면)이 있다. 이 논문들 중에서 「진두평」(1951)을 언급한 것은 없다.

4   유항림은 1937년 평양에서 문예지 『단층』에 「마권(馬券)」과 「구구(九九)」를 실으면서 등단하였으며, 1930년대 후반 지식인들의 불안과 자의식을 표현한 모더니스트로 평가를 받았다. 1945년 8월 15일 조선이 일제로부터 해방이 된 후 평양에서 유항림은 최명익 등과 함께 '평양예술문화협회"를 조직하였다. 이 협회가 해산된 후 그는 1946년 3월 25일에 결성된 북조선예술총연맹에 가입하였다. 특히 유항림은 최명익, 오영진 등과 함께 김일성을 가장 먼저 만난 문학자였으며 보천보 전투의 영웅 김일성에 대해 호감을 가졌다(오영진, 『소련군정하의 북한; 하나의 증언』, 국민사상지도원, 1952). 이런 이유에서인지 유항림은 한국전쟁 동안 북한 문단에서 김일성 계열 작가로 분류되었다(이철주, 『북의 예술인』, 계몽사, 1966, 72면). 하지만 필자가 보기에 유항림은 1951년 3월 20일 조선문학예술총동맹 결성 이후 최명익과 함께 남로당 계열 문학자들과 협력했다.

국전쟁이 시작되자 그는 조선인민군을 따라다니며 전선에서 취재한 내용을 토대로 한 「최후의 피 한 방울까지」(1950)와 「누가 모르랴」(1951), 그리고 「진두평」(1951)을 발표했다. 그는 또한 후방 인민의 전쟁 복구 노력을 그린 「직맹반장」(1954)으로 비평가들의 호평을 받았다.[5]

유항림은 조중연합군의 "4차 공세[1951년 2월 11일~16일]와 5차 공세[1951년 4월 21일~4월 29일] 시기에 동부 전선에 종군"하면서, 전투 영웅 진두평과 생활을 했다. 이때 그는 진두평에게서 그의 성장 과정과 한국전쟁 초기 낙동강 남쪽으로 진공할 때 그의 전투 모습을 자세히 듣고, "그의 사람 됨됨이라든가 언어 심리, 사고방식의 특징이라든가 전투 행동에서의 용감성이 어디에 있는지를 충분히 연구"하였다.[6] 그리고 이를 바탕으로 유항림은 한국전쟁 초기의 김포 비행장 전투(1950년 6월 28일~7월 3일)와 마산 전투(1950년 8월 2일~9월 14일)에서 진두평이 보인 영웅적인 전투 행동을 묘사한 소설을 창작하였다. 그리고 그는 이 소설을 1951년 8월에 「진두평」이라는 제목으로 출판하였다.[7]

한국전쟁 기간 조선로동당은 '애국주의'를 당의 선전노선으로 채택하였다.[8] 그런데 9월 15일 UN군이 인천상륙작전에 성공한 후 10월 8일 38선을

---

5 유항림의 한국전쟁 기간 성과작은 「직맹반장」(1951)이다. 이 소설은 전쟁에 남편을 잃은 시멘트 공장의 여공이 폐허 속의 공장을 복구한다는 내용으로 발표 당시 비평가들로부터 후방의 인민들의 영웅적인 모습을 그린 성과작으로 평가를 받았다. 이 작품은 이후 한국전쟁 동안 발표된 공화국 영웅과 영웅적 인민들을 잘 묘사한 작품들을 모아 만든 『영웅들의 이야기』(평양: 조선작가동맹출판사, 1955)에도 포함되었다.

6 안함광, 「1951년도 문학창조의 성과와 전망」, 『인민』 1952년 1월호; 『한국문학비평자료집; 이북편』 2, 이선영·김병민·김재용 편, 태학사, 1998, 149~150면.

7 이 연구가 참고한 「진두평」은 『유항림 단편집』(평양; 조선작가동맹출판사, 1958)에 수록되어 있는 것이다. 단편집에 기록된 날짜를 통해서 논자는 「진두평」이 1951년 8월 출판된 것으로 추측하며, 「진두평」의 신간 선전이 『문학예술』 1952년 3월호(1952.4.15)의 50면에 실린 것도 확인하였다.

8 한국전쟁 동안 애국주의 선전 노선에 대한 전반적인 논의는 배개화, 「한국전쟁기 북한문학

넘어 평양으로 진격하였다. 하지만 조선인민군은 UN군의 진격을 막지 못했을 뿐만 아니라 무질서한 후퇴와 군사 규율의 부재를 드러내었다. 이에, 스탈린은 김일성에게 조선로동당의 각 지도자들은 적절한 임무를 분담할 것과 조선인민군의 군사 규율을 강화할 것을 지시하였다.[9] UN군의 원산 점령 전날인 10월 13일, 조선로동당의 직접 지도를 받는 조선인민군 총정치국이 새로 설치되고 박헌영이 총정치국장이 되었다.[10] 또한 11월 중순 새 소련군사고문 라주바예프가 조선에 도착하였으며, 1951년 초부터 조선인민군 최고사령부로 하여금 당의 정치 교양 및 선전노선이 재정비하도록 하였다.[11] 2월 20일 김일성은 초대 총정치국장 박헌영에게 인민군 전사와 북한 인민들의 애국심을 고취하기 위해서 공화국 영웅들에 대한 선전을 강화하라는 지시하였다.[12] 또한 3월 20일에는 선전기관의 정비를 목적으로 북조선문학예술총동맹과 남조선문화단체총연맹이 합동하여 조선문학예술총동맹이 결성되었다.[13]

의 '애국주의' 형상화 논쟁」(『민족문학사연구』 73, 민족문학사연구학회, 2020.8) 참조.

9   "Ciphered Telegram No.75352, Feng Xi [Stalin] to Shtraus[Shtykov] and Mayveyev [Zakharov], Oct. 1, 1950," https://digitalarchive.wilsoncenter.org/document/117312.

10   박헌영이 총정치국장이 되었음을 확인할 수 있는 최초의 문서는 1950년 10월 14일의 「조선인민군 최고사령관 명령 제70호」이다. 이 명령은 조선인민군 최고사령관 김일성과 조선인민군 총정치국장 박헌영 두 명의 명의로 내려진 것으로서 10월 13일 박헌영이 총정치국장에 임명된 것으로 보인다. 10월 21일 조선로동당 중앙위원회 정치위원회가 조선인민군 내의 총정치국 수립을 결정하였다; 김일성, 「인민군대 내 조선로동당 단체를 조직할 데 대하여, 조선로동당 중앙위원회 정치위원회에서 한 결론 1950년 10월 21일」, 『김일성 전집』 제12권, 평양: 조선로동당출판사, 1995, 354~360면.

11   라주바예프, 『6·25전쟁 보고서』 제2권, 서울: 군사편찬연구소, 2001, 78~79면.

12   김일성, 「전투영웅을 광범위하게 소개 선전할 데 대하여, 조선인민군 총정치국 국장에게 준 지시, 1951년 2월 20일」, 『김일성 전집』 13, 평양: 조선로동당 출판사, 1995, 159~160면.

13   1951년 3월 10일과 11일에 평양에서 북조선문학예술총동맹과 남조선문화단체총연맹이 합동 회의를 열어 3월 20일 단일한 조직인 '조선문학예술총동맹'을 결성하였다. 한설야의 「로동당 중앙위원회 제3차 정기회의의 총화와 문학예술인들의 당면과업(요지)」(『로동신문』,

1951년 2월 20일의 김일성의 지시에 따라, 총정치국과 조선문학예술총동맹은 공화국 영웅들에 대한 선전물과 문학 작품을 제작, 보급하였다. 그런데 이것들은 전사와 인민들이 발휘하는 '애국심'은 조선로동당의 지도력과 인민민주주의 제도의 우월성 때문이라는 점을 주로 선전하였다.[14] 이것은 한국전쟁 초기, 북한문학이 공화국 영웅들의 '애국주의'가 김일성의 항일무장투쟁의 애국주의 전통을 계승한 것이며 수령 김일성에 의해 고무되는 것으로 선전했던 것과는 꽤 차이가 있었다.[15] 유항림의 「진두평」은 김일성의 영웅들을 형상화하라는 지시에 따라 창작되었지만, 소련 고문 라주바예프 부임 이후 새로 정비된 선전 노선을 따랐다.[16]

그런데 1952년 초부터 비평가들 사이에서 「진두평」이 소설인지 아니면 전투 실기인지에 대한 논란이 일어났다. 엄호석과 안함광과 같은 김일성 계열 비평가는 이 작품을 기록성이 강한 '전투 실기'로 보았다. 반면에 남로당 계열 비평가 이원조는 「진두평」이 공화국 영웅들을 잘 형상화한 '소설'이라고 평가하면서 공화국 영웅을 사실 그대로 과장함이 없이 묘사할 것을

1951.3.20)와 기석복의 「조국 해방전쟁과 우리 문학」(『인민』, 1952; 재수록 현대문학비평자료집 2, 태학사, 1993, 224~229면) 참조.

14 「조선민주주의인민공화국 영웅들이 싸운 것처럼 적과 싸우자」, 조선인민군 총정치국, 1951.5, 10면.

15 엄호석, 「조선문학과 애국주의 사상」, 『문학의 전진』, 1950.8; 재수록 『현대문학비평자료집』 1, 서울: 태학사, 1993, 479~480면; 안함광, 「8.15 해방 이후 소설 문학의 발전 과정」, 『문학의 전진』, 1950.8: 재수록 『현대문학비평자료집』 1, 23~24면.

16 새로운 선전노선은 1952년 2월 김두봉이 조선인민군 선전원을 대상으로 한 연설에서 잘 알 수 있다. 이 연설에 따르면 공화국 영웅이 발휘한 "영웅성과 용감성은 조국에 대한 무한한 사랑의 표증"이며, 그들의 "조국에 대한 사랑은 자기의 친근한 사람들과 부모들과 또는 소베트 군대에 의하여 우리나라가 해방된 후에 건설되기 시작한 새로운 명랑한 생활에 대한 사랑과 밀접하게 련계"되어 있다는 점이 선전되어야 한다. 자세한 내용은 김두봉, 「인민군 각 부대 선동원 회의에서 진술한 김두봉 동지의 연설」, 조선인민군 총정치국, 1951.2, 13~14면.

주장하였다. 이 때문에 「진두평」의 장르 문제가 논란이 되자, 이태준과 김남천은 7월 문예총 연구회에서 이 작품을 기록성이 강한 '소설'이라고 결론을 내렸다.

1952년 10월 정전협정이 무기한 연기되고, 박헌영이 '조선로동당'은 자신이 1925년 창건한 조선공산당을 계승한다고 주장하며 김일성의 정통성에 도전하는 일이 발생하였다.[17] 이러한 도전은 문예총 내부의 문학 논쟁을 남로당 계열 문학자의 반당 반혁명 음모로 바꾸었으며, 「진두평」의 장르 문제도 예외는 아니었다. 1952년 11월 평론에서 엄호석은, 이원조가 전투 실기인 「진두평」의 장르를 소설로 왜곡하여, 일부 문학자들이 제국주의자의 문학인 자연주의를 사실주의로 잘못 알고 그런 경향의 작품을 창작하게 되었다고 비판하였다.[18] 김일성은 1952년 12월 15의 조선로동당 제5차 전원회의에서 박헌영과 남로당 계열 문학자들을 미국 침략자가 당과 사상 전선에 침투시킨 반당 반혁명 분자이자 종파주의자로 비판하고 숙청하였다.[19]

이상을 전제로 이 연구는 첫째, 「진두평」이 공화국 영웅의 애국주의를 형상화하고 선전하는 데서 김일성의 지시와 당시의 선전노선에 어긋났는지를 살펴보고, 두 번째는 「진두평」의 장르에 관한 논쟁이 발생한 이유, 그리고 세 번째는 「진두평」의 장르 문제가 남로당 계열의 반혁명 음모의 증거로 바뀌는 과정을 살펴보겠다.

---

17 박헌영, 「위대한 사회주의 10월 혁명 35주년—평양시 경축대회에서 진술한 보고」, 『근로자』 84, 1952.11; 재수록 『이정 박헌영 전집』 3, 이정 박헌영 전집 편집위원회 편, 역사비평사, 2004, 431~450면.

18 엄호석, 「문학발전의 새로운 창조; 최근의 작품들과 그 경향을 말함」, 『문학예술』 11월호, 1952년 11월 20일, 92~93면.

19 김일성, 「로동당의 조직적 사상적 강화는 우리 승리의 기초」, 324~337면.

2. 김일성의 지시에 따라 공화국 영웅을 형상화한 「진두평」

　　김일성은 1951년 2월 20일 조선로동당 중앙위원회 정치위원회에서 "모든 군인들이 전투에서 높은 희생성과 대중적 영웅주의를 남김 없이 발휘하도록 정치 선동 사업을 활발히 진행할 것"을 말하였다.[20] 이런 회의 결과에 따라 그는 인민군 총정치국장 박헌영에게 "공화국 영웅들을 광범히 소개 선전"할 것을 지시하였다. 이 지시의 목적은 "전체 인민과 인민군 장병들을 숭고한 애국주의 사상과 백절불굴의 혁명정신, 승리에 대한 확고한 신념으로 튼튼히 무장시킬 수 있으며 그들을 새로운 투쟁과 위훈으로 고무 추동"하기 위해서였다.[21]

　　특히, 김일성은 총정치국장에게 준 지시에서 자세한 창작 지침을 제시하였다. 그에 따르면 총정치국의 선전물에서 공화국 영웅들이 인민들 속에서 나온 평범한 노동자와 농민의 아들과 딸이라는 것이 묘사되어야 한다. 그리고 기자와 작가들은 "공화국 영웅들의 해방 전과 해방 후의 생활 형편과 성장 과정, 인민군대에 입대하게 된 동기, 죽음도 두려워하지 않고 영용하게 싸우게 된 과정을 사실 그대로 진실하게 쓰도록 하여야 합니다."[22] 이러한 김일성의 지시는 이후 출판된 공화국 영웅에 대한 작품들이 일대기 형식, 즉 해방 전의 성장 과정과 해방 후 인민군대 입대 동기 그리고 전투에서 영웅성과 애국심을 발휘하는 모습을 시간 순서대로 서술하는 형식을 취하게 만들었다.

20　김일성, 「조선인민군 군단군사위원제를 내오며 인민군대 내 당단체들과 정치기관들의 역할을 높일 데 대하여, 조선로동당 중앙위원회 정치위원회에서 한 결론 1951년 2월 20일」, 『김일성 전집』 13, 평양: 조선로동당출판사, 1993, 155면

21　김일성, 「전투영웅을 광범위하게 소개 선전할 데 대하여, 조선인민군 총정치국 국장에게 준 지시, 1951년 2월 20일」, 159~160면.

22　위의 글, 160면.

유항림의 「진두평」도 공화국 영웅을 형상화하라는 김일성의 지시에 따라서 창작된 소설이다. 공화국 영웅 훈장을 받은 진두평은 조선인민군 6사단 산하의 부대원으로 한국전쟁 발발과 함께 38선을 남하하여 8월 초에 낙동강 전선까지 진출하였으며, 마산 서북방 전투에서 미군의 가장 높은 고지를 탈취하였다. 유항림은 진두평에 대한 중편 길이의, 5장으로 구성된 소설을 창작하였다. 이 소설의 제1장은 진두평의 해방 이전의 생활이, 제2장은 한국전쟁 직후의 김포비행장 전투(1950년 6월 27~28일)[23]를, 제3장은 고산리 전투(봉암리 전투, 1950년 8월 11~12일)[24]를 제4~5장은 마산 서북방 전투(1950년 8월 15~31일)[25]를 묘사한다.

1장은 진두평의 청소년 시절 및 한국전쟁 이전까지의 생활을 그리고 있다. 진두평은 1939년부터 1945년까지 만주에서의 생활을 하면서 자연발생적인 계급 의식을 갖게 되었으며, 1945년 8월 15일 일본이 연합군에 항복한 후 만주에서 군대 - 조선의용군 - 에 입대한 후 좀 더 선명한 계급의식을 갖게

23　1950년 6월 27일 북한군은 김포반도 북단의 한강 하구를 도하하였다. 27일 저녁 2개 대대 규모의 김포지구전투사령부는 김포 방어의 마지막 보루인 운유산-73고지 선에 방어진지를 편성하였다. 그러나 28일 새벽 북한군이 전차를 선두로 대대적인 공격을 감행하여 방어선의 일부가 무너지자, 군군은 김포에서 후퇴하였다; 박동찬, 『한권으로 읽는 6.25전쟁』, 국방부 군사편찬연구소, 2016, 53~54면.

24　소설에서는 고산리라고 하나, 지도상에서 마산 지역에 고산리는 존재하지 않는다. 마산 진동면 부근에서 벌어진 전투로 서술되는 것과 미군의 이동 상황과 교전 상황을 보았을 때 봉암리로 보인다. 박동찬에 따르면, 8월 11일 미군 제5연대는 마산 합포구 봉암리 계곡에 있었다. 철수 명령을 받은 5연대의 예하 2대대는 이미 계곡 바깥으로 물러난 뒤였지만 연대 본부와 3개 포병 대대들은 아직 계곡 안에 있었다. 8월 12일 인민군의 공격에 연대 본부는 계곡을 빠져나왔지만, 포병들은 전차를 앞세운 북한군의 공격을 받았다. 이 전투에서, 계곡에 있던 제555포병 대대는 180명의 사상자를 그리고 제90포병대대는 190명의 사상자를 내는 등의 큰 피해를 보았다; 위의 책, 96~98면.

25　8월 15일 조선인민군 제6사단은 징집병 2,000명을 보충하고, 마산 정면의 각 고지들에 대한 공격에 나섰다. 북한군 15연대는 미군 24연대를 공격하여 서북산 정상을 장악하였다. 양측의 집중 포격과 돌격이 반복된 결과, 서북산 정상의 주인은 8월 말까지 19차례나 바뀌었다; 위의 책, 117~119면.

된다.

진두평의 고향은 경상남도 통영이었으나, 그가 12살(1939년)이 되는 봄에 간도성 연길현으로 이주한다. 당시 소작농이었던 진두평의 가족은 지주에게 땅을 떼인 후 통영 면사무소의 이민 모집에 응하여 만주로 간 것이다. 하지만 간도에는 통영처럼 '감나무'도 없었고, 그곳에서의 생활도 통영에서의 생활보다 좋지는 않다. 이주 첫해에 진두평 가족과 다른 조선인들은 '만주척식회사'에서 식량을 빌려 먹는다. 그들은 가을에 추수한 쌀로 만척의 빚을 갚고나니 한 달 먹을 양식만 남는다. 그래서 겨울에는 아버지와 두평이가 벌목장에서 일을 해서 품삯을 받아 생계를 유지한다. 하지만 벌목장측의 임금 착취로 인해서 "둘의 품삯이 하루에 팔구십전"이었지만 "실지 손에 들어오는 것은 언제나 삼십전에 불과했다." 두평이가 14살 되던 겨울에 아버지는 다른 벌목꾼들과 파업을 하였는데, 파업 주동자로 지목되어 일본 경찰에 체포된다. 아버지는 20일 이후에 석방되었지만 고문 후유증으로 3일 뒤 사망한다. 임종할 때 아버지는 두평이에게 "두평아, 왜놈의 개는 제발 되지 말라."라는 유언을 남긴다. 이후 이 유언은 그의 인생의 지침이 된다.

1945년 8월 15일 일본이 연합군에 항복한 후, 진두평은 "분여 받은 땅을 다시는 빼앗기지 않겠다는 결심으로, 그리고 자기는 아버지와 같은 천대받는 일생은 보내지 않으리라는 생각으로 간도에서 군대[조선의용군－인용자]에 입대"한다. 진두평은 군대에서 글자를 배우고 학습을 해서 점차 명확한 계급 의식을 갖게 된다. 그 후 그는 북한으로 들어가 조선인민군 전사가 되어 훈련을 받고, 조선로동당 당원이 된다.[26]

26　진두평이 만주에서 입대한 군대의 명칭은 명시되지 않았으나 '조선의용군'으로 추정된다. 진두평이 소속된 조선인민군 제6사단은 1949년 7월 말부터 10월에 걸쳐 방호산이 만주에서 북한으로 데리고 들어왔던 조선인 부대－중국인민군 제166사단－를 재편성한 것이었다; 전사편찬위원회 편저, 『韓國戰爭史 第1卷(改訂版)』, 국방부, 1977, 393면.

　2장은 진두평이 경기관총 사수로 이름을 날리기 시작한 한국전쟁 초기 김포비행장 전투를 묘사하고 있다. 유항림은 이 전투에 대한 묘사에서 진두평이 "배짱이 쎄다"라는 평가를 받는 이유를 보여 주고, 이런 성격적 특징이 그의 용감한 전투 행동의 중요한 원인임을 설명한다.

　진두평은 경기관총 부사수 김동무와 함께 각자 500개의 탄환을 받아 돌아오던 중에 김포의 거리에서 국군과 만난다. 그는 "탄알은 얼마든지 있다. 올테면 오라! 적 스무 놈의 목숨과 바꾼다면…! 그만하면 피값이 되겠지."라는 배짱으로 적이 30미터 내로 올 때까지 기다린다.

　　때는 왔다. 넋빠진 사람처럼 서 있던 두평이의 어깨에서 경기가 움칫한다고 보인 순간에는 벌써 그의 억센 두 손에 잡히여 불을 내뿜고 있었다. 몇 방인가의 탄환이 그의 귓전을 스치고 지나갔으나 통쾌한 너털웃음과도 같이 손의 경기와 함께 그의 어깨는 그냥 너털거렸다.

　　당장에 여섯 개의 송장이 길에 깔렸고 다리를 끌고 달아나는 놈, 어깨를 부둥켜 안고 달아나는 놈, 뒤에 달렸던 몇 놈만이 겨우 무사히 몸을 숨길 틈이 있었다.[27]

　작가는 진두평의 '배짱이 센' 성격이 전투에서 남다른 전과를 올리는 이유 중 하나임을 3장의 고산리 전투나 4와 5장의 서북산 전투를 통해서도 묘사한다. 3장의 고산리 전투에서 진두평은 백 수십 명이 넘는 미군이 돌격해오는 것을 보면서 지형을 살펴서 적이 어디까지 다가왔을 때 사격을 개시해야 좋을까 생각한다. 마침내 그는, 미군이 백오십여 미터 안으로 들어오자 다른 경기관총 사수와 함께 사격을 가해 60여 명을 사살하고 다른 미군들도 부상

27　유항림, 「진두평」, 『유항림 단편집』, 조선작가동맹출판사, 1958, 199면.

하게 만든다. 4장의 서북산 전투장면에서 진두평은 배짱이 센 성격 덕분에 소대장과 단둘이서 적의 화점을 파악하고 작전 중 부상한 소대장을 데리고 무사히 부대로 돌아온다. 5장의 서북산 전투장면에서 진두평은 영웅적 전투 행동으로 두 개의 미군 화점을 수류탄으로 파괴하고 가장 높은 고지의 미군 화점을 점령한다. 작가는, 진두평이 미군의 고지에서 날아오는 수류탄을 잡아 다른 곳으로 던지거나 발로 차면서 고지를 향해 올라가는 장면을 자세히 묘사함으로써 그의 배짱 센 성격과 영웅성을 강조한다.[28] 진두평은 "잇발을 악물고 한 발 앞으로 다가 서다가 또다시 내려오는 적의 수류탄은 한 발로 차 굴러 내려보내며, 저 자신이 또치까 안으로 뛰여 들 듯 하는 자세로 손의 수류탄을" 정면으로 던져 서북산의 미군 고지를 파괴하는 데에 성공한다.[29]

진두평이 영웅성을 발휘할 수 있는 두 번째 이유는 인민에 대한 사랑이다. 인민에 대한 사랑이 진두평과 조선인민군이 38선을 넘은지 35일 만에 의정부-김포-인천-수원-군산-전주를 거쳐 마산까지 오는 원동력임을 강조하기 위해서, 작가는 진두평의 시선으로 이러한 정황을 상세히 그리고 반복적으로 서술한다.

우선 진두평은 인천시에서 어떤 농군을 만났는데, 그 농군은 눈물을 흘리

28　"다음에 굴러 내려 오던 것[수류탄]은 왼손에 잡히였다. 잡는 그 서슬에 그는 아래를 향해 뒷손질로 내던졌다. 저 아래쪽 퍽 멀리서 수류탄은 터졌으나 그는 돌아 보지도 않았다. 계속하여 그냥 수류탄은 굴러 내려 온다. 날카로워진 그의 귀는 격침 때리는 소리는 물론이고 털썩하고 땅에 떨어지는 소리며 풀잎우를 굴러 내리는 소리며를 놓치지 않았다. 바른손에 잡히면 바른손으로 왼손에 잡히면 왼손으로-잡히는 대로 던지는 수류탄들은 여기서도 꽝 저기서도 꽝 하고 엉뚱한 곳에서 폭발했다."(위의 글, 264면)

29　이 때 그는 적의 수류탄이 터져 왼쪽 눈의 부상을 입지만 침착하게 대처한다. "정신이 아찔해져서 그는 한참 동안이나 엎드려 있었다. 앞이 캄캄해 오고 눈이 무죽하다. 눈에 무언가 묻은 것만 같아 얼굴로 손을 가져갔다. 뭉클하고 지적지적한 것이 손에 닿는다. 왼편 눈알이 튀여 나왔던 것이다. 그는 이를 의식하는 순간 못 만질 것을 건드린 듯 손을 얼굴에서 얼핏 뗐다가 다시 한번 생각해 보고는 풀잎에 맺힌 이슬에 손을 슬슬 문질러 씻고는 튀여 나온 눈알을 제 자리로 밀어 넣었다."(위의 글, 266면)

면서 "조금만 더 빨리 오셨으면 우리 갑손이는 놈들에게 죽지 않았을거요." 라고 말한다. 이 농민의 말은 진두평의 머리에서 언제나 떠나지 않았고, "하루라도 더 늦어지면 그만큼 애국 청년들이 더 많이 죽고 하루라도 더 빨리 진격하면 그만큼 인민의 피를 덜 흘리게 된다."라는 신념을 갖는다.[30] 계속해서 진두평은 수원, 군산, 전주 등을 점령할 때마다 소위 '애국적인' 남한 청년과 주민들이 남한 경찰과 군인들에게 학살당하는 것을 목격하면서 점점 인민에 대한 사랑은 이들을 학살하는 적에 대한 복수심으로 변화함을 느낀다.

> 두평이는 흘러 내리는 눈물을 금할 길 없어서 얼굴을 돌리고 그 자리에서 삐여져 나왔다. 눈물을 씻느라고 고개를 숙이고 겹겹이 모여선 사람들 틈을 헤치고 나오는 그의 가슴에 누군가 두드리며 흐느껴 운다.
>
> "이 원쑤를 갚아주시오."
>
> 젖먹이를 업은 젊은 아낙네였다. 녀인이 가리키는 땅바닥에는 그의 남편의 시체가 누워있다.
>
> -원쑤를! 그렇다. 차마 눈 뜨고 볼 수 없는 만행, 조선 인민이 영원히 잊지 못할 이 만행에 대해 복수하지 않는다면 나는 선조의 피가 흐르는 조선 청년이 아니다.
>
> 그는 이렇게 다시금 맹세를 했다.[31]

해방 전, 만주에서 진두평은 아버지가 일본 경찰에게 맞아 죽는 것을 목격한 후 일본 경찰과 그 앞잡이인 조선 경찰들에게 복수심을 갖는다. 이 복수심은 한국전쟁 중에 남한에서 조선 청년들이 남한의 경찰들－일본의 앞잡이에

---

30 위의 글, 200~201면.
31 위의 글, 205면.

서 미군의 앞잡이로 변신한―에게 학살을 당하는 것을 목격한 후 남한 경찰
에 대한 복수심으로 바뀐다. 그리고 이 복수심은 그의 영웅적 전투 행동의
한 원동력이 된다.

진두평의 영웅적인 행동의 세 번째 이유는 고향-조국에 대한 사랑이다.
작가는 진두평이 치른 수많은 전투 중에서도 마산 전투를 소설의 중심 내용
(3.4.5)으로 하고 있는데, 이것은 마산이 진두평의 고향인 통영의 근처이기
때문이다. 진두평은 마산 전투에서 영웅성을 발휘하는 데에는 미국 침략자로
부터 고향을 지켜야 한다는 사명감이 있다. 예를 들어 고산리 전투에서 진두
평이 적에 노출되어 사상할까 두려워하는 부사수와 나눈 대화는 고향에 대한
사랑이 그의 전투 행동의 원동력임을 잘 보여준다. "우리 아버지는 통영서
농사를 짓다가 내가 열둘에 나던 해에 고향을 떠나 북간도로 갈 수밖에 없었
소. 간도서도 아버지는 뼈가 빠지도록 일했지만 끝내 왜놈들에게 매 맞아
죽었소 이것이 나라 없는 백성의 설움이요. 나는 아버지와 같은 일생을 보내
지 않기 위해서 새로운 침략자와 목숨을 걸고 싸우려고 결심했소."[32]

작가는 4장과 5장에서 묘사된 서북산 전투에서도 진두평의 고향/조국에
대한 사랑이 그의 영웅적 전투 행동의 원동력임을 강조한다. 진두평은 미군
의 고지를 탈취하기 위한 특공대로 자원하고 혼자 힘으로 서북산 정상의
고지를 탈취한다. 이런 영웅성의 원동력은 고향에 대한 그의 지극한 사랑이
다.[33] 추억이 가득한 고향을 폐허로 만든 침략자에게 대한 복수심은 그가

---

32 위의 글, 214면.

33 불에 그슬려 시드는 감나무도 무수히 보았다. 잿더미로 변해서 사람은커녕 고양이 한 마리
    얼씬하지 않는 마을에 여기저기 타다 남은 감나무가 서 있어서 아직도 그럴 철은 멀건만
    잎은 죄다 떨어지고 빨간 감이 한둘 혹은 세네 알씩 그것이 감나무란 표시라도 하려는
    듯이 달려 있기도 했다. 그런 감나무 밑에는 감이 너더분히 널려 있었지만 줏는 이조차
    없었다./두평이는 그것이 고향 맛으로 느껴지는 감을 주어 먹으면서 그립던 생각, 반가운
    마음 다 젖혀지고 눈물만이 흘려내렸다. 두툼하고 탐스러운 감나무 잎을 주어서 손바닥에

서북산 전투에서 미군의 화점 8개 중 2개를 수류탄으로 파괴하고, 가장 높은 곳(령마루)에 있는 화점을 파괴할 수 있게 만든다. 작가는 소설 끝에서, 진두평이 왼쪽 눈을 다쳐서 잘 보이지 않는 상태임에도 통영이 보이는 령마루로 올라가려고 하였다고 묘사하면서, 그의 영웅성의 원천은 고향에 대한 사랑임을 다시 한번 강조한다.

무엇보다 진두평이 세 번의 전투에서 영웅성과 용감성을 발휘할 수 있었던 궁극적 이유는 '조선로동당원'이라는 자긍심과 '당'에 대한 충성심 때문이다. 진두평이 부사수와 단둘이서 김포의 노상에서 국군 20여 명과 교전할 수 있었던 것에는 '조선로동당원'이라는 자긍심이 있었기 때문이다.[34] 진두평이 죽을 각오로 토치카 파괴조에 지원한 것도 그에게 조국과 인민에 대한 사랑과 적과 싸울 수 있는 방법을 가르쳐준 당에 대한 충성심 때문이다.

그[문화 부련대장]는 말을 끝내면서 파괴조 일동을 둘러 보며 할 말이 없는가고 물었다. 지금 당과 조국 앞에 중대한 책임과 명예를 지고 떠나는만큼 당과 조국에 무엇이든 요구할 것이 있으면 말하라, 그 밖에도 이 기회에 하고 싶은 말이 있거든 서슴치 말고 말하라, 자기는 련대장을 대표하여 동무들이 요구하는 것이면 무엇이든지 힘자라는 데까지는 실현하도록 노력하겠다―이런 취지의 말을 한 명 한 명에게 악수를 하며 타이르듯이 말하는 것이다.

올려 놓고 손끝으로 다정스러이 쓸어 보기도 했다./ ―내 고향을! 꿈에도 그립던 내 고향을 이 몰골로 만들어 놓은 놈들에게 어떻게 복수를 해야 좋단 말인가⋯.(위의 글, 231면)

34 "돌격 준비, 돌격 준비!" 적들은 길 저편에 숨어서 허리 부러진 승냥이 모양으로 으르렁거리고 있다.
"돌격할테면 어서 해 보라구! 입으로만 떠들지 말구!" 김 동무도 지지 않고 그때마다 대꾸한다. 김 동무의 뒤 백 메터쯤 되는 곳에 경기를 배치하고 이번에는 김 동무를 후퇴시켰다. 그 사이에도 적들은 제자리에서 그냥 "돌격 준비!"를 웨치고 있을 뿐이다. 두평이는 코웃음을 쳤다.―못난 것들아! 조선로동당원의 피값을 언제나 눅으리라고는 생각지 말아라!(위의 글, 199면)

어떤 동무는 이번 작전이 성공하여 공을 세우는 날에는 자기를 당에 받아주기 바란다고 요구하기도 했다. 두평이는,

"우리 아버지는 왜놈들에게 억울하게 매맞아 죽으면서까지도 겨우 나더러 왜놈의 개가 되지 말라고 했을 뿐입니다. 원수와 어떻게 싸워야 한다는 것을 아버지는 알지 못했습니다. 그러나 당은 조국과 인민을 어떻게 사랑할 것인가 하는 것과 함께 원수를 대하여서는 어떻게 싸울 것인가를 똑똑히 가르쳐 주었습니다. 이것을 나는 언제나 당 앞에 감사하고 있습니다"하고, 대답하였다.[35] (강조-인용자)

이러한 문답은 조선로동당이 전쟁 승리의 영도자이자 조직자이며, 조선로동당의 교양 덕분에 진두평과 같은 평범한 농민의 아들도 한국전쟁에서 용감성을 발휘하여 영웅적인 전투 행동을 할 수 있었다는 1951년 당시의 박헌영의 선전 노선을 잘 표현하고 있다.

「진두평」에서 애국주의의 원천에 대한 묘사는 조선인민군이 전선에서 승승장구하고 있던 한국전쟁 초기에 출판된 소설에서 애국주의 원천에 대한 묘사와 차이가 있다. 1950년 8월과 9월에 출판된 『영웅들의 전투기』 1과 2에 실린 작품들에서 공화국 영웅들은 전쟁을 승리로 이끌라는 총사령관 김일성의 명령을 실행해야 한다는 각오로 전투를 돌입한다. 그리고 이들은 "민족의 수령이신 김일성 장군의 그 애국적 정신과 유격 전통을 이어받은 불사불패의 군대"라는 자긍심을 갖고 영웅적인 전투 행동을 보인다.[36] 하지

---

35 인용문에서 강조한 진두평의 대답은 안함광의 「1951년 문학창조의 성과와 전망」에 인용된 것을 참조했다(안함광, 앞의 글, 148면). 『유항림 단편집』에 수록된 소설에서 이 부분은 "뭐 새삼스럽게 할 말이 별로 없습니다."(245면)로 되어 있다.

36 한설야, 「격침」, 『영웅들의 전투기』 1, 문화전선사, 1950.8.25, 10~11면; 현경준, 「결사의 한강도하-영웅 김일섭 전투기」, 『영웅들의 전투기』 2, 문화전선사, 1950.9.13, 165면.

만 「진두평」은 진두평의 영웅성과 애국심의 원천으로 "진두평에게 조국과 인민을 사랑하고 적과 싸워 이길 수 있는 방법"을 교양해준 조선로동당에 대한 충성심을 제시하고 있다.

조선로동당이 전쟁 승리의 조직자이자 영도자라는 점은 당의 공식적인 선전노선이다. 문학 작품 속에서 당은 추상적인 존재로 제시될 수도 있고 구체적인 인격체 즉 당 위원장(수령) 김일성으로 제시될 수 있다.[37] 이와 관련해서 유항림은 전쟁 승리의 조직자 영도자로서 김일성이 아닌 조선로동당을 제시하였다. 그가 이렇게 한 것은, 1950년 12월 21~23일에 열린 조선로동당 제3차 전원회의 이후 재정비된 북한의 선전선동 노선이 애국심의 원천으로 남로당이 최대 파벌인 조선로동당의 영도력과 인민민주주의 제도를 강조하였기 때문이다.[38]

3. 「진두평」의 장르에 관한 논쟁, 소설이냐? 전투 실기이냐?

김일성은 1951년 6월 30일 작가 예술가들을 직접 만나서 전쟁 승리를

---

[37] 이 문제와 관련해서 한설야는 자기의 소설 「격침」에서 김일성은 "과거에도 오늘에도 유일한 조선 민족의 승리의 조직자이시며 령도자"(10면)라고 말했다. 그리고 비평가 엄호석은 당의 사상인 애국주의는 "김일성 장군과 그의 빨치산 투쟁의 전통을 계승"하였으며, 김일성은 "애국주의 최고의 전형"으로서 "인민은 자기의 애국주의의 모범을 김일성 장군의 실제적 형상 가운데 발견하고 그로서 고무 격려되어 왔다"라고 주장하였다; 엄호석, 「조선문학과 애국주의 사상」, 『문학의 전진』, 1950.7; 재수록 『현대문학비평자료집』 1, 서울: 태학사, 1993, 479~480면.

[38] 박헌영 지도하의 조선인민군 총정치국은 "애국주의 이는 자기 조국에 대한 무한한 사랑과 우리의 경애하는 수령 김일성 장군과 조선 인민의 승리의 조직자이며 추동자인 조선로동당과 인민공화국에 대한 무한한 충성심을 의미한다."라고 선전하였다; 「조선민주주의 인민공화국 영웅들이 싸운 것처럼 적과 싸우자」, 조선인민군 총정치국, 1951.5, 10면.

위한 구체적인 창작에 대한 가이드라인을 제시하였다. 이 가이드라인에 따르면, 문학 예술가들은 "자기들의 작품에 우리 인민이 가진 숭고한 애국심과 견결한 투지와 종국적 승리를 위한 철석같은 결의와 신심을 가장 뚜렷하게 표현"하여야 한다. 또한 작가 예술가들은 '공화국 영웅'(한국전쟁기에 만들어진 훈장의 하나)들의 "풍부한 감정과 인간성, 그들이 갖고 있는 고상한 사상과 신심을 그대로를 묘사"해야 한다. 덧붙여서 김일성은 영웅의 약력을 열거하는 것과 같은 작품은 독자에 대한 모독이라고 비판하였다. 또한 그는 문학 예술가들에게 전사와 인민들의 승리에 대한 신심을 약하게 만드는 자연주의적 경향과의 무자비한 투쟁을 벌일 것을 지시하였다.[39]

김일성 계열 문학자들은 이 날의 담화를 전쟁기 문학예술에 대한 강령적 지침으로 받아들였다. 이후, 영웅형상화 방법과 문예총 내부의 자연주의 문학 경향의 존재 여부에 관해서 김일성 계열과 남로당 계열 문학자들 사이에 논란이 일어났다. 1951년 10월에 문예총에서 개최한 "영웅형상화에 대하여"라는 연구회는 두 계열 문학자들의 영웅의 전형 창조에 관한 관점 차이를 드러내었다. 1952년 초에도 영웅형상화에 대한 논쟁은 계속되었으며, 김일성 계열과 남로당 계열 문학자들의 의견 충돌은 계속되었다. 2월에 이원조가 「영웅형상화에 대하여」에서 유항림의 「진두평」을 공화국 영웅을 묘사한 우수한 소설작품이라고 평가하였다. 그러자 김일성계 비평가인 엄호석, 안함광 등은 「진두평」이 소설이 아니라 전투 실기이며, 이원조가 기록주의적인 경향의 자연주의 문학을 창작할 것을 문예총의 문학자들에게 권장하였다고 비판하였다.

가장 먼저, 「진두평」의 장르 문제를 제기한 사람은 엄호석이었다. 엄호석

---

39   김일성, 「전체 작가예술가들에게 주신 김일성 장군의 격려의 말씀」, 『문학예술』 6월호, 1951년 7월 20일, 4~10면.

은 1952년 1월 17일 『로동신문』에 게재한 「우리 문학에 있어서의 자연주의와 형식주의 잔재와의 투쟁」에서 김일성이 1951년 6월 30일 자연주의적 경향과 투쟁할 것을 지시했음에도 불구하고, 작가들과 시인들은 "1) 「전투 실기」라는 이름 밑에 실지 일어난 사건 그대로 전투 장면을 소란한 음향으로써 기록하며 그의 걸어온 반생을 이력서와 비슷하게 실지 일어난 그대로 번다하게 나열한 결과, 2) 사건을 비속한 것으로, 생애를 고난의 눈물로 되게 하고 있다. 3) 영웅을 쓴 허다한 작품 가운데서 몇몇 작품을 제외하고서는 적지 않은 작품이 크나 적으나 이러한 소박한 기록주의적 수법에 의한 자연주의 경향이다."이라고 비판하였다.[40] 이 말의 요지는 '전투 실기'의 형식을 띤 작품들은 기록주의 수법에 의한 자연주의 경향이라는 것이다.

엄호석과 마찬가지로 안함광도 유항림의 「진두평」을 전투 실기라고 보았다. 그는 "유항림의 「진두평」은 공화국 영웅을 묘사하는 사업에 있어서 자기의 성과를 주장할 수 있는 작품 중의 하나"라고 긍정하면서도, "구성에 있어서는 보다 많이 전투 실기적 형식"으로 처리되었다는 점은 문제라고 지적하였다. 즉, 「진두평」은 "주인공의 과거 생활과 그가 겪어온 몇 개의 전투를 평면적으로 제시하였으며, 소설 형상에 있어서 중요한 역할을 가지는 허구의 역할을 충분히 발동시키지 않았다." 이 때문에 이 작품은 구성에 있어서 "유기적 결구성이 부족"하며 "진두평 이외에 그와 관계하며 또는 관계할 수 있는 인물들을 살리는 데에는 많은 제한성"을 가져 왔다. 안함광은, 이런 결점들은 주로 "이 작품이 구성에 있어서 전투 실기적 형식"을 취하였기 때문이라고 지적하였다.[41]

그런데 이원조는 안함광과 달리 「진두평」을 공화국 영웅을 잘 형상화한

40　엄호석, 「우리 문학에 있어서의 자연주의와 형식주의 잔재와의 투쟁」, 『로동신문』, 1952.1. 17.

41　안함광, 「1951년도 문학 창조의 성과와 전망」, 149~150면.

소설로 보았다. 그는 「영웅형상화 문제에 대하여」(『인민』 1952년 2월호)에서 1951년 6월 30일 김일성이 작가 예술가들에게 자기의 작품에서 "우리 민족이 과거와 현재를 통하여 발휘하고 있는 숭고한 애국심을 보여 주어야" 한다고 지시한 것을 실천하기 위해서는 '공화국 영웅들'에 대한 작품을 써야 한다고 주장하였다. 그 이유는 공화국 영웅은 "조선 인민이 가진 숭고한 애국심의 가장 전형적인 체현자"이며, 이들을 묘사하는 것은 "조국해방전쟁의 승리"를 위해서 "조선 인민의 애국심"을 고취할 수 있기 때문이다.[42] 이어서 그는 영웅을 형상화한 문학 작품이 충분치 않은 점에 대해서 다음과 같이 지적하였다.

> 첫째 한 가지 사실로 들어야 할 것은 이미 공화국의 영웅칭호를 받은 영웅들이 지금 현재로서 전선과 후방을 통하여 3백여 명에 달하고 있다. 그러나 우리 문학예술에서 이러한 영웅들을 작품상으로 형상화한 것은 아직 그의 10%에 도달하지 못하고 있다. 이것은 그 동안의 리유 여하를 불문하고 우리 문학예술이 조선 인민의 애국심을 표현한다고 하면서도 그 애국심의 전형적이며 구체적인 사실에 대하여 아직도 둔한하였다는 것을 변명할 수 없을 것이다.[43]

그러면서 그는 1951년에 영웅을 형상화 한 작품 중 우수작으로 영웅 김창걸에 대한 임화의 시 「흰눈을 붉게 물들인 나의 피 위에」와 영웅 백기락에 대한 소설인 현덕의 「하늘의 성벽」, 임순득의 「조옥희」, 유항림의 「진두평」을 꼽았다. 하지만 그는 이런 작품들이 영웅의 일면적인 모습만을 묘사하였다고 지적하면서 영웅을 잘 형상화하기 위해서 예술가들은 조선 인민의 애국

---

42 이원조, 「영웅형상화 문제에 대하여」, 『인민』 2월호, 평양: 민주조선사, 1952.2, 123~128면.
43 위의 글, 124면.

심이 북한의 '인민민주주의 제도'에 근거한 것이며 조선로동당이 "조국 해방 전쟁에서 전체 인민을 승리에로 고무 추동"하였다는 점을 묘사하여야 한다고 강조하였다.[44] 또한 그는 김일성의 1951년 6월 30일 담화에 대해서도 설명하였다. 그에 따르면, "그들(영웅들—필자)의 풍부한 감정과 인간성, 그들이 갖고 있는 사상과 신심 그대로(방점—필자)를 묘사한다면 오늘날의 우리 공화국의 영웅들이 될 것입니다"[sic]라고 말한 것은 "영웅의 인민성과 영웅의 내면생활과 인간적 장성과 영웅적 행동을 왜곡하지 않으며 완전하게 표현"하라는 뜻이다.[45]

그런데 2월 말 소련파 문학자이자 로동신문 주필인 기석복이 엄호석이 자신의 1월 비평에서 자연주의가 제국주의자의 문학임을 알지 못하고 김남천의 「꿀」과 같이 자연주의 작품이 아닌 것을 자연주의 작품이라고 중상하였다고 비판하였다. 그리고 3월에는 이원조가 문예총 연구회에 직접 참석하여 기석복의 비평문을 근거로 엄호석에게 자신의 잘못된 비평에 대해 자아비판을 시켰다. 1952년 초기는 한국전쟁의 계속을 바라는 스탈린의 의견을 무시한 채 김일성이 정전협정을 조속히 체결하려던 시기였기 때문에, 소련파 기석복의 김일성 계열 엄호석에 대한 비판은 소련 측의 의사를 반영한 정치적인 메시지로 읽힐 여지가 있었다.

더욱이 4월 22일에는 모택동이 전쟁을 계속하기를 바라는 스탈린의 의견에 찬성하여, 정전 담판의 연기를 김일성에게 통보하였다.[46] 즉, 모택동과 스탈린에 의해 김일성의 조속한 정전 실현 의지가 좌절되는 상황이 발생하였다. 이에 문예총 위원장 한설야는 한국전쟁 초기의 강도로 김일성의 권위를

---

44 위의 글, 124~125면.

45 위의 글, 124~125면.

46 김동길, 「휴전협상에서 북·중·소 3국의 태도 변화 및 결과」, 『한국과 국제정치』 제35권 제3호, 경남대학교 극동문제연구소, 2019, 52~57면.

강조하였다. 한설야는 「김일성 장군과 함께 발전하는 조선문학」(문학예술 4월
호, 1952.5.5)에서 김일성이 1951년 6월 30일의 담화에서 문학 예술가들에게
'전쟁의 승리'를 위해서 인민군의 영웅적인 전투와 승리의 모습을 인민들의
머리에 구체적인 형상으로 심어주어야 한다고 말했음을 환기한다. 그러면서
그는 공화국 영웅의 전형을 가장 잘 표현한 예로 김일성의 담화를 제시하고
이 담화처럼 창작할 것을 주장하였다.

> 장군은 극히 간단 명료하게 다음과 같이 말씀하였다.
> "내 하나의 실화를 이야기 하겠소. 어떤 부대가 하루의 가렬한 고지 쟁탈전에
> 서 발벗고 싸워 그 날도 역시 이겼소. 전투가 끝난 뒤에 부대장이 전사들을
> 방문했소 그 때 전사들은 혹은 독서 하고 혹은 무기를 닦고 있었소 다음 전투를
> 준비하고 있은 것이요. 그 때 부대장이 전사들과 악수하면서 무슨 요구할 것이
> 없느냐고 물었소. 그런즉 전사들은 말하기를 「없소, 최고 사령관께서 건재하시
> 기를 비오. 그것을 전달해 주오. 그것 뿐이오.」─이렇게 대답했소."[47]

그런데 한설야가 인용한 대화는 유항림의 「진두평」에서 토치카 파괴 작전
을 개시하기 직전에 진두평이 문화 부련대장과 한 대화를 떠올리게 한다.
둘의 차이점은 무슨 요구할 말이 없느냐는 질문에 진두평은 자신을 훌륭한
로동당원이자 전사로 교양해준 '당에 대한 고마움'을 표현했다면, 김일성
담화의 전사는 "김일성의 건재함에 대한 기원"을 말했다는 점이다.[48] 한설야
가 김일성의 담화를 인용한 뜻은 공화국 영웅들의 애국심과 영웅성을 고취하

---

47 한설야, 「김일성 장군과 문학예술」, 『문학예술』 4월호, 1952.5.5; 재수록 『한설야 선집 14:
    수필』, 조선작가동맹출판사, 1960, 17면.
48 이 때문인지 1958년 『유항림 단편집』에 수록된 「진두평」에서는 진두평의 응답이 "뭐 새삼
    스럽게 할 말이 별로 없습니다."로 수정되었다(245면).

는 주체가 조선로동당의 위원장이자 조선인민군 총사령관인 김일성으로 제시되어야 한다는 것이다.

1952년 7월 16일에는 유항림의 「진두평」의 장르 문제—전투 실기인지 아니면 소설인지—를 토론하기 위한 문예총 연구회가 개최되었다.[49] 연구회에서 작가들은 토론을 통해서 「진두평」을 기록성이 강한 소설이라고 결론을 내렸다.

우선, 문학동맹 서기장 김남천은 「진두평」이 "실재의 인물인 주인공을 통하여 제1차 진격에 있어 제6보사[보병 사단]의 투쟁을 묘사한 작품"으로서 인물, 사건, 장면을 분석하여 보면 성공한 작품이라고 볼 수 있다고 평가하였다. 이어서 그는 진두평의 장르 문제에 대해서 다음과 같이 보고하였다. "이 작품은 전기는 아니다. 전기라면 그의 생애 전체를 서사의 주로 하고 그려야 할 터인데 그렇지는 않다. 그러면 투쟁 실기냐? 투쟁 실기는 하나의 기록이다. 그러면 무엇인가? 우리 문학의 특징의 하나인 '전기성'과 '기록성'이 농후한 소설이다."[50] 한마디로, 그는 「진두평」을 이원조와 같이 소설로 분류하였다.

소설 분과 위원장인 최명익도 김남천의 보고를 지지하면서 "기록적 가치를 높이 평가해야 할 우리 문학에 있어서 작품이 기록적이라고 해서 얕게 평가하는 것은 좋지 못하다고 생각한다."라고 말하였다.[51] 문학동맹위원장 이태준은 참석한 작가들의 의견을 토대로 다음과 같은 결론을 내렸다. 즉 「진두평」은 "장르문제를 일으킬 정도로 [소설로서] 형상이 부족했던 것이 사실이라고 지적할 수 있다. 사실에 충실하려는 작가의 태도는 좋으나 구성에 있어 역시 예술적 형상을 고도로 높여야 할 것이다. 아무리 실재 영웅을

---

49 「물의를 일으킨 장르문제—"진두평" 합평회」, 『문학예술』 9월호, 1952.9.20, 100~103면.
50 위의 글, 101면.
51 위의 글, 102~103면.

그린다 하여도 작가의 손에서 고쳐져야 형상은 높아진다. 사실에만 치중하면 이 작품과 같은 약점을 나타내게 된다. 그러나 영웅을 이렇게 작품으로 형상화한 것은 많은 의의가 있다."[52]

4. 정치적 대리전의 하나였던 「진두평」의 장르 논쟁

1952년 9월 4일, 김일성은 포로 문제를 해결하고 조속한 휴전 협정 체결을 성사시키기 위해서 모스크바에서 스탈린과 회담을 하여 자신의 주장을 관철하려고 하였다. 그러나 스탈린의 반박에 김일성은 자신의 주장을 굽히고 결국 전쟁을 계속하기로 동의하였다. 그 결과, 10월 8일부터 정전 협상은 무기한 휴회에 들어갔으며, 교전선에서 전투는 재차 가열되었다.[53]

전쟁의 지속 여부를 둘러싸고 김일성이 모택동과 스탈린 모두로부터 부정당한 상황이 만들어지자, 박헌영은 김일성의 권위에 직접 도전하였다. 1952년 11월 12일 소련의 10월 혁명 기념 연설에서, 박헌영은 10월 사회주의 혁명의 직접적 결과로서 맑스-레닌주의 사상적 토대 위에서 1925년에 조선공산당이 창건되었다고 강조하고 당시 창건된 조선공산당이 조선로동당의 전신이라고 주장하였다.[54] 이런 발언은 김일성의 항일무장투쟁을 조선로동당 역사의 시작으로, 동시에 자기 자신을 조선로동당 창시자로 보는 김일성의 주장을 정면으로 반박하는 것이다.[55]

---

52 위의 글, 103면.

53 김동길, 앞의 글, 52~57면.

54 박헌영, 「위대한 사회주의 10월 혁명 35주년-평양시 경축대회에서 진술한 보고」, 『근로자』 84, 1952.11, 431~450면.

55 이러한 내용은 1949년 12월 조선인민군을 대상으로 한 정치 교양 자료인 「김일성 장군의 영웅적 빨치산 투쟁」(민족보위성 문화훈련국, 1949.12)에서 확인된다. 이 자료는 1935년

이러한 도전은 문예총 내부의 문학 논쟁을 남로당 계열 문학자의 반당 반혁명 음모에 관한 문제로 바꾸었으며, 「진두평」의 장르 문제도 예외는 아니었다. 엄호석은 「문학예술의 새로운 창조」라는 비평에서 7월 합평회에서 소설로 결론이 난 「진두평」의 장르 문제를 다시 제기하고 이원조가 작가들에게 기록주의와 자연주의 문학 경향을 유포하였다고 비판하였다.[56] 그에 따르면, "주제의 국한과 협애성 그것은 우리 문학 안에 있는 중대한 약점의 하나"이다. 즉, "일부 작가들의 주제들은 천편일률로 인민군대 전사들의 용감성에만 국한"되었고, 한국전쟁 기간 인민군대를 통해서 본 "새 인간들의 성격과 도덕" 그리고 '애국주의'와 같은 새로운 정신적 면모가 묘사되지 못하였다. 엄호석은 이런 문제는 모두 이원조의 잘못된 지도 때문이라고 주장하였다.

더우기 [이원조와 같이] 영웅을 형상화하라고 작가들에게 권면하면서 실재의 공화국 영웅들만 주인공으로 선택하여야 하는 듯이 호소한다면 그것처럼 우둔한 일은 없다. 공화국 영웅들이 3백여 명에 달하는데 작가들이 아직 적게 밖에 쓰지 못하였다고 비난한다면 그것은 더욱 어리석은 망발일 수밖에 없다. 이 견해대로 한다면 소설의 인물로 될 수 있거나 없거나를 막론하고 공화국 영웅이면 모두 형상화하여야 하는 것이다. 이 견해는 소설을 전투 실기와 대치시키며 작가들을 기록의 노예로 되게 하는 데 밖에 도움이 될 것이 없다.[57]

<hr>

결성된 조국광복회는 재만조선인의 통일전선일 뿐만 아니라 국내의 투쟁에도 영향을 주었고(22~27면), 조선인민군은 김일성 장군의 빨치산 부대의 전통을 계승하였으며, 김일성 장군이 직접 창건하고 지도하고 있다고 선전하였다(33면).

56   엄호석, 「문학발전의 새로운 창조; 최근의 작품들과 그 경향을 말함」, 92~93면.
57   위의 글, 93면.

이처럼 김일성 계열 문학자들은 남로당 계열 문학자들이 1951년 6월 30일의 김일성의 지시 ─자연주의적 문학 경향과 무지비한 투쟁을 벌이라─를 충실히 따르지 않고, 오히려 기록주의적이고 자연주의인 창작 경향을 조장하고 있다고 비판하였다.

김일성은 박헌영이 전략적 후퇴 과정에서 북한의 선전 분야에 합류한 200여 명의 남로당 계열 문학자들을 이용하여 당 사상 전선 분야에서 자신을 대리해 온 문학자들을 억압하고 자신의 권위에 도전했다고 생각했다. 더욱이 1952년 10월 정전 담판이 무기한 휴회에 들어가면서 박헌영이 직접 나서 김일성의 항일운동을 격하하고 조선노동당이 김일성의 조국광복회를 계승했다는 주장을 부정하자, 그는 문화전선분야에서의 노선 갈등을 이용하여 박헌영을 숙청하기로 결심하였다. 그래서 1952년 12월 15일 조선로동당 중앙위원회 제5차 전원회의에서 그는 문화선전분야에서 박헌영의 노선을 대변해온 남한 출신 문학자들을 ‘종파주의자’로 비판하였다.[58]

1953년 1월부터 김일성 계열 문학자들은, 문예총 내에서 남로당 계열 문학자들과의 무자비한 투쟁을 벌여야 한다는 김일성의 지시에 따라서, 그들이 미제의 간첩이자 부르주아 문학자임을 본격적으로 비판하기 시작하였다. 이때도 이원조의 영웅형상화와 「진두평」에 대한 비평은 남로당 계열 문학자에 대한 반대 캠페인의 중요한 재료가 되었다. 예를 들어, 한효는 「자연주의를 반대하는 투쟁에 있어서의 조선문학」에서 이원조의 「영웅형상화에 대하여」

58　김일성은 박헌영과 남로당 계열 문학자들이 미제 침략자의 반동사상을 당내에 유입하여 적과 싸우는 사상 전선에 심대한 해악을 끼쳤으며, 부르주아 사상과 종파주의로 당을 사상적 조직적으로 약하게 만들어 북한의 전쟁 승리를 방해했다고 비판했다. 동시에 김일성은 “당과 조국과 인민을 위한 고상한 사상”을 가지고 “조국 전쟁 승리를 위하여 집중”하여야 한다면서 자신을 중심으로 한 애국주의 선전이 전쟁 승리의 원동력임을 강조였다; 김일성, 「로동당의 조직적 사상적 강화는 우리 승리의 기초: 조선로동당 중앙위원회 제5차 전원회의에서 한 보고, 1952년 12월 15일」, 334면.

를 비판하면서 다시 한번 「진두평」의 장르 문제를 언급하였다.

영웅형상화의 문제에 대하여 평론가 이원조 동무는 작가들에게 실재적인 영웅들을 그릴 것을 권고하고 그것이 마치 우리 문학의 "가장 기본적이고 전반적인 문제"인 듯이 말하면서 "이미 공화국의 영웅 칭호를 받은 영웅들이 지금 현재로서 전선과 후방을 통하여 3백여 명에 달하고 있다. 그러나 우리 문학예술에서 이러한 영웅들을 작품상으로 형상화한 것은 아직 그의 10%에도 달하지 못하고 있다"(잡지 인민 1952년 제2호)고 썼다. 그리고 그는 또한 계속해서 "영웅을 형상화한 작품들이 우선 양에 있어서 이와 같이 부족"한 것은 "영웅에 대하여 작가 예술가들이 거의 돌아보지 않았다고 할만"하다고 하였으며 그리하여 그는 명백한 영웅전기인 유항림 작 「진두평」을 "영웅을 형상화한 작품으로서 비교적 우수한 작품으로 치는" 그런 작품들 중 하나로 인증하였다.[59]

한효에 따르면, 북한문학이 영웅을 10%로밖에 묘사하지 못했다는 이원조의 말은 "작가들을 기록적 사실과 실증 문헌의 노예로 전락시킬 수 있는 그런 위험성을 내포한 주장"이다. 그리고 이로 인해서 "일부 작가들은 은폐된 자연주의인 기록주의를 사실주의로 오인하며 인간 정신의 기사로서의 자기의 고상한 창조적 역할을 망각하는 경향에까지 빠지게 되었다."[60]

한효는 이원조와 같은 "자연주의자들은 남조선에서 미국 침략자들과 그 주구를 반대하는 근로자들의 투쟁에 대하여 로골적으로 적대적 태도"를 취하였으며, 북한에서는 "그 독소를 북조선 인민에게 뿌리는 것을 자기들의 중요한 임무"로 하였다고 지적한다. 그러면서 그는 이들의 뿌린 자연주의의

---

59 한효, 「자연주의를 반대하는 투쟁에 있어서의 조선문학」 1, 『문학예술』 제6권 제1호, 1953. 1, 120~121면.

60 위의 글, 121면.

독소는 "공화국 영웅을 형상화하는 중요하고 영예스러운 과업을 수행하는 과정에서 적지 않은 작가들이 기록주의의 함정에 떨어져서 전형화를 거부"하는 것으로 그 해악을 드러내었다고 비판한다.[61] 결론으로 그는 조선로동당 중앙위원회 제5차 전원회의에서 한 김일성의 지시를 충실히 이행하기 위해서 이원조와 같은, 사상 전선에 있어서 "제국주의자들의 사상적 침해의 시도"와의 투쟁에 즉각 나서야 한다고 역설한다.[62]

이처럼 1953년 1월부터 시작된 남로당 계열 문학자에 대한 반대 캠페인에서 이원조의 영웅형상화에 대한 글과 「진두평」 비평은 그를 사상 전선에 침투한 미 제국주의의 간첩이라는 증거로 이용되었다. 이것들은 또한 1953년 8월 3~6일에 이원조가 다른 남로당 계열 지도자 11명과 함께 조선민주주의인민공화국 전복 및 미 제국주의 간첩 혐의로 재판을 받을 때 증거로 활용되었다.[63]

61 　한효, 「자연주의를 반대하는 투쟁에 있어서의 조선문학」 3, 『문학예술』 제6권 제3호, 1953. 3, 136면. 한효는, 이원조가 「진두평」이 '있는 그대로'의 추구에서 한 걸음도 벗어나지 못한 것에 대해서 조선 인민의 애국심을 "사실적 실증에서 보여주는 것"(인민 1952년 2월호)이라고 긍정하였다고 지적하고, 이러한 평가는 영웅들의 "풍부한 감정과 인간성, 그들이 갖고 있는 사상과 신심 그대로를" 묘사하라고 한 김일성의 말을 옳지 못하게 해석하였기 때문이라고 설명하였다. 한효는, 이원조가 "사실주의 예술에 있어서 당성이 발현되는 기본 분야인 전형성의 원칙"에 관한 김일성의 말을 그릇 해석하여, 전형성을 "있는 그대로의 현상을 왜곡하지 말며 완전하게 묘사하는 것"으로 잘못 이해함으로써 일부 작가들을 기록주의의 함정에 빠뜨렸다고 비판하였다; 위의 글, 150~151면.

62 　위의 글, 153면.

63 　조선민주주의인민공화국 최고재판소, 「미제국주의 고용간첩 박헌영 리승엽 도당의 조선민주주의인민공화국 정권 전복 음모와 간첩사건 공판문헌」, 평양: 국립출판사, 1956 참조.

5. 결론: 남로당 계열 문학자 숙청의 도구가 된 「진두평」

이상에서 필자는 한국전쟁 중인 1952년에 유항림의 「진두평」에 대한 장르 논쟁이 있었고 이것이 남로당 계열의 숙청에 이용되었음을 살펴보았다. 당시 김일성 계열 비평가들은, 이원조가 「진두평」을 우수한 소설이라고 평가함으로써 "은폐된 자연주의인 기록주의를 사실주의로 왜곡"하여 유항림과 같은 일부 문학자들이 기록주의, 자연주의 문학 작품을 창작하도록 조장하였다고 비판하였다. 1952년 10월 한국전쟁 휴전 협정이 무제한 연기되고 박헌영이 김일성의 권위에 도전하였다. 이에 1952년 12월 15일 조선로동당 3차 전원회의에서 김일성은 이 논쟁을 박헌영과 남로당 계열 문학자들을 조선로동당과 사상 전선에 침투한 미제국주의의 간첩으로 비판하고 숙청하는 데 이용하였다.

그런데 한국전쟁 기간 공화국 영웅에 대한 북한의 문학은 '실기'(實記)적 성격이 강했으며, 김일성 계열 문학자들은 영웅 전투기에 대해 일관성 없는 비평 태도는 보였다. 특히, 1950년 8월과 9월에 북조선문학예술총동맹에서 출판한 『영웅들의 전투기』 1과 2는 모두 '전투 실기'라는 장르적 특징을 가졌다. 1950년 8월에 엄호석은 「조선문학과 애국주의 사상」에서 문학자들은 전사와 인민들에게 애국주의 사상을 고취하기 위해서 애국주의의 전형인 김일성의 항일무장투쟁에 대한 전기(傳記)를 창작할 것을 권유하였다. 그 이유는, 전기가 "문학과 가장 가까우며 문학적 형상이 훌륭하게 그 속에서 살 수 있는 장르"이기 때문이다.[64] 또한 「진두평」의 전기적 성격은, 1951년 2월 김일성이 영웅의 성장 과정부터 현재의 영웅적 행적까지 묘사하는 것을 통해서 그의 영웅성의 원천을 설명하라고 지시한 것을 따른 것이다. 아이러

---

64 엄호석, 「조선문학과 애국주의 사상」, 『문학의 전진』, 1950.8; 재수록 『현대문학비평자료집』 1, 서울: 태학사, 1993, 480면.

니한 것은 「진두평」이 김일성 계열 문학자로부터 전기성과 기록성이 강한 '전투 실기'라고 비판받았음에도 불구하고 1958년 출판된 『유항림 단편집』에 수록되었다는 사실이다.

이러한 비일관성의 이유는 1952년 초 김일성이 전쟁의 지속을 바라는 스탈린의 의견을 무시한 채 정전 협상을 조속히 타결하려고 하면서 문학 논쟁이 정치 파벌들의 정치적 대리전으로 변모했기 때문이다. 특히 1952년 10월에는 정전협정이 무기한 연기되고, 11월에는 박헌영이 조선로동당은 자신이 세운 조선공산당을 계승했다고 주장하며 김일성의 정통성에 직접 도전하는 일이 벌어졌다. 이 사건은, 김일성이 문예총 내의 문학논쟁을 박헌영을 대변하는 문학자들의 반당, 반혁명 음모의 일환으로 인식하게 만들었다. 결국, 이것은 김일성이 1952년 12월 15일 조선로동당 제5차 전원회의에서 박헌영과 남로당 계열 문학자들을 숙청하는 것으로 귀결되었다.

결론적으로, 1952년 「진두평」의 장르 논란은 사상 전선에서 벌어진 김일성과 박헌영의 정치적 대리전의 하나였으며, 김일성이 박헌영과 남로당 계열 문학자들 '미제국주의가 당에 침투시킨 반당 반혁명 분자'라는 이유로 숙청하는 데에 도구로 이용되었다.

제5장

군사적 이상형의 기원과 그 계승
북한의 전쟁문학 속 '공화국 영웅'

1. 서론: 전쟁문학과 군사적 이상형

　1950년 6월 25일 발발한 한국전쟁은 현재까지 종결되지 않은 전쟁으로서 북한의 정치, 경제, 문화에 많은 영향을 미치고 있다. 지난 70여 년간 북한은 언제 다시 시작될지도 모를 전쟁에 대비하여 군사 국가화의 길을 걸어왔다.[1] '군사 국가화'는 '군대식 담론과 운영 논리 및 방식이 국가의 정치, 경제, 사회 등 제 분야에서 구현되고, 그 과정에서 구축된 군대식 질서 안에서 개인 및 집단의 의식과 행위 전반이 구조화되는 과정'이라는 의미이다.[2] 이 논문은 북한의 군사 국가화는 북한 주민들에게 군사적 이상형처럼 생각하고 행동하게 교육하는 것을 동반하며, 전쟁문학은 군사적 이상형을 주민들에게 주입하는 문화정치의 수단이라고 본다.[3]

1　김용현, 「북한 군사국가화의 기원에 관한 연구」, 『한국정치학회보』 제37권 제1호, 2003, 181~198면.

2　위의 글, 183~184면.

3　The other functions of war literature functions that often predominate are variously and

군사적 이상형으로서 '공화국 영웅'의 기원은 한국전쟁 직후로 거슬러 올라간다. 한국전쟁이 시작했을 때 북한의 군인과 주민들 대다수가 현대적인 전쟁의 경험이 부족했기 때문에 이들이 모방해야 할 군사적 이상형의 창조가 필요하였다. 이에 따라 북한은 한국전쟁 발발 직후에 '공화국 영웅'이라는 칭호─현재도 북한의 최고 영예─를 만들었다. 1950년 6월 25일 한국전쟁이 발발하고 3일 만에 조선인민군이 서울을 점령하였다. 이에 군인들의 전투 의욕을 고취하여 전쟁을 빨리 종결하기 위해서 군인들을 위한 포상 제도를 마련하였다. 1950년 6월 30일 조선민주주의인민공화국 최고인민회의 상임 위원회는 '조선인민공화국 영웅'이라는 칭호를 제정하였다.[4] 7월 15일, 38선 돌파와 서울 점령 등에서 영웅성과 애국심을 발휘한 군관들과 군인들이 최초 로 '공화국 영웅' 훈장과 칭호를 받았다.[5]

이와 더불어, '공화국 영웅'을 북한 군인과 주민들이 따라야 할 도덕적, 군사적 이상으로 선전하는 일도 시작되었다. 1950년 8월 4일 김일성은 문화 선전성 장관 허정숙에게 공화국 영웅들의 애국주의를 선전하는 출판물을 통해서 자신이 지도한 항일무장투쟁의 애국주의가 공화국 영웅들의 애국주

---

often simultaneously moral, psychological, social. (···) Modern war literature (and, in the twentieth century, films), whether or not directed toward that end by their authors have acted on the imagination of the young to shape a sense of national purpose and inspire a bellicose spirit. (···) Military ideals have gained wide- spread support through personal models and historical examples, as indicated anecdotally or instilled through institutions such as military academies; Catherine Savage Brosman, "The Function of War Literature," *South Central Review*, vol.9, no.1, Spring, 1992, pp.86~87.

4 「조선민주주의인민공화국 최고인민회의 상임위원회 정령; 최고 영예인 조선민주주의인민 공화국 영웅 칭호를 제정함에 관하여, 1950.6.30.」, 『로동신문』, 1950.7.1.

5 이 부대들은 1950년 8월 17일 조선민주주의인민공화국 최고인민회의 상임위원회로부터 근위[부대] 칭호를 수여받았다(김두봉 「조선민주주의인민공화국 최고인민회의 상임위원회 정령, 1950.8.17」, 『정치상학 교원들과 선전원들에게 주는 자료집』 2, 인민보위성 문화훈련 국, 1950.8, 19~21면). 두 권의 『영웅들의 전투기』에는 총 13명의 공화국 영웅들이 소개되 었는데, 이들은 대체로 근위 칭호를 받은 부대 소속의 군인이었다.

의에 계승되었음을 선전할 것을 지시하였다.[6] 이에 따라 북한문학자들도 공화국 영웅들의 전투를 그린『영웅들의 전투기』1과 2를 출판하였다. 이 전투기들은 '공화국 영웅'들이 전투에서 눈부신 승리를 거둘 수 있었던 이유는 김일성의 항일무장투쟁에서 표현된 애국주의와 그의 유격대 전술을 학습하고 따랐기 때문이라고 선전하였다. 이러한 서사는 항일무장투쟁의 영웅 '김일성'은 '최고의 군사적 이상형'이며, '공화국 영웅'들은 김일성의 제자라는 의미 구조를 만들었다. 휴전 협정 체결 무렵인 1953년 7월 28일에는 김일성도 공화국 영웅 칭호를 받음-최종적으로 4중 공화국 영웅이 됨-으로써 이러한 의미 구조가 완성되었다.

이렇게 만들어진 군사적 이상형과 그와 관련된 서사들은 전후에 김일성과 그의 그룹이 조선로동당 내에서 권력을 강화하는 것에 상응하여 제도화되었다. 전후에는 제대한 군인들을 통해서 '공화국 영웅'에 대한 일화가 선전 기관이나 학교에서 선전되었다.[7] 2012년 김정은 집권 이후에도 이와 관련된 출판물들이 계속 출판되고 있다.

지금까지 한국전쟁을 소재로 한 북한문학에 관한 연구들이 다양한 관점에서 수행되었다.[8] 이것은 크게 조선인민군의 애국심과 영웅성을 묘사한 작품

---

6   김일성, 「전시환경에 맞게 문화선전 사업을 강화하자, 문화선전상과 한 담화 1950년 8월 4일」,『김일성 전집』12, 평양: 조선로동당출판사, 1990, 202~203면.

7   김용현에 따르면, 한국전쟁 휴전 이후 제대한 군인들이 전쟁 영웅으로, 사회주의 건설의 모범으로 사회를 이끄는 견인차 역할을 하였다. 특히 이들은 민주 선전실을 장악하고 선동원으로서 당과 국가의 시책을 충실히 전달, 선전, 교양함으로써 북한 사회의 군사화의 전위대로서 활동하였다; 김용현, 「1950년대 북한사회 군사화의 내용과 성격」,『북한연구학회보』제6권 제1호, 2002, 195~199면.

과 전쟁을 지원하는 군무원이나 주민들의 애국심을 묘사한 작품으로 나뉜다. 첫째 유형의 작품들은 조선인민군은 항일무장투쟁의 전통을 그대로 이어받아야 하며 이는 김일성의 지도에 의해서만 가능하다는 것이 전쟁문학의 서사적 전통이 되었음을 보여주고 있다.[9] 둘째 유형의 작품들은 다양한 직종의 군무원이나 주민들이 김일성이 내린 명령, 즉 자신의 임무를 목숨을 걸고 수행하는 영웅적인 모습을 묘사하였다.[10] 이러한 연구들은, 전쟁문학이 북한의 군사 국가화를 이끄는 문화적 도구 중 하나였다고 보는 필자의 관점을 뒷받침한다. 하지만 이 연구들은 '공화국 영웅' 서사의 기원과 그 문화정치적의의에 대해서는 주목하지 않았다.

8　배개화, 「한국전쟁기 북한문학의 '애국주의' 형상화 논쟁」, 『민족문학사연구』 제73호, 2020, 143~176면; 유임하, 「1950년대 북한문학과 전쟁 서사」, 『돈암어문학』 20, 돈암어문학회, 2007.12, 188~216면; 유임하, 「'전승 60주년'과 북한문학의 표정」, 『돈암어문학』 26, 돈암어문학회, 2013.12, 7~35면; 오태호, 「전쟁과 평화의 변곡점, 1등주의 지향과 경쟁 담론의 형상화－2018년 『조선문학』을 통해 본 북한문학의 변화 양상」, 『상허학보』 58, 상허학회, 2020.2, 307~338면; 김민선, 「재생되는 전쟁, 반복되는 서사－한국전쟁 소재 북한 소설의 육체성」, 『사이間SAI』 29, 국제한국문학문화학회, 2020, 73~102면. 이 밖에도 남북문학예술연구회에서 편저한 『전쟁과 북한문학예술의 행방』(역락, 2018)은 문학작품뿐만 아니라 삐라, 화선 음악과 같은 다양한 자료를 대상으로 전쟁문학을 연구하였다.

9　서경석, 「6.25전쟁문학, 남과 북이 어떻게 다른가」, 『역사비평』 13, 1990(겨울호), 402면. 서경석에 따르면 이 유형의 작품이 황건의 『개마고원』(1956), 엄홍섭의 『통틀 무렵』(1958) 그리고 석윤기의 『시대의 탄생』(1964)과 리장후의 『전선』(1987)으로 북한문학사에서 계보화 되었다. 그밖에 다음과 같은 연구를 참고할 수 있다. 오창은, 「한국전쟁의 현장 형상화한 북한 전선문학의 대표작 안룡만의 <나의 따발총>」, 『근대서지』 7, 근대서지학회, 2013.2, 524~535면; 남원진, 「황건의 <불파는 섬> 재론」, 『현대문학의 연구』 제51호, 한국문학연구학회, 2013, 1~40면; 김은정, 「북한의 영웅서사, 6년의 간극－<조옥희>를 중심으로」, 『민족문학사연구』 60, 민족문학사학회, 2016.4, 475~501면.

10　김은정은 2011년에 출판된 『조국해방전쟁승리를 위해서』 1~4권의 소설들을 대상으로 다양한 직종의 북한 주민들이 김일성의 명령을 전선이나 후방에서 목숨을 걸고 수행하고 있다는 점을 분석하고, 이 작품집의 출간 취지는 김일성 탄생 100주년을 기념하고 강성대국으로의 전환을 위해서라고 주장하였다; 김은정, 「북한의 한국전쟁 소설에 나타난 국가서사」, 『외국문학연구』 66, 한국외국어대학교 외국문학연구소, 2017.5, 9~34면

이상의 내용을 전제로 필자는 한국전쟁 초기 출판된 전쟁문학인『영웅들의 전투기』1과 2가 전후 북한의 군사 국가화를 위한 도구로 사용됐던 '공화국 영웅' 서사의 기원임을 조명하겠다. 이를 위해서 본론에서 첫째, 한국전쟁 초기 이뤄졌던 공화국 영웅의 제도화; 둘째, 공화국 영웅 서사의 특징-애국심과 영웅성의 원천으로서의 김일성과 항일무장투쟁의 우수성 선전; 셋째, 한국전쟁 이후 공화국 영웅 서사의 계승과 발전에 대해서 살펴볼 것이다.

2. 한국전쟁 초기 '공화국 영웅'의 제도화

한국전쟁 초기에 북한에서 생산될 전쟁문학의 중요한 서사적 요소들이 결정되었다. 첫째, 전쟁 개시 3일 만에 한국전쟁의 성격은 '내전'에서 '미제국주의'와의 전쟁으로 변했다. 둘째, '공화국 영웅'이 북한의 군사적 이상형으로 제도화되었다.

1950년 1월 30일, 김일성은 스탈린으로부터 전쟁을 해도 좋다는 허락을 받았다. 이후 스탈린 및 모택동과의 논의를 거쳐 1950년 6월 25일 조선인민군은 38도선 전역에서 남침을 개시하였다.[11] 6월 26일 전 조선 인민을 대상으로 한 라디오 방송에서 김일성은 남한 군대의 공격으로 '동족상잔의 내란'이 발발했음을 알리고, 미제국주의의 하수인인 이승만 도당을 물리치고 조국의 자유와 통일을 위한 전 인민적 투쟁을 전개할 것을 호소하였다. 그러나 6월 27일 UN 안전보장이사회가 회원국의 한국에 대한 군사적 지원을, 그리고 7월 7일에는 미군 지휘 하의 UN군 통합사령부를 창설할 것을 결정했다.

---

11 Donggil Kim, "Stalin's Korean U-Turn: The USSR's Evolving Security Strategy and the Origins of the Korean War," *Seoul Journal of Korean Studies*, vol.24, no.1(June 2011), pp.89~114.

그러자 북한의 전쟁을 바라보는 관점은 동족상잔의 내전에서 미제국주의와의 전쟁으로 바뀌었다.[12] 특히, 7월 15일 이승만이 UN군 사령관에게 작전통제권을 이양하면서 전쟁의 당사자가 조선인민군과 UN군으로 바뀌었다.[13]

김일성은 제2차 세계대전 당시 소련의 선전 정책을 모방하여 '애국주의'를 선전 노선으로 정하고 전쟁의 신속한 승리를 위해 조선인민군과 인민들에게 '애국심'을 발휘해줄 것을 호소하였다. 예를 들어, 6월 26일, 김일성은 라디오 연설에서 조선인민군에게 "조국과 인민을 위하여 자기 생명을 아끼지 않는 애국적 충성을 다하여 마지막 한 방울까지 싸워야 할 것"을 호소하였다. 그는 다른 방송에서도 "우리 병사들의 애국주의는 용감성과 영용성의 무진장한 원천"이라고 강조하면서 전쟁 승리를 위해서 용감히 싸울 것을 재차 호소하였다.[14]

같은 목적에서 6월 30일, 조선민주주의인민공화국 최고인민회의 상임위원회는 '조선인민공화국 영웅'이라는 칭호를 제정하고, 7월 15일부터 전쟁에서 혁혁한 전공을 세운 인민군 군관, 하사관, 그리고 전사에게 '조선인민공화국 영웅' 칭호를 수여하였다.[15] 「조선인민공화국 영웅 칭호에 관한 규정」에

---

12   전쟁에 대한 관점의 변화는 7월 9일 라디오 방송에서 김일성이 "미제국주의자들이 우리 조국과 인민에 반대하는 무력침공을 개시했다"라고 한 데서도 확인된다.

13   이것을 피터 지마의 영웅서사 구조에 대입해보면 다음과 같이 구조화될 수 있다.

전 세계 민주 사회 및 자유 애호 세력	→	조국 해방	→	전 조선 인민(특히 남조선)
		↑		
소련, 중국 기타 사회주의 국가	→	김일성 혹은 조선로동당	→	미제국주의 하수인 이승만 정권

14   김일성, 「조선 전체인민에게 호소한 조선민주주의인민공화국 내각수상 김일성 장군의 방송연설」, 『로동신문』, 1950.6.27, 1면; 김일성, 「조선민주주의인민공화국 군사위원회 위원장이시며 우리 인민군 최고사령관이신 김일성 장군의 방송연설」, 『민주조선』 7월호, 평양: 민주조선사, 1950.7.15, 15면.

15   김두봉, 「조선민주주의인민공화국 최고인민회의 상임위원회 정령; 최고 영예인 조선민주주

따르면 공화국 영웅 칭호는 "당과 국가에 대하여 위훈을 세우고 대중적 영웅주의와 애국주의"를 보여준 자에게 수여되는 최상급의 명예 칭호이다.[16]

1950년 7월과 8월에 한국전쟁 발발 직후 38선 돌파와 6월 28일 서울 점령에서 혁혁한 전공을 세운 인민군 군관 및 병사 32명에게 공화국 영웅 칭호와 훈장이 수여되었다. 7월 15일에 공화국 영웅 칭호를 받은 사람으로는 김군옥(북한 해군 제2어뢰정대 정대장), 김기옥(제56추격기비행연대 연대장), 김두섭(제105땅크사단 40호 땅크 중대장), 김봉호(제105땅크사단 정찰중대 분대장), 김일섭(제105땅크사단 정찰중대 조준수), 김진걸, 김홍엽, 리문순(제56추격기비행연대 파일럿), 리완근(북한 해군 제2어뢰정대 소속 22호 어뢰정장), 리훈(제4사단 제18보병 연대 연대장), 전기련(제105땅크 사단 운전수), 정학봉이다. 7월 19에는 리동규(제56추격기비행연대 파일럿)에게, 7월 26일에는 김시정에게, 그리고 7월 31일에는 강대기(제105땅크 사단 제33대대 정치문화선전원), 김정학, 리영호, 박영히(희?), 안동수(제105땅크 사단 문화 부사단장)에게 영웅 칭호가 수여되었다.[17] 또한 8월 17일에는 강대운, 김경련, 김만일, 강성욱, 림영택, 안두호, 조종대, 조현구, 김광수, 김두칠, 리권춘, 리창해, 정병해에게 영웅 칭호가 수여되었다.[18] 한국전쟁 동안 총 481명의 인민군 군관과 병사들이 '공화국 영웅' 칭호

의인민공화국 영웅 칭호를 제정함에 관하여, 1950.6.30」, 『정치상학 교원들과 선전원들에게 주는 자료집』 2, 민족보위성 문화훈련국, 1950.8, 4면.

16 「조선인민공화국 영웅 칭호에 관한 규정」, 『정치상학 교원들과 선전원들에게 주는 자료집』, 5면.

17 이들 32명에 대한 공화국 영웅 칭호는 조선민주주의인민공화국 최고인민회의 정령으로 수여되었다. 「조선민주주의인민공화국 인민군 군관 하사관 전사들에게 조선 인민공화국 영웅칭호를 수여함에 관하여, 1950년 7월 15일」, 「조선민주주의인민공화국 인민군 리동규 비행사에게 조선 인민공화국 영웅칭호를 수여함에 관하여, 1950년 7월 19일」, 「조선민주주의인민공화국 인민군 김시정 하사관에게 조선 인민공화국 영웅칭호를 수여함에 관하여, 1950년 7월 26일」, 「조선민주주의인민공화국 인민군 군관 하사관 전사들에게 조선 인민공화국 영웅칭호를 수여함에 관하여, 1950년 7월 31일」, 『정치상학 교원들과 선전원들에게 주는 자료집』 2, 25~35면.

를 수여 받았다.[19]

8월 4일, 김일성은 문화선전성 장관 허정숙에게 문화선전사업을 전쟁 승리를 보장하는 데 집중시켜야 할 것을 지시하면서, "인민군대와 인민에 대한 애국주의 교양"을 강화할 것을 지시하였다. 즉, 김일성은 항일유격대가 15년 동안 일제 침략군과 싸워 승리할 수 있었던 것은 "불타는 애국심과 강인한 혁명 정신"을 갖고 있었기 때문이고 설명하면서, 항일유격대처럼 인민군대와 인민들이 전쟁에서 승리하기 위해서는 '애국주의 교양'을 더욱 강화해야 한다고 강조하였다.[20] 이를 위해서 전선과 후방에서 높이 발휘되고 있는 "인민군 군인과 인민들의 숭고한 애국적 헌신성"에 대해서 선전할 것을 지시하였다.[21]

한국전쟁 초기 만들어진 '공화국 영웅' 칭호는 제정되자마자 북한 군인과 주민들이 배워야 할 군사적 이상형으로 제도화되었다. 또한, 김일성은 공화국 영웅들이 항일유격대의 '애국주의' 전통을 이어받아 전투에서 영웅성과 애국심을 발휘하였다는 전쟁문학의 기본 서사 구조를 직접 제시하였다. 이것은 향후 북한의 군사 국가화를 이끄는 서사의 핵심이 된다.

---

18   「조선민주주의인민공화국 인민군 군관 하사관 전사들에게 조선 인민공화국 영웅칭호를 수여함에 관하여, 1950년 8월 17일」, 『정치상학 교원들과 선전원들에게 주는 자료집』 2, 36~37면.

19   박태영 외 8명, 『공화국 영웅전』 1, 조선민주청년동맹 편, 민청출판사, 1958, 12면. 이밖에도 74만 6,000여 명의 군무자들이 각종 훈장과 메달을 수여 받았다.

20   김일성, 「전시환경에 맞게 문화선전 사업을 강화하자, 문화선전상과 한 담화 1950년 8월 4일」, 202~203면.

21   그 밖에도 원수에 대한 불타는 증오심과 비타협적 투쟁 정신, 그리고 전쟁에서 반드시 승리할 것이라는 신념을 가지도록 교양해야 한다고 하였다.

3. 한국전쟁 초기의 공화국 영웅 서사와 그 특징

김일성의 8월 4일 지시에 따라, 북한문학 비평가들은 항일무장투쟁의 영웅 김일성의 애국주의야말로 최고의 군사적 이상형이자 '애국주의'의 전형이라는 창작 방향을 제시했다. 그리고 소설가들은 '공화국 영웅'에 관한 문학에서 조선인민군 총사령관 김일성 앞에서 한 맹세를 지키고자 하는 마음이 영웅들이 발휘하는 영웅성과 애국심의 원천이며, 이들의 뛰어난 전술은 김일성으로부터 배운 것이라고 선전하였다.

1) 최고의 군사적 이상형이자 애국심의 원천으로서의 김일성

우선, 비평가 안함광은 전쟁 승리를 위한 선전 노선은 '애국주의'이며 김일성의 애국주의 사상이 북한 주민들에게 교육되어야 한다고 주장하였다. 그에 따르면, "미제국주의의 침략을 반대 분쇄하여 조국의 완전 통일을 쟁취"하고 "조국의 민주주의적 발전을 촉진"하기 위해서 북한 인민은 "고상한 애국주의 사상"으로 무장해야 한다.[22] 그리고 소설 문학이 김일성의 애국적 형상을 묘사하는 것은 "인민들의 부절한 승리적 실천을 자극하며 고무하며 지도하며 촉진"한다. 따라서 소설가들은 작품을 통해 "민족의 영웅 김일성 장군의 문학적 형상을 널리 대중 가운데 침투"시켜야 한다. 그는 또한 민족의 영도자인 김일성에 대한 맹세는 북한 주민들이 발휘하는 애국심의 원천이기에, 김일성이 테마가 아닌 작품에서도 "언제나 민족의 영도자에 대한 감격적 맹세"가 암묵적으로 표현되어야 한다고 주장하였다.[23]

---

22   안함광, 「8.15해방 이후 소설문학의 발전과정」, 『문학의 전진』, 1950.8; 재수록 『현대문학 비평자료집』 2, 이선영·김병민·김재용 편, 태학사, 1993, 7면.

23   "민족의 영웅 김일성 장군은 조국의 통일독립과 민주화의 중심이며 태양이어서 조국의 전

엄호석도 「조선문학과 애국주의 사상」에서 '애국주의'는 미제의 침략에 반대하여 싸우는 조선 인민의 사상이자, 조국을 사랑하는 데에 누구보다도 선봉적이며 용감한 애국자들의 핵심적 부대로서 조직된 조선로동당의 사상이라고 주장하였다.[24] 그에 따르면, 북한의 애국주의 사상의 전형은 "중국의 동북 변경에서 민족의 영예를 끝까지 지키면서 용감하게 싸운 김일성 장군과 그의 빨치산들"이며, 이들은 "그 영용한 투쟁으로서 조국 인민의 애국주의 사상을 고무"였다. 또한 "김일성 장군은 민족의 절세의 애국주의자로서 새로운 애국주의를 혼신 체현하였을 뿐 아니라 해방 전후를 통하여 애국주의의 진정한 기수로서 조선 인민에게 그것을 가르쳤다." 따라서 작가들은 이런 가르침 덕분에 인민군대와 인민들이 전쟁에서 애국심과 영웅성을 발휘하였다는 점을 묘사해야 한다.[25] 특히 엄호석은 "민족의 영웅 김일성 장군의 문학적 형상을 널리 대중 가운데 침투시킨다는 것은 인민 주권을 강화하여 조국의 통일독립과 민주주의적 발전을 쟁취보장하는 사업과 결코 별개일 수 없다."고 주장한다.[26] 원래 인민 주권의 뜻은 국가의 주권자가 인민이라는 뜻이다. 하지만 엄호석은 김일성이 정권 기관의 수상이라는 이유로 마치 그를 왕과 같은 주권자인 것처럼 말하고 있다.

작가들도 김일성의 8월 4일 지시에 따라서 『영웅들의 전투기』 1(문화전선사, 1951년 8월 25일)과 『영웅들의 전투기』 2(문화전선사, 1951년 9월 13일)를

체 인민들은 경애하는 민족의 영도자에게 대한 참을 수 없는 감격적 맹서로서 조국 창건을 위한 일체의 애국주의적 실천의 원천을 삼는 것이다. 이에 있어 김일성 장군을 형상화함에 의하여 민족의 영명한 지도자를 우러러 받드는 만 인민의 헌신적 맹서를 더욱 굳건히 하며 만 인민의 고상한 애국주의적 사상을 더욱 치열히 불타오르게 하는 의의는 실로 심중한 바가 있는 것이다"; 위의 글, 20면.

24　엄호석, 「조선문학과 애국주의 사상」, 『문학의 전진』, 1950.7; 재수록 『현대문학비평자료집』 1, 이선영·김병민·김재용 편, 태학사, 1993, 475~479면.

25　위의 글, 479~480면.

26　위의 글, 24면.

출판하였다. 이 전투기들은 공화국 영웅들이 발휘하는 애국심은 최고사령관인 김일성 앞에서 한 맹세를 지키고자 하는 마음에서 나왔다는 점을 강조한다. 예를 들어, 「영웅 정학봉 분대장」에서 조선인민군 병사들은 38선 전역에 걸쳐 국군이 침공을 개시했으니 이들의 진격을 격퇴하기 위해 전심전력을 다하라는 김일성의 명령을 듣고, "조국과 인민을 위하여 최후의 피 한 방울까지 바쳐 놈들의 침공을 용감하게 물리쳐야 하겠다"고 맹세한다.[27] 「영웅 전기련 하사관」에서 공화국 영웅들의 애국주의는 '조국과 인민을 위해 목숨을 바치라'는 최고사령관 김일성의 명령에 대한 충실성에서 나오는 것으로 묘사된다.[28] 「중기사수 김정학 영웅」도 김일성 앞에서 "조국과 인민을 위하여 최후의 숨결까지 바치리라고 맹서한 군인 선서를 그는 언제나 잊지 않았고 또 그렇게 하기를 념원"해온 것이 김정학의 영웅성과 용기의 원천이라고 제시하였다.[29] 특히 1950년 7월 1일 북한 해군의 주문진 전투를 배경으로 한 「격침」은 공화국 영웅들의 애국주의가 김일성 장군에 대한 충성심에서 나온 것임을 직접적으로 묘사하였다.

> "조선인민군 최고사령관 김일성 장군께서는 조국의 이름으로 우리들에게 적함 격멸의 영광스러운 명령을 내리셨습니다."
> **김일성 장군은 동무들이 잘 아는 바와 같이 과거에도 오늘에도 조선 민족승**

---

27 천청송, 「영웅 정학봉 분대장」, 『영웅들의 전투기』 1, 문화전선사, 1950.8, 108면.

28 김일성, 「조선 전체 인민에게 호소한 조선민주주의인민공화국 내각수상 김일성 장군의 방송연설」, 『로동신문』, 1950.6.27, 1면.

29 "그는 공병삽을 힘있게 잡았다. 이것으로라도 패잔 도주하는 미국놈의 앞잡이 하나둘쯤은 소탕할 수 있겠거니 하는 생각에 그의 전투 의식은 다시금 고조되었다. 흥분 속에서도 그는 **조국을 위하여** 최후의 숨결까지 싸우는 자기 자신에 대해 만족을 느꼈다. **조국과 인민을 위하여** 최후의 숨결까지 바치리라고 맹서한 군인선서를 그는 언제나 잊지 않았고 또 그렇게 하기를 념원해왔다."; 유항림, 「중기사수 김정학 영웅」, 『영웅들의 전투기』 1, 133~134면.

리의 조직자이시며 령도자이십니다. 장군의 명령이 내릴 곳에 패배는 있을 수 없습니다. 꼭 승리합니다. (중략) 사령관의 격려에 대하여 김군옥 정대장은 "제2어뢰정 대원일동을 대표하여 나는 미국 군함 격침을 맹서합니다." 하고 간단히 서약하였다.[30] (강조-인용자)

윤세중도 「휘날리는 공화국 깃발」에서 강대기 군관이 "맨 선두로 나서는 땅크에 몸을 싣고", 죽엄을 초월한 화신처럼 땅크 위에 서서 전사들을 지휘할 수 있었던 용기는 김일성에 대한 충성심에서 나온 것이라고 묘사했다. "동무들 더욱 용감하시오. 용기를 내시오. 조국을 위하여 우리 부모 형제를 위하여! 김일성 장군을 위하여-승리는 우리의 것입니다. 포탄은 용감한 사람을 피합니다-."[31]

『영웅들의 전투기』2에서는 공화국 영웅의 애국주의는 김일성의 항일무장투쟁의 애국주의를 계승한 것으로 묘사하였다. 조선인민군의 수원 전투를 배경으로 한 「영웅 리훈 대장 전투기」는 지휘관 리훈 대장이 김일성 휘하의 "빨치산 부대 출신"이며, 그의 뛰어난 지휘력은 김일성의 가르침에서 비롯된 것일 뿐만 아니라 전투에서 어려움이 있을 때마다 김일성을 생각하며 용기와 해결책을 찾는 것으로 묘사한다.[32] 「불굴의 투지로서-김홍엽 분대장」은 의정부 제2방어선 돌파 전투에서 김홍엽 분대장이 1개의 소대(36명)로 국군 1개 대대를 완전히 격멸할 수 있었던 것은 김일성의 항일무장투쟁의 전통을

---

30 한설야, 「격침」, 『영웅들의 전투기』 1, 12~13면.

31 윤세중, 「휘날리는 공화국 깃발」, 『영웅들의 전투기』 2, 67면.

32 "수령이시여-" 리훈 대장은 잠간 눈을 감았다. 김일성 장군-그는 오래인 항일투쟁을 장군의 아래에서 자라왔으며 오늘까지 긴 혁명적 전사로서 장군의 지휘 아래서 싸와온 그다. 그는 전투에 있어서 언제나 큰 성과를 얻었을 때도 장군의 모습이 머리에 떠올리며 가장 곤란한 경우에 있어서도 그는 장군의 말씀을 생각하는 것이다; 리갑기, 「영웅 리훈 대장 전투기」, 『영웅들의 전투기』 2, 89면.

계승했기 때문이라고 설명하였다.

> "사랑하는 전우들!
>
> 경애하는 수령을 위하여 승리를 맹서합시다."
>
> "맹서합시다!"
>
> 잠시 삼림같은 총장이 별빛 아래 일체히 번득이였다.
>
> 오오! 이 얼마나 숭고한 조국에 바치는 불멸의 맹세인가.
>
> 이처럼 백두산의 전통을 계승받은 이 땅의 영용한 아들딸들은 불굴의 투지로써 조국의 완전한 해방을 위한 진격을 계속하였다.[33]

「결사의 한강도하」도 6월 25일 새벽 조선인민군은 "민족의 수령이신 김일성 장군의 그 애국적 정신과 유격 전통을 이어받은 불사 불패의 군대"라는 자긍심을 갖고 "최후의 피 한 방울까지 조국을 위하여" 바칠 것을 결의하고 38선을 넘는 것을 묘사하였다.[34] 또한, 한강 다리가 끊어진 악조건하에서 제일 먼저 자신의 부대를 도하시킨 김하사의 영웅성 역시 자기가 '김일성의 부대'의 일원이라는 자긍심에서 나온 것이었다. 이런 묘사를 통해 작가는 김일성이 인민군의 애국심과 승리의 원천임을 강조하였다.[35]

한마디로, 한국전쟁 초기 출판된 공화국 영웅들의 전투기는 영웅들의 전투에서 발휘한 영웅성과 애국심은 김일성에 대한 충성심을 원천으로 할 뿐만

---

33 임순득, 「불굴의 투지로서-김홍엽 분대장」, 『영웅들의 전투기』 2, 142면.

34 "동무들 우리는 공화국의 씩씩한 아들들이오. 우리 인민군대는 우리 민족의 수령이신 김일성 장군의 그 애국적 정신과 유격 전통을 이어받은 불사 불패의 군대요 조국의 번영과 인민의 자유 행복을 위해서 우리들은 끝까지 원쑤들을 무찔러 엎으며 제주도 한라산 꼭대기에 승리의 공화국 국기를 꽂아야 하오. 동무들 진격이요."; 현경준, 「결사의 한강도하―영웅 김일섭 전투기」, 『영웅들의 전투기』 2, 165면.

35 위의 글, 165면.

아니라, 항일무장투쟁의 영웅 김일성을 본받고자 하는 마음에서 나왔다고 묘사한다. 이것은 전후 복구 시기에서 현재까지 반복되는 '공화국 영웅' 서사의 원형이 된다.

2) 조선인민군의 전투 및 사상 교양 방식의 우수성

한국전쟁 초기, 총사령관인 김일성의 지휘하에서 조선인민군이 UN군과의 전투에서 연전연승하자, 이에 편승하여 전쟁문학도 조선인민군의 현대적 전투기술의 우수성을 선전하였는데, 그 내용은 주로 '유격대식 사상 교양과 전술'에 관한 것이었다.

한국전쟁 초기 군대 내 정치 교양의 특징은 민족보위성의 문화훈련국이 인민군대 내 군사 규율과 정치 교양 사업을 담당하고 있다는 점이다. 당시 구체적인 인민군대 내 정치 사업은 문화훈련국 소속 문화 부사령관이 담당하였다. 한국전쟁 초기 공화국 영웅 칭호를 받은 인민군 군인 중에는 사령관뿐만 아니라 '문화 부사령관'ㅡ안동수, 강대기ㅡ도 있었다. 이 때문에 영웅들의 전투기에는 전투를 지휘하는 사령관과 함께 정치사상 분야를 담당하는 '문화 부사령관'이 등장한다. 1950년 10월 조선인민군 총정치국이 설치되고 박헌영이 총정치국장이 되어 군의 사상 교양을 담당하기 전까지, 김일성의 측근 김일이 문화훈련국 국장으로서 군대 내 정치사상 교양을 담당하였으며, 그 교양 방식은 김일성의 항일유격대 교양 방식이었다.[36]

영웅들의 전투기는 전투를 시작하기 전에 지휘관과 선전원(문화 부지휘관)

---

36 1950년 10월 21일 조선로동당이 총정치국을 조선인민군 내에 설치하기로 결정하기 전까지 인민군대 내의 정치교양 사업은 인민무력부의 문화훈련국에서 담당하였다. 이에 대한 자세한 설명은 고재홍의 「6.25전쟁기 북한군 총정치국의 위상과 역할」(『군사』 53, 2004.12)의 145~152면 참조.

이 전사들과 "전투의 정당성을 토론하는 것과 같은 유격대식 사상 교양 방식을 묘사하고 있다. 이것은 명령 전달 → 전투의 의의 설명 → 유격대나 인민군이 영웅성을 발휘한 전투의 예시 제시 → 지휘관의 격려 연설 → 김일성에 대한 맹세 혹은 김일성 장군의 노래 합창 → 구체적인 전술 설명의 순으로 전개된다. 예를 들어, 1950년 7월 1일 북한 해군의 주문진 전투를 배경으로 한 한설야의 「격침」을 보면, 어뢰정의 대장은 전투 개시 전에 대원들에게 전술을 설명하고, 문화 부대장은 대원들과 전투의 의의에 관해 토론한다. 이어서 사령관의 연설을 하고, 마지막으로 어뢰정 대장은 전체 대원을 대표하여 김일성에게 승리를 서약한다. 「영웅 정학봉 분대장」 역시 조선인민군의 유격대식 교양 방식을 잘 보여주고 있다. 정학봉 분대장은 38선 전역에 걸쳐 국방군들이 침공을 개시했으니 놈들의 진격을 격퇴하기 위해 전심전력을 다하라는 중대장의 명령을 받는다. 하지만 그는 바로 전투에 돌입하지 않는다. 그는 "적들이 삼면에서 침공해 옵니다"라는 잠복병의 보고나 토목 화점 가까이 포탄 소리가 요란하게 들려옴에도 아랑곳하지 않고 민청 선동원의 보고와 전사들의 토론을 진행한다.[37] 분대가 38선을 돌파하는 작전을 시작하기 전에도, 정학봉은 전사들과 전투의 의의를 토론하고 김일성 장군의 노래를 함께 부르고 나서야 구체적인 전술을 설명한다.[38]

영웅들의 전투기는 조선인민군의 유격대식 전투방식도 잘 묘사하고 있다. 이것의 특징은 부대 최고 지휘관이 최전선에서 전투를 지휘한다거나, 탱크가 다른 중화기나 보병의 지원 없이 단독으로 최선두에서 전선을 돌파하는 것과 같은 일반적인 전투 매뉴얼을 따르지 않는 것이다. 예를 들어 작가 고일환은, 제105탱크사단 문화 부사단장 안동수가 최전선의 선두에서 직접 지휘하는

---

37   천청송, 「영웅 정학봉 분대장」, 『영웅들의 전투기』 1, 111~112면.
38   위의 책, 118면.

것－이것은 리훈이나 강대기 등 다른 지휘관의 특징이기도 함－을 강조한다. 그에 따르면, 이것은 자본주의 군대와는 다른 인민군대의 우월성의 증거이다. 왜냐하면 자본주의 군대의 경우에는 대대장까지만 제일선 지휘를 담당하고 부대의 참모급 고급 장교는 최전선 지휘를 하지 않는 것이 원칙이지만, 인민군대는 "전사보다 지휘관들이 앞을 섰"으며 전황이 엄중한 때에는 "부대장까지도 제일선에 섰"기 때문이다. 작가는 이것을 사령관이 "작전을 지시 명령할 뿐만 아니라 직접 전투장에서 검열 지휘 집행하는 실질적 전술 방법"으로 인민군대의 승리의 원인 중 하나라고 찬양한다.[39] 이런 이색적인 전술 운용은, 지휘관이 탱크부대를 운용하는 것에서 특히 잘 드러난다. 안동수 구분대장(연대장)이 지휘하는 제105탱크부대의 의정부 점령 작전을 묘사한 것을 보자.

이글거리는 한나절 불볕 속을 안동수 군관이 탑승한 탕크는 여전히 최선두에서 의정부 고지를 다리고 있었다. 여기는 적정이 듣던 대로 고지의 령마루선이 거의 다 영구화점의 성관으로 뺑－둘리웠다. 중복선에도 토목화점들이 구축되어 물샐틈없는 방어진지다. 더구나 의정부로 넘어가는 고갯길 좌우편으로는 축성한 높은 성새가 중무기를 포치하고 으르띡띡거릴 형편이었다.

이쯤 되면 전술 상식으로 보아 으레 주력부대를 기다려 우회 작전을 꾀한다든지 구분대(연대)의 일제 엄호 사격 밑에 중심을 뚫른다고 하는 게 통례였다.

그러나 안동수 군관은 이렇게 명령했다. "전 화력을 집중하며 전속력으로 전진 또 전진!"

이 명령은 전투원들에게 좀 떨했다. 그러나 평소에 안동수 군관의 자신만만한 전투기술을 믿는 그들은 전 신경을 긴장시켜 눈과 귀와 발이 번쩍번쩍 움직

39　고일환, 「영웅 안동수 군관」, 『영웅들의 전투기』 2, 108면.

였다.[40] (강조—인용자)

이러한 전술은 공화국 영웅 훈장을 받은 제105탱크부대 전기련 탱크 운전수나 김두섭 탱크 중대장의 전투기에서도 똑같이 발견된다. 예를 들어 의정부 전투에서 전기련의 탱크는 보병의 엄호 없이 '탱크 단독'으로 국군의 제2방어선 화점을 향하여 대담하게도 돌진해 들어간다. 전기련은 국군의 포탄이 자신의 탱크를 피해서 떨어지는 것 같다고 느끼면서 홀로 국군 진지 깊숙이 들어가서 화점들을 파괴하고 군인들을 살상하였다. 하지만 이 전투로 전기련의 탱크는 크게 파손되어 폐기된다.[41] 김두섭 중대장 역시 문산지구 전투에서 중기화점 2개소와 토목 화점 4개소를 완전히 파괴하고 서울에 가장 먼저 도착하겠다는 목표로 "전속력으로 전진!"을 외치며 최전선에서 국군 백골부대의 방어선을 돌파한다.[42]

당시 소련군이나 중공군의 공격 전술은 정찰 부대가 전방으로 진출하여 적의 주요 화점을 파악하면, 포사격으로 주요 화점을 파괴한 후 보병부대가 탱크를 엄호하며 협공하는 것이다. 하지만 한국전쟁 초기 다수의 공화국 영웅을 배출한 제105탱크부대의 전술은, 탱크들이 보병부대의 엄호 없이 단독으로 전방으로 진출하여 탱크의 포사격으로 국군의 화점을 파괴하면서 전선을 돌파하는 방식이다. 한국전쟁 초기, 조선인민군은 이러한 탱크 운용으로도 전선을 쉽게 돌파하고 3일 만에 서울을 점령하였다.

그러나 탱크 단독으로 전방에 진출하는 것은, 작가 고일환이 지적한 것처럼 전술 상식에 어긋날 뿐만 아니라, 적의 십자 포화에 탱크가 파손될 위험도 안고 있었다.[43] 예를 들어 수원 전투를 묘사한 「영웅 리훈 대장」을 보면,

---

40   위의 책, 114~115면.
41   윤세중, 「영웅 전기련 하사관」, 『영웅들의 전투기』 1, 94~102면.
42   고일환, 「김두섭 땅크 중대장」, 『영웅들의 전투기』 1, 151~152면.

조선인민군 제4사단 제18보병 연대 리훈 연대장은 항상 부대의 최선두에서 부대를 지휘하였다.[44] 그는 수원을 점령할 때도 기갑부대와 함께 최선두에서 진공한다. 그런데 리훈의 부대가 국군의 포위망을 뚫고 산마루에 도착했을 때, 기갑부대는 국군의 화망에 들어가 연달아 파괴된다. 이 때문에, 리훈 연대장은 탱크부대를 보호하기 위하여 보병부대만으로 진공하여 수원을 점령한다.

> "사모았트 [탱크] 부대 일단 후퇴하라"
>
> 리훈 대장은 그 순간 사모았트 부대의 후퇴를 명령하였다. 반땅크포 수류탄 중기의 집중 사격에 대하여 사모았트의 장갑력으로서는 도저히 저항하기가 어려운 일이다. 더욱이 전후로 적의 화망에 포위된 체제이다.
>
> 리훈 대장은 혼자서 잇발을 한발 깨무렀다. 적이 이러한 간계를 쓴 것은 사실 이의이기도 하나 사모았트 부대가 자기의 기동성을 믿고 보병의 엄호를 리탈하여 지나치게 돌진한 잘못도 없지 않았다.[45]

이상에서 살펴본 것과 같이 한국전쟁 초기의 공화국 영웅의 전투기들은 한국전쟁 초기 조선인민군의 '유격대식' 사상 교양과 전술을 사실적으로 묘사하고 있다. 그러나 조선인민군의 소위 전략적 후퇴 시기 유격대식 사상

43　"이런 집중포화 속이면 어쨋든 전진할 수 없는 게 땅크의 통례이다.─포탄으로 길이 한길로 패이든 조준경이 깨지든 무한궤도가 끊어지든 가도크(고무바퀴)의 요진통이 고장나든 했을 깨다."(위의 글, 151~152면)

44　리훈 제18사단장은 안동수 제105탱크사단 문화 부사단장처럼 "언제나 몇 개의 수류탄을 앞 허리에 꽂고 부대의 전면에서" 전투를 지휘하였다. 그는 "대장동무 너무 앞으로 나가는 것도 삼가주시오."라는 참모의 고언에도 언제나 선두에서 전투를 지휘하였으며, 이것은 그의 부대 병사의 투지와 용감성을 고무하였다; 리갑기, 「수원-영웅 리훈대장 전투기」, 『영웅들의 전투기』 2, 81~83면.

45　위의 글, 92~93면.

교양과 전술 방식은 큰 문제점을 드러내었다. 1950년 9월 15일 UN군이 인천 상륙에 성공하고 10월 8일에는 38선을 돌파하였다. 김일성은 38선 이북 지역의 방어를 위해서 남한의 인민군에게 38선 이북으로 후퇴할 것을 명령하였다. 그러나 인민군의 후퇴는 무질서하게 이루어졌다. 이 과정에서 지휘관들은 비조직적으로 행동하고 최고지휘부의 명령을 무시하였으며, 일반 사병들의 투항과 탈영이 속출하였다.[46] 조선인민군의 기존의 사상 교양과 전술 방식의 문제점은 소련측 고문이 스탈린에게 보낸 전보에서도 잘 나타난다. 9월 27일, 북한주재 소련군총참모부 대표 마트비예프(A. I. Matveev)는 스탈린에게 보낸 전보에서 "인민군은 미 공군의 폭격으로 엄청난 손실을 보았고," "인민군의 탱크와 대포 대부분은 손실되었으며," "무기와 탄약이 남아있지 않고," "군의 상하 지휘체계는 무너졌다."라고 보고하였다.[47] 이에 스탈린은 최근 전투 과정에서의 실패는 대부분 전선지휘부, 군단사령부, 그리고 사단 샤령부 간의 지휘체계가 무너져서 발생하였고, "전투 과정의 전술 문제에서 심각한 과오가 있었다"고 지적하였다. 특히 그는 "먼저 포격을 가해 탱크의 앞길을 열어야 하는데, 그렇게 하지 않아 탱크가 적에게 쉽게 파괴되었다."라고 지적하고 후퇴와 탱크 운용 방법까지 구체적으로 지시하였다. 즉, 주력부대의 후퇴는 강력한 엄호부대의 엄호하에 이루어져야 하며, 엄호부대는 전투 경험이 풍부한 지휘관이 맡도록 할 것과 엄호는 대포와 탱크를 이용하여

46　이러한 문제점은 김일성의 「조선인민군 총사령관 명령 제70호」(1950.10.14.), 김일성의 「현정세와 당면과업」, 『자유와 독립을 위한 위대한 해방전쟁』(평양: 조선로동당출판사, 1951. 3), 146~149면에서 상세히 지적되었다.

47　Mayveyev, "Telegram from the Soviet General Staff representative in North Korea to the Chairman of the Soviet Council of Ministers, regarding the situation on the Korean front, from Pyongyang, No. 1298, Sep. 27, 1950, 12:35 PM," *Archive of the President of the Russian Federation(APRF)*, fond 3, opis 65, delo 837, listy 103~106; 재수록 『한국전쟁, 문서와 자료, 1950~1953』, 국사편찬위원회, 2006, 148~149면.

이루어져야 하며 탱크는 적에게 대포를 이용하여 포격을 가한 후에 보병과 함께 진격해야 한다는 것이다.[48]

또한, 스탈린은 군의 전반적인 사기 저하와 규율 부재를 해결하고 조선인민군에 대한 사상교육을 제고하기 위해서 북한 지도부의 역할과 책임을 재조직하여 이를 분명히 할 것을 지시하였다. 이에 따라 10월 13일 김일성은 기존 문화훈련국을 폐지하고 '조선인민군 총정치국'을 신설하여 당이 직접 군대 내 정치사업을 책임질 것임을 소련에 통보하였으며, 초대 총정치국장에 박헌영을 임명하였다.[49] 10월 21일 조선로동당 정치위원회는 조선인민군 내에 당 단체를 조직하고, 당 단체는 총정치국 지도하에 군대 내의 정치사상 및 교양 사업을 책임지도록 하였으며, 총정치국은 조선로동당의 지도를 받도록 결정하였다. 이 조치를 통해서 인민군대에 대한 정치사상 통제권은 내각으로부터 조선노동당으로 넘어갔으며, 군대 내에 당 단체 건설과 군인 입당 문제는 조선인민군에 대한 조선노동당의 중요 사업이 되었다.[50] 총정치국

48　Feng Xi(I.V. Stalin), "Telegram from the Chairman of the Soviet Council of Ministers to the Soviet General Staff representative in North Korea and the Soviet Ambassador to North Korea, instructing the strengthening of the activities of Soviet military advisors within the Korean People's Army, September 27, 1950," *APRF*, fond 3, opis 65, delo 827, listy 90~93; 재수록 『한국전쟁, 문서와 자료, 1950~1953』, 556~558면.

49　1951년 10월 13일 오전 11시 10분, 슈티코프 대사는 "김일을 해임하고 최근까지 서울시장을 맡았던 이승엽을 총정치국장에 임명할 것"이라고 소련에 보고하였다; "Telegram from Soviet Ambassador to the Democratic People's Republic of Korea to the First Deputy Minister of Foreign Affairs of the Soviet Union, regarding the political situation in Korea, No. 1468, October 13, 1950, 11:10 AM," *Central Archives of the Russian Ministry of Defence(TsAMO)*, fond 5, opis 918795, delo 124, listy 136~140; 재수록 『한국전쟁, 문서와 자료, 1950~1953』, 178~181면. 하지만 10월 14일 발표된 조선인민군 총사령부 70호 명령에는 총정치국장으로 박헌영의 서명이 있다; 김일성·박헌영, 「조선인민군 총사령부 명령 70호」, 1951년 10월 14일. 따라서 10월 13일 오후에 총정치국장이 이승엽에서 박헌영으로 바뀐 것으로 보인다.

50　김일성, 「인민군대 내에 조선로동당 단체를 조직할 데 대하여: 조선로동당 중앙위원회 정치위원회에서 한 결론, 1950년 10월 21일」, 『김일성 전집』 제12권, 평양: 조선로동당출판사,

설치에 따라, 최고사령관 김일성은 조선인민군의 군사 분야, 그리고 총정치
국장 박헌영은 정치사상 교양 분야로 역할을 분담하게 되었다. 이후 김일성
이 군사회의를, 그리고 박헌영이 정치기관 회의를 각각 주재하였다.[51] 소련측
은 북한 지도부가 스탈린의 지시에 따라 지도부 구성원의 권한과 책임을
분명히 하였는지에 대해서 상세히 보고하였다.[52] 이 조치들은 모두 "영웅들
의 전투기"에서 찬양되었던 조선인민군의 지휘 방식 및 군대 인원에 대한
사상 교양 방식의 심각한 문제점을 개선하기 위한 것이었다.

　1950년 11월 중국인민지원군의 한국전쟁 참전 이후 유격대식 전술은 중조
연합사령부 내에서 논란의 대상이 되었다. 이러한 문제 제기는 1951년 1월
4일 중국인민지원군이 서울을 재점령하면서 조선인민군 내부에서 중국군의
전술에 대한 선호 경향이 조성된 것을 배경으로 하고 있다. 즉, 1월 11일
중조연합사령부 정치 부사령관이었던 연안계의 박일우 내무상은 중국인민
지원군과 연합작전을 하는 일부 조선인민군 지휘관들이 유격대식 전투방식
을 사용하고 있다고 불만을 표시하였다.[53] 연안계의 방호산 제5군단장도 1월

　　1995, 356~357면.

51　T. Shtykov, "Telegram from the Soviet Ambassador to the Democratic People's Republic of Korea to the Chief of the Soviet General Staff, regarding the issue of replacing the Soviet General Military Advisor, including details of discussions with the Commander-in-Chief of the Korean People's Army and the results of a meeting with the commanders of the Korean People's Army joint units, No. 37, November 22, 1950, 16:55," *TsAMO*, fond 5, opis 918795, delo 124, listy 308~310; 재수록 『한국전쟁, 문서와 자료, 1950~1953』, 국사편찬위원회, 2006, 215~217면.

52　T. Shtykov, "Telegram sent by the Soviet Ambassador to the Democratic People's Republic of Korea to the Chairman of the Council of Ministers of the Soviet Union, including a letter from the Prime Minister of the Democratic People's Republic of Korea regarding organizational measures undertaken by the Korean People's Army. No. 1729, December 1, 1950, 3:45 AM." *TsAMO*, fond 5, opis 918795, delo 124, listy 499~501; 재수록 『한국전쟁, 문서와 자료, 1950~1953』, 국사편찬위원회, 2006, 225~227면.

53　洪學智, 『抗美援朝戰爭回憶』, 北京: 解放軍文藝出版社, 1991, 101面.

중순의 군단 연합회의에서 중국인민지원군이 쓰는 전투방식을 사용할 것을 주장하였다. 이에 대해, 김일성은 1951년 1월 28일 조선인민군 지휘관 및 정치일꾼과의 대화에서 중국인민지원군 전술을 따르자는 사람들을 '교조주의자'로 비판하였다.[54]

한국전쟁 정전 이후 김일성의 권력이 강화되면서, 전략적 후퇴 시기에 있었던 문제제기들은 종파주의자, 교조주의자의 책동으로 폄하된다. 반면에 조선인민군이 항일무장투쟁의 애국주의 정신과 뛰어난 전술을 계승하여 전쟁에서 승리했고 공화국 영웅들은 김일성의 가장 뛰어난 제자라는 서사는 확고해졌다.

4. 공화국 영웅 서사의 계승과 발전

한국전쟁이 끝난 후, 공화국 영웅들을 군사적 이상형으로 만드는 작업은 체계적으로 진행되었다. 공화국 영웅들에 대한 출판물도 계속해서 출판되었으며, 김일성이 공화국 영웅의 최고 모범임을 선전하는 "불멸의 력사" 총서도 차례차례 출판되었다. 그리고 이러한 출판물들은 인민들에게 군사적 이상형을 교육하는 데에 쓰였다. 1992년 수령의 지위가 김일성에서 김정일로, 그리고 2012년에는 김정일에서 김정은에게로 세습되는 과정에서도 '공화국 영웅'은 수령에 대한 충실성을 보여주는 전형적 인물로 계속해서 호명된다.

1955년 조선작가동맹은 한국전쟁 기간 출판된 전쟁소설들을 뽑아서 『영웅들의 이야기』라는 단편소설집을 출판하였다.[55] 1956년에는 조선민주청년

54 　김일성, 「우리의 전법으로 싸워야 한다: 조선인민군지휘관, 정치일군들과 한 담화, 1951.1. 28」, 『김일성선집』 13, 조선로동당출판사, 1993, 94~95면.

55 　수록된 작품은 다음과 같다. 「도강」(권정룡), 「사냥꾼」(김만선), 「화식병」(김영석), 「뼉다구

동맹 창립 10주년을 기념하여 내각 결정 7호로써 공화국 영웅들이 졸업한 학교나 고향에 그들의 이름을 붙였다. 예를 들어 순천고급중학교를 리수복고급중학교로, 원산제1고급중학교를 조군칠고급중학교로, 박원진 영웅의 출생지인 평안북도 구성군 길상리를 원진리로 개칭하였다. 이것의 목적은 "조국 해방전쟁에서 조국과 인민을 위하여 영용하게 투쟁한 청년 영웅 용사들의 빛나는 공훈을 우리 조국 력사에 영원토록 기념하여 자라나는 후진들에게 그들을 본받아 고상한 애국주의와 대중적 영웅주의의 정신을 배양하기 위하여"였다.[56] 동일한 목적에서 1958년 2월 민청중앙위원회는 조선인민군 창건 10주년을 기념하여 모범적인 초급 민청 단체들에게 공화국 영웅—한계렬, 황규찬, 김창걸, 황순복, 김재경—의 이름을 수여하였다. 조국 보위 후원회 중앙위원회 상무위원회는 함경북도 어랑리 봉강리 초급단체에 강호영의 이름을, 그리고 평안남도 남포시 남포 고급 중학교 초급 단체에 리동규의 이름을 수여하였다.[57]

1958년 8월 북한은 농업, 공업 및 상업의 '사회주의적' 개조를 완료하고 공식적으로 계획경제를 운영하였으며 전국적으로 배급제를 시행하였다. 1958년 4월 조선민주청년동맹은 『공화국 영웅전』 1과 2를 출판하였다. 이러한 출판은 조선로동당중앙위원회 12월 전원회의에서 김일성이 "청소년들 속에 사회주의적 애국주의 교양을 강화할 것"을 지시한 것에 따른 것이다. 『공화국 영웅전』 1의 서문에서 편집자는 북한이 소위 '조국 해방 전쟁'에서 승리할 수 있었던 4개의 요인이 제시되고 있다. 그 원인은 첫째, 맑스-레닌주

장군」(김형교), 「회신 속에서」(류근순), 「강」(리갑기), 「궤도 우에서」(리종민), 「상급 전화수」(박웅걸), 「제2전구」(박태민), 「첫눈」(변희근), 「직맹 반장」(유항림), 「구대원과 신대원」(윤세중), 「조옥희」(임순득), 「아버지」(한봉식), 「승냥이」(한설야), 그리고 「불타는 섬」(황건)

56　박태영 외 8명, 『공화국 영웅전』 1, 조선민주청년동맹 편, 민청출판사, 1958, 13면.
57　위의 책, 13면.

의 당인 조선로동당이 전쟁 승리의 조직자이자 영도자라는 점, 둘째, 북한에 수립된 인민민주주의 제도의 정치경제적 위력, 셋째, 조선인민군의 존재, 넷째, 소련과 사회주의 진영의 원조 및 중국인민지원군의 참전이다.[58] 조선로동당이 조국해방전쟁의 승리의 조직자로 제시된 것은 1956년 3월 소련공산당 서기장 후르시쵸프가 개인숭배를 비판한 영향으로 보인다. 그럼에도 불구하고, 김일성의 애국주의 사상과 그의 항일무장투쟁의 전통이 조선인민군 장병들이 발휘하는 영웅주의와 애국주의의 가장 중요한 원인으로 강조되었다.

> 김일성 동지를 선두로 한 견실한 공산주의자들에 의해 지도된 항일빨치산 투쟁은 조선인민군의 조직적 사상적 기초를 쌓아놓았으며 **그[김일성]의 빛나는 혁명적 애국 전통**은 조국의 자유와 독립을 위하여 침략자들을 반대하는 투쟁에서 **인민군 장병들의 무비의 영웅주의와 애국주의를 불러일으키는 커다란 고무적 력량으로 되었으며** 그들에게 백전 불굴의 힘과 승리에 대한 확신을 북돋아주었다.[59] (강조 ─ 인용자)

이것은 조선인민군이 김일성이 지도한 항일무장투쟁의 전통을 이어받았기 때문에 전투에서 애국주의와 영웅성을 발휘하였다는 한국전쟁 초기의 애국주의 선전 노선을 계승하고 있다.

이에 따라, 『공화국 영웅전』은 한국전쟁 초기 영웅전의 핵심적인 의미소를 반복해서 사용한다. 즉, 영웅들은 병사들에게 김일성의 항일빨치산투쟁을 이야기를 해주어 애국심을 길러주고 전투 방법을 가르친다, 전투 전 병사들은 김일성 장군의 노래를 부르며 힘을 얻는다, 전투 직전 영웅들은 김일성의

58　위의 책, 11~12면.

59　위의 책, 12면.

빨치산 부대처럼 전투하면 승리한다고 부대원들을 격려한다, 병사들은 김일성 장군에게 승리를 맹세하고 전투를 시작한다.

황건의 「불타는 섬」의 주인공이기도 한 리대훈에 관한 영웅전은 위의 의미소들을 모두 포함한 전형적 서사이다. 1950년 8월 말 리대훈은 해안포 중대의 중대장으로 월미도에 배치된다. 9월 중순, 연합군이 인천상륙작전의 일환으로 월미도를 공격했을 때, 그는 각 포진지에 전화를 걸어 "김일성 장군께서 지도하신 항일 빨찌산 투쟁은 우리들에게 어떤 어려운 난관이라도 돌파할 줄 아는 힘을 부어주었소. 우리들의 침묵은 용감한 공화국 포병들의 결정적 공격을 위한 침묵이며 원쑤들에게 무리 죽음을 주기 위한 승리의 침묵이요!" 라며 격려한다. 9월 13일 전투에서 전투원이 20여 명밖에 남지 않았을 때도, 그는 기운 없고 우울해하는 부대원들의 전투 의지를 고취하기 위해서 그들과 함께 "김일성 장군의 노래"를 부른다. 그는 또한 9월 15일 최후의 전투에서도 "동무들! 최고 사령관 김일성 장군 앞에 드린 우리의 엄숙한 맹세를 마지막 순간까지 잊지 마시오. 원쑤들을 한놈이라도 더 잡고 놈들의 진격을 한 초라도 더 지체시키시오. 최고사령관 김일성 장군께서는 이 월미도 전투를 우리들의 투쟁을 바라보고 계실 거요. 용기를 냅시다. 원쑤들에게 죽음을 줍시다."[60]라고 격려한다.

1970년대에 들어오면서 김정일의 주도로 공화국 영웅은 군인, 청년들뿐만 아니라 북한 주민 일반이 본받아야 할 이상형이 된다. 1972년 2월 당중앙위원회 8차 전원회의에서 김정일은 공화국 영웅이라는 칭호를 받으면서 후계자로서 인정받았다.[61] 1974년부터는 김정일은 "생산도 학습도 생활도 항일유격대식"으로라는 구호를 내세웠다. 이로써 '항일유격대 방식'은 당과 군대를

60　리지명, 「월미도의 영웅들−리대훈 영웅」, 『공화국 영웅전』 2, 조선민주청년동맹 편, 민청
　　　출판사, 1958.8, 45~58면.

61　고태우, 『북한현대사 101 장면』, 가람기획, 2000, 261~264면.

넘어서 북한의 정치, 사회, 경제 분야에서 북한 주민들에게 군사적 행동의 표준과 전투적인 정신을 심어주는 '도덕적, 심리적, 사회적 기능'을 하였다.[62] 이에 따라, 한국전쟁 초기 『영웅들의 전투기』에서 김일성의 애국주의 사상을 학습하고 따랐기 때문에 혁혁한 전공을 세운 것으로 선전된 '공화국 영웅'들은 사회 전반에서 여타 주민들의 롤-모델이 되었다.[63] 또한, 한국전쟁 초기 애국주의 선전과 관련해서 비평가 안함광이 제시한, 소설 문학에서 김일성의 형상을 창조하고 그것을 대중 가운데 침투시키는 것의 의의는 1970년대에 시작된 '불멸의 력사' 총서의 교육적 의의로 계승되었다. 이후 김일성의 서사는 선군과 강성대국이라는 통치 이데올로기의 근간이 되었다.[64]

특히 "불멸의 역사" 총서 중 한국전쟁 관련 소설들은 김일성이 인민군 총사령관으로서 뛰어난 영군술과 탁월한 군사전략으로 한국전쟁을 승리로 이끌었다는 점을 강조한다. 예를 들어 한국전쟁 발발 후 2개월 동안을 묘사한 『50년 여름』(1990)은 김일성을 "무비의 담력으로 적들을 칠 대담한 작전을 짜며 몸소 최전선에까지 나와서 인민군 전사들을 영웅적 위훈에로 고무하는 걸출한 군사 전략적 예지와 영군술"을 가진 인물로 묘사한다. UN군의 인천 상륙작전 이후 전략적 후퇴 시기를 그리고 있는 『조선의 힘』(1992)은 김일성의 측근들이 그가 가르치는 대로만 하면 백 번 싸워 백 번 이긴다는 신념으로 위기를 극복하는 것을 그리고 있다. 1951년을 묘사한 『푸른 산악』(2002)은 일부 군사지휘관들이 적극적인 진지 방어전이라는 김일성의 전략적 방침에 반대하고 중국의 운동전을 모방한 '기동전'을 벌이다가 막대한 손실을 본

---

62 와다 하루끼, 『북조선: 유격대 국가에서 정규군 국가로』, 서동만 역, 돌베개, 2002, 142면.

63 현재 북한에서 공화국 영웅은 단지 군사적인 업적을 이룬 인물뿐만 아니라 체육 선수 등과 같이 최고지도자에 대한 충성심을 원동력으로 삼아 자기 분야에서 뛰어난 업적을 이룬 사람에게도 수여되고 있다.

64 강진호, 「'총서'라는 거대서사 혹은 허위의식」, 『북한의 문화정전 총서 불멸의 력사』, 소명출판, 2009, 20~21면.

것으로 묘사했다.[65] 『승리』(1994)는 김일성이 아이젠아워의 신공세와 조선로
동당 내에 침투한 반당반혁명종파분자들의 책동을 분쇄하고 전쟁을 종국적
인 승리로 이끄는 과정에서 보인 군사적 천재성과 영도력, 그리고 인민군
장병들이 지닌 당과 수령에 대한 끝없는 충실성과 인민들의 불타는 애국심을
묘사하였다. 이 소설들에서 전략적 후퇴 시기 조선인민군이 보였던 무질서와
규율 부족, 이로 인해 스탈린의 직접 지시로 '조선인민군 총정치국'이 생긴
사실, 그리고 1951년 1월 4일 중국인민지원군이 서울을 점령한 후 연안파가
제기했던 김일성의 항일유격대식 교양과 전술 운용에 대한 문제 제기 등은
모두 삭제되어 있다.

2008년에는 안홍윤이 조옥희에 관한 장편소설『조옥희』를 발표하였다.
이후 이것은 2009년 2월부터 2011년 10월까지 총 33회에 걸쳐 잡지『천리마』
에 연재되었다. 조옥희는 1950년 하반기 황해남도 지남산 인민유격대의 일원
으로서 정찰 임무 중 미군에게 체포되어 고문을 당하다가 죽은 것으로 알려
져 있다. 1951년 3월 7일 최고인민위원회 상임위원회의 정령으로 첫 여성
공화국 영웅이 되었다. 1951년 6월, 임순득이「조옥희」라는 제목의 소설을
『문학예술』에 게재하였다. 이 소설은 한설야로부터 조옥희가 영웅성을 발휘
하게 만드는 내적 동기가 가장 잘 표현된 작품으로 고평을 받았다.

　　-상윤아 네가 크면 오늘 밤, 엄마의 심정을 알아주겠지. 할머니 모시고 잘
자라야 한다. 엄마는 너를 위해서도 한껏 잘 싸우리라.
　　혼자 중얼거리며 장군의 사진을 끄냈을 때는 고만 옥희는 이 때까지 용케
참았던 오열을 터뜨리고 말았다. 한동안 소리없이 느끼고난 옥희는 장군의 모습
을 들여다 보며 자기가 무엇 때문에 빨찌산에 가담할 것을 결의하였는가. 더욱

65　　강진호 외,『총서 '불멸의 력사' 해제집』, 소명출판, 2009, 531, 559, 577면.

절실히 깨달은듯 하였다.

　-조선의 자유와 독립을 위하여 청춘을 바쳐 싸우신 당신을 본받아 인민의
한 사람인 저도 어찌 그 길을 따르지 않으리까.[66]

　이 장면에서 조옥희는 김일성의 사진을 보면서 그를 본받아 유격대원으로
서 "조선의 자유와 해방"을 위한 전쟁에 참여할 것을 결심한다. 또한, 그녀는
미군의 모진 고문에서도 당원으로서의 긍지를 잊지 않았을 뿐만 아니라,
사형을 당하는 순간에는 "우리의 수령 김장군 만세"를 외치고 죽는다. 이것
은 조옥희가 빨치산에 참여하고 영웅으로서 죽을 수 있었던 내적 동기가
'김일성을 본받고자 하는 마음'에서 나왔다는 주제를 전달한다. 이것은, 당시
김일성이 요구한 공화국 영웅의 형상화 방향에 충실한 것이었다.[67] 이러한
서사에 힘입어 그녀는 비록 유격대원이긴 하였지만, '군사적 이상형'의 하나
로서 반복해서 호출되었다. 심지어 그녀는 1975년에 혁명열사릉에 안장되는
등 최고의 대우를 받았다.
　그런데 안홍윤의 작품에서 조옥희의 유격대 참여 동기는 '김일성을 본받
고자 하는 마음'에서 '김일성이 베푼 은혜'에 감사하는 마음으로 바뀐다.
작가는 유격대 활동 이전의 이야기를 통해서 조옥희가 지남산 유격대에 지원
하는 이유를 차곡차곡 쌓아간다. 우선 작가는 김일성이 북한주민에게 크나큰

66　임순득, 「조옥희」, 『문학예술』 6월호, 1951.6, 20면.
67　조옥희는 공화국 영웅 칭호를 받은 여성들 중에서 드물게 소설화된 인물이다. 김은정은
　　조옥희가 2008년에 장편소설의 형식으로 북한 사회에 다시 호출된 것은 전쟁 미경험자인
　　인민들에게는 선군시대의 후방 모델에 부합한 인물이기 때문이라고 평가한다(김은정, 「북
　　한의 영웅서사, 60년의 간극:『조옥희』를 중심으로」, 『민족문학사연구』 60호, 민족문학사
　　연구소, 2016, 475~501면). 이러한 해석과 별도로 이 논문은 임순득이 창조한 조옥희가
　　북한 사회가 요구하는 '군사적 이상형'의 하나이기 때문에 수령에 대한 충실성과 애국심을
　　강조할 필요가 있을 때마다 반복적으로 호출되었다고 본다.

은혜를 베풀어주었다는 점을 반복해서 언급한다. 즉 김일성은 토지개혁 과정에서 소작농인 그녀가 지주와 싸울 수 있도록 용기를 불어 넣어준다.[68] 뿐만 아니라 김일성은 여러 가지 개혁으로 북한 주민들에게 은혜를 베풀어준다. 이어서 작가는 조옥희의 영웅성은 이 은혜에 보답하고자 하는 마음에서 나온 것으로 묘사한다. 예를 들어, 조옥희와 다른 13명의 여성이 지남산 유격대 지원에 대해서 토론할 때 한 여성은 자신의 지원 이유를 다음과 같이 말한다. "난 철도 들기 전에 땅이 생겼다. 아니라 천덕꾸러기인 내가 지금은 리녀맹위원장까지 되었다. 이 모든 것은 다 김일성 장군님의 은덕이고 나라의 덕택이다. 그런데 나라가 지금처럼 어려울 때에 저 하나의 안전만 생각한다면 내가 무슨 사람이겠는가!"[69] 즉, 김일성은 주민들이 목숨을 바쳐야 할 보은의 대상이다. 또한 사형대에 섰을 때 조옥희는 "그래, 나는 오늘 조국이 딸, 경애하는 김일성 장군님의 참된 딸로서의 도리를 다하자!"는 마음으로 태연하고 당당하게 죽음을 받아들인다.[70] 이러한 묘사는 수령이, 평범한 여성 조옥희를 윤리적 주체로 변모시키는 상징적 아버지의 역할을 함을 잘 보여준다.

2010년에는 조국해방전쟁의 승리를 기념하기 위해서 한국전쟁기에 출판된 소설들을 모은 『명령』이 출판되었다. 그리고 2011년부터 2014년까지 김정일에서 김정은으로 수령이 세습되는 시기에 이 소설집을 포함하여 "조국해방전쟁 승리를 위하여"라는 부제를 가진 소설집들이 —『빛나는 별들』(2011), 『고지의 영웅들』(2013), 『승리』(2014)— 이 연속으로 출간되었다. 이 소설집이 출간된 이유는 2011년 김일성 탄생 100주년을 기념하고 선군과 강성대국이라는 선대의 통치 이데올로기가 김정은 시대에도 계속된다는 것을 선전하기 위한 것으로 보인다.[71] 한국전쟁 시기에 출판된 소설을 모은 『명령』은

---

68   안홍윤, 『조옥희』, 평양: 문학예술출판사, 2008, 92면.

69   위의 책, 236면.

70   위의 책, 362~363면.

수령의 명령을 기필코 완수한다는 결의가 영웅들이 발휘하는 애국주의의 원천임을 강조한다.[72] 다른 소설집들은 군인뿐만 아니라 군무원 혹은 북한 주민들을 주인공으로 하여 이들의 영웅성과 애국심은 모두 "전쟁에서 승리하라"는 수령의 명령에 대한 충실성에서 나왔음을 묘사하고 있다. 이런 소설집의 출판 목적은 인민의 애국주의는 '수령'에 대한 충실성을 기초로 하며, 이는 대를 이어서 계속되어야 함을 주민들에게 교육하기 위해서이다.

특히 주목할 점은, 김정은이 집권한 2012년에 위의 시리즈와는 별도로 한국전쟁 때 출판되었던 소설들을 모은 『불타는 섬』(2012)이 출판된 점이다.[73] 이 중에서 황건의 「불타는 섬」은 『영웅들의 이야기』(1955)와 『명령』(2010)에 이어 『불타는 섬』에 다시 한번 수록된다. 이 소설은 1950년 9월 10일 UN군의 인천상륙작전 당시 월미도를 사수하여 '공화국 영웅' 칭호를 받은 리대훈을 주인공으로 한 소설이다. 남원진에 따르면, 이 작품은 1951년 첫 출판 이후 총 15회 재출판되었을 정도로 "조국해방시기 소설문학의 가장 훌륭한 대표작"의 위치에 있을 뿐만 아니라 김정일로부터 평가를 받아 문학

---

71 『조국해방전쟁승리를 위하여』 1~4 중에서 한국전쟁 시기에 출판된 단편소설들을 모은 작품집은 『명령』뿐이다. 『빛나는 별들』(2011)은 1960~1980년대 전반, 『고지의 영웅들』(2013)은 1980년대 후반~1990년대, 그리고 『승리』(2014)는 1960년대~2000년대 출판된 단편 소설들을 수록하고 있다; 김은정, 「북한의 한국전쟁 소설에 나타난 국가서사, 『조국해방전쟁승리를 위하여』 1~4에 수록된 작품을 중심으로」, 『외국문학연구』 66호, 한국외국어대학교 외국문학연구소, 1917.5, 11~15면.

72 이 소설집에 수록된 소설은 다음과 같다. 「불타는 섬」(황건), 「고향의 아들」(천세봉), 「보비」(리정숙), 「구대원과 신대원」(윤세중), 「벼랑에서」(박태민), 「복수의 기록」(리기영), 「명령」(리종렬), 「두 번째 대답」(석윤기), 「다시 만날 때까지」(박태영), 「보통 병사들」(김홍무), 「철교는 건너야 한다」(리병수), 「고성처녀」(김한윤), 「별들이 흐른다」(백현우), 「종군기」(김사량)

73 이 소설집에 수록된 소설은 다음과 같다. 「최후의 피 한 방울까지」(유항림), 「회신 속에서」(류근순), 「고향의 아들」(천세봉), 「기관사」(최명익), 「승냥이」(한설야), 「불타는 섬」(황건), 「구대원과 신대원」(윤세중), 「벼랑에서」(박태민), 「보비」(리정숙), 「강」(리갑기), 「첫눈」(변희근), 「나팔수의 공훈」(윤시철)

교과서에 수록되어 대중들에게도 널리 알려졌다.[74]

이처럼 「불타는 섬」이 고평을 받은 이유는 무엇인가? 그 이유는 『명령』의 서문에서 비평가 최광일이 한 이 작품에 대한 평가에서 짐작할 수 있다. 그에 따르면, 이 작품은 인민군 전사의 영웅적 투쟁의 사상적 기초로서 혁명적 수령관을 잘 제시했다.[75] 혁명적 수령관은 "우리 군대와 인민은 백전백승의 강철의 령장이신 위대한 수령 김일성 동지의 탁월한 령도 밑에 무비의 대중적 영웅주의와 애국적 헌신성을 발휘하여 조국 해방 전쟁에서 승리를 이룩하였다"고 보는 관점이다.[76] 최광일은 이 사상이 가장 잘 표현된 장면으로 리대훈과 안정희가 마지막 전투에 돌입하기 전에 나눈 대화를 제시한다.

> 문득 정희는 먼 포성이 들려오는 동트는 하늘의 끝을 바라보며 "지금, 이 시각에도 최고사령관 동지께서는 불타는 월미도를 지켜보고 계시겠지요?" 하고 조용히 뇌였다.
>
> 대훈이 역시 숭엄한 생각에 잠기듯 정희가 바라보는 북쪽 하늘을 경건한 마음으로 우러르며 다심한 목소리로 말했다.
>
> **"보고 계실 겁니다. 위대한 수령 김일성 장군님께서는 지도 앞에서 월미도를 꼭 보구 계실 겁니다.** … 원쑤들이 더러운 발을 들여놓은 **조국 땅 어디에나** 자신의 사랑하는 아들딸들이 그중에도 미더운 당원들이 총칼을 들고 서 있는 모습을 모든 정을 기울여 지켜보고 계실 겁니다."[77] (강조―인용자)

---

74 남원진, 「황건의 <불파는 섬> 재론」, 『현대문학의 연구』 제51호, 한국문학연구학회, 5~6, 9면.

75 최광일, 「소설집 《불타는 섬》에 대하여」, 『불타는 섬』, 평양: 문학예술출판사, 2012, 5면.

76 이것은 이미 한국전쟁 초기에 출판된 전쟁문학에서 시작된 것이다. 이미 한설야는 「격침」 ―1950년 7월 1일 주문진 전투의 영웅 김군옥의 전투기―에서 "김일성 장군은 동무들이 잘 아는 바와 같이 과거에도 오늘에도 조선 민족승리의 조직자이시며 령도자이십니다."라고 역설했다.

1952년과 1955년 판본에서는 김명희(안정희)가 "지금 우리들이 월미도에 이렇게 앉아 있는 줄을 장군께서는 아실까요?"라고 질문하자 리대훈은 "장군은 지금 지도 앞에서 월미도를 꼭 보구 계실 것입니다…. 원쑤들이 더러운 발을 쳐드는 조국 땅 어디에나 자기의 사랑하는 아들딸들이 그 중에도 믿어운 당원들이 총칼을 들고 서 있을 것을 사람들은 모든 정을 기울여 눈앞에 지키고 있을 것입니다."로 되어 있다.[78] 이 두 판본에서 월미도와 영웅들을 바라보는 눈은 김일성과 사람들(인민)이다. 하지만 1958년 연안파 숙청을 끝으로 김일성이 조선로동당의 권력을 완전히 장악한 후 출판된, 1959년 7월 판본에서부터 월미도와 영웅들을 지켜보는 눈은 '김일성 장군'으로 바뀐다.[79] 특히 김일성의 유일사상체계가 수립된 이후부터는 질문과 답변 모두에서 김일성의 지켜보는 눈이 강조된다. 즉, 1976년 8월 판본에서는 질문도 "지금, 이 시각에도 최고사령관 동지께서는 불타는 이 월미도를 지켜보고 계시겠지요?"로 바뀌고 답변도 "위대한 수령 김일성 장군님께서는 지도 앞에서 월미도를 꼭 보시고 계실 겁니다…"로 바뀐다.[80] 이런 변화는 조선로동당의 집단 지도 체제가 수령의 유일 지도 체제로 바뀐 것을 반영한 것이다.

무엇보다 2012년 판본을 분석해보면, 혁명적 수령이 김일성이라는 구체적인 인물을 넘어서 주체의 행동을 지켜보고 평가하는 대타자(the Other─라캉의 용어로 상징계의 아버지)의 위치에 있다는 점을 알 수 있다.[81] 마치 태양처럼

---

77   황건, 「불타는 섬」, 『불타는 섬』, 평양: 문학예술출판사, 2012, 149면.

78   황건, 「불타는 섬」, 『불타는 섬』, 평양: 문화전선사, 1952, 24~25면; 황건, 「불타는 섬」, 『영웅들의 이야기』, 평양: 조선작가동맹출판사, 1955, 385~386면.

79   황건, 「불타는 섬」, 『목축기』, 평양: 조선작가동맹출판사, 1959, 197~198면.

80   황건, 「불타는 섬」, 『승리자들』, 평양: 문예출판사, 1979, 327~328면.

81   같은 작품집에 실린 윤세중의 「구대원과 신대원」도 수령을 '대타자' 즉 아버지로 제시했다. 주인공 수철과 성구는 "어버이 수령님을 위하여 한 목숨 바치는 것"이 가장 영예로운 삶이라는 신념을 갖고 미군의 고지 점령 시도를 저지하는 임무를 완수한다; 윤세중, 「구대원과 신대원」, 『불타는 섬』, 평양: 문학예술출판사, 2012, 165면.

'어디에나 존재'(omnipresence)하는 '수령의 응시'는, 리대훈과 안정희가 미군의 공격으로부터 월미도를 방어하는 전투에서 애국심과 영웅성을 발휘하고 기꺼이(with pleasure) 전사하게 만든다. 라캉(Lacan)은 이처럼 타인의 응시를 즐기는 심리 기제를 도착으로 설명한다. 그에 따르면, 도착에서 주체는 행위자의 지위를 갖지 못하고, '타자가 향유하고자 하는 의지'(will-to-enjoy)의 도구로서 기능한다. 주체는 도구일 뿐이기에 여기에 질문이나 회의(懷疑)가 들어설 여지는 전혀 없다. 즉 타자에 대한 절대적인 확신―여기서는 혁명적 수령관―이 도착을 특징짓는다.[82] 이런 도착적 심리기제는 기존 질서를 유지 강화한다.

이상에서 본 것처럼 한국전쟁 초기 애국주의 선전 노선과 그에 따라 창작된 영웅 전투기의 기본 서사는 한국전쟁 이후 출판된 전쟁문학을 통해 재생산된다. 1968년 유일사상체계 수립 이후에는 초기 서사에서 제시된 영웅들의 행위의 목적은 '조국과 인민'에서 '수령'을 위한 것으로 대체되었다. 김정일의 선군시대를 거쳐 김정은의 선군혁명령도시대에도 공화국 영웅에 대한 이야기는 북한 주민들에게 새로운 수령에 대한 충성심을 고취하고 그들이 사회주의 건설에서 영웅성을 발휘하도록 만들기 위해서 계속 생산된다. 무엇보다 이들 작품에서 최고지도자는 단순히 최고의 군사적 이상형을 넘어서 영웅들의 애국적이고 영웅적인 행동을 규율하는 도덕 기제―라캉이 말하는 상징적 아버지―로서 묘사된다.

82　라캉, 『세미나 11: 정신분석의 네 가지 근본 개념』, 맹정현·이수련 역, 새물결, 2008, 280면. 밀레(Miller)는 도착을 '아버지로 향함, 아버지를 부름'(pere-version)으로 해석해야 한다고 주장하면서, 기존 질서를 유지 강화하는 기제로 보았다; 김용수, 「폭력, 정치 그리고 라캉의 정신분석」, 『비평과 이론』 제10권 제1호, 2005, 159~160면.

5. 결론: 군사적 이상형의 기원으로서의 '공화국 영웅'

이상에서 필자는 한국전쟁 초기 북한의 전쟁문학이 '공화적 영웅'이라는 군사적 이상형에 관해 최초로 서사화하였다는 점과 이 문학이 '공화국 영웅'의 애국심과 영웅성은 김일성과 그의 항일무장투쟁의 경험으로부터 배운 것으로 선전하였다는 점을 살펴보았다. 이후, 한국전쟁 관련 '수령형상문학'은 한국전쟁 초기 영웅 전투기의 주제를 재생산해 왔다. 이에 따르면, 4중 공화국 영웅 김일성은 최고의 군사적 이상형이며, 기타 공화국 영웅들은 모두 그의 가장 충실한 제자이고, 그의 명령을 충실히 이행하고자 하는 마음이 인민군과 주민들이 발휘하는 애국심의 원천이다.

특히, 공화국 영웅들의 이야기는 여러 가지 정치적, 국가적 목적을 위해서 끊임없이 재생산되고 있다. '공화국 영웅들'은 전후부터 지금까지 여러 가지 국가적 목적, 즉 한국전쟁을 승리한 전쟁으로 집단적으로 기억하기 위해서, 전후 복구에 주민들을 전쟁 같은 정신을 가지고 참여하도록 독려하기 위해서, 1961년 이후부터 항일무장투쟁을 조선로동당의 전통으로 합리화하기 위해서, 그리고 1974년 주민들을 유격대 정신으로 무장시켜 국가 발전에 동원하기 위해서 정치, 경제, 문화 각 분야에서 소환되고 선전되었다. '공화국 영웅'은 북한 국민이 본받아야 할 모범으로서 그와 관련된 일화가 반복해서 보도되었다. 또한 이들은 사망 시에 최고지도자의 추모를 받는 영광을 누렸다고 선전되었다.[83]

---

[83] 1950년 7월 15일 공화국 영웅의 명칭을 수여 받은 '전기련'의 경우 영웅들의 전투기에 소개된 이래로 1955년 전후 복구 과정에서 그리고 1966년 건군절을 기념할 때 청년과 학생들이 본받아야 할 '군사적 이상형'으로서 칭송되었다. 뿐만 아니라, 2009년 전기련이 사망하였을 때는 김정일이 조선인민군 최고사령관의 이름으로 그의 영전에 화환을 보냈다. 한국전쟁 때 전사한 공화국 영웅 안동수의 경우 1995년 김일성의 그의 유가족을 만나서 대화를 하였다. 이러한 '공화국 영웅'에 대한 지속적 호명과 최고지도자가 령전에 화환을 보내

한국전쟁이 정전된 지 70년이 지났음에도, 북한의 최고지도자 김정은은 영웅들의 전투기에 묘사된 '공화국 영웅'의 정신은 계속되어야 한다고 북한 주민들에게 말하고 있다.[84] 이것은 한국전쟁 이후 북한의 군사 국가화를 추동하는 문화적 장치였던 '공화국 영웅'의 선전이 김정은 시대에도 여전히 작동하고 있음을 보여준다.

고 유가족과 대화하는 의식을 통해서 북한 정권은 북한 주민에게 김일성의 가장 우수한 제자가 될 것과 그로 인해 얻을 수 있는 영예를 계속해서 떠올리게 만든다.

84 김정은, 『전승 세대의 위대한 영웅 정신은 빛나게 계승될 것이다: 제7차 전국로병대회에서 한 연설(2021.7.27)』, 조선로동당출판사, 2021.

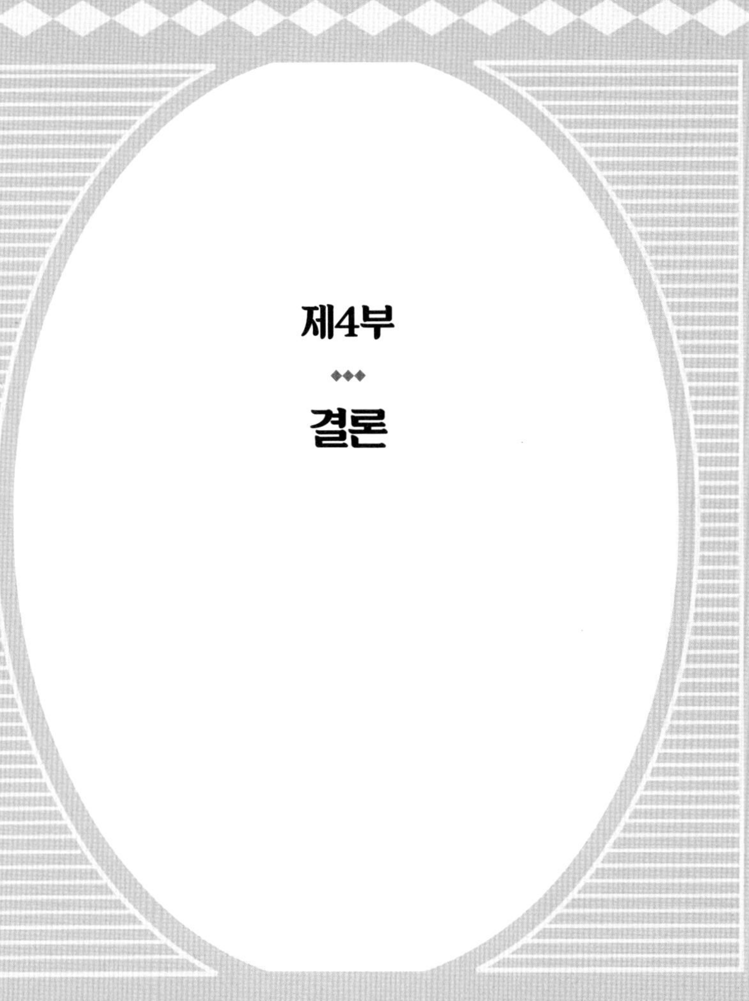

제4부

•••

결론

해방 후 8년간 북한문학의 형성과 전개는 문화통일전선의 형성, 정체, 복구, 해체의 과정이었다. 이것은 반대로 당 문학 이론을 근거로 한 수령문학(혹은 개인숭배문학)의 씨가 뿌려지고 싹이 트는 과정이었다. 이 책은 이러한 문화통일전선의 형성, 전개, 그리고 소멸에 대해서 다음의 논쟁점을 중심으로 살펴보았다. 우선, 해방 직후 소련이 한반도에서 추진했던 '인민전선'에 토대를 둔 부르주아 민주주의 국가 건설 방안에 대한 박헌영과 김일성의 입장 차이는 문학자들과 문학운동에 어떤 영향을 미쳤는가? 둘째, 해방 직후 서울에서 형성되어 한국전쟁 정전 직후 소멸한 문화통일전선에 대해서 남로당 계열, 김일성 계열(혹은 수령파), 그리고 소련계로 알려진 문학적 파벌의 입장이 무엇인가? 셋째, 문화통일전선의 형성을 둘러싼 문학자들 사이의 갈등이 순전히 문화전선분야 내부에서 발생한 문학자들끼리의 노선 갈등이었는가? 넷째, 1952년 12월 15일 조선로동당 제5차 전원회의에서 김일성이 박헌영 및 남로당 계열의 종파주의에 대해 비판한 이후 남로당 계열 문학자들이 숙청되거나 사형 당한 것은 순전히 정치적 대립의 부산물인가? 다섯째, 한국전쟁 중이던 1950년 10월 13일 조선로동당 총정치국이 신설되고 1951년 3월 20일 이후 남로당 계열 문학자가 사상 전선에 중용된 것에 소련ㅡ구체적으로 스탈린—이 미친 영향은 무엇인가? 마지막, 해방 후 8년간 북한문학의 전개에서 김일성은 어떤 역할을 하였으며 전쟁 이후 북한문학 전개에 어떤 영향을 미쳤는가? 이러한 쟁점을 중심으로 이 책은 다음과 같은 점을 조명하였다.

첫 번째 좌파와 중간파가 협력하여 문화통일전선을 형성하자는 조선공산당의 문화테제는 구카프 문학자들을 분열시켰고, 이에 반대하는 문학자들이 중심이 되어 북한문학이 시작되었다. 해방 직후, 조선의 많은 문학자들은 '인민민주주의'를 앞으로 건설할 국가의 모델로서 지지하였다. 인민민주주의는 제2차 세계대전 동안 반파시즘, 반제국주의를 목표로 형성된 '인민전선'을 토대로 인민 정권을 수립하고 이에 의한 부르주아 민주주의 혁명의 완수를 목표로 하였다. 조선의 경우, 좌파와 중간파 문학자들이 협력하여 '문화통일전선'을 수립하고자 하였다. 그러나 일부 구카프 문학자들은 이에 반발하여 프롤레타리아 문학을 표방하는 독자적인 단체를 수립하였다. 이 반대자들은 1946년 초 월북하여, 3월 25일 '북조선문학동맹'(상위 단체 북조선예술총연맹)을 결성하였다. 하지만 이 단체의 강령은 '조선문학가동맹'(상위 단체 조선문화단체총연맹)의 그것과 대동소이하였다. 이 동맹의 지도자들은 계급 연합적인 인민전선의 형성을 통해서 인민민주주의 국가를 수립하는 데에 동의하면서도 문화 전선은 '프롤레타리아의 계급성'을 체득한 문학자들의 단일 대오로서 건설되야 한다는 모순된 입장을 취했다. 이런 경향은 전후 소련의 문학 정책인 '즈다노비즘,' 즉 공산당의 강력한 검열과 통제를 통해 문학예술에서 사상성—혹은 계급성—을 강화하는 정책을 수용하여 제도화하면서 더욱 강화되었다. 반면에, 조선문학가동맹은 루카치의 '세계관에 대한 리얼리즘의 승리,' 즉 작가의 세계관과 그의 문학적 성취는 별개라는 입장이었으며, 이는 남한의 좌파가 중간파와 협력하는 중요한 이론적 근거가 되었다. 북조선문학예술총동맹은 소련의 문예이론을 이식하여 '고상한 애국주의'와 김일성의 개인숭배를 강조하는 문학노선을 만들어갔다. 반면에, 조선문학가동맹은 작가 내부의 낡은 세계관과의 투쟁과 새로운 리얼리즘의 창조를 강조하였다. 이 과정에서 두 단체의 노선 차이는 점점 커졌다. 1947년 11월 즈음에는 미군정의 탄압을 피해서 남로당 계열 문학자들이 대부분 북한의 해주로 이동하였다. 이로서 해방 직후부터 임화가 주도했던 문화통일전선은 침체기에 들어갔다.

둘째, 공산주의자들이 남북으로 분리된 상황에서 박헌영의 노선을 따르는 문학자 그룹과 김일성의 노선을 따르는 문학자 그룹이 형성 되었다. 전자는 주로 임화(혹은 조선공산당)의 문화통일전선 노선에 동의하여 '조선문학가동맹'에 참여한 문학자들이었다. 해방 직후, 임화는 문학자의 가장 중요한 임무로 '민족문학'의 수립을 제기하였다. 하지만 당시는 남과 북이 미군정과 소련 군정의 통치를 받고 있는 상황이었다. 이 때문에 그는 근대적 의미의 민주주의 민족국가의 수립이 '민족문학' 성립의 일차적인 조건이며 여기에 적극적으로 참여하는 것이 문학자의 임무라고 판단하였다. 그는 민주적인 민족국가 수립을 위해서 좌파와 중간파를 아우르는 '문화통일전선'을 먼저 형성하고 '민주주의민족전선'과 같은 정치적 통일전선의 형성이 필요하다고 생각하였다. 그리고 이러한 그의 구상은 1946년 2월 8~9일에 전국문학자대회를 통해 공식 출범한 '조선문학가동맹'으로 실현되었다. 조선공산당은 남한에서 자신들이 대중적으로 지지를 받고 있는 세력임을 입증하기 위해서 '민주주의민족전선'과 같은 통일전선을 형성하였다. 그리고 이를 통해서 조공은 1946년 3월 20일부터 1947년 10월 21일까지 임시정부 수립을 위해서 두 차례 열린 미소공동위원회가 자신들에게 유리하게 결론을 내도록 영향력을 행사하려고 하였다. 또한 조선공산당은 미군정이 박헌영 체포령을 내리고 공산당의 활동을 탄압하자 10월 인민항쟁과 같은 대중적 운동을 전개하였다. 임화와 조선문학가동맹도 이러한 당의 정세 파악에 동의하였기 때문에 민주주의민족전선에 주도적으로 참여하였다. 남한의 공산주의자들이 미군정 치하에서 정치적 곤경에 빠져있을 때, 북한의 공산주의자들은 소련군정의 감독 하에서 새 국가 건설을 향해 순항하고 있었다. 소련군정은 김일성을 새로운 민족의 지도자로 내세우고 최소한 북한에서 친소련적인 국가를 수립하기 위한 선전의 필요성을 강하게 느꼈다. 1946년 3월 25일에 이런 필요에 따라 남한에서 데려온 구카프 작가와 북한 소재 작가들을 중심으로 '북조선예술총연맹'이 결성되었다. 이 단체는 처음부터 '김일성의 노선'을 따를 것을 결의하였고, 북한문학은 군대와 함께 김일성의 가장 중요한 권력 기반이 되었다. 그 이유는 한설야 및 구카프파가 1930년대 유럽의 반파시즘 인민전선론에 토대를 둔 박헌영의 노선에 반대한다는 점에서 부분적으로 김일성과 이해관계가 일치하였기 때문이다. 소련군정의 전략에 따라서, 1945년 10월 10일 조선공산당 북조선 분국 설치에 대한 결정서는 남한의 조선공산당과 마찬가지로 조선의 혁명 단계를 부르주아 민주주의 혁명 단계로 규정하고 이 혁명의 성공을 위해서 친일 분자를 제외한 국내 전 '인민전선'의 통일을 주장하였다. 하지만 김일성은 건설되어야 할 정치적 통일전선은 파시즘에 반대하는 '인민전선'이 아니라 식민지화의 위험으로 제국주의에 반대하는 진영을 의미하는 '민족통일전선'이어야 한다는 입장이었다. 이런 상황에서 김일성은 박헌영의 노선을 반대하는 문학자 집단을 환영하였을 것으로 보인다.

셋째, 김일성은 북한문학이 정치주의와 도식주의로 흘러가는 과정에 직접 참여하여 결정적인 영향을 미쳤다. 1947년은 북한문학의 성격과 방향이 결정되는 중요한 해이다. 많은 연구자들은, 1947년 2월 북조선문학예술총동맹 상임위원회가 시집 『응향』을 부르주아 문학이라고 비판하고 이것의 출판을 금지하는 결정서를 발표한 것이 북한문학의 정치주의와 도식주의의 계기가 되었다고 본다. 하지만 필자가 보기에 1947년 봄에 발생한 소위 『백두산』 사건이 북한문학의 '정치화'를 초래한 직접적인 계기이다. 1946년 11월부터

1947년 초까지 문예총의 지도부가 유명한 중간파 작가인 이태준을 북한의 문화통일전선에 합류케 하려는 소련파를 견제하는 과정에서 김일성이 직접 창작을 지도한 조기천의 『백두산』을 혹평하는 일이 발생하였다. 이 소식을 들은 김일성은 『백두산』에 대한 부정적 평가는 자신의 항일무장투쟁을 당의 혁명 역사로 인정하지 않는 종파주의자들의 배후 조종 때문이라고 분노하였다. 이를 바로 잡으라는 그의 지시에 따라 4월 15일 『로동신문』에 선전선동부 부장 김창만이 이 서사시를 옹호하는 비평을 게재하고, 당에서는 문예총의 사업 전반을 검열하였다. 그 결과로 1947년 9월 18일 조선로동당 중앙상무위원회는 당 중앙위원회 문화인부—이 부서는 1949년 6월 24일 조선로동당 창립 때 폐지된 것으로 보임—에 문예총을 감독하는 부부장 자리를 신설하기로 결정하고 문예총 내에서 정치투쟁을 전개할 것을 지시하였다. 이 결정으로 문예총이 단체 내의 당원들을 통해서 간접적으로 당의 지도를 받는 조직에서 당의 직접 지도를 받는 조직으로 바뀌었다. 『백두산』 사건에서 주목할 점은, 김일성이 자신의 항일무장투쟁을 당의 혁명 역사로 보는 것을 중시하며, 이에 반대하면 '종파주의자'로 간주한다는 것이다. 우리는 이것의 데자뷰를 1952년 12월 15일에 있었던 남로당 지도자 박헌영에 대한 숙청에서 경험할 수 있다.

넷째, 문화통일전선에서 중간파 작가들은 남과 북의 좌파 문학자들의 헤게모니 싸움에 중요한 역할을 하였다. 미소공동위원회가 최종적으로 결렬되고 1947년 11월에는 대부분의 남로당 계열 문학자들이 미군정의 탄압을 피해서 월북하면서 남한에서 형성되었던 문화통일전선은 유명무실해졌다. 대신에 중간파이자 민주주의민족전선의 문화부장인 이태준이 1946년 11월부터 북한에 남기로 결정하고 북조선문학예술총동맹의 부위원장이 된 것은 '문화통일전선'의 헤게모니가 북한쪽으로 넘어간 것을 의미했다. 하지만 이태준은 북한 문단의 주류 세력과 달리 '김일성의 노선'을 맹목적으로 따르지는 않았다. 1947~1949년 사이에 그는 자신의 작품에서 '북한' 주민들과 북로당의 당원들이 발휘하는 애국심의 원천을 당에 대한 믿음과 김일성에 대한 존경과 항일무장투쟁의 정신으로 묘사하였다. 동시에, 그는 '사실에 대한 충실성'을 바탕으로 소련, 김일성, 그리고 박헌영으로 상징되는 세 개의 정치 세력들 사이에서 적절한 균형을 취하였다. 그의 「농토」는 식민지 시대부터 국내에서 활동하였던 공산주의자들의 활동 덕분에 북한 농민들이 북조선[임시]인민위원회를 신뢰하게 묘사하였다. 그리고 「첫 전투」는 소설의 시간적 배경이 조선로동당 합당 이전인 1948년 5월로 설정하여 남한지역 빨치산이 절대적 신뢰를 보내는 당이 남로당임을 암시했다. 평양 출신이자 중간파인 최명익은 김일성을 지지하면서도 항일무장투쟁의 역사적 사실에도 충실하고자 한다. 그는 「맥령」에서 자신의 페르소나인 주인공 상진과 김일성과의 친분을 암시하고 상진이 3.1절 기념 거리행진에서 "김일성 만세"를 외치는 것을 묘사했다. 하지만 「마천령」에서는 김일성의 빨치산 부대는 농민 해방 운동의 선봉대였다고 평가하면서도 김일성의 항일혁명운동과 성진의 농민운동과의 직접적인 연관성을 말하지는 않았다. 한마디로, 대표적인 중간파 작가인 이태준과 최명익은 당의 노선을 따르면서도 사실에 충실한 창작을 하였다.

다섯째, 북한문학자의 소련기행을 통해서 전후 소련의 제도가 북한에 이식되었다. 이찬은 1946년 소련기행에서 직접 목격했던 '즈다노프'의 보고를 자세히 소개하여 향후 이것이 북한의 문학예술 정책의 기본 노선이 되는데 기여하였다. 이기영의 소련기행문은 문학자라기보다는 건국의 기획자이자 이데올로기 설계자로서의 그의 면모를 잘 보여주고 있다. 특히 그는 국가가 조선 인민들에게 무엇을 해줄 것인가 보다는 조선 인민들이 국가를 위해서 무엇을 할 것인가를 강조한다. 한설야는 소련의 문학예술 제도에 대해서 자세히 소개하였다. 그런데 공통되게 이 세 명의 기행문은 이후 로동당의 사상교육 및 선전선동 노선이 될 내용을 담고 있다. 첫째, 이들은 '모든 문화를 인민들의 소유로'라는 슬로건 하에서 전 인민을 대상으로 한 '문맹퇴치' 운동 및 '보통교육'의 의무화를 자세히 소개하고 있다. 둘째는 이들은 스탈린의 이미지를 차용해서 김일성을 북조선의 지도자로서 선전하였다. 셋째는 전후 소련의 선전선동의 중요한 테마였던 소비에트적 혹은 사회주의적 '애국주의'의 적극적인 소개이다. 1948년 9월 9일, 조선민주주의인민공화국 이 수립되자 북한 정부는 경제 개발과 전쟁 준비를 시작하였다. 이에 북한문학자들은 북한 주민들을 이 사업들에 동원하기 위해서 전후 소련의 '애국주의'를 문학작품의 주제로 적극 활용하였다.

여섯째, 1950년 10월 8일 UN군이 38선 이북으로의 진공하는 것에 대응하기 위해서 내린 스탈린의 지시들은 북한의 선전선동 분야에서 큰 변화를 일으켰고 궁극적으로 조선문학예술총동맹 내부에서 파벌 싸움이 벌어지는 환경을 조성하였다. 1949년에는 이때부터 현재까지 북한문학의 주요한 주제인 '고상한 애국주의'가 문학 노선으로 결정되었다. 이에 따라 당시 북한문학자들은 "조국에 대한 무한한 사랑과 개인의 이익을 국가 및 인민의 이익과 동일시 하는 '고상한 애국주의'가 건국사상의 전형"이며, "조선로동당의 정책에 대한 신뢰와 김일성의 혁명 사상에 고무 받아 새 국가건설에 헌신하는 노동자가 새로운 조선인의 전형"이라고 선전하였다. 이러한 노선은 1950년 6월 25일 한국전쟁이 발발한 후에도 전쟁 승리를 위한 문화선전 활동의 핵심 주제가 되었다. 특히, 조선인민군의 승리에 편승해서 북한문학자들은 공화국 영웅들에게 '애국주의'를 고취하는 주체는 김일성이라는 점을 적극적으로 선전하였다. 하지만 이 노선은 1950년 9월 15일 UN군의 인천상륙작전 이후부터 1952년 12월 15일 조선로동당 제5차 전원회의의 개최 전까지 박헌영의 노선을 따르는 문학자들에 의해 도전을 받았다. UN군이 10월 8일에 38선을 넘어 진격하자, 김일성 중심의 애국주의 선전노선에 변화가 생겼다. 군대 내 정치사업을 강화하고 조선로동당 지도자들의 역할 구분을 명확히 하라는 스탈린의 지시에 따라서 1950년 10월 13일 박헌영이 '조선로동당 총정치국장'에 임명되어 인민군의 정치 사업을 지휘하였다. 그리고 1950년 11월에 부임한 새로운 소련 군사고문 라주바예프의 주도하에 1951년 초부터 당 사상교양 사업이 재정비되었다. 이에 따라 조선 인민과 인민군 및 빨치산의 애국심을 고취하는 주체로 김일성보다는 남로당이 최대 파벌인 조선로동당과 인민민주주의 제도가 강조되기 시작하였다. 또한 1951년 3월 20일에 북조선문학예술총동맹과 남조선문화단체총연맹이 합동하여 조선문학예술총동맹이 결성되었으며, 남로당 계열 문학자들이 문예총 및 선전선동 분야에 중용되었다. 이를 계기로 해방 직후 서울에서 형성되었던 문화통일전선이 복원되고 남로당 계열 문학자들이 문화전선에서 영향력을 행사할 수 있게 되었다. 한국전쟁기 미군의 첩보기관에서 활동했던 Barton의 정보 보고서에 따르면 김일성은 북한의 선전선동 분야에서 전적인 결정권을 갖고 있었다. 따라서 김일성의 입장에서는 이런 변화를 자신에 대한 중대한 도전으로 볼 여지가 있었다. 이를 진압하기 위해서 그는 문학 파벌들 사이의 문학 노선을 둘러싼 갈등을 이용하였다.

일곱 번째, 문학 파벌 사이의 새로운 문학 노선을 둘러싼 갈등은 '공화국 영웅' 칭호를 받은 인민군 전사의 형상화를 둘러싼 논쟁(이하 '영웅형상화' 논쟁)과 자연주의적 경향에 대한 공방으로 나타났다. 남로당 계열 문학자들은 루카치의 이론에 따라 사실에 충실한 묘사를 하였다. 김남천의 「꿀」은 낙동강 전선에서 낙오한 인민군을 인터뷰한 것을 토대로, 부상한 인민군 병사 한 명이 70대 남한 할머니가 빨치산인 손자를 위해서 숨겨둔 꿀물을 먹고 건강을 회복하게 되는 것을 묘사했다. 현덕의 「복수」는 부상한 인민군 병사를 주인공으로 삼아서, 일시적 후퇴 시기에 북한 정권을 괴롭히고 인민군과 주민들의 사기를 떨어뜨렸던 미 공군의 폭격과 미군 점령 하의 북한 주민의 참상을 사실 그대로 묘사하였다. 이 작품들은 인민군의 일시적 후퇴의 책임이 김일성에게 있으며, 인민군은 UN군과 싸워서 이길 준비가 안 되었다는 뉘앙스를 풍겼다. 한편, 이태준은 중조연합군이 한국전쟁에서 승리하기를 바라는 소망을 담은 작품을 창작하면서도, 소설 속 인물들이 발휘하는 영웅적인 활약의 원천으로 당에 대한 충실성과 인민민주주의제도의 우월성에 대한 믿음을 제시했다. 최명익은 미군 점령 지역의 북한 주민들과 인민군의 영웅적인 투쟁의 모습을 주로 묘사하면서, 그들의 영웅성의 원천으로 조선로동당에 대한 충실성과 조선인민군이라는 자긍심을 제시했다. 이들의 문학은 이원조가 제시한 영웅형상화 방법. 즉 당의 정책을 연구하고 이해하고 영웅의 업적을 사실에 충실하게 묘사하라는 것을 따르고 있다.

주목할 점은 이러한 문학적 경향에 대한 최초의 비판이 김일성으로부터 나왔다는 것이다. 김일성은 1951년 6월 30일 문학, 예술인과의 담화에서 '「복수」를 자연주의 작품으로 비판'하고 1947년의 『백두산』 사건 때처럼 문예총 내부의 '종파주의'에 대해서 경고하였다. 더 나아가, 1951년 12월 12일 김일성은 문화예술가에게 문학예술이 "인민들에게 투쟁적 무기로 복무"하기 위해서 "반드시 자신[문화예술인]의 사상 수준을 재고하면서 항상 배워야 한다"고 요구하였다. 이처럼 김일성이 문학자의 사상성을 문제를 삼자, 김일성 계열 비평가들의 '조선문학가동맹' 출신 문학자들을 자연주의 경향의 부르주아 사상가로 몰아갔다. 그리고 1952년 한 해 동안 '영웅형상화'에서 나타나는 자연주의적 경향에 대한 공방은 계속되었다. 1952년 1월 엄호석과 안함광은 김남천의 「꿀」과 현덕의 「복수」가 "자연주의와 형식주의 경향"의 작품이라고 비난하였다. 이에 이원조와 소련계 기석복이 이들의 비판을 반박하였다. 이원조는, 작가 예술가들은 '공화국 영웅'을 형상화할 때 조선로동당과 인민민주주의 제도가 북한 주민의 애국심을 고취하는 것으로 묘사해야 하며 "영웅들의 인민성과 영웅의 내면생활과 인간적 장성과 영웅적 행동을 왜곡하지 않으며 완전하게 표현할 것"을 강조하였다. 1952년 2월

18일 기석복도 자신의 평론을 통해서 엄호석의 1월 비평에서 김남천의 「꿈」
이 사실을 있는 그대로 묘사했다는 이유로 자연주의적 작품이라고 비판한
오류를 지적하였다. 3월 26일 개최된 문학동맹 토론회에서 이원조는 조선로
동당 선전선동부 부부장의 자격으로 엄호석에게 자신의 잘못된 비평에 대해
자아비판을 하도록 하였다. 7월에는 김일성 계열 문학자들이, 이원조가 「진
두평」이 공화국 영웅을 잘 형상화한 소설이라고 평가한 것에 대해서 이 작품
은 「전투 실기」라고 반박하였다. 하지만 김남천, 이태준, 그리고 최명익은
이 작품을 소설로 보는 이원조를 지지하였다. 특히 최명익은 "우리 문학은
기록적[사실적] 가치를 높이 평가해야"한다고 강조하였다.

급기야 이러한 갈등은 김일성과 박헌영 중 누구의 지도와 노선을 따라야
하는지의 문제로 발전했다. 문예총 위원장 한설야는 5월, 8월 그리고 10월에
발표한 평론들을 통해서 북한문학은 김일성의 지도를 따라야 한다고 주장하
였다. 특히,『조선문학』10월호에 실린 「김일성 장군은 우리의 스승」이라는
글에서 한설야는 1947년 교육상을 할 때의 개인적인 경험을 통해, 김일성
장군의 혁명적 정신에서 나온 올바른 방법을 따르면 우리는 반드시 계속해서
승리할 것이라는 믿음을 갖게 된다면서 전쟁 승리를 위해서 김일성의 영도를
따라야 함을 강조하였다. 김일성 계열의 이북명은 「조선의 딸」(『문학예술』
10~12월호)라는 소설에서 북한의 진정한 영도자는 김일성이라는 점을 강조했
다. 반면에 현덕은 「첫 전투에서」에서 '공화국 영웅' 김락준의 애국심의 대상
이 '조선로동당'임을 강조하면서 그 당을 '박[헌영]'이라는 인물로 상징화하였
다. 이 때문에 11월 15일 문예총의 소설 합평회에서 이태준과 최명익을 제외한
작가들은 「첫 전투에서」를 자연주의 작품이라고 비판하였다. 특히 리갑기는
이 작품을 1947년 2월 문예총 중앙위원회가 부르주아 작품이라고 비판했던
시집 『응향』과 비교하면서 이 작품에 대한 당적 판단을 요구하였다.

마지막으로, 1952년부터 격화되었던 문화전선 내에서의 노선 갈등의 전개

는 한국전쟁의 휴전 협상의 진전과 밀접한 연관이 있었다. 1951년 6월 즈음 UN군과 중조연합군 사이에 정전 협상에 대한 의견이 교환되었다. 그러자 김일성은 1951년 6월 30일 문학, 예술인과의 담화에서 문예총 내의 자연주의적 경향에 대해서 비판하였다. 이후 김일성은 스탈린의 반대에도 불구하고 협상을 진행하여, 1952년 2월 초 중조대표단은 유엔군과의 정전 협상에서 포로교환 의제를 제외한 모든 의제에서 합의를 이루었다. 이 시기는 1952년 1~3월에 걸쳐 문예총 내에서 이원조와 김남천 등에 대한 공격이 거세게 일어나던 때이다. 하지만 1952년 4월, 모택동은 기존 태도를 바꾸어 전쟁을 계속할 것을 결정하였으며, 4월 22일 정전담판 연기를 김일성에게 통보하였다. 이 때문에, 유엔 측의 포로교환 방식을 받아들여 조속히 전쟁을 종결시키려던 김일성은 모택동과 이 문제를 두고 큰 불화를 겪었다. 이런 분위기에 편승하여 박헌영은 4월 20일 개최된 김일성의 40주년 생일 기념식에서 김일성을 단지 "민주주의조국전선의 조직자의 한 사람"이자 다른 사람들과 마찬가지로 "스탈린의 제자"일 뿐이라고 그의 위상을 낮추는 말이 포함된 연설을 하였다.

1952년 9월 4일 김일성은 모스크바 회담에서 스탈린이 정전협정에 반대하자 이에 굴복하였다. 이후, 정전회담은 10월 8일부터 무기한 휴회에 들어갔으며 전쟁은 교전선을 중심으로 재차 가열되었다. 결과적으로, 김일성은 전쟁 지속 여부를 둘러싸고 모택동과 스탈린 모두로부터 부정당한 모습이 만들어졌다. 이것은 박헌영에게 큰 용기를 주어, 그는 10월 25일 "10월 혁명 35주년 기념 연설"에서 10월 사회주의 혁명의 직접적 결과로서 맑스-레닌주의 사상적 토대 위에서 1925년 조선공산당이 창건되었다고 말함으로써 조선공산당이 조선로동당의 전사임을 시사하였다. 이는 김일성이 자신의 항일무장투쟁을 조선로동당의 역사로 그리고 스스로를 조선로동당의 창건자로 보는 것과 다른 것이었다. 이 연설은 김일성이 박헌영을 숙청하기로 결심한 계기가 된 것으로 보인다.

김일성은 박헌영의 숙청을 위해서 1951년 4월부터 북한의 문화전선 분야에서 일어났던 영웅형상화 방법을 둘러싼 노선 갈등과 자연주의 논쟁을 이용했다. 1952년 12월 15일 개최된 조선로동당 제5차 전원회의에서 한 「로동당의 조직적 사상적 강화는 우리의 승리의 기초」라는 보고에서 김일성은 문예총 내의 노선 갈등을 근거로 조선로동당과 문화전선 내에 있는 종파주의를 비판하였다. 1953년 1월부터 한효는 임화와 이원조가 문예총의 작가들에게 부르주아 문학 경향인 자연주의를 전파하여 전쟁 승리를 방해하였다고 주장하였다. 1953년 8월 6일 「미제국주의 고용간첩 박헌영 리승엽 도당의 조선민주주의인민공화국전복 음모」에 관한 재판에서 임화는 사형 그리고 이원조는 12년 형을 받았다. 이로서 해방 후 건설되었다가 한국전쟁 도중에 복원된, 박헌영의 노선에 토대를 둔 '문화통일전선'은 완전히 와해되었다.

그렇다면 한국전쟁기간 북한문학의 전개는 이후 북한 사회와 문학에 어떤 유산을 남겼을까? 한국전쟁 이후 북한은 군사국가화의 길을 걸어왔다. 그 중심에는 '공화국 영웅'에 대한 선전이 있다. 이에 따르면, 김일성은 최고의 군사적 이상형이며 기타 공화국 영웅들은 모두 그의 가장 충실한 제자이다. 이런 내용은 김일성의 명령을 충실히 이행하고자 하는 마음이 조선인민군과 북한 주민들이 발휘하는 애국심의 원천이라는 한국전쟁 초기 영웅 전투기의 주제를 계승하였다. 이 주제는 1967년 유일사상체계 수립 이후에 나온 '수령문학'의 중심 주제가 되었다. 뿐만 아니라 한국전쟁 때 출판된 '공화국 영웅'을 그린 작품들―대표적 예가 「불타는 섬」―의 수정본이 재출판되거나, 국가가 필요로 하는 새로운 유형의 공화국 영웅들에 대한 이야기가 지속적으로 출판되었다. 한국전쟁이 정전된 지 70년이 지났음에도, 북한의 최고지도자 김정은은 '공화국 영웅'의 정신은 계속되어야 한다고 역설하고 있다. 이것은 한국전쟁 이후 북한의 군사 국가화를 추동하는 문화적 장치였던 '공화국 영웅'의 선전이 김정은 시대에도 여전히 작동하고 있음을 보여준다.

한마디로, 이 연구는 해방 직후부터 한국전쟁기까지 북한문학의 형성과 전개를 새로운 통일독립국가 건설을 지원하기 위해서 '문화통일전선'을 형성했던 문학자들의 활동에 초점을 맞춰 살펴본 것이다. 특히 이 연구는 남한과 북한에서 문화통일전선의 형성과 소멸에는 문학자들뿐만 아니라 박헌영과 김일성도 중요한 역할을 하였음을 조명하였다. 한국전쟁 이후 북한문학의 전개는 문화통일전선을 형성하여 통일된 인민민주주의 국가 건설을 지원하고자 하였던, 중간파와 남로당 계열 문학자들의 문화운동의 실패가 북한의 군사 국가화의 중요한 문화 장치였던 소위 '수령문학'이 만들어지는 출발점이 되었음을 보여준다.

참고문헌

1. 단행본

강영철·이상태·강인구 편, 『소련군정문서, 남조선 정세 보고서, 1946~1947』, 전현수·
  김규종·강인구 번역, 국사편찬위원회, 2003.

강진호, 『북한의 문화정전 총서 불멸의 력사』, 소명출판, 2009.

게오르그 루카치, 『루카치 문학이론』, 김혜원 역, 도서출판 세계, 1990.

게오르그 루카치, 『문제는 리얼리즘이다』, 홍승용 역, 실천문학사, 1987.

게오르그 루카치, 『삶으로서의 사유』, 김경식·오길영 역, 솔출판사, 1993.

국사편찬위원회, 『러시아 국립사회정치사문서보관소 소장 북한 인물 자료』 1, 과천:
  국사편찬위원회, 2020.

국사편찬위원회, 『러시아 국립사회정치사문서보관소 소장 북한 인물 자료』 2, 과천:
  국사편찬위원회, 2021.

권영민, 『북한의 문학』, 공보처, 1996.

권정룡 외, 『영웅들의 이야기』, 평양: 조선작가동맹출판사, 1955.

김남식, 『남로당 연구』, 돌베개, 1984, 총 559면.

김만선 외 2명, 『전투원에게 주는 소설집』 2, 조선인민군 총정치국, 1951.7.

김성수, 『북한문학비평사』, 역락, 2022.

김수경, 『승리』, 평양: 문학예술출판사, 1994.

김승환, 『해방공간의 현실문학 연구』, 일지사, 1991.

김용직, 『임화문학연구: 이데올로기와 詩의 길』, 서울: 세계사, 1999.

김윤식 편, 『한국현실주의비평선집』, 나남, 1989.

김윤식, 『북한문학사론』, 서울: 새미, 1996.

김윤식, 『한국현대문학사상사론』, 서울: 일지사.

김윤식, 『해방공간의 문학사론』, 서울: 서울대학교 출판부, 1989.

김윤식, 『해방전후사의 인식』 2, 서울: 한길사, 1985.

김일성, 『"우리 문학예술의 몇 가지 문제에 대하여"에 대하여』, 평양: 사회과학출판사,
  1973.

김재용, 『북한문학의 역사적 이해』, 문학과 지성사, 2004.

김준엽·김창순, 『한국공산주의운동사』 5, 청계연구소, 1987.

김창만, 『모든 것은 조국건설에』, 조선로동당출판사, 1947.7.

김현영·염복규 편, 『한국전쟁, 문서와 자료, 1950~1953』, 전현수·기광서 역, 국사편찬 위원회, 2006.

남북문학예술연구회 편저, 『전쟁과 북한 문학예술의 행방』, 역락, 2018.

라주바예프, 『6.25 전쟁보고서』 2, 군사편찬연구소, 2001.

맑스·엥겔스 외, 『맑스주의 문학예술논쟁: 지킹엔 논쟁』, 조만영 편역, 돌베개, 1989.

맑스·엥겔스, 『마르크스, 엥겔스 문학예술론』, 김영기 번역, 논장, 1987.

문학예술동맹 편, 『영웅들의 전투기』 1, 평양: 문화전선사, 1950.8.25.

문학예술동맹 편, 『영웅들의 전투기』 2, 평양: 문화전선사, 1950.9.13.

박동찬 편저, 『한권으로 읽는 6.25전쟁』, 국방부 군사편찬연구소, 2016.

백철, 『속 진리와 현실: 문학적 자서전』, 서울: 박영사, 1976

서대숙, 『북한의 지도자 김일성』, 서울: 청계연구소, 1989.

서동만, 『북조선사회주의 체제성립사』, 선인, 2005.

신형기·오성호, 『북한문학사: 항일혁명문학에서 주체문학까지』, 평민사, 2000.

안동춘, 『50년 여름』, 평양: 문예출판사, 1990.

안동춘, 『푸른 산악』, 평양: 문학예술출판사, 2002.

안홍윤, 『조옥희』, 평양: 문학예술출판사, 2008.

오영진, 『소련군정하의 북한―하나의 증언』, 서울: 중앙문화사, 1952.

올랜도 파이지스, 『나타샤 댄스: 러시아 문화사』, 채계병 역, 이카루스미디어, 2005.

윤세중 외 2명, 『전투원들에게 주는 소설집』 제1집, 조선인민군 총정치국, 1951.6.

이기봉, 『북의 문학과 예술인』, 서울: 사사연, 1986.

이기영·이찬, 『쏘련참관기』, 평양: 노동출판사, 1947.4.

이기영, 『땅』, 조선인민출판사, 1948.5.

이병기, 『가람일기』 2, 신구문화사, 1966.

이재화, 『한국근현대민족해방운동사』, 백산서당, 1988.

이종석, 『조선로동당 연구』, 역사비평사, 2003.

이찬, 『쏘련기』, 평양: 조선출판사, 1947.9.

이철주, 『북의 예술인』, 서울: 계몽사, 1966.

이태준, 『농토』, 삼성문화사, 1948

이태준, 『소련기행』, 백양당, 1947.

이태준, 『이태준 단편집: 첫 전투』, 문화전선사, 1949.

이태준, 『소련기행』, 서울: 조소문화협회·조선문학가동맹, 1947.5.

임화 외, 『건설기의 조선문학』, 조선문학가동맹 중앙집행위원회 서기국, 1946.

임화, 『임화 전집: 시』, 김재용 편, 소명출판, 2009.

정기종, 『조선의 힘』, 평양: 평양출판사, 1992.

정상진, 『아무르만에서 부르는 백조의 노래』, 지식산업사, 2005.

조선로동당 중앙위원회 당력사연구소, 『조선로동당략사』, 평양: 조선로동당출판사, 1979.

조선민주주의인민공화국 최고재판소, 『미 제국주의 고용간첩 박헌영·리승엽 도당의 조선민주주의인민공화국 전복음모와 간첩사건 공판문헌』, 평양: 국립출판사, 1956.

조선민주청년동맹, 『공화국 영웅전』 1, 평양: 민전출판사, 1958.4.15.

조선민주청년동맹, 『공화국 영웅전』 2, 평양: 민전출판사, 1958.8.31.

존 M. 톰슨, 『20세기 러시아 현대사』, 김남섭 역, 서울: 사회평론, 2011.

최명익, 『글에 대한 생각』, 조선문학예술총동맹 출판사, 1964.

한설야 외, 『영웅들의 이야기』, 평양: 조선작가동맹출판사, 1955.

한설야 외 5명, 『영웅들의 전투기』 1, 문학예술동맹 편, 문화전선사, 1950.8.25.

한설야 외 6명, 『영웅들의 전투기』 2, 문학예술동맹 편, 문화전선사, 1950.9.13.

한재덕, 『김일성 장군 개선기』, 평양: 민주조선출판사, 1947.11.

한재덕, 『나는 김일성을 고발한다』, 서울: 내외문화사, 1965.

한효, 『민족문학에 대하여』, 문화전선사, 1949.

허정숙, 『민주 건국의 나날에』, 평양: 조선로동당 출판사, 1986.

현덕, 원종찬 편, 『현덕 전집』, 역락, 2009.

현수, 『적치 6년의 북한문단』, 국민사상연구원, 1952.

황건 외, 리명호 편, 『(조국해방전쟁승리를 위하여) 명령』, 평양: 문학예술출판사, 2010.

황건 외, 엄용찬 편, 『불타는 섬: 현대조선문학선집 60』, 평양: 문학예술출판사, 2012.

황건, 『탄맥』, 문화전선사, 1949.10.

『정치상학 교원들과 선전원들에게 주는 자료』 제2집, 평양: 민족보위성문화훈련국, 1950.8.

周保中, 『東北抗日遊擊日記』, 人民出版社, 1991.

洪學智, 『抗美援朝戰爭回憶』, 北京: 解放軍文藝出版社, 1991.

Gabroussenko, Tatiana, *Soldiers on The Cultural Front*, Honolulu: University of Hawai'i Press, 2010.

Myers, Brian, *Han Sŏrya and North Korean Literature: the Failure of Socialist Realism in the DPRK*, Itaca, NewYork: Cornell University, 2000.

2. 논문 및 기사

고재홍, 「6.25전쟁기 북한군 총정치국의 위상과 역할」, 『군사』 53, 2004.12, 143~180면.

구상, 「시집 《응향》 필화 사건 전말기」, 『구상문학총서』 제6권, 홍성사, 2007, 164~175면.

권성우, 「이태준 기행문 연구」, 『상허학보』 14, 상허학회, 2005, 187~222면.

기석복, 「조국해방전쟁과 우리 문학」, 『인민』 제2호, 1952년; 재수록 『현대문학비평자료집』 2, 이선영·김병민·김재용 편, 태학사, 1993.

기자, 「영웅형상화에 대한 문제－문예총 영웅형상화에 대한 연구회에서」, 『로동신문』, 1951.10.29.

김경애, 「김병기 화가의 증언 4: 한밤중 소집한 김일성 … 예술인들이 나를 선전해주시오」, 『한겨레신문』, 2017.2.2.

김남천, 「꿀」, 『문학예술』 4월호(제4권 제1호), 1951.5.20, 36~45면.

김남천, 「대중투쟁과 창조적 실천의 문제」, 『문학』 제3호, 1947.4, 22~29면.

김남천, 「새로운 창작방법에 대하여」, 『전환기의 조선문학』, 조선문학가동맹 중앙집행위원회 서기국, 1946, 162~169면.

김남천, 「소설의 운명」, 『인문평론』 11월호, 1940.11, 7~18면.

김동길, 「휴전협상에서 북·중·소 3국의 태도 변화 및 결과」, 『한국과 국제정치』 제35권 제3호, 경남대학교 극동문제연구소, 2019, 27~66면.

김동석, 「해방기 진보적 리얼리즘론에 대한 일고찰」, 『한국근대문학연구』 제6권 제1호, 2005.4, 326~352면.

김동식, 「텍스트로서의 주체 '리얼리즘의 승리'」, 『한국현대문학연구』 제34집, 2011.8, 187~245면.

김무용, 「해방 후 조선공산당의 통일전선과 좌우합작운동」, 『한국사학보』 제11호, 2001.9, 257~318면.

김성수, 「1950년대 북한 문예비평의 전개과정」, 『한국전후문학연구』, 조건상 편저, 서울: 성균관대학교 출판부, 1993, 247~271면.

김용현, 「북한 군사국가화의 기원에 관한 연구」, 『한국정치학회보』 제37권 제1호,

2003, 181~198면.

김은정, 「북한의 영웅서사, 6년의 간극－<조옥희>를 중심으로」, 『민족문학사연구』 60, 민족문학사학회, 2016.4, 475~501면.

김은정, 「북한의 한국전쟁 소설에 나타난 국가 서사」, 『외국문학연구』 66, 한국외국어 대학교 외국문학연구소, 2017.5, 9~34면.

김일성, 「로동당의 조직적 사상적 강화는 우리 승리의 기초: 조선로동당 중앙위원회 제5차 전원회의에서 한 보고, 1952년 12월 15일」, 『김일성 선집』 4, 평양: 조선로동 당출판사, 1953, 264~337면.

김일성, 「모든 힘을 전쟁의 승리를 위하여」, 『김일성 전집』 12, 평양: 조선로동당출판 사, 1995, 9~16면.

김일성, 「문화예술인들과의 접견석상에서 진술하신 조선민주주의인민공화국 내각수상 김일성 장군의 연설」, 『로동신문』, 1951.12.16, 1면.

김일성, 「문화인들은 문화전선의 투사로 되여야 한다, 1946년 5월 24일」, 『김일성 저작 선』 2, 조선로동당출판사, 1986, 231~235면.

김일성, 「민주선거의 종화와 인민위원회의 당면과업: 북조선림시인민위원회 제3차 확 대위원회에서 한 연설, 1946년 11월 25일」, 『김일성 선집』 1, 조선로동당출판사, 1960, 255~262면.

김일성, 「우리 나라의 민주주의적 발전과 완전자주독립을 위하여: 평양시 군중대회에 서 한 연설, 1946년 5월 19일」, 『김일성저작집』 2, 조선로동당출판사, 1979.

김일성, 「우리나라에서의 맑스-레닌주의 당 건설과 당의 당면 과업에 대하여」, 『김일성 저작집』 1, 평양: 조선로동당출판사, 1986, 313~316면.

김일성, 「우리 문학예술의 몇 가지 문제에 대하여－문학예술가들과의 담화, 1951.6.30」, 『김일성 저작집』 6, 평양: 조선로동당출판사, 1980, 289~296면.

김일성, 「우리의 전법으로 싸워야 한다: 조선인민군 지휘관, 정치일군들과 한 담화, 1951.1.28」, 『김일성 전집』 13, 평양: 조선로동당 출판사, 1995, 94~97면.

김일성, 「이미 얻은 승리를 공고히 하며 새로운 승리를 쟁취하기 위하여, 1947년 1월 1일」, 『김일성 선집』 1, 조선로동당출판사, 1960, 286~293면.

김일성, 「인민군대 내 조선로동당 단체를 조직할 데 대하여」, 『김일성 저작집』 제6권, 평양: 조선로동당출판사, 1980.

김일성, 「전시환경에 맞게 문화선전 사업을 강화하자, 문화선전상과 한 담화 1950년 8월 4일」, 『김일성 전집』 12, 평양: 조선로동당출판사, 1990, 201~205면.

김일성, 「전체 작가예술가들에게 주신 김일성 장군의 격려의 말씀」, 『문학예술』 6월호, 1951.7.20, 4~11면.

김일성, 「전체 조선인민들에게 호소한 조선민주주의인민공화국 내각수상 김일성 장군의 방송연설」, 『자유와 독립을 위한 위대한 해방전쟁』, 조선로동당출판사, 1951.2, 1~13면.

김일성, 「전투영웅을 광범위하게 소개 선전할 데 대하여, 조선인민군 총정치국 국장에게 준 지시, 1951년 2월 20일」, 『김일성 전집』 13, 평양: 조선로동당 출판사, 1995, 159~160면.

김일성, 「조선 전체인민에게 호소한 조선민주주의인민공화국 내각수상 김일성 장군의 방송연설」, 『로동신문』, 1950.6.27.

김일성, 「조선로동당 제3차대회에서 진술한 중앙위원회 사업총결보고」, 『조선로동당 대회자료집』 제1편, 국토통일원 조사연구실, 1988, 286~369면.

김일성, 「조선민주주의인민공화국 군사위원회 위원장이시며 우리 인민군 최고사령관이신 김일성 장군의 방송연설」, 『민주조선』 7월호, 평양: 민주조선사, 1950.7.15.

김일성, 「조선인민군 군단군사위원제를 내오며 인민군대 내 당단체들과 정치기관들의 역할을 높일데 대하여, 조선로동당 중앙위원회 정치위원회에서 한 결론 1951년 2월 20일」, 『김일성 전집』 13, 평양: 조선로동당출판사, 1993, 152~158면.

김일성, 「현 정세와 당면 과업」, 『김일성 선집』 3, 조선로동당출판사, 1953, 122~173면.

김일성·박헌영, 「조선인민군 총사령부 명령 70호」, 1951년 10월 14일.

김재용, 「중일전쟁과 카프 해소 비해소파」, 『한국문학의 연구』 3, 1991, 237~278면.

김재용, 「카프 해소·비해소파의 대립과 해방 후의 문학운동」, 『역사비평』 2, 1989.9, 236~257면.

김재용, 「해방직후 임화의 민족문학과 통일독립: 좌우와 남북」, 『임화문학의 재인식』, 소명출판, 2004, 298~330면.

김춘식, 「문예학의 원칙 확립과 미학의 제문제」, 『남북한 현대문학사』, 최동호 편, 나남출판사, 1995, 65~84면.

김해연, 「최명익 소설의 서술 기법 연구―<장삼이사>와 <맥령>을 중심으로」, 『한국문학논총』 63, 2013, 301~329면.

김해연, 「해방 직후 최명익 소설 연구―<맥령>을 중심으로」, 『현대소설연구』 17, 2002, 229~250면.

김효주, 「최명익의 <맥령>에 나타난 제국주의 수탈과 토지개혁」, 『우리말글』 78, 2018,

189~212면.

김효주, 「해방기 최명익 소설의 지속과 전환, 소통과 거리두기 -<마천령>을 중심으로」,
　　『한국문학논총』 80, 2018, 159~185면.

남원진, 「중심과 주변, 사회주의적 민족문학론의 향방」, 『이야기의 힘과 근대미달의
　　양식』, 경진, 2014, 299~340면.

남원진, 「황건의 <불파는 섬> 재론」, 『현대문학의 연구』 제51호, 한국문학연구학회,
　　2013, 1~40면.

레닌 저, 김남천 해제, 「당의 조직과 당의 문학」, 『문학』 제3호, 1947.4, 57~60면.

박민규, 「응향 사건의 배경과 여파」, 『한민족문화연구』 44, 한민족문화학회, 2013,
　　285~318면.

박세영, 「해볓에서 살리라」, 『우리의 태양』, 평양: 북조선예술총연맹, 1946.8.15, 19~21
　　면.

박웅걸, 「류산」, 『문학예술』 7월호, 1949.7, 119~180면.

박치우, 「인민과 민주주의」, 『민주주의 12강』, 서울: 문우인서관, 1946, 127~143면.

박태상, 「새로 발견된 이기영의 "기행문집" 연구: 공산주의적 유토피아로서의 소련」,
　　『북한연구학회보』 제5권 제2호, 북한연구학회, 2001.

박태일, 「재북시기 현덕의 새 작품들」, 『국제한인문학연구』 17, 국제한인문학회, 2016,
　　103~143면.

박헌영, 「5.1절 60주년에 제하여」, 평문사, 1949, 1~25면.

박헌영, 「도, 시, 군 인민위원회 문화선전 간부회의에서 진술한 박헌영 동지의 연설」(『민
　　주조선』, 1952.3.6), 조선민주주의인민공화국 문화선전성, 1952, 1~33면.

박헌영, 「로동당 중앙위원회 정기 회의에서 진술한 당원들의 사상 정치 교양 사업 강화
　　와 당단체들의 과업에 관한 박헌영 동지의 보고」, 『근로자』 24호, 1949.12; 재수록
　　『이정 박헌영 전집』 3, 이정 박헌영 전집 편집위원회 편, 역사비평사, 2004, 177~201
　　면.

박헌영, 「위대한 사회주의 10월 혁명 35주년 -평양시 경축대회에서 진술한 보고」, 『근
　　로자』 84, 1952.11; 재수록 『이정 박헌영 전집』 3, 이정 박헌영 전집 편집위원회
　　편, 역사비평사, 2004, 431~450면.

박헌호, 「역사의 변주, 왜곡의 증거 -해방 이후의 이태준」, 『소련기행·농토·먼지: 이태
　　준문학전집』 4, 깊은샘, 2001, 393~411면.

박현채, 「해방 후 정치사회운동을 보는 시각」, 『해방전후사의 인식』 3, 서울: 한길사,

1987, 9~19면.

배개화, 「1930년대 말 비밀결사운동과 문학가들」, 『한국현대문학연구』 28, 한국현대문학회, 2009, 205~241면.

배개화, 「당·수령·애국주의: 이태준의 경우」, 『한국현대문학연구』 37, 한국현대문학연구, 2012, 169~206면.

배개화, 「문학의 희생」, 『한국현대문학연구』 34, 한국현대문학회, 2011, 247~282면.

배개화, 「북한문학자들의 소련기행과 전후 소련의 이식」, 『민족문학사연구』 50, 민족문학사학회, 2012.12, 364~398면.

배개화, 「북한의 전쟁문학 속 '공화국 영웅' ─ 군사적 이상형의 기원과 문화적 진화에 관한 연구」, 『현대소설연구』 92, 한국현대소설학회, 2023.12, 35~69면.

배개화, 「이태준, 최대다수의 행복을 꿈꾼 민주주의자」, 『상허학보』 43, 상허학회, 2015, 207~244면.

배개화, 「조선문학가동맹과 문화통일전선의 형성: 해방기 임화의 행적을 중심으로」, 『임화문학연구』 2, 소명출판, 2011, 175~229면.

배개화, 「조선문학가동맹과 북조선문학예술총동맹의 대립과 그 원인, 1945~1953」, 『한국현대문학연구』 44, 한국현대문학회, 2014.1, 347~381면.

배개화, 「탈식민지 문학자의 소련기행과 새 국가 건설」, 『한국현대문학연구』 46, 한국현대문학회, 2015, 155~187면.

배개화, 「한국전쟁 동안의 현덕과 그의 소설」, 『한국현대문학연구』 61, 한국현대문학회, 2020.8, 9~42면.

배개화, 「한국전쟁기 북한문학의 애국주의 형상화 논쟁」, 『민족문학사연구』 73호, 2020, 137~170면.

배개화, 「한국전쟁기 유항림의 <진두평>의 장르에 관한 논쟁」, 『현대소설연구』 81, 2021.3, 143~175면.

배개화, 「해방 후 8년간 최명익과 그의 문학, 1945.8~1953 ─ 중간파적 경향과 애국주의 선전을 중심으로」, 『상허학보』 64, 상허학회, 2022.2, 307~339면.

북조선로동당 중앙상무위원회, 「북조선 문학예술총동맹 사업(주로 문학분야) 검열 총화에 관하여"(제43차 결정서, 1947.9.16)」, 『북한관계사료집』 30, 국사편찬위원회, 1998, 263~268면.

북조선로동당 중앙상무위원회, 「사상의식 개혁을 위한 투쟁전개에 관하여 ─ 제14차 결정서, 1946.12.3」, 『북한관계사사료집』 30, 국사편찬위원회, 1998, 59~61면.

북조선로동당중앙상무위원회, 「북조선에 있어서의 민주주의 민족문화 건설에 관하여: 제29차 결정서, 1947.3.28」, 『북한관계사료집』 30, 국사편찬위원회, 1998, 162~166면.

북조선문학예술총동맹 서기국, 「북조선문학예술총동맹 제1차 확대상임위원회 결정서」, 『문화전선』 제4호, 1947, 170면.

사에구사 도시카쓰, 「해방 후의 이태준」, 『이태준 문학전집』 18, 서음출판사, 1988.

서경석, 「6.25전쟁문학, 남과 북이 어떻게 다른가」, 『역사비평』 13, 1990(겨울호), 400~410면.

신형기, 「유항림과 절망의 존재론」, 『상허학보』 23, 상허학회, 2008, 295~324면.

신형기, 「해방 직후 북한문학의 "신인간"」, 『민족문학사연구』 20, 민족문학사연구소, 2002, 238~270면.

안막, 「민족문학과 민족예술 건설의 고상한 수준을 위하여」, 『문화전선』 제5호, 1947.8, 2~16면.

안막, 「신정세와 민주주의 문학예술전선 강화의 임무」, 『문화전선』 제2호, 1946.11, 2~11면.

안막, 「조선문학과 예술의 기본임무」, 『문화전선』 창간호, 1946.7, 3~14면.

안함광, 「1951년도 문학 창조의 전망과 성과―김일성 장군의 격려의 말씀을 받들어 문학가들은 창조사업을 어떻게 진행하였나」, 『인민』 1952년 1월호; 재수록 『현대문학비평자료집』 2, 이선영·김병민·김재영 편, 태학사, 1993, 143~163면.

안함광, 「8.15해방 이후 소설문학의 발전 과정」, 『문학의 전진』, 1950.7; 재수록 이선영·김병민·김재용 편, 『현대문학비평자료집』 2, 태학사, 1993, 7~48면.

안함광, 「인민은 죽지 않는다―단편소설 <조옥희>를 말함」, 『민주조선』, 1951.9.26, 3면.

안함광, 「해방 후 조선문학의 발전과 조선로동당의 향도적 역할」, 『해방 후 10년간의 조선문학』, 작가동맹출판사, 1955, 5~76면.

엄호석, 「문학발전의 새로운 창조; 최근의 작품들과 그 경향을 말함」, 『문학예술』 11월호, 1952.11.20.

엄호석, 「우리 문학에 있어서의 자연주의와 형식주의 잔재와의 투쟁」, 『로동신문』, 1951.1.17.

엄호석, 「작가들의 사업과 정열―최근의 창작을 중심으로」, 『문학예술』 7월호(제4권 제4호), 1951.11.15, 74~88면.

엄호석, 「조국해방전쟁 시기의 우리문학」(『인민』, 1952); 재수록『한국문학비평자료집』2, 태학사, 1993, 185~207면.

엄호석, 「조선문학과 애국주의 사상」, 『문학의 전진』, 1950.7; 재수록 이선영·김병민·김재용 편, 『현대문학비평자료집』1, 서울: 태학사, 1993, 475~502면.

엄호석, 「조선문학에 나타난 김일성 장군의 형상」, 『문학예술』제3권 제5호, 1950.5, 20~32면.

연합군 최고사령부, 「일반명령 제1호(General Order No. 1)」, 『자료 대한민국사』제1권, 1970, 72~73면.

오태호, 「해방기(1945~1950) 북한문학의 "고상한 리얼리즘" 논의의 전개 과정 고찰 ―『문화전선』, 『조선문학』, 『문학예술』등을 중심으로」, 『우리어문연구』46, 우리어문학회, 2013, 319~357면.

유임하, 「1950년대 북한문학과 전쟁 서사」, 『돈암어문학』20, 돈암어문학회, 2007.12, 188~216면.

유임하, 「북한 초기문학과 '소련'이라는 참조점」, 『한국어문학연구』제57집, 2011, 153~184면.

유항림, 「진두평」, 『유항림 단편집』, 평양; 조선작가동맹출판사, 1958, 177~267면.

윤광혁, 「최명익의 생애와 창작을 더듬어」, 『통일문학』63호, 2004년 9월, 71~73면.

윤세평, 「신민족문화수립을 위하여」, 『해방기념평론집』, 1947; 재수록『현대문학비평자료집』1, 태학사, 1993, 193~230면.

이강국, 「序」, 『소련기행』, 평양: 북조선출판사, 1947.5, 1~4면.

이기영, 「개벽」, 『문화전선』창간호, 1946.8, 169~197면.

이기영, 「창작방법 상에 대한 기본적 제 문제」, 『문화전선』제1집, 1946.7, 26~32면.

이북명, 「로동일가」, 『조선문학』창간호, 1947.9, 1~91면.

이선영·하정일, 「해방 직후의 민족문학론과 근대관」, 『민족문학사연구』제8권 제1호, 1995, 39~46면.

이애숙, 「일제 말기 반파시즘 인민전선론」, 『한국사연구』제125호, 2004.9, 203~238면.

이완범, 「모스크바 3상회의」, 『역사비평』통권 32호, 1995.8, 333~340면.

이원조, 「영웅형상화 문제에 대하여」, 『인민』2월호, 평양: 민주조선사, 1952.2, 123~128면.

이태준, 「고향길」, 『문학예술』제3권 제7호, 1950.7, 88~121면.

이태준, 「인민해방전쟁의 승리를 위해 전국문화인들은 총궐기하자」, 『로동신문』,

1950.6.27(2).

임규찬, 「카프 해소파 비해소를 분리하는 김재용에 반박한다」, 『역사비평』 3, 1988.12, 218~239면.

임순득, 「조옥희」, 『문학예술』 7월호(제4권 제4호), 1951.11.15, 16~36면.

임유경, 「'오빼꾼'과 '조선사절단', 그리고 모스크바의 추억」, 『상허학보』 27, 상허학회, 2009, 229~273면.

임유경, 「미국립문서보관소 소장 소련기행 해제」, 『상허학보』 26, 상허학회, 2009, 349~367면.

임화, 「민족문학의 이념과 문학운동의 사상적 통일을 위하여」, 『문학』 제3호, 1947.4, 8~16면.

임화, 「민주주의 민족전선」, 『인민평론』, 1946.3, 10~18면.

임화, 「조선 민족문학 건설의 기본과제에 관한 일반보고」, 『건설기의 조선문학』, 조선문학가동맹 중앙집행위원회 서기국, 1946, 27~42면.

임화, 「현하의 정세와 문화운동의 당면임무」(『문화전선』, 1945.11.15), 『임화 전집: 평론 2』, 하정일편, 소명출판, 2009, 355~379면.

장수익, 「민중의 자발성과 지도의 문제―최명익의 중기 소설 연구」, 『한국문학논총』 60, 2012, 199~233면.

정주아, 「도착된 순정과 불행한 의식; 유항림의 해방 이후 소설과 작가 의식의 일관성」, 『현대문학의 연구』 53, 2014.6.

조선노동당중앙위원회, 「박헌영의 비호하에서 리승엽 도당들이 감행한 반당적 반국가적 범죄적 행위와 허가이의 자살사건에 관하여(1953.8.5~9)」, 『결정집: 전원회의, 정치, 조직, 상무위원회』, 1953년, 35~43면.

조선로동당, 「북조선로동당 강령」, 『근로자』, 창간호, 1946, ⅰ~ⅱ.

조선문학가동맹 1946년도 문학상 심사위원회, 「1946년도 문학상 심사경과 급 결정 이유」, 『문학』 제3호, 1947.4, 53~56면.

조선문학가동맹 중앙집행위원회 서기국, 「제1회 전국문학자대회 회의록」, 『전환기의 조선문학』, 1946, 223~234면.

조선문화건설중앙협의회 서기국, 「문화활동의 기본적 일반방책에 관하여」, 『문화전선』 창간호, 1945.11.15.

조선문학동맹, 「평론 합평회―기석복 동지의 <우리 평론에 있어서 몇 가지 문제>에 대하여」, 『문학예술』 4월호(제5권 제4호), 1952년 5월 5일, 82~83면.

즈다노프, 「문학운동에 대한 소련당의 새로운 비판: 「레닌그라드」 작가대회 석상에서
　　당 중앙위원 <즈다노프>씨의 연설」, 『문학』 제3호, 1947.4, 33~51면.
최명익, 「기관사」, 『문학예술』 제4권 제2호, 1951.6.10, 4~24면.
최명익, 「기관사」, 『불타는 섬』, 문학예술출판사, 2012, 70~92면.
최명익, 「나는 쏘베트 문학에서 이렇게 배우고 있다」, 『로동신문』, 1952.8.20, 3면.
최명익, 「마천령」, 『최명익 소설선집』, 진정석 편, 현대문학출판사, 2009, 215~284면.
최명익, 「맥령」, 『최명익 소설선집』, 진정석 편, 현대문학출판사, 2009, 149~214면.
최명익, 「쏘련군대에 의하여 해방된 8.15와 영웅적 조선인민」, 『민주조선』, 1951.8.15,
　　3면.
최명익, 「영웅 한남수」 1~2, 『민주조선』, 1951.6.26~27.
최명익, 「운전수 길보의 전투」 1~2, 『로동신문』, 1952.3.15~16.
최명익, 「일제의 충실한 주구이며 인민학살의 흉악한 범죄자인 매국노 최병덕」, 『로동
　　신문』, 1950.6.22, 3면.
최명익, 「잊쳐지지 않는 그 라팔소리」, 『로동신문』, 1951.10.24, 3면.
최명익, 「조국전선파견원 세 선생을 즉시 석방하라!」, 『로동신문』, 1950.6.15, 2면.
최명익, 「평양상공을 방위하는 우리 고사포대 동무들」, 『민주조선』, 1951.4.11, 3면.
편집자, 「편집여묵」, 『문학』 제7호, 1948.4, 142면.
편집자, 「편집여묵」, 『문학』 제8호, 1948.7, 161면.
한설야 외, 「조선문학의 지향: 문인좌담회 속기록」, 『예술』 제3호, 1946.1, 4~9면.
한설야, 「개선」, 『탄광촌』, 평양: 조쏘문화협회중앙본부, 1948, 1~48면.
한설야, 「김일성 장군과 문학예술」, 『문학예술』 4월호(제5권 제4호), 1952.5.5, 4~10면.
한설야, 「김일성 장군과 민족 문화의 발전」(1951.8), 『한설야 선집』 14, 작가동맹출판
　　사, 1960, 23~33면.
한설야, 「당의 문예 정책과 함께 발전하는 우리 문학예술」, 『조선문학』 104호, 1956.4,
　　107~123면.
한설야, 「예술운동의 본질적 발전과 방향에 대하여」, 『해방기념평론집』, 1946.8; 재수
　　록 이선영·김병민·김재용 편, 『한국현대문학자료집』 1, 태학사, 1993, 19~33면.
한설야, 「우리의 스승 김일성 장군」, 『문학예술』 10월호(제5권 제10호), 1952.10.15,
　　1~8면.
한설야, 「전국 작가 예술가 대회에서 한 한설야 동지의 보고」, 『로동신문』, 1953.10.
　　13(3).

한설야, 「혈로」, 『우리의 태양』, 북조선예술총연맹, 1946.8.15, 40~57면.

한효, 「고상한 리얼리즘의 체득; 문학창조에 대한 김일성 장군의 교훈」, 『조선문학』 창간호, 1947.9, 279~286면.

한효, 「민주건설시기의 조선문학」, 『해방 후 10년간의 조선문학』, 평양: 조선작가동맹 출판사, 1955, 77~166면.

한효, 「보다 높은 성과를 향하여: 1949년도 소설계의 회고」, 『문학예술』 제3권 제1호, 1950.1, 23~39면.

한효, 「예술운동의 전망」, 『예술운동』 창간호, 1945.12; 재수록 김윤식 편, 『한국현실주의비평선집』, 나남, 1989, 135~145면.

한효, 「우리 문학의 전투적 모습과 제기되는 몇 가지 문제」, 『문학예술』 6월호(제4권 제3호), 1951.7.20, 87~101면.

한효, 「자연주의를 반대하는 투쟁에 있어서의 우리문학」 3, 『조선문학』 제5권 제3호, 1953.3, 110~153면.

한효, 「進步的 리알리즘에의 길」, 『신문학』 창간호, 1946.4, 132~140면.

현덕, 「復讐」, 『문학예술』, 5월호(제4권 제2호), 1951.6.10, 25~38면.

현덕, 「아름다운 사람들」, 『영용한 사람들』, 문화전선사, 1951.6.

현덕, 「첫 전투에서」, 『문학예술』 10월호, 1952.10.10, 38~57면.

현덕, 「하늘의 성벽」, 『전투원들에게 주는 소설집』 1, 조선인민군 총정치국, 1951.6, 66~122면.

홍효민, 「문학계」, 『1947년 예술연감』, 예술문화사, 1947.5.

황동하, 「앙드레 지드의 <소련방문기(Retour de l'USSR)>에 나타난 소련 인상」, 『사림』 49, 2014.7.

「조소문화협회 친선교류 위하여 결성키로」, 『자유신문』, 1945.12.26(2).

「김구, 유엔조선임위에 보내는 의견서 발표」, 『서울신문』, 1948.1.28.

「김일성장군의 영웅적 빨치산 투쟁」 평양: 민족보위성 문화훈련국, 1949.12.

「남조선대한국민대표민주의원 결성」, 『동아일보』, 1946.2.15.

「대중의 엄정한 비판 기다리는 "아놀드" 장관 발표 파문」, 『자유신문』, 1945.10.13(1).

「문화부대총궐기―탁치반대와 통일촉성대강연」, 『자유신문』, 1946.1.1.

「물의를 일으킨 장르문제―<진두평> 합평회」, 『문학예술』 9월호, 1952.9.20, 100~103면.

「민전 산하 각 단체대표 80명이 남북협상참석차 평양출발 발표」, 『서울신문』, 1948.4.14.

「박헌영, 이강국 등의 조공간부에 체포령」, 『동아일보』, 1946.9.8.

「백일하에 폭로된 공산당원 지폐위조사건의 죄상」, 『동아일보』, 1946.5.17.

「북조선문학예술총동맹 각 동맹 상임위원회 및 부서」, 『문화전선』 제2집, 1946, 11, 50면.

「북조선예술총연맹 강령」, 『문화전선』 제1집, 1946.7, 88~90면.

「북조선예술총연맹」, 『자유신문』, 1946.4.12(2).

「三新聞停刊에 ― 공보부특위발표」, 『자유신문』, 1946.9.8(2).

「소련은 신탁통치 주장, 미국은 즉시 독립 주장」, 『동아일보』, 1945.12.27(1).

「슈티코프 대사가 조선의 정치정세에 관하여 그로미코 소련 외무성 제1부상에게 보낸 전보, 1950년 10월 13일」, *TsAMO*, fond 5, opis 918795, delo 124, listy 136~140.

「시집 『찬가』 일부를 삭제」, 『자유신문』, 1947.5.27(2).

「영웅형상화에 대한 문제 ― 문예총 영웅형상화에 대한 연구회에서」, 『로동신문』, 1951. 10.29.

「임화 시집 『찬가』 송청」, 『동아일보』, 1947.7.19(2).

「자연주의적 잔재 ― 현덕 작 "첫 전투에서"에 대하여」, 『문학예술』 1월호, 1953.1, 106~109면.

「제2차 북조선예술총연맹 전체대회 초록」, 『문화전선』 제3집, 1947.2, 86~94면.

「조국에 바치는 로력의 영예 ― 공화국 영웅 한남수 기관수의 수기」, 『로동신문』, 1951. 5.15.

「조선문학건설본부와 프롤레타리아 문화동맹, 조선문학가동맹으로 통합」, 『자유신문』, 1945.12.7.

「조선문학동맹 결성, 각부 위원 결정」, 『자유신문』, 1945.12.24.

「조선문학예술총동맹 및 각 동맹 중앙위원」, 『문학예술』 제4권 제1호(4월호), 1951.5. 20, 35면.

「조선문화건설중앙협의회 결성」, 『매일신보』, 1945.8.24.

「조선문화단체총연맹 결성대회 개최」, 『조선일보』, 1946.2.25.

「조선민주주의 인민공화국 영웅들이 싸운 것처럼 적과 싸우자」, 조선인민군 총정치국, 1951.5, 1~16면.

「조선민주주의인민공화국 내무성 보도」, 『로동신문』, 1950.6.26.

「조선프롤레타리아예술동맹 결성」, 『매일신보』, 1945.10.1.

「출판 자유 모독: 『찬가』 삭제에 항의」, 『자유신문』, 1947.5.29(2).

Donggil, Kim, "Stalin's Korean U-Turn: The USSR's Evolving Security Strategy and the Origins of the Korean War," *Seoul Journal of Korean Studies*, vol. 24, no. 1 (June 2011), pp.89~114.

Ivanov, "Memorandum of the USSR ambassador in North Korea Ivanov from January 20~30, 1956," *The Russian State Archive of Contemporary History(RGANI)*, fond 5, opis 28, delo 412, listy 118~127.

Korotkov, Lebedev, "Information Materials Received from South Korea, March 26, 1947," *Central Archives of the Russian Ministry of Defence(TsAMO)*, fond 172, opis 614632, delo 34, listy 8~10.

Mayveyev, "Telegram from the Soviet General Staff representative in North Korea to the Chairman of the Soviet Council of Ministers, regarding the situation on the Korean front, from Pyongyang, No. 1298, Sep. 27, 1950, 12:35 PM," *Archive of the President of the Russian Federation(APRF)*, fond 3, opis 65, delo 837, listy 103~106.

Myers, Ramon H. and Peattie, Mark R. (ed.), *The Japanese colonial empire: 1895~1945*, Princeton N.J.: Princeton University Press, 1984.

Peci, Alketa, "Talyorism in the Socialims that Really Existed," *Organization*, vol. 16, no. 2, 2009.

Rees, E. A., "Leader Cults: Varieties, Preconditions and Functions," *The Leader Cult in Communist Dictatorships: Stalin and the Eastern Bloc*, ed. by Apor Balazs, New York: Palgrave Macmillan, 2004, pp.3~26.

Shtykov, T. "Telegram from Soviet Ambassador to the Democratic People's Republic of Korea to the First Deputy Minister of Foreign Affairs of the Soviet Union, regarding the political situation in Korea, no. 1468, October 13, 1950, 11:10 AM," *TsAMO*, fond 5, opis 918795, delo 124, listy 136~140.

Shtykov, T. "Telegram from the Soviet Ambassador to the Democratic People's Republic of Korea to the Chief of the Soviet General Staff, regarding the issue of replacing the Soviet General Military Advisor, including details of discussions with the Commander-in-Chief of the Korean People's Army and the results of a meeting with the commanders of the Korean People's Army joint units, no. 37, November 22, 1950, 16:55," *TsAMO*, fond 5, opis 918795, delo 124, listy 308~310.

Stalin, I.V.(Feng Xi), "Telegram from the Chairman of the Soviet Council of Ministers to the Soviet General Staff representative in North Korea and the Soviet Ambassador to North Korea, instructing the strengthening of the activities of Soviet military advisors within the Korean People's Army, September 27, 1950," *APRF*, fond 3, opis 65, delo 827, listy 90~93.

Zhukov and Zabrodin, "Korea, Short Report," 29 June 1945, *Archive of Foreign Policy of the Russian Federation(AVPRF)*, fond 0430, opis 2, delo 18, papka 5, listy 18~30.

"C. Suzdalev's Letter to F. Shcherbakov: Attachment 4 in Diary of Soviet Ambassador Ivanov in Korea from December 20, 1955, to January 19, 1956 (February 9, 1956). Korea 1953-1956," *RGANI*, fond 5, opis 28, delo 412, listy 86~117.

"Report on the Works of the Soviet Administration in North Korea for Three Years (August 1945–November 1948: Politics)," December 9, 1948, *AVPRF*, fond 0480, opis 4, delo 46, papka 14, listy 1~345.

"Appendix–Memorandum," No. 252 740.00119 (Potsdam)/5-2446 Briefing Book Paper, Washington, July 4, 1945.

"Ciphered Telegram No.75352, Feng Xi [Stalin] to Shtraus[Shtykov] and Matve [Zakharov], Oct. 1, 1950," https://digitalarchive.wilsoncenter.org/document/117312.

"501.BB-Korea/10-948, Transmission of Documents in Connection with North Korean Election for Possible Use To U.S. Delegation, General Assembly Meeting in Paris," The Foreign Service of the United States of America, American Mission in Korea Seoul, October 9, 1948, https://db.history.go.kr/contemp/level.do?levelId=ps_005_0 730, 2024.3.20. 검색.

배개화(裵開花)

서울대학교 국어국문학과에서 학사(1993.2), 그리고 서울대학교 대학원에서 「손창섭 소설의 욕망 구조 연구」로 석사(1995.8) 학위와 「1930년대 후반 전통담론의 탈식민성 연구」로 박사(2003.2) 학위를 취득하였다. 주요 논저는 『한국문학의 탈식민적 주체성: 이식문학론을 넘어서』(창비, 2009)가 있으며, 대표 논문으로는 「민족어, 민족문학, 리얼리즘: 임화의 경우」(2008), 「전선문학에 나타난 한국전쟁의 이데올로기와 전쟁 체험의 문학화 방식」(2008), 「1930년대 말 치안유지법을 통해 본 조선문학들」(2009), 「이태준: 해방기 중간파 문학자의 초상」(2010), 「당, 수령, 그리고 애국주의: 이태준의 경우」(2012), 「이태준, 최대다수의 행복을 꿈꾼 민주주의자–해방 이후 이태준의 사상과 문학」(2015), 「한 탈북 여성의 국경 넘기와 초국가적 주체의 가능성–이현서의 영어 수기를 중심으로」(2017), 「조선의 불균형 발전과 식민지 모더니즘」(2019), 「한국전쟁기 북한문학의 '애국주의' 형상화 논쟁」(2020), 「탈북작가들의 소설을 통해 본 북한에서의 '시장 경쟁'」(2022) 등이 있다. 미국 하버드대학교 소재 옌칭연구소(Harvard-Yenching institute)에서 visiting fellow(2003.9~2005.2)와 visiting associate(2015.3~2016.2)로 현대한국문학을 연구하였으며, 현재 단국대학교 자유교양대학 교수로 재직 중(2003.3~현재)이다. 연락처: gaenarie@dankook.ac.kr

해방 후 8년간의 북한문학의 형성과 전개
새 국가 건설을 위한 문화통일전선의 형성과 소멸을 중심으로, 1945.8.15.~1953.8.6.

초판 1쇄 인쇄 2024년 10월 10일
초판 1쇄 발행 2024년 10월 21일

지은이 배개화

펴낸이 이대현

편집 이태곤 권분옥 임애정 강윤경

디자인 안혜진 최선주 강보민 | **마케팅** 박태훈 김동건

펴낸곳 도서출판 역락 | **등록** 1999년 4월 19일 제303-2002-000014호

주소 서울시 서초구 동광로46길 6-6 문창빌딩 2층(우06589)

전화 02-3409-2060(편집부), 2058(영업부) | **팩스** 02-3409-2059

전자우편 youkrack@hanmail.net | **홈페이지** www.youkrackbooks.com

ISBN 979-11-6742-844-8 93800